NORTH AND SOUTH
南方与北方

〔英〕伊丽莎白·盖斯凯尔 著

陶友兰　王璇　鲁周焕 译

人民文学出版社
PEOPLE'S LITERATURE PUBLISHING HOUSE

Elizabeth Gaskell
North and South

Simplified Chinese edition Copyright © 2023 by Shanghai 99 Readers' Culture Co., Ltd. All rights reserved.

图书在版编目(CIP)数据

南方与北方/(英)伊丽莎白·盖斯凯尔著;陶友兰,王璇,鲁周焕译. —北京：人民文学出版社,2023
ISBN 978-7-02-017963-3

Ⅰ.①南… Ⅱ.①伊… ②陶… ③王… ④鲁… Ⅲ.①长篇小说-英国-近代 Ⅳ.①I561.44

中国国家版本馆 CIP 数据核字(2023)第 070679 号

| 责任编辑 | 李　娜　刘佳俊 |
| 封面设计 | 李苗苗 |

出版发行	人民文学出版社
社　　址	北京市朝内大街 166 号
邮政编码	100705
印　　刷	山东临沂新华印刷物流集团有限责任公司
经　　销	全国新华书店等
字　　数	409 千字
开　　本	890 毫米×1240 毫米　1/32
印　　张	14.75
版　　次	2023 年 5 月北京第 1 版
印　　次	2023 年 5 月第 1 次印刷
书　　号	978-7-02-017963-3
定　　价	78.00 元

如有印装质量问题,请与本社图书销售中心调换。电话：010 - 65233595

目录

第一章　忙着结婚 / 1
第二章　玫瑰与荆棘 / 11
第三章　欲速则不达 / 19
第四章　疑虑和困难 / 29
第五章　下定决心 / 40
第六章　告别家乡 / 52
第七章　新人新景 / 59
第八章　思念故乡 / 67
第九章　更衣喝茶 / 77
第十章　熟铁与黄金 / 82
第十一章　最初印象 / 90
第十二章　午后拜访 / 98
第十三章　闷热之处的和风 / 104
第十四章　发动兵变 / 111
第十五章　厂主与工人 / 117
第十六章　死亡的暗影 / 132
第十七章　何为罢工？ / 140
第十八章　喜好和憎恶 / 149
第十九章　天使来访 / 158
第二十章　人和绅士 / 169
第二十一章　黑暗的夜晚 / 179
第二十二章　打击和后果 / 187
第二十三章　产生误会 / 200

第二十四章　澄清误会 / 207

第二十五章　弗雷德雷克 / 213

第二十六章　母亲和儿子 / 223

第二十七章　水果画作 / 228

第二十八章　悲痛中的安慰 / 235

第二十九章　一缕阳光 / 252

第三十章　终于回来了 / 259

第三十一章　偶遇"故人" / 271

第三十二章　祸事降临 / 282

第三十三章　重归安宁 / 287

第三十四章　真真假假 / 292

第三十五章　真心赎罪 / 297

第三十六章　工会也脆弱 / 312

第三十七章　向往南方 / 324

第三十八章　兑现诺言 / 335

第三十九章　成为朋友 / 349

第四十章　不和谐的音调 / 358

第四十一章　旅程的终点 / 372

第四十二章　孤身一人！ / 384

第四十三章　移居伦敦 / 395

第四十四章　安逸，但不安宁 / 404

第四十五章　似梦非梦 / 414

第四十六章　曾经与现在 / 417

第四十七章　若有所失 / 435

第四十八章　斯人已逝 / 440

第四十九章　平静小憩 / 446

第五十章　米尔顿的变化 / 452

第五十一章　再次相逢 / 461

第五十二章　云开雾散 / 467

第一章　忙着结婚

求婚，结婚，然后……①

"伊迪丝！"玛格丽特柔声地叫道，"伊迪丝！"

可是，正如玛格丽特猜测的那样，伊迪丝已经睡着了。她蜷在哈利街寓所的后客厅沙发上，身穿白色的平纹细布衣服，头上扎着蓝缎带，看上去非常可爱。要是王后泰妲妮娅②也穿着细白布衣服，扎着蓝缎带，在后客厅深红缎子的沙发上酣睡过的话，也许人们会以为伊迪丝就是她呢。玛格丽特再次被表妹的妩媚打动了。她们俩从小一块儿长大。除了玛格丽特外，别人一直都夸伊迪丝长得漂亮，但玛格丽特从来都没有想到过这回事。前几天，眼看不久就要离开她的同伴，她才切实地感到伊迪丝种种亲切可爱的品质与魅力。她们俩一直在谈着结婚仪式和结婚礼服，谈着伦诺克斯上尉以及上尉告诉伊迪丝将来她在科孚的生活情形，他的士兵团就驻扎在那儿。姐妹俩还谈到调准钢琴的琴音是多么困难，伊迪丝认为这可能是她婚后生活中最可怕的事，还有，伊迪丝婚后到苏格兰旅游该带什么衣服。不过那种悄悄私语的语调后来变得越来越令人感到困倦，所以没过几分钟，玛格丽特发现自己一点儿也没猜错，尽管隔壁房间里吵吵闹闹，伊迪丝已经软绵绵地缩成一团，穿着白色的细布衣服，扎着蓝缎带，柔软的秀发卷曲着，安安静静地开始了正餐后的小睡。

玛格丽特原本打算告诉表妹自己以后回到父母乡间牧师公馆的生活安排和对未来的憧憬，可是现在没有听众，她只好和先前一样，默默地思考着自己生活中的变化。过去这十年来，她虽然一直住在肖姨

---

① 这是苏格兰一首古歌谣中的一句，作者是亚历山大·罗斯（Alexander Ross, 1699—1789）。
② 泰妲妮娅（Titania）：莎士比亚喜剧《仲夏夜之梦》(1595)中奥伯伦（Oberon）的王后。

妈家，但是每逢假日就会回到父母身边，过得很开心。尽管她想到这次要跟温和的姨妈与亲爱的表妹分别，不知何日才能再次见面，难免有点惆怅，但这样的默想还是挺快乐的。一想到要回到赫尔斯通牧师公馆去填补"独生女儿"的重要位置，她就很高兴。这时，隔壁房间里的谈话断断续续地传到了她的耳朵里。肖姨妈正在隔壁与五六位刚吃过饭的夫人聊天，她们的丈夫还在餐厅里。她们都是肖家熟悉的朋友，其实也就是肖夫人称作朋友的左邻右舍，因为肖夫人和她们一块儿进餐的次数比跟别人都多，而且她们之间互相遇到要借什么东西的时候，都会毫无顾忌地在午餐前去对方家中拜访。那天，这几位夫人和她们的丈夫都以朋友的身份，应邀前来参加告别宴，庆贺伊迪丝即将举行的婚礼。伊迪丝本来非常反对这种安排，因为伦诺克斯上尉搭乘了一班晚点的火车，当天晚上就要抵达。可她从小娇生惯养，大大咧咧，又很懒散，自己没有坚定的主张，因此当她发觉母亲已经全部安排好了后，也就算了。母亲吩咐预备了一些额外的当季美味佳肴，好让告别宴会不至于显得过分伤感。伊迪丝只是斜靠在座椅里，拨弄着盘子里的食物，时而神情严肃，时而心不在焉，四周的人们此时正在津津有味地聆听格雷先生的妙论。这位先生在肖夫人家的宴席上，向来敬陪末座。他总要请伊迪丝在客厅里给他们弹奏点儿音乐听听。在这次告别宴席上，格雷先生表现得分外讨人欢喜，先生们在楼下饭厅待的时间比平时都长。他们这样倒也好——这只要从玛格丽特无意间听到的谈话片断中就可以知道了。

"我自己太苦了。这倒不是因为我跟可怜的、亲爱的将军过得不快活，只是我们之间年龄悬殊太大了，有点美中不足。我发誓不让伊迪丝碰上同样情况。当然，不是做妈的偏心，我早就看出来，这个可爱的孩子很可能会早婚的。真的，我以前常说，她在十九岁以前肯定会结婚。我早就有一种预感，自从伦诺克斯上尉……"说到这儿，声音低了下去，变成了窃窃私语。不过，玛格丽特可以很容易地补全她要说的话。伊迪丝恋爱进展得非常顺利。肖夫人，像她自己所说的，应验了那种预感，所以极力促成这场婚事，尽管这场婚事和伊迪丝的许多朋友对这位年轻貌美的女继承人所抱的期望不大符合。但是肖夫人说，她就这么一个孩子，应该让她为爱情而结婚——并且使劲儿叹了一口气，仿佛她当初嫁给将军的动机就不是出于爱情似的。肖夫人对目前的浪漫婚约甚至比女儿还要感兴趣。这并不是说伊迪丝对恋爱不投入，然而她的确宁愿在贝尔格雷维亚有所好房子，而不愿到科孚去过伦诺克斯上尉所描述的那种生动有趣的生活。凡是让玛格丽特听了会很兴奋的那些话，伊迪丝听了都要假装害怕。这一半固然是因为她喜欢要那位怜爱她的情人来哄劝她，叫她不要讨厌，另一半也是因为她实在很不喜欢吉普赛人那种居无定所的漂泊生活。不过如果有人拥有一栋漂亮的房子、一笔不动产，而且还有一个好头衔，伊迪丝还是会依恋他的，只要伦诺克斯上尉对她还有吸引力。等他的魅力消失以后，她也许会不自觉地流露出一些悔恨的情绪，认为伦诺克斯上尉并不具备她所想要的一切。在这方面，她就像她的母亲。她母亲对肖将军并没有什么感情，只是敬重他的人品和地位，便想方设法地嫁给了他。可是婚后，她经常在暗地里为自己嫁了一个并不深爱的人而自叹命苦。

"我给她的嫁妆，一点儿也不吝啬，"玛格丽特又听到这么一句，"那么漂亮的印度围巾和披巾，将军给我的，我全给她了。我肯定不会再围啦。"

"你女儿运气好。"另一个人应声答道。玛格丽特知道这是吉布森夫人。这位夫人对这个话题很感兴趣，因为她的一个女儿几星期前刚结婚："海伦就想要一条印度围巾，可是说真的，我一看价钱太贵，只好没答应她。她要是听到伊迪丝有好多条印度围巾，一定羡慕死了。您的围巾是哪一种？德里的吗？是那种有精致窄边的？"

玛格丽特又听到姨妈的声音了。只是这次，她好像从半躺的椅子里直起身，朝灯光较暗的后客厅张望。"伊迪丝，伊迪丝！"她喊道，接着又朝后靠下去，仿佛这一用力使她很疲倦。玛格丽特走了出去。

"伊迪丝睡着了，肖姨妈。有什么事要我做吗？"

夫人们听到伊迪丝的这个消息，很心疼，不约而同地说："可怜的孩子！"肖夫人抱着的小巴儿狗，仿佛被这一阵怜惜之声刺激了，开始叫起来。

"嘘，泰妮！你这调皮的小家伙！会把你家小姐吵醒的。我只是想叫伊迪丝去告诉牛顿，把她的围巾拿下来。也许你愿意去一趟，玛格丽特，亲爱的？"

玛格丽特走到楼上的最高一层，从前那是间育婴室，牛顿正在那儿忙着整理婚礼要用的一些蕾丝花边。"那些围巾，今天已经给人看过四五次了。"在牛顿嘟囔着抱怨了一句后再去取围巾时，玛格丽特朝那个房间的四面看了看。九年前，她还很野气，从乡间被带到这儿来，住在表妹伊迪丝家里，跟她一块儿玩、一块儿读书，她最先熟悉的就是这个房间。她记得伦敦这间育婴室看上去很阴沉、光线很暗，由一个严厉而古板的保姆负责照看着她们，她对手有没有洗干净、裙子有没有被撕破这样的事特别挑剔。她回想起在这儿吃的第一顿茶点——没有跟父亲和姨妈一起吃，他们在楼下某个地方吃吧。那楼梯好长好长啊，孩提时的她以为自己是到了天上，要不他们一定是藏到深深的地下去了。在家里的时候——在她住到哈利街来之前——母亲的化妆室就是她的育婴房。在乡下牧师公馆里他们早起早睡，玛格丽特一直跟父母一起吃饭。啊！这个亭亭玉立、端庄秀美的十八岁大姑娘记得多么清楚，九岁时她刚到这儿的那天晚上，是怎样把脸蒙在被子里，极其伤心地抹眼泪；保姆怎样嘱咐她不要哭，以免吵醒伊迪丝小姐；她怎样继续伤心地哭，只是声音小了一些，一直哭到她第一次看到雍容华贵的姨妈，陪着爸爸黑尔先生悄悄地走上楼，来看她睡着没有。那时，小玛格丽特才止住呜咽，尽量静静地躺着，就像睡熟了一样。她怕自己的悲伤会让父亲不高兴，也不敢在姨妈面前表现出来。在家里，他们忙着筹划了很久，才把她的衣服搭配得适合这种比较华贵的新环境，这样爸爸就可以离开教区到伦敦来待上几天。她多少觉得，经过这么长时间的盼望和安排后，如果再感到伤心，就压根儿不对了。

现在，她开始喜欢上这间旧育婴室了，虽然这地方如今已破败不堪。她朝四周看看,想到三天后便要永远离开这地方,不由得暗暗感到惋惜。

"唉,牛顿!"她说,"我想我们要是离开这栋可爱的老房子,都会感到难过的。"

"说真的,小姐,我才不会呢。我的眼睛没以前好啦,这儿光线也不好,只有靠近窗口,才能缝补这些花边,可窗口老漏风——把人冻得要死。"

"唔,也许到了那不勒斯,那儿光线好,也暖和,你应该多留点儿缝补的活,到那时再做。谢谢你,牛顿,我拿下去吧——你忙得很。"

于是玛格丽特一边捧着围巾走下楼,一边使劲地闻着围巾上芳香的东方气息。姨妈叫她站着做模特,在她身上试试那些围巾,因为伊迪丝还在睡觉。玛格丽特身材高挑、匀称,还穿着为一位父亲的远亲戴孝的黑绸衣服,所以这些色彩鲜艳的围巾上美丽的长褶子全被衬托出来了,而这些围巾要是披在伊迪丝身上,简直会把她闷得半死,不过谁都没有注意到这点。玛格丽特站在枝形灯架下面,一声不吭、一动不动,听凭姨妈在她身上摆弄着围巾。她在偶尔转身的时候,会从壁炉台上的那面镜子里瞥见自己,对自己的样子报之一笑——这熟悉的容貌,身上竟披着公主的日常服装。她轻轻地抚摸着披在身上的围巾,很喜欢它们柔软的质地和鲜艳的色彩。她一下子穿戴得这么华丽,十分开心,嘴角旁露出一丝恬静、愉快的微笑,像个孩子那样感到非常满足。正在这时,房门打开,仆人突然通报说亨利·伦诺克斯先生来了。几位夫人吓了一跳,好像被发现她们这些女性对衣服那么感兴趣,觉得不好意思。肖夫人向新来的客人伸出手。玛格丽特想到也许还要给披巾当一会儿衣架子,就一动不动地站在那里,欢快、好笑地望着伦诺克斯先生,仿佛觉得自己被他突然的来访而吓倒的滑稽模样会让他深表同情。

亨利·伦诺克斯先生没有赶上一起用餐。姨妈这会儿尽忙着问这问那,问到他那位新郎弟弟,问到跟上尉从苏格兰前来给新娘做女傧相的妹妹，还问到伦诺克斯家的许多其他人。玛格丽特看得出来，自己不需要再做围巾架子了，于是专心去招待别的客人，因为姨妈这时候已把她们全都忘了。就在这时，伊迪丝从后客厅走进来，由于灯光较亮，她的眼睛不停地眨，把有点儿蓬乱的鬈发甩到后面，整个神态就像从梦中惊醒的睡美人。即使在睡梦中，她也本能地感觉到，一位姓伦诺克斯的人来访，不得不使她醒过来。她仔细地问了没见过面的未来小姑子、亲爱的珍妮特的情况，还表示自己非常喜欢她。要不是玛格丽特自视甚高的话，她也许会忌妒这个突然出现的竞争对手。在姨妈加入聊天之后，玛格丽特便退到一边。她看见亨利·伦诺克斯扫了眼她身旁的空位子。她很清楚，只要伊迪丝一停止询问，他就会立刻坐到那张椅子上。姨妈原先对他的安排说得不是很清楚，所以玛格丽特不确定他那天晚上会不会来。这会儿看见他，真有点出乎意料，不过现在，她深信那天晚上肯定会过得很愉快。他们俩的喜好几乎完全一样。一下子，她的脸上显现出一种诚实又开朗的神情。不一会儿，他走过来。她对他微微笑了笑，一点儿不娇羞，也不忸怩作态。

"嗨，我猜你们大伙儿都有事忙着——我是说，忙着夫人小姐们的事，跟我的事完全不同，我忙的是真正的法律事务。欣赏围巾与起草转让协议，完全不是一回事。"

"唉，我知道你看见我们大伙儿忙着欣赏花围巾，一定觉得好笑。不过说实在的，印度围巾确实很漂亮。"

"的确漂亮。价钱也很高。绝对的。"

绅士们一个个先后踱进房里。谈话声和嗡嗡声更显嘈杂和深沉。

"这是你们最后一场晚餐宴会吧？星期四以前没有了？"

"对的。我想过了今晚，就可以歇歇了。我已经好几个星期没休息了。至少可以得到这样的休息：手头没什么事要做，那件让人费神的大事全都安排好了。我这时倒乐意有点时间静下来想想，我想伊迪丝也会的。"

"我不确信她会不会，不过我猜想你的确是这么想的。最近，每次我看见你的时候，你总在为别人的事忙得天旋地转。"

"是的,"玛格丽特有点儿惆怅地说,她想起过去一个多月为一些琐碎事情忙得没停过,"我不知道婚礼之前是不是总有一阵所谓的大忙大乱,还是有时候,也可以先有一段相当平和、安静的日子。"

"比如,像灰姑娘的教母那样办嫁妆、写请帖、准备喜酒。"伦诺克斯先生笑着说。

"不过这些都是必不可少的麻烦事吗?"玛格丽特一边问,一边抬起头来正眼望着他,等他回答。过去六个星期以来,为了让各种安排都取得好效果,所有的安排都以伊迪丝为绝对的权威。一种无法形容的疲惫感,此时让玛格丽特感到压抑。她真的需要有人来给她说点儿有关婚姻的、愉快轻松的想法。

"哦,当然啦,"他的语调变得严肃起来,"是有些礼节、仪式不得不办。这倒不是为了使自己满意,而是为了堵住世人的嘴。堵不住的话,生活中就很难有如意的事。不过如果你结婚,你要怎样安排呢?"

"哦,我从来没有想过这个问题。我只希望在一个晴朗的夏天早晨举行婚礼。我要穿过树荫走到教堂,不要请这么多的女傧相,也不要有什么喜宴。我会这么说,正是对眼下那些给我带来麻烦的事极为反感的缘故吧。"

"不,我不这么认为。庄重而简洁,很符合你的性格。"

玛格丽特不爱听这话。她想起之前好几次他都想引导着她,谈论她的性格和生活态度,而且一谈起来,他总是一味地赞美,于是便想避开这个话题。她很唐突地打断了他,说道:

"我很自然地会想到赫尔斯通的教堂和走向它的那条小路,而不会想到乘车驶过铺满柏油的大道,开到伦敦的一座教堂去。"

"跟我讲讲赫尔斯通吧。你还从来没有跟我仔细描述过。哈利街九十六号在你们离开后,就会人去楼空了,会变得阴暗肮脏、冷落萧条,我很想知道你马上要去生活的地方是怎么样的。先告诉我,赫尔斯通到底是村庄,还是小镇呢?"

"啊,不过是个小村子,我觉得根本不能称作村庄。那儿有一座教堂，附近草地上还有几栋房屋——实际上只不过是村舍——墙上开满了蔷薇。"

"一年四季都开花，尤其在圣诞节——这就让你描绘的这幅画变得很完美了。"他说。

"不，"玛格丽特有点儿恼火，"我可不是在描绘一幅画。我在实事求是地描述赫尔斯通的真实面貌。你不该这么说。"

"很抱歉，"他回答，"只不过它听起来更像故事里的村庄，而不是现实生活中的村庄。"

"的确这样，"玛格丽特热切地回答，"我见过的英格兰所有其他地方，似乎都非常冷清、乏味，仅次于新森林。而赫尔斯通却像一首诗——丁尼生的某首诗里描述的村庄。但是，我不说了。如果我告诉你，我认为那地方怎样——那地方的真实情况——你只会取笑我。"

"不会的，我绝不取笑你。不过我看得出来，你是下定决心不再讲了。嗯，那么，告诉我更想知道的事吧：那座牧师公馆是什么样的？"

"哦，我没法描述我的家。家就是家，它的魅力无法言表。"

"好吧，就听你的吧。你今天晚上很严肃，玛格丽特。"

"是吗？"她一边说，一边抬起温柔的大眼睛直盯着他，"我一点儿也不觉得我严肃呀。"

"哦，因为我说了句不该说的话，你就既不肯告诉我赫尔斯通的情形，也不肯谈谈你的老家，即使我已经告诉你我多想知道它们的情况，尤其是你家的情况。"

"可是我真没法告诉你我家的情况。我觉得那不是一件可以谈论的事，除非你熟悉那儿。"

"好，那么……"他停顿了片刻，"告诉我你在那儿做点什么吧。在这儿，你上午看书、上课、学习，午饭前出去散会儿步，午饭后跟姨妈乘车出去玩，晚上参加聚会。现在，说说你在赫尔斯通的一天都干些什么呢？你外出时是骑马、乘车，还是步行？"

"当然是步行。我们没有马，连爸爸也没有。他去教区最远的地方都是步行。那些小路非常美，乘车就太可惜了——连骑马都未免可惜。"

"你会种很多花草吗？我觉得在乡下，年轻姑娘们做这事比较合适。"

"我不知道。我恐怕不会喜欢干那种吃力的活儿。"

"有射箭比赛、野餐会、赛马会、狩猎舞会吗？"

"哦，没有！"她笑着说，"爸爸的收入很少，而且就算我们花得起钱，我大概也不会去。"

"我看得出来，你什么都不肯告诉我，你只说你不会做这个、不会做那个。在假期结束以前，我想我应该去看你一次，瞧瞧你到底在那儿干什么。"

"希望你能来。到时候，你就会亲眼看到赫尔斯通多美啦。现在，我得走啦。伊迪丝坐下来准备弹琴了，我对音乐的了解，刚够可以给她翻翻乐谱。再说，姨妈看到我们聊天，也会不乐意的。"伊迪丝弹得动听极了。她正弹着那支乐曲时，房门被推开了，她看见伦诺克斯上尉站在那里，犹豫着要不要进来。伊迪丝停止了弹奏，撇下玛格丽特奔出房间。玛格丽特慌乱地红着脸，站着向惊讶的客人们解释是谁来了，所以伊迪丝才突然飞奔出来。伦诺克斯上尉来得比预料的时间早，要不然，时间真的已经那么晚了吗？客人们看了看表，大吃一惊，全都连忙起身告辞。

这时，伊迪丝兴高采烈地回到房里，有点儿害羞、又有点得意地把她那位身材高大、容貌英俊的上尉带了进来。他的哥哥和他握了握手。肖夫人以她那种温和亲切的方式欢迎他，带着点哀怨，多年来她一直认为自己是一段志趣不合的婚姻的牺牲品。现在，将军去世了，她的生活中什么都好了，几乎没有不称心的，所以她简直有点儿发愁，找不出什么事来忧虑，更不用说伤心的事情。不过，最近她想到以自己的健康作为忧虑的理由，想到这里，她就不自觉地咳上了一两声。有位殷勤随和的大夫劝她去意大利过冬，这正合她的心意。肖夫人和大多数人一样，心里有着明确的愿望，但从不承认她想做某件事情，偏要别人吩咐或者请求她，她才去实现自己的想法。她确实劝说自己，她是屈从于外在的迫切需要，因此，她可以以一种温和的方式叹息和抱怨。实际上，她始终是想怎么做就怎么做。

她就以这种方式，将自己想去旅行的事，告诉伦诺克斯上尉。上尉义不容辞，对他未来的岳母所说的一切唯唯称是，可是眼睛不住地瞟向伊迪丝。尽管他说自己刚吃过饭，还不到两个小时，伊迪丝依然忙着收拾桌子，吩咐端上各式各样好吃的茶点。

亨利·伦诺克斯先生斜靠着壁炉台，高兴地看着这一家。亨利紧挨着他那容貌英俊的弟弟。伦诺克斯一家都长得非常漂亮，就他相貌平平，可他的脸孔显得聪明、敏锐、灵活。玛格丽特会不时地纳闷，他到底在想什么。他虽然默不作声，却面露讥讽，看着伊迪丝忙来忙去。其实，这种讥讽是由肖夫人和他弟弟的谈话所引起，跟他看到的没有关系。他饶有兴致地看着表姐妹俩忙着布置餐桌，真是赏心悦目。伊迪丝决心亲力亲为大部分事情，心情很好，乐意做给心上人看看，她可以做个很好的军人妻子。她发现壶里的水凉了，就吩咐用人把厨房里的大茶壶拿来。她在房门口迎着，想要亲自提进来，可是壶太重，提不动。结果，她噘着小嘴回来，细布衣服染上了一块黑斑，洁白圆润的小手被壶柄压出一道凹痕。她给伦诺克斯上尉瞧瞧，就像一个受了委屈的孩子。当然，她像小孩一样，得到了安慰。玛格丽特迅速地调节好那盏酒精灯，营造氛围，尽管房间里并不像伊迪丝即兴想到的与吉普赛人的营地非常相似的兵营生活。

从那天晚上以后，大家始终忙碌着，一直到办完婚礼为止。

第二章　玫瑰与荆棘

在林间沼泽柔和绿光中，
在你童年嬉戏的青苔河旁，
在庭院的大树下，你的眼睛
第一次深情地仰望夏日晴空。

——赫门兹夫人 ①

玛格丽特又换回了便装，跟着父亲一起，静静地踏上回家的旅途。父亲是来伦敦给婚礼帮忙的，母亲则找了一堆模棱两可的理由留在家里。这些所谓的"理由"，除了黑尔先生，没人能真正理解。黑尔先生完全清楚，虽然他竭力劝说她穿那件半旧不新的灰色软缎衣服，可是没用。既然他没钱把妻子从头到脚打扮得焕然一新，那么妻子也就不肯前来参加她唯一亲妹妹的独生女儿的婚礼了。要是肖夫人猜到了黑尔夫人不陪丈夫前来的真正原因，她肯定会给她姐姐送去成堆的衣裙。可是，从当年可怜可爱的贝雷斯福德小姐到现在的肖夫人，已经差不多过去二十年了，她早就忘却了所有的委屈和不满，要说唯一的不幸，就是她与丈夫年龄悬殊，这个话题她一开口就能讲半个钟头。在肖夫人看来，最亲爱的玛丽亚嫁给了她心爱的男人，只比她大八岁，性情那么温和，还长着那么少见的蓝黑色头发。黑尔先生是她听说过的最讨人喜欢的牧师之一，而且还是一位教区的模范牧师。也许，所有这些都不足以合理地推出这样的结论，但当肖夫人说起姐姐的命运时，她依然认为："为了爱情而结婚，亲爱的玛丽亚，在世上还有什么不满足呢？"黑尔夫人要是实话实说，在回答时可能

---

① 赫门兹夫人（Felicia Dorothea Hemans，1793—1835）：英国诗人，引文见她的诗篇《家乡的魅力》（The Spells of Home）。

会列出一份现成的清单来:"需要一件银灰色光滑的绸衣裳,一顶洁白的细草帽,啊!还有参加婚礼需要的几十种装饰,装饰房间需要的数百件东西。"

玛格丽特只知道母亲不方便前来。她心里并不觉得惋惜,她觉得,与其在哈利街那片混乱的寓所里和母亲见面,还不如回赫尔斯通的牧师公馆。在姨妈家的这两三天,她就像费加罗①一样跑来跑去,到处都需要她去张罗。玛格丽特回想起过去四十八小时里自己所说的和所做的一切,身心疲惫。在众人的道别声中,她匆匆辞别了和她一起生活了那么久的人们,她的心情到现在还十分沉重,如今这种时光不会再有了,她感到很失落。那究竟是些什么样的时光并不重要,只是这些时光一去不复返了。多年来玛格丽特无时无刻不想念家乡、想念家乡生活,如今她就要回到那片至爱的故土了。玛格丽特根本没有想到,此时此刻——在经历了所有的渴望和想念之后,在感觉迟钝、即将蒙眬睡去的时刻,她的心情竟然会这样沉重。她强迫自己不再回忆过去,而是平静乐观地憧憬着充满希望的未来。她的眼里不再是过去的幻象,而是眼前的真情实景:她亲爱的父亲在火车车厢里向后靠着睡熟了,蓝黑色的头发如今已经斑白,稀稀疏疏地覆在额头上,脸上的颧骨清晰可见——太清晰了,要是他的五官不是那么端正的话,就有点儿影响美感了。正如曾经那样,他的容貌自有其独特的优雅气质,即使算不上漂亮。他的脸色很平静,不过那是疲劳后的休息,而不像生活平静、心满意足的人面孔上流露出的那种怡然自得。玛格丽特看到他脸上那种疲惫、忧虑的神情,突然感到很痛心,从那一道道皱纹可以明显看出他长期处于痛苦和压抑之中。她回想了一下父亲一生中为人所知的种种生活经历,试图找出皱纹背后的原因。

"可怜的弗雷德雷克!"她一边想,一边叹气,"唉!要是弗雷德

---

① 费加罗(Figaro)是意大利作曲家罗西尼(G. A. Rossini,1792—1868)根据法国剧作家博乃舍(Pierre Beaumarchais,1732—1799)的剧本《塞维利亚的理发师》(*The Barber of Seville*,1773)改编成的一部歌剧《费加罗的婚礼》中的主人公。有一幕他在筹备自己的婚礼,他唱着说,人人都同时需要他去帮忙。

雷克做了牧师，没有参加海军，我们就不会失去他，那该多好！我真希望能知道全部实情，可姨妈总也说不清楚，只知道他因为某件可怕的事情而不能回到英国。可怜的爸爸！他看起来多么伤心！幸好我就要回家了，可以随时安慰他和妈妈。"

父亲醒了，她已准备了一个灿烂的微笑向他问好，脸上没有一丝疲劳的痕迹。他也对她回以微笑，不过很淡，仿佛这么做异常费力似的。他的脸上又重新布满那焦虑的皱纹。他喜欢把嘴半张着，嘴唇微微动着，给人一种欲言又止、犹豫不决的印象。但他有一双和女儿一样温柔的大眼睛，在透明的白色眼睑恰如其分的遮盖下，慢悠悠、亮堂堂地在眼眶里打转。玛格丽特长得更像父亲，而不是母亲。有时，人们会好奇像他们这样一对相貌标致的父母怎么会有一个不怎么漂亮——甚至人们偶尔说，一点儿都不漂亮——的女儿。她的嘴巴很大，而不是那种张口只能说出"是"或"不是"，或"您请，先生"之类的樱桃小嘴，但她有着柔和饱满的红唇，微微有点儿弯曲，皮肤算不上白皙，却也娇嫩光滑如象牙一般。她平时的表情总是很庄重，不苟言笑，与她小小年纪极不相称；但现在，她跟父亲说话时，一脸春光明媚——不时露出酒窝，眼睛瞟来扫去的，像孩童般高兴，对未来充满着无限希望。

玛格丽特是七月下旬回到家乡的。林间树木郁郁葱葱，苍翠欲滴。树下的蕨草，在斜阳下发亮，天气闷热而沉寂。玛格丽特在父亲身旁大踏步地走着，冷酷地踩踏着蕨草，却十分开心，因为她感到蕨草在她轻盈的脚下伏倒，散发出特有的芳香。他们走到开阔的公地上，气候温暖，芳香四溢，看到许许多多的野生小动物在阳光下自由自在，还有被阳光唤醒的种种鲜花和野草。这种生活——至少是这样的散步——让玛格丽特的希望全部实现了。她为她的森林感到自豪。森林里的子民就是她的同胞。她和他们结成了知心朋友，乐意学习并使用他们独特的语言；她在他们当中自由自在，帮助照看他们的孩子，用缓慢而清晰的声音跟老年人聊天或者读书给他们听，把美味可口的食物送给病人吃，不久她还决定去学校教课。因为她的父亲每天都会去学校，像去完成一项使命，而玛格丽特却总是抵挡不住学校外面的诱惑，常常中途跑出去看望她那些住在林中小屋里的朋友——或男或女，或长或幼。

她的户外生活完美无缺，室内生活却有些黯然失色。她看到家里一切全不像应有的那样，感到很羞愧，责怪自己目光太挑剔，尽管这也是一个孩子的正常反应。她母亲——一向对她百般呵护的母亲——似乎对他们的处境时常觉得十分不满。她认为主教不可思议地忽略了他的职责，没有给黑尔先生一个生活得更好的职位，而且几乎嗔怪丈夫，因为他自己不肯提出来他想离开这个教区，去负责一个更大的教区。这时，黑尔先生总会大声叹着气，回答说，如果在小小的赫尔斯通他能做好自己该做的事，那么他就很感激了。可是他一天比一天沮丧，世界也变得越来越让人迷惑不解。他妻子还是一再敦促说，他应该主动去谋求一个肥缺。玛格丽特看到每次她这样敦促以后，父亲总越来越向后退缩。遇到这种时候，她总想法让母亲对赫尔斯通的生活感到满意。黑尔夫人说，附近一带树木这么多，影响了她的健康。玛格丽特就设法引她朝前走，到那片美丽开阔、阳光斑驳、白云遮掩的高原公地上去，因为她深信母亲已经过分习惯于室内的生活，难得走到教堂、学校和附近一些小村舍以外的地方。有一段时间，这样做很有用，但是快到秋天时，天气变得忽冷忽热，母亲认为这地方不利于健康的念头又增强了。她甚至更常抱怨说，秋天来了，天气开始变幻不定，她愈加觉得野外环境对身体不好，同时更加频繁地抱怨，说自己的丈夫比休姆先生更博学，比霍尔兹沃思先生更称职，可是这两位先前的邻居都高升了，而他却没有。

这样长时间的不满情绪破坏了家庭的安宁，这是玛格丽特所没有料到的。她知道自己不得不放弃很多奢侈的享受，但想到这点她反而感到高兴，因为在哈利街，那些享受给她的自由带来了烦恼和拘束。她很善于享受感官上的快乐，但如果有必要，她也能摆脱这些享受，并且为自己能够这么做而感到很骄傲。这种骄傲，即使没有超过，也在很大程度上抵消了她那种敏锐的欣赏力。可是乌云向来不是来自我们注视着的那一片天。以前，玛格丽特回来度假的时候，母亲就赫尔斯通的某件琐事或者父亲的职务，曾经有些小小抱怨，或者偶尔惋惜一番。但是她回忆起那些日子时，一般还是会感到很幸福，她会忘掉那些不愉快的琐事。九月的后半个月，秋雨不断，暴风雨也增多了，玛格丽特不得不比先前更常待在家里了。赫尔斯通跟任何一个与他们的教养水平相当的邻居都离得相当远。

"不用说，这里是英国最偏僻的地方之一，"黑尔夫人在一次心情不好时，这么说道，"我不禁常常感到惋惜，你爸爸在这儿实在没有一个可以来往的人。他简直是被抛弃了，每个星期从头到尾，除了农民和雇工，谁都见不着。要是咱们住在教区的另一边，那可好多啦。咱们在那儿只要走走，就可以走到斯坦斯菲尔德家，当然，步行去戈尔曼家也可以。"

"戈尔曼家，"玛格丽特说，"就是在南安普敦靠经商发了财的戈尔曼家吗？嗨！我很高兴我们没去拜访他们。我不喜欢生意人。我觉得我们只认识一些村民和雇农，认识一些毫不造作的人，反而很好啊。"

"你不可以这么挑三拣四，玛格丽特，亲爱的！"母亲说道，心里暗暗想到她有次在休姆先生家遇到过一位年轻潇洒的戈尔曼先生。

"没有啊！我认为我的品位很全面。我喜欢所有与土地打交道的人，喜欢士兵和海员，以及人家所说的那三种'博学'的职业[①]。我相信您不希望我去喜欢杀猪的、做面包的和造烛台的，对吗，妈妈？"

"可是戈尔曼家既不是杀猪的，也不是做面包的，他们是很体面的马车制造商。"

"对啊。制造马车不也是一种生意吗？而且我认为这是一种比杀猪或做面包更没用的生意。啊！我原来每天坐着肖姨妈的马车出去，不知感到多么厌倦，多么渴望步行啊！"

玛格丽特现在确实在步行，尽管天气不好。她待在户外很高兴，

[①] 指牧师、医生和律师这三种职业。

走在父亲身旁，感到十分快乐，几乎手舞足蹈起来。在穿过一片石楠丛生的荒地时，强劲的西风从身后吹来，就像秋风吹送落叶那样，轻快而毫不费力地把她推向前方。不过晚上要过得惬意是不太容易的。吃完茶点后，父亲就会立刻退到他的小书房里去，单独撇下她和母亲两个人。黑尔夫人始终不大喜欢读书，在婚后的头些年她就阻止过丈夫，不让他在她干活的时候大声读书给她听。有一段时间，他们下西洋双陆棋作为消遣。但是当黑尔先生对学校和教区居民日益感兴趣以后，有时要分身去做些事务，而他妻子竟然无法理解这是他职业的正当责任，觉得那是在吃苦。当那些事情接二连三出现、需要他去打理时，她却表示反对和惋惜。所以在孩子们还小的时候，他晚上要是在家，就躲进书房，阅读推理和玄学方面的书籍，那是他的乐趣。

以前，玛格丽特回这里的时候，总会带来一大箱老师或家庭女教师推荐的书，不过她觉得夏天的日子太短，总是来不及读完带回来的书，就要回城了。现在，只有装帧精美、不太有人阅读的英国文学经典了，都是从父亲的书房里清除出来的，摆满了客厅里那几个小书架。其中，汤姆森的《四季歌》、海利的《考珀传》、米德尔顿的《西塞罗传》就算是最轻松、最新出版、最有趣味的了。书架提供不了多少娱乐。玛格丽特便把她在伦敦生活的详情说给母亲听，黑尔夫人听得津津有味，有时候被逗乐了，还要寻根问底，有时候又有点儿禁不住想拿妹妹舒适安逸的境况和赫尔斯通牧师公馆的拮据情形进行比较。在这样的夜晚，玛格丽特往往会突然停下来，不说话，静静地听着雨点淅淅沥沥打在那扇小弓形窗的铝皮框上。有一两次，玛格丽特发觉自己一边机械地数着那个一再重复的单调声音，一边在心里纳闷，自己是否可以大胆地问一个经常萦绕在心头的问题，问一下弗雷德雷克这时在哪儿、正在干些什么，以及他们有多久没有收到他的来信了。但是她意识到，母亲身体变得虚弱、对赫尔斯通充满厌恶，都是从弗雷德雷克参加了那场兵变以后才开始的，这就使她每次要谈到这个话题时欲言又止，力图回避。玛格丽特从没听到过那场兵变的详细描述，现在看来这事似乎注定要被伤心地忘却了。她和母亲在一起时，觉得向父亲打听消息最适合，可是和父亲在一起时，她又认为问母亲比较好。或许，并没有多少新事是没有听过的。在离开哈利街以前，她从父亲写给她的一封信中得知，家里收到了弗雷德雷克的来信，说他仍旧待在里约，身体很好，并向她问好。这些是实实在在的情况，并不是她渴望知道的内情。他们在家里很少提到弗雷德雷克的名字，提起时总是把他叫作"可怜的弗雷德雷克"。他的房间保持得就和他当初离开时一模一样，而且经常由黑尔夫人的女佣迪克逊定期打扫和收拾。迪克逊不干其他的家务事，她被贝雷斯福德夫人雇来监护约翰爵士，同时做拉特兰郡的美人儿、俏丽的贝雷斯福德小姐们的贴身女仆。她总认为黑尔先生是降临到她的年轻小姐生活中的阴影。如果贝雷斯福德小姐没有匆匆忙忙地嫁给一个贫穷的乡村牧师，那可不知道她会攀上什么好亲事呢。不过，迪克逊对小姐很忠实，绝不会在她的小姐痛苦和没落的时候（即她的婚后生活）抛弃她。她仍旧跟着她的小姐，维护她的利益，总把自己看作是那个善良的护花仙子，她的职责就是挫败那个恶毒的巨人——黑尔先生。弗雷德雷克少爷一直都是她的最爱、她的骄傲。现在每星期她走进他的房间去收拾时，她那严肃的神情和态度都会稍稍缓和一些。她仔仔细细地收拾，仿佛他那天晚上就会回来似的。这时候，玛格丽特禁不住认为最近有什么关于弗雷德雷克方面的消息，她母亲不知道，却使得父亲焦急不安。黑尔夫人似乎并没有觉察到丈夫的神色举止有什么变化。他平时很温和、很亲近，但关于别人的随便一件什么小事都会立即影响到他。看到谁去世了或听到谁犯罪了，他都会难过好多天。可是现在，玛格丽特注意到他心不在焉，仿佛他的心思完全倾注在了某个问题上。任何日常行动，例如安慰死者的家属或在学校讲课以期减少未来一代人的罪恶，都不能使那种压抑的心情有所缓和。黑尔先生不像平日那样常到教区居民中去了，许多时候他把自己关在书房里，急切地等着村里的邮差。家庭邮差送信的信号，就是敲打厨房后面的百叶窗——以前不得不一再重复地敲，直到有人意识到那是一天中的某个固定时间，明白敲窗的信号了，然后才去回应他。可现在，如果上午天气晴朗，黑尔先生就会在花园里转来转去，如果天气不好，他就出神地站在书房的窗口，一直等到邮差来过了，或者看着邮差对他恭敬而会意地摇摇头，走过那道小蔷薇花的树篱、越过那株大杨梅树、走下那条小路以后，才转回书房去，心事重重地开始一天的工作。

不过在玛格丽特这个年龄，所有的忧虑，只要不是完全由于客观事实造成的，一个大晴天或是什么外面的开心事就能轻易将其暂时驱散。当十月份那两周晴好的天气来临时，她的烦恼全像飞絮那样被轻飘飘地吹走了。她什么也不想，只想着森林里的壮丽秋色。蕨草的收割已经结束，雨季已经过去了，许多幽深的林间空地都可以走进去了，而在七八月份时，玛格丽特只能朝那些地方张望。她跟伊迪丝一起学过画画。刮风下雨的时候，她便为晴天时所尽情欣赏到的林地美景感到十分惋惜，这使她决定在冬天到来以前，尽可能地多画些风景速写。于是，某个早上，她开始忙着准备画板，就在这时，女佣萨拉一把推开客厅的门，通报道："亨利·伦诺克斯先生来了！"

第三章　欲速则不达

学会赢得女士的信任，
应当优雅，因为这很高尚；
应当勇敢，犹如对待生死——
忠诚而庄重。

领她离开筵席，
指引她仰望璀璨星空，
用你诚恳的话语，
呵护她，
绝不像求爱时那样奉承。

——布朗宁夫人 [1]

"亨利·伦诺克斯先生。"玛格丽特刚刚还想到他，记得他问自己在家里可能会干点儿什么。这真是"讲到阳光，就见到阳光"[2]。玛格丽特的脸上仿佛洋溢着光芒，她放下画板，走上前去和他握手。"去告诉妈妈，萨拉，"她说，"妈妈和我有好多问题想问你呢，关于伊迪丝的情况。你大驾光临，我真的很感谢。"

"我不是说过要来拜访的吗？"他以比她讲话还要低的音调回答道。

"可我听说你住在高地那么远的地方，我完全没想到你会来汉普郡。"

"哦！"他声音更轻地说道，"那小两口儿傻呵呵地到处游玩，冒

---

[1] 布朗宁夫人（Elizabeth Barrett Browning，1806—1861）：英国诗人，引文见她的诗篇《女士的应允》（The Lady's Yes）。

[2] 原文为法语：parler du soleil et l'on en voit les rayons。

着各种风险,爬爬这座山,游游那片湖,我真的觉得需要一位'顾问'去照顾他们,真的,他们可真需要。我叔叔管不了他们,一天二十四小时中,他们有十六个小时都让老先生提心吊胆。说真的,我发现他们俩是多么不靠谱以后,就觉得有责任不能丢下他们,直到我看着他们平平安安地在普利茅斯上了船为止。"

"你们去普利茅斯了?啊!伊迪丝从没说过。当然,她最近的信写得都很匆忙。他们真的是星期二乘船走的吗?"

"真的乘船走啦,我解脱啦,不用那么操心了。伊迪丝托我捎给你各种各样的信息。我确信,身上哪儿还有个小小便条,不错,在这儿呢。"

"哦,谢谢你!"玛格丽特高兴地喊道。随后,她有点儿想自己单独去看信,不让别人看着她读,于是借口再去告诉母亲一声(萨拉肯定是搞错了),伦诺克斯先生来了。

等她离开房间以后,伦诺克斯先生便开始细细地打量四周。这间小客厅在晨曦的照耀下显得格外漂亮。弓形墙壁中间的那扇窗敞开着,一簇簇蔷薇和鲜红的忍冬在窗角那儿朝里窥视,那片小草坪上长满了鲜艳夺目的马鞭草和天竺葵,赏心悦目。不过外边的光亮反而使室内的色彩显得阴沉暗淡了。地毯一点儿也不新,印花棉布窗帘已洗过好多次了。作为玛格丽特的背景和陪衬,整个房间远比他原来预料的显得窄小和寒碜,因为他觉得玛格丽特本人是那么有女王风范。桌上放着很多书,他拿起一本,是但丁的《天堂》,意大利特有的老式装订,白皮纸上烫金。旁边放着一部字典,上面有玛格丽特手抄的一些笔迹。这是一张多乏味的单词表啊,可是不知怎么的,他却很喜欢看那些单词。他放下那些单词时,不由得叹息了一声。

"这里的生活显然像她说的那么局促。这似乎很奇怪,因为贝雷斯福德家可是名门望族啊。"

与此同时,玛格丽特已经找到了她的母亲。不巧,这几天黑尔夫人心情不好,什么事情都让她感到为难、不顺心。伦诺克斯先生的到来也是如此,不过她暗地里还是感到高兴,因为他觉得他们家是值得来拜访的。

"太不巧啦！我们今天饭吃得早，好让仆人们继续熨衣服。什么都没了，只有冷冻肉。不过，当然啰，我们必须得留他吃饭——毕竟是伊迪丝丈夫的哥哥嘛。你爸爸今天早上心情很不好——我也不知道是怎么回事。我刚刚走进书房，他两手捂着脸，趴在桌子上。我告诉他，我确信赫尔斯通的空气对他和对我一样，也变得不合适了。他突然抬起头来，请我不要再说一句赫尔斯通的坏话，他说他实在受不了，要是世上还有一个他喜爱的地方，那就是赫尔斯通。可是我敢肯定，不管怎么样，准是这里潮湿的空气让人乏力。"

玛格丽特仿佛感到她和太阳之间出现了一层寒冷稀薄的浮云。她一直耐心地听着，希望母亲这样诉说上一番以后可以轻松点。但现在该把她引回到伦诺克斯先生身上去了。

"爸爸很喜欢伦诺克斯先生，他们上次在婚宴上谈得可开心了。我想他来了，或许会对爸爸有好处。别为吃饭操心了，亲爱的妈妈。午餐有冷冻肉就挺不错啦，伦诺克斯先生很可能希望吃上一顿两点钟的简餐呢。"

"可是在两点之前，我们该怎么招待他呢？现在才十点半。"

"我请他跟我一起出去写生。我知道他会画画，这样他就不会妨碍您了，妈妈。只是这会儿您要进去见一下。要不然，他会觉得很奇怪的。"

黑尔夫人脱下黑绸围裙，揉了揉脸。她看上去俨然是位落落大方的贵妇人，她以接待一位几乎算是亲戚的人的那份热情和礼貌欢迎伦诺克斯先生的到来。显然，伦诺克斯先生预料他们会邀请他待上一天，所以欣然答应留下来，这让黑尔夫人觉得除了冷冻牛肉外，还可以再添点儿什么菜。他对什么都喜欢，对玛格丽特提出的一起出去画画的建议感到非常高兴。既然吃饭的时候就要见到黑尔先生，他怎么也不愿意这会儿就去打扰他。玛格丽特把绘画工具拿出来任他挑选。选好了合适的纸笔以后，他们俩就兴高采烈地出发了。

"啊，请在这儿停一下，"玛格丽特说，"就是这些村舍，在那阴雨连绵的两个星期里，一直萦绕在我心头，似乎责怪我没有把它们画下来。"

"在它们倒塌了、看不见之前，把它们画下来。真的，如果要画——这些村舍还真入画呢——我们最好不要推迟到明年。可是我们坐哪儿呢？"

"哟！你恐怕是直接从圣堂的事务所来的，而不是在高地待了两个月吧！瞧瞧这个树干多好看，砍树的人留得恰到好处，光线正好。我把格子花呢外衣铺在上面，它就变成一个真正的林间宝座啦。"

"那你把脚放在那个泥水坑里，就是个御用的脚凳了！等下，我移开点儿，这样你就可以朝这边来一点。谁住在这些村舍里？"

"这些村舍是五六十年前占用公地的人造的。有一处没人住，等住在另一处里的那个老头儿死了，护林员就会把它拆掉了，可怜的老头儿！瞧——他就在那儿——我得过去跟他说说话。他耳聋得厉害，所以我们的秘密你全都能听见。"

老人拄着拐棍，光着头，站在小屋门前的阳光下。当玛格丽特走上前去和他说话时，他那僵硬的面容松弛下来，露出了一丝迟钝的微笑。伦诺克斯连忙把这两个人画进了他的画里，顺带还勾勒出了他们后边的风景——正如后来他们站起身把水和废纸收拾完、相互展览各自的素描时，玛格丽特所看到的那样。她笑了起来，满脸通红。伦诺克斯先生看着她的脸庞。

"嗨，我可得说这是骗人啊，"她说，"当你叫我去问老艾萨克这些村舍的历史时，我根本没想到你把他和我都画进你的画里了。"

"无法抗拒啊。你不知道，这一情景多有吸引力。我简直不敢告诉你，我多么喜欢这幅素描。"

他不确定她到小溪边去洗调色板之前，是否听到了他说的最后这句话。她回来的时候，脸上红扑扑的，不过看上去很单纯，什么也没有意识到。他很高兴，因为那句话是他不知不觉说溜了嘴的。这对像亨利·伦诺克斯这样遇事考虑很周全的人来说，是很少见的。

他们回到家时，家里看上去一切都很好，很明朗。母亲眉头的乌云已经散去了，是因为恰巧有位邻居送了两条鲤鱼来，也给她带来了好心情。黑尔先生从午前的日常巡视回来了，正等在通往花园的那扇小门外边迎接来客。他穿着相当破旧的外套，戴着顶旧帽子，但看上去十足是一位有教养的绅士。

玛格丽特为父亲感到很自豪，每当她看到父亲给陌生人留下非常良好的印象时，总有一种清新而亲切的自豪感，不过她那双敏锐的眼睛扫视了一下父亲的脸色，还是发现了某种不平常的烦恼痕迹，这种烦恼只是被暂时放在一边了，并没有完全消失。

黑尔先生提出要看看他们的素描。

"我觉得你把茅屋屋顶的颜色涂得太深了，是不是啊？"

他把玛格丽特的画还给她的时候一边这么说，一边伸手去拿伦诺克斯先生的画。他把画拿在手里，没有立即还回去，停了一会儿。

"没有，爸爸！我没有涂得太深啊。长生草和景天，在雨中看起来颜色就是要深得多嘛。这不像吗，爸爸？"她一边说，一边趁爸爸在欣赏伦诺克斯先生素描里的人物时，从他的肩膀后偷看了一眼。

"嗯，很像，外貌和神态你都画得像极啦。而且，可怜的老艾萨克弯下患有风湿痛的长脊背时，就是这副僵硬的样子。挂在这个树枝上的是什么？肯定不是鸟巢吧？"

"哦，不是！那是我的帽子。我就是没法戴着帽子画画，那样头太热了。我不知道我能不能画得了人物。这儿有这么多人，我很想都把他们画下来。"

"我得说，要是你特别想画好一个人物，那么你总会画好的，"伦诺克斯先生说，"我很相信意志的力量。我自认为在画你时，我就画得相当成功。"黑尔先生走在他们前面，进了屋子。玛格丽特逗留在后边，想摘几朵蔷薇花，去装饰一下午餐时穿的晨袍。

"一个正常的伦敦姑娘会懂得我那番话的含意的，"伦诺克斯先生想着，"她会仔细揣摩年轻男性跟她说的每一句话里别有用心的奉承。但是我不相信玛格丽特……等等！"他喊了一声，"我来帮你摘。"他替她摘了几朵她够不着的天鹅绒般深红色蔷薇花，然后自己也拿了两朵，别在纽扣洞里，看她兴高采烈地进屋去佩戴她的花儿了。

午餐时的谈话进行得非常平静和愉快。双方都问了许多问题，交换了每个人所能提供的关于肖夫人在意大利活动的最新消息。伦诺克斯先生对大家的谈话很感兴趣，对牧师公馆内朴实无华的氛围也很感兴趣——特别是因为有玛格丽特在身旁，所以他最初的那点儿失望的情绪早都消失得无影无踪了。那是伦诺克斯先生最初看到玛格丽特所说的是实情时（她描述过，她父亲的生活圈很狭小），他曾经感到有点儿失望。

"玛格丽特，孩子，你倒可以去摘几个梨子来做餐后水果。"黑尔先生一边说着，一边把一瓶新装满的葡萄酒这件奢侈品放到了餐桌上。

黑尔夫人急了。在牧师公馆内通常餐后不吃水果的，这次是临时安排。其实只要黑尔先生回头瞧瞧，就会看见饼干和橘子果酱等全都很正规地摆在餐具柜上了。可是黑尔先生这时候一心只想着吃梨子，这个念头挥之不去。

"南墙那边有几颗褐色的嫩梨，抵得上所有外国的水果和罐头水果。玛格丽特，快去给我们摘一些来。"

"我提议我们去花园，到那儿吃梨子。"伦诺克斯先生说，"用牙咬着被太阳晒得热乎乎、香香脆脆的水果，汁又多，那滋味简直美极了。最糟的大不了是当你正吃得津津有味时，黄蜂会飞来，很无耻地跟你抢着吃。"

伦诺克斯先生站起身，仿佛想跟着玛格丽特一起去似的，可玛格丽特这时已经消失在窗后了。他等着黑尔夫人表示同意。可是她呢，宁愿按照正常的方式结束这顿午餐，把一直进行得如此顺利的全套礼数坚持到底，特别是为了不辱肖将军遗孀的姐姐这一身份，她和迪克逊还把洗手钵从储藏室里拿出来了。可是看到黑尔先生随即也站起身，准备陪同客人一起前去，她也只好顺从他们了。

"我要带一把刀去，"黑尔先生说，"按你说的那种原始方式吃水果的日子，对我说来早已一去不返了。我非得削了皮、切成四块，才吃得过瘾。"

玛格丽特用一片甜菜根叶当盘子，托着那些嫩梨，把金褐色的梨皮衬托出来，美极了。伦诺克斯先生与其说是看着梨子，不如说是在望着她。而她父亲呢，极力想好好享受一下自己苦中偷闲的这一热情完美的时刻，很讲究地挑选了最熟的一只梨子，在花园的长凳上坐下，悠闲自在地吃了起来。玛格丽特和伦诺克斯先生沿着南墙下斜坡上的那条小路漫步。蜜蜂还在嗡嗡飞着，在蜂巢内忙碌地干活。

"你在这儿过的是一种多么美满的生活啊！我以前非常瞧不起诗人，因为他们总希望'结庐在山下'之类的。不过现在，我觉得实际情况是，我就只是个老土的伦敦佬。刚才我觉得，要是能过一年这种绝妙的宁静生活，那么这二十年刻苦攻读法学的日子也就得到了充分的回报——瞧，这样的天空！"说着，他抬起头来，"这样红艳艳的琥珀色树叶，那样静美，纹丝不动！"他指着那些如鸟窝一般被圈在花园里的参天大树感叹道。

"你也得知道，我们的天空并不总是像现在这样碧蓝。我们这儿也下雨，树叶也会落下来，被雨水浸湿：尽管我认为赫尔斯通大概跟世界上任何其他地方一样美好。还记得吗？有天晚上在哈利街你是怎样嘲笑我的描述，'故事里的一个村庄'。"

"嘲笑，玛格丽特！这词用得太重了。"

"也许是重了点。我只知道我那时很想把我心里满满的感觉全说给你听，可你呢——我该怎么说呢？——你却很不客气地把赫尔斯通说成只不过是故事里的一个村庄。"

"我再也不这么说啦。"他热情地说。他们转了个弯。

"我几乎希望，玛格丽特……"他停下来，有点犹豫。这位侃侃而谈的律师突然支吾其词，这很少见，所以玛格丽特有点儿疑惑地抬起头来看着他。可是一刹那——她也说不上来是因为他神态中的哪一点——她真希望自己能回到屋子里的母亲身边、父亲身边——在任何一个远离他的地方，因为她可以肯定，他这就要说出什么来了，而她不又知该如何回答。又过了一会儿，她强烈的自尊心战胜了这阵突如其来的激动不安,她希望他并没有察觉到她的不安。当然,她能回答,而且是正确的回答。她认为,这时候害怕听到什么话,仿佛自己无力用高傲的女性尊严去制止它,是可怜且可鄙的。

"玛格丽特。"他这一声,让她吃了一惊。他突然握住了她的一只手,使她不得不站定了静静地听,面对一直慌乱紧张得怦怦乱跳的心,她感到有点瞧不起自己。"玛格丽特,我希望你不要这么喜欢赫尔斯通——你在这儿的生活似乎不是这么绝对地平静、快乐。过去这三个月,我一直希望你对伦敦有一些怀念——或者对伦敦的朋友——可以让你比较友好地倾听。"(她正悄悄地、但很坚决地想把那只被他握住的手挣脱出来。)"听听一个真的没有什么可以奉献给你的人所说的话——他除了未来的前程,一无所有——但他真的爱你,玛格丽特,几乎是不由自主地爱你。我是不是吓坏你了,玛格丽特?你说话呀!"因为他看到她的嘴唇在颤抖,好像要哭了。她努力让自己镇静下来,一直没说话。直到后来她能发出声音了,才说道:

"我是吓了一跳。我不知道你那样喜欢我。我一向把你当作朋友。而且,我还是宁愿继续把你当作朋友。我不喜欢你像刚才那样对我说话。我不能给你你想要的回答。要是我惹你生气了,我只能说非常抱歉。"

"玛格丽特。"他注视着她的眼睛说。她的那双眼睛对视着他,诚恳而又直率,流露出一种极度的善意和不愿使人痛苦的愿望。

"你爱上……"他本来想要问,"别的人了吗?"但又觉得这句问话亵渎了那双纯洁而又平静的双眸。"请原谅我!我太鲁莽啦。我该受罚。就让我抱有一线希望吧。给我一点可怜的安慰,告诉我你还从来没有见到一个可以……"他又打住了,没能把这句话说完。玛格丽特因为惹得他这么痛苦,深深地感到自责。

"唉!要是你脑子里从来没有过这种念头该多好!把你当朋友,多开心啊!"

"但是,玛格丽特,我可不可以希望你有一天会把我当情人呢?不是眼下,我知道——这并不急——是将来某个时候……"她沉默了一两分钟，想先弄清楚自己心里的真实想法再回答，随后回答道：

"我从来没有想过别的，只是把你当作一位朋友。我喜欢你做我的朋友；我相信自己绝不会把你看作其他的什么人。天哪，就让我们俩都忘记有过这样一次，"（她本来想说"不愉快的"，但是猛地停住了。）"谈话吧。"

他回答之前先停顿了一下，然后用惯常的冰冷语气回答道："当然，既然你决心已定，既然这次谈话这么明显地让你不愉快，那最好还是把它忘了吧。不管多么痛苦的事情，把它忘掉，这从理论上讲是个挺好的办法，可是对我来说，要实践起来，至少有点困难。"

"你生气了，"她伤感地说，"可我有什么办法呢？"

她说这句话的时候，看上去是真的特别伤心，因此有一会儿他尽力想摆脱掉真正的失望情绪。后来他又说话了，显得高兴了一些，尽管语气还有点生硬：

"玛格丽特，对一个钟情于你的人，而且是像我这样一般不大会谈情说爱的人遭遇的懊恼，你应该予以体谅。大家都说我谨慎而世故，这可不是被一股激情所驱使，才一反平日的常态——唉，我们不说这些了。可是，我在为自己个性中比较诚挚、比较美好的情绪所找到的唯一出口上，遭到了拒绝。我只能以嘲笑自己傻来安慰自己啦。一个在挣扎中的律师，还想要结婚！"

玛格丽特无法回答。他说这番话的整个语调使她很讨厌，那种腔调似乎触及并唤醒了以往常常使她排斥他的双方之间某些的分歧，然而另一方面，他又是最讨人喜欢的人、最富有同情心的朋友和哈利街所有的人中最了解她的人。她因为自己拒绝了他而感到很痛苦，不过同时又夹杂着一点蔑视。她妩媚的嘴唇微微翘了起来，带有一丝轻蔑的意味。这时候，他们在花园里绕了一圈，突然碰上了黑尔先生，这倒好，原来他们早已忘却了他待在那儿了。黑尔先生很巧妙地把梨皮削成像锡纸那么薄的一长条，他还没吃完那颗梨，正在津津有味地享用着。这就像那个东方国王的故事一样：他在巫师的盼咐下把头浸在一盆水里，在他立刻抬起头来之前，他已经经历了一生一世。玛格丽特感到有些震惊,还没能完全恢复镇静,也无法加入父亲和伦诺克斯先生随后的闲聊中。她的神情很严肃,不大乐意讲话,她很想知道伦诺克斯先生什么时候才会走,好让她放松下来,细细回想过去一刻钟内发生的事情。他几乎也像她一样急切地巴望着赶紧告辞。不过,不管他做了多大的努力,轻松、随意地闲聊几分钟,却是他为自己受伤的虚荣心或自尊心应当付出的牺牲。他不时地瞟一眼她那张忧伤、愁闷的脸庞。

"她并不像她所说的那样,对我毫不在乎,"他暗自想着,"我不会放弃希望。"

还不到一刻钟,他已经能平静地聊天了,甚至带些嘲讽。他谈论着伦敦的生活和乡下的生活,仿佛意识到第二个自我在冷嘲热讽,他很害怕自己的嘲讽。黑尔先生听糊涂了。他的客人跟他之前在喜宴上和今天午餐时见到的完全不是一个人了,他变得比先前更加轻松、机敏、世故,和黑尔先生不合拍了。当伦诺克斯先生说,如果他打算乘五点钟的那班火车、他就必须立即告辞时,三个人都感到松了一口气。他们走到屋子里去寻找黑尔夫人,他跟她说了再见。在最后临别时刻,亨利·伦诺克斯的真我冲破了外壳,显露出来了。

"玛格丽特,不要瞧不起我。我有一颗丰富的内心,尽管我说了一堆毫无益处的话。为了证明这一点,我相信我更加爱你了——如果我不恨你的话——就因为过去这半小时里你这么轻蔑地听着我表白。再见吧,玛格丽特——玛格丽特!"

第四章 疑虑和困难

> 把我扔在光秃秃的海滩,
> 仅仅可以追寻
> 凄凉的船骸的踪迹,
> 若您在那里,任凭大海咆哮,
> 我也不乞求更为平和的静谧。
>
> ——哈宾顿[①]

他走了。傍晚,房屋的门又关了起来,再也看不到深蓝色的天空,看不到鲜红、琥珀的色彩了。玛格丽特走上楼,准备换上吃下午茶点的衣服。她发现迪克逊脾气很不好,因为家里在忙碌的日子里来了客人,受到了打扰。迪克逊装着急于去黑尔夫人那儿,所以替玛格丽特梳头时显得很不耐烦。然而,最终,在母亲下楼来之前,玛格丽特却不得不在客厅里等候了很长时间。她独自坐在炉火旁(身后的桌子上放着没有点燃的蜡烛),回想着这一天:愉快的散步,开心的绘画,欢乐的午餐,还有花园中不舒服的、让人痛苦的散步。

男人和女人是多么不同啊!现在,她感到心烦意乱、郁郁寡欢,因为直觉让她除了拒绝以外,别无他法。而他呢?他在应该是他一生中最诚挚、最神圣的求爱遭到拒绝后,没过几分钟,却能够谈笑自如,仿佛接业务、追求成功、看重豪宅带来的炫耀,以及聪明、合拍的朋友圈子,都是他想实现的公开目标。哦,天哪!要是他不那样,她本可以爱上他啊!这时回想起来,他最好是另一种表现,表现得低调一点——显得很沮丧。接着,她又想到,毕竟,他可能是故作

[①] 哈宾顿(William Habington,1605—1654),英国诗人,引文见他的长诗《卡斯塔拉》(Castara)第三部。

轻松，以掩饰内心的痛苦和失望。如果她自己爱上一个人后却遭到拒绝，那么这种失望的痛苦也会刻骨铭心。

这团思绪还没有理出个头绪，母亲走进了房间。玛格丽特不得不停止回想白天发生的事和说过的话，转而同情地听着母亲讲述迪克逊怎样向她埋怨熨衣垫又给烧焦了，苏珊·莱特富特怎样被人看见帽子上描着假花，从而证明她为人轻浮、爱好虚荣，等等。黑尔先生心不在焉地呷着茶，一言不发，玛格丽特也没有做出任何回应。她很纳闷，父母怎么会这么健忘，这么不在意他们白天接待的朋友，连他的名字都没提一下。她忘了他并没有向他们提过求婚一事。

吃完茶点后，黑尔先生站起身，一只胳膊肘支在壁炉台上，手托着头，若有所思地默想着什么，还不时地发出深深的叹息。黑尔夫人走出房去跟迪克逊商量给穷人送寒衣的事。玛格丽特正在整理母亲精纺绒线的活儿。她一想到晚上这么漫长，不禁有些害怕，真希望就寝的时刻赶紧到来，这样她可以再去重温白天发生的一切。

"玛格丽特！"黑尔先生终于突然以一种绝望的口气喊了一声，把她吓了一跳，"这个挂毯急等着用吗？我是说，你能不能把它放下，到我书房里来一下？我要跟你说件事，是对我们都很重要的事。"

"对我们都很重要的事？"可她在拒绝了伦诺克斯先生之后，始终没有机会跟父亲私下谈过话，要不然那可真是一件非常重要的事情。首先，玛格丽特感到羞愧，自己竟然长成了一个大姑娘，要谈婚论嫁了。其次，她不知道父亲会不会因为她自作主张地拒绝了伦诺克斯先生的求婚而不高兴。可是她很快便感觉到，父亲想要跟她谈的并不是一件最近突然发生的、会引起什么复杂思考的事情。他让她在身旁的一张椅子上坐下，拨了拨火，把蜡烛花剪了剪，叹息了一两声，然后才下定决心开口说话。不过他的这句话仍然是猛地说出来的："玛格丽特！我要离开赫尔斯通了。"

"离开赫尔斯通？爸爸！为什么呢？"

有一两分钟，黑尔先生没有回答。他紧张而又慌乱地翻弄着桌上的文件，几次想开口，却又闭上了嘴，没有勇气吐出一个字来。玛格丽特受不了这种悬而不决的场面,这对她来说比面对她父亲更痛苦难熬。

"可是为什么呢,亲爱的爸爸?您一定要告诉我!"

他突然抬起头来望着她,然后缓慢而又强作镇定地说道:

"因为我不再是一个国教①教会的牧师了。"

玛格丽特本来猜想,这不外乎是母亲热切盼望的那种好职位终于落到了父亲的身上——这职位要让他离开优美、可爱的赫尔斯通,也许还迫使他不得不去玛格丽特曾经在大教堂镇上时常看到过的那种庄严肃静的大教堂区里。那是气势宏伟、富丽堂皇的地方,可是要上那儿去,就得离开赫尔斯通,从此不再把它当作家乡了,这是让人伤心的、久久难以忘怀的痛苦。但这痛苦和黑尔先生最后这句话使她受到的震惊相比,那简直算不了什么。他究竟是什么意思呢?搞得这么神秘,情况看起来更糟糕。看他脸上那种可怜的痛苦神情,几乎像是在恳求自己的孩子做出宽厚仁慈的判决似的,她突然感到一阵难受。会不会是他被牵扯进了弗雷德雷克所干的什么事情里呢?弗雷德雷克是一名逃犯。难道父亲爱子心切,纵容他干了什么……

"啊!怎么回事?您快说呀,爸爸!把一切都告诉我!您为什么不能再当牧师了?当然,要是人家把我们所知道的关于弗雷德雷克的一切全告诉了主教,而那些冷酷的、不公正的……"

"这跟弗雷德雷克毫无关系,主教对那件事也不会过问。这全是我自己的问题。玛格丽特,我来告诉你是怎么回事。现在我什么问题都可以回答,可是过了今晚,我们就不要再提这件事了。我能承受住怀疑给我带来的痛苦后果,但是要讲清楚是什么让我这么痛苦,我可做不到。"

"怀疑,爸爸!是对宗教的怀疑吗?"玛格丽特问道,感到更加

---

① 国教(the Church of England),英国教会原为天主教教会之一支,1533 年,英国教士会议宣布承认英王亨利八世为英国教会的首脑,第二年又宣布正式脱离罗马教廷,于是自成一派,其教义为天主教与新教之折中,详见英国国教的《公祷书》(The Book of Common Prayer)及《三十九条教规》(The Thirty-nine Articles)。

震惊。

"不是！不是对宗教感到怀疑，一点关系都没有。"他停住了。

玛格丽特叹了一口气，仿佛即将面临某种新的恐惧似的。他又开口说话了，说得很快，就像是在完成一项规定任务似的：

"就算我告诉了你，你也不会全明白：过去几年，我一直感到很忧虑，我想知道自己是否有权继续领取教会的俸金——我一直都在尽力以教会的权威消除郁积在心里的疑虑。唉！玛格丽特，我多么热爱这神圣教会啊！可是，我就要被拒之门外了！"

有那么一会儿，他无法继续说下去。玛格丽特也不知道自己该讲点儿什么。在她看来，这件事神秘得令人害怕，就好像她的父亲要皈依伊斯兰教了。

"今天我读了从教会中被驱逐出去的两千人的事迹，"黑尔先生勉强笑了笑，继续说下去，"想借一些他们的勇气，可是没用——一点用都没有——我强烈地感觉到了这一点。"

"但是，爸爸，您好好考虑过了吗？唉！这好像很可怕，太吓人了！"玛格丽特一边说着，一边大哭起来。她的家，她对亲爱的父亲的看法，这一切坚实的根基，似乎在摇摆晃动了。她能说什么呢？又能做些什么呢？黑尔先生看见她这么痛苦，连忙振作起来，设法来安慰她。他咽下了一直从心里往上涌的令人窒息的哽咽，走到书橱那儿，拿出一本书。这是他最近常常看的一本书。他认为自己就是从这本书里获得了力量，走上了他现在开启的道路。

"听着，亲爱的玛格丽特。"他说，一边用一只胳膊搂住了她的腰。她抓住他的手，紧紧地握着，不过她没法抬起头来。说真的，她也没法专心听他读的文章，因为她的内心在翻江倒海。

"这是一个原先跟我一样在乡下教区当牧师的人的独白，是由德比郡卡辛顿的牧师奥德费尔德先生在一百六十多年前写下的。他的考验结束了。他已经打了一场漂亮的仗。"最后两句话他说得很轻，仿佛在自言自语。接着，他大声念道：

"践行汝之大任，不得辱吾主之名、损吾教之誉，弃正直，背良知,践太平,碍救世之法;一言以蔽之,如若践行(明知故犯)罪孽深重之任,有违吾主之教诲之责,尔等须当笃信,吾主定将加诸缄默于汝之上,罢黜尔等之职,弃尔等于不顾,以慰吾主之荣光,为广播福音之利。吾主降大任于斯,不拘一格。吾主亦有他用。欣欣然侍主尊主者,诚不愿有此机会;汝切不可以为以色列之圣者,仅可依汝等赞美吾主,而无他法。吾主可缄默不语,亦可高声布道;尔等弃之不顾,亦可尽心尽责。汝等不可妄称行侍主之务,行泰山之责,虽此罪助吾辈履行大义,甚微亦不可恕。汝所获称誉甚少!若破坏主之信仰,篡改汝之誓言而受指控,汝可佯装此为必须之举,只为履牧师之职。"

他读完这段后,又浏览了更多的段落,但没有读出声来,这使他获得了坚定的信心,觉得自己似乎也能勇敢而坚决地做自认为正确的事了。可是他停下以后,听见玛格丽特在低声抽泣,一阵剧烈的痛苦袭上心头,他的勇气顿时消失了。

"玛格丽特,亲爱的!"他把她拉近点说,"想想早期的殉道者,想想成千上万受苦的人们。"

"但是,爸爸,"她突然抬起通红的、满是泪水的脸说,"早期的殉道者是为了真理而受苦,可您——哦!最亲爱的爸爸!"

"我为了良心而受苦,孩子,"他很有尊严地说道,只是由于他的性格格外敏感,声音微微有些颤抖,"我得照着良心办事。长期以来,我一直忍气吞声,自责着,随便哪个不如我迟钝、懦弱的人都会受不了。"他摇摇头,接着说,"你可怜的母亲的最大愿望,终于以这种嘲弄人的方式实现了。过于不切实际的愿望往往就会以这种方式实现——就像所多玛城里的苹果①。她的这一愿望引起了这场危机,为此我应该、也希望表示感谢。不到一个月以前,主教给我派了另一份圣职。如果我接受了,我就得在就职典礼上重新宣布遵守《祈祷文》。

---

① 根据《圣经》记载,所多玛(Sodom)是死海南岸的一座城市,上帝认为那里的居民罪孽深重,于是降火焚之。"苹果"在《圣经》中是智慧之果,但产于死海之滨索多玛城的一种苹果,却有着另外一种含义,即"空欢喜"与"失望的源泉"。

玛格丽特，我尽力想这么做。我尽力想让自己满意，就是拒绝另外那个好职位，悄悄地留在这儿——这次也拼命和我的良心做斗争，就像我过去尽力压制它那样。主啊，原谅我吧！"

他站起来，在房间里走来走去，小声说着谴责自己、侮辱自己的话。这些话，玛格丽特幸好没听到几句。只听到他最后说道：

"玛格丽特，重新回到那个让人伤心的事情上来：我们必须得离开赫尔斯通。"

"是！我明白了。什么时候走呢？"

"我已经给主教写了一封信——我大概是这么跟你说的，不过眼下我忘了，"黑尔先生一讲到确切具体的细节，便顿时消沉颓丧起来，"我告诉他我决意辞去这个教区牧师的职务。他人特别好，又是讲道理，又是劝告，可全都是徒劳的——没用。那些办法我自己也试用过，毫无效果。我不得不去领一张辞职证书，亲自拜见一下主教，向他辞行。那将是一场考验。不过更糟的、糟糕得多的是，我要告别亲爱的教区百姓了。他们请了一位副牧师来读《祈祷文》——一位布朗先生。他明天会和我们在一起。下星期日，我就去做一次告别布道。"

这件事就来得这么突然吗？玛格丽特想着，然而这样也许倒好。拖延只会苦上加痛；最好是一下子听到这些，就痛得麻木了，最好是所有这些，在告诉她之前，差不多已经全安排好了。"妈妈会怎么说？"她深深地叹了口气，问道。

让她惊讶的是，父亲在回答她之前又踱起了步子。最后才停下来，说道：

"玛格丽特，说到底，我是个可怜的懦夫。我不忍心给人带来痛苦。我太清楚你母亲婚后的生活并不完全像她希望的那样——并不完全像她有权期待的那样——这事对她将是一个沉重的打击，所以我始终没有勇气、没有力量告诉她。不过现在我非告诉她不可了。"他一边说，一边心事重重地看着女儿。玛格丽特想到母亲对这一切一点也不知道，而事情却已经进展到了这种地步，她几乎都要崩溃了！

"是呀，的确非告诉她不可了，"玛格丽特说，"也许，她毕竟不会……啊！她会，她一定会大吃一惊的……"她在设想对方会如何接受这一打击时，自己又感受了一下这一打击的冲力。"我们会去哪里呢？"她终于问道，突然对未来的计划有了新的疑虑，如果父亲当真有什么计划的话。

"去北部的米尔顿。"他漠然答道，显得很迟钝，因为他看得出来，尽管女儿对他的爱使她依恋着他，并且有那么一刻还用她的爱来安慰他，然而她心上的痛苦还是那么剧烈。

"米尔顿！是达克郡的那个工业城市吗？"

"是的。"他以同样沮丧、淡漠的神气说。

"干吗上那儿去呢，爸爸？"她问。

"因为我上那儿可以挣钱养家。因为我在那儿谁也不认识，谁也不知道赫尔斯通，谁也不会跟我谈起它来。"

"挣钱养家！我以为您和妈妈有……"说到这儿，她停住了，因为看见父亲的眉头阴云密布，于是就此打住了自己不知不觉对他们未来生活的担心。可是父亲凭着敏锐的直觉，从她脸上像从一面镜子里那样看出了自己郁闷沮丧的反应，于是赶紧竭力摆脱它。

"我会全部告诉你的，玛格丽特。只是你要帮我去告诉你妈妈。我想我什么事都能办，就是这件事不行：想到让她难过，我就害怕、难受。要是我把一切全告诉你，或许你明天就可以全部告诉她。我明天要出去，我要去跟多布森农场的农民和布雷西公地上的穷人们告别。玛格丽特，你很不愿意把这件事告诉她，对吗？"

玛格丽特确实不愿意，这是她有生以来最害怕、又不得不做的事情。她一时回答不上来。父亲又说道："你非常不愿意把这件事告诉她，是吗，玛格丽特？"这时，她克制住自己，脸上带着一种坚强、开朗的神情说道：

"这的确是一件痛苦的事，可是非做不可。我一定尽力把它办好。您还有许多痛苦的事情要去做呢。"

黑尔先生沮丧地摇了摇头，捏了一下女儿的手，以示感谢。玛格丽特又给弄得心烦意乱,差点哭了出来。为了转移此刻的思绪,她说:"现在,您告诉我,爸爸,咱们有些什么计划?除去牧师的俸禄外,您和妈妈还有一笔钱,是吗?肖姨妈有的,我知道。"

"是,我们自己每年大概有一百七十镑,其中七十镑汇给弗雷德雷克,因为他在海外。我不知道他是否需要那么多,"他有点儿犹豫,继续说下去,"他在西班牙军队里服役,应该有一些军饷。"

"千万别让弗雷德雷克受苦,"玛格丽特坚决地说,"他在异国他乡;他自己的国家待他这么不公平。剩下还有一百镑。您、妈妈和我每年靠着一百镑,能不能在英格兰的一个生活水平很低、很僻静的地方生活呢?唉!我想可以的。"

"不行!"黑尔先生说,"那样肯定不行。我非得干点什么。我非得使自己忙起来,好摆脱那些不健康的想法。再说,在一个乡下教区里,我会很痛苦地回想起赫尔斯通,以及我在这儿的职务。这我可受不了,玛格丽特。况且每年一百镑,付了种种必需的家用开支以后,就不会剩下多少来提供你妈妈已经习惯享受的、也应该享受的舒适生活了。不,咱们非上米尔顿去不可。就这么定了。我不受家人影响的时候,总能独自做出更好的决定,"他这么说,是因为他在把自己的意图告诉家人之前,已经做了这么多安排,所以在这里稍稍表示歉意,"我经不住别人的反对,这样会让我下不了决心的。"

玛格丽特决定保持沉默。说到底,同这个可怕的变故相比,他们究竟去哪儿很重要吗?

黑尔先生继续说下去:"几个月以前,我的怀疑痛苦到了不讲出来就受不了的地步。当时,我写了一封信给贝尔先生——你记得贝尔先生吧,玛格丽特?"

"不记得。我大概从来就没见过他。但我知道他是谁,是弗雷德雷克的教父——您牛津大学的老指导教师,您说的是他吗?"

"是的。他是那儿普利茅斯学院的研究员,我猜,他是米尔顿本地人。不管怎样,他在那儿有好些地产,自从米尔顿成为这么一个大型工业城市以后,他的地产增值不少。好吧,我有理由认为——或猜想——不过我最好还是不说了。我确信贝尔先生会对我们表示同情,可我并不认为他给了我很多力量。他一直在大学里过着一种安逸的生活。不过他总是非常友善。我们就是多亏了他才能去米尔顿。"

"怎么说?"玛格丽特问道。

"你瞧啊,他在那儿有租户、有房产、有工厂,所以尽管他不喜欢那个地方——对一个具有他那种习惯的人说来,太喧闹了——他却不得不和那儿保持着某种联系。他告诉我,他听说那儿有人想要聘请一位家庭教师,待遇不错。"

"家庭教师!"玛格丽特轻蔑地说道,"厂主们要古典作品、文学和绅士的修养有什么用呢?"

"哦,"父亲说,"他们中有些小伙子确实不错,意识到自己的短处,这就比不少牛津的人还强。有些人一心想学习,尽管他们早已成年了。有些人想让自己的孩子接受比自己更好的教育。不管怎样,像我所说的,那儿有个家庭教师的职位空缺。贝尔先生把我推荐给了他的一个租户桑顿先生。我从他的来信判断,他非常聪明。所以,玛格丽特,在米尔顿,我的生活即使不快乐,也会是忙碌的,再加上交往的人和环境截然不同,我将永远不会想起赫尔斯通。"

玛格丽特凭自己的感觉也知道,这才是父亲的秘密动机:那儿会大不相同。虽然那儿很嘈杂——她几乎憎恶自己过去听说过的关于英格兰北部的种种情况:工厂主、当地居民,以及荒郊野外——可是有一个可取之处——它跟赫尔斯通大不相同,绝不会使他们想起这个可爱的地方。

"我们什么时候走呢?"玛格丽特沉默了一会儿后,问道。

"还说不准。我想跟你商量一下。你瞧,眼下你妈妈还不知道这件事。不过我想在两星期内,大概就得动身——在我把辞职书递上去后,我就没权待在这里了。"

玛格丽特惊呆了:"两星期内!"

"不……不,还没精确到哪一天。什么都还没定。"父亲看见女儿脸色骤变，眼里闪过的忧伤，便急切而又犹豫不决地说道。但是玛格丽特马上就恢复了镇定。

"是呀，爸爸，最好很快就定下来，像您说的那样，只是妈妈对这事还一点都不知道！这才是最叫人头疼的。"

"可怜的玛丽亚！"黑尔先生温柔地说，"可怜……可怜的玛丽亚！唉，要是我没有结婚——要是就我一个人，那会多轻松啊！说实在的——玛格丽特，我不敢告诉她！"

"不，"玛格丽特伤心地说，"让我来告诉她。我会在明天晚上之前找个时间。啊，爸爸，"她突然热切恳求地喊起来，"唉……告诉我，这是一场噩梦……是一场可怕的梦……不是梦醒时的真实情形！您的意思不是要真的脱离教会……放弃赫尔斯通……永远跟我、跟妈妈分离……被某种错觉……某种诱惑所误导！您并不是当真的吧？"

玛格丽特说这些话的时候，黑尔先生僵在那儿，一动不动。

然后，他望着她的脸，声音沙哑地、慎重地、慢慢地说道："我是认真的，玛格丽特。你不可以骗自己，不相信我的话是真话——不相信我拿定的主意和决心。"他说完以后，仍以同样坚定、冷漠的态度朝她看了好一会儿。她也用恳求的目光回望着他，随后才相信事情已是无法挽回了。于是，她站起身，没再说一句话，也没再望父亲一眼，直接朝房门口走去。在她的手碰到门把手时，父亲把她叫了回去。他正站在壁炉旁边，弯着腰，畏畏缩缩的，但是等她走近他时，他一下挺直身子，把双手放到她的头上，庄严地说：

"愿上帝降福给你，我的孩子！"

"愿上帝带您回到他的教会里。"她真心实意地回答。过了会儿，她又担心，怕自己对父亲祝福的这句回答会显得不恭敬，是错误的——因为是女儿说的，也许会伤害他的感情。于是她张开胳膊搂住了他的脖子。他抱了她一两分钟。她听见他独自嘟哝道："殉道者和忏悔者忍受着更大的痛苦——我决不退缩。"

听见黑尔夫人在找女儿的声音时，他们都吃了一惊。父女俩连忙分开，心里完全明白眼前该办什么事。黑尔先生急忙说道："去吧，玛格丽特,去吧。我明天一整天都在外面。晚上以前,你一定要告诉你妈妈。"

"嗯。"她回答道,头晕目眩地回到了客厅里。

第五章　下定决心

> 我请求您贴心爱护,
> 经常来看顾,
> 笑迎快乐的人们,
> 擦去伤心的泪痕,
> 去安慰、同情,
> 获得心的安宁。
>
> ——安·利·韦林[1]

玛格丽特耐心地听着母亲列举各种小计划、打算多给贫穷的教区居民一些小慰问品。她不忍心再听下去了,每一项新计划都刺痛了她的心。等霜冻来临时,他们早已远离赫尔斯通了。老西蒙的风湿病可能会发作得很厉害,他的视力可能会更差。以后再也没人去给他读书了,也没人再拿着小碗的肉汤和上好的红法兰绒去慰问他了。或者即使有,那也是个陌生人了,老人再也等不到她了。玛丽·多姆维尔的跛脚小男孩会徒劳地爬到门口,眼巴巴地盼着她穿过树林前去看他。这些可怜的朋友永远无法明白,她为什么抛弃了他们。另外还有许许多多其他人也一样不会明白。"爸爸总把他的牧师收入花在教区,我也许得动用下一次费用了。可是,今年冬天很可能会特别冷,得帮助一下贫困的老年人。"

"嗯,妈妈,咱们尽力而为吧。"玛格丽特热切地说,她没有看到这问题中审慎的一面,只领会到这个想法:这是他们最后一次给人家提供这种帮助了。"我们在这儿可能不会待上多久的。"

---

[1] 安·利·韦林(Anna Letitia Waring, 1823—1910),英国诗人,引文见她的《赞美诗与冥想录》(Hymns and Meditations, 1850)中的《父亲,我毕生都知道这件事》(Father I Know that All My Life)一诗的第二节。

"你是哪里不舒服吗,宝贝儿?"黑尔夫人关心地问,她误会了玛格丽特暗示说他们在赫尔斯通不一定会长待下去的这句话,"你脸色苍白,看上去很疲倦。都是这种阴沉、潮湿、有害健康的空气害的。"

"不是,不是,妈妈,不是这个。这里的空气很甜美。与烟雾弥漫的哈利街相比,我觉得这里的空气可香了,最清新、最纯净了。我是累了,到了该睡觉的时候了。"

"差不多——已经九点半了。你最好马上就去睡吧,亲爱的。让迪克逊给你弄点儿麦片粥。你上床后我就来看你。我怕你是着凉了。再不就是哪个死水塘里的臭味……"

"哦,妈妈,"玛格丽特说,她一边亲了亲母亲,一边勉强地笑了笑,"我挺好的——别吓着您了,我只是累了。"

玛格丽特走上楼去了。为了减轻母亲的担忧,她吃了一碗麦片粥。然后,她就疲倦无力地躺在床上。黑尔夫人上楼来又最后关心了几句,亲了她一下,就回自己房里去了。她一听到母亲的房门锁好以后,就立即从床上跳起来,披上一件睡衣,在屋里走来走去,直到后来一块地板发出咯吱咯吱的声响,才提醒她不能弄出声音来。她走过去,蜷坐在那扇深深凹进去的小窗子的窗台上。那天早上她朝外望去时,看见教堂钟楼上预示着晴天的明亮清晰的光辉,心情还十分愉快。可是当天晚上——至多过了十六个小时后——她却坐在那里,满心悲伤,连哭也哭不出来,只感到沉闷、冷漠又痛苦,似乎她的心不再欢快、年轻了。亨利·伦诺克斯先生的到来——他的求婚——就像一场梦,是她现实生活之外的事。残酷的现实是,她父亲受到蛊惑,满心疑虑,竟然成了一个教会分立论者——一个遭到驱逐的人。由此所引起的种种变化,都源于这一令人沮丧的现实。

她望着窗外教堂钟楼的深灰色轮廓,笔直的四方形,正处在视野的中央,后面衬着深蓝色半明半暗的苍穹。她朝那里注视着,觉得可以永远注视下去,每时每刻都能看到更远的地方,就是看不到上帝的踪迹!此刻,她觉得人世间仿佛比有铁穹笼罩着还要荒凉寂寞,因为在铁穹后面还可能有上帝的永不磨灭的安宁与荣光:对她来说,寂静、深邃无边的太空，比任何有形的物质更嘲弄人——它听不到人世间受苦受难者痛苦的呼喊，这呼喊升到那片漫无边际、无限光辉的天穹后——在还没传到上帝的宝座前便消失了，永远消失了。就在这种心理状态中，父亲走进房来，她都没听见。月光皎洁，足以使他看清楚女儿坐在那个平常不会待的地方，姿势不同寻常。他走到女儿身边，碰了一下她的肩膀，女儿才意识到父亲来了。

"玛格丽特，我听见你起床了。我忍不住要进来，让你跟着我一块儿祈祷——念念《主祷文》，这样对我们俩都会有好处。"

黑尔先生和玛格丽特跪在窗台边——父亲抬头看着天，她含羞带愧地低着头。上帝就在那儿，离他们很近，听着她父亲的低声私语。父亲可能是一个异教徒，但是不到五分钟以前，她在怀疑绝望中不也显得像个十足的怀疑论者吗？等父亲离开以后，她一句话也没说，像个做错事的孩子，羞愧地、悄悄溜上床去了。若世间真的充满了令人困惑的问题，她愿意相信，而且只求看清此时此刻所需要走的那一步。那天夜里，她总是梦见伦诺克斯先生——他的来访，他的求婚——那天随后发生的事情完全把对这些事情的回忆推到了一边。他正爬上一棵高得出奇的大树，想要够到挂着她帽子的那根树枝，可是他掉了下来，她挣扎着想去救他，却被一只无形的强有力的大手拖住。他摔死了。可是，随着梦里场景的变换，她又回到了哈利街的客厅里，像从前一样在和他聊天，不过总是意识到自己曾看见他那样可怕地被摔死了。

痛苦不安的夜晚啊！她根本没有准备好面对第二天！她一下惊醒过来，精神萎靡，意识到现实甚至比狂乱的梦境还要糟糕。一切都回到她的心上来了，不止悲伤，悲伤中还夹杂着那种可怕的纷乱。父亲被邪恶的怀疑所蛊惑，都彷徨到了哪儿，到了多远的地方？在她看来，那些怀疑简直是魔鬼的诱惑。她一心想问，但怎么也不会知道。

晴朗的早晨，空气清爽，这让母亲在早餐时感到分外高兴。她一个劲儿地说着，安排村里的种种慈善活动，并没有注意到丈夫沉默不语、玛格丽特也是用一些单音节词来回答她。早餐的桌子清理完以前，黑尔先生站起来，一手按在桌上，仿佛想支撑着身子似的：

"我要到晚上才回来。我现在就去布雷西公地，会请农场主多布森给我点儿东西当午餐，七点钟再回来吃茶点。"

他没有看她们俩中的任何一个人，但是玛格丽特明白他话里的意思：七点钟以前必须告诉母亲这件事。如果是黑尔先生，他可能会拖到六点半再讲，但是玛格丽特和他不一样，她受不了让压在心头的精神负担拖上一整天；最好把糟糕的事情先结束掉，然后用一天的时间来安慰母亲，时间太短了。她站在窗前，一边想着如何开口，一边等候仆人离开房间。母亲去楼上换衣服，打算去学校了。她下来时已经穿戴整齐，心情比平时还要愉快。

"妈妈，今天早上跟我去园子里走走，就走一圈。"玛格丽特一边说，一边用一只胳膊搂住黑尔夫人的腰。

她们穿过敞开的落地窗走了出去。黑尔夫人在说话——说了些什么，玛格丽特说不上来。她瞥见一只蜜蜂飞进一朵铃铛形的花里。等这只蜜蜂带着它的劳动成果飞出来时，她就开口——用这作为信号。它出来了！

"妈妈！爸爸要离开赫尔斯通了！"她突然蹦出话来，"他要脱离教会，住到米尔顿去。"这三个铁一般的事实，好不容易才说出来啊！

"你怎么会这么说？"黑尔夫人吃惊地问道，完全难以置信，"是谁告诉你这些胡话的？"

"是爸爸自己。"玛格丽特说，她很想说几句温和的、安慰的话，可是根本不知道怎么说才好。她们正挨近公园中的一张长凳。黑尔夫人一屁股坐下，哭了起来。

"我不明白你的话，"她说，"不是你彻底搞错了，就是我没有完全听明白。"

"没有，妈妈，我没有弄错。爸爸给主教写信了，说他非常怀疑，不能继续认真地担任英国国教的牧师了，所以不得不放弃赫尔斯通。他还跟贝尔先生商议过——就是弗雷德雷克的教父，您知道的，妈妈。一切都安排好了，我们要住到米尔顿去。"在玛格丽特说这些话时，黑尔夫人抬起头来一直盯着她的脸，女儿脸上的神情说明了她至少相信自己说的是实话。

"我想，这不会是真的，"黑尔夫人最后说道，"事情在弄到这个地步之前，他肯定会跟我说的。"

这时，玛格丽特也强烈地感到，应该早点告诉母亲。不管母亲有什么老爱不满和抱怨的过错，父亲这样做都是错误的：先告诉女儿，然后让女儿来告诉她他的决定，以及生活方面即将发生的变化。玛格丽特在母亲身旁坐下，把母亲的头搂到了自己的胸前（母亲也没有抗拒），低下头来，柔嫩的脸蛋儿亲热地贴到了母亲的脸上。

"亲爱的好妈妈！我们太怕给您带来痛苦了。尤其是爸爸，更怕让您烦心——您知道，您身体又不够好，要经历这些可怕的、悬而未决的事情是很烦人的。"

"他什么时候对你说的，玛格丽特？"

"昨天，就昨天啊，"玛格丽特答道，她觉察到母亲问这句话是出于妒忌，"可怜的爸爸！"她试图把母亲的思绪转移到同情怜悯父亲所经历的种种痛苦上去。黑尔夫人抬起头来。

"他说'怀疑'是什么意思？"她问，"可以肯定，他不是说他与国教教会想法不同——他的意思是他知道的比他们还要多。"玛格丽特摇了摇头，泪水涌上了她的眼睛，因为母亲触及了她自己也最感懊恼的神经。

"难道主教也不能纠正他吗？"黑尔夫人有点不耐烦地问。

"恐怕不能，"玛格丽特说，"不过我并没有问。我实在不敢听爸爸的回答。反正一切都定了。他要在两星期内离开赫尔斯通。我不能肯定他说没说，但他已经把辞呈交上去了。"

"两星期内！"黑尔夫人叫了起来，"我真的觉得这很奇怪——压根儿就不正常。我说这也太无情无义啦。"她开始一边流着眼泪，一边发泄，"你说，他对宗教有了怀疑、放弃了牧师职位，这一切都没有跟我商量。也许，要是他一开始就把他的疑虑告诉我，在初露苗头时我就会把它们灭掉。"

尽管玛格丽特觉得父亲这种做法很不妥当,但听见母亲责怪他,她又感到很不好受。她知道他一直不说,是出于对母亲的一种体贴,这可能显得懦弱,但并不是无情无义。

"我差点以为您会乐意离开赫尔斯通呢,妈妈,"停了一会儿,她说道,"您生活在这种空气里,身体一直不好,您是知道的。"

"你该不会觉得,一个像米尔顿那样尽是烟囱和灰尘的工业城市里烟雾弥漫的空气,会比这儿的空气好吧?这儿的空气即使过于温和、叫人乏力,总还是纯洁而清新的。想想看生活在工厂里、和办工厂的那些人生活在一起会是什么样子!不过当然啦,要是你爸爸离开了教会,不管到哪儿都不会有上流人士跟我们来往了。这是莫大的耻辱!可怜可亲的约翰爵士!他没有活着看见你爸爸落到这个地步,真是万幸!我小时候跟你肖姨妈住在贝雷斯福德街。每天饭后,约翰爵士的第一句祝酒词总是:'国教和国王万岁,打倒残余议会!'"

玛格丽特很高兴,母亲的思绪已经转移,不再纠结于父亲一直对她保持沉默这件事了,而这可是她父亲最关心的问题,也是让玛格丽特除了对于父亲的怀疑是什么性质而极度忧虑之外,最感痛苦的一件事了。

"您知道,我们在这儿也没和什么上流人士来往,妈妈。我们最近的邻居戈尔曼家——非要说到上流人士的话,而且我们也不大见到他们——不是跟那些米尔顿人一样,也是做买卖的吗?"

"是呀,"黑尔夫人几乎愤怒地说,"但是不管怎么样,戈尔曼家给郡里一半的上流人士制造马车,多少跟他们有些来往;可那些工厂的人呢,穿得起亚麻布衣服,谁会去穿棉布衣服呢?"

"好了,妈妈,我不说棉厂厂主了,我不是替他们辩护,也不会替其他任何商人辩护,只是我们不会跟他们有什么交往。"

"那你爸爸究竟为什么决定要住到米尔顿去?"

"部分原因是,"玛格丽特叹息了一声,说道,"那里跟赫尔斯通不一样,部分原因是贝尔先生说那儿有个家庭教师的空缺。"

"在米尔顿当家庭教师!他为什么不去牛津,做个上流人士的家庭教师？"

"您忘了啊，妈妈！他就是因为自己的观点才离开教会的——他的怀疑在牛津不会对他有什么好处。"

黑尔夫人沉默了一会儿，又默默地啜泣起来。最后，她说道："还有那些家具——我们怎么才能搬走呢？我这辈子从来没有搬过家，如今又只有两星期去考虑这件事！"

玛格丽特发觉母亲的焦虑和烦恼已经转到这么小的问题上去了，心里感到说不出的欣慰。这个问题在她看来微不足道，而且她还可以出力帮忙。于是，她又是规划，又是保证，在比较确切地知道黑尔先生的意图以前，引着母亲把可以确定的事情先尽可能地安排好。那一整天，玛格丽特都没有离开母亲的身边，她全神贯注地对母亲情绪的种种变化表示同情，尤其是快到傍晚的时候，她越来越急切地希望，父亲经过一天的烦愁劳累回来时会有个安慰的、欢迎的家在等着他。她详细描述了父亲内心长时期默默承受的痛苦，母亲只是冷冷地回答说，他应该早点告诉她的，那样一来至少有个人可以帮他出出主意。当玛格丽特听见父亲的脚步声在门厅里响起时，她一下子变得虚弱无力。她不敢去迎他，告诉他自己这天都做了些什么，生怕母亲会感到妒忌、恼火。她听见他徘徊着，好像在等她，或暗示她，可是她不敢动。她看到母亲的嘴唇在抽搐，脸色也变了，看来母亲也知道她丈夫回来了。不一会儿，他把房门推开，站在那里，不知该不该走进来。他脸色苍白，眼中流露出胆怯、畏惧的神情，看上去真可怜。不过这种沮丧而又不确定的神情、身心俱疲的样子打动了妻子的心。她走上前去，扑到他怀里，大声叫道：

"啊！理查德，理查德，你该早点儿告诉我呀！"

这时，玛格丽特才眼泪汪汪地离开了她，跑上楼去，扑在自己的床上，把脸埋在枕头里，闷住那阵歇斯底里的呜咽。经过一天竭尽全力的自我克制后，她终于爆发出来，好好地哭了一场。她不知道自己这样究竟趴了多久。尽管女佣走进来收拾房间，她却什么声音也没有听见。那个吓坏了的姑娘又踮着脚尖悄悄地退出房去，告诉迪克逊说，黑尔小姐在哭，好像心都要碎了似的：她觉得要是黑尔小姐这样哭下去，肯定会生一场大病。因为这一点，玛格丽特像是被感动了，一下坐了起来。她看着眼前熟悉的房间，阴影中站着迪克逊的身影。迪克逊拿着蜡烛，稍微向身后伸过去一些，生怕光线太强，刺激到黑尔小姐那双惊恐的眼睛，尽管玛格丽特的眼睛实际上已经肿了起来，看不清了。

"哦，是迪克逊，我没有听见你进来，"玛格丽特颤抖着，重新控制住自己，"已经很晚了吗？"她一边接着说，一边乏力地抬起身子离开床，可是脚虽然碰到了地，却没有完全站起来，她把哭湿了的、胡乱贴在脸上的头发向后拢了拢，尽量显得若无其事，仿佛她不过是睡了一觉似的。

"我也不知道几点了，"迪克逊回答道，语调里有些愤愤不平，"吃茶点之前，我去给你母亲梳头发时，她告诉了我这个可怕的消息。从那时候起，我就把时间完全忘啦。我可真不知道我们大家会落到什么地步。刚才夏洛特告诉我你在哭，黑尔小姐，我心想，这也难怪，可怜的人！老爷这么大岁数还想着放弃相信国教，他在教会中即使干得不是很好，至少也很不错。小姐，我有一个表兄，五十岁以后变成了一个卫理公会的牧师，他原来是个裁缝，可是尽管他干了那么久，却始终没能做出一条合适的裤子，所以这并不奇怪。但是拿老爷来说，如同我刚才对夫人说的：'已故的约翰爵士会说些什么呢？他始终不喜欢你嫁给黑尔先生，可是如果他知道事情会到这一步，他绝对会拼命咒骂的，而且比以前骂得更狠！'"

迪克逊过去常常对着黑尔夫人议论黑尔先生的所作所为（黑尔夫人听不听，取决于她自己的心情），所以她根本没注意到玛格丽特眼睛在放光，鼻孔在张大。她怎么能让一个仆人当着她的面这么说她的父亲！

"迪克逊，"她低声说道，遇到心情十分激动时，她总用这种低声调，不过声调里含有一种来自远方的愤怒，或从远处传来的吓人的暴风雨声，"迪克逊！你忘了你是在跟谁说话啦！"这时她挺直身子，坚定地站起来面对着这个女佣,用敏锐的目光直盯着她。"我可是黑尔先生的女儿。走开!你犯了个错误,让人很不舒服。你事后想想,我相信你自己的善良会让你为此羞愧的。"

迪克逊犹豫不决地在房间里逗留了一两分钟。玛格丽特又说了一遍:"你可以走了,迪克逊。我希望你离开。"迪克逊听到这么坚决的吩咐,不知道是该怨恨呢,还是该哭一场。这两种办法对黑尔夫人都行得通,可是如同她私下所说:"玛格丽特小姐身上可是有一点儿那位老先生的脾气,就跟可怜的弗雷德雷克少爷一样。我不知道他们都是从哪儿来的这脾气。"如果一个态度不是这么高傲、行为不是如此坚决的人说了这样的话,她会怨恨的,可现在她显得非常恭顺,用半谦卑半受委屈的语调问道:

"要帮你把衣服解开,梳一下头发吗,小姐?"

"不要!今天晚上不要,谢谢你。"说完,玛格丽特很严肃地用蜡烛照着她走出房去,然后把门闩上。从这时起,迪克逊便开始顺服并敬佩玛格丽特了。她说这是因为她太像可怜的弗雷德雷克少爷了,可实际情形是,迪克逊像其他很多人那样,喜欢感到自己被一个天性强大、做事果断的人管着。

玛格丽特需要迪克逊在行动上全力帮助,而在言语上保持沉默。有一段时间,迪克逊认为有必要跟年轻的小姐尽可能地少说话,以表明自己受了侮辱,所以她把精力全花在做事上,而不是花在说话上。安排这么重大的一次搬家,两星期时间太短。正如迪克逊所说的:"除了一位有身份的人——真的,任何其他有身份的人——随便哪个……"可是刚说到这儿,她瞥见了玛格丽特那端正、严厉的眉头,就干咳了一声,把其余的话咽了下去,恭顺地接过玛格丽特递给她的一粒咳嗽糖,去制止本想说的"我的胸腔里感到有点痒,小姐"。然而,除了黑尔先生外,几乎任何人都会很切合实际地看出来,在这么短的时间内,要想在米尔顿——真的,在其他任何地方——找到一所房子,好把必须搬出赫尔斯通牧师公馆的家具搬过去,这是很困难的。黑尔夫人必须要对似乎是突如其来的许多家务事立即做出决定。

这种种烦恼和困难使她经受不住,病倒了。当母亲真的卧床不起、料理家务的事落到玛格丽特身上时,玛格丽特似乎反而松了一口气。迪克逊坚守着她的护理岗位,忠心耿耿地照料着她的大小姐黑尔夫人,只是在走出黑尔夫人的卧室后会摇摇头,一个人低声嘀咕着,但玛格丽特并不乐意去听。因为,她眼前十分清楚的一件事就是必须离开赫尔斯通了。接替黑尔先生担任牧师的人已经派定。不管怎样,在父亲做出这样的决定以后,为了他,也为了种种其他的原因,现在绝不可以再拖延了。因为,在他决定得去向教区的所有居民一个个辞行以后,他每天晚上回家时,都越来越沮丧。玛格丽特对于必须办理的各种实际事务毫无经验,也不知道应该向谁去请教。厨娘和夏洛特两个人欣然而坚定地帮忙搬动和打包。不过就事情的进展而言,玛格丽特令人钦佩的识见使她能看出来什么是最得当的做法,并且能指点应该怎么做。但是他们会去哪儿呢?一星期内,他们非离开不可了。是直接去米尔顿,还是去哪儿?许许多多安排都要取决于这项决定,因此一天晚上玛格丽特拿定主意要问一下父亲,尽管父亲显得很疲劳,情绪也很沮丧。父亲回答说:

"亲爱的!我得考虑的事情实在太多了,没时间来解决这个问题。你妈妈怎么说?她想去哪儿?可怜的玛丽亚!"

这时,他忽然听到有人在大声地叹气。迪克逊刚走进房来,给黑尔夫人又倒了一杯茶,她听到了黑尔先生最后这句话,又因为有黑尔先生在场,不用怕玛格丽特斥责的眼神,所以斗胆应了一声:"可怜的夫人!"

"她今天身体没有更糟糕吧?"黑尔先生连忙回过身问道。

"这我真说不上来,先生。我没法判断。似乎主要是心病,而不是身体上的。"黑尔先生显得痛苦不堪。

"迪克逊,你最好趁热把茶端去给妈妈。"玛格丽特用沉着而威严的语调说道。

"哦!对不起,小姐!我心里尽想着可怜的——想着黑尔夫人,想多了。"

"爸爸！"玛格丽特说，"这样悬而不决对你们俩都不好。当然，妈妈一定感觉到您改变了观点，这我们也没办法，"她继续轻声地说道，"可是如今去向已经明确了，至少在一定程度上已经明确了。我想，爸爸，要是您可以告诉我计划的目标，我就可以请妈妈帮我一起计划了。她一点也没有以任何方式表达出任何愿望，她只担心什么事情办不到。我们是直接去米尔顿吗？您在那儿租房子了吗？"

"没有，"他回答道，"我想我们大概得先在哪儿暂住一下，然后再去找房子。"

"把家具打包，寄存在火车站，直到我们找到合适的房子再搬吗？"

"大概只好这样。你觉得怎么好就怎么办。只是记住，我们以后能花的钱要少得多了。"

玛格丽特知道，他们从来没有多少富余的钱。她感到这是突然扔到她肩上的一个沉重的负担。四个月以前，她需要做出的决定无非是她该穿什么衣服去就餐、帮着伊迪丝拟定宴会上请谁陪伴谁的名单。她寄住的那户人家也不需要做出太多决定。除了伦诺克斯上尉求婚这一重大事件以外，一切都像时钟那样有条不紊地进行着。每年姨妈和伊迪丝总有一次长时间的讨论，该去怀特岛、出国，还是去苏格兰。不过这种时候，玛格丽特用不着费心，她总会回到家里这个平静的港湾。而现在呢，自从伦诺克斯先生前来求婚使她做出那个惊人的决定起，每天都有问题要解决，而且这些问题对她和她所爱的人都十分重要。

吃完茶点后，父亲上楼去妻子那里坐坐。玛格丽特独自一人留在客厅里。突然，她拿起一支蜡烛，走进父亲的书房拿来一本大地图册。她用力把它捧回客厅，对着英国地图仔细研究起来。等父亲下楼时，她已经有了主意，欣然抬起头来。

"我想出了一个绝妙的主意。您看——这儿，在达克郡，距离米尔顿几乎还没有我的手指这么宽，就是赫斯顿。我常听住在北方的人说，那是一个风光明媚的小海滨浴场。您看，我们是不是可以把妈妈和迪克逊先安顿在那儿，您和我去找房子，然后在米尔顿找定一家，全部安排妥当再去接她来？这样她可以呼吸一点海滨空气，让身体硬朗起来，好为冬天做准备，而且也可以免去种种劳累。迪克逊也会乐意照料她。"

"迪克逊也跟我们一块儿去吗？"黑尔先生以一种无可奈何的沮丧神气问道。

"嗯，是啊！"玛格丽特说，"迪克逊很想去，而且妈妈如果没有迪克逊，我都不知道她该怎么办。"

"但是我想，我们得凑合着过一种大不一样的生活。在城里，什么都要贵得多。我怀疑迪克逊会觉得很不舒服。说实在话，玛格丽特，我有时候觉得那个女人似乎有点装腔作势。"

"她的确是这样，爸爸，"玛格丽特答道，"不过要是她能容忍不同的生活方式，我们也就不得不容忍她的装腔作势，而且她的这种态度会越来越厉害。可是她真的很爱我们大家，离开我们她肯定会十分伤心——尤其是在这种变动中；所以，为了妈妈，为了她一贯的忠诚，我觉得一定要带她一块儿去。"

"好，亲爱的。就这么办。我全听你的。赫斯顿离米尔顿有多远？你一根手指的宽度并不能清楚地告诉我具体有多远。"

"哦，那么，大概三十英里①吧，不算太远！"

"就距离来说，是不算远，可是就……不去管它了！要是你真的觉得这对你妈妈有好处，那就这么定了吧。"

这是重要的一步。现在，玛格丽特可以认认真真地安排计划，行动起来了。黑尔夫人一想到海滨的那份乐趣，也从无精打采中振作了起来，忘记了自己真实的痛苦。她唯一觉得遗憾的是，她待在那儿的两周里，黑尔先生不能一直陪着她，就像从前他们订婚时，他一直和她待在一起的两周那样。当时，她正跟着约翰爵士和贝雷斯福德夫人一起待在托尔奎。

---

① 1英里约1.6公里。

第六章　告别家乡

没人看，园中树枝仍将摇摆，
柔嫩的花儿随风抖落，
没人爱，山毛榉依然变黄，
火红的枫树逐渐凋零。

没人爱，向日葵风姿烂漫，
火焰般的光芒环绕着花盘，
一朵朵蔷薇、康乃馨
让嗡嗡的空间充满夏日的芬芳。
……
直到从园中和旷野
吹来一股新的思念，
年复一年，风景渐变，
即使陌生人家的孩子
也会依恋。
如同庄稼人一年年耕耘
他相熟的土地
或开辟林间的空场
而我们的记忆渐渐模糊，
一年年
远离那山山岭岭。

——丁尼生[1]

---

[1] 这几节诗引自丁尼生的《纪念哈拉姆》(*In Memoriam*, 1850)中的一首。

最后一天到来了。屋子里放满了粗板箱，正在前门装上车子，送到最近的火车站去。就连房子侧面那片美丽的草地，也被从敞开的门窗里吹到那儿去的稻草，弄得难看而又凌乱。房间里面发出一种奇怪的回声——光线透过没有窗帘的窗户直射进来，强烈而又刺眼——似乎显得既陌生又异样。黑尔夫人的梳妆室一直没动，直到最后才收拾。她和迪克逊一起把衣服打包，时不时地惊呼着，打断对方，亲切地翻捡着某件被遗忘了的宝贝：孩子们小时候的某件纪念品。她们的收拾工作进展缓慢。楼下，玛格丽特镇定自若地站在那儿，准备充分，向请来帮助厨娘和夏洛特干活的那些男人咨询或者提供建议。厨娘和夏洛特一边干活一边哭着，感到纳闷，年轻的小姐怎么到最后一天都能保持这样，于是都觉得她大概在伦敦待了那么久，不大喜欢赫尔斯通了。玛格丽特站在那儿，脸色苍白、神态平静，严肃的大眼睛注视着一切——察看着现场的每一种情况，不论多么琐细。她们无法理解她的心一直在痛，那种沉重的压力是任何叹息都不能使她摆脱或减轻的。她们也无法知道，她只有让她的感官忙碌不停，才能使自己不至于痛苦地哭出来。再说，要是她垮了，谁来干活呢？父亲正跟教会的执事在教堂办公室里查看文件、簿籍、登记册这一类东西。等他回来时，还有他自己的书需要打包，这事只有他自己做，才能让他满意。再说，玛格丽特是一个肯在陌生人面前，甚至在厨娘和夏洛特这些家仆面前垮掉的人吗？她可不是。后来，四个打包的人走进厨房去吃茶点。玛格丽特才僵直地、缓慢地从站了那么久的门厅离开，穿过空荡荡的、发出回声的客厅，步入十一月初的暮色中。一层朦胧而阴沉的薄雾使所有的物体都显得很模糊，但是并没有把它们掩盖起来，还给它们蒙上了一层淡紫色，因为太阳还没有完全西沉。一只知更鸟正在歌唱——玛格丽特心想，也许这就是父亲时常提起的冬季他最喜爱的宠物，他还亲手为它在书房窗外搭了一个鸟窝。树叶比之前任何时候更为绚丽，第一次霜降后，它们就会全落到地面上。在西下的夕阳中，有几片树叶不停地飞舞而下，有琥珀色的，有金黄色的。

玛格丽特沿着有梨树的那堵墙走去。自从她和亨利·伦诺克斯一起走过这里以后,她就再也没有来过。就在这儿,在这片百里香花床的旁边,他提起了她这会儿不该想到的话题。在她想着如何回答他时,她的眼睛就是望着那朵晚开的蔷薇的。他最后那句话刚讲到一半,她竟想到了胡萝卜那生动秀美的羽毛般的叶子。仅仅两星期以前!如今一切都变了!他现在在哪儿呢?在伦敦——还重复着那老一套;跟哈利街原来的那一帮人,或是他自己的一些更加快乐年轻的朋友一块儿吃饭。即使现在,当她在薄暮中伤感地穿过这个荒凉、潮湿的花园,看到一切在她四周飘落、凋零、腐烂时,他可能会像他告诉她的那样,在心满意足地忙碌了一天后,正兴冲冲地把法学书籍丢开,一边在圣堂花园内跑上一圈来提提神,一边听着近处可闻却看不见的嘈杂声,那是好几万忙忙碌碌的人们汇合而成的雄壮有力的、无以言表的喧嚣,并且在急转弯时,匆匆地瞥一眼从河流深处映射出来的都市灯火。过去,他常向玛格丽特说起这些匆忙的散步,一般在学习与晚餐间隙中进行。他总是在最愉快的时候、心境最好的时候跟她讲这些,可此刻想到这些竟然勾起了她的幻想。这里,一点声音也没有。知更鸟已经飞走了,飞入空旷无边、寂静的夜空中去了。不时可以听见远处村舍的一扇门打开、关上,仿佛是疲惫的庄稼人回家了,不过那声音听起来很遥远。园外树林间又干又脆的落叶中传来一种悄悄的、迟缓的沙沙声,听起来几乎近在咫尺。玛格丽特知道这是某个偷猎的人。今年秋天的时候,她常常吹灭了蜡烛,坐在卧室里,完全沉浸在天地的肃穆和静美之中。她曾经多次看见偷猎的人悄无声息地轻轻一跃,翻过花园的围墙,飞快走过月光下洒满露珠的草地,消失在那片黑幽幽的阴影中。玛格丽特很喜欢他们这种无拘无束而又充满冒险的生活,她真想祝愿他们心想事成,她并不害怕他们。但是今晚,她却害怕起来,也不知是为什么。她听到夏洛特关紧窗子准备过夜,却没有意识到有人在花园里。一根小树枝——可能是根烂树枝,也可能是用力折断的——在林间最近的地方重重地掉了下来。玛格丽特跑了起来，快得像卡米拉①那样，跑到窗子外面，用发抖的手急促而用力地敲着窗子，把屋子里的夏洛特吓了一跳。

"让我进来！让我进来！是我，夏洛特！"等她很安全地回到了客厅，把窗户关紧、闩好，熟悉的墙壁围绕着她、把她关在里面时，她的心才停止了乱跳。她在一个粗板箱上坐下。这间沉闷的、撤走了家具的房间里凄凉、寒冷——没有炉火，也没有其他亮光，只有夏洛特那支没有掐灭的长蜡烛。夏洛特惊讶地望着玛格丽特。玛格丽特虽然没有看见她在望着自己，但是意识到了，于是站了起来。

"我还担心你把我关在外边，夏洛特，"她微微笑了笑，说道，"等你到了厨房里，肯定就听不见我喊你了。通向小路和教堂院子的那些门老早以前就已经锁上了。"

"哦，小姐，很快我就会想起你来的。那几个人要你告诉他们该怎么继续干下去呢。而且我已经把茶点放在老爷的书房里了，因为那儿可以说是眼下最舒适的房间。"

"谢谢你，夏洛特。你是个好姑娘。我舍不得离开你。要是哪天我可以给你一点小小的帮助或是给你提点有益的意见，请一定设法写信给我。你知道，我将永远乐意收到来自赫尔斯通的信件。等我定下来以后，一定把地址寄给你。"

书房里已经准备好，可以吃茶点了。壁炉里燃烧着熊熊的炉火，桌上有几支没有点燃的蜡烛。玛格丽特坐在地毯上，一半是为了暖和一下身体，因为傍晚的潮气还留在衣服上，而过度的劳累更使她感到浑身发冷。她把两手扣在一起，抱住了膝盖，使自己坐稳，头稍稍垂向胸前。一副沮丧失意的姿态，不管她当时的心境如何。可当她听见父亲的脚步声在外边砂石上响起来时，她立刻跳了起来，急忙把浓密的黑发往后一甩，擦了擦自己也不知怎么会出现在面颊上的几颗泪珠，走出去给他开门。他显得比她还要沮丧得多。她几乎无法引他说话，尽管她尽了很大的努力（每次都认为是最大努力了），极力说一

---

① 卡米拉（Camilla），古罗马诗人维吉尔所著史诗《埃涅阿斯纪》中写的一个行走如飞的伏尔西族公主。

些让他感兴趣的话题。

"您今天走了很多路吧?"她见他什么食物也不肯碰,问道。

"我一直走到福德姆山毛榉那儿。我去看了看莫尔特比寡妇,她因为没有跟你告别而感到十分伤心。她说过去这几天,小苏珊一直朝那条小路望着。——唔,玛格丽特,怎么啦,亲爱的?"可怜的玛格丽特想到那个小孩盼着她,却又不断地失望——不是因为她忘记了,而是因为她根本无法脱身,离家去看望她——心里再也忍受不住了,嘤嘤地哭了起来,仿佛心都碎了。黑尔先生痛苦不堪,感到不知所措。他站起身,紧张地在房间里走来走去。玛格丽特竭力想控制住自己,不过她在可以坚定地讲话以前,还是闭口不言。她听见他好像在自言自语地说着。

"我真受不了。我不忍心看见别人痛苦。我自己的苦,倒还可以耐心忍受。唉,就没回头路了吗?"

"是的,爸爸,"玛格丽特直视着他,坚定地低声说道,"我认为您错了,这并不好受,更加糟糕的是,我觉得您很虚伪。"她说到最后几个字时,声音放低了,仿佛把虚伪这个概念和父亲扯在一起,含有不恭敬的意味。

"再说,"她接着说道,"今天晚上,我只不过累了。别认为您做的事让我很痛苦,亲爱的爸爸。咱俩今晚都不要谈这件事了,我想,"她一边说着,一边发现自己不由自主地落下了眼泪,啜泣起来,"我最好把这杯茶端上楼,给妈妈送去。她很早就喝过了,那时我太忙了,没去陪她。我想她肯定会乐意再喝一杯。"

第二天早晨,上火车时间到了,毫不留情地迫使他们离开了美丽可爱的赫尔斯通。他们走了,最后看了一眼那所狭长、低矮的牧师公馆,它被月季花和山楂树半掩着——窗扉上闪烁着点点晨光,显得比任何时候都有家的气息,每一扇窗户都对着一个温馨的房间。他们坐上从南安普敦派来接他们去火车站的车子,这时差不多就意味着已经离开这里,不再回来了。玛格丽特心头一阵刺痛,她尽力朝外张望,想最后再看一眼那座古老的教堂钟楼。她知道到转弯的地方,在一大片森林树木之上,是可以瞥见它的,不过她父亲也没有忘记钟楼,所以她默默地承认父亲更有权利占据那扇可以看见钟楼的车窗。她向后靠在椅背上,闭上眼睛,泪如泉涌。晶莹的泪珠先挂在遮住眼睛的睫毛上,停留一会儿,随后才顺着面颊缓缓流下,不经意间,悄悄落到她的衣服上。

他们要在伦敦一家僻静的旅馆里停留一整夜。可怜的黑尔夫人差不多哭了一整天。迪克逊也很伤感,火气很大,易怒,甚至不停地努力不让自己的裙子碰到丝毫未觉察的黑尔先生。她认为黑尔先生是所有这些痛苦的根源。

他们穿过那些熟悉的街道,经过他们从前常去拜访的一些人家,经过玛格丽特曾经在姨妈身边烦躁地——当那位夫人正在犹豫不决、没完没了地做一个重大的选择时——逛过的一些店铺,不但这样,他们还在街上碰到好些熟人,因为虽然对他们来说这天上午漫长得难以计算,好像早就应该结束,好让宁静的夜色到来,可是他们到那儿时,正是十一月的一个下午,是伦敦最繁忙的时刻。黑尔夫人还是很多年以前来伦敦的。她几乎像个孩子那样兴奋起来,在各条街上东张西望,盯着店铺和马车,并大声赞叹着。

"啊,那就是哈里森的铺子嘛,我结婚的时候,许多东西都是在那儿买的。啊呀!大变样子啦!他们装上了大玻璃橱窗,比南安普敦的克劳福德的还大。啊,那边,可不是嘛——不,不是——哦,是的——玛格丽特,亨利·伦诺克斯先生刚刚迎面走过。这里那么多店铺,他会上哪儿去呢?"

玛格丽特吃了一惊,探身向前,很快又迅速地向后靠,觉得自己这个突兀的举动有点儿好笑。这时候,他们相距已经有一百码[①]了,不过他似乎像是赫尔斯通的一件纪念品——他使人联想起一个晴朗的上午,一个多事的日子。她本来倒乐意在他没有看到她的情况下看看他的——彼此不要有机会交谈。

---

① 1 码约 0.91 米。

那天晚上无事可做，只能待在一家旅馆楼上高高的房间里，显得漫长而沉重。黑尔先生外出到他的书商那儿去，还去访问了一两位友人。他们在旅馆里或者外边的街上所看见的每一个人，似乎都在匆匆忙忙地奔向某个约会地点，被人期待着或是期待着某个人。只有他们似乎是陌生的，没有朋友，孤孤单单。然而在一英里内，玛格丽特就知道有一户户人家，如果她们高高兴兴地或者心平气和地前去拜访，他们全会看在她或肖姨妈的分上，欢迎她和母亲的。要是她们伤心地在像眼前这样纠缠不清的烦恼中需要同情而去拜访人家，那么这些熟人就不会把她们当作朋友，反而会被看成不速之客。伦敦的生活太繁忙、太纷乱了，甚至都顾不上哪怕是一小时表示像当初约伯的朋友所表示出的那种沉默的同情。约伯的朋友曾经"就同他七天七夜坐在地上，一个人也不向他说句话，因为他极其痛苦"[①]。

[①] 见《圣经·旧约·约伯记》第2章第13节。

第七章 新人新景

> 薄雾遮住了阳光,
> 烟雾笼罩下的矮房
> 围绕着我的四方
>
> ——马修·阿诺德[①]

第二天下午,在距离米尔顿大约二十英里的地方,他们转进了通往赫斯顿的那条铁路支线。赫斯顿本是一条杂乱的长街,与海岸线平行。它自有特色,既不同于英格兰南部的那些小海滨浴场,也和欧洲大陆上的海滨浴场不一样。用句苏格兰话来说,一切显得更加"讲求实惠"。大车的马具上用的铁比较多,木材和皮革比较少。街上的人们虽然喜欢玩乐,却显得很忙碌。这里的色彩看上去比较灰暗——比较耐久——一点儿也不亮丽。就连乡下人中也没有穿宽罩衫的,因为它们使人行动迟缓,而且很容易挂住机器,所以穿它们干活的习惯便逐渐消失了。在英格兰南部的这类小镇上,玛格丽特曾经看见店主们不干活的时候,总会在店门口歇一会儿,呼吸一点新鲜空气,对着街上东张西望。在这里,即使没有顾客,他们有空的时候,也总是在铺子里给自己找些事干——玛格丽特甚至猜想他们会毫无必要地把缎带打开再卷起来。第二天上午,她和母亲出去寻找住处时,这种种差异深深地印在了她的心上。

他们在旅馆里住了两晚,花的钱比黑尔先生预算的要多,所以她们欣然租下碰上的第一套空着可以让她们租用的房间,干净而宽敞。在那里,玛格丽特这么多天来第一次感到高兴,觉得可以好好歇一

[①] 马修·阿诺德(Matthew Arnold, 1822—1888),英国诗人、散文家,引文见他的诗篇《安慰》(*Consolation*)。

歇了。这里甚至带有一种梦幻的感觉，使人沉浸其中，感到更为舒适和完美。远处的海水有节奏地拍打着沙滩，赶驴的人在近处吆喝，一些不同寻常的景象像图画似的在她眼前移动，在这些景象尚未消失以前，她懒得去细究。她漫步到海滩上，呼吸着海边的空气，海滩上的海风到十一月底还很柔和温暖；那道壮阔的、长长的、雾蒙蒙的海平线，连接着色泽柔和的天空；远处一条小船上的白帆在苍白的光线下变成了银白色——看来她似乎可以在这种奢侈的沉思默想中梦度人生，让自己完完全全活在当下，因为她既不敢回想过去，也不想去考虑将来。

但是将来不论多么冷酷、严峻，她还是非得面对不可的。一天晚上，玛格丽特和父亲商议好第二天到米尔顿去找房子。黑尔先生收到了贝尔先生写来的几封信和桑顿先生写来的一两封信。他急于想马上弄清楚自己在那儿的职务和能否有成功的机会，以及许许多多的详情细节，而这些只有在他去跟桑顿先生面谈后才会知道。玛格丽特明白，他们应该前去，不过她一想到工业城市就很反感，而且她认为赫斯顿的空气对母亲的身体是有好处的，所以她原本想推迟去米尔顿的行程。

在离米尔顿好几英里路上，他们就看到了深深的铅灰色云层高悬在米尔顿所在的那一片天空。与冬季天空淡淡的蓝灰色对比起来，它显得更为灰暗。在赫斯顿已现最早的霜冻迹象了。离小镇越来越近了，空气里隐隐有一种烟味。也许，毕竟是缺乏草木的芬芳，而不是实在有什么气味。他们迅速驶过一些又长又直、没有生机的街道，两旁尽是造得整整齐齐的小砖房。到处矗立着一座座开有许多窗子的长方形大工厂，像一只母鸡站在小鸡当中那样，喷着"议会所不准许的"黑烟[①]，这充分解释了玛格丽特本来以为预示着要下雨的那阵云气的由来。他们驶过几条较为宽阔的大街，从火车站到旅馆去，途中不

[①] 1847年，英国议会通过了《改善城市环境条例》，要求所有工厂改建高炉，不准喷出黑烟，否则每周要交纳罚款40先令。

得不经常停下，因为装满货物的大货车把不太宽阔的大街堵住了。以前，玛格丽特曾隔三岔五地跟着姨妈去闹市区。但是在那儿的那些笨重车辆，轰隆隆地开着，似乎各有各的方向与目的。这儿，每一辆货车、每一辆运货马车和载重卡车全装着棉花，不是装在袋里的原棉，就是一包包织好的白布。人们聚集在人行道上，大部分人的衣着质地考究，但显得很马虎、懒散，使玛格丽特觉得和伦敦同一类人的那种破旧、褴褛却又利落的样子截然不同。

"新街，"黑尔先生说，"我想这大概就是米尔顿的主街。贝尔常向我讲到它。三十年前，就是这条街从一条胡同开辟成了一条大马路，才使得他的地产价值大增。桑顿先生的工厂一定就在不远的地方，因为他是贝尔先生的租户。不过他好像是从货栈做起来的。"

"我们的旅馆在哪儿，爸爸？"

"在快靠近这条街尽头的地方，我想。我们是先去看看在《米尔顿时报》上看到的那些房子呢，还是吃了饭之后再去？"

"哦，我们还是先办正事吧。"

"非常好。那我就去看看有没有桑顿先生留给我的便条或是信件。他说要是听到任何有关这些房子的消息就告诉我。我们随后立即出发，所以不用退马车。这样比自己走迷了路要安全些，也免得太晚赶不上下午的那班火车。"

没有他的信。他们出发去看房子了。他们每年只出得起三十英镑。在汉普郡，他们用这笔钱就可以租到一所宽敞的、赏心悦目的花园住宅。可是在这里就连必需的两间起居室和四间卧室的房子似乎都不容易找到。他们按着那张单子一一看下去，看一家排除一家。最后，他们灰心丧气地面面相觑。

"我想，咱们大概非得回到第二家去。就是在克兰普顿的那家——他们是把那片郊区叫克兰普顿吗？有三间起居室。您记得吗？我们拿这数目跟三间睡房做比较，曾经觉得很好笑。可是我已经计划好了。楼下那间前厅给您做书房，兼做我们饭厅（可怜的爸爸！），因为您知道，我们已经决定，要尽可能给妈妈弄一间明亮干净的起居室。楼上的那间前房，就是用那种挺难看的蓝色和粉红色纸裱糊的、有粗阔壁檐的那间房，对着平原，可以看到漂亮的外景，下面还有弯弯的河水、运河，或是溪流什么的。我可以住后边的那间小睡房，就是在第一段楼梯头上凸出的那间——您知道，就在厨房上边——您和妈妈就住客厅后面的那间，顶上的那间小房可以给你们做一间极好的梳妆室。"

"可是迪克逊和我们打算找来帮忙的姑娘住哪儿呢？"

"嗯，待会儿。我发现自己在安排事务方面这么有天赋，简直都要说不出话来了。迪克逊住在——让我想想，我刚才想好的——一楼后面的那间起居室里。她大概会喜欢那间房，因为她老是埋怨赫斯顿的楼梯。帮忙的姑娘可以住在您和妈妈那间房上面斜顶的阁楼里。这样安排行吗？"

"我敢说，没问题。但是那种糊墙纸，什么品位！而且把那样一所房子弄得那么花里胡哨，还镶上那么粗阔的壁檐！"

"别介意，爸爸！当然，您可以劝说房主，请他把一两间房——客厅和你们的卧室——重新裱糊一下，因为妈妈跟这两间房接触最多。您的书架可以把饭厅里墙上花哨俗气的图案遮去一大部分。"

"这么说，你认为那儿最合适了？要是这样，我最好立刻就去拜访一下那位唐金先生，广告上是叫人去找他。我把你送回旅馆去，你可以在那预定好午餐，休息一下。等午餐准备好的时候，我也就回来了。希望我能弄到些新的糊墙纸。"

玛格丽特也希望如此，尽管她什么也没说。她还从来没接触过的这样一种品位：喜欢装饰（不论多么恶劣的装饰）胜于简洁大方，而简洁大方本身就是优雅的基础。父亲领着她穿过旅馆大门，把她留在楼梯脚旁边，自己到他们要租的那所房子的房主家去了。玛格丽特刚把手放在他们起居室的门上，一个脚步飞快的侍者紧跟了过来。

"对不起，小姐。那位先生走得太快，我没来得及告诉他。你们先前刚离开，桑顿先生就来了。根据先生所说的话，我知道你们一小时后就回来。我就这样告诉了桑顿先生。大约五分钟前，他又来了，说要等黑尔先生。现在,他就在你们的房间里,小姐。"

"谢谢你。我父亲很快就会回来。到时候,你可以告诉他。"玛格丽特推开门,以往常惯有的尊严和端庄,从容地走了进去。她并没感到忸怩不安,她太熟悉上流社会的那一套了。这是一位有事来找她父亲的人。既然他表现出很乐意帮忙,所以她对他非常客气。桑顿先生要比她惊讶、不安得多。来者不是一位文静的中年牧师,而是一个年轻的女士,坦率、庄重地走上前来——和他平常看到的大部分女士都不一样,她的着装很朴素:头上紧紧戴着一顶草帽,质地上乘,式样极佳,饰有一条白色缎带;一件黑绸长袍,没有任何装饰或荷叶边,一条大印度披肩重重地垂挂在外边,又长又大地裹住了她,就像一位女皇穿了长袍一样。当他瞥见她那单纯、直率、落落大方的眼神时,并不知道她是谁,因为那神情分明表明他的出现并没有影响她那娇美的面容,她那淡淡的象牙色的脸庞上也没有露出诧异的红晕来。他听说过黑尔先生有个女儿,但他一直以为是个小姑娘。

"我想,是桑顿先生吧!"玛格丽特踌躇了片刻后,说道。他一点准备都没有,不知说什么是好。"您请坐。我爸爸刚刚把我送到门口。不巧,没人告诉他您在这儿。他有点事又走开了,不过他很快就会回来的。不好意思,劳您驾跑了两趟。"

桑顿先生本人习惯于发号施令,可是此刻似乎有点被她给镇住了。她没走进房间之前,他正变得烦躁不安,因为在一个交易日浪费了不少时间,但是此刻在她的邀请下,他却安安静静地坐下了。

"你知道黑尔先生上哪儿去了吗?我或许能找到他。"

"他到卡奴特街一位唐金先生那儿去了。我父亲想在克兰普顿租下的那所房子就是他的。"

桑顿先生知道那所房子。他看到了那条广告,还去那儿看过。他应贝尔先生的请求,要尽力帮助黑尔先生,同时也被黑尔先生在那样的情况下放弃自己的牧师职务而感动。他曾以为克兰普顿的那所房子正合适,可是现在看到玛格丽特,见到她高贵的举止与神态,他觉得有点后悔。当时他去看那所房子时,觉得里面的某种装饰确实有些粗俗，但是又觉得对黑尔家来说应该还算合适。现在他为这样的想法而感到不好意思了。

玛格丽特对自己的长相奈何不得。短短的、弯弯的上嘴唇，大大的圆下巴，向上翘着，她昂着头的神态，一举一动充满了女性的温柔，却又带有一些不屑的气质，总给陌生人留下一种傲慢的印象。她现在很累，宁愿不说话，按父亲说的那样休息一下，可是她是一位有教养的小姐，自然应该不时地和这位陌生人客套几句。这位陌生人呢，不得不说，没有着意修饰或打理过，因为他刚刚从米尔顿的街道和人群里挤过来。她很希望他起身告辞，像他先前所说的那样，而不是坐在那儿，对她说的话做出一些简略的回答。她褪下披肩，搭在她坐的椅子背上，脸朝着他，迎着光坐在那儿，妩媚尽显。她圆润白皙的脖子从丰满而轻盈的身材上面显露出来；说话的时候，嘴唇微微嚅动着，丝毫没有改变那个可爱又高傲的嘴形，没有打破她脸上那冷漠的平静；柔和忧郁的双眸与他的目光相对，带着少女般的悠闲从容。谈话还没结束，他心里已在想自己不喜欢她。他想借此来尽力补偿自己在情感上受到的伤害，因为当他情不自禁地以爱慕之情望着她时，她却傲慢而冷漠，把他——据他认为——看作他很恼火时自认为的那么一种人——一个大老粗，一点也不斯文、高雅。他把她的悠闲冷静的态度理解为傲慢轻蔑，心里感到十分生气，几乎想站起来离开了，不再跟这些姓黑尔的和他们目空一切的样子打交道了。

就在玛格丽特连最后一个话题都说得无可再说之际——不过那几乎不能称作谈话，因为讲的话那么少，语句那么短——她的父亲正好走进来，带着一种愉快的绅士风度，他彬彬有礼的道歉使桑顿先生对他的名声和家庭又恢复了好感。

黑尔先生和客人倒有不少话可说，谈论他们共同的朋友贝尔先生。玛格丽特不用继续招待客人了，心里很高兴，便走到窗前去，让自己熟悉一下街上的陌生景象。她看外边的街景看得那么入神，以致父亲跟她说话，她都没有听见，父亲不得不又说了一遍：

"玛格丽特！房主坚持喜欢那种难看的糊墙纸。恐怕只好让它去了。"

"啊呀！真糟糕！"她一边回答，心里一边盘算起来，不知是否可以利用自己画的一些素描遮盖一部分墙壁，不过最后她还是放弃了这个主意，因为那样很可能使情况变得更糟。就在这时，父亲以他那种亲切的、乡间人士的好客，热情地邀请桑顿先生留下来和他们一起吃午饭。桑顿先生觉得留下来吃饭很不方便，但是如果玛格丽特用话语或神色表现出赞同父亲的邀请，那么他也会同意的。他很高兴她并没有这样做，可同时又因为她没有这样做而感到生气。他离开时，她很严肃地、轻轻地鞠了一躬，这让他感到一生中从未这么忸怩不安、手足无措。

"好了，玛格丽特，现在吃饭吧，越快越好。你预订了吗？"

"没有，爸爸。我一回来，那个人就在这儿。我一直没有机会去预订。"

"那我们就只好有什么吃什么了。他大概等了很长时间吧。"

"我觉得这段时间太长了。我正想不出话来说的时候，您走进来了。他什么话题都不接着说，只是你问什么，他就简单、粗率地回答一下。"

"但回答很到位，我想。他的思路很清晰。他说——你听到了吗？——克兰普顿的地是沙砾地，是米尔顿附近最有益于健康的郊区了。"

他们回到赫斯顿以后，便把这一天的经过描述给黑尔夫人听。黑尔夫人问了许许多多问题，他们边喝茶边一一回答了。

"跟你通信的那个人，桑顿先生，怎么样？"

"你问玛格丽特，"她丈夫说，"我去找房主谈话的时候，她和桑顿先生凑合着谈了好半天。"

"唉！我也不大知道他是个什么样的人。"玛格丽特懒散地说道，她太累了，不想费力去细细描绘，随后，她还是打起精神来说道，"他是个高个儿，肩膀宽阔，大约……大约多大岁数，爸爸？"

"我猜，大约三十几岁吧。"

"大约三十岁——长着一张既不是完全平庸、又说不上漂亮的脸蛋，相貌平平吧——不大像是有身份的人，不过也不大可能指望他像。"

"但是也不粗鄙或俗气。"父亲插嘴说，他有点害怕别人贬低他在米尔顿唯一的朋友。

"哦，是的！"玛格丽特说，"他的表情非常坚定刚毅，那张脸，不论多么一般，都不会显得粗鄙或俗气。不过我可不乐意去跟他打交道，他看起来很顽固。总的说来，似乎是生来干他那一行的人，妈妈，精明强干、强壮结实，准能成为一位大商人。"

"别称呼米尔顿的厂主叫商人，玛格丽特，"父亲说，"他们很不一样。"

"是吗？我用这个词指所有出卖有形商品的人，不过要是您认为这个词不正确，爸爸，那我就不用了。可是，唉，妈妈！讲到粗鄙和俗气，您对咱们客厅里的糊墙纸，思想上一定得有所准备。粉红色和蓝色的蔷薇，配着黄色的叶子！而且房间四周有一圈又粗又阔的壁檐！"

但是当他们搬进米尔顿的新房子时，那些讨厌的糊墙纸已经不见了。房主不动声色地接受了他们的道谢，听凭他们去猜想——如果他们乐意的话——他已经放弃了本来表示的绝不重新裱糊墙壁的决心。他觉得也没有必要特地去告诉他们，他本来不想为一个在米尔顿不为人知的、尊敬的黑尔先生做什么事，但在富裕的厂主桑顿先生提出简短、严厉的抗议以后，他很乐意地照办了。

第八章 思念故乡

故乡　故乡　故乡
让我日思夜想①

他们需要用更加淡雅的墙纸把房间重新装饰一下，以此在心理上得到妥协，甘心在米尔顿安居下来。他们还需要更多——更多无法得到的东西。十一月黄色的浓雾来了。当黑尔夫人到达新居时，窗外河水蜿蜒而成的那片山谷中平原的景色，完全给大雾遮得看不见了。

玛格丽特和迪克逊已经忙了两天，打开行李，收拾整理，可是屋子里的一切看起来仍然很凌乱。外面的浓雾悄悄地爬到了窗前，以一团团呛人的、不健康的白色雾气，侵入每一扇敞开的门窗。

"唉，玛格丽特！我们就住在这儿吗？"黑尔夫人茫然而又沮丧地问道。母亲问这句话的声调是那么伤心失望，玛格丽特内心也有同感。她几乎无力克制自己，勉强说了一句："唉，伦敦的大雾有时还要厉害呢！"

"可是在那儿，你总还熟悉伦敦本身，还有背后的那些朋友们。可这儿——唉！我们孤孤单单的！唉，迪克逊，这是个什么地方啊！"

"真的，夫人，这儿很快就会要了您的命，到那时候，我知道谁会——停下！黑尔小姐，这太重了，你提不动。"

"根本就不重，谢谢你，迪克逊，"玛格丽特冷冷地回答，"我们能为妈妈做得最好的事情，就是替她把房间收拾好，让她上床睡觉，我去给她端杯咖啡来。"

黑尔先生同样情绪低落，同样也要玛格丽特来安慰。

"玛格丽特，我确实认为这个地方对健康不利。要是你妈妈或是

---

① 这是苏格兰诗人坎宁安（Allan Cunningham，1784—1842）的两行诗。

你的健康受到了损害,那可怎么好!我真的宁愿去威尔士的某个乡村,这儿实在太糟糕了。"他一边说着,一边走到了窗前。没有得到任何安慰。既然在米尔顿住下来,就得容忍一个季度的烟雾。说真的,生活中的其他部分似乎也同样被浓重的烟雾环境隔绝了。就在前一天,黑尔先生刚算出来他们搬家和在赫斯顿住的两周花去了多少钱,非常沮丧。他发觉自己的那点现款几乎全部用光了。没办法!既来之,则安之。

　　晚上,等玛格丽特意识到花了多少钱时,她绝望得直想坐下来。她的卧室在屋子后边那个狭长的、凸出的地方,空气里弥漫着阴沉沉的烟雾气息。在长方形房间一侧的那扇窗子,朝着不超过十英尺[①]的一堵同样凸出的空白墙壁。它就像堵住希望的一大障碍,在雾气中若隐若现。房间里面一片混乱。他们所做的一切努力,就是先把母亲的房间收拾舒适。玛格丽特坐在一只箱子上,箱子上的签条使她想起是在赫尔斯通写的——美丽可爱的赫尔斯通啊!她陷入凄凉的思绪,竟然走神了;最后,她决定忘掉眼前的一切,并且忽然想起伊迪丝有一封信给她,在上午忙乱中,只看了一半。这封信描述了她们到达科孚岛后的情形,她们在地中海上的航行——船上的音乐、舞蹈,她眼前展开的快乐新生活,她的房子带有格子篷架的阳台,可以俯瞰屋外白色悬崖和深蓝色的大海。伊迪丝的信即使不算十分生动,写得倒是很流畅、很通顺的。她不仅能够抓住一个景点中引人注目的特点,而且能够列举出足够的详情细节,让玛格丽特自己去体会。伦诺克斯上尉和另一个新近结婚的军官合住在一栋别墅里,别墅高悬在海边陡峭壮丽的崖石上。尽管那时已经渐入冬季,他们的日子似乎还是消磨在船上或者岸上举行的野餐会上。一切全在户外,寻欢作乐,快乐无比,伊迪丝的生活似乎像她头顶上蔚蓝的天空那样,自由自在——全无斑点或烟气。她丈夫不得不参加操练,而她呢,她这个当地最擅长音乐的军官妻子,不得不从最新的英国乐曲中抄下一些最受欢迎的新

[①] 1英尺约0.31米。

曲调来帮助乐队指挥。这些似乎就是他们最艰巨、最繁重的任务了。她热情地希望，要是团队在科孚岛继续驻扎一年，玛格丽特就可以去看望她一次，住上一段较长的时间。她问玛格丽特是否还记得在她伊迪丝写信这一天的一年以前——他们当时住在哈利街，那一整天都在下雨，她怎样都不肯穿上新衣服去参加那次无聊的宴会，怕在上马车时把衣裳溅湿了，以及她们在那次宴会上如何与伦诺克斯上尉初次相遇。

是啊！玛格丽特记得很清楚。伊迪丝和肖夫人赴宴去了。玛格丽特到晚上才去参加那场派对。种种繁复奢侈的布置、富丽堂皇的家具、宽敞的房子，以及从容自在、无忧无虑的宾客们——这一切的回忆那么栩栩如生地展现在她的眼前，和目前形成了奇怪的对比。那种风平浪静的往日生活已经结束，没有留下一丝痕迹来说明他们过去都曾置身其中。那些惯常的宴会、互相来访、上街购物、晚间舞会，都在继续着，会永远继续下去，尽管肖姨妈和伊迪丝已经不在那儿了。当然，更少有人想到她。她很怀疑过去那群人里有谁还会想起她，亨利·伦诺克斯除外。可他呢，她知道，也会竭力把她忘了，因为她曾经让他很痛苦。她以前常听他夸口说，他有本事把任何不愉快的想法抛得远远的。然后她进一步去想象可能会出现什么情况。要是她真的爱上了他、接受了他的求婚，那么后来父亲的观点发生了变化，地位也发生了变化，她毫不怀疑，伦诺克斯先生会对此很不耐烦。从某种意义上讲，这对她是莫大的侮辱，但是她可以耐心容忍，因为她知道父亲的意志很纯洁，这使她坚强起来，容忍他的错误，尽管在她看来这些错误很严重。不过世人在初步做出总的评判后就会不那么尊重她父亲了，这一事实会让伦诺克斯先生感到压抑、恼火。她一想到可能会出现的情况以后，对眼下的情形反而感到快慰。他们已经跌到最低点了，情况已经不可能再糟了。等伊迪丝和肖姨妈来信时，伊迪丝在信中表达的惊讶、肖姨妈的伤心，都得勇敢面对。所以，玛格丽特站起身来，缓缓地脱下衣服，虽然时间已经很晚，可是经过一天的忙碌后，她这会儿却充分感受到悠闲是多么奢侈惬意。她睡着了，盼望着美好的到来，不管是来自内心的还是外界的美好。然而，要是她知道这种美好前景要过多久才会实现，她的心肯定会凉半截的。一年中的这段时光，对人的情绪和健康都极为不利。她母亲患了重感冒。迪克逊显然也不大舒服，但是玛格丽特想要帮助她一下或是照料她一下，她却觉得受了更大的侮辱。他们也找不到一个姑娘来帮助她，所有的姑娘都去工厂里上班了；至少前来应聘的人都挨了迪克逊一顿臭骂，因为像她们那样的人怎么能得到信任、在一个有身份的人家干活呢。因此他们几乎不得不经常雇用一个打杂的女佣。玛格丽特真想把夏洛特找来，但是他们现在雇不起她这样的用人，再则，距离也太远了。

黑尔先生收了好几个学生，都是贝尔先生推荐给他的，或是在桑顿先生更为直接的影响下介绍给他的。他们大多数人就年龄而言是本来应该还在上学的小伙子，可是按照米尔顿当时盛行的，而且显然很有见解的说法，要让一个小伙子成为一个精明的商人，非得让他年轻的时候就接受训练，适应工厂、办公室或是仓库中的生活。如果把他送到苏格兰的那些大学去，他回来也不会安心经商。若是上了牛津或是剑桥大学，那么他就更不会安心了，况且他不到十八岁也进不了那两所大学。因此，大多数工厂主在儿子十四五岁羽毛未丰的时候，就把他们安排好了，毫不留情地切断了所有通向文学或高深的智力修养方面的发展后路，希望把子孙的全部精力都投入商业中。不过也有些比较明智的父母，有些颇有见识的年轻人，他们看到自己的缺陷，尽力加以补救。不仅如此，有几个已经不年轻了，而是正当壮年，他们很明智，承认自己无知，在较晚的时候开始学习本应在较早的年月就学习的东西。桑顿先生或许是黑尔先生的学生中年龄最大的。他无疑是黑尔先生的得意门生。黑尔先生已经习惯了经常引用他的见解，而且很敬重他。家里流传着一个小笑话，他们不知在规定上课的时间里有多少时间是用来纯粹学习的，因为太多的时间好像都在聊天。

玛格丽特很鼓励家人这样轻松愉快地看待父亲和桑顿先生的交往，因为她觉得母亲对丈夫的这段新的友谊有些嫉妒了。以前在赫尔斯通时，只要他的时间全用在读书和教区居民上，她似乎就不大在意自己是否经常见到他。可是现在他热切地盼望着和桑顿先生的下一次见面,她的自尊心似乎受到了伤害,很生气,仿佛他第一次轻视了她这个老伴似的。黑尔先生对桑顿先生的过分夸赞,也产生了通常会对听者所产生的那种影响,就像人们不十分赞同阿里斯蒂德斯[1]总被说成是"正直的"。

黑尔先生在乡间牧师公馆中度过了二十多年恬静的生活,现在看到那种轻而易举地就克服了种种巨大困难的能量,觉得有些眼花缭乱。米尔顿机器的力量,米尔顿工人的力量,让他震撼,尽管他还没有深究这种力量如何发挥作用的详情细节,就已经为此折服。可是玛格丽特不怎么外出,没有置身于机器和工人当中,很少看到产生公共效应的力量。她碰巧遇上了一两个为了多数人的幸福、必先大受其苦的人。在影响到广大群众的各项措施中,总会有一个问题:有没有想方设法使这些例外的人的痛苦尽可能小一些呢?或者,在拥挤的胜利队列中,无依无靠的人是否遭到了践踏,而没有被轻轻扶到他们已没有力量陪伴胜利者的大道旁边去呢?

找个用人来帮助迪克逊的任务后来落到了玛格丽特的身上。一开始,迪克逊要去找一个她想要的干粗活儿的用人。但是迪克逊脑子里所想的能够帮忙的姑娘,是以她回忆中赫尔斯通学校里那些干净、年长的学生为参考的。那些学生能够获准在牧师公馆忙时去帮忙,实在太荣幸了,而且她们对待迪克逊也礼貌有加,对待黑尔先生和黑尔夫人更是毕恭毕敬。迪克逊对别人给她的那份敬畏并非无所察觉,她也并不感到讨厌,反而感到十分受用,不亚于路易十四因为朝臣手搭凉篷,避开他的耀眼的光彩而感到的那份得意。可是前来应聘这个用人职务的米尔顿姑娘呢,都是以那种粗俗的、独立不羁的方式回答她的面试询问。要不是她对黑尔夫人的忠心爱护,她是说什么也无法容

---

[1] 阿里斯蒂德斯(Aristides,前530?—468?),古希腊将领和政治家,以为人正直著称。史学家普鲁塔克(Plutarch,46—120)在为他写的传记里记载了一则故事:有一个目不识丁的选民不认识阿里斯蒂德斯,请他把阿里斯蒂德斯这个姓名写在纸条上,使他可以投票要求放逐阿里斯蒂德斯。阿里斯蒂德斯听后大为惊讶,问他受到了什么损害。这个选民说,并没有,不过他老听见人说阿里斯蒂德斯是"正直的",实在觉得恼火。

忍那种方式的。她们甚至还反问她，因为她们对这个家庭偿付工资的能力也有些怀疑和担心。这户人家住在一所年租只有三十英镑的房子里，却还摆架子，要请两个用人，其中一个用人还竟然这么高傲、不可一世。黑尔先生已经不再被看作赫尔斯通的牧师了，只是一个节俭度日的人。迪克逊不停地描述给黑尔夫人听，这些想当用人的姑娘态度如何如何，这些叙述使玛格丽特感到厌倦、很不耐烦，尽管玛格丽特也对这些人粗鲁无礼的举止非常反感，尽管她也以过分自尊的心情避开她们亲热的招呼，并且十分憎恶她们对于住在米尔顿、又不从事某种买卖的人家的收入和地位毫无掩饰的好奇。可是玛格丽特越是感到她们鲁莽无礼，就越对此事保持沉默。不管怎样，如果她自己去找用人，她是不会让母亲知道她感受到的失望，以及或真实或假想的侮辱的。

因此，玛格丽特去肉店和食品店那里跑上跑下，想寻找一个无与伦比的姑娘。每个星期她都会降低自己的条件和期望，因为在一个工业城市里，要遇上一个宁愿不要工厂更高的工资和更多独立的人，是很困难的。对玛格丽特来说，独自一个人在这个喧嚣忙乱的地方外出，多少也是一种考验。肖姨妈的礼仪观念和她自己事事依赖别人的想法，一向使她坚持认为，要是伊迪丝和玛格丽特走出哈利街或是到附近一带的地方去，就应该有一个男仆陪着。姨妈的这条规矩曾经限制了玛格丽特的独立性，当时曾受到她无声的反抗：由于在林间随意散步和闲逛呈现出鲜明对比，她更加喜欢在林间的自由。她边走边跳，无所畏惧，有时急了，还会跑起来，有时站在那里，一动不动，驻足聆听着在枝叶茂密的庭院中歌唱的野生小动物，或者凝神观察用锐利明亮的眼睛从矮树林或纷乱的荆豆花丛中朝外张望的野生小动物。那种动或那种静，完全取决于她自己的意愿。而要从那种动静中一下改变成在街道上行走所必需的平稳、规矩的步伐，这的确是一种考验。但是如果这种改变并不带来更加严重的烦恼，那么她可能会为自己居然注意这种改变而觉得可笑。

克兰普顿所在的市区那一面，主要是一条工人们来往通行的大道。四周的一些后街上，有许许多多工厂，男女工人每天有两三次川流不息地从那里拥出来。在玛格丽特搞清楚他们进出的时间以前，她经常很不幸碰到他们。他们急匆匆地走过来，一脸的鲁莽和无所畏惧，高声大语地嬉笑着，特别是对那些身份或地位似乎比他们高的人进行冷嘲热讽。他们无拘无束地扯着嗓子说话，一点也不在意普通行路的规则，一开始有点吓着玛格丽特了。姑娘们以她们那种粗野但还算友好的态度，放肆地评论她的衣服，甚至过来摸摸她的披肩或衣裳，以确定料子的质地。有一两次，她们特别欣赏她的某件衣服，还问了她一些相关的问题。她们那么纯朴地信任她，信任她那么善解人意。她们对衣服的喜好，她作为女性能够理解，因此等她听明白了她们的询问以后，就会欣然回答，并且对她们的评论报以微笑。这些姑娘，不管多少人，她都不介意碰上她们，尽管她们会大声讲话，吵吵闹闹。不过那些男性工人，不是让她感到害怕，就是让她很恼火。他们以同样公开、放荡不羁的态度评论的不是她的衣服，而是她的容貌。以前她一直觉得，对她外表的评论，即使是最文雅的，也是不礼貌的。现在，她不得不容忍这些直言不讳的人对她毫不掩饰的赞美。不过，那份直率表明他们并无意要损害她的优雅，这一点她本来应该会觉察出来的，如果她没被那阵乱糟糟的喧哗吓坏了的话。当她听到他们的有些话以后，惊慌中还会带着一阵愤怒，让她气得脸色通红，眼睛冒火。然而，他们还会说一些别的话，等她安全地回到家里后，这些话又会让她一想起来既好气又好笑。

例如，有一天，她走过一群工人身旁，有些人就开着不正经的玩笑说，希望她就是他们的心上人，有个人转来转去地说："我的小姐呀，你那美丽的脸蛋让这一天变得更加美好了。"还有一天，她脑子里忽然想到了什么，然后无意识地笑了笑，这时一个衣着寒酸的中年男子说道："你多笑笑呀，我的小姐，你的笑脸会让很多人开心的。"玛格丽特看到这个男人一副饱经忧患的样子，禁不住回了他一个微笑。同时，她很高兴地想，原来自己那么平常的长相，还能唤起别人的快乐心情。对方似乎也理解了她那表示答谢的一瞥，不管什么时候他们在路上互相遇到，彼此都会默契地认出对方，虽然除了第一次打招呼以外，从来没有互相说过一句话。可是，不知为什么，玛格丽特对他似乎比对米尔顿的其他任何人更感兴趣。有一两次，是在星期天的时候，她看见他和一个女孩走在一起，显然是他的女儿，后者看上去还没他健康。

有一天，玛格丽特和她父亲一起去小镇周边的田野。那是早春时节，她采了一些树篱和沟渠边的野花，还有一些无香味的野生紫罗兰和白屈菜等，心里有种莫名的伤感，这勾起了她对南方草木繁盛的甜蜜回忆。父亲离开她去米尔顿办事了，在回家的路上她遇到了那个出身卑微的朋友。女孩充满渴望地看着花，玛格丽特突然一阵冲动，就把花递给她了。她接过花，淡蓝色的眼睛突然亮了起来。她的父亲替她说话了。

"谢谢你，小姐。贝茜谢谢你给她的花，我也要谢谢你的好意。你不是我们这地方的人吧，是不是？"

"不是！"玛格丽特半叹着气说，"我来自南方——汉普郡。"她补充说道，她有点怕如果说出一个他不懂的名字，会伤害到他。

"那比伦敦还远吧，是不？我是从伯尔尼来的，离北方有四十英里。但是，你看看，北方和南方都在这里碰头了，在这个烟雾弥漫的地方做了好朋友。"

玛格丽特放慢脚步，和父女俩并肩走着。由于女孩比较虚弱，他们把步伐的速度调得和她一样。她开始和女孩说话，语调柔和，带着怜悯，让做父亲的非常感动。

"我想你身体不是很好吧？"

"是的，"女孩回答道，"永远都好不了。"

"春天来了。"玛格丽特说道，似乎想引起愉快和希望的想法。

"不管是春天，还是夏天，对我都没什么好处。"女孩静静地说道。

玛格丽特抬起头看着女孩的爸爸，真希望他会说一些反对的话，或者至少说点可以改变女儿的绝望情绪。然而，他却补充说道：

"我想她说的是实话。恐怕一切都没用了。"

"我将会有个春天,在我要去的地方,那里有花,传说中的永生花,还有闪闪发光的袍子。"

"可怜的孩子,可怜的孩子!"父亲低声说道,"我不知道啊,但你就这么想吧,心里舒服点,可怜的孩子,可怜的孩子。还有可怜的爸爸。一切都快了。"

玛格丽特被他的话吓坏了,感到很震惊,但心里不是排斥,反而被吸引住,更加感兴趣了。

"你们住哪里?我想我们是邻居吧,在这条路上经常碰到。"

"我们住在法兰西斯街九号,你经过金龙街后,在第二个路口左拐。"

"你的名字呢?我要记下来。"

"我不怕告诉你我的名字,我叫尼古拉斯·希金斯。她叫贝茜·希金斯。你问这个干什么?"

玛格丽特对最后一个问题感到很惊讶,因为在赫尔斯通大家都明白,她在询问地址姓名后,就会随时去拜访那位穷苦的邻居。

"我想……我想去看望你们。"她突然感到不好意思说去拜访,因为没有任何原因,除了对一个陌生人有好感和好奇以外。她很快意识到自己似乎做得不妥,她也从女孩爸爸眼里读出了这层意思。

"我不喜欢陌生人来我家里,"看到她的脸越来越红,他的态度软了下来,接着补充道,"你是外来人,就像别人说的,这里很多人都不认识。你在这里,还把自己手里的花送给我们——如果你想来,就来吧。"

玛格丽特对这个回答感到既好笑又生气,她还不确定自己是否会去,而他们好像把允许她去拜访还看作是种恩惠。当他们走到镇上的法兰西斯街时,女孩停了下来,说道:

"你别忘了来看我们啊。"

"是啊,是啊,"父亲不耐烦地说道,"她会来的。她有点儿放不下架子,因为她觉得我本该说得更客气些,不过她会好好想一想的,会来的。我能从她那张骄傲漂亮的脸蛋上看出这一点。走吧，贝茜，工厂的铃声响了。"

玛格丽特回到家里，一边想着她的新朋友，一边为那男人对她脑海里想什么都洞察得一清二楚而不禁微笑。从那天开始，米尔顿对她来说，变得更加明亮了，不是因为漫长而晴朗的寒春，也不是因为时间让她对居住小镇这件事妥协了，而是因为她在米尔顿找到了乐趣。

第九章　更衣喝茶

> 让中国的大地五彩缤纷，
> 金色为底，蓝色为河，
> 欣然接受印度叶子的怡人芬芳，
> 或穆哈城晒熟的浆果。
>
> ——巴鲍尔德夫人 ①

在遇到希金斯和他女儿后的一天，黑尔先生在一个通常不会露面的时间来到楼上那间小客厅里。他走到房间里各种不同的东西前面，好像是在仔细察看它们似的，不过玛格丽特看得出来，这只是他紧张不安的一种表现——是在拖延说出某件他想说而又不敢说的事情。最后，他终于说了。

"亲爱的！我邀请桑顿先生今天晚上来吃茶点。"

黑尔夫人正闭着双眼，斜靠在安乐椅里，脸上露出她最近惯常有的痛苦神情。但是一听到丈夫的这句话，她立刻发起牢骚。

"桑顿先生！——今天晚上！这个人来这儿究竟要干吗？迪克逊在洗我的细布衣服和花边。这里刮着讨厌的东风，连水都不会很软和。在米尔顿，我想一年到头大概都得忍受这种东风。"

"风向正在改变，亲爱的。"黑尔先生望着窗外的烟雾说。烟雾正从东边飘浮过来，只不过他还不懂罗盘上的刻度，完全根据情况随意排列它们。

"别说了！"黑尔夫人颤抖了一下，用披巾把自己裹得更紧了，"不过，不管刮东风还是西风，这个人大概总是要来的。"

---

① 巴鲍尔德夫人（Anna Letitia Barbauld, 1743—1825），英国诗人，引文见她的诗篇《酒杯吟》(*The Groans of the Tankard*)。

"唉，妈妈，这说明您从来没见过桑顿先生。他看上去就像一个乐于跟他可能碰上的任何不顺遂的事做搏斗的人——跟敌人、跟逆风或跟逆境搏斗。雨越大、风越猛，我们就越有把握能接待好他。不过我会去帮迪克逊的。我很快就要成为一个有名的上浆能手了。除了跟爸爸聊天外，他不会需要什么娱乐。爸爸，我真希望看看您这位好得就像达蒙和皮西厄斯①一样要好的朋友。您知道我就只见过他一次。那次我们都很尴尬，不知道该和对方说点什么，所以我们处得并不特别愉快。"

"我不知道你会不会喜欢他，或觉得他很随和，玛格丽特。可他不是一个喜欢跟女人打交道的男人。"

玛格丽特轻蔑地把脖子一扭。

"我并不特别欣赏喜欢跟女人打交道的男人，爸爸。不过桑顿先生是作为您的朋友到这儿来的——作为一个很欣赏您的人……"

"是米尔顿唯一的一个。"黑尔夫人说。

"所以咱们要欢迎他一下，请他吃点椰子蛋糕。要是我们让迪克逊做几块，她会很高兴的。我负责去把您的帽子熨一熨，妈妈。"

那天上午，玛格丽特不止一次地希望桑顿先生走得远远的。她本来已经给自己安排了好几件其他的事：写一封信给伊迪丝，读一篇但丁作品，去看望一次希金斯父女。而现在不但没做成这些事，反而熨起帽子来，一边还得听迪克逊的抱怨，她只希望通过对迪克逊表示过分的同情，免得对方再把烦恼倾诉给黑尔夫人。玛格丽特得不断地提醒自己，父亲对桑顿先生多么尊重，以此把悄悄涌上心头的疲倦和烦躁抑制下去，最近她常常容易因这种疲倦而头痛。她最后坐下的时候，几乎都说不出话来了。她告诉母亲，她不再是洗衣姑娘佩吉，而是大小姐玛格丽特·黑尔了。这句话她原本是当玩笑说的，可她发现母亲对此话很当真时，立刻对自己的失言感到懊恼。

"是呀！当我还是郡里的一位美人贝雷斯福德小姐时，如果有谁

---

① 达蒙和皮西厄斯（Damon and Pythias），希腊神话中结为刎颈之交的两个朋友。

告诉我，我的孩子得在简陋的小厨房里站上大半天，像一个用人那样干活，就为了做好适当的准备去接待一位商人，而这位商人竟然是唯一……"

"好了，妈妈！"玛格丽特站起身来说，"别因为我随意说了句话，就这样惩罚我。给您和爸爸熨衣服或是随便做什么活儿，我都不在意。我本人生来也还是一位小姐，即使要擦地板或洗碟子。我现在只是有点累了，再过半小时，我又可以把同样的事再做一遍。至于桑顿先生是做买卖的，唉，这件事他现在也没办法了，可怜的人啊。我想他所受的教育也不合适干别的吧。"玛格丽特慢慢地站起身，回自己的房间去了。这会儿，她再也忍受不住了。

就在这同一时刻，桑顿先生的家里正在上演一个类似却又不同的场景。一个早已过了中年的大骨架的女人，坐在一间装修华丽但很阴森的饭厅里做活计。她的外貌就像她的骨架一样，粗粗壮壮的，很魁梧，但不显笨重。她的脸缓缓地从一种果断的神情变成另一种同样果断的神情。她的面容很少变化，不过凡是看过它一眼的人，一般都会再看上一眼。就连街上的过路人也会侧过头来，多看上一眼这个坚定、严肃、高傲的女人。她在街上从不让路，也从不在朝着她自己明确的目的地径直走去的路上停下脚步。她很优雅地穿着一身结实的黑缎子衣服，没有一根丝线破损或褪色。她正在缝补一块质地极为精美的、又长又大的桌布，不时地把它提起来对着亮光，找到需要她仔细处理的针线稀疏的地方。除了马修·亨利的《圣经诠释》以外，房间里一本书也没有。六卷本的《圣经诠释》放在那个大餐具柜的中央，一边放着个茶壶，另一边放着一盏灯。在较远的一个房间里，有人正在练琴。他练的是一支《沙龙小品》(*Morceau de Salon*)，弹得非常快，总的说来每逢第三个音符不是弹得不清楚，就是完全漏掉了，结尾响亮的和弦中，有一半走调，不过弹琴的人依然感到十分满意。桑顿夫人听见一阵像她一样果断的脚步声，从饭厅门外传来。

"约翰！是你吗？"

她儿子把门推开，站在门口。

"什么事让你今天这么早就回来了？我还以为你要去跟贝尔先生的那位朋友，那个黑尔先生共进茶点呢。"

"我是要去的，妈妈，我回家来换下衣服。"

"换衣服！哼！我做姑娘的时候，小伙子们每天有一套衣服穿就心满意足了。你去跟一个老牧师喝杯茶，干吗还得换衣服呢？"

"黑尔先生是一位有身份的人，他夫人和女儿是有教养的女人。"

"夫人和女儿！她们也教书吗？她们是做什么的？你从来没有提过她们。"

"是呀，妈妈，因为我始终没有见过黑尔夫人，只见过黑尔小姐半小时。"

"当心，别被一个连一文钱都没有的姑娘迷住了，约翰。"

"我可不容易给人迷住，妈妈，我想这您是知道的。不过您不可以这样说黑尔小姐。您知道，您这样说让我很不愉快。我还从来不知道有哪个年轻女人想来迷住我，我也不相信有哪个女人曾经这样白白地自找麻烦。"

桑顿夫人不乐意向儿子认输，总的来说，她一般都为自己的性别感到颇为自豪。

"唉！我只是说，要当心。也许，我们米尔顿的姑娘很有追求而且情感高尚，不至于去引诱男人；可是这位黑尔小姐是来自贵族郡的，在那里，如果传言属实，富有的男人可是待价而沽的猎物啊。"

桑顿先生皱起眉头，朝房间里走了一步。

"妈妈，"他轻蔑地哈哈一笑，"您真是叫我不得不说实话。我见到黑尔小姐的那次，她待我很客气，可是很高傲，有股强烈的瞧不起人的味道。她和我保持着一定距离，仿佛她是女王，我是她的低下卑贱的小臣仆似的。您放心了吧，妈妈。"

"不！我既不放心，也不甘心。她，一个背叛国教的牧师的女儿，凭什么瞧不起你！我要是你，才不会特地为见他们而换衣服呢——一家没规没矩的人。"当他离开房间时，他说：

"黑尔先生为人忠厚、温和，很有学问。他并不是没规矩的人。

至于黑尔夫人,您要是乐意听的话,我今天晚上就可以告诉您她是什么样子。"他把门关上走了。

"瞧不起我儿子!把他当成她的小臣仆,这还了得!哼!我倒想知道,她到哪儿能找到第二个这样的人!小伙子也好,男子汉也好,他都是我所知道的最崇高、最坚强的人了。我可不管我是不是他母亲,我能看出好坏,我不是瞎子。我知道范妮是什么样的人,也知道约翰是什么样的。瞧不起他?我恨她!"

第十章 熟铁与黄金

> 我们是大树
> 越摇越牢固
>
> ——乔治·赫伯特[①]

桑顿先生没有再进饭厅便离开了家。他出门有些晚了,所以迅速朝郊外克兰普顿走去,唯恐自己因迟到而失礼,怠慢了新朋友。他站在前门口等候迪克逊缓慢地走来开门时,教堂的大钟正敲响七点半。迪克逊遇到不得不降低身份前来应门的人时,总是加倍迟缓。他被领进了那间小客厅,受到了黑尔先生的亲切欢迎。黑尔先生领他上楼去见自己的妻子。看到她苍白的脸色、用披肩紧裹着的身子,不用解释,他就明白了她为什么打起招呼来那么有气无力。他走进房间的时候,玛格丽特正在点灯,因为天渐渐黑下来了。那盏灯向昏暗的屋子中央投下了一道美丽的亮光。按乡间习惯,他们并没有把夜空和外面黑暗的空间遮挡起来。不知怎么的,这间屋子跟他刚刚离开的那间屋子形成了鲜明的对比。他家的那间屋子陈设漂亮、沉闷,除了母亲坐的那个地方外,没有女性居住的痕迹,除了吃喝外,也没有其他事情可做。当然,那只是一间饭厅,母亲却喜欢坐在那里,她的意见就是家里的法律。但是这间客厅不一样。它要精致两倍——不,二十倍,可是在舒适方面却比不上那里的四分之一。这里没有镜子,甚至连一小块反光的玻璃也没有,如同风景画中没有水来映衬景色一样。没有镀金的装饰。一片柔和、静美的暖色调,与陈旧可爱的赫尔斯通印花棉布窗帘和椅套很相配。正对着房门的那扇窗子前,放着一张敞开的写字台。

[①] 乔治·赫伯特(George Herbert, 1593—1633),英国诗人、神学家,引文见他的《苦难》第五篇(Affliction, V)。

另一扇窗子前边是一个小架子,上面放着一只高大的白瓷花瓶,一丛丛英国常春藤、淡绿色的桦树枝和古铜色的桦树叶从瓶口垂挂下来。一只只精美的针线活篮子放在房内不同的位置。还有些书放在一张桌子上,并不仅仅是根据它们的装帧选出来的,好像是新近才放上去的。门后边放着另一张桌子,用来摆放茶点,白色桌布上面摆满了椰子蛋糕,一只篮子里放满了堆在绿叶上的橘子和红通通的美国苹果。

在桑顿先生看来,这家人习惯了这种精心雅致的布置,尤其和玛格丽特很相配。她站在茶点桌旁边,穿着一件浅色的细布衣服,上面有粉红色的花边,看上去好像没在听他们谈话,只是一心忙着拿茶杯,那双圆润的、象牙色的手优美而轻巧地安放着茶具,没有发出一点声响。她的一只纤细的胳膊上带着一个手镯,不时地掉落到圆润的手腕上。桑顿先生看着她把这个麻烦的装饰品推回原处,比听她父亲的谈话还要专心。他着迷地看着她不耐烦地把手镯推上去,箍住自己柔软的肌肤,然后再看到它逐渐松开——落下。他几乎要喊出来:"又松开啦!"等他到了喝茶的地方时,茶点的准备工作已经差不多安排妥当了,因此他对自己这么快就不得不喝茶吃点心而感到惋惜,因为这样就不能多看一会儿玛格丽特了。她递给他一杯茶,那种傲慢的神情,好像心不甘情不愿的样子,不过等他再想喝一杯时,她的目光马上就注意到了。他看见她由着父亲用有力的大手握着她的小手指和大拇指,把它们当作夹方糖的夹子,他多希望她也这样对待自己啊。父女俩之间旁若无人地上演着这幕哑剧。桑顿先生看见她抬起美丽的眼睛望着父亲,眼神里充满了爱意和笑意。玛格丽特的头还在隐隐作痛,这一点看她那苍白的脸色和她的沉默寡言就知道了;不过要是谈话出现任何长时间、不恰当的停顿,她总会尽力来打破沉默,不愿意让父亲的这位朋友、学生和客人感觉自己受到了怠慢。但是谈话还在继续。茶具都撤走以后,玛格丽特拿着针线活退到靠近母亲的一个角落里,她觉得可以让自己的思绪随意飞扬一阵了,不用担心突然被叫过去救场。

桑顿先生和黑尔先生两个人继续专心地谈论着上次会面时谈起的

话题。后来，母亲低声地说了句什么无关紧要的话，才使玛格丽特回到了眼下的现实中。她从手里针线活上突然抬起头，发现父亲和桑顿先生长得那么不同，表明了他们截然相反的性格。父亲是细长个子，在不跟他人比较的时候——如同现在，跟另一个高大、魁伟的身材比较的时候——会显得比实际高点。父亲脸上皱纹的线条柔和而起伏，不时地有些波状颤动，显示了他波动不定的情绪；眼睑大大的，向上拱起，使那双眼睛具有一种特殊的、慵懒的、几乎是非常女性的美；他的眉毛弯弯的，很漂亮，不过从漂亮的眼睑的大小看来，离眼睛稍微远了点。再看桑顿先生的脸上，两道笔直的眉毛，低低地盖在一双明亮、严肃、深凹进去的眼睛上面。那双眼睛虽然没有锐利到让人不舒服，但似乎也足够专注，能看透他所看到的一切事物的本质。脸上的纹路不多，却很坚毅，仿佛是在大理石上刻出来的，主要分布在嘴唇四周，两片嘴唇轻轻抿着，遮住一口洁白无瑕的牙齿。当他偶尔粲然一笑时，眼睛里都放出光芒，给人突然阳光灿烂的感觉，使他整个表情大大地变样：本来一副敢作敢为的、严厉坚决的神情，刹那间变得那么真心地陶醉在当下，而这种开心除了孩子外很少有人可以这么勇敢而迅速地表露出来。玛格丽特喜欢这样的笑容。这是父亲这位新朋友身上她所赞赏的第一个特质。他们截然相反的个性，从她刚刚一直注意到的所有这些容貌细节特征可以看出，似乎也可以解释为什么他们彼此明显地互相吸引。

　　她重新整理了母亲的绒线活，再次陷入自己的思绪中——她完全被桑顿先生忘记了，仿佛她不在房里一样。桑顿先生正在全神贯注地向黑尔先生解释蒸汽锤的力量如何巨大，但使用起来时可以进行巧妙的调节。这使黑尔先生想起阿拉伯《一千零一夜》里那些俯首帖耳的妖怪故事——一会儿顶天立地，大到可以充满整个天空，一会儿又乖乖地缩进一只孩子都拿得动的小花瓶里。

　　"这种对于力量的想象，这种将伟大思想付诸实践的行动，都是我们这个了不起的城里的一个人想出来的。就是这个人，每当他创造了一个奇迹后，还会一步步地创造更多的奇迹。我不得不说，如果他不在了，我们当中还会有许多人挺身而出，继续进行这场战争，迫使——一定会迫使——一切物质力量向科学屈服。"

"听你这样夸耀，使我想起那两句旧诗来——

"我在英格兰有一百名船长，"他说，"全很出色，和他一样。"

玛格丽特听见父亲朗诵这两句诗，不禁抬起头，满眼好奇，他们怎么会从嵌齿轮谈到《切维山狩猎》去了？

"我不是在夸耀，"桑顿先生回答，"这是很明白的事实。我不否认我为自己属于一个城市——或许不如说，属于一个地区——而感到自豪，因为这个地区的需要而产生了这么伟大的构想。我宁愿在这儿做一个劳碌受苦——甚至连连失败、一事无成的苦工，也不愿意南下去你们称为更有贵族气息的社会，在古老陈腐的常规下过着富裕却单调的生活，打发那种节奏缓慢、无忧无虑的日子。这样人也许会被蜂蜜粘住，无法飞起来啦。"

"你错了，"玛格丽特说道，她因为自己心爱的南方遭到诽谤而很生气，并进行激烈的辩护，气得面颊通红，眼中噙满愤怒的泪水，"你对南方一点也不了解。如果说南方少了一些冒险精神或进步——我想不该说少一些来自商业冒险精神的刺激吧（商业冒险精神似乎是催生这些美妙的发明的必要条件）——南方也少了一些痛苦。在这儿，我看见街上有些人好像都被烦恼悲伤折磨得快垮了——他们不只是受苦受难，而且充满仇恨。在南方，我们也有穷人，可是他们的脸上没有我在这里看到的那种可怕的闷闷不乐、委屈不公的神情。你不了解南方，桑顿先生。"她说完了，决定不再作声，同时又对自己说了这么多话感到气恼。

"我可不可以说，你也不了解北方呢？"他问道，语调里带着一种说不出的温和，因为他意识到自己真的伤害了她的感情。她继续沉默，坚决不说话。她太想念留在遥远的汉普郡的那些可爱的去处了，这种殷切的渴望与思念让她感到，如果她再开口说话，声音会是不稳定和颤抖的。

"不管怎样，桑顿先生，"黑尔夫人说，"你总得承认，米尔顿比你在南方见到的任何一座城市烟雾都多、肮脏得多。"

"我恐怕得放弃谈干净这一点了,"桑顿先生说道,脸上闪过灿烂的笑容,"不过议会命令我们得控制自己家的烟雾,所以像乖小孩那样,我们得遵命——在某个时候。"

"可是你不是跟我说过,你已经改装了你的烟囱,好把烟雾消解掉吗?"黑尔先生问。

"我是在议会干涉这件事之前自己改装的。尽管这是一笔直接的支出,不过节约了燃煤,我觉得值。要是等到这项法令获得通过以后,我倒不确定是不是还会这么做了。无论如何,我就会等到人家告发我、罚我款、招惹了法律许可的种种麻烦以后再说。可是所有依靠举报和罚款来实施的法律,由于那些可恶的机器,全变得无效。尽管米尔顿有些烟囱经常把三分之一的燃煤变成这儿所谓的议会不准许的黑烟喷了出来,但我很怀疑在过去五年中到底有没有一个烟囱被人举报过。"

"我只知道,在这儿要是把细布窗帘一连挂上一星期,不可能还是干净的。在赫尔斯通,我们的窗帘即使挂上一个多月,也不会显得很脏。至于手——玛格丽特,你刚才说你今天上午十二点以前洗过几次手啦?三次,是不是啊?"

"是的,妈妈。"

"你似乎对议会法令和影响到你们在米尔顿管理方式的所有立法,都表示强烈的反对。"黑尔先生说。

"是的,我反对,其他许多人也反对。反对有理,我认为。棉纺业的所有机器——我不是说那种铁木机器——都非常新,要是每个零件不能一下子配合得很好,情有可原。七十年前是什么情形?而现在,什么情形没出现过呢?各种原料都放到了一起;就教育和身份而言,水平相同的人,由于天生的才智带来各种不同机遇,突然分别站到了厂主和工人的不同地位上。这使得有些很有远见的人能崭露头角,看到了理查德·阿克赖特爵士[①]的那种粗糙模型中蕴藏着多么伟

[①] 理查德·阿克赖特(Richard Arkwright, 1732—1792),英国纺织工业家、发明家。

大的未来。当时，因为这种新行业的迅速发展，给早期的那些工厂主带来了巨大的财富与支配力。我说的不仅仅是支配工人，我是说还支配买主——支配全世界的市场。嗯，我可以举个例子给你听，不到五十年以前，米尔顿一份报纸上的一则广告说某某人（当时的六七个棉布印花商之一）每天会在中午就关闭仓库，因此所有的买主必须在那一时刻之前去购买。想想看，一个人竟能这样随意规定售货和停止售货的时间。现在，我相信如果有一个好的顾客乐意在半夜来，我也会起床，接受他来订货。"

玛格丽特撇了撇嘴，但是不知怎么的，她又不得不听下去，再也无法专注自己的思考了。

"我列举这些事例只是想说明，在本世纪初，工厂主们几乎具有无限的权力。人们都被弄得晕头转向。一个人商业活动上做得很成功，没有理由就认为他在其他事情上也会处理得当。与此相反，他的正义感，还有他的纯朴，往往会因为降到他身上的巨额财富而彻底消失了。还有传闻说那些早期的棉纺巨头如何在节日里狂欢作乐、放纵奢侈。他们还对工人实行专治，这是毫无疑问的。黑尔先生，你知道那句谚语吧，'叫花子发了财，什么坏事都干得出来'——嗯，在这些早期的工厂主中，有的人的确大张旗鼓地干坏事——压榨工人的血汗，毫无愧意。可是久而久之，就有了反作用力。随着工厂越来越多，厂主越来越多，需要的工人也越来越多。厂主和工人的力量变得更加平衡了。现在，这场战斗仍在进行着，但相当公正。我们几乎不会听从一个仲裁人的判决，更不会听从对事实真相只是一知半解的调解人的干涉，即使那个调解人是英国国会。"

"有必要把它称为两个阶级之间的战斗吗？"黑尔先生问道，"我知道，你用这个词，说明这个词能够真实表达你心中的事实真相。"

"对。我认为有必要这么说，就像谨慎睿智、行为善良的人有必要总是反对的那样，要和愚昧无知、目光短浅的人进行斗争。我们这种制度最大的优点之一就是一个工人凭着自己的努力和行动可以使自己上升到厂主的权力和地位。实际上，凡是自律、为人正派、冷静沉着、忠于职守的人，都可以加入我们的行列；但并不一定总得当厂主，也可以当监工、出纳、会计、职员，一个维护权威与秩序的人。"

"那么，如果我没有误解你的意思，你认为所有在这个世界上不成功的人，不管由于什么原因，全是你的敌人啰？"玛格丽特用清晰的声音冷冷地说道。

"当然是他们自己的敌人。"他快速地回答道，丝毫没有因为她的说话方式和腔调中暗含着的傲慢不满而不高兴。但是，过了一会儿后，他的直率和诚实让他觉得，自己只是做了一个拙劣的、模棱两可的回答。随她怎样蔑视，他都觉得自己有义务尽可能准确地解释他真正想说的意思。然而，要想把她的理解跟自己的意思分清，并且显示出两者的区别，这是很困难的。他只有告诉他们自己生活中的细节，才最能说明他想要说的意思，可是对陌生人谈这个话题，是不是有些太私人化了？不过，那是说明他用意的一个简单直接的方法，所以，尽管他感到有点不好意思，黝黑的面颊甚至红了起来，但他仍然不顾羞怯地说道：

"我不是毫无根据说这些话的。十六年前，我父亲在很凄惨的境况中去世了。我被迫离开了学校，不得不在几天之内尽力成为一个大人。没有几个人能像我那样幸运，拥有一位精明强干、意志坚定的母亲。我们搬到了一个乡间小镇，那儿的生活费用比米尔顿便宜。我在一家布店里找了份活干（顺便说一下，那是获得商品知识的一个极好的地方）。过了一星期又一星期，我们的收入到了十五先令，得养活三个人。我的母亲精打细算，让我从这十五先令里定期拿出三先令，就这样开了个头，教会了我自我节制。如今，我能够为我母亲提供她那个年龄而不是她本人的意愿所需要的舒适生活，我常常会默默地感谢她早年给予我的训练。所以我觉得，就我本人而言，不是运气好，不是有专长，也不是有才干——仅仅是生活中的种种习惯，教我鄙视不是凭自己挣来的种种奢侈享受——说实在的，我都不愿意去想上第二遍——因此我觉得这种痛苦，就是黑尔小姐说的表现在米尔顿人脸上的那种痛苦，不过是对他们早年某一时期内不正当享乐的自然惩罚。我不觉得纵情声色的人值得我去憎恶，我只不过因为他们性格中的懦弱而瞧不起他们。"

"但是你有良好的教育基础，"黑尔先生说，"从你现在阅读荷马的这种热情，我看得出来，对这本书你绝不是一无所知，你以前就读过，现在不过是重新回忆过去的知识。"

"这倒是真的，我在学校读书的时候，曾经胡乱地看过。我敢说，那时候我甚至被认为是一个相当不错的古典文学学生，不过从那以后，我的拉丁文和希腊文就全忘光啦。可是我问问你，它们对我后来将要面对的生活有什么用呢？根本没有用。一点用都没有。从教育这一点来说，就我当时所获得的真正有用的知识量来看，只要会读会写的人，完全和我是在同一个起跑线上的。"

"哈！我不同意你的看法。在这方面，我也许多少有点迂腐。对荷马时代英雄式简朴生活的回忆，难道没有振奋过你的精神吗？"

"根本没有！"桑顿先生笑着，大声说道，"我一直太忙了，根本没时间考虑过什么死人，因为活着的人，一个挨着一个，挤在我的身旁，为面包而挣扎。现在，既然我能把母亲安顿在她这年纪理应享受的平和宁静的生活中，适当地回报她早先的操劳，我便可以回过来阅读以前的那些故事，尽情地欣赏一番了。"

"我想说，我这么评论大概是因为职业上的原因，认为自己喜欢的总是最好的。"黑尔先生回答。

桑顿先生起身告辞了。他先跟黑尔先生和黑尔夫人握了握手，然后向前朝着玛格丽特走了一步，打算也和她握手告别。这在当地是最自然不过的礼节，可是玛格丽特对此毫无准备，只是鞠了一躬作为告别。等她看到那只半伸出来、迅速又缩回的手时，她顿时感到很抱歉，自己事先没有明白他的用意。然而，桑顿先生没有察觉到她的歉意，直起身子就走了。他离开这所房子时，喃喃地自言自语道：

"从没见过比她还骄傲、还不讨人喜欢的姑娘。瞧她那副轻蔑的样子，再漂亮也不会让人记住她。"

第十一章 最初印象

他们说,我们的血液里有铁,
也许有一点儿挺好;
可他的血液里,让我强烈地感到,
钢质有点多了。

——佚名[①]

"玛格丽特!"黑尔先生把客人送下楼,回来以后说,"桑顿先生坦言相告他曾经当过店伙计,我听了以后赶紧看你的脸。我从贝尔先生那儿早就知道了,所以知道他会说什么,不过我有点担心你会站起来走出去。"

"哦,爸爸!您不是说我会那么傻吧?我最喜欢听的,就是他那番关于自己的叙述,比他说的其他任何话都中听。其他的话说得那么生硬,让我很反感;但他把自己说得那么简单——一点没有店伙计那种粗俗的做作,而且对母亲那么亲切尊敬,所以我不大可能会在那时候离开的,不像在他赞美米尔顿的时候,说得仿佛是世上独一无二的好地方;或者在他不动声色地声称瞧不起那些漫不经心、挥霍浪费的人的时候,他似乎从没想过他有义务可以设法改变他们——给他们一点他母亲对他的那种训练。很显然,多亏了那种训练,他才有今天的地位,不管是什么训练。您想错了,他说自己当过店伙计的那一番话,才是我最爱听的。"

"你让我觉得很意外,玛格丽特,"母亲说,"在赫尔斯通,你不是总指责人家太商人气了吗?黑尔先生,你事先没有告诉我们他的出身,就把这样一个人介绍见我们,我想不大妥当吧?我真怕让他看出

[①] 本书中"佚名"的引文,多为作者自己的作品。

来,我对他的有些话感到多么震惊。他父亲是'在很凄惨的境况中去世的',天哪,该不会是在济贫院里吧?"

"我不确定会不会比待在济贫院里还要糟糕,"她丈夫回答道,"我们来这儿之前,我从贝尔先生那里就听说了不少他以前的生活状况。既然他已经告诉了你们一部分,我就来把他省去的补充一下。他父亲曾疯狂地做投机买卖,结果一败涂地,就自杀了,因为他忍受不了那种耻辱。他以前的朋友都避而远之了,害怕不得不揭露他不诚实的投机行为:用别人的钱财进行疯狂的、绝望的冒险,重新赢取他自己的那部分财富。没人前来帮助这位母亲和她的男孩。另外还有个孩子,我猜是个姑娘,年纪太小,没法挣钱,但也得养活。至少,没有一个朋友马上出面帮助他们,而桑顿夫人呢,我想,也不是一个等着人家迟迟前来施恩的那种人。所以他们离开了米尔顿。我知道他后来去了一家店铺干活,挣到的工资,和他母亲拥有的一点财产,在很长一段时期内不得不用来养家糊口。贝尔先生说有好多年他们完全就靠喝粥度日——怎样熬过来的,他可不知道;但是过了很久以后,债主们都已放弃了希望,认为老桑顿先生欠下的债务绝对偿还不了了(说真的,如果在他自杀以后,他们还存过一线获得偿还的希望的话),这时,这个年轻人回到了米尔顿,悄悄地拜访了每个债主,支付了第一期应还的欠款。没有吵闹——也没有把债主们聚在一起——全是悄无声息地进行着,最后终于全部还清了。一个债主,一个执拗的老家伙(据贝尔先生说),把桑顿先生拉进去做合伙人,从物质方面帮助他发达了起来。"

"挺好的,"玛格丽特说,"可惜了,这样的个性却因为成了米尔顿的厂主而受到了毒害。"

"毒害?"父亲问道。

"是啊,爸爸,他以财富为标准来检验一切。他讲到机器力量的时候,显然把它们仅仅看作扩大贸易和赚钱的新途径。而他周围的穷人——他们贫穷,是因为他们自身的一些坏习气——全不在他的同情范围之内,就是因为他们没有他那种铁一般的性格,也没有那种给予他发财致富的能力。"

"不是自身的坏习气,他从没这么说。他说的是挥霍浪费、自我放纵。"

玛格丽特正在收拾母亲的活计,准备睡觉去了。在她打算离开时,又犹豫了一下——她想跟父亲说抱歉,这样可以让父亲高兴一点,但如果要解释得真实完整,就免不了会带来点麻烦。然而,她还是说了。

"爸爸,我确实认为桑顿先生是个很出色的人,不过我自己一点也不喜欢他。"

"我喜欢!"父亲笑着说道,"像你说的这样,我自己很喜欢,从其他所有方面看,也喜欢。我没有把他看作英雄或类似英雄的人物。晚安,孩子。你妈妈今晚上看上去特别累,玛格丽特。"

过去这段时间以来,玛格丽特注意到母亲因为焦虑而显得疲惫不堪,父亲的这句话让她上床睡觉时,隐约有种恐惧压在心头,很沉重。米尔顿的生活跟黑尔夫人住在赫尔斯通时习惯的那种生活截然不同,空气也大不一样。那时,她进进出出呼吸的都是清新的空气,而这儿的空气似乎失去了振奋精神的功效。家里的烦心事如此紧迫地压在心头,而且以这样让人不愉快的新方式压在所有女性身上,因此有充分的理由担心母亲的健康可能会受到严重的影响。还有一些其他迹象表明黑尔夫人有点不对头。她和迪克逊在她的卧室里商量着什么,神秘兮兮的,然后迪克逊走出房来总是气急败坏的样子,哭哭啼啼,一般遇到她主人伤心、需要她宽慰时,她总是这样。有一次,玛格丽特看到迪克逊离开房间后,马上走进去,发现母亲跪在那儿。玛格丽特悄悄退出时,听到了几句话,明明是在祷告,祈求上帝给予力量和耐心来忍受身体上剧烈的痛苦。玛格丽特渴望重新恢复和母亲的亲密关系,那种关系由于长期居住在肖姨妈家曾经中断了。现在她想尽力通过亲密的抚摸和温柔的话语,悄悄潜入母亲内心最温暖的深处。虽然她又重新获得了母亲的疼爱和亲切的关心——这要在以前,会让她高兴得了不得——但是她觉得有一个秘密瞒着她,而且这个秘密深系母亲的健康。这一夜,她一直醒着,久久不能入睡,盘算着该怎样减轻米尔顿生活对母亲的不良影响。首先,她得牺牲哪怕所有的时间,去找个保姆来长期帮助迪克逊;然后,到时母亲就可以得到她个人所需要的、她这一生已经习惯了的全部照顾。一连好几天,玛格丽特所有的时间和心思都花在这上面,去职业介绍所登记,见识了各种各样并不合适的人,还有极少几个似乎较为合适的人。有天下午,她在街上遇见了贝茜·希金斯,便停下来跟她说话。

"嗨,贝茜,你好。好点了吧,我想,风向已经变了。"

"好了点,又没有好一点,你知道这是什么意思吧?"

"不大知道呢。"玛格丽特笑着答道。

"我没有被整夜的咳嗽拖垮,这是好了点。可是我已经厌倦米尔顿了,巴不得离开这儿去安乐土,但想到自己要越走越远的时候,我的心就凉了,我又没有好点,而且越来越不好了。"

玛格丽特转过身,和这姑娘肩并肩地走着,陪她慢慢地往家里走去。不过有一两分钟,她没有说话。最后,她低声问道:

"贝茜,你希望死吗?"因为她自己很怕死,渴望好好地活着,所有健康的年轻人自然都会这么想。

这次轮到贝茜沉默了,过了一两分钟,然后说道:

"要是你过着我这样的生活,像我这样厌倦生活,有时候会想到,'也许这生活得持续上五六十年——有些人就是这样'——就会感到头晕目眩,烦透了。六十年中的每一年似乎全围着我转,每时每刻都在嘲笑我,没完没了的——嗨,姑娘!我告诉你,当大夫说你恐怕活不到下一个冬天时,你也许高兴还来不及呢。"

"唉,贝茜,你过的是什么样的生活啊?"

"大概不会比其他人的更糟。只是我已经厌倦了,而别人却没有。"

"那是什么意思呢?你知道,我刚来这里,所以也许不能很快明白你的意思,我要是一直住在米尔顿,就不会啦。"

"要是你来我们家一趟,像你答应过的那样,我可能就会告诉你。"

但爸爸说你就像别人一样,说过了,就忘了。"

"我不知道别人是谁,只是最近我一直很忙。说实话,我的确忘了说过的话了……"

"是你提出来的,我们并没有要求你来。"

"我已经忘了我当时说了什么,"玛格丽特平静地解释道,"我不太忙的时候,应该想起来的。我现在可以跟你一块儿去吗?"

贝茜迅速地瞥了一眼玛格丽特的脸,想看看她表达的这个愿望是否真诚。当她看到玛格丽特友好温和的目光时,自己犀利的眼神变成了殷切的渴望。

"我可没有许多顾忌,你要是乐意,就来呗。"

于是,她们一起往前走着,都不说话。在她们转进一个面朝一条肮脏的街道小院时,贝茜说道:"要是爸爸在家,要是他一开始说话有点粗鲁,你可别被他吓住了。他很看重你,你知道。他老想着你会来看我们。就因为他喜欢你,他才会苦恼、不安。"

"别担心,贝茜。"

可她们进屋时,尼古拉斯并不在家。一个高大、邋遢的姑娘——年纪比贝茜小,却比她高、比她强壮——正在水槽旁边忙着,粗鲁地挪动着家具,显得很能干,弄出很大的声响,把玛格丽特吓坏了。贝茜一进门就在第一张椅子上坐下,仿佛走得筋疲力尽了。玛格丽特出于对可怜贝茜的同情,向那个妹妹要了一杯水。她奔去取水时(一路上碰倒了火钳,还被路上的一张椅子绊了一跤),玛格丽特解开了贝茜的帽带子,好让她喘过气来。

"你认为这样的生活值得喜欢吗?"贝茜最后喘息着问道。玛格丽特没有说话,把水端到了她的唇边。贝茜急切地喝了一大口后,朝后靠着,闭上了眼睛。玛格丽特听见她嘀咕道:"它们不再饥饿,不再口渴,太阳不会再照射到它们,炎热也不会伤害它们。①"

玛格丽特弯下身,说道:"贝茜,不管你今天的生活怎样——或

---

① 参见《圣经・旧约・以赛亚书》第 49 章第 10 节。

者曾经怎样——不要对生活不耐烦。记住,是谁赐给你生命,并成就它的!"这时候,她突然听到尼古拉斯在她身后说话,大吃一惊。他进来时,玛格丽特没有注意到他。

"唉,我可不要人来向我的姑娘布道。她已经够糟糕的了,满脑子胡思乱想,尽是卫理公会的空想,还幻想有着宝石和黄金城门的城市。如果这让她很开心,我也就随她去,但我可不要人再给她灌输更多了。"

"可是,当然啰,"玛格丽特回过脸来说,"你也相信我所说的话了,是上帝给了她生命,并且安排好了她的生活。"

"我只相信自己所看到的,其他都不信。那就是我所相信的,年轻的姑娘。我不相信我所听到的一切——不!一点也不相信!我确实听见一个年轻的姑娘没事干,要打听我们住在哪儿,要来看我们。我的丫头就老想着这事,一听到陌生的脚步声,好多次激动得连脸都涨红了,她没注意到我一直在看着她。那姑娘到底还是来了——而且只要她不给我的丫头说那些她不知道的事情,我就欢迎她。"贝茜一直盯着玛格丽特的脸,她勉强坐起来,一只手放在玛格丽特的胳膊上,做出恳求的姿势,一边说道:"别生他气啊——有许多人的想法全跟他一样,这儿的许多许多人。你要是听过他们说话,就不会对他这么说感到吃惊。他是个难得的好人,是个好爸爸——不过,唉!"她往后一靠,绝望地说道,"有时候,他说的话让我更想死了,因为我想知道那么多事情,又好奇,又不安。"

"可怜的姑娘——可怜的大丫头,我不愿惹你生气,真的,但人得说实话啊。眼下,我看这世道不对劲,尽在为不可知的事情烦心,而把手边乱糟糟的事情完全撇下不做——唉,我得说,不要谈什么宗教了,动手做一点你看得到、知道的事情。这就是我的信条,很简单,不难,也容易实行。"

那姑娘只好更为焦急地请求玛格丽特不要介意。

"别认为他坏——他是个好人,真的。我有时心想,就算到了天国里,要是爸爸不在那儿,我也会很伤心,"她的脸颊烧得发红,眼睛也因发烧而变得通红通红的,"可是您会去那里的,爸爸!您一定会去!啊!我的心!"她一手捂着心脏,脸色变得煞白。

玛格丽特连忙抱住她,让那疲惫的脑袋偎依在自己的胸前。她把女孩细细的、柔软的头发从两边鬓角上拢开,用水擦洗太阳穴。尼古拉斯以身为父亲的慈爱之心,迅速地理解了玛格丽特需要不同东西的手势,甚至圆眼睛的妹妹在玛格丽特"嘘"了一声后,也尽量轻轻地走动。过了一会儿,预兆着死亡的那阵痉挛过去了。贝茜强打起精神,说道:"我上床去睡觉了,那是最好的地方,不过,"她捏住玛格丽特的衣裙,"你还要来啊,我知道你会来的——你答应一声呀!"

"我明天就来。"玛格丽特说。

贝茜斜靠在父亲的身上,他正准备把她抱到楼上去,但是在玛格丽特站起身要走时,父亲挣扎着说道:"但愿真有个上帝,就算只是为了求他保佑你。"

玛格丽特心事重重、十分伤感地走了。

她回到家时,吃茶点的时间已过了。在赫尔斯通时,母亲一直认为不准时来吃饭是个严重的错误,可现在,这一点如同许多其他小毛病一样,似乎已经失去让人生气的力量了。玛格丽特甚至希望听到母亲像从前那样埋怨。

"你找到用人了吗,亲爱的?"

"没有,妈妈。那个安妮·巴克利完全不行。"

"我来试试,"黑尔先生说,"所有人在这个难题上都试过了,现在让我来试试。也许,我正是穿得上那只鞋的灰姑娘。"

玛格丽特听到这句小玩笑,几乎笑不出来,因为她到希金斯家的这次拜访使她感到非常压抑。

"您打算怎么做,爸爸?您要怎么开始?"

"哦,我打算去找一位好心肠的家庭主妇,请她给我推荐一个人,她自己或者她的用人熟悉的人。"

"很好啊。不过得先找到这个家庭主妇。"

"你已经找到啦。或者不妨说,她就要自己送上门来。你明天就可以找到她，如果你够机敏的话。"

"你什么意思，黑尔先生？"他妻子很好奇，连忙问道。

"哦，我的模范学生——像玛格丽特所说的那样——跟我说，他母亲明天打算来拜访黑尔夫人和黑尔小姐。"

"桑顿夫人吗？"黑尔夫人大声喊道。

"就是他向我们提起的那位母亲吗？"玛格丽特问道。

"就是桑顿夫人。他只有这么一位母亲，我想。"黑尔先生平静地回答道。

"我倒想见见她。她一定不同寻常，"母亲补充道，"说不定她有个亲戚可能合我们的意，喜欢我们这里。听起来她好像很细心，很会精打细算，我倒喜欢用来自这样家庭的用人。"

"亲爱的，"黑尔先生吓了一跳，"千万别那么想。我猜，桑顿夫人高傲而自尊，就像我们家的小玛格丽特。像桑顿先生公开提起的过去那种艰难困苦、节俭的日子，已经完全跟她没关系了。不管怎样，我相信，她一定不喜欢外人知道他们的过去。"

"请注意，爸爸，她的高傲和我的可不一样——要是我真的有一些心高气傲的话。再则，我不同意您这么说，尽管您老指责我高傲。"

"我也不肯定她是那样，不过从她儿子那儿听来的一些小事情上，我猜想会是那样。"

她们没有细问桑顿先生是怎样说起他母亲的，对此也不在意。玛格丽特只是想确定自己是否必须待在家里接待这次来访，如果是那样的话，她在傍晚之前就无法去看贝茜了，因为上午的时候她总是要忙于一堆家务事。然后，她又想到，不能让母亲一个人承担招待客人的全部重担。

第十二章　午后拜访

嗨——我想我们非去不可啊
　　　　　　　——《朋友聚会录》①

桑顿先生费了很大力气,才说服母亲像他期望的那样讲究礼节。她一般不出去拜访。如果要去拜访,也是很严肃地履行职责而已。她的儿子为她备了辆马车,但她拒绝让儿子为此养马。遇到重要场合,她要在午后或晚上出去拜访时,就租用几匹马来。不到两星期以前,她租了三天马,轻轻松松地把她要拜访的熟人全部"解决"了。现在,该轮到对方去操心花钱的事了。但是,克兰普顿太远了,她无法走着去。她曾经多次问儿子,他是否非常希望她去拜访黑尔家,甚至为此负担雇一辆马车的费用。倘若他的愿望不是那么强烈,那么她倒是感激不尽。因为如同她所说的,她认为跟米尔顿的所有教师往来并保持密切联系,并没什么好处。哈,下一回,他说不定就会要她去拜访范妮舞蹈老师的夫人了!

"是的,妈妈,如果梅森先生和他夫人身处一个陌生的地方,没有朋友,就像黑尔家那样,那么我的确会这么做的。"

"哦,你没有必要说得那么急嘛。我明天就去。我只是想让你完全明白这一点。"

"如果您明天去,那么我就去预订马匹。"

"胡说,约翰。人家会以为你是钱袋子。"

"这倒没有。但是,马匹我是租定了。上次你乘出租马车出去,回来时被颠得头疼。"

---

① 《朋友聚会录》(*Friends in Council*)是英国作家阿瑟·赫尔普斯(Arthur Helps, 1813—1875)发表的两卷各种主题的论文和对话的集子。

"我可从来没抱怨过,我敢肯定。"

"是的。我的母亲可不轻易抱怨,"他有点自豪地说,"正因为如此,我更要照顾好您啦。至于范妮那边,稍微吃点苦对她有好处。"

"她和你可不一样,约翰。她会受不了的。"桑顿夫人说完后,沉默了,因为她最后几个字触及了一个让她羞愧的话题。她很鄙视性格软弱的人,尽管是无意识的,可是范妮正好在她母亲和哥哥很坚强的方面都表现得很软弱。桑顿夫人不是一个善于推理的人。不过她能够快速地做出判断、果断地解决问题,使自己的内心免于长时间的争论与纠结。她本能地感到,不管怎样都无法让范妮坚强起来,使她能够耐心地忍受苦难或勇敢地面对困难。尽管她自己承认女儿是如此软弱,并为此感到难受,但还是不免对她产生一种温柔的怜惜之情,就像其他母亲对待她们体弱多病的孩子时的态度一样。一个陌生人或是漫不经心的旁观者可能会觉得桑顿夫人对待孩子的态度不一样,她爱范妮比爱约翰要多。其实这就大错特错了。母子俩彼此间这么毫无遮掩地吐出令人不快的实情,这就说明了他们在精神上是多么坚定地相互信赖。桑顿夫人对女儿所表现的怜爱和不安,她想掩盖女儿缺乏那种种崇高品质的羞愧——这种羞愧,唉,反而不知不觉地暴露了她对女儿的疼爱缺少可靠的基础。那些崇高的品质,她本人就不自觉地拥有,所以她很看重具有这些品质的人。她称呼儿子只用"约翰",而"挚爱的""亲爱的"这些词语则是专门称呼范妮的。但她日夜都因儿子而感恩,走在女性之间时都为儿子感到骄傲。

"亲爱的范妮,今天我要租几匹马来拉车,去拜访黑尔家的那些人。你不想去看看我们家的保姆吗?都在一个方向,她总是很高兴见到你。我去黑尔夫人家时,你可以去她那里。"

"啊,妈妈,好远的路啊,我太累了。"

"累什么?"桑顿夫人问道,轻轻皱了皱眉头。

"我也不知道——天气的原因吧,我想。好乏力啊。您能把保姆接到这儿来吗,妈妈?马车可以去把她接来,她可以在这儿待上一天呢,我想她肯定乐意。"

桑顿夫人没说话，但把针线活放到桌子上，似乎在想什么。

"可她晚上要走回去，那很远啊！"她最后说道。

"哦，我会叫出租马车送她回去。我从没想过让她走回去。"就在这时，桑顿先生进来了，他一会儿要去工厂。

"妈妈！黑尔夫人身体不好，我不用多说，如果有什么小东西可以帮助她，您会带去的，我想。"

"我要是能找到，肯定会带去。可是我自己从来没有生过病，所以也搞不清楚病人怎么想的。"

"哦，这不是有范妮在嘛，她不是时常有些小病小痛吗？也许她可以提点什么建议，对吧，范妮？"

"我也不是总有病痛的，"范妮不高兴地说道，"我不打算和妈妈一起去。我今天头痛，不出去了。"

桑顿先生有些恼火。他母亲盯着针线活，她正忙着要把那东西缝起来呢。

"范妮！我希望你去，"他以命令的口气说道，"这只会对你有好处，不会有坏处。你就为了我，承请你去一趟，不用我再多说了。"

一说完，他就立刻走出了房间。

如果他继续在那里多站一分钟，范妮听了他那命令的口气还是会哭出来的，尽管他还用了"为了我，承请你"这样的字眼。这时，她抱怨道：

"约翰说这种话，听起来总让我觉得自己真的生病了。这些姓黑尔的人是谁啊，让他那样大惊小怪的？"

"范妮，不要这样说你哥哥。他肯定有他自己正当的理由，要不然，他不会让我们去的。抓紧时间，把衣服穿穿好。"

但是儿女之间的这场小口角，并没有使桑顿夫人对"这些姓黑尔的人"多几分好感。她的嫉妒心使得她不停地重复女儿问的那句话："他们是些什么人，竟然让他这么急着让我们把注意力都放到他们身上？"这个疑问不停地浮现在她的心头，而范妮呢，戴了顶新帽子，高兴而激动地对着镜子照了又照，很快就把这件事给忘了。

桑顿夫人生来害羞。她只是到近年才有时间进入社交界。对于交际，她个人并不喜欢。对于举办晚宴或批评别人家的晚宴，她倒是很乐意。但这次去是和陌生人交朋友，那可不一样。她显得局促不安，走进黑尔家小客厅时显得比平时更加严厉，令人生畏。

玛格丽特正忙着在一小块细布上绣花，预备为伊迪丝即将临产的婴儿做件小衣服——"没价值、没用的针线活儿。"桑顿夫人观察后，心里这么想着。她更喜欢黑尔夫人的双针编结，这活儿本身比较实用。整个房间堆满琐碎的什物，必须花很长时间才能打扫干净。可是，对收入有限的人来说，时间就是金钱。这是桑顿夫人一边威严地和黑尔夫人说话时，一边想到的。同时，她说了一大堆陈腐的客套话，是大部分人不动脑子都会讲的。黑尔夫人被桑顿夫人穿戴的一种真正老式花边所吸引，正比平日更为尽力地回答询问。"那种花边，"她后来和迪克逊说，"是英国老式的，七十年都没生产过了，现在已经买不到了。肯定是家里祖传的，说明她家祖先很有地位。"本来黑尔夫人无精打采地应酬，勉强让来访者感到适意。这样一来，这位拥有祖传花边的客人，自然变得更加值得尊敬了。与此同时，玛格丽特正绞尽脑汁找话和范妮说，这时她听到母亲和桑顿夫人一头扎进"找用人"这个话题去了。

"我想你不喜欢音乐，"范妮说道，"我没看到钢琴。"

"我喜欢好听的音乐，不过我自己弹得不好，爸爸妈妈也不太喜欢，所以我们搬家时，就把钢琴卖了。"

"我在想，没有钢琴，你们怎么生活啊？在我看来，钢琴是生活中的必需品。"

"一个星期十五先令，还从中节省三先令，"玛格丽特心里想，"她当时的年纪一定还太小，大概已经忘了自己的亲身经历。可那些日子她一定也知道。"等玛格丽特接下去再开口说话的时候，态度里多了一丝冷淡。

"我猜你们这里应该有很不错的音乐会。"

"哦，是的！非常棒！就是人太多了，那是最糟糕的一点。负责音乐会的人不管是谁都让进。当然，在那里可以听到最新的音乐。每次音乐会的第二天，我都会把一大张订单交给约翰逊商行。"

"那么，你喜欢新音乐仅仅是因为音乐新吗？"

"是，你知道这在伦敦很流行，否则歌唱家们不会到这里来演唱它们。当然，你曾经在伦敦待过。"

"是的，"玛格丽特说道，"我在那里住了好几年。"

"啊！伦敦和阿尔汉布拉是我最想见识的两个地方！"

"伦敦和阿尔汉布拉！"

"是呀！自从我读了《阿尔汉布拉的故事》以后。你知道那些故事吗？"

"我不知道。不过，说真的，去伦敦很容易。"

"是，可是不知为什么，"范妮压低声音说道，"妈妈自己从来没去过伦敦，所以她不能理解我的渴望啊。她很为米尔顿自豪。这是个肮脏的、烟雾弥漫的地方，正如我所感受的。可她正是因为这些，才更加喜欢米尔顿。"

"多年来，桑顿夫人的家乡一直在这里，我完全可以理解她为什么喜爱它。"玛格丽特用她清脆的、银铃般的嗓音说道。

"你们在说我什么呀，黑尔小姐？我可以问一下吗？"

玛格丽特被她吓了一跳，不知道该怎么回答这个问题，所以桑顿小姐回答道："哦，妈妈，我们只是在找理由说明你为什么那么喜欢米尔顿。"

"谢谢，"桑顿夫人说道，"我觉得我对自己出生和长大的地方——而且多年来一直是我居住的地方——有一种天然的喜爱，并不需要找出什么理由来。"

玛格丽特感到有些伤脑筋。正如范妮所说的，她们在议论桑顿夫人对米尔顿的感受时的确显得有些不礼貌。不过那位夫人表示受到冒犯的那种态度，也让她很反感。

桑顿夫人停了一会儿，接着说道："你了解米尔顿吗，黑尔小姐？你去过我们哪家工厂吗？看过我们气势宏伟的仓库吗？"

"没有！"玛格丽特说道，"我还没有去过您所描述的那些地方。"然后，她又觉得，如果她掩盖自己对所有这些地方的漠不关心的态度，就无法说出真话了，于是她继续道："我敢说，如果我喜欢，爸爸肯定就带我去过了。可是我实在看不出参观工厂会有什么乐趣。"

"工厂的确是让人好奇的地方，"黑尔夫人说道，"但是太吵了，总是那么肮脏。我记得有一次穿了件浅紫色的绸衣裳去看工人们制造蜡烛，结果我那件衣服全毁了。"

"很有可能，"桑顿夫人简短地说道，有些不高兴，"我只是想，作为异乡人，新到一个在国内已非常著名的城市，其特殊的商业氛围正在发展和日臻完美，你们可能会乐意去参观一下某些经营这种业务的地方。有人告诉我，这在整个大英王国都是独一无二的呢。要是黑尔小姐改变主意，肯屈尊对米尔顿的制造业感到好奇，那么我会非常乐意帮她获得许可，去参观一下印染厂、钢箔制造，或是我儿子厂里比较简单的纺织工作。各种改良的机器在那儿大概都可以看到，都是最完美的。"

"我真高兴你也不喜欢各类工厂，以及诸如此类的地方。"范妮一边站起来陪着母亲告别，一边耳语道。她的母亲正在和黑尔夫人很庄重地道别，衣服弄得窸窸窣窣作响。

"如果我是你，我或许会想把一切都搞清楚。"玛格丽特悄悄地回答道。

"范妮！"当她们乘车离开的时候，她母亲说道，"我们对黑尔家的人以礼相待，但是不要急着和他们家女儿交朋友。她不会对你有好感，我看得出。倒是她的母亲，虽然病容满面，却是个安静、和善之人。"

"我可不想和黑尔小姐交朋友呢，妈妈，"范妮噘着嘴说，"我想我只是在尽义务，才跟她说话，想法逗她高兴。"

"好！无论如何，约翰现在该满意了。"

第十三章 闷热之处的和风

怀疑和烦扰,恐惧和伤痛,还有那切肤的痛苦,
都是虚晃的影子,都将随风而去,
死亡不会永远笼罩着我们。

我们可能会踏上干涸枯竭沙漠,
可能会遭遇错综复杂的迷宫,
可能会经历的黑暗如地底征程。

但是,如果我们跟随一位万能的主,
即使是最沉郁的旅途、最艰难的日子,
我们都会安然度过,迎接天国的美好。

我们每个人经历了艰险的旅途,
也曾在不同的岸边停靠,
而最后我们都会相遇,
相遇在我父的家里——天堂!

——理·切·特伦奇[①]

  客人一走,玛格丽特立刻飞身跑上楼,戴上帽子,围上披肩,打算去看看贝茜·希金斯的情况,一心想着要在晚饭前尽可能多陪她一会儿。当玛格丽特走在狭窄拥挤的街道上时,她觉得自从学会关心一位住在这种街道上的居民后,竟然对它们也有更大的兴趣了。

[①] 理·切·特伦奇(Richard Chevenix Trench, 1807—1886):英国诗人,英国国教大主教,引文见《上帝的王国》(*The Kingdom of God*)。

玛丽·希金斯，那个平日里邋里邋遢的小姑娘，特地打扫了屋子，等待玛格丽特的来访。地板中间已用粗糙的石头打磨过，可桌椅底下、墙角处的铺地石还是黑乎乎的蒙着一片灰尘，一看就没有洗刷过。尽管天很热，炉格里仍生着一盆很旺的火，整个地方就像个大火炉。玛丽是在用燃煤取暖这种奢侈的方式欢迎玛格丽特的到来，不过玛格丽特并没有明白玛丽的用意，她还以为这种闷热对贝茜养病来说是必需的。贝茜躺在窗边的短沙发上，看起来比前一天更加虚弱了。一听到脚步声，她就要撑起身子来向窗外张望，看看玛格丽特是不是到了，弄得很疲乏。这时，玛格丽特来了，搬了张椅子坐在她身边，贝茜静静地躺回去了，心满意足地看着玛格丽特的脸庞。她抚摸着玛格丽特的裙子，像个孩子似的羡慕裙子精美的质地。

"我从不知道为什么《圣经》里的人喜欢穿柔软的衣服。不过像你这样穿出来，一定很舒服。这条裙子很不一般。许多上流人士穿得花里胡哨，晃得我眼花，但是不知怎么的，你穿的衣服让我很安静。你是从哪儿弄到这件连衣裙的啊？"

"在伦敦买的。"玛格丽特高兴地回答道。

"伦敦！你去过伦敦吗？"

"是的。我在那里住过几年。但是我家在乡下，一片树林里。"

"快跟我讲讲，"贝茜说道，"我很喜欢听人谈乡村啊、树啊这些东西。"她斜靠在那里，闭着眼睛，双手交错着放在胸前，十分平静地躺着，好像在准备接受玛格丽特讲述的各种想法似的。

自从离开赫尔斯通，除了不经意地提到它的名字之外，玛格丽特从未提起过赫尔斯通。只有在梦里，她才能更加生动地看清它的模样。夜间，当她躺下睡觉时，她的思绪就回到那些最让人开心的地方，流连忘返。此刻，玛格丽特完全对贝茜敞开了心扉，她说："贝茜，我深深地爱着我离开的家乡。我真希望你能去看看，我无法用言语描述它的美丽。那里到处都是郁郁葱葱的参天大树，枝条舒展，横穿天空，午间绿荫葳蕤，凉意阵阵。尽管每片叶子像是静止的，但是远远地你总能听到窸窸窣窣的轻响声。还有那草地，有时像天鹅绒一样柔软精致，有时显得青翠欲滴，因为不远处藏着一条叮当作响的小溪，永远地滋润着它。在其他地方，长着巨浪般的蕨菜——一大片一大片的，有的长在绿荫下，沐浴在一道道金色阳光中——就像一片海洋。"

"我还没见过大海，"贝茜不无伤感地喃喃道，"不过你接着说。"

"还有，到处都是广阔的公地，高高的，好像比树梢还要高呢——"

"我喜欢高地，在低处时，我总感到压抑。每次外出，我总想要爬到一个高高的地方，好看得很远很远，然后满满地、深深地吸一口那儿的新鲜空气。被闷在米尔顿，我真的是受够了。你说树木随着风总是窸窸窣窣作响，我觉得那会让我头昏脑胀；在工厂里，就是那些噪声害得我头痛得厉害。我想，在那些公用地上总没有那种噪声吧？"

"没有，"玛格丽特说，"那里什么都没有，只有高空里偶尔飞过的百灵鸟的声音。有时我会听见农场主大声训斥他的用人的声音，不过那声音其实离我很遥远，它只会让我很开心地想到有人正在某个遥远的地方辛苦干活，而我却坐在欧石楠旁，什么也不做。"

"我过去常想，如果能有一天，我什么事也不做，彻底休息——能够在你说的那么安静的地方待一天，我也许就会好起来呢。但是现在，我已经闲了好多天了，我就像讨厌自己的工作一样，讨厌这样的日子。有时候，我疲倦极了，所以，我想如果不先好好休息一下，即使在天堂也不快乐。不先在坟墓里好好睡上一觉，打起精神，我都害怕直接去天堂呢！"

"不要害怕，贝茜，"玛格丽特握住女孩的手说，"上帝会让你安息的，那样的休息比人世间的清闲和坟墓里的沉睡都要完美呢！"

贝茜不安地动了动，然后说："真希望爸爸能换一种方式说话。他的用意是好的，就像我昨天告诉你的，不止一遍地告诉你的那样。但是你看，尽管我白天一点也不相信他，但是一到晚上——当我发着烧、半睡半醒的时候——这件事又重上我心头——天哪，太糟糕了。我想，要是这就是我最终的结局，要是我生来就是为了承受耗尽我的生命、厌烦我的工作的痛苦,在这个不见天日的地方生病,耳朵里永远忍受着嘈杂的噪声,听得我直想大声尖叫着要它们停下,好让我有一点安静——我的肺里吸满了无数绒毛,所以我经常渴得要死,只想要长长地、深深地吸上一口你说的新鲜空气——而且我妈妈也走了,我永远都不能再告诉她我多么爱她……还有我的种种烦愁苦恼——我想如果这就是我生命的结局,没有上帝会去擦干大家的眼泪——可是你这个姑娘,你啊!"贝茜说着说着,坐了起来,几乎疯了似的拼命抓着玛格丽特,"我会发疯的,发起疯来会杀掉你的!我会的!"她激动地说完以后,又朝后倒回到沙发上,被刚才的激动弄得筋疲力尽。玛格丽特跪在她的身旁。

"贝茜,天国里有位天父。"

"我知道!我知道!"贝茜痛苦地呻吟着,不安地把头从一边转到另一边。

"我真坏,我怎么能说这种鬼话!啊,你别被我吓着,以后再也不来看我了。我连你的一根头发都不会伤害的,还有……"她睁大了眼睛,真诚地盯着玛格丽特,"也许,我比你更加坚信什么将会降临在人间,我读了《启示录》,后来都能背得出来了!我清醒的时候,理智正常时,从不怀疑我会迎着那神圣的光辉,进入天国。"

"别再谈这些发烧时的胡思乱想了,我倒想听听你身体健康的时候都做些什么。"

"妈妈去世的时候,我身体还好,不过大概就从那时候起,我身体就没再结实过。不久,我开始在一个梳棉间里干活,绒毛进入了我的肺,毒害了我。"

"什么绒毛?"玛格丽特忙问道。

"绒毛,"贝茜重复着,"在工人梳棉的时候,从棉花上飞出来的一小块一小块棉絮,马上就填满了整个工作间,看着就像细小的白色灰尘。大家都说这些绒毛会缠绕着肺,把你的肺越裹越紧。总而言之,工厂里到处都是我这样的例子,被这些绒毛给害的,倒在地上,咳嗽吐血,活活变成了废人。"

"难道就没有什么办法了吗？"玛格丽特问道。

"我不知道。不过有的工厂会装一种大风轮，就放在梳棉机后面，转出一股风，把那些灰尘吸走。不过那些风轮要价可高了——大概要五六百镑呢，根本没有多少厂主会用，毕竟这轮子不能给他们带来利润；我还听说，有的工人还不乐意在有大风轮的工厂上班呢！他们说吞绒毛吞了那么久，习惯了，要是没有绒毛给他们填肚子，反倒觉得饿了；再说了，条件恶劣点，能涨点工资不是？所以，在风轮问题上，厂主和工人倒达成共识了。唉，我倒是真心希望我以前工作的地方有风轮。"

"你爸爸当时知道你的情况吗？"玛格丽特问。

"他知道！他也觉得对不住我。可我们工厂在当时总的来说很不错，有稳定的一帮人一起干活。爸爸不想让我去陌生的地方找工作，尽管你现在不会这样想，当年很多人都叫我漂亮姑娘。我也不想被人小瞧，玛丽的学业还得继续，妈妈说过的，爸爸又总爱买书、听讲座——这些可都要花钱的——所以我只好工作，直到耳朵里永远摆脱不掉机器的轰隆声，喉咙里永远有拔不出来的绒毛。就这样了。"

"你现在多大了？"玛格丽特问。

"七月份就十九岁了。"贝茜很自然地说道。

"我今年也十九岁。"玛格丽特想到她们之间的差异，比贝茜还要伤感。有好一会儿她都没法说话，因为她在竭力抑制自己的情绪。

"还有玛丽，"贝茜提到，"我想请你和她做个朋友。她十七岁了，是我们家最小的。我不想让她去工厂做工，可我也不知道她到底适合干什么。"

"她可能不会……"玛格丽特不自觉地瞥了一眼房间里脏兮兮的角落，"她可能不太会干用人的活，是不是？我们家有个忠诚的老保姆，就像我们的朋友一样，她很需要一个得力的帮手，可她很挑剔；要是给她送去一个不省心的麻烦，她会头疼的。"

"是的，我明白，你讲得很有道理。我们玛丽是个顶好的乡下姑娘，可没人教她怎么做家务。妈妈走得早，我又总是在工厂忙着赚钱。等我回家了,什么用处都没有,只管骂她怎么把家里弄得这么糟——实际上我也不会做。但不管怎样,我还是希望能把她托付给你。"

"不过,即使她真的不适合来我家做女佣——我也不是很清楚——但为了你,我会一直努力,试着和她做朋友的。现在我得走了。我会尽快再来看你;但如果明天、后天,或者是一两个星期我都不能来,你可千万别以为我把你忘记了。我可能只是非常忙。"

"我知道你不会再把我忘了的,我也一定不会再不相信你了。不过你要记着啊,就再过一两个星期,说不准我就已经死了,入土了!"

"我一有空就会赶紧来,贝茜,"玛格丽特郑重地回答,紧紧地攥着贝茜的手,"要是你感觉不好了,可要赶紧通知我。"

"是啊!当然啦。"贝茜说道,一下子放心了许多。

从那天起,黑尔夫人的病情开始越来越严重。而这时候已经快到伊迪丝结婚一周年的纪念日了,玛格丽特回想起这一年经历的种种困苦,也不知道是怎么回事。要是她能早预料到这一切,她无论如何也会从这未来发生的一切中退缩逃避出来啊!然而日子一天天过去,这每一天也不见得那么难熬——在一片绝望与伤心中,总有如星星般微弱却给人带来积极和快乐的亮光在闪烁。一年前,当她第一次住回到赫尔斯通,第一次默默地意识到母亲是多么容易发怒时,她想到要在这样一个陌生偏僻、嘈杂、忙碌的环境里长期服侍病人,而且居家生活各个方面都不如从前,那她肯定会连连叫苦。但是母亲现在随着病情加剧,确实有理由抱怨的事越来越多,心里反而产生了一种新的忍耐。她安静而温和地忍受着身体的剧烈疼痛,这和当初她没有真正伤心的理由却感到沮丧不安几乎截然相反。黑尔先生正处于忧心忡忡的状态,然而以他的这种性格,只会故意表现出对此毫不在意。他甚至对他女儿表现出的焦虑大为恼火,连玛格丽特都从没见过他发这么大的脾气。

"哦!玛格丽特,你越来越喜欢胡思乱想了!上帝知道,如果你妈妈真的生病了,我肯定是第一个紧张的。在赫尔斯通的时候,就算她不告诉我们她在头痛,我们也能看得出来。如果她生病了,她的脸色会非常苍白,而现在她脸颊上白里透红,看起来十分健康,就和我第一次见到她时一样。"

"但是,爸爸,"玛格丽特犹豫了一下,说道,"你知道吗?我认为那是痛得发红。"

"简直是胡说八道。玛格丽特,你太异想天开了。我倒觉得你才有病呢,明天你自己到医生那去查查吧。如果给你妈妈做个检查能让你放心的话,就顺带给她查一下。"

"哦,爸爸,太感谢您了!这真的让我好受多了。"说完她起身去亲他。而他将她推开——虽然非常温柔,但依然好像是因为她提出了什么不愉快的想法,使得他不想再看见她,只想摆脱这些想法。他在房间里不安地来回走着。

"可怜的玛莉亚!"他半自言自语道,"我真希望一个人可以在不牺牲他人的同时做出正确的抉择。我讨厌这座城市,也讨厌我自己,如果她……"他突然想起了什么似的,问玛格丽特,"你妈妈经常和你提起那些老地方吗?我是说谈到赫尔斯通吗?"

"没有,爸爸。"玛格丽特略带悲伤地说道。

"那么,她就不是在为那个地方伤心憔悴,对吧?我一直都安慰自己,你妈妈是很单纯开朗的人,她有任何委屈我都能看出来。她绝对不会对我隐瞒任何事,尤其是影响到她健康的事——对吧?肯定是这样的。所以玛格丽特,你不要再说那些愚蠢的关于你妈妈生病了的话了。来,亲我一下,然后赶紧去睡觉吧。"

玛格丽慢悠悠地洗漱完毕以后,躺在床上已经过了很长时间,但仍能听到父亲来回踱步的声音——就像浣熊一样,过去她和伊迪丝常这么形容它。

第十四章　发动兵变

> 我曾经
> 像个婴儿一样甜美入睡——
> 现在若风刮得紧，我就会惊醒
> 想到我那苦命儿子
> 在汹涌大海上漂泊辗转
> 我似乎感到
> 仅为小小的过错
> 就把他从我身边夺走
> 多么残忍
>
> ——骚塞[①]

　　玛格丽特此时感到些许欣慰，自童年以来，母亲都未曾对她如现在这般温柔亲切，就像个知心朋友一样，而这正是玛格丽特一直渴望的地位。玛格丽特甚至还因为母亲偏好接近迪克逊而嫉妒过她呢。玛格丽特竭尽所能，对每个要求她表示同情的事都做出回应——而那些事有很多——甚至是鸡毛蒜皮的琐事，她自己本来是不会在意或考虑的，就像大象察觉到自己脚下的小别针也不会在意一样，但大象会在饲养员的命令下将别针小心翼翼地捡起来。不知不觉中，玛格丽特离她想要的奖赏越来越近了。

　　有天晚上，黑尔先生不在家，母亲和玛格丽特谈起了她哥哥弗雷德雷克。这正是玛格丽特有很多问题想问的话题，也几乎是唯一一个因害怕而压制住她坦率天性、使她无法开口的话题。她越想要知道关

[①] 罗伯特·骚塞（Robert Southey，1774—1843年），英国作家，湖畔派诗人之一。"消极浪漫主义"诗人，他曾一度激进，后反对法国革命，于1813年被国王封为桂冠诗人。

于他的信息，就越难开口。

"哦，玛格丽特，昨晚的风可真大！它呼啸着从烟囱里直冲进我们的卧室！我根本无法入睡。遇到这样的大风天，我总是睡不着。当可怜的弗雷德雷克出海的时候，我形成了睡觉容易惊醒的习惯；即使是现在，我就算没有马上惊醒，也会梦见他在波涛汹涌的海面上，巨大的、清澈的、如绿色玻璃墙般的海浪打在他船舷的两侧。浪头远远高于桅杆，像条蟒蛇一样在船周围盘绕起来，伴着雪白的浪花。这是以前做过的梦，但每当刮风的夜晚，我总是会再次梦到，直到我惊醒，谢天谢地！我整个人会僵直地坐起来，心里充满恐惧。我可怜的弗雷德雷克！他现在在陆地上了，所以风伤害不了他。不过我的确觉得大风也许会刮倒那些高烟囱。"

"弗雷德雷克现在在哪儿呢，妈妈？我们的信是由加的斯的巴伯先生转交给他的，这我知道，但弗雷德雷克本人在哪儿呢？"

"我记不清那个地方的名字了。不过你必须记住，他已经不叫黑尔了。看到每一封信上写在角落里的 F.D. 了吗？他现在姓迪肯森了。我本来想让他姓贝雷斯福德，因为他多少有权使用这个姓，但你父亲觉得最好不要用。你知道，如果他跟我姓，可能会让别人认出来。"

"妈妈，"玛格丽特说道，"出事的时候，我正在肖姨妈家，那个时候你们觉得我太小，没法明明白白地告诉我。那么现在，我倒想了解整件事情的经过，要是可以的话——只希望您谈起这件事不会太痛苦。"

"痛苦？不会啊！"黑尔夫人说着，面颊红了起来，"的确，想到我再也见不到我亲爱的儿子了，是有些痛苦。但他做的事是对的，玛格丽特。别人爱说什么我管不着，但我有他的信来证明他的正直，比起任何军事法庭的审判，我都更相信他的说法，因为他是我的儿子。到我的日式小漆柜那里，左手边第二个抽屉里，你会看到一包信件。"

玛格丽特走过去，找到了那些泛黄、被海水溅湿的信件。她拿着这些散发着海的特别气息的信件，递给了母亲。母亲用颤抖的手解开了绑信的丝线，仔细查看每封信的日期，然后递给玛格丽特去读，可是还没等她理解了信的内容，母亲就急着做解释。

"你知道，玛格丽特，你哥哥一开始就不喜欢里德船长。他是俄里翁号的中尉，你哥哥第一次出海就是乘的那艘船。可怜的小家伙，他穿着中尉军服多帅啊！手里拿着柄短剑，用它裁开报纸的样子，好像拿着裁纸刀似的。但是这个里德船长那时好像一开始就不喜欢弗雷德雷克。然后——别动！这几封是他在去罗素号船上写的。他被派到这艘船上时，却发现他的宿敌里德是船长，那时候他本来是打算耐着性子，忍受对方的一切专断暴行。看吧！就是这封信，来读一下，玛格丽特。他在信上说——就是这儿——'因为父亲对我的信赖，我会尽力忍让，以一名军官和绅士所应具备的容忍力，容忍里德船长。但根据我过去对船长的了解来看，我承认我对未来有一丝担忧，罗素号可能会陷入长时间的专制状态。'你瞧！这孩子承诺他会耐心忍受，而且我敢保证他也是这么做的，只要别惹急了他，他就是全天下最好脾气的人。他不是在信里头说，里德船长因为他们在海军演习中没有跑得和复仇者号一样快，就对底下的人大发脾气？你看看，他还说了，罗素号上还有许多新船员，而复仇者号上的船员已经驻扎服役三年了，除了不让奴隶贩卖船靠近，上面的船员就没别的事可做，其他时间都要操练劳动，训得他们每个人都能像猴子或老鼠似的，在索具吊绳之间上蹿下跳。"

玛格丽特慢慢地读着这封信。上面的字迹因褪色的墨水而模糊不清，有一半已经难以辨认。这或许——这活脱脱的——就是一份关于里德船长在琐事上专横残暴的证词。叙述人不免大加渲染，因为写这封信时，他刚刚离开争吵现场，情绪仍然有些激动。上面写道，几个水手待在主桅杆绳索上，而船长下令让他们比一比谁下来得最快。他威胁说落在最后的那个人会被九尾鞭狠狠抽打。而那个离桅杆最远的水手，既害怕鞭打带来的耻辱，又深知他不可能超过自己的同伴。他又惊又怕，绝望得一跃而下，去够一根低一点的悬空绳子，结果没够到，掉在甲板上不省人事，几个小时后就死了。当年轻的黑尔先生写下这段话时，船员们已经义愤填膺到了极点。

"但我们一直没收到这封信,在我们听说兵变的新闻很久以后,它才寄到我们手上。可怜的弗雷德!尽管他当时还不知道怎么把信送出来,但对他来说,写下这段话一定是某种安慰。可怜的孩子!而我们——在弗雷德来信很久之前——就在报纸上读到了兵变的报道。据说罗素号上发生一起骇人听闻的凶残叛乱,叛变的水兵夺取了船的控制权,去当海盗了!而里德船长和其他几个人——可能也是军官吧,被扔上了一艘小船,在海上漂泊直到被西印度的一艘蒸汽油轮救下。他们的名字一个个都写在报纸上。啊,玛格丽特!我和你爸爸一看名单就急了,上面没有弗雷德雷克·黑尔。我们觉得肯定哪儿弄错了。弗雷德那么好的一个小伙子,最多就是激进了些。我们希望名单上的卡尔这个姓,是黑尔这个姓印错了——报纸常常是很粗心的。所以到第二天邮件收递的时刻,你爸爸就亲自走到南安普顿买了一份报纸。我在家里坐不住,就出门去等他。他回来得很晚——比我估计的要晚得多。我只得在篱笆旁坐着等呀等,他终于出现了——两只手臂无力地下垂着,耷拉着脑袋,走得很沉重、很缓慢,就好像每迈一步都要用尽全力。玛格丽特,我现在仿佛还能看到他那时的样子。"

"别说了,妈妈,我都懂了。"玛格丽特说,温柔地前倾着身子,凑到母亲边上,亲了亲她的手。

"不,你不懂。玛格丽特呀,当时没有亲眼看到他那个样子的人是无法理解的。那一刻,我根本动不了,也无法站起来去迎接他——那一刻一切似乎都在我的四周旋转。而当我终于走到他面前的时候,他一句话也没说,他看到我站在那里,在离家三英里多的奥德姆山毛榉树旁,似乎也不觉得奇怪。他挽着我的胳膊,不停地抚摸着我的手,就好像想安慰我,让我从一个沉重的打击中冷静下来。而我浑身哆嗦着,说不出话。他把我拥入怀中,俯下身子,将头搁在我肩膀上,浑身颤抖着,用一种奇怪的声音哭了起来,那声音沉闷而压抑,把我吓坏了。我被吓得一动不动,只求他告诉我到底听到了什么消息。接着,他猛地一抬手,好像是别人不顾他的意愿推动他的手似的,把一张可恶的报纸递给我看。那报纸上把弗雷德雷克说成是'穷凶极恶的叛国贼'，'一个卑劣的、忘恩负义的、给自己职业蒙羞的家伙'。啊，我不知道还有什么难听的话他们没用上！我看完报纸后，把它拿在手里——撕成了一小片一小片——我撕了它——啊！玛格丽特，我是用牙咬着，把它撕得粉碎。我没哭，我哭不出来。怒火烧烫了我的脸颊，我的双眼也在燃烧。你父亲严肃地看着我。我告诉他，这全部都是谎言。果不其然，几个月后这封信就来了。你看，弗雷德雷克当时是怎么被激怒了。他反抗，不是为了自己，也不是因为自己受到了伤害，他不过就是对里德船长坦率地说出了自己的想法，但这一来让一切更糟了。你看，大多数水手都是站在弗雷德这一边的！

"我觉得，玛格丽特，"她顿了顿，继续说道，声音颤抖着，显得很虚弱、筋疲力尽，"我很高兴——更为他感到骄傲。他站出来反抗非正义行为，这比仅仅做一个称职的军人要好得多。"

"我也是，"玛格丽特说，声音坚定而决绝，"忠诚并服从于智慧和公正是好的。但更难能可贵的是，不是为了我们自己，而是为了那些远比我们无助的人，去反抗不公正地、残暴无情地滥用权力。"

"尽管如此，我还是希望能再见弗雷德雷克一面——就一面！他可是我的第一个孩子，玛格丽特。"黑尔夫人的语调中充满了思念与渴望，甚至要为这个愿望感到歉疚，好像透露了她对留在身边孩子的不重视。但这样的想法完全没有出现在玛格丽特的脑海中，她正想着怎样才能实现母亲的愿望。

"都是六七年前的事情了——他们还会起诉他吗，妈妈？要是他回来受审，他会被判什么罪？当然，他可能已经有了为自己辩护的证据了。"

"没用的，"黑尔夫人回答道，"有几个以前和弗雷德雷克一起做事的海员被抓了之后，在艾米西亚号上对他们进行了军事审判。我相信他们都为自己做了辩护，可怜的人啊，因为他们说的都正好与弗雷德雷克所说的相吻合——但那根本没有起到任何作用……"黑尔夫人在这次谈话中第一次哭了起来，但是玛格丽特像着了魔一样，一心想从母亲那里问出她已经可以猜到却又害怕听到的消息。

"他们怎么了，妈妈？"她问道。

"他们被绞死在船的桁栏上了，"黑尔夫人严肃地说道，"最糟糕的是，法院判处他们死刑时说，他们听任自己被上级军官带入歧途，亵渎了职责。"

她们俩沉默了很长一段时间。

"弗雷德雷克在南美洲待了几年，是吗？"

"是的，他现在住在西班牙，在加的斯，或在那附近的某个地方，他如果回到英格兰，就会被绞死。我再也见不到他了——因为如果他回英国来，就会被绞死。"

没有什么能宽慰她。黑尔夫人把脸转向了墙壁，静静地躺了下来。作为母亲，心中充满了绝望。不管说什么也无法安慰她。她有点不耐烦地从玛格丽特手中抽出了自己的手，就好像她更愿意一个人回忆自己的儿子。等黑尔先生进来时，玛格丽特就退出去了，忧心忡忡，仿佛不管从地平线的哪一边都看不到一点光明的希望。

第十五章　厂主与工人

思想与思想碰撞
正如剑与盾的冲突
而后擦出真理的火花

——W. S. 兰德①

"玛格丽特,"第二天他父亲说道,"我们必须回访桑顿夫人了。你母亲身体不是很好,我想她不能走得很远,今天下午我们俩去一趟吧。"

在路上的时候,黑尔先生说出了他对妻子身体状况的担忧,带有一丝隐隐的不安。玛格丽特很高兴看到他最终还是意识到了这一点。

"你去看医生了吗,玛格丽特?你请他来家里了吗?"

"没有,爸爸,您说的是让我去看医生,不过我现在身体很好。如果我知道有谁医术高明的话,我今天下午就去跑一趟,请他来这里。因为我肯定妈妈的病情一定很严重。"

她之所以如此坦率而有力地说出这个事实,是因为之前当她说出她的恐惧时,他父亲是那么强烈地从情绪上反对这一想法。不过现在情况变了。他用一种沮丧的语气回答道:

"你觉得她是不是有什么不舒服没有说出来?你觉得她是不是真的病得很重?迪克逊说了什么了吗?啊,玛格丽特啊!我一直担心我们这次带她来米尔顿是害了她,我被这事弄得心神不宁。我可怜的玛利亚啊!"

"哦,爸爸!别乱想这些事,"玛格丽特有些吃惊地说道,"她只

---

① 瓦尔特·萨维奇·兰德(Walter Savage Landor, 1775—1864),英国作家、诗人。他以散文闻名于世。他的散文《虚构的对话》(*Imaginary Conversations*)和诗歌《罗丝·艾尔默》(*Rose Aylmer*)广为人知。

不过是身体不舒服。很多人都会遇到一段时间身体不舒服；听从良医的医嘱后，她会比以前更好更健康的。"

"但是迪克逊说过什么有关她的事了吗？"

"没有！你知道迪克逊就喜欢在一些鸡毛蒜皮的事情上故弄玄虚；而且她在妈妈的健康状况这件事上做得有些过于神神秘秘了，这倒是提醒到我了，仅此而已，我觉得没有什么其他理由。您知道，爸爸，几天前您说过我有些一惊一乍的。"

"我希望也相信你是这样，但是不要在意我当时说的话。我很高兴你十分在意你母亲的身体，我宁愿你变得一惊一乍的。不要害怕告诉我你心中的胡思乱想。我喜欢听，虽然我会用好像很生气的口吻回复你。不过我们可以去问问桑顿夫人，看她能不能给我们介绍一个好医生。我们只能把钱用在那些一流的医生身上。停下，我们要沿着那条街走了。"这条街上看起来没有一座房子大到能够作为桑顿夫人的家。她的儿子倒没有给人留下他可能住在什么样的房子里的印象；但是，在不知不觉中，玛格丽特一直想象高大魁梧穿着漂亮的桑顿夫人一定是住在一座和她一样高大的房子里。但现在马尔巴勒街只有一长排的小房子，到处都是一块块的空白墙壁。至少在他们拐进这条街的地方看起来的确如此。

"他告诉我他住在马尔巴勒街，我敢肯定。"黑尔先生说道，脸上带着一丝困惑。

"也许住在一间非常小的房子里也是他厉行节约的一部分。不过这儿有很多人，让我们问问吧。"

她问了一位路人，得知桑顿先生住在工厂附近，那个路人还指出，正对着工厂的门，就在他们刚刚看到过的那堵长长的破墙尽头。

工厂的门房就像个普通的花园的门；在它的一侧是紧闭着的、只供货车进出的大门。看门人带他们走进一个巨大的长方形院子，院子的一侧是签订订单的交易办事处，对面就是嵌着许多窗户的大工厂，厂里的机器不停地运转，发出哐啷哐啷的声音，还有蒸汽机隆隆的轰鸣声，简直能把周围住的人都给震聋。墙的对面，随着街道的延伸是一座漂亮的石头房子，虽然外表早就被烟熏黑了，但漆过的窗子和石阶被小心地打理过，干净整洁，这房子肯定有五六十年了。石头饰面的窗户——又长又窄，数量很多，还有被栏杆围着的从两边逐渐向上升高并通向前门的台阶，都见证了这所房子的历史。玛格丽特只是纳闷，能负担得起这么漂亮的房子、又乐于打理它的人，为什么不选择住在乡村或者郊区呢，却在这靠近工厂的房子里受罪。他们站在那儿等着开门的时候，她的耳朵无法适应周围噪声，几乎听不见父亲说的话。那个院子由阴沉沉墙壁上的那两扇大门作为界限，从起居室看出去，只是一片阴暗的外景——如同玛格丽特和父亲踏上那道老式的楼梯、被领进客厅以后所发现的那样。客厅的三扇窗子就开在前门和进门右手那间房的上面。客厅里没人，好像从家具套上套子的那天起，就没人到这间房里来过。家具上的套子套得非常仔细，仿佛这房子会遭到熔岩淹没，一千年后再被人发现。墙壁是粉红色和金色的，浅色底子的地毯上绣着一束束花纹，中间却用一块光滑的本色亚麻布粗毯子盖了起来。窗帘是带蕾丝的，每张椅子和沙发都有特殊的套子，有带网眼的或编织的。地上所有平坦的地方都摆上巨大的石膏像，罩上玻璃罩子，灰尘根本进不去。在房间的中央，有一张大圆桌，就在套子套住的枝形灯架下面。沿着光滑的圆桌桌面，间隔整齐地摆放着一些装帧精美的书籍，像车轮精美的轮辐似的。每件摆设都反射出光来，可是没有一件吸光。整个房间看上去让人不舒服，到处都有斑斑点点、闪闪发光的装饰，让玛格丽特看了很不愉快，以致她几乎没有意识到为了达到那种特殊的清洁，主人把所有的东西置于这样的一种氛围，都整理得那么洁白纯净，也没有意识到主人不遗余力地操劳，以达到这种雪白冰冷但并不舒适的效果。她不论朝哪儿看去，都有刻意收拾的痕迹，但不是为了追求舒适、促进养成安静的居家习惯，而仅仅是为了装饰，然后再保持这种装饰不遭到破坏或灰尘的污染。

桑顿夫人进来以前，他们有时间观察周围并且小声交流，他们说的话好像全世界都会听得到。但是，在这样的房间里，通常效果是人们只能小声说话，好像不愿意去唤醒怪异的回声。

最后桑顿夫人还是进来了，像往常一样穿着黑色丝质长裙，她身上的棉布料和蕾丝装饰尽管不能胜过房间的整洁白净，也足以与之媲美了。玛格丽特说明了她母亲不能和他们一起来回访的原因，但由于她害怕引起父亲的恐惧，只是匆匆地说了母亲的病情，结果给桑顿夫人留下了一个不好印象：黑尔夫人不过是染上了贵妇人特有的微恙，这种病通常都只是谢绝拜访的借口罢了；再说，如果黑尔夫人真的病得很重，何不捎个信儿推迟今天的回访呢？这时，桑顿夫人又想起她上次去拜访黑尔一家的时候，还特意雇了马匹，连她的女儿范妮也被她哥哥要求一同去探访这一家人，就为了表达对他们的尊敬。再来对比黑尔夫人现在的态度，这着实让桑顿夫人有点生气，她没给玛格丽特一点同情，也没有表示对黑尔夫人病情的一点点关心。

"桑顿怎么样？"黑尔先生问道，"从他昨天匆匆留下的字条中，我担心他身体不大好。"

"我儿子很少生病，即使生病也不会说一个字，而且他也从不把生病当作偷懒的借口，他和我说昨天太忙了，没能和您一起享受阅读的快乐，非常遗憾，事实上他非常珍惜和您在一起的时光。"

"我也有同感，"黑尔先生说，"看到他在阅读中得到的快乐和对古典文学的喜爱，让我感觉自己又年轻了许多。"

"毫无疑问，古典文学对有闲暇的人而言是非常值得读的，但我必须承认，我儿子重新研究经典，这是我没有料到的。他生活的时代和生活的地点，在我看来，需要他投入全部的精力和专注力。对于那些生活在乡村或者学校中的人，阅读古典文学也许很有用处，但是对米尔顿人来说，应该把思想和精力集中在当下的工作上，至少我是这么认为的。"桑顿夫人说出最后一句话时，带着故作谦卑的得意神色。

"可是，如果把全部精力都只专注在一件事上，头脑就会变得僵化古板，感觉不到其他事情的乐趣。"玛格丽特说。

"我不太明白你所说的头脑僵化是什么意思，我也不太欣赏那些成天忙这忙那的人，今天满脑子想着这件事，明天有了新爱好，就会彻底忘了前一天的兴趣。一个米尔顿工厂主，并不需要太广泛的兴趣，他要有一个伟大的目标，生活中所有的目的都是为了实现它，这就够了，也应该够了。"

"那个目标是……"黑尔先生问。

她苍白的脸颊泛红，眼睛也变得明亮起来，回答道：

"要获得并保持自己在家乡的工厂主中间令人尊敬的高贵地位，比如我儿子自己现在挣得的这样。不管你去哪里——我是说不仅是英格兰，而是整个欧洲，商界人士中间没有人不知道令人尊敬的米尔顿的约翰·桑顿。当然，我可不是指上流社会的圈子，"她轻蔑地补充道，"悠闲的绅士、太太们不太可能对一个米尔顿工厂主了解多少，除非他入选议会，或者娶了一位勋爵的女儿。"黑尔先生和玛格丽特小姐都觉得很可笑，感到很不安，在贝尔先生写信告诉他们桑顿先生将会是他们在米尔顿的一个好友之前，他们从未听说过这个伟大的名字。这位自负母亲所处的世界既与哈利街上流社会的样子不同，也与乡村教士或者汉普郡乡绅的世界不同。尽管玛格丽特竭力表现出倾听的样子，但她脸上的表情所流露的情绪还是被敏感细腻的桑顿夫人察觉出来了。

"你在想你从没听说过我这个优秀的儿子，是不是，黑尔小姐？你认为我这个老太婆的思想仅仅局限在米尔顿，并且总是认为自己的儿子是最优秀吧。"

"不是，"玛格丽特有些激动地回答，"在我没来米尔顿之前，确实没怎么听说过桑顿先生的名字。但在我来到这儿之后，我已经听说了许多事情，足以使我尊重和钦佩他，并切实感受到您对您儿子的评价是多么公正、真实了。"

"谁向你提到他的？"桑顿夫人问道，情绪稍微平复了一些，但仍生怕其他人会说一些对她儿子有失公允的话。玛格丽特回答前犹豫了一下，她不喜欢这种强迫式的质询。黑尔先生走了进来，自以为来解围了，说道："这是桑顿先生自己亲口说的，这让我们了解到他是什么样的人。是不是，玛格丽特？"

桑顿夫人挺了挺身子说："我儿子不是那种自吹自擂的人。我可以冒昧地再问一句吗？黑尔小姐，你是从哪儿得到对他褒奖的评价的？你知道，一个母亲总是充满好奇和贪心，希望别人对她孩子的赞扬越多越好。"

玛格丽特回答道："对他早年生活的了解，他本人并没有透露，我们是通过贝尔先生得知的，远比他自己说的多，这让我们更能感受到您为什么会为他自豪了。"

"贝尔先生啊！他对约翰能有多少了解？他在一个令人昏昏欲睡的大学里过着慵懒的生活。但是我还是很感激你，黑尔小姐。许多年轻的小姐都不愿夸赞一下我这个老太婆的儿子，来让我开心点。"

"为什么？"玛格丽特眼睛直直地看着桑顿夫人，有些迷惑不解地问道。

"我想，她们内心会认为，她们一夸赞儿子，肯定会让这个老妈妈支持她们，万一她们打她儿子的主意呢。"

她冷冷地笑了一声，被玛格丽特的直率逗乐了。也许她觉得自己问的问题太多了，好像她有权盘问似的。玛格丽特听完她提出的这种想法，立即笑出声来。她笑得那么欢快，竟然使桑顿夫人感到有点儿刺耳，仿佛惹起她这阵笑声的话一定十分荒谬可笑。玛格丽特看到桑顿夫人不高兴的神色，立即止住了笑。

"对不起，夫人。我还是要谢谢您，但我非常高兴您没有把我想成打您儿子主意的人。"

"以前，有些年轻的小姐会有这样的想法。"桑顿夫人不大自在地说。

"桑顿小姐身体还好吧？"黑尔先生插嘴说，他急切地想换个话题。

"她还是跟平日一样。她的身体一向不大结实。"桑顿夫人简短回答道。

"那么桑顿先生呢？我大概周四可以见到他吧？"

"我儿子的事情我可没法做主。镇里正发生着一件令人不舒服的事情，有人威胁要罢工。如果真是这样，凭他的经历和判断力，他的朋友们会不时来找他商量的。不过我想他星期四大概能来。无论如何，他要是不能来，肯定会告诉您的。"

"罢工！"玛格丽特问，"为什么呢？他们为什么要罢工？"

"为了控制和占有别人的产业，"桑顿夫人冷酷地用鼻子哼了一声说，"他们罢工一向就是为了这件事。要是我儿子的工人罢工，那么我就只好说，他们是一伙忘恩负义的家伙。但我毫不怀疑他们会罢工的。"

"我想，他们可能是想要求提高工资吧？"黑尔先生问。

"这只是事情的表面。但实际情形是，他们想当工厂主，让他们的厂主在自己的工厂里变成奴隶。他们总是在不断尝试。每隔五六年，厂主和工人之间就要展开一场斗争。这次，他们会发现自己错了——可能会出乎他们的预料。如果他们真的罢工了，可能会发现再想复工就没那么容易了。厂主们脑子里一定有一两种办法，如果他们这次还想尝试，会让他们受到教训，不要再次盲目地罢工。"

"罢工是不是使镇里变得很不平静呢？"玛格丽特问。

"这当然啦。不过你肯定不是个胆小鬼，对吧？米尔顿不是胆小鬼待的地方。我曾经有一次经历，不得不从一群怒气冲冲的白人中挤出去。他们吼着只要梅金森敢走出工厂，就要让他流血。但是梅金森一点也不知道这事，总得有人去告诉他啊，否则他就死定了，这需要一个女人去——所以我去了。我进去后，就出不来了。我也得珍惜自己生命。所以我爬到了屋顶，那儿堆了很多石头，如果那些人试图强行闯入工厂大门，就用石头砸向他们的头顶。要不是我太激动，一下晕过去了，我想我本可以搬起那些重重的石头，成为那里最佳人选，稳稳砸中目标。唉，如果你生活在米尔顿，你必须有一颗勇敢的心，黑尔小姐。"

"我会尽力的，"玛格丽特脸色苍白地说道，"我也不知道我算不算勇敢，只有经历了才知道，但我担心自己可能是个胆小鬼。"

"南方人总是对我们达克郡的男女称之为生存和奋斗的事情感到恐惧。不过这儿的人总是看不得比自己更好的人，然后等着机会报复。如果你在这种人当中生活上十年，你就会知道自己是不是胆小鬼了，记着这句话吧。"

那天晚上，桑顿先生去了黑尔先生家。当他走进客厅的时候，黑尔先生正在那儿给他的妻子和女儿大声地朗读。

"我来找你一方面是为了捎一张我母亲的字条给你，另一方面是要为我昨天没能守时道歉。你要的地址在字条上，是多纳德森医生的。"

"太感谢了！"玛格丽特匆匆说道，急急忙忙地伸手去接纸条，因为她不想让母亲知道他们打听医生的事。桑顿先生似乎立刻就懂了她的意思，迅速地将字条递给了她后没有再多说什么，这点使她很满意。黑尔先生在旁边开始谈论罢工的事了。桑顿先生脸上的神色马上变得凝重了，显示出了和他母亲相似的那种糟糕的阴沉的表情，这使得玛格丽特一下子就移开了目光。

"是呀，那些傻瓜要罢工了。随他们去，我们走着瞧。虽然他们罢工正中我们的下怀，但我们还是给了他们悔改的机会。他们还在认为贸易像去年一样红火。我们却看到了即将到来的风暴，并收紧了风帆。可就因为我们没有解释这么做的理由，他们便不相信我们的做法是合理的。好像我们还得向他们仔仔细细说明账目明细似的！在阿什利那儿，亨德森还试图避免正面交锋，但是失败了。他宁可罢工，罢工和他的计划更相配。因此，当他的工人来向他索要他们的百分之五加薪时，他告诉他们他正考虑此事，并会在发钱的那天给他们答复。他的答复会是什么，是显而易见的，但他仍认为这样可以使他的人继续抱有拿到钱的幻想。然而，他的人知道的比他想象的要更多一些，他们不知从哪儿听说了贸易的不景气。所以他们周五进来时，撤回了他们的要求，于是他现在又必须去工作了。但我们米尔顿的工厂主今天做出了我们的决定。我们将一分钱都不预支。我们告诉他们，我们可能要降低薪水，而不是提高薪水。所以我们现在毫不动摇，等着他们下一轮的进攻。"

"他们下一轮进攻会是怎样的呢？"黑尔先生问道。

"我猜会是同时罢工。我想你将会看到米尔顿的烟囱很多天都不冒烟了,黑尔小姐。"

"但为什么要这样呀?"她问道,"你就不能和工人解释下为什么你觉得贸易形势会很差吗?我不知道我措辞是否准确,但你可以理解我的意思。"

"你会对你的仆人解释你每笔钱是怎么花的吗?我们作为资本所有者,有权利按照我们自己的意愿处置我们的资本。"

"这是一种人权。"玛格丽特低声喃喃道。

"不好意思,我没听清你在说什么。"

"我还是不要再说了,"她说,"我觉得你大概不会和我有一样的感受。"

"何不说来听听呢?"他请求道,他突然特别想知道她刚刚说了什么。她有些厌烦他的固执,但是又不想让她刚刚说的话显得太重。

"我是说你有人权。我的意思是,除了宗教方面的原因,没有其他理由能阻止你为达到你的目标做你想做的事。"

"我知道我们在宗教方面的看法不同,但你就不能让我有一些自己的宗教观点吗?尽管和你的不尽相同。"

他压低了说话的声音,好像是在和她单独说悄悄话。可黑尔小姐并不想和他单独聊,于是选择了以正常的声调回话:

"我觉得在这件事上我没有必要为你特殊的宗教观点考虑。我想说的只是,虽然没有任何人类法律禁止雇主挥霍浪费他们的钱,但如果他们真这样做了的话——《圣经》中可以找到相关的表述——至少对我来说是这样——他们就无视了他们作为雇主的管理职责。然而,我对罢工、工资、资金及劳动力等等知之甚少,所以我还是不要和你这样的政治经济学家讨论这个了。"

"不,那就更有理由了,"他急切地说道,"尤其是在现在这样的时候,当我们的所作所为连每一个三流小作家都要细究一下的时候,我真的十分愿意向你说明所有那些在外行人士看来奇怪或不熟悉的事物。"

"谢谢,"她冷冷地回答,"当然,如果我对生活在这个陌生的社会中感到迷茫,我会在第一时间去询问我的父亲。"

"为什么你觉得这里陌生呢?"

"我不知道——我觉得可能是因为,从表面上看来,明明是两个在方方面面都相互依赖的阶级,却总将对方的利益和自己的利益对立起来。我以前从未在这样一个两类人总是互相冲突的地方生活过。"

"你听说谁指责资本家了吗?我不是在问你听说谁虐待工人了,因为你一直对我那天所说的内容有误解。我是在问你听说谁辱骂资本家了?"

玛格丽特脸红了,微微笑起来,然后说道:

"我不喜欢被盘问,我拒绝回答你的问题。另外,它和事实毫不相干。请你相信我的话,我听有的人说,也许是工人中的某些人说的,好像是雇主为了自己的利益,不让工人多拿到钱——以免劳动人民在银行中有了存款,突然就变得太过独立了。"

"我敢说这是那个希金斯对你说的。"黑尔夫人说道。桑顿先生看上去没有听到这些玛格丽特显然不想让他听到的话。然而事实上他还是听到了。

"而且,我听说,对雇主来说,工人无知是一大好处,而不需要那些'半瓶子水的法学家'——伦诺克斯上尉就是这么称呼他手下的军队中那些什么都要质疑、对每个命令都要问得明白的人的。"后面半句她更像是对她的父亲说的,而不是对桑顿先生。

谁是伦诺克斯上尉呀?桑顿先生开始自问,他感觉到一阵莫名的不悦,以至于他都没能及时回答她。她的父亲接过了话头。

"玛格丽特,你从没喜欢过学校,否则你在此之前就该看到,并意识到米尔顿的教育业被改进了多少。"

"是啊!"她说着,突然很温顺,"我知道我对学校的事不太关心。不过我刚才讲的知识与无知跟读书啊、写字啊毫无关系——跟我们可以给予一个孩子的教导和知识毫无关系。我可以肯定,他意思是指,缺乏对人类智慧的指导。我不太知道那是什么。但是他——也就是告诉我这种情况的人——讲得仿佛厂主希望他的雇工只是些身强力壮的孩子似的——活在当下，只看到眼前的东西——只知道盲目地服从。"

"简而言之，黑尔小姐，很显然，告诉你这番话的人找到了一位愿意对他诽谤厂主的话洗耳恭听的人。"桑顿先生恼怒地说。

玛格丽特没有回答。她对桑顿先生把她所说的话带上个人色彩很不高兴。

黑尔先生接着说：

"我必须承认，虽然我没有像玛格丽特那样跟工人走得很近，可就表面情况看，雇主和受雇者之间的敌意和对立让我很吃惊。我甚至从你自己的话里也感受到了这种情况。"

桑顿先生停了一会儿才开口说话。玛格丽特刚走出房间，他对于自己和玛格丽特之间的状况很是气恼。然而，在他冷静下来，并且深思熟虑之后，这点懊恼反而使他的话显得更有庄重的意味了：

"我的想法是，我的利益和我工人的利益是一致的，反之亦然。我知道黑尔小姐不喜欢听见把工人叫作'雇工'，那我就不用这个词，虽然我已经说惯了。不论这个词是什么时候开始用的，反正我只是沿用而已。未来的某一天——在几千年之后的某个太平盛世——在那乌托邦里，这种和谐统一可能会实现吧——正如同我把共和政体想象成最完善的政府形式一样。"

"等我们读完荷马的作品后，就读柏拉图的《理想国》。"

"嗯，到了柏拉图式时代，我们所有人——男人、女人和儿童——都会适合生活在共和政体下；但是就我们目前的道德与智力水平而言，我支持君主立宪制。在我们的幼年时期，我们需要一种开明的专制来管理我们。的确，即使幼年已经过去好久，儿童和青年人在一种贤明、稳定的政权所实施的可靠法律下生活也是最幸福的。在认为我们的工人还处于幼年状态这一点上，我同意黑尔小姐的看法，但是我认为，我们厂主跟这无关。我坚信专制对他们说来是最好的管理形式，所以在跟他们接触的时候我肯定是一个独裁者。我得尽力斟酌、判断——不是出于欺骗或是博爱，那些在北方已经太多了——

在经营业务时，制定合理的规矩，做出公正的决定——这些规矩和决定首先是对我自己有益的，其次对他们也是有好处的。不过我绝不会被迫说明我这么做的理由，一旦宣布决心，决不退缩。让他们罢工好了！我会和他们一起受苦，可是最后他们会发现，我一点也不会退让或改变。"

这时候，玛格丽特已重新回到房间里，坐在那儿做针线活，但她并没有说话。

黑尔先生回答道："我说的也许全是外行话，不过根据我所知道的一些情况，我得说，不管是对于个人生活还是公众生活而言，现在都已经迅速进入童年和成年之间的那个爱吵爱闹的时期了。这时候，许多父母在对待孩子时所犯的错误就是仍坚持像过去一样要求盲从，要求他的本分只是服从这些简单的规矩，像是'叫你来你就来'，或者'叫你做什么就做什么'！可是聪明的父母总是顺应儿女想要独立的欲望，以便绝对'专制'失效时，可以成为儿女的朋友与顾问。如果我的说法有问题的话，请注意，你采用的也是这种类推法。"

"最近，"玛格丽特说，"我听说三四年前纽伦堡发生了一件事。那儿有一个富翁独自住在一幢之前既是住宅又是仓库的大房子里。据说他有个孩子，但没人能确定。整整四十年，这个谣言时隐时现——始终没有完全破除。直到他死后，人们才发现这件事是真的。他有一个儿子——一个稚气未脱的大男孩，只有孩子一样未开发的智力。他用这种奇怪的方式把儿子养大，为的是让他远离诱惑和错误。但是，当然了，等这个大孩子踏入社会以后，所有坏人都能随心所欲地操纵他，因为他辨别不出善与恶。他父亲犯下的大错就是让他在无知状态下长大成人，还把这种愚昧无知当作是天真无邪；等他儿子过了十四个月的放纵日子后，市政当局不得不把他看管起来，以免他饿死。他甚至连话都说不清楚，所以连做个乞丐都不行。"

"我刚才根据黑尔小姐的说法用了这个比喻，把厂主的地位比作父母，所以我不应该抱怨你们把这比喻变成武器来回击我。可是黑尔先生，当你为我们树立起聪明的父母作为榜样时，你说他们顺应了儿女想要独立的欲望。但现在还不是那样的时代，雇工们还没有资格在工作时间里独立行动；所以我并不知道你借此想说明什么。还有，要是厂主们过多干涉他们在厂外的生活，那就是在以一种我个人认为做起来并不公正的办法侵犯雇工们的独立性。他们每天为我们工作十小时，我看不出我们有什么权利对他们的业余时间进行管束。我高度重视我自己的独立性，因此要是另外有一个人总是指导、劝告和教训我，甚至用任何方式过分周详地来安排我的行动，我可想象不出有比这更大的耻辱了。这个人也许是最聪明的或最有权势的人——那我也同样还是会反对和厌恶他的干涉。我猜这种情绪在英格兰的北方比在南方要强烈得多吧。"

"请你原谅，但难道这不正是因为提出指导的阶级和被提出指导的阶级之间没有平等的友谊吗？所以每个人不得不处在一个极为粗野的、孤立的处境里，既和同胞形同陌路，又对他们心存猜忌，还总得提防自己的权利遭到侵犯，不是吗？"

"我只是在陈述事实。很抱歉，我八点钟还有个约定，今晚我只能说说我看到的事实，而没有时间去解释这些情况。其实说真的，就算解释了它们，实际上对决定如何行动也不会有任何影响——事实必须被接受。"

"可是，"玛格丽特低声说，"我觉得它的影响非常大……"父亲做了一个手势，让她不要说话，先让桑顿先生把话说完。不过此刻桑顿先生已经起身准备离开了。

"你必须承认这一点。假设每个达克郡人都有很强的独立性，我难道还会觉得，就因为我有资本购买他的劳动力，所以就有权力把我认为应该怎么做的看法强加给他人吗？（当然，换作我也会讨厌这种行为。）"

"根本就不是这样！"玛格丽特坚定地说，"不是因为你们的劳资关系，也不论他们是谁，只是因为你一个人在和他们一群人打交道，无论你使用与否，你都对他们行使巨大的权力，就是因为你们双方的生活与福利密切相关。上帝创造了我们，我们必须互相帮助。我们可以忽视自己对他人的依赖性，或者是拒绝承认他人依赖我们的事实，可不仅仅是每周领取工资这一项，在其他很多方面都是！可不管怎么说，情况的确就是这样，无论是你或者别的厂主都身不由己。最独立并引以为傲的人也需要身边的人潜移默化地对他的性格、他的生活产生影响。即使是你们达克郡中最独立、最以自我为中心的人，也有来自四面八方的家属依附着他，他无法摆脱他们，他就好比一块石头一样，无法摆脱……"

"求你不要再打比方了，玛格丽特。你已经把我们引着偏离正题一次了。"父亲笑着说，可是一想到他们使得桑顿先生违反本意留下来，又很不安。但这一点他想错了，因为只要玛格丽特说话，桑顿先生就乐意留下，即使她说的话都让他生气。

"请告诉我，黑尔小姐，你自己受过什么影响吗？不，这么说似乎不太好，但是如果你曾经意识到受到他人而非环境的影响，那么那些人对你的影响是直接还是间接在起作用呢？他们究竟是为了树立榜样，在告诫、吩咐、循规蹈矩地行事，还是他们本来就是简单正直的人，只是想承担起自己的责任，并无所畏惧地行事，根本没有想过他们的行为会让这个人勤奋、那个人节约呢？再说，假设我是一个工人，比起厂主对我休息时无微不至的干涉（即使是好意），要是知道厂主行事果决、正派诚实、敏捷守时（对于厂主个性的判断，雇工往往比贴身仆人还要敏锐），这会让我感动二十倍。我并不想过分仔细地去琢磨自己是个什么样的人，不过我相信，我能信赖我的雇工们的诚实，以及在他们提出异议时的坦率。这之所以跟其他工厂里处理罢工工人的方式截然不同，正是因为他们知道我不屑于占任何一点不光彩的便宜，或是做一些见不得人的事。这比在宣讲会上对工人讲一大堆'诚实才是上策'效果好得多——生活不能仅仅稀释成语言文字。不能，绝对不能！厂主是什么样的人，工人也会是什么样的人，用不着厂主再过分担心。"

"这是一次不错的坦白，"玛格丽特笑着说，"当我看见工人们激烈顽强地追求他们的权利时，我完全能推测出厂主也是如此，只是他大概是不太懂得那种持久忍耐、仁慈善良、不求自身利益的精神。"

"黑尔小姐，你和所有不明白我们运行制度的局外人一样，"他急忙说道，"你以为我们的工人都是面粉揉成的玩偶，我们想把他们捏成什么可爱的样子就捏成什么样子啊。你忘了我们和他们打交道的时间还不到他们人生的三分之一，你似乎没有了解到，厂主的责任要比仅仅当一个雇主的责任广泛得多。我们还要维持一个影响深远的商业名声，就这一点而言，我们是文明的重要先驱。"

"这使我想起，"黑尔先生笑着说，"你在家乡可能更先驱一些，可这些米尔顿人，通常都粗鲁，带着野气。"

"他们就是这样的人，"桑顿先生回答，"优柔寡断的外科手术对他们没用。克伦威尔准会成为一个很好的厂主。黑尔小姐，要是有他来帮我们平息这场罢工就好了。"

"克伦威尔不是我心中的英雄，"她冷冷地说，"不过我正在努力调和你对专制的欣赏和对别人独立人格的尊重这两个方面。"

听到她的话，他脸红了。"在工人为我劳动的时间里我乐意成为一个被他们公认的、不承担责任的厂主。可是在工作之外，我们的关系就终止了。此时我尊重他们的独立性，同样，我也需要独立性。"

他太气恼了，有一段时间没再说话。但是他摆脱了不快，并向黑尔先生和黑尔夫人道了晚安。他走近玛格丽特，低声说道：

"今晚我有一次对你说话很急，可能还有点粗鲁。但是你知道，我就是一个粗鲁的米尔顿厂主，请见谅。"

"没关系。"她抬起头冲着他的脸，笑了笑。只见他的神情有些压抑和急切，在迎上她甜美亲切的脸庞时，他的焦虑还没有消失，而玛格丽特的表情却很释然，他们的谈话所带来的不良影响一点也没有了。不过她并没有向他伸出手，他又一次感觉到被忽视了，以为这是她心高气傲的性格使然。

第十六章　死亡的暗影

相信那只隐蔽的手，
领人走上虚无之路；
时刻为变化做好准备，
自然法则有起有落。

——引自阿拉伯文

第二天下午，多纳德森医生第一次上门来给黑尔夫人看病，黑尔夫人还是小心翼翼的。玛格丽特近来和母亲很亲密，她原本以为已经打破彼此的隔阂。但迪克逊可以留在房内，她却被打发了出去。玛格丽特不是一个轻易对别人动感情的人，一旦动心了就会爱得热烈，而且嫉妒之心还不小。

她走进客厅后面母亲的卧室里，在那里来来回回地踱着步，等医生出来。她不时地停下来侧耳细听，好像听到了一声呻吟，于是握紧双手，屏住呼吸。她确信自己听到了一声呻吟。接下来的几分钟没有什么动静，然后传来挪动椅子的声音、提高嗓门的说话声，以及和客人告别时小小的骚动。

她一听到房门打开，就快速地跑出卧室。

"我爸爸现在不在家，多纳德森医生，他去给一个学生上课了。可以麻烦您到楼下他的房间里坐一会儿吗？"

她看到迪克逊在她面前设置的种种障碍，并且成功地克服了这一切。作为家中的独生女儿，她摆出了一副长兄才有的架势，很有效地压制了爱管闲事的老仆人。玛格丽特有意在迪克逊面前摆出异乎寻常的庄重态度，这让她在焦虑之余又感到一点欢愉。看到迪克逊脸上吃惊的表情，她知道自己一定显得神气又滑稽。她一边这样想着，一边走到了楼下的房间。这使她暂时忘却了刚才让她耿耿于怀的事。但现在，她又回想起来了，似乎喘不过气。过了好一会儿，她才开口说话。但发问的时候却带着命令的口吻：

"妈妈怎么样了？您必须直接告诉我实情。"随后，她看到医生稍微有些犹豫，又说道，"我是她唯一的孩子——我是说在这里。我担心父亲还没有做好足够的心理准备；所以，如果真有什么非常不好的消息，我们必须委婉地告诉他。我可以来告诉他。我可以照顾我母亲。请您说点什么吧，先生，从您的脸上我看不出任何情况，我觉得这比您告诉我什么还要让我害怕。"

"亲爱的姑娘，你母亲的仆人似乎特别细致能干，倒更像是她的朋友……"

"我是她女儿，先生。"

"可我告诉你，她明确地叮嘱我不要让你知道……"

"我不会接受这一条的，我没有那么温和耐心。而且，我相信凭您这么睿智和经验丰富，是不会答应她保守这个秘密的。"

"哦，"他虽然十分伤感，但还是似笑非笑地说，"那你可就说对了。我没有答应她。其实，我是觉得即使我不告诉你，你也很快就会知道这个秘密了。"

他停下来不说话了。玛格丽特脸色变得苍白，嘴唇抿得更紧了。除此以外，她的表情没有任何改变。多纳德森医生善于快速洞察人的性格，没有这点精明，他也就不会像今天这样声名显赫。所以他知道玛格丽特会强迫他说出全部实情，哪怕他只隐瞒了一丁点儿，她也会猜到，而且隐瞒比知晓实情更让人饱受折磨。他简短地轻声说了两句话，眼睛一直注视着她。他看到她眼睛的瞳孔放大，充满恐惧，苍白的脸色变成了青灰色。他不再说话了，等着她脸色稍缓——等着她急促的呼吸过去。接着，她说：

"我诚心诚意地感激您，先生，感谢您对我的信任。我已经担惊受怕了好几个星期。那是真正切实的痛苦。我那可怜的……可怜的妈妈啊！"她的嘴唇颤抖起来，他由着她流泪，等着她停止哭泣，因为他相信她可以凭借自制力止住眼泪。

落了几滴眼泪后——仅仅落了那几滴,她又想起很多自己想知道的问题。

"她会很痛苦吗?"

他摇摇头。"这个不清楚。这要看个人的体质,还有上千种别的因素。但是近年来医学上的一些发明可以在很大程度上缓解痛苦。"

"我爸爸!"玛格丽特浑身颤抖着说。

"我并不了解黑尔先生。我的意思是,我很难给你建议。可以这么说,现在你逼着我突然说出了一些实情,但不要着急,等到你对我终究无法隐瞒的这些实情再熟悉一些之后,你就可以不用太费心力地安慰你的父亲了。在此之前——我当然会不时地来看看夫人,但是除了缓解一些疼痛之外,我没有别的办法了——但总会有各种细小的迹象让你父亲引起警觉,或者加深他的忧虑——这也会使他做好更加充分的心理准备。……唉,亲爱的姑娘……不,亲爱的……我之前遇见过桑顿先生了,所以我很钦佩你父亲所做的牺牲,虽然我对此并不一定认同。……啊,我就说这一次,如果能让你好受一些的话,亲爱的。你得记着,我下次来的时候,是以朋友的身份。以后你必须学着把我当成朋友,因为见到彼此——尤其在这种境况了解彼此,就像多年来的正式拜访一样让彼此情谊深厚。"玛格丽特哭得说不出话来,但是分别时她还是握紧了他的手。

"这才是我心目中的好姑娘!"多纳德森医生心想,当他坐在自己的四轮马车里,才有空细细地看了看戴着戒指的手,因为她刚刚握得太紧,有点隐隐作痛。"谁能想到那样纤细的手能握得那么紧?但是她的骨节很完美,所以力气很大。她简直是太了不起了!一开始她昂着头逼我说出全部实情,后来又急切地凑近细听。可怜的姑娘!我必须看着她,不让她太辛苦。看到这些娇生惯养的姑娘这么能干,又这样受罪,真是让我大吃一惊。这姑娘真是心性坚韧。换成别人,要是脸色苍白成那样,不昏过去或是歇斯底里发作一番是绝不会恢复的。但她并没有那样——她没有!她的心力让她恢复过来了。如果我年轻三十岁,只有这样的姑娘才能赢得我的心。现在就太迟啦。啊!我们现在到亚其斯酒店了。"他跳出马车,下定决心要用自己的智慧、经验和同情心,尽可能地去照料这个家庭,就像是世界上再也没有其他家庭似的。

与此同时,玛格丽特回到父亲的书房里待了一会儿,好在上楼去见母亲之前调整好状态。

"哦,上帝啊,上帝!这太糟糕了。我怎么受得了啊?这样的绝症!完全没有希望!哦,妈妈,妈妈,我真希望我从来没有去过肖姨妈家,那么多美好的日子我都不在您身边!可怜的妈妈!您承受了多大的痛苦啊!哦,我求求您,上帝,请让她不要受太多的罪、吃太多的苦。我怎么能忍受眼瞧着她受苦呢?我怎么能忍受爸爸的痛苦?我现在还不能告诉他,不能一下子和盘托出。这会要了他的命的。但是我不能再失去任何一点和亲爱的好妈妈相处的时间了。"

她跑上楼。迪克逊不在房间里。黑尔夫人躺在安乐椅上,因为刚才医生要过来给她看病,她围着一条柔软的白色披肩,戴着一顶合适的帽子。她的脸稍稍有点血色,刚刚让她筋疲力尽的身体检查反而使她神色安详。玛格丽特看到她脸色这么平静,觉得很诧异。

"哎呀,玛格丽特,你看起来怪怪的!出什么事了?"接着,她马上想到了事情可能的真正原因,又仿佛有点不开心地说道,"你没有见到多纳德森医生,也没有问他任何问题,是不是,孩子?"玛格丽特没有回答,只是忧愁地默默看着她。黑尔夫人更不开心了:"他肯定不会违背对我的承诺,而且……"

"啊,没有,妈妈,他告诉我了。是我逼他的,都是我——您怪我吧。"她跪倒在母亲身边,一下抓住她的手——虽然黑尔夫人极力想把手抽走,她还是不放开。她不断地亲吻母亲的手,落下的热泪打湿了这双手。

"玛格丽特,你这么做真是大错特错,你该明白,我不希望你知道。"但是,她好像不想再争论了,任凭玛格丽特握着自己的手。过了一会儿,她也微弱地回握住玛格丽特的手,这鼓励了玛格丽特继续往下说。

"哦，妈妈，让我照顾您吧！迪克逊能教我的一切，我都能学会。但是您要明白，我是您的孩子，所以我有权利为您做一切事情。"

"你不知道你要做的是怎样的事。"黑尔夫人颤抖着说。

"不，我知道。我知道的比您想象的多得多。让我照顾您吧。不管能做到怎样，就让我试一下吧。我会做得比其他任何人都尽力，那样我才会觉得好受点，妈妈。"

"我可怜的孩子！那么，你就试试吧。你知道吗？玛格丽特，我和迪克逊觉得你肯定会躲着我，一旦你知道……"

"迪克逊竟然这么想！"玛格丽特撇了撇嘴说道，"迪克逊不相信我对您的爱是完全真心的，就像她对您那样。她是不是觉得我是那种喜欢每天躺在玫瑰叶上，让别人给我扇扇子的病恹恹的女人啊。别再让迪克逊的异想天开疏远我们的关系了，妈妈。别这样，求您啦！"她恳求道。

"别生迪克逊的气。"黑尔夫人急切地说。玛格丽特镇定了下来。

"好！我不生气。只要您让我尽力照顾您，我就会努力保持谦卑，向她学习。把我放在第一位吧，妈妈——我很希望您这么做。以前我不在您身边，在肖姨妈家的时候，我常常觉得您会忘记我，晚上我会哭到睡着，脑中还在想着这个念头。"

"我以前也常常会想，玛格丽特在哈利街过得那样舒适富贵，怎么能忍受我们这样贫穷拮据的日子。后来，我多少次都觉得，让你看到赫尔斯通屋里这些乱糟糟的家具，比让任何一个陌生人看到还叫我羞愧。"

"哦，妈妈！但事实上，我真的很喜欢那些东西。他们比我在哈利街一路看到的刻板无聊的东西要有趣得多。那个带把手的衣橱架，在重要节日的时候还当作晚餐托盘用！还有那个旧茶箱，塞满东西再用罩子罩上就可以当凳子用！我觉得您说的乱糟糟的家具，都是可爱的赫尔斯通美好生活的一部分。"

"我再也不能看见赫尔斯通了，玛格丽特。"黑尔夫人说着，泪水充满了她的眼眶。玛格丽特说不出话来。黑尔夫人接着说："我住在那儿的时候,总是想要离开,觉得其他任何地方都比那儿好。现在,我就要在离它这么远的地方死去了。这是对我的惩罚,我罪有应得。"

"千万别这样说,"玛格丽特急忙说,"医生说您会活很多年呢。啊,妈妈!我们最后会送您回赫尔斯通的。"

"千万别!远离赫尔斯通是我必须承受的惩罚,合情合理。但是,玛格丽特——弗雷德雷克!"一提到这个名字,她突然大哭起来,痛不欲生,好像一想到他,她就不能再镇定,这搅乱了她的安宁,让她忘记了疲惫。激烈狂乱的尖叫一声接着一声:"弗雷德雷克!弗雷德雷克!回到我身边吧。我就要死了。我的第一个孩子,再回到我身边来吧!"

她的情绪反应异常激烈。玛格丽特很害怕,急忙去找迪克逊。迪克逊气呼呼地赶过来,指责玛格丽特不该让她母亲情绪这样激动。玛格丽特温顺地忍耐了一切,只是坚信她父亲不会在这个时候回来。尽管她十分惊慌,这种惊慌甚至大可不必,她还是迅速而准确地执行迪克逊的一切吩咐,没有说一句自我辩护的话。她的做法让责备她的迪克逊平静了下来。她们把黑尔夫人挪到床上,玛格丽特坐在她旁边,一直到她睡着,直到后来迪克逊示意她离开房间。迪克逊冷着一张脸,就好像自己在做什么违背本性的事情似的。她让玛格丽特喝下一杯咖啡,这是她在客厅为玛格丽特准备的。玛格丽特喝咖啡的时候,她带着命令的态度,居高临下地站在她面前。

"不要这么好奇,小姐。还没有到时候,你不需要这么烦心。烦心的时候很快就会到的。现在,我猜想你可能要把情况告诉老爷,然后整个家都会不开心了!"

"不,迪克逊,"玛格丽特伤心地说,"我不会告诉爸爸,我能承受这一切,但是他不能。"虽然她说自己能够承受,但还是哭出来了。

"啊!我就知道会这样。现在你要把你妈妈吵醒啦,她刚刚才安静地睡着呢。亲爱的玛格丽特小姐,这几个星期来我都偷偷隐瞒着这件事;虽然我自己知道我对她的爱比不上你,但是我的确爱她胜过其他所有的男人、女人和孩子——在我心中,除了弗雷德雷克少爷之外，没有人能比她更重要。自从布莱斯福德夫人的女佣第一次带我见你母亲的时候，我就爱她胜过所有人。我看到她穿着白色的绸纱裙，戴着玉米穗和红罂粟。当时有一根针扎进我的手指，断在里面了，别人帮我拔出来后，她把自己的手绢撕开帮我包扎，从舞会上回来后，她又进来用洗涤药水沾湿绷带——那时她是舞会上最漂亮的姑娘。我那时候完全没有想到会在有生之年看到她病得这么重。我并不是要责怪谁。很多人说你长得漂亮又精神，的确如此。即使在这种都是黑烟的地方，眼睛都迷糊了，可是哪怕是一只瞎眼的猫头鹰都能看得到你的美。但是你绝没有你母亲那样美丽——绝对没有，即使你活到一百岁也比不上。"

"妈妈现在还是很美啊。可怜的妈妈！"

"现在别再哭啦，不然我也要哭出来了，"她哽咽着，"你现在这个样子，一会儿老爷回来问你话，你是瞒不过去的。出去走一走吧，回来就会好一些。很多次我都想出去走走，把这些都忘掉——忘掉她现在的状况，忘掉她最终将是怎样的结局。"

"啊，迪克逊！"玛格丽特说，"我过去常常和你作对，完全不知道你得忍受这样一个残酷的秘密！"

"上帝保佑你，孩子！我喜欢看到你精神一点。这就是古老的布莱斯福德家族的优良个性。啊，往上数第三位已经去世的约翰先生，就在他侍从站着的地方当场开枪打死了他，只是因为那个侍从说他剥削佃户。他后来还是一直剥削他们，直到他从佃户们身上再也榨取不到一点钱才罢休。"

"好吧，迪克逊，我不会开枪打你的，而且我也尽量不再和你作对了。"

"你从来都没有和我作对过。如果是因为我常常这样说，那只是我私底下对自己说的，是为了和自己聊得更高兴些，因为我在这里找不到合适的人说说话。而且，你发火的时候，神态特别像弗雷德雷克少爷。我想要惹你生气的任何时候，就是想看到他那种急躁的表情像一片乌云笼罩在你脸上。不过现在你还是出去吧，小姐。我会照看夫人的，至于老爷，如果他回来的话，他的书就足够陪伴着他了。"

"我这就出去。"玛格丽特说道，她在迪克逊身边又待了一会儿，就好像是又害怕又不能下定决心，然后她突然吻了一下迪克逊，快步走出了房间。

"上帝保佑她吧！"迪克逊想着，"她真是讨人喜欢。我爱着三个人：夫人，弗雷德雷克少爷，还有她。只有他们三个。就是这样。其他人都去见鬼吧，我都不知道他们活在世上是为了什么。老爷，我猜想，生来就是为了迎娶夫人的。要是我觉得他非常爱她，我也许很快也会喜欢他的。但是他本应该多多关心她的，不要总是读书、读书，思考这思考那。看看这都把他变成什么样子了！那么多人，从来不读书也不思考的，都可以做牧师、教区长或其他的什么；我敢说，只要他真的关心夫人，不去读那些烦人的书，也不要思考，那么他也还是可以当牧师的——她出去了，"她听到前门关上的声音，就往窗外看，"可怜的姑娘！一年前她刚回赫尔斯通时衣着亮丽，现在看着真是寒酸。以前在她所有的衣橱里都找不到一只有补丁的袜子或是一双洗过的手套。再看看现在……"

第十七章　何为罢工？

> 小道荆棘丛生，
> 需要耐心呵护；
> 命运充满坎坷，
> 需要虔诚祈祷。
>
> ——A.L. 沃林 ①

玛格丽特心情沉重地走出家门，心里很不情愿。但还没走到第一个拐弯处，这一条长街——是呀，米尔顿街道上的气氛——就使她年轻的心又雀跃起来，脚步越发轻快，嘴唇也更加红润了。她不再沉浸在自己的内心世界，开始观察周围。她看到街上有些不常见的人在闲逛，男人们把手插在口袋里到处游荡，女孩子们三三两两聚在一起，高声地说笑着，显然她们情绪高涨，性格举止都既张扬又独立。还有一些男人脸色阴沉——这种不体面的人并不多——在啤酒坊和杜松子酒店的台阶上晃荡，抽着烟，对每个过路人肆无忌惮地评头论足。玛格丽特本来打算要去郊外的田野，但这样就要走上非常长的一段路，她心里又不乐意。于是她改变主意，决定去看看贝茜·希金斯，虽然这不如在宁静的田野里走上一段那么神清气爽，但这毕竟也是件好事。

当她进门的时候，尼古拉斯·希金斯正坐在火炉旁抽烟，贝茜在旁边摇晃着身子。

尼古拉斯从嘴上拿下烟斗，站起身来把椅子推给玛格丽特，然后懒洋洋地靠在壁炉架上，那时玛格丽特正在问候贝茜身体怎么样。

"她嘴上说着精神不大好，但其实身体已经好些了。她不喜欢这

---

① 引文出自英国诗人安·利·韦林（Anna Letitia Waring）1850 年的诗作《父亲，我毕生都知道这件事》（*Father I Know that All My Life*）的第七节。

次罢工,她才不管付出什么代价,只要能和平与安宁就好了。"

"这是我见过的第三次罢工。"贝茜叹息着说,好像这就足以回答和解释一切似的。

"嘿,第三次就能给大伙儿都带来补偿了。瞧这次我们是不是能打败那些工厂主。瞧这次他们是不是会来求我们,按照我们定的工钱求我们回去。就这样。我承认,我们以前可错过了好机会。但是这次,我们的计划制定得特别周密。"

"你们为什么要罢工?"玛格丽特问道,"罢工就是不干活了,直到你们拿到自己要求的工钱,是这样吗?你可不要怪我无知,在我的家乡,我从没听说过什么罢工。"

"我也希望能在那儿,"贝茜疲惫地说,"但是我不会厌恶罢工或者感到麻烦。这将是我看见的最后一次罢工了。结束前,我就已经到了那个伟大的城市里——神圣的耶路撒冷城。"

"她总是想着未来的事,就不愿想想现在。你看看我,现在必须在这里把什么都做到最好。我相信,一鸟在手,胜过双鸟在林。所以我们在罢工问题上意见分歧特别大。"

"但是,"玛格丽特说,"如果大家在我原来的家乡罢工,你就是这么说的吧,他们绝大部分都是庄稼人,那么就没有人播种,没有人割干草,没有人收玉米了。"

"所以呢?"他说。他又开始抽烟斗,那句"所以呢"听起来像是在质问。

"啊,"她接着说,"那些农场主怎么办呢?"

他抽了几口烟:"我猜想他们要么放弃自己的农场,要么支付一份合理的工钱。"

"假设他们不能或者不愿意选择后面那种方法,不管他们多想要这样做,他们都不能一下子就放弃所有的农场。但这样的话,今年他们就没有干草和玉米可卖,那么第二年他们哪里还有钱来付农民的工钱呢?"

他还在继续抽着烟。最后他开口说:"我对你们南方是什么样不太了解。我只听说他们是一群萎靡不振、任人欺负的家伙，都快要饿死了，饿得昏昏沉沉，连被人欺负了都不知道。哼，这里可不一样。我们知道被欺负了，我们很有血性，绝不会忍着受着的。我们只是关掉织布机说：'你们能让我们挨饿，但不能欺负我们，我的厂主大人！'让他们都去见鬼吧，这次绝不能再受他们欺负了。"

"我要是能住在南方就好了。"贝茜说。

"那里也有不少事情要忍受，"玛格丽特说，"哪里都有悲伤的事情要忍受。在南方，要做特别重的体力活，但是只有很少的食物来补充体力。"

"但那是在屋子外面啊，"贝茜说，"而且离这些没完没了的噪声和让人不舒服的闷热天气远远的。"

"那里有时候下很大的雨，有时候又特别冷。年轻人还能忍受，但是老人就会得风湿，没到年纪腰就弯了，人也萎靡了，可还得和以前一样劳作，要不然就要去救济院。"

"我还以为你很喜欢南方的生活方式呢。"

"是喜欢，"玛格丽特微微一笑，因为她发现自己被这样问住了，"我只是说，贝茜，在这个世界上，任何事情都有好的一面，也有坏的一面，而且因为你觉得这里不好，我想应该让你知道那里也有不好的地方。"

"而且你说南方人从来都不罢工的？"尼古拉斯突然问道。

"是的！"玛格丽特说，"我想他们都特别有见识。"

"啊，我是觉得，"他一边回答，一边用力把烟斗里的烟灰敲出来，结果力气太大把烟斗敲断了，"他们不是特别有见识，而是特别没胆量。"

"哦，爸爸！"贝茜说，"您又从罢工那里得到什么了呢？想想妈妈去世后的第一次罢工吧——我们所有人都得挨饿——您饿得特别厉害，但是每个星期都有不少人拿着同样的工钱回去工作了，到后来有工作的人都回去工作了。剩下的一些人以后一辈子都得做乞丐。"

"唉，"他说，"那次罢工没有组织好。组织人不是傻瓜就是伪君子。你等着瞧吧,这次罢工可不一样。"

"但是说了这么久,你还没告诉我,你们罢工是为了什么。"玛格丽特又说。

"喏,你看,有五六个工厂主不愿意按照过去两年的标准发工钱,但还是生意兴隆,发大财了。现在他们来找我们,要我们少拿点工钱,我们不愿意。我们就先把他们饿死,再看看那时还有谁会替他们工作。我猜想,他们大概要把那只下金蛋的鹅杀死[①]。"

"所以,你打算拼了性命,就是为了报复他们?"

"不是,"他说,"不是这样。我只是希望有机会死在自己的工作岗位上,而不是投降。人们觉得这是战士的优秀和可敬之处,为什么我这个穷织布工不行呢?"

"但是,"玛格丽特说,"战士是为国家捐躯的——是为了别人好。"

他冷冷地笑了。"我的小姐,"他说,"你太年轻了,但你想想,我一个星期拿十六先令就能养活我们三个人——就是贝茜、玛丽和我。你觉得我在这个时候罢工是为了我自己?我也是为了别人,就和战士一样——也许不一样的是,他们的死是为了那些自己一生都没有见过、也没有听过的人,但我是为了约翰·鲍彻。他住在隔壁的第二家,有个病恹恹的妻子,八个孩子都没到做工的年纪。虽然这个可怜的人什么都不会,一次只能操作两台织布机。我也不是只为了他,我是为了正义。我问你,为什么我们要拿比两年前更少的工资?"

"别问我,"玛格丽特说,"我完全不知道。去问你的厂主吧,他们肯定会告诉你原因的。这不只是他们随便决定的,不是一时兴起的想法。"

"你只是个局外人,就这样,"他轻蔑地说,"你知道的还挺多。去问厂主!他们会告诉我们做好自己的事情就好,他们会处理他们的事情。你要明白,我们的事情就是拿着缩水的工钱,还要感恩戴德。

[①] 故事来自《伊索寓言》,比喻人不满足于现有的东西,贪得无厌,杀鸡取卵。

他们的事情就是降低我们的工资，然后他们自己赚大钱，就是这样。"

"但是，"玛格丽特决定绝不屈服，即使她看出她正在激怒他，"生意不景气也许让他们没办法给你们同样的报酬呢。"

"生意不景气！这只是那些工厂主胡说八道。我说的是工钱问题。那些工厂主把生意的情况握在自己手上，然后把这个当作一个黑脸鬼怪推到前面来，吓唬淘气的孩子，让他们老实一点。我告诉你，这就是他们的打算——他们的计划，就像有些人说的那样——打倒我们，自己赚大钱。我们的打算就是站起来狠狠反抗——不只是为我们自己，还为了我们身边的人——为了公平和正义。我们帮他们赚钱，也该帮他们花钱。这次，我们不是像以前很多次那样，那么想要他们的钱。我们把钱放在一边，决心要共进退。工会说过应得的工钱是多少，只要少一点，我们没有一个人会回去工作。所以我说'罢工万岁'，让桑顿、斯里克森、汉普和他们那些人等着瞧吧！"

"桑顿！"玛格丽特说，"马尔巴勒街的桑顿先生？"

"是！马尔巴勒工厂的桑顿，我们都这样叫他。"

"他也是你们要斗争的一个工厂主，是吗？他是一个怎样的厂主？"

"你见过斗牛犬吗？让一只斗牛犬用后腿站立着，给它穿上大衣和马裤，那就是约翰·桑顿的样子。"

"哈，"玛格丽特大笑着说，"我可不同意。桑顿虽然相貌平平，但长得并不像斗牛犬，斗牛犬鼻子又短又宽，上嘴唇总是龇着牙。"

"不！我向你保证，不是长相上一样。但约翰·桑顿一旦有了一个念头，他就会像斗牛犬一样坚持到底。你得拿着干草叉赶他，他才会走。他可是值得斗一斗的，这就是约翰·桑顿。至于斯里克森，我想着，总有一天，他会做些好听的保证，把他的工人骗回去，一旦他们又落在他手里了，他就继续欺骗他们。我敢保证，他会把多付的钱再从他们身上骗回去。他狡猾得像黄鳝一样，他就是这样，又像一只猫，那么圆滑、狡诈、残忍。和桑顿斗争总是光明正大的，但和他绝对不是。桑顿就像门钉一样固执，完完全全是个冥顽不灵的家伙——

这只老斗牛犬！"

"可怜的贝茜！"玛格丽特转向她说，"你一直都在叹气啊，你不像你爸爸，你不喜欢这些反抗和斗争，是不是？"

"是的！"她沉重地说，"我受够了。我本来希望在自己最后的日子里能聊聊别的事情，而不是说着这些丁零当啷、噼噼啪啪烦了我一辈子的事情，都是些工作、工资、工厂主、工人、工贼这样的事。"

"可怜的姑娘！别再说最后的日子啦！你看起来已经好点了，可以活动活动换换环境了。还有，我会常常来你家里，让你高兴一些。"

"烟斗里的烟都呛着我啦！"她抱怨道。

"那我以后再也不在屋子里抽烟了！"他温柔地答道，"但你之前怎么也不告诉我一声呢？你这个傻姑娘！"

她有一阵子没说话，再开口的时候，声音低得只有玛格丽特听见了。

"我猜他总要把烟抽足，把酒喝完，直到过足烟瘾酒瘾才肯完事。"

她父亲走出家门，显然是要在外面把烟抽完。

贝茜激动地说："我现在就是一个傻瓜——是不是，小姐？我明知道应该把爸爸留在家里，总有人趁着罢工的时候引诱人去喝酒，我得让爸爸离他们远远的——但是我的舌头偏偏要和他的烟斗过不去——他就要走了，我知道的——就像平常他想抽烟时那样——没人知道这样的事情什么时候才会结束，我真希望自己在那之前就被呛死。"

"嗯……你爸爸总喜欢喝酒吗？"玛格丽特问道。

"不……他不是一直喝酒，"她还是用那种激动热烈的声调说着，"但是你总得有点钱吧？我觉得，你过得有些日子就和其他人一样，早上起床，然后消磨时间，只是渴望着能有一点变化——或者是说，有点刺激。我知道，在那样的日子，我就去另一个面包房买一块四磅①重的面包，就是因为我一想到日复一日地眼里看到的永远是同样

---

① 1磅约为0.45公斤。

的景象，耳朵听到的是同样的声音，嘴里咀嚼的是同样的味道，脑子里想到是同样的想法（或者没有想法），我都受够了。我一直想做一个到处游玩的人，哪怕只是做个流浪汉，去一个新的地方找工作。而且爸爸……所有人……心里比我更讨厌这种永远单调乏味的工作。那么他们怎么办呢？如果他们走进杜松子酒店，也没什么好责怪的，他们不过是让自己的血液流得快些、更精神些，还可以看到他们在其他时候看不到的东西——图片、镜子这样的东西。但爸爸从来不是一个酒鬼，虽然有时候他也会喝得大醉。只是你看，"现在她的声音带上一种悲伤恳求的语调，"尽管罢工刚开始的时候希望很大，但其间发生的不少事情会把人打垮，哪里还能有安慰呢？他会生气会发狂——他们都这样——然后因为生气发狂，他们都累坏了，也许还会在激动中做出什么自己都不愿记起的事情。上帝保佑你那漂亮慈悲的脸蛋！但你还不知道什么是罢工。"

"算了，贝茜，"玛格丽特说，"我不会说你在夸大其词，因为我知道的确实不多。但是也许，因为你现在身体不大好，你只看到了一个方面，你还应该看到另一面，更加光明的一面。"

"你反正可以这样说，你一生都住在舒舒服服、四季常青的地方。在这方面，你从来不知道贫穷、忧虑和邪恶的滋味。"

"当心，评价别人的时候不要妄下定论，"玛格丽特说着，双颊通红、眼睛发亮，"贝茜，我要回家看看妈妈了，她病得厉害——很厉害，贝茜，对她来说，只有死亡能逃离痛苦的牢狱，没有别的出路。但是我必须高高兴兴地和爸爸说话，他不知道妈妈真正的身体状况，我得慢慢地告诉他。只有一个人——只有一个人能同情我、帮助我——他要是能出现的话，能给妈妈带来世界上最大的安慰，但是他受到了错误的指控，如果他来看望自己奄奄一息的妈妈，就可能被处死。我告诉你这件事——只告诉你，贝茜，你千万不能告诉别人。在米尔顿再也没人知道——在英格兰也几乎没有别人知道。我没有忧虑吗？虽然我穿得好、吃得好，我就没有烦恼吗？哦，贝茜，上帝是公平的，尽管只有他知道我们心里的苦楚，我们的命运都是他认真安排好的。"

"请你原谅我,"贝茜顺从地答道,"有时候,我想想自己的生活,想想我在其中得到的那一点点乐趣,我就明白,自己可能就是那种天上掉下一颗星星就注定会死去的人。'这星名叫"茵陈"。众水的三分之一变为茵陈,因水变苦,就死了许多人。'① 如果一个人认为痛苦和悲伤都是很早就注定的,那他就会觉得更加容易忍受。所以啊,我的痛苦就是为了应验这个预言产生的,不然受这些苦都不知道是为了什么。"

"不,贝茜——想想吧!"玛格丽特说,"上帝并不乐意让人受苦。别对着那些预言想来想去,还是多读读《圣经》里更加清楚的部分吧。"

"我知道这么做更聪明,但是我上哪儿能听到这样充满希望的话呢——就像在《启示录》里那样,听到别人说出和这个无聊的世界、尤其是和这个城市那么不一样的事情呢?很多时候,我给自己背诵第七章节里的诗节,只是为了听听声音,这声音和风琴声一样好听,而且和日常的声音不一样。不,我不能丢下《启示录》,它比《圣经》里的其他任何章节更能给我安慰。"

"让我来给你读读我最喜欢的几章吧。"

"唉,"她希冀地说,"好吧,爸爸可能会听到你读的。他不听我说话,他说我的话和今天面临的事情毫不相关,而他关心的是今天的事情。"

"你妹妹去哪儿了?"

"去剪粗布了。我不愿意她去,但我们总得吃饭啊,工会又给不了我们多少钱。"

"我现在真得走了。你帮了我大忙,贝茜。"

"我帮了你大忙?"

"是的。我刚才来的时候很难过,简直以为我自己的伤心事是世

---

① 引文出自《圣经·新约·启示录》第8章第11节。

界上最伤心的事情了。现在我知道,你这些年来是怎样承受的,这让我更加坚强了。"

"上帝保佑你!我还以为只有绅士才能做好事,想到我也能对你有帮助,我会感到很骄傲的。"

"如果你刻意想着,你就不会做了。即使你做了也会心存疑惑的,你可以这样安慰自己。"

"你和我见过的人都不一样。我都不知道怎么看待你了。"

"我也不知道怎么看待我自己。再见!"

贝茜停下摇椅,凝视她的背影。

"我不知道南方是不是有很多像她这样的人。她简直就像田野里的一阵清风,让我精神振作了一点。谁能想到,那样一张脸——和我梦见的天使一样明亮而坚强——居然也会经受她说的那种悲伤?我不知道她怎么会有罪,可我们每个人都是有罪的。我的确常常想着她。我看得出爸爸也是这样,甚至还有玛丽。她会为此情绪激动,热情接待这位客人,这可不多见。"

第十八章　喜好和憎恶

> 我满心厌恶，两个声音
> 在胸膛里争论不休
>
> ——《华伦斯坦》①

玛格丽特一回到家就看到桌上的两封信：一封是给母亲的便笺，另一封是邮寄来的，很显然是肖姨妈写的信——信封上尽是国外的邮戳——纤薄的、银白色的，拿在手里沙沙作响。她拿起这封信正在细细端详，父亲突然走过来。

"你妈妈肯定很累，提早去睡了吧！我觉得，这样雷电交加的日子，医生可能不适合来给她看病。他怎么说？迪克逊说，医生给你说了你妈妈的病情。"

玛格丽特犹豫着，父亲的脸变得更加阴沉焦急：

"他觉得她病得不太重是吧？"

"现在不太重，他说妈妈需要被好好照顾；他人很好，说会再过来，看看药效。"

"只是照顾——他没提到要换换环境？他没说这个乌烟瘴气的小城镇对她的健康有什么损害吧，玛格丽特？"

"没有！一个字也没提，"她严肃地答道，"我觉得他挺忧虑。"

"医生都显得很忧虑，这是职业的缘故。"他说。

玛格丽特从父亲紧张的态度中看出来，尽管他极力想对她说的话不在意，但心中还是第一次认识到可能有危险。他忘不了这件事，不能转而去想其他事情，整个晚上他不断地回到这件事上，就连最轻微

---

① 《华伦斯坦》是德国剧作家席勒所著的三部曲，英国诗人柯勒律治将其改写成一个同名剧本，引文出自第二幕第九场。

的负面消息都不愿意接受,这让玛格丽特感到说不出的伤心。

"爸爸,这封信是肖姨妈写的。她已经到了那不勒斯,那里太热了,所以她选了索伦托那边的公寓。但是我觉得她不喜欢意大利。"

"医生没说要注意饮食,是吗?"

"要吃有营养、好消化的食物。我觉得妈妈胃口还挺好的。"

"是啊!而且这就更奇怪了,他居然想起来说要注意饮食。"

"爸爸,是我问他的。"停了片刻,玛格丽特接着说,"肖姨妈说,她寄来了一些珊瑚配饰给我,爸爸,但是,"她勉强微笑着,又说,"她担心米尔顿不信国教的人会不喜欢这些配饰。她对不信国教的人的这些想法都是从教友会听来的,是不是?"

"无论你听见或者留意到你妈妈想要什么,都一定要告诉我。我担心,她不是总会告诉我她喜欢什么。你一定要去看看桑顿夫人提到的那个姑娘。如果我们能有一个能干的女佣,迪克逊就能常常陪着你妈妈,如果细心照料就能让她好起来的话,我能担保,我们很快就能让她恢复健康了。她最近太累了,天气又这么热,雇一个女佣又这么难。稍微休息一下就会让她完全好起来……是不是,玛格丽特?"

"但愿如此。"玛格丽特说,但是语气很哀伤,连父亲都注意到了。他捏捏她的脸蛋。

"来吧,既然你看起来这么苍白,我必须让你脸色红润一些。孩子,照顾好自己,要不然下次去看医生的就是你了。"

但那天晚上,他没法安心做任何事情。他费力地踮着脚,不停地走来走去,想看看妻子是不是还在睡觉。玛格丽特为他的急躁不安而感到心痛——他是在极力压抑和抗拒从内心阴暗角落忽然出现的可怕的忧虑。最后他回到房里,心里感到些许安慰。

"玛格丽特,她现在醒了。看到我站在她床边,她开心地笑了,和她往常的笑容一样。她说自己精神好些了,准备喝点茶。给她的便笺在哪里?她想要看看。你泡茶的时候我读给她听。"

这张便笺是桑顿夫人送来的一张正式的请柬,邀请黑尔先生、黑尔夫人和黑尔小姐在本月的二十一日前去赴宴。玛格丽特惊奇地发现，她在白天知晓了种种可能会出现的悲伤结果后，现在居然在考虑是否接受这份邀请。但是事实就是如此。甚至早在玛格丽特知道这张便笺的内容之前，黑尔夫人就因为能让自己的丈夫和女儿去赴宴而感到满心欢喜。这是一件大事，可以让病人单调乏味的生活变得丰富；她坚持要他们去赴宴，在玛格丽特反对的时候甚至表现得急躁又固执。

"你不想去，玛格丽特？如果她坚持要我们去，我觉得我们还是心甘情愿地去吧。她绝不会想去赴宴，除非她觉得自己的身体真的变好些了——所以她的情况比我们想象中真的好一些，对吧，玛格丽特？"第二天，当玛格丽特正准备回信接受邀请时，黑尔先生焦急地说。

"是吧！玛格丽特？"他问，双手紧张地挥动着。如果玛格丽特不满足他渴望的那种安宁，那就似乎太狠心了。而且，他激烈地拒绝接受当下妻子的病情，这甚至让玛格丽特也感到了希望。

"我真的觉得从昨晚开始她就好些了，"她说，"她的眼睛看起来更亮了，肤色也好些了。"

"上帝保佑你，"她的父亲恳切地说，"但这是真的吗？昨天太热了，每个人都没精打采的。多纳德森医生在这样的日子来看病，真是太不巧了。"

他说完就走开做自己的工作去了，因为他答应为附近会堂里的工人们讲道，所以要准备几篇布道词，这样工作量就加大了。他选了教会建筑作为讲道主题，更多的是因为符合自己的兴趣和学识，而不是为了迎合本地的特点和听众对于某类特定信息的渴望。至于那个学会，由于他们负债累累，能有黑尔先生这样受过教育、学识广博的人来免费讲道，简直太开心了，所以讲题是什么都无所谓。

"那么，妈妈，"桑顿先生晚上问，"二十一日的宴会有哪些人接受了邀请？"

"范妮，回信在哪里？斯里克森家接受了，科林布鲁克斯家接受了，斯蒂芬斯家接受了，布朗家婉言谢绝了。黑尔家——父亲和女儿会来——母亲病得太厉害了,麦克弗森家接受了,还有郝斯弗先生和杨先生。我在考虑是不是邀请波特家,因为布朗夫妇来不了。"

"很好。您知道吗?从多纳德森医生的话里,我真担心黑尔夫人的状况不是很好。"

"真奇怪啊,如果她状况真的很糟糕的话,他们怎么会接受邀请呢。"范妮说。

"我没有说很糟糕,"她的哥哥特别严厉地说,"我只是说不是很好。也许他们自己也不知道。"接着他突然记起来,从多纳德森医生告诉他的情形来看,玛格丽特肯定已经知道她母亲的确切病情了。

"很可能是他们完全明白了你昨天说的那些话,约翰——这对他们将会有多大的好处——我是说,能被介绍给像科林布鲁克斯家和斯蒂芬斯家这样的人家,对黑尔先生来说可是好处多多。"

"我肯定,他们是不会抱着这样的动机来的。绝不会!我想我明白这是怎么回事。"

"约翰!"范妮幼稚娇弱又胆怯地笑着说,"你一直宣称自己了解黑尔一家人,又从来不让我们知道他们一丝一毫的情况。难道他们和我们见过的大多数人真的那么不一样吗?"

她没打算惹恼他,但是如果她想存心这么做的话,她也不可能做得更彻底了。但他只是生着闷气,不愿意回应她的问题。

"我觉得他们和旁人似乎没有什么不一样,"桑顿夫人说,"黑尔先生似乎是个值得尊敬的人;但太老实了,不适合做生意——所以这样可能倒好,反正他之前是一位牧师,现在是一名教师。黑尔夫人尽管生着病,还是有点优雅女士的风范;至于那个女孩——我不常想到她,但是一想到她就觉得看不透,她是唯一一个让我有这种感觉的。她似乎很喜欢摆架子,我不明白这是为什么。我有时候几乎觉得,她认为自己尤其出色,周围人都不配和她做伴。但他们没什么钱,就我所知,他们一直没什么钱。"

"她也不是多才多艺,妈妈。她不会弹琴。"

"继续说,范妮。她还需要什么才能赶得上你的标准?"

"哈！约翰，"他的母亲说，"范妮这样说并没有什么不对。我自己就听黑尔小姐说，她不会弹琴。如果你由着我们自己来判断，也许我们会喜欢她，看到她的优点。"

"我敢肯定我永远不会！"范妮在妈妈的袒护下喃喃地说。桑顿先生听到了，但不愿意回应。他在餐厅里走来走去，希望母亲能吩咐点起蜡烛，他就可以开始工作、读书或是写东西，这样就可以结束这次谈话。但是他从来没有想过干涉桑顿夫人在家中制定的任何一条小规矩，这样可以习惯性地记住她过去的苦日子。

"妈妈，"他停下来，毅然决定说出实情，"我希望您能喜欢黑尔小姐。"

"为什么？"她问，他那热切而温柔的态度让她大吃一惊，"你从来没有想过要娶她吧？——一个身无分文的姑娘。"

"她绝对不会看上我的。"他短促地笑了一声说道。

"哦，我也认为她不会，"他妈妈答道，"有次她说了些贝尔先生夸奖你的话，我表扬了她，她居然当着我的面笑出来。我喜欢她这样坦率，因为这让我确信她没想过和你在一起。但是过了一会儿，她似乎又在想，这很让我很烦——算了，不管了！你说得对，她太自以为是了，是不会看得上你的。这个没大没小的丫头！我倒想知道她上哪儿能找到一个比你更好的！"即便这些话伤害到了她的儿子，昏暗的光线也没有让他流露出自己的情绪。过了一会儿，他颇为轻快地走到母亲身边，把一只手轻轻搭在母亲的肩上，说道：

"好吧，对于您刚刚说的话，我和您一样确信不疑；而且，因为我从来没有期望过让她做我的妻子，所以您以后应当相信我，在谈到她的时候是不存私心的。我预感到她会遇到麻烦——也许是失去母亲的关爱——我只希望您在她万一需要朋友的时候，愿意去做她的朋友。现在，范妮，"他说，"我相信你很敏锐，所以可以理解，如果你认为我请求你和妈妈对她和善些，是因为除了我刚刚说的之外其他的原因，那么你这样的想法会对黑尔小姐和我带来同样的伤害——实际上，对她的伤害可能更大。"

"我不能原谅她的傲慢，"他的母亲说道，"既然你提出来，约翰，如果需要的话，我会和她做朋友。只要你请求，我甚至可以和耶洗别①做朋友。但是这个姑娘，她看不起我们——也看不起你——"

"不，妈妈，我从来没有让自己——我是说以后也绝不会让她轻视我。"

"轻视，真的吗？"桑顿夫人哼了一下鼻子，这是她独有的表达感情的方式，"如果你要我对黑尔小姐好点，就别再一个劲儿地提她了，约翰。我和她待在一起的时候，我都不知道自己是特别喜欢她还是特别讨厌她。但是我想起她，或是听到你说起她，我就恨她。我看得出她对你也很傲慢，就像是你告诉我了一样。"

"哪怕她真的傲慢，"他说，然后停顿了一会儿，又接下去，"我又不是小伙子，会被一个女人傲慢的神色吓住，或者在意她会误会我和她之间地位的差距。我只会一笑了之。"

"当然！我也会对她一笑了之，笑她那些美妙的想法和傲慢地昂起头的样子。"

"我只是奇怪你为什么总是说起她，"范妮说，"我不得不说，我对这个话题已经厌烦了。"

"好吧！"她的哥哥稍有些尖刻地说，"我们就来找一个更有意思的话题吧。既然是说点有意思的，你觉得罢工怎么样？"

"那些工人们真的罢工了吗？"桑顿夫人饶有兴致地问道。

"汉普的工人们是真的罢工了。我的工人们会做完这周，因为他们害怕违反合同而被起诉。任何一个人只要提前离开，我都会把他找出来，给予惩罚。"

"诉讼花的钱比这伙人本身的价值还高呢——一群忘恩负义的废物！"他的母亲说。

"的确是这样。但我已经告诉他们，我会怎样信守诺言，而且我

---

① 耶洗别是公元前9世纪以色列亚哈王（约前874—前853）的妻子，她杀害上帝的众先知，迫害著名先知以利亚，并欲置之于死地（故事出自《圣经·旧约·列王记下》），常被喻指无耻恶毒的女人。

希望他们也说话算话。这次他们就知道我是怎样的人了。斯里克森的工人们都罢工了——我很确信是因为他不愿意花钱让他们受到惩罚。我们很难避免这次罢工了,妈妈。"

"希望我们手上没什么订单吧?"

"当然有。他们很清楚这一点。虽然他们自以为明白,但其实并不太懂。"

"你这话什么意思,约翰?"

仆人们拿来蜡烛,范妮拿起了那件总也织不完的针线活,一边织着一边打哈欠;她不时地靠在椅子上,看着四周,舒舒服服地什么也不想。

"唉,"他说,"美国人正在把他们的纱线输入共同市场,那么我们唯一胜出的机会就是以更低的价钱来生产。如果做不到,我们立刻就得关门歇业,工人们和工厂主们就得一样去吃西北风。但是这群傻瓜还想回到三年前的价格上——哼,有些头头现在还拿迪克逊的价钱来举例子——尽管他们和我们一样清楚,因为体面人不会勒索他们,所以罚款是从他们的工资里挤出来的,还有其他一些我不屑使用的手段,迪克逊工厂实际付的薪水比我们低。说真的,妈妈,我真希望旧的《联合法》①还有效。这些傻瓜——这些无知任性的人——把自己愚昧软弱的脑袋凑在一起,以为这样就可以统治那些有知识、有经验、有时还有通过思索和焦虑得到智慧的人们的财富,真是太糟糕了。接下来,我们不得不把帽子攥在手里,谦卑地请求纺织工人协会的会长对我们手下留情,按照他们制定的价格来为我们提供劳动力——真的,我们快沦落到这个地步了。那就是他们所希望的——他们没有意识到,如果我们在英国得不到一份公平的利润来补偿我们在这里的辛苦劳动,我们就搬到其他国家去;而且,由于国内外的竞争,我们谁也不可能获得高于平均利润的钱,如果几年平均下来,能挣到公平的

---

① 《联合法》是英国政府为了限制工人结社而制定的法律,禁止工人联合提出提高工资、减少工作时间等要求。1720 年英国通过了第一部《联合法》,这些法律于 1824 年被废除。

利润，我们就谢天谢地了。"

"你不能从爱尔兰雇一些工人来吗？如果是我，这些家伙我一天都不愿意留。我会让他们知道，我是工厂主，想雇什么样的工人就雇什么样的工人。"

"是的！我当然可以这样做，如果他们一直这样，我就雇爱尔兰人。但这会很麻烦，又费钱，而且我担心会有些危险，不过我宁可这样也不愿意向那些人屈服。"

"如果真要花这样一笔额外的开销，我很抱歉偏偏在这个时候还要办一场宴会。"

"我也是。这倒不是因为费用，而是因为我要考虑很多东西，还会有很多意料之外的事情会占用我的时间。但是我们必须邀请霍斯福尔先生，他在米尔顿待不了多久了。至于其他人，我们只是回请他们，只会麻烦这一次。"

他继续烦躁不安地走来走去——他不再说话了，但不时地深吸一口气，似乎想要努力摆脱一些恼人的想法。范妮问了妈妈不少琐碎的问题，和刚刚的话题一点关系也没有。但是如果她足够聪明，就会看出妈妈还在专心想着刚才的话题。因此，她得到的都是些简短的回答。到了十点，仆人们鱼贯而入来做祷告，她也不觉得遗憾。一直都是她的母亲念祷词——先念了一章。现在他们正按部就班地念着《旧约》。祷告结束后，桑顿夫人向她儿子道晚安。她一直坚定地看着他，眼神中并没有传达出自己心底的温柔，但是带着强烈的祝福意味。桑顿先生还在来回踱步。即将到来的罢工，让他所有商业上的计划都被迫中断、突然停滞。之前长时间焦急的思虑都白费了，因为这些思虑完全被罢工工人的疯狂和愚蠢毁掉了，他们的胡闹毫无限制，而且这给他们自身带来的伤害甚至比给他的伤害更严重。有的工人甚至认为自己有资格指导工厂主们如何处理他们的资本！汉普那天说过，如果自己被罢工毁了，他会重新开始生活，因为他确信那些罢工工人的处境会比自己糟糕得多，这让他感到宽慰——他既有头脑又有双手，但是他们只有双手。如果他们毁掉了自己工厂的生意，他们既不可能跟着生意去国外，也不会再找到工作了。但是这种想法并不能给桑顿先生带来安慰。可能是因为复仇并不能让他快乐，可能是因为他十分珍视自己竭尽全力赢得的地位，所以他强烈感到，自己的工厂会因为旁人的无知和愚蠢而变得岌岌可危——这种强烈的感觉让他没空去想他们的行为会给他们自己带来什么影响。他踱过来踱过去，不时稍稍咬紧牙关。最后，时钟敲了两点。蜡烛在烛台的插座上闪烁。他接着点燃蜡烛，喃喃自语：

"我要让他们一次就明白，他们是在和谁打交道。我可以给他们两周的时间考虑——不能再多了。如果到最后的期限，他们还是对自己的疯狂视而不见，那我就从爱尔兰雇工人。我确信这都是斯里克森干的好事——他和他的伎俩都去见鬼吧！他觉得自己的存货太多，所以代表团去找他的时候，他好像第一个就妥协了——当然，他只是打算赞同他们愚蠢的行为，他也是这么做的。罢工就是从他那里开始的。"

第十九章　天使来访

美梦中的天使,
拜访熟睡的灵魂,
奇思妙想超越了寻常的主题,
窥见了荣光。

——亨利·沃恩[1]

黑尔夫人对桑顿家的晚宴很感兴趣,既好奇又开心。她不断地猜想晚宴的细节,有点像天真无邪的孩子,想要别人把宴会上可能会有的乐趣都提前说给她听。但是病人单调乏味的生活常常让他们变得像小孩子,遇到事情没有辨明轻重缓急的能力,他们用墙壁和帷幔将自己的世界和外面隔绝开来,并认为这些墙壁和帷幔比外面隐藏的一切都要更宽阔。另外,黑尔夫人在还未出嫁时是很虚荣的;后来她成为一个穷牧师的妻子后,也许因为受到过分的屈辱,所以抑制住了这些虚荣,把它们深藏心底,但是并没有消失。她喜欢想象自己看着玛格丽特盛装打扮去参加宴会,便急不可耐地讨论她应该穿什么,那种心情让玛格丽特感到好笑。玛格丽特在哈利街生活过,已经比在赫尔斯通屋待了二十五年的妈妈更适应社交往来了。

"所以你打算穿那件白色丝绸的裙子?你确定还合身吗?伊迪丝结婚都过去一年了。"

"哦,是的,妈妈!那条裙子是穆瑞夫人做的,肯定合身。如果我长胖了一点或是瘦了一点,腰身那里也许会稍微紧一点或松一点。但我觉得自己一点也没变。"

---

[1] 亨利·沃恩(Henry Vaughan, 1622—1695),英国诗人,引文见诗集《燧石闪烁》(Silex Scintillans)中《他们都走进光的世界》(They Are All Gone into the World of Light)。

"是不是最好让迪克逊看一下？放了这么久，也许已经发黄了。"

"随便你吧，妈妈。如果这条裙子真的不能穿，就在伊迪丝结婚前两三个月的时候，肖姨妈还给了我一件很好看的粉色纱裙。那条肯定没有发黄。"

"不会！但它可能会褪色。"

"天哪！那我还有一件绿色丝绸的。我简直觉得这是财富太多带来的麻烦。"

"要是我能知道你应该穿什么就好了"黑尔夫人紧张地说。

玛格丽特立刻转变了自己的态度："要不要我去一件一件试给您看，妈妈，这样您就知道哪件最合适了？"

"可是——好的！可能这样做最好。"

于是玛格丽特离开了。在这个不寻常的时候，她穿戴好之后，特别想要搞点恶作剧：转个圈突然蹲下，让华丽的白绸裙子一下子膨起来，再从母亲的面前退下，仿佛她是女王。但是当她发现自己的这些玩笑被看作是妨碍正事、还惹恼了母亲时，她又变得严肃沉静了。她不明白，母亲究竟是怎么了，为了自己的裙子这样心神不定。但是就在那个下午，当她和贝茜·希金斯说起桑顿夫人答应打听的那个女仆时，顺便提到了那个宴会，贝茜听到这个消息显得特别激动。

"亲爱的！你是要去马尔伯勒工厂的桑顿家吃饭吗？"

"是的，贝茜。你为什么这么惊讶？"

"呃，我不知道。不过和他们来往的都是米尔顿最上层的人士。"

"所以你认为我们家不算是米尔顿最上层的人士，是吗，贝茜？"贝茜因为自己的想法这样轻易地被别人洞察，稍稍羞红了脸。

"是这样，"她说，"你看吧，他们在这里非常看重的是钱，而我猜你们家并不是特别有钱吧。"

"是的，"玛格丽特说，"这倒是实话。但是我们受过良好的教育，和我们来往的人也都是受过教育的。那么，一个自认为学识不及我父亲、来向他求教的人邀请我们家去参加晚宴，这有什么奇怪的吗？我不是要责怪桑顿先生。他以前是布店的帮工，很少有布店帮工能取得他今天这样的地位。"

"但是，你们能在你们的小屋子里回请吗？桑顿的房子有你们家的三倍大呢。"

"嗯，就像你说的，我想我们可以应付着回请一下桑顿先生。也许不是在那种大房子里，也没有那么多的人。但是我们根本就没有往那方面想过。"

"我从来没想过你会和桑顿家一起吃饭，"贝茜又说了一遍，"哦，市长就亲自去吃过饭，还有议会议员之类的。"

"我想，我还受得起会见米尔顿市长这样的荣誉吧。"

"但是那些女士都穿得可华丽了！"贝茜一边说一边焦虑地看着玛格丽特的印花裙。从她米尔顿人的眼光估计，这种印花布大约是七便士一码。玛格丽特开心地笑了，露出酒窝。"贝茜，你担心我在那些衣着华丽的人面前显得寒酸，谢谢你这样体贴。但是我有很多华丽的裙子，一个星期以前，我还在说这些裙子太华丽了，根本用不上了呢。但现在我要去桑顿先生家赴宴，还可能会遇上市长，所以你放心，我会穿上最漂亮的裙子。"

"你会穿哪一条？"贝茜多少松了一口气，问道。

"白色丝绸那一条，"玛格丽特说，"那是我一年之前为了参加表妹婚礼准备的裙子。"

"那就可以啦！"贝茜靠回椅背上说，"我可不愿意看到你被别人瞧不起。"

"哦！如果那件衣服可以让我在米尔顿不被人瞧不起，那就很好啦。"

"我真希望自己能看到你穿戴好的样子，"贝茜说，"我猜想，你不是那种大家想象中的美人，你的肤色没有那么白皙红润。但是你知道吗？在我见到你之前，我就梦见过你。"

"别胡说啦，贝茜！"

"是真的。你那张脸，那双清澈坚定的眼睛在黑暗中向外看，你的头发从前额分开，就像一道道亮光顺着前额延伸开去，前额就和现在一样光洁端正。你总是来给我力量，我总能从你深邃宽慰的眼神中得到力量——你那时穿的就是闪闪发光的衣服——和你现在打算穿的那条裙子一样。所以，你看吧，那就是你！"

"唉，贝茜，"玛格丽特温柔地说，"那只是一个梦而已。"

"为什么我不能和别人一样，在遇到苦痛时做梦呢?《圣经》里不是有很多人都是这样吗？对了，他们还看见了幻象！哦，连我爸爸都把梦看得很重要呢！我再告诉你，我清清楚楚地看到你轻快地向我走来，秀发随着你轻盈的步子向后飘，好像你的头发天生就是那样的，有些飘逸；还穿着你打算穿的那条闪闪发亮的白裙子。让我来看看你穿那条裙子的样子吧。我想看看你、摸摸你，就像我梦里那样。"

"亲爱的贝茜，那只是你的想象。"

"不管是不是想象——你已经来了不是吗？当我在梦里看到你走来，我就知道你会来的。你在这里陪着我时，我就觉得自己心里轻松些，感到宽慰些了。就像火焰在某个严寒的天气给人带来温暖。你说宴会是在二十一号，求求上帝，让我来看看你吧。"

"哦，贝茜！你可以来，欢迎你来；但是别这么说——这真的让我很难过，真的很难过。"

"那我就不说了，把这句话存在心里吧。但这的确是实话。"

玛格丽特沉默了，她最后说："如果你认为这是真的，我们以后再说吧。但是现在不行。告诉我，你的爸爸罢工了吗？"

"唉！"贝茜沉重地说，说话的语气和她一两分钟前的大相径庭，"他和其他很多人都罢工了，另外还有很多人——都是汉普的工人。这次，女人们也和男人一样野蛮了。食物很贵——我猜想，这是因为他们必须要给孩子买吃的。假设桑顿把宴会的食物送出来给他们——同样的钱，花在土豆和面粉上，会使很多哭闹的婴儿安静下来，而且可以稍微安慰一下母亲们的心。"

"别这么说！"玛格丽特说，"你都让我觉得参加这次宴会是不道德的，我都觉得愧疚了。"

"不是！"贝茜说，"有些人天生注定要享受奢侈的美食，穿戴精致华丽的亚麻——也许你就是这一类人。其他人就要一辈子辛苦操劳——现在连小狗都没有同情心了,不像在拉撒路①的时代那样。不过如果你要我用手指尖沾点水凉凉你的舌头,我会越过一切障碍去做的,因为我知道你曾经对我这样好。"

"贝茜!你烧得很厉害!我摸摸你的手,听听你说话就知道了。到了那个可怕的日子,我们有些人在这里是乞丐,有些人很富有,但是这不会有太大的差别。我们不是因为某次可悲的事故而受到审判,而是我们是否虔诚地追随耶稣。"玛格丽特站起来,找到一些水。她把手帕浸进水中,然后把凉凉的湿手帕搭在贝茜的前额上,又开始揉搓她冰冷的双脚。贝茜闭着眼睛,任凭玛格丽特安抚她。

最后她说:"如果那些人一个接着一个进来找你的父亲,并留下来给你讲自己的故事,你也会和我一样被烦死。有些人的话带着刻骨的仇恨,他们说起工厂主时那些可怕的话,把我吓得不寒而栗——但是这些还没有完,如果她们是女人,所以就不断地抱怨、抱怨(眼泪顺着她们的脸颊滚下来,她们从来不去擦拭,也不在意),抱怨肉的价格,抱怨她们的孩子在夜里因为饿着肚子怎样地睡不着。"

"那么他们觉得罢工能改善现在的状况吗?"玛格丽特问。

"他们是这么说的,"贝茜答道,"他们的确说过,生意一直都挺好,工厂主们不停地在赚钱。爸爸不知道他们赚了多少,但是过一阵子,工会总会知道的,而且,现在食物这么贵,他们自然要得到自己应得的一份利润。工会也说,如果不能让工厂主把属于他们的那份给他们,就是工会没有尽到责任。但是现在工厂主们不知怎么占着上风,我担心他们会一直这样下去。这就好像世界末日的大决战,他们互相龇牙咧嘴,互相争斗,到最后他们斗着斗着就全跌到坑里去了。"就在这时,尼古拉斯·希金斯走进来,他听到了女儿最后那句话。

"哼!我也会继续斗争的,而且这次我一定会赢。用不了多久,

---

① 《圣经·新约·路加福音》第16章:拉撒路是一名乞丐,病死前曾受一位财主的照顾。财主死后在阴间受到烈火折磨,他看到拉撒路后,请求他用手指尖沾点水,凉凉自己的舌头。

他们就会屈服的,因为他们接到了不少订单,都签好合同的。他们很快就会发现,把我们要的百分之五的利润给我们,总比他们失掉所有的利润要好,更别说违约带来的罚款了。啊哈!我的工厂主们!我知道谁才是最后的赢家。"

玛格丽特从他的举止中,猜想他喝过酒了,这并不是因为他说的话,而是从他说话那种激动的态度上看出来的。而且,贝茜明显急切地希望她赶快离开,所以玛格丽特更加确信这一点了。贝茜对她说:

"二十一号——就是下个周四。我想我可能会来看你换好衣服去桑顿家。晚宴是几点钟开始?"

玛格丽特还没来得及说话,希金斯就嚷嚷起来:"桑顿家!你是去桑顿家吃饭?叫他把你的酒杯满上,祝愿他的订单一切都好。我想,到了二十一号,他就会因为没法按时完成订单而大伤脑筋了。告诉他,只要付了那百分之五,第二天一早就会有七百个工人赶到马尔巴勒工厂,立刻帮他完成订单。他们都在那里。我的工厂主,汉普。他是那种老古董,碰到人不是赌咒发誓就是骂骂咧咧。如果他说起我的时候客客气气,我就会觉得他是不是快活不长了。但是说到底,他嘴上恶毒,心地倒不坏。如果你愿意,可以告诉他这是他的一个罢工工人说的。哼!但是你会在桑顿家碰到很多自命不凡的厂主!在他们吃饱后只想一动不动地坐着、跑不动的时候,我倒是想和他们谈一谈。我会告诉他们我的想法。我再和他们说说,他们怎样刻薄地逼着我们干活的。"

"再见!"玛格丽特急忙说,"再见,贝茜!如果你身体还可以的话,我二十一号等你过来。"

多纳德森医生给黑尔夫人的药品和治疗方案一开始很有成效,不仅仅是黑尔夫人自己,连玛格丽特都开始觉得医生之前是不是搞错了,希望母亲可以完全恢复健康。至于黑尔先生,尽管他从来不知道她们担心的事情有多么严重,他却以一种明显的放松心态嘲笑她们的担忧。这说明对于家人性格的窥探深深地影响了他。只有迪克逊一直在玛格丽特的耳边喋喋不休。但是玛格丽特不理会这只乌鸦,心中还是满怀希望。

在家里他们需要这一线光明,因为在外面,即使是他们不经世事的眼睛,也能看出一种阴郁不满的氛围。黑尔先生在工人中也有一些熟人,他们真诚地向他诉说自己的苦难和长期的忍耐,这让他大为沮丧。有些人因为自己的立场,不用工人们说就能明白他们被迫忍受的苦难,那么工人们是不屑和这些人说的。但是眼前这个人来自遥远的乡村,他对于自己周围社会制度的运行感到困惑,所以每个工人都迫切地想要他做出裁决,找出自己为什么如此气愤的原因。接着,黑尔先生把听来的伤心事统统告诉了桑顿先生,请他凭着工厂主的经验整理一下,解释一下这些伤心事的根源。而桑顿先生总是拿出合理的经济原则来解释,表明随着贸易的进行,总会有商业上的盈亏,那么在交易亏损的时候,必然会有相当一部分的工厂主和工人沦落毁灭,消失在幸福和富足的人群中。他说得好像这种结果完全符合常理,所以既然这就是他们的命运,雇主和雇员都无权抱怨:雇主饱尝无能和失败的苦涩,离开这场不能再参与的竞赛——在争斗中负伤、在同仁们急于发财的途中被践踏、在曾得到敬重的地方被冷落——伸出一只高傲的手,低声下气地乞求工作,而不是给予工作。当然,作为工厂主,他觉得这都是命,既然已经看透了自己在商业沉浮中的命运,他不大可能对工人的命运抱有更大的同情了。工人们在社会快速无情地发展和改变中被抛弃,只能躺下安静地死去,离开这个不再需要他们的世界。但是被撇下的无助的至亲依依不舍的哭声,却让他们感到自己在坟墓里也无法安息。他们羡慕野鸟的力量,因为它们可以用心头的血喂养自己的孩子。当他在这样解释的时候,玛格丽特心中对他充满了厌恶——就好像商业才是一切,而人性无关紧要似的。她几乎不愿意感谢他的好意,那天晚上他独自一人主动来向她提出——出于体贴,他一定要私下和她说——他从多纳德森医生那里听说,黑尔夫人可能会需要一些医疗用品,由于自己的经济条件和母亲的远见,这些用品他家中备了不少。他的出现,他说话的方式——在她面前提到死亡——她正徒劳地尽力说服自己,妈妈还能逃过死亡的厄运——玛格丽特看着他、听他说话的时候,这所有的一切让她觉得烦躁不安。她将这个残酷的秘密默默地藏在心底最隐秘、最神圣的角落——不敢正视它,除非她唤起自己非凡的力量来忍受这样的场景——某一天,她会痛哭着呼唤自己的母亲,可那空洞无声的黑暗中再无回应。除了多纳德森医生和迪克逊,凭什么桑顿先生会是唯一知道这桩秘密的人呢?但是他知道这一切。她从桑顿先生怜悯的眼神里看出来了。她也从他低沉又颤抖的声音里听出来了。这样的眼神和嗓音,和他阐述商业原则、沉着地全面实行那些原则时那种冷漠无情的样子怎么会集中在一个人身上呢?这样的不协调让她有种说不出的难受,更何况她从贝茜那里听说了这场即将发生的灾难。当然,和贝茜的父亲尼古拉斯·希金斯的说法完全不一样。他被任命为一名委员会成员,他说自己知道一些一般工人不知道的秘密。在桑顿夫人举办宴会的前一天,玛格丽特去找贝茜的时候,看到希金斯正在和鲍彻就这一点争论,他当时的措辞更明确、更具体。鲍彻是希金斯的邻居,玛格丽特常常听希金斯一家提起。有时候希金斯非常同情他,因为他不是个熟练工,还需要养活一大家子人;但是其他时候,他会惹得希金斯生气,因为希金斯本人精力旺盛又乐观向上,而他却缺少那种被希金斯称为"精气神"的东西。玛格丽特走进来的时候,希金斯显然正在发火。鲍彻站在那里,双臂撑在高高的壁炉架上,身体轻微地晃动着,眼神疯狂地盯着炉火。那种绝望让希金斯很生气,但同时也让他心生恻隐。贝茜前前后后激烈地晃动自己的身体,玛格丽特这时已经知道了,她一生气就会这样。她的妹妹玛丽正在一边戴帽子(因为她的手指粗粗笨笨,打的大蝴蝶结也很笨拙),准备去剪粗布,一边嘴里还大声地哭嚷着,很明显想要离开这个让她痛苦的场面。

玛格丽特走进来时正好看到这一幕。她在门边站了一会儿——然后,她把手指竖在嘴唇上,悄悄地坐到贝茜身边一个矮矮的坐垫上。尼古拉斯看她进来,点头冲她打了个招呼,态度有点生硬,但是还算友好。玛丽趁着房门大开,急忙跑出去,一走出爸爸的视线,立刻大声哭泣起来。只有约翰·鲍彻完全不在意有谁进来、又有谁出去。

"没用的，希金斯。她这样活不长的。她就是一天天瘦下去，不是因为自己没东西吃，而是她受不了看着孩子们挨饿。是的，挨饿！对你来说，一个星期五先令就足够了，你只要养活两个人，有一个已经是大姑娘了，都可以自己挣钱吃饭了。但在我们家就得挨饿。我实话告诉你吧，如果她死了——我担心在得到那百分之五以前她就会死——我就把钱朝工厂主的脸上扔回去，然后说：'你们都见鬼去吧，你们代表的这个残忍的世界真该死；都不能把那个为男人生儿育女的最好的老婆留给我吗？'而且，看看你吧，老兄，我会恨你的，还有所有工会的人。哼，我死了都会恨你们的——我会的，老兄！我会的——如果你在这件事带错路的话。尼古拉斯，上个星期三——现在已经是第二个星期的星期二了，你说不超过两周，工厂主们就会来求我们回去工作，工资由我们定——那么，现在时间就要到了——我家的小杰克就躺在床上，哭都没有力气了，就是每过一会儿饿得哭哭啼啼的——我家的小杰克，我告诉你，老兄！我老婆从他出生以后身体就没好过，她疼他就像命根子似的——他也的确是——我想他会让我付出很大的代价——我家的小杰克，他每天早上都会吵醒我，把他可爱的小嘴搁在我粗糙的老脸上，想找个光滑的地方亲一亲——他就躺在那里挨饿。"沉痛的啜泣让这个可怜人哽咽了，尼古拉斯抬起头来看着玛格丽特，眼泪闪着泪光，然后才鼓起勇气说话。

"别丧气，老兄。小杰克是不会挨饿的。我还有点钱，现在咱就去给孩子买点牛奶和一块足足四磅重的面包。这肯定啊，只要你想要，我的就是你的。只是一点，别灰心啊，老兄！"他一边接着说，一边在茶壶里掏着自己的那点钱，"我向你保证，我们肯定能赢的：只要再忍耐一个星期就好了，你看着吧，那些工厂主会改主意，会求着我们回到厂里去的。还有工会，也就是说，我会照顾你的，你会有钱照顾老婆孩子的。所以不要灰心丧气，别到那些霸道的人那里去找工作了。"

听了这些话，男人转过脸来——一张憔悴、苍白、涕泪纵横的绝望的面孔。但脸上平静的神色简直让玛格丽特要哭出来。"你很清楚，有人比那些工厂主还要霸道，他们会说：'都饿死吧，看着他们全都饿死吧，看还有谁敢反对工会。'你很清楚，尼古拉斯，因为你也是其中的一员。你们一个一个分开来，可能心肠挺软的；但是一旦聚在一起，就像饿昏了头的恶狼，对人再也没有同情心了。"

尼古拉斯把手搭在门锁上——他停下脚步，转过身冲着紧跟在身后的鲍彻说："上帝做证！啊——我这么做可都是为了你，为我们大家啊。如果我觉得自己是对的，但实际上做错了，那是他们的问题，他们在我不知道的时候把我丢下了。我想得头都疼了——相信我，约翰，真的头疼。我再说一遍，除了相信工会，我们没有别的出路了。他们一定会获胜的，你看着吧。"

玛格丽特和贝茜一句话都没有说。她们甚至都没有叹气，但是彼此从对方的眼睛里感受到了内心深处的叹息。最后贝茜说："我从没想过爸爸还会呼唤上帝。但是你听到他说了：'上帝做证！'"

"是的！"玛格丽特说，"让我把自己省下来的钱给你吧，让我给你带一些吃的吧，可以给那个可怜人的孩子吃。别让他们知道是外人给的，就说是你爸爸的。因为东西也不多。"

贝茜靠在椅背上，没有注意玛格丽特说了什么。她没有哭泣——只是颤抖着叹气。"我的心都干枯了，没有眼泪了，"她说，"过去几天，鲍彻一直和我说他害怕什么，有什么烦心事。我知道，他本性软弱，但他总归是个男人；以前我常常对他和他老婆生气，因为他们两个都不知道怎么安排事情，但是，你看吧，那些不聪明的人，上帝也让他们活下去——还给他们一个爱人，也让别人爱他们，就和所罗门①一样。然后呢，如果他们的爱人碰到不幸的事情，他们受到的伤害也和所罗门一样。我简直搞不懂。也许对鲍彻这样的人来说，有工会照顾要好得多呢。不过我真想把工会的组织者们找来，要他们一个个和鲍彻面对面地谈谈。我猜想，如果他们能听他诉诉苦，就会告诉他（如果我能一个个抓到他们的话），他可以回去工作，拿一份工钱，

---

① 所罗门（Solomon），古代以色列王国第三任国王。相传其英明神武，深受人民爱戴。

即使这份工钱比他们要求的要少。"

玛格丽特一声不吭地坐着。那个男人的声调透着难以言说的痛苦，比他诉苦的话语还要沉重。从今往后，她怎么能忘记这一切，继续过自己舒适无忧的生活呢？她拿出钱包，里面的钱没有多少是她的，但是她把自己的那点钱一言不发地放在贝茜的手里。

"谢谢你。还有很多人，挣得没有他多，但是过得却比他好点——至少不会像他这样表现出来。但现在爸爸知道了，就不会让他们再缺衣少食了。你看，鲍彻是被他的一大群孩子拖垮的——他老婆身体不好，所以去年他们把能典当的都当了。你可别认为我们自己手头也不宽裕，就会由着他们挨饿，如果邻居之间都不能互相帮助，我都不知道还有谁会管。"贝茜似乎很担心玛格丽特会觉得他们既没有意愿、在一定程度上又没有能力帮助某些玛格丽特显然认为他们应该帮助的人。"另外，"她接着说，"爸爸确信，工厂主们会在几天之内让步——因为他们再也撑不下去了。但是我还是感谢你——为我自己，也为鲍彻谢谢你，因为这让我对你的感情越来越亲切。"

贝茜今天似乎显得特别安静，但是却疲惫乏力得叫人担心。她说完后显得十分虚弱，玛格丽特开始警觉起来。

"不，"贝茜说，"还不至于会死。我昨晚睡得不好，一直做梦——或者是像做梦一样吧，因为我完全是清醒的，而且我今天一直昏昏沉沉的——就是那个可怜人让我又有点精神了。不！现在还不会死的，但是离死也不远了。唉！给我盖上被子吧，如果咳嗽能缓一点，我也许还能睡一觉。晚安——也许我应该说，午安——不过今天光线很暗，雾气又重。"

第二十章　人和绅士

> 孩子，不论老少，让他们放开吃，我都有的是，
> 哪怕他们有十副牙齿，我也不在乎。
>
> ——《诺曼底公爵罗洛》[①]

玛格丽特回到家中，非常痛苦地回想着自己的所闻所见，她简直不知道怎么才能让自己振作起来，去应付那些即将面对的事情。她必须不断地和妈妈说些高兴的事，因为妈妈已经不能再出门了，所以总希望玛格丽特哪怕从最短的一段散步时间回来后，也能带来一些新消息。

"那么，你那个工厂里的朋友周四会不会过来看你打扮？"

"她病得太重了，我从来没想过叫她来。"玛格丽特愁眉不展地说。

"天哪！我觉得现在人人都在生病吧，"黑尔夫人说，语气中透露出一个病人对另一个病人常常会有的嫉妒之情，"但是住在那种狭窄的后巷里病了，一定很难受吧。"她善良的天性还是占了上风，在赫尔斯通考虑事情的老习惯又回来了。"这里已经够糟糕了。玛格丽特，你能做什么帮帮她吗？你出门以后，桑顿先生派人送来了一些陈酿的红酒。你觉得给她送一瓶红酒去会不会好一点呢？"

"不用，妈妈！我想他们并不缺钱——至少，他们不会这样说；而且，说到底，她得的是肺结核，不会想要喝酒。也许，我可以给她带一些用我们亲爱的赫尔斯通水果做的蜜饯。不！我还得给另一户人家送一些——哦，妈妈，妈妈，在今天看到那么悲伤的场景后，我还

[①] 《诺曼底公爵罗洛》(Rollo, Duke of Normandy, 1639)，据传是英国剧作家弗莱彻（John Fletcher）等写的一个剧本，引文见第二幕第二场。

怎么能穿上漂亮衣服去参加那些华美的宴会呢?"玛格丽特喊道,一下打破了自己在进屋前预先设下的界限,告诉了母亲她在希金斯屋子里看到和听到的一切。

这让黑尔夫人极度的沮丧。她在想出解决办法之前,非常焦躁不安。她吩咐玛格丽特就在客厅里装上一篮子的东西,然后给那户人家送去。玛格丽特知道希金斯已经给了他们一些急需的东西,自己又留了一些钱给贝茜,所以就说明天早上去也可以,这差点让母亲生气了。黑尔夫人说她这么做就是没有人情味,而且说在她送出篮子去以前,自己都不会休息。接着,她说:

"毕竟,我们可能做错事情了。就在上次桑顿先生来的时候,他说那些帮助罢工工人、导致罢工延长的人都不是真正的朋友。这个叫鲍彻的就是个罢工工人吧,是不是?"

黑尔先生结束给桑顿先生的授课后,习惯和他再聊上一会儿。他刚刚结束讲课,走上台阶,他的妻子就向他提出了这个问题。玛格丽特并不在乎他们的礼物是否会延长罢工的时间,她现在特别激动,没有想得那么远。

黑尔先生听着,努力像法官那样镇定。他回想着,不到半个钟头之前,从桑顿先生嘴里说出的一切,似乎是那么清楚明白。接着,他做了一个不太满意的折中处理。他的妻子和女儿这件事情做得不仅非常正确,而且他也完全想不出她们还能做什么其他事情。但是,桑顿先生的话大体上也是非常正确的,如果罢工继续持续下去,那么工厂主一定会从外地雇工人来结束罢工(真的,如果不是和之前一样,有人会发明出一些机器,来减少对工人数量的需求的话)。那么很明显,最仁慈的做法就是拒绝所有的帮助,因为这可能助长工人们去继续做傻事。不过,至于这个鲍彻,他明早第一件事就是去看他,看看能不能为他做些什么。

第二天一早,黑尔先生就像他说的那样去了。在鲍彻家里,他没有找到他,但是和他妻子谈了很久;他答应给她要一张医院住院证;他看到孩子们多少有点糟践黑尔夫人准备的那么多食物,而且因为父亲不在家,他们就在楼下玩得不亦乐乎,所以他回来对家人述说的情形挺令人宽慰和开心的,比玛格丽特预想的要好很多。事实上,她前一晚的说法让她爸爸以为自己会看到特别糟糕的情形,所以凭着想象力做出了反应,他把事情描述得比实际情况要好一些。

"但我还会再去,去看看鲍彻本人,"黑尔先生说,"我目前还不知道怎么把那样的一座小屋子和赫尔斯通的屋舍做比较。这里的家具连赫尔斯通的农民也不会想要去买,平常吃的东西让他们觉得过于奢侈;但是,现在既然他们每周的工资停发了,这些人家除了典当东西,再没有别的经济来源了。在米尔顿,人该学另一种语言,用另一套标准来看待事情。"

贝茜今天身体也好些了。但她还是很虚弱,所以对于自己想看玛格丽特穿戴漂亮衣服的这一愿望,她可能完全忘记了——当然,那也有可能只是她在半昏迷状态下一种狂热的心愿。

玛格丽特禁不住把自己这次奇特的穿着打扮和一年多前她与伊迪丝那次传统又欢快的女孩装扮相比较。这次她得去一个自己并不想去的地方,而且心情沉重,充满各种忧虑。现在唯一让她开心的就是,想到母亲看到她穿戴得漂漂亮亮,会很开心。当迪克逊把客厅的门推开,想要欣赏一下她的美丽时,她羞红了脸。

"黑尔小姐真美,夫人,是不是?肖夫人的珊瑚首饰配得刚刚好。颜色正合适,夫人。不然的话,玛格丽特小姐,你就会显得太苍白了。"

玛格丽特的黑发太厚了,不适合编成辫子;所以需要一圈一圈地盘起来,把光滑的秀发扎成几个大卷,像一顶王冠戴在头上,然后在头后面聚拢成一个螺旋形的结。她用两个大大的、有小箭那么长的珊瑚饰针把头发固定住。白色丝质袖子用相同的布条做成一圈一圈的,在她的脖子上,就在她曲线分明的乳白色喉咙下,戴着一串厚重的珊瑚项链。

"哦,玛格丽特!我好想和你一起去一次以前巴林顿府上的聚会——带着你,就像布莱斯福德夫人从前带着我那样。"玛格丽特因为母亲稍微流露出来的母性的自豪，亲了她一下；但是她几乎笑不出来，因为她觉得自己特别疲惫。

"我宁愿待在家里陪你，真的，妈妈。"

"亲爱的，净胡说！你一定要好好留意这场宴会。我倒是要听听他们在米尔顿是怎么安排这些事情的。尤其是第二道菜，宝贝。看看他们用什么来代替野味。"

如果黑尔夫人看到了餐桌和菜肴有多丰盛，她不仅仅会很感兴趣，甚至会大吃一惊。玛格丽特凭着在伦敦培养起来的品位，感觉佳肴实在太多了，其实只要一半的数量就足够了，而且感觉会更加清淡精致。但是这是桑顿夫人殷勤而严格的待客之道，只要宾客喜欢，每一道菜都应该分量十足，让所有的宾客吃个尽兴。她在日常的生活习惯中，对于饮食颇为简单节制，但是在注重饮食的客人面前摆上一桌盛宴，的确让她十分自豪。她的儿子对此也有同感。除了依靠丰盛的宴席来社交，他从不知道还有别的社交方式——尽管他可能想象过，也的确有能力享受。即使是现在，尽管他自己连多浪费一枚六便士都不情愿，而且不止一次因为宴会请帖都发出去了感到后悔，但说实话，他还是很高兴能看到这样丰盛的宴席。

玛格丽特和她的父亲是最先到的人。黑尔先生很急切，一定要准点到达。除了桑顿夫人和范妮，楼上的客厅里一个人也没有。所有的罩布都被取下来了，整个公寓都铺着黄色的丝缎，金光熠熠，地上铺着一张花团锦簇的地毯。似乎每一个角落都装饰得富丽堂皇，让人目不暇接，这和窗外那个工厂大院光秃丑陋的景象形成了鲜明的对比。那里宽敞的双扇门大开着，方便马车驶入。工厂高高地坐落在窗子左侧，从多层的楼上投下一片暗影，这让夏日在暮色笼罩之前就先暗下来了。

"我儿子工作起来就要忙到最后一刻。他过一会儿会直接回家，黑尔先生。请您坐下好吗？"

桑顿夫人说话的时候，黑尔先生正站在某扇窗前。他转身说：

"您难道不觉得，离厂房这么近有时候会让人挺不舒服吗？"

她立即挺直了身子:"从来没有。我可没有娇贵到连儿子的权利和财富从哪里得来的都忘记了。而且,在米尔顿再也没有像我们这样的工厂了,光是一个厂房就有两百二十平方码①大。"

"我是说这些烟雾和噪声,工人们总是进进出出的,可能会叫人心烦!"

"可不是嘛,黑尔先生!"范妮说,"这里一直有蒸汽和油腻的机器味,而且噪声简直把我耳朵都吵聋了。"

"我听过一种被叫作音乐的噪声,那才是吵得人耳聋。机房在工厂这条街的街尾,除了夏天窗户全都打开的时候,我们基本什么都听不见。至于工人们不断交谈的声音,那对我来说还不如一群蜜蜂的嗡嗡声大。如果我最终听到了,我会把它和我的儿子联系起来,觉得所有这一切都是他的,他就是指挥这一切的首领。现在,工厂那边没有传来任何声音,也许您已经听说了,那些工人忘恩负义,全都罢工了。但是您刚刚进来的时候,我正说着一件事情,关于我儿子要采取一些措施,让那些工人明白自己的地位。"她说话时脸上一向严肃的表情变得阴沉而愤怒。桑顿先生走进房间的时候,她的愤怒还没有消散。她一眼就看出来,无法摆脱的担忧和焦虑还压在他身上,尽管他招呼客人的态度还是表现得既兴奋又热切。他和玛格丽特握了握手。虽然她完全没有意识到这一点,但是他知道这是他们第一次握手。他问候了黑尔夫人的健康状况,听了黑尔先生乐观、充满希望的描述,他一边听一边瞥着玛格丽特,想知道她有几分同意他父亲的说法,但她脸上并没有任何不同意的意思。当他怀着这样的心情看着她的时候,再一次被她的美丽迷住了。他之前从来没有看见过她穿这样的裙子,但是现在看来,这种端庄大气的裙子似乎很适合她庄重的身形和高贵安静的面容,所以她应该常常穿这样的衣服才好。她正在和范妮说话,他听不清她们到底在说什么,但是他看出来妹妹局促不安,不断整理着裙子的某处,眼神游离,一会儿看看这里,一会儿看看那

---

① 1平方码约为0.84平方米。

里，没有固定的目标。于是他不自觉地拿妹妹的眼神和那双温柔的大眼睛做比较，那双眼睛坚定地看着前方的某个目标，眼中仿佛折射出某种光芒，散发出温柔宁静的感染力。弯弯的红色双唇，只有在对同伴的话很感兴趣时才会微微张开——头稍稍前倾低下，灯光正好照到头顶浓密的黑发上，从那里到光洁如象牙一般的肩头形成了一条长长的波浪线。丰腴白皙的手臂和纤纤双手轻盈地交叠着，一动不动，姿态极其美妙。桑顿先生一瞥之下，把这一切尽收眼底，不由得叹了口气。然后，他转身背对着两位年轻的女士，努力让自己全身心地投入和黑尔先生的交谈中。

  客人越来越多。范妮从玛格丽特身边走开，帮着母亲招呼客人。桑顿先生觉得在这个人来人往的时候，没有人和玛格丽特说话，对这种明显冷落了她的情况感到不安。但是他绝不会走近她，也没有看她。只是他很清楚她在做什么，或者没做什么，比对房间里其他任何人的行动都要清楚。玛格丽特完全没有意识到这一点，她总是喜欢观察别人，从来没有想过自己是不是被冷落了。有人陪着她下楼去吃饭，但是她没听清那个人的名字，他似乎也并不想和她说话。男士之间进行着十分热烈的交谈，女士们则大多沉默着，她们都忙着注意菜式和批评别人的裙子了。玛格丽特听明白了大家谈话的思路，变得很感兴趣，专心致志地听着。这次宴会举办的初衷是为了霍斯福尔先生，一个到访的异地人。他正在询问关于这里商业和制造业的问题，其他的男士都是本地人，都在回答和解释他的问题。接着大家激烈地争论起来，问题被摆到桑顿先生面前，因为他之前几乎没有说过话。但是这次他说出自己的观点，陈述的理由清晰明了，连反对者们都被说服了。这使得玛格丽特的注意力转到了这位主人身上。作为款待朋友的主人，他整体的举止都显得直率、单纯又谦和，给人极其庄重的感觉。玛格丽特从来没有见过他表现得这么优秀。当他来到她家时，总会带着一点情绪，不是过于急切，就是有点被惹恼的烦躁，总是让人觉得他遭受了不公正的评价，但是自己又过于自尊，不肯让别人更好地了解自己。然而现在他身边都是朋友，所以他对自己的处境没有任何不自信的地方。大家都觉得他性格坚韧，各个方面都很有魄力。他不需要再努力去赢得他们的尊重，因为他已经得到了，而且他自己也知道这一点；这种安全感让他的声音和举止都增添了一种从容优雅的大气，这是玛格丽特之前从未见过的。

他并不习惯和女士们交谈，他说的话总是有点正式和拘谨。他基本上没有和玛格丽特说过什么话。她惊讶地发现自己居然很喜欢这次宴会。她已经听到了不少内容，现在足以明白其中的利害关系——嗯，甚至是热烈的工厂主们使用的一些行话。她沉默而坚定地参与到他们的讨论中。不管怎样，他们讨论得极其认真——不是旧式伦敦宴会上用陈腐的口吻说出的那种让她厌烦的谈话。她感到很奇怪，大家都在讨论这里的制造业和商业，却完全没有涉及眼前的罢工。她还不知道，工厂主们对这类事情看得是多么淡定，因为他们认为只可能有一个结局。很明显，那些工人就是在自寻死路，就像他们以前做过多次的事情那样，但是如果他们愿意当傻瓜，把自己交到一伙拿钱办事的野蛮代表手里，他们就得自己承担后果。有几个人认为桑顿看起来闷闷不乐，当然，这次罢工一定会让他遭受损失。但是这种意外任何一天都可能发生在他们自己身上，而桑顿应对罢工的能力跟其他任何人一样，因为他像任何一个米尔顿人一样顽强。工人这样对付他是挑错对象了。他们企图更改桑顿已经公布的办法，但这种想法一定会失败，工厂主们心里都为此暗自得意。

玛格丽特晚餐后感到颇为无聊。男士们走进来时她非常开心，这不仅仅是因为看到父亲后让她倦意全消，更是因为她可以听到一些更加重要的大事，而不是听女士们谈论琐碎的小事。这些米尔顿人对自己拥有的权力感到扬扬得意，玛格丽特很喜欢这一点。他们的这种情绪表现得颇为放肆，还带着夸耀的意味；话虽如此，当他们想到自己已经取得成就和还应取得的成就，不禁有种陶醉感。在这种感情的支配下，他们似乎对事物种种可能性的界限都不放在眼里。如果玛格丽特可以更加冷静一点，她可能不会赞同他们在所有事情上表现出来的旺盛精力，但是他们忘却了自己、忘却了当下，一心期盼在未来的某个时刻战胜一切无生命的事物——虽然他们中没有人能活到那个时候——这让人十分钦佩。当桑顿先生走到她身边同她说话时,她着实吃了一惊:

"晚宴上我们讨论的时候,我看得出来你是站在我们这边的,是不是,黑尔小姐?"

"当然了,但是那时我知道的事情还很少。而且,我感到很奇怪,居然有人的想法和霍斯福尔先生说的话完全相反,譬如他提到的莫里森先生。他不可能是一位绅士——对吗?"

"一个人是不是绅士可不是由我决定的,黑尔小姐。我是说,我不理解你使用这个词的意思。但我得说,这个莫里森可不是个'真正人'。我不知道他是谁,我只是根据霍斯福尔先生的描述来评判他。"

"我所说的'绅士',包括了你说的'真正的人'。"

"而且你的言下之意还包括很多别的意思。我跟你的看法不同。对我来说,一个'人'比一位'绅士'更高尚、更完整。"

"你这是什么意思?"玛格丽特问道,"我们对这些词的理解一定很不一样。"

"'绅士'在我看来只是在描述一个人和他人的关系,但是我们称他为'人'时,我们不仅仅考虑他和其他人的关系,而是包括他和自己——和生命、时间、永恒的关系。像鲁滨孙·克鲁索这样孤寂的落难者,或终生被囚于地牢的罪人,唉,甚至是拔摩岛上的一位圣徒①,当我们称其为'人'时,则最大限度地展现了他们的耐性、力量和信仰。我真是受够了'绅士的'这个词,我觉得这个词似乎用得很不恰当,而且意思常常被夸大或扭曲,而人们却不认同简单直白的名词'人'和形容词'像人一样'——我真想把它归到当下的空话中去。"

玛格丽特想了一会儿,但是她还没来得及说出自己慢慢得出的想

---

① 见《圣经·新约·启示录》第1章第9节:"我约翰就是你们的兄弟,和你们在耶稣的患难、国度、忍耐里一同有份……曾在那名叫拔摩的海岛上。"

法，他已经被几个工厂主匆匆地叫走了。她听不见他们说的话，但是从桑顿先生简洁的回答中，她猜到了他们说话的大意。桑顿先生的答复就像是远方的炮声，平稳坚定地传来。他们显然是在谈论罢工的事情，提出最适当的解决方案。她听到桑顿先生说："那件事已经办完了。"然后，传来一阵急切地低语，有两三个人加入进来。

"那些事情都安排好了。"

斯里克森先生为了更好地表达自己的意思，抓住了桑顿先生的胳膊，暗示了自己的怀疑，列举了一些困难。桑顿先生稍微站开一点，微微扬起眉毛，然后答道：

"我会承担这个风险。你现在不用参与进来，除非你自己愿意。"斯里克森先生还在竭力诉说自己的担忧。

"我不害怕任何像纵火那样卑鄙的行为。我们是公开的敌人，我可以保护自己不受那些我所担心的暴力行为的伤害。而且，我肯定会保护所有来我这里工作的工人。他们到现在应该和你们一样，完完全全明白我的决心了。"

霍斯福尔先生把桑顿往旁边拉了拉，玛格丽特猜想，应该是要问他关于罢工的事情；但实际上，他是在问她是谁——那么安静，那么端庄，那么美丽。

"是米尔顿的一位小姐吗？"他在知道玛格丽特的名字后问道。

"不是！我想，她来自英格兰南方的汉普郡吧。"桑顿冷淡地答道。

斯里克森夫人也在问范妮同样的问题。

"那位高贵漂亮的姑娘是谁？是霍斯福尔的妹妹吗？"

"哦，亲爱的，不是！她的父亲是黑尔先生，就是在那里正和斯蒂芬斯先生说话的那位。他是位教师，也就是说，他带年轻人一起读书。我哥哥约翰一个星期去他那里两次，所以他让妈妈把他们请到这里来，希望大家都能认识他们。如果你想要的话，我们还有一些他的教学讲义。"

"桑顿先生！他业务那么忙，真的能抽出时间和家庭教师读书吗？而且现在还遇到了这场讨厌的罢工？"

从斯里克森夫人的态度上，范妮不确定她是应该对哥哥的行为感到自豪还是羞愧；所以，像所有一直拿别人的"该不该"作为自己好恶准则的人那样，她会因为任何一个异常的行为感到脸红。好在客人们渐渐地告辞了，这才结束了她羞愧的情绪。

第二十一章　黑暗的夜晚

世上无人不知

微笑和眼泪相伴而来

——艾略特①

玛格丽特和爸爸步行回家。夜色静谧清朗，街道打扫得很干净，她穿着漂亮的丝质白裙，像民谣中的利兹·林赛对待自己的绿缎长裙那样，把裙子"卷到膝盖上"。她和爸爸一起走着，感受着夜晚清爽的空气，开心得简直要跳起舞来。

"我倒是觉得桑顿对这次罢工，心里并不踏实。他今天晚上似乎很担忧。"

"如果他不忧心，那反而怪了。但是就在我们出门前，别人向他提出不同的见解时，他回答还是一如既往的冷静。"

"晚餐后他也是这样。要想让他丢掉那种冷静的说话态度，可是要费不少功夫呢。但是我从他的表情中看得出，他忧虑得很。"

"如果我是他，我也会这样。他一定清楚工人们累积的怒气和几乎压抑不住的怨恨。工人们都把他看作是《圣经》里写的'心狠的人'——倒不是说他不公正，而是冷酷无情、判断精准。我们和我们所有渺小的权利在上帝面前算得了什么呢，但是他非常坚守自己的'权利'。我很高兴你觉得他看起来很忧虑。我想起鲍彻近乎疯狂的言语和举动时，再想到桑顿先生那么冷静的说话态度，简直受不了。"

"首先，我和你不一样，我并不相信那个叫鲍彻的人已经完全穷困潦倒了，当然，我也相信眼下他的境况不如人意。但是工会总是会

---

① 艾略特（Ebenezer Elliot，1781—1849），英国作家。引文见《被放逐的人》(The Exile)中《无暇彼得·致哥哥西蒙》(Peter Faultless to His Brother Simon)。

莫名其妙地给他们提供一些补助，而且，从你的话中可以看出，这个人明显性格激烈暴躁，总是很强烈地表达自己的感情。"

"哦，爸爸！"

"嗯！我只是希望你能对桑顿先生公正一点。我觉得他的性格与鲍彻完全相反，他过于骄傲，不肯流露自己的感情。我应该事先就想到的，玛格丽特，这正是你欣赏的那种性格。"

"是这样的，我也的确欣赏这种性格，但是我不像您那样确信他心里有那些感情。他个性十分刚强，鉴于他并不具备多少优势条件，他肯定聪明过人。"

"其实还是有些优势的。他从小就过着一种脚踏实地的生活，这就要求他经常做出判断，自我克制。这些促进了他的智力得到发展。当然，他需要一些历史知识，因为这是预测未来最可靠的基础。而且他知道自己需要这些，他看到了这种需要，这就很了不起。你对桑顿先生很有些偏见啊，玛格丽特。"

"他是我有机会深入了解的第一位工厂主'样本'——一个做生意的人，爸爸。他像是我尝的第一颗橄榄：让我在吞下它的时候扮个鬼脸吧。我知道他在他的那群人中算是不错的了，而且慢慢地我会喜欢那一类人的。我想我大概已经开始喜欢他们了。我对男士们谈论的问题很感兴趣，虽然我一知半解。只可惜后来桑顿小姐领我到房间的另一边去了，她说她觉得这边都是男士，只有我一位女士，我肯定觉得不舒服。我倒是没有想到这一点，我一直在听他们说话；而且那些女士太无趣了，爸爸——哦，太无趣了！但我想她们也很聪明。这让我想起以前玩的一个游戏，在一个句子里加上特别多的名词。"

"孩子，你这是什么意思？"黑尔先生问。

"嗯，他们说话时会带上很多代表财富的名词，来证明自己很有钱——管家、低等花匠、镜子的规格、贵重的蕾丝、钻石等等这类东西；每个人说话的时候都会把所有这些加进去，还尽可能做出一副无意间说出来的样子。"

"如果桑顿夫人说的关于女佣的评价都是真实的，那么等你把女佣找来之后，你也会感到骄傲的。"

"是的，我肯定会的。我觉得自己今天晚上像一个十足的伪君子，穿着白色绸裙坐在那边，双手空空地搁在前面，那时我想到了他们今天所做的所有精致周详的安排。我确信他们把我当成一位高贵的女士啦。"

"就连我都把你的样子错认为是一位高贵的小姐了，亲爱的。"黑尔先生静静地笑着说。

但是在迪克逊打开门后，当他们看到她的脸色时，他们的笑容僵住了，脸色颤抖不已。

"哦，先生！——哦，玛格丽特小姐！谢天谢地你们回来了！多纳德森医生在这边。是隔壁的用人去请他来的，因为打杂的女佣已经回去了。夫人现在好些了，但是，哦，先生！一个钟头前，我都以为她快不行了。"

黑尔先生一下抓住玛格丽特的胳膊，稳住自己不要跌倒。他看着女儿的脸，看到一种带着惊讶和极度悲伤的表情，但是那不是让自己毫无准备的内心蜷缩起来的那种惊恐和悲恸。她知道得比他多，但是她还是带着惊惧和绝望的神情听着。

"唉！我不应该离开她——我这个女儿真是糟透了！"玛格丽特一边哽咽着说，一边搀扶着颤巍巍的父亲急步走上楼去。多纳德森医生在楼梯口等着他们。

"她现在好些了，"他轻声地说，"鸦片起了作用。她抽筋抽得很厉害，难怪你们女佣被吓到了，但她这次会平安度过的。"

"这次！让我去看看她！"半个小时前，黑尔先生还是个中年人，但现在他视线模糊，神情恍惚，摇摇晃晃的，就好像已经七十岁了。

多纳德森医生扶住他的胳膊，把他领进了卧室。玛格丽特在后面紧紧地跟着。母亲就躺在那儿，脸上的气色谁都能看得出来。也许她现在好些了，正睡着，但是死神已经宣告她是自己的所有物了，而且很明显，它不久之后就会来带走她。黑尔先生一言不发地看了她好一会儿。接着，他开始浑身颤抖，于是避开多纳德森医生急切的关照，摸索着寻找房门；虽然在状况突发时拿进来了好几支蜡烛，现在都在明晃晃地燃烧着，他却瞧不见房门在哪里。他踉跄着走进客厅，摸索着寻找一把椅子。多纳德森医生推给他一把，扶他坐下，测了测他的脉搏。

"和他说说话，黑尔小姐。我们得让他打起精神来。"

"爸爸！"玛格丽特带着哭腔，痛苦地说，"爸爸！和我说句话吧！"他面带怀疑，费了很大劲才开口说话。

"玛格丽特，这个情况你都知道吗？啊，你好狠心啊！"

"不，先生，那不是狠心！"多纳德森医生迅速果断地答道，"黑尔小姐这么做是因为我的吩咐。这也许是个错误，但是并不狠心。我相信明天你夫人的情况就会有所改观。尽管我估计她可能会出现抽搐的情况，但是我之前并没有把我的担忧告诉黑尔小姐。她已经服下我带来的麻醉药了，会长长地睡一个好觉，等到明天，让你们惊慌的那副面容就会消退了。"

"她的病情不会好转吗？"

多纳德森医生瞥了玛格丽特一眼。她先是垂着头，然后抬起来，脸上没有请求他暂时再安慰一下父亲的表情，这让这位通晓人情的医生明白，她觉得最好还是把全部的实情都告诉父亲。

"病情不会好转了。就算我们再怎么吹嘘自己微末的医技，也治不了这种病。我们只能减缓病情恶化——缓解它带来的痛苦。坚强起来吧，先生——像个基督徒那样。相信灵魂的不朽，那是痛苦和世间的疾病都不能侵害、不能触碰的！"

但是他得到的答复只是黑尔先生几句哽咽的话："你从来没有结过婚，多纳德森医生，你不明白那种感受。"接着，他发出低沉的、男性的啜泣，悲恸而沉重的哭声穿透了黑夜的寂静。

玛格丽特跪在他身边，流着泪抚慰他。没有人知道时间是怎么过去的，包括多纳德森医生在内。黑尔先生最终还是勇敢地谈到了当前必须准备的事情。"我们现在得做什么？"他问，"告诉我们两个人吧。玛格丽特是我的好帮手——我的得力助手。"

多纳德森医生给了一些明确切实的指示。今晚不用担心——是的，明天和之后的一段时间都用不着担心。但是不要一直抱着可以恢复健康的希望。他建议黑尔先生上床去睡觉，只留一个人守着夫人，因为他希望她的睡眠不要受到打扰。他还答应明天一早会再过来看看，然后他亲切和善地和他们握了握手，就离开了。他们只交谈了几句话，因为心里的恐惧让他们疲惫不堪，只能决定目前要做的事情，其他的都顾不上了。黑尔先生决定整夜守着，玛格丽特别无他法，只能努力说服他在客厅的沙发上休息。迪克逊坚定而决绝地拒绝睡觉；对玛格丽特来说，她是不可能离开妈妈的，哪怕全世界的医生都说要"保持精力"或者"只留一个人守着就可以"。所以，迪克逊睁大眼睛坐着，一会儿就眯着眼睛垂下头去，猛地一颤又抬起头来。最后她还是放弃了挣扎，打起了呼噜。玛格丽特脱下自己的长裙，带着一种不耐烦的厌恶情绪把它丢到一边，穿上自己的睡裙。她觉得自己再也睡不着了；好像为了守夜，自己的所有感觉都变得极其活跃，都变得加倍敏感。每一样事物，每一点声音，甚至每一个想法，都深深触动着她的神经。有两个多小时，她听着爸爸在隔壁焦躁不安地走动。他不断地走到母亲的房间门口，停下来倾听。直到她听不到也看不见他来到房间附近，她便过去打开房门，把所有的情况告诉他，并回答了从他焦干的嘴唇中几乎问不出的问题。最后，他也睡着了，整个房子安静下来。玛格丽特坐在窗帘后面静静地想着。无论从时间还是空间上看，她以前所有关心的事情都变得遥远了。仅仅三十六个小时之前，她还关心着贝茜·希金斯和她的父亲，她还在为鲍彻伤心；现在，这些都像是对过去生活的某种梦幻的回忆。门外发生的所有事情似乎都和母亲没有关系，一切都变得不真实，连哈利街都显得比它们更清晰。她还记得在那里，仿佛就是昨天，怎样开心地在肖姨妈的脸上寻找与母亲的五官相似的痕迹，以及在收到家信后，她怎样怀着满腔爱意思念着家乡。赫尔斯通本身已成为模糊的过去，之前的冬天和春天都是沉闷的阴天，平淡又单调，但是又和她现在最关心的事情紧密相连。她真想抓住时间的裙角，恳求时光倒流，把自己曾经拥有却不曾珍视的东西还给她。人生真是一出空空的戏！这样虚无缥缈，这样明灭不定，这样转瞬即逝！就好像在远离尘世喧嚣的半空钟楼上，有一口钟不断地鸣响："一切都是幻影！——都会过去！——都已是过去！"当黎明降临时，清冷灰白，就像以前许多个快乐的黎明一样——在玛格丽特一个接一个地看那几个还在睡梦中的人时，那个可怕的夜晚就好像梦境一样不真实；那也是一个幻影，它也已经过去。

黑尔夫人醒来的时候，她并不知道自己昨晚病得有多厉害。所以她很奇怪多纳德森医生竟然来得这么早，丈夫和孩子脸上的焦虑神色也让她感到困惑。她答应当天一天都躺在床上，说自己的确感到疲倦，但是第二天，她坚持要起床，多纳德森医生只得允许她回到客厅里。她烦躁不安，无论怎样都觉得不舒服，还没入夜又发烧了。黑尔先生完全没了精神，什么事情都没了主意。

"我们能做些什么事情，让妈妈晚上不再那样受罪？"玛格丽特在第三天问道。

"从某种程度上说，我不得不用的那种烈性麻醉剂就会造成这种反应。你们看到她这么痛苦，但我相信实际上她感受到的痛苦也许没有这么严重。如果我们能弄到一张水床垫的话，也许会更好。当然，她明天就会好些了，大概会恢复到她发病前的状态。但是，如果有一张水床垫那就更好了，我知道桑顿夫人有一张。我今天下午会去拜访她。等下，"他说，目光落到玛格丽特脸上，她因为照看病人而面色苍白，"我不确定会不会去，我还有一些病人要去看。你快点到马尔巴勒街去，问问桑顿夫人能不能暂时借用一下，这对你不会有什么麻烦。"

"当然了，"玛格丽特说，"下午等妈妈睡了，我就去借。我相信桑顿夫人会借给我们的。"

多纳德森医生凭借经验做的诊断很正确。黑尔夫人似乎摆脱了这次发病的影响，当天下午她已经显得神采奕奕，比玛格丽特所期望的还要精神和愉快得多。吃过午饭，女儿就出门了。她正坐在安乐椅上，一只手握着她的丈夫，他现在看上去比她更加憔悴和痛苦。但是，他还是面带笑容，虽然相当迟缓和微弱，但是真的笑了；在一两天之前，玛格丽特根本想不到还能看到他的笑容。

　　从他们在克兰普顿新月街的家到马尔巴勒大街大约有两英里。天气太热，不能走得太快。下午三点钟，八月的太阳直直地照在街上。玛格丽特走了一英里半的路，并没有注意到周围和平时有什么不一样；她完全沉浸在自己的思绪中，而且她现在已经学会了如何在米尔顿街道不规则的人流中穿行。但是，过了一会儿，在她刚刚走进一条拥挤的道路时，她感到人群中发出了异常的骚动。他们似乎没有往前走，只是在说话，在倾听，兴奋地叽叽喳喳，但是还留在碰巧站着的原地没有移动。不过，当他们给她让出一条路时，由于她一直想着自己这一趟出行的目的，以及这趟差事的紧急状况，所以观察力就没有她心态放松时那么敏锐了。

　　走到马尔巴勒街后，她才终于意识到，人群中弥漫着一种焦虑压抑的愤怒情绪。她周围那些人的情绪和身体都萦绕着一种暴躁不安的气氛。从通向马尔巴勒街的每条窄巷里，都远远地传出一阵低沉的怒吼，好像是无数激烈愤怒的说话声。所有贫穷肮脏的房子里的住户不是聚集在门窗边，就是站在窄巷的中间——眼睛专注地盯着一个地方。马尔巴勒街就是所有人目光的焦点，眼神中透露出各种强烈的情绪：有的怒火中烧，有的冷酷无情，有的因为害怕或者哀告祈求而睁大眼睛。马尔巴勒工厂大院那面阴沉的高墙大门紧掩，旁边有扇侧门，玛格丽特走到侧门前，等着门房听到门铃来应门。她环顾四周，听到了这场风暴中第一阵长长的呐喊声——她第一次看到黑压压的人群如浪潮般缓缓逼近，最前面的人气势汹汹，在远远的街那头涌动，一会儿又退下去。不久之前，那头似乎还充斥着压抑的嘈杂声，现在却是令人不安的平静。这些情景吸引了玛格丽特的注意，但是因为她心中还记挂着其他事情，所以并没有太过在意。她不知道这些意味着什么——它们有什么深层的意义，但是她的确知道，失去母亲的痛苦会像一把小刀刺穿心脏，她也感觉到了那强烈锐利的压力。她努力让自己认清这一点，所以等那一天到来后，她就可以准备好去安慰她的父亲。

看门的人小心地开了门，但只是很窄的一条缝，都不够她走进去。

"是你啊，小姐？"他说，长长地吁出一口气，把门开大了点，但还是没有完全打开。玛格丽特走进去，他在后面匆忙拴上了门。

"我想那些人就要过来了吧？"他问。

"我不知道。外面似乎发生了什么不寻常的事，但是这条街道还是挺空的。"

她穿过院子，走上台阶，到了房子的大门外。附近没有什么声音，没有蒸汽机敲击和喷气的声音，没有机器的嗒嗒声，也没有很多尖锐的说话声交织在一起或是吵闹不休；但是在远处，那种不祥的咆哮声却越来越响，震耳欲聋。

第二十二章 打击和后果

> 工作变少,食物变贵,
> 工资也缩水;
> 爱尔兰人,蜂拥而至,
> 半价就做工。
>
> ——《谷物法之诗》①

仆人将玛格丽特领到客厅。那里又恢复到之前用布罩罩上的样子。由于天气炎热,窗户都半开着,威尼斯式软百叶帘遮住了窗玻璃——所以从下面人行道反射上来阴森的暗灰色亮光让所有的阴影显得异常,再加上顶上泛绿的亮光,就连玛格丽特自己无意中从镜子里看到的脸,都显得惨白恐怖。她坐着等待,没有人进来。风似乎不时地把远处各种各样的声音带到近处,但其实并没有风吹来。声音时不时地平息下去,周围一片死寂。

终于,范妮走了进来。

"黑尔小姐,妈妈马上就过来。其实,她想叫我来给你道个歉。你可能知道,我哥哥从爱尔兰招募了一些人手,所以米尔顿的工人们非常生气——好像他不能从其他能招到人的地方招募工人一样。这里的傻瓜工人不愿意给他干活。现在又威胁恐吓那些可怜的、正在挨饿的爱尔兰工人,所以我们都不敢让他们出去。你可以看到他们都挤在工厂顶上的房间里,他们就睡在那里,这样就会安全些,不会碰到那些自己不工作也不让别人工作的暴徒。妈妈在给他们安排伙食,约翰在安抚他们,因为有些女人哭着要回家。哦!妈妈来了。"

---

① 《谷物法之诗》(Corn Law Rhymes)是艾略特(Ebenezer Elliott)所作,引文出自《死神之宴》(The Death Feast)。

桑顿夫人走进来,脸上带着阴沉严肃的表情,这让玛格丽特感到自己现在来借东西,时机很不恰当,打扰了他们。但是,桑顿夫人曾经表示过,她可以在她母亲卧病期间,借用任何需要的东西,所以这只是顺从她的好意。桑顿夫人拧着眉头,听着玛格丽特温和谦逊地说起母亲的病痛,以及多纳德森医生希望她能有一张水床垫缓解疼痛。玛格丽特停止说话后,桑顿夫人没有立即回答。接着,她一下跳起来惊呼:

"他们到门口了!去把约翰叫来,范妮——叫他从工厂回来!他们到门口了!他们会砸门进来的!啊,去叫约翰啊!"

与此同时,可以听到墙外面聚集而来的脚步声——这是她一直凝神听着的声音,而不是玛格丽特说的话——在木栅栏外是一片越来越响的愤怒狂躁的人声。木栅栏一阵摇晃,好像是视线外的那群狂徒正在用身体猛撞。他们退下一小段距离,是为了一起用更坚定团结的力量冲击,直到他们猛烈的冲力让牢固的大门像风中芦苇那样晃动起来。女士们聚集在窗口,被眼前惊悚的一幕吓得目瞪口呆。桑顿夫人、女佣们、玛格丽特,都在那里。范妮已经回来了,她尖叫着跑上楼梯,就像有人在身后步步紧追;她扑在沙发上,歇斯底里地抽泣起来。桑顿夫人等候着儿子,他还在工厂里。他走出门来,抬头看着她们——那一群惨白的脸庞——冲她们鼓励地笑笑,然后把工厂的门锁上。接着,他叫一个女人下楼去开门,因为范妮在拼命逃回来的时候把门闩上了。桑顿夫人亲自下楼去开。他那为人熟知、威风凛凛的声音在门外那群狂怒的工人听来,似乎迎合了他们嗜血的心情。他们在此之前一直都没说什么话,所有的力气都用在砸开大门这一艰巨的任务上。但是现在,听到桑顿先生在门里说话,他们极其狂暴地叫骂起来,桑顿夫人在他走回房间前,脸色都吓白了。桑顿先生走进来,脸色微微发红,但是眼神在面对迫在眉睫的危险时却炯炯有神。他脸上有一种骄傲自负的神色,哪怕他不是英俊动人,这也让他显得仪表高贵。玛格丽特一直担心自己在遭遇意外时会失去勇气,那样自己就会变成自己最不齿的那种人——懦夫。但是现在,在危险逼近、自己理应害怕的时刻,她却忘记了自己,只对目前的事情感到强烈的同情——强烈得近乎痛苦。

桑顿先生走上前来,坦诚地说:"很抱歉,黑尔小姐,你来我们家居然遇上这么不幸的时候。我担心,你可能会被卷进一些我们不得不承受的危险中去。妈妈!您是不是最好躲到后面房间里去?我不知道他们会不会从平纳巷冲进马厩院子,如果没有,你在那里会比在这里安全。去吧,简!"他冲着女管家继续说。简离开了,其他人都跟在她后面。

"我待在这里!"桑顿夫人说,"我会一直和你在一起。"而且说实话,退到后面的房间也没有什么用处。人群已经包围了后面的外屋,而且发出凶狠恐吓的叫喊。用人们尖叫着退到阁楼上。而桑顿先生在听到那些声音时轻蔑地笑了。他瞥了一眼玛格丽特,她正独自站在最靠近工厂的窗前。眼睛闪闪发亮,脸颊和嘴唇绯红。她似乎感到他的目光,于是转身面向他,问了一个在心里盘桓了很久的问题。

"那些外地来的可怜工人在哪里?在那边的工厂里吗?"

"是的!我把他们藏在后面楼梯正对的小房间里,还嘱咐他们,如果听到有人进攻工厂大门,就冒一切危险从那里逃出去。外面的那些人要找的不是爱尔兰工人——而是我。"

"警察什么时候能到?"他的母亲镇定地低声问道。

他掏出怀表,还是一如既往地冷静。然后心里盘算了一下:

"假如威廉斯在我叫他的时候就直接去了,并且没有被堵在外面的人群里——那么还需要二十分钟。"

"二十分钟!"他的母亲说,声调里第一次显露出害怕。

"妈妈,快把窗子都关上,"他大声说,"大门经不起那样的冲击了。把那扇窗关上,黑尔小姐。"

玛格丽特关上面前的窗户,桑顿夫人关窗的手指瑟瑟发抖,于是玛格丽特又去帮她。

不知出于什么原因,视线之外的街道上人们有几分钟停止了骚动。桑顿夫人万分焦急,看着儿子的脸色,似乎想从他那里知道为什么人群突然安静下来。他板着脸,只看到轻蔑傲慢的僵硬线条,从那里既看不到希望,也看不到害怕。

范妮努力站起来:"他们走了吗?"她耳语般地轻声问道。

"已经走了!"他回答道,"你听!"

她凝神听着,他们都能听到那一片沉重的喘息声,木门慢慢倒塌的吱嘎声,铁栓断裂的声音,沉重的大门轰然倒下的声音。范妮摇摇晃晃地站起身——朝着母亲走了一两步,晕倒在她的怀中。桑顿夫人用力扶起她,与其说是用力气,不如说是用意志力把她抱出去了。

"谢天谢地!"桑顿先生看着她出去后说,"你是不是最好也到楼上去,黑尔小姐?"

玛格丽特的嘴型在说"不",但是他听不见她的声音,因为外面无数的脚步声已经逼到房子的墙根下,低沉愤怒的人声猛烈地咆哮着,带着残忍满足的嗡嗡声。这比几分钟之前在外面的叫喊声更加可怕。

"别害怕!"他想要宽慰她一下,"很抱歉居然让你陷到这样的危险中。但是这种情况持续不了多久了,再有几分钟,警察就会过来了。"

"哦,老天哪!"玛格丽特突然嚷起来,"那是鲍彻。虽然他气得脸色铁青,但我认出他了,他努力想挤到前排来——你看,你看!"

"谁是鲍彻?"桑顿先生冷淡地问,他走近窗户寻找那个让玛格丽特如此关注的人。工人们一看到桑顿先生,就发出一阵大叫——这根本就不像是人类的声音,反而像是凶恶狂暴的野兽在食物逃开的时候那种魔鬼般的恨意。甚至连桑顿先生都往后退了一会儿,对自己引发了这么强烈的恨意感到惊愕。

"让他们喊吧!"他说,"再有五分钟——我只希望那些可怜的爱尔兰工人不要被这样魔鬼般的吼叫吓傻了。勇敢地再坚持五分钟,黑尔小姐。"

"别担心我,"她急忙说,"但五分钟内会发生什么?你不能做些什么去安抚一下这些可怜人吗?看到他们这样真叫人难过。"

"警察会直接过来的,那样他们就会讲些道理了。"

"讲道理!"玛格丽特立刻问,"什么道理?"

"唯一的道理就是怎么去对付这种已经退化成野兽的人。天哪!他们转到工厂大门那儿去了。"

"桑顿先生,"玛格丽特因为激动而全身颤抖,"如果你不是懦夫的话,立刻下楼吧。下去像个男子汉一样面对他们。救救那些可怜的爱尔兰人吧,是你把他们招来的。和你的工人们说说话,把他们当普通人,和气地说说话。别让警察来了,别让这些被逼疯的可怜人受到伤害。我看到有个人已经疯了。如果你还有一点勇气和高贵的品格,就走出去和他们说说话吧,男人与男人的对话。"

她说话的时候,他转身面对她,看着她。他倾听的时候脸上乌云密布,听完她的话后,咬紧了牙关。

"我会去的。也许我会请你陪我一起下去,在我后面把门闩上。我的母亲和妹妹需要这一层保护。"

"哦,桑顿先生!我不知道……我也许说错了……只是……"

但他已经离开了,他到了楼下的客厅,打开前面的门闩;她所能做的就是快步跟着他,在他身后闩好门,然后心怦怦跳着,头昏昏沉沉,重新走上楼梯。她又站到最旁边的窗户前。他站在下面的台阶上,从上千双愤怒的眼睛注视的方向就可以知道这一点。但是她既看不见也听不见,只有一阵阵残酷愤怒的低吼。她把窗户完全推开。人群中很多还是年轻小伙子,凶狠又无知——凶狠是因为他们无知。还有成年人,像狼一样瘦削,狂热地搜寻猎物。她知道这是怎么回事,他们就和鲍彻一样,家里有嗷嗷待哺的孩子——完全寄希望于罢工成功来获得更高的工资,但因为发现爱尔兰工人抢走了给孩子们的食物而极度愤恨。玛格丽特全都明白,她看到鲍彻的脸因为无助绝望和怒不可遏而发青。如果桑顿先生肯对他们说几句话——只是让他们听听他的声音——那也比现在好,现在工人向着一片死寂乱吼乱叫,却得不到一句回应,哪怕是一声怒吼或是责骂。但是也许他现在正在说话,工人们那像动物吼声一样含糊的叫喊暂时停息了下来。她摘下帽子，伸长身体去倾听。她只能看见下面的情况，如果桑顿先生真的想要说话，工人想听他说话的短暂冲动已经消失不见，人们比之前叫嚷得更凶了。他环抱双臂巍然地站着，像雕塑一样纹丝不动，苍白的脸上压抑着激动。他们想要吓唬他——让他退缩，每个人都在鼓动旁人立刻进行人身攻击。玛格丽特的直觉感到，人群马上就会骚动，局势一触即发，身处几百个暴怒的成年人和莽撞的小伙子中，连桑顿先生的性命都不安全——狂暴的情绪顷刻之间就会越过警戒线，横扫所有理性的防线，也不再考虑后果。她一直看着，看到后面的小伙子弯腰脱下笨重的木底鞋——这是他们能找到最顺手的武器。她感到这是点燃炸药的火星，于是喊了一声，但无人听见。她冲出房间，冲下楼梯——猛然大力地托起门上的大铁闩——把门推得大开——她站在那里直面愤怒的人海，眼神中射出满含责备的光芒。木底鞋就停在手上没有扔出来——那些刚刚还凶神恶煞的脸，现在都露出犹豫不决的神色，似乎想知道这是怎么一回事情。因为她站在了他们和敌人之间，她说不出话，只是向他们伸出手臂，直到自己喘过气来。

"啊，不许使用暴力！他就一个人，你们人这么多。"但是她的声音渐渐弱下去，因为嗓子发不出声音，那只是嘶哑的低语。桑顿先生往旁边挪了一下，从她的身后走出来，似乎生怕有什么挡在了自己和危险之间。

"走吧！"她又说了一遍（这次她的声音就像是在哭喊），"已经派人去叫警察了——就要到了。安静地离开吧，走吧。不管你们有什么样的委屈，最后都会解决的。"

"会把那些爱尔兰恶棍再运回去吗？"人群中有一个人问，声音凶狠可怕。

"不可能，想得美！"桑顿先生大声喊道。暴风雨顿时再次爆发，呐喊声四起，响彻天空——但是玛格丽特没有听到。她的眼睛盯着之前拿着木底鞋武装自己的那帮小伙子。她看到了他们的手势，知道是什么意思，也明白了他们的目的。再过一会儿，桑顿先生就可能会被击倒——是她催促和怂恿他到这个危险境地来的。她只想着怎么才能救他，于是她张开双臂护住他，把自己的身体当作盾牌，保护他不受远处暴徒的伤害。尽管如此，他还是环抱着胳膊，从她怀抱里挣脱开来。

"快走，"他用低沉的声音说，"你不应该待在这儿。"

"应该！"她说，"你没看见的，我看见了。"如果她认为自己的性别能起到保护作用——如果她收回视线、转开脸庞不看这些极度愤怒的人们，而希望自己再看他们时对方会停下来反省，或者悄悄地溜走——那她就错了。他们不计后果的愤怒已经将他们冲昏了头脑，停不下来了——至少其中某些人已经到了这个地步；因为带头闹事的总是那些野蛮的小伙子，喜欢残忍刺激——对可能造成的流血事故全不在意。一只木底鞋呼啸着腾空而来。玛格丽特看着它一路飞过来，惊奇地睁大了眼睛。它没有打中目标，她被吓得晕头转向，但是没有改变自己的姿势，只是把脸贴在桑顿先生的手臂上。接着，她又转过脸说：

"看在老天的分上！不要使用暴力，这会毁了你们的目的。你们根本不知道自己现在在做什么。"她努力使自己的话说得清楚明了。

一块尖锐的石头从她脸边飞过，擦破了她的前额和脸颊，她的眼前突然一片漆黑。她伏在桑顿先生的肩头，就像死去了一样。于是他张开怀抱，瞬间用一只手臂把她抱在怀里。

"你们做的好事！"他说，"你们到这儿来驱逐无辜的外地人。你们几百个人——攻击一个人；一位女士走到你们面前，请求你们为了自己理智一些，你们就把怯懦的怒气发在她身上！做得真好！"他说话的时候，工人都沉默了，只是瞪着眼，张大嘴看着。那一缕深红的血迹把他们从愤恨的恍惚中唤醒。最靠近大门的一些人羞愧地溜出去了，人群开始移动——他们在后退。只有一个声音在叫喊：

"那石头是冲你去的，你却躲在一个女人背后。"

桑顿先生气得浑身发颤。流血让玛格丽特清醒过来了——恢复了微弱、模糊的意识。他温柔地把她放在门前的台阶上，她的头靠在门框上。

"你能在这里歇一会儿吗?"他问道。还不等她回答,他就缓缓地走下台阶,径直走到人群中去。"现在杀了我吧,如果这就是你们残忍的目的。这里没有女人来保护我。你们可以打死我——但你们绝对不可能让我改变已经决定的主意——你们做不到!"他站在他们当中,环抱双臂,正和他之前站在台阶上的姿态一样。但是人群开始向大门外退却——就和他们眼下的愤怒一样无理和盲目。或者,可能是因为他们考虑到警察就要到了,而且看到了那张仰起的惨白脸庞,双眼紧闭,像大理石一样平静而悲伤,但是眼泪还是从纠缠的长睫毛下涌出,落下来;伤口上的血滴甚至比泪水流得还要滞怠和缓慢。即使是最孤注一掷的人——鲍彻本人——也跟跟跄跄地向后退去,最终皱着眉头喃喃地咒骂着工厂主,离开了。工厂主依旧保持那样的姿态站着,用蔑视的冷眼看着他们退却。等到退却变成了逃跑(从退却的性质看,一定会变成这样),他才快步奔上台阶,来到玛格丽特身边。她努力凭自己的力气站起来。

"没事的,"她虚弱地笑着说,"只是擦破了皮,我当时是吓蒙了。哦,谢天谢地,他们走了!"说完,她哭得不能自已。

他无法安慰她。他怒气还未消散,因为意识到眼前危机已经过去,他的愤怒情绪反而更盛。他听到了远处警察来到的铿锵声,只是晚了五分钟,否则那些逃走的暴民就能感受到权力和秩序的威力。他希望能叫他们看见军队,这样他们想到自己是侥幸逃脱,就不会再生事端。当他在考虑这些事情的时候,玛格丽特紧抓着门框让自己镇定下来,但是眼前突然蒙上了一层阴影,他及时扶住了她。"妈妈——妈妈!"他喊道,"快下来——他们走了,黑尔小姐受伤了!"他把她抱进客厅,温柔地放在沙发上;看着她纯洁白净的脸庞,强烈地意识到她对于自己的意义,于是他在痛苦中说出了心里话:

"哦,我的玛格丽特……我的玛格丽特!没有人能知道你对于我有多重要!哪怕你像死去一样冰冷地躺在那里,你也是我唯一爱过的女人!哦,玛格丽特——玛格丽特!"他跪倒在她身边,喃喃地说着,似乎更像是在呜咽。他的母亲进门的时候,他吃了一惊,羞愧地站起身来。她什么也没有看见,只看到儿子脸色比平时更加苍白和严肃。

"黑尔小姐受伤了,妈妈。一块石头擦破了她太阳穴附近。我看到她流了不少血。"

"看起来她受了重伤,我差点以为她已经死了。"桑顿夫人惊恐万分地说道。

"只是晕过去了。她刚刚还和我说话的。"但是他说这话的时候,身体里所有的血液似乎都涌到心里去了,这让他全身颤抖起来。

"去叫简来,她会帮我找到我要的东西。你要不要去看看那些爱尔兰的工人,他们好像被吓坏了,又哭又叫的。"他离开了。从她身边走开的时候,他的四肢似乎重逾千钧。他去叫了简,也叫了他妹妹。她应该得到所有女性的关怀、所有温柔的照顾。可是当他想起她是怎样飞奔下楼,把自己置于危险的境地,心跳陡然加速——她就是为了救他吗?那个时候,他把她推到一边,说话也没好气;他只看到她把自己置于不必要的危险中。他走到爱尔兰工人那边,一想到她就激动地浑身战栗,几乎都听不懂他们在说些什么,也不能安慰他们,打消他们的恐惧。他们声称不愿再待在这里了,要回家去。所以他不得不一边思考,一边说着话,和他们讲道理。

桑顿夫人用古龙水清洗了玛格丽特的太阳穴。桑顿夫人和简都没有注意到伤口,直到酒精碰到伤口,玛格丽特才睁开眼睛;但是她显然不知道自己身在何处,也没有认出她们是谁。她眼前的黑晕加深了,嘴唇颤抖着抿起来,又昏过去了。

"她伤得不轻啊,"桑顿夫人说,"谁愿意去请一位医生来吗?"

"夫人,如果可以不去的话,我不想去,"简往后退了一步,"那些暴民可能还在附近,我觉得这伤口没有看起来那么深,夫人。"

"我不能心存侥幸。她是在我们家受伤的。你胆子小,简,我可不,我去吧。"

"求您啦,夫人,让我去请一位警察来吧。来了很多警察,还有士兵。"

"但是你不敢去!我不会让他们把时间花在处理我们的琐事上。

他们要逮捕暴民,要做的事情已经够多了。你待在屋子里不会感到害怕吧,"她轻蔑地说,"你继续清洗黑尔小姐的额头,可以吗?我十分钟之内回来。"

"不能叫汉娜去吗,夫人?"

"为什么叫汉娜?为什么叫别人去,你自己却不去?不用了,简,既然你不去,我就去吧。"

桑顿夫人先去了房间,就是范妮待着的那个房间。范妮看到母亲进来,吓了一跳。

"哦,妈妈,您吓坏我了!我以为您是冲进屋子里的工人呢。"

"别胡说!那些人都走了。这里到处都是警察在执行任务,但是已经迟了。黑尔小姐正躺在餐厅的沙发上,她受了重伤。我这就去请医生。"

"哦,妈妈,别去!他们会杀了您的。"她紧紧抓住妈妈的裙子。桑顿夫人用力挣脱开来。

"那你再给我找一个人去,绝不能让那个女孩失血而死。"

"血!哦,好可怕!她怎么受伤的?"

"我不知道,还没时间去问。下楼去照顾她,范妮,做点有用的事情。简和她在一起,我想她的伤口没有看起来那么严重。简不愿意离开屋子,胆小的女人!我也不愿意再听到别的仆人拒绝我,所以我还是自己去吧。"

"天哪!天哪!"范妮哭喊着,一想到屋子里有人受伤又流血,她就不敢一个人待着了,宁可下楼去。

"哦,简!"她蹑手蹑脚地走进餐厅,问道,"发生什么事情了?她看起来好苍白!她是怎么受伤的?他们把石头扔进客厅了吗?"

尽管玛格丽特的意识已经开始慢慢恢复,她看上去还是十分苍白憔悴。她倒下时难受的眩晕仍然让她极其虚弱。她可以感知到周围发生的一切,感觉到古龙水带来的清凉,而且渴望这样的清洗不要停止,一直持续下去。但是当她们停下来开始聊天时,她却不能睁开眼睛,或者请求她们继续给自己清洗。就像那些陷入昏死的人,不仅完全可以意识到周围人的行动，还可以猜到这些行动的用意，但是自己又不能动弹，也不能发出任何声音来制止他们为葬礼做的恐怖的准备工作。"

简停止了清洗，来回答桑顿小姐的问题：

"小姐，如果她待在客厅里，或者是上楼来找我们，她就根本不会受伤；我们待在前面的阁楼里，可以看见所有的事情，而且远离危险。"

"那么，她在哪里呢？"范妮慢慢地凑近问道，因为她已经不再害怕看到玛格丽特苍白的脸庞。

"就在前门外——和少爷在一起！"简意味深长地说。

"和约翰！和我哥哥！她怎么会去那里的？"

"唉，小姐，我可不想多嘴，"简一边说一边微微摇摇头，"但萨拉说……"

"萨拉怎么说？"范妮又急切又好奇地问。

简继续清洗，就好像是不大情愿再重复一遍萨拉说的或是做的事情。

"萨拉怎么说？"范妮着急地问，"说话别藏着掖着的，这样我根本听不懂。"

"呃，小姐，既然您一定要知道……您看，萨拉就待在右手边的窗口，那里看得最清楚了，她说——当时就这么说的，说她看见黑尔小姐的胳膊搂着少爷的脖子，当着所有人的面紧抱着他。"

"我不信，"范妮说，"我知道她喜欢我哥哥，这一点谁都看得出，而且我敢说，只要能让我哥哥娶她，她愿意付出一切，我可以告诉她，他绝不会娶她的。但是我不相信她这么大胆放肆，居然用胳膊搂住哥哥的脖子。"

"可怜的小姐！如果那是真的，她付出的代价真够大的。我敢说，那一下让她的头部大量出血，估计再也好不了了。她现在看上去毫无生气。"

"啊，我真希望妈妈能回来！"范妮拧着两只手说，"我以前从来没有和死人待在一间屋子里过。"

"待着吧，小姐！她还没死，她眼皮还在颤抖，这儿还有眼泪顺着脸颊流下来。和她说说话吧，范妮小姐！"

"你好点没有？"范妮问道，声音一直发颤。

没有回应，她似乎也没有认出说话的人。虽然她脸上的其他部分还是暗淡惨白的，但嘴唇恢复了一点淡粉色。

桑顿夫人急急忙忙地走进来，身边是她能找到的离这儿最近的医生。

玛格丽特睁开蒙眬的眼睛，迷迷糊糊地看着她。"她怎么样？亲爱的，你好点了吗？这是洛维医生，他来给你看看病。"

桑顿夫人既大声又清楚地说道，就像是面对一个聋子。玛格丽特努力地坐起来，本能地用蓬松浓密的头发盖住伤口。"我现在好多了，"她说，声音低沉微弱，"刚才有点不舒服。"

她顺从地让医生握住她的手诊脉。医生要求检查她前额的伤口，她的脸顿时红了。接着，她抬眼看着简，似乎因为她在看着，要比医生的检查更加让她感到不好意思。

"我想那不大严重。我现在好多了。我必须得回家了。"

"等我敷上膏药条，您要休息一会儿，才能回去。"

她急忙坐下来，一句话也不说，让医生来给她敷伤口。

"如果可以的话，"她说，"我必须得走啦。我想妈妈应该不会看到吧。伤口被头发遮住了，是不是？"

"是的，谁也看不到。"

"但是你现在不能走，"桑顿夫人急切地说，"你身体还没有恢复。"

"我必须得走，"玛格丽特坚决地说，"想想我妈妈。如果他们听说……无论怎样，我必须要走了。"她激动地说，"我不能待在这里。可以帮我叫一辆马车吗？"

"你的脸上通红，还在发烧。"洛维医生观察着她的脸色。

"这只是因为我现在在这里，心里又着实想回家。空气……走到外面去,对我的身体比什么都要好。"她恳求着说。

"我觉得她说得很对,"洛维医生回答说,"如果她的母亲真病得像你回来路上说的那么严重,那么如果她听说了这边的骚乱,又看到女儿没有按时回家,她的病会更加严重的。伤口不是很深。如果你家女佣还不敢出门的话,我就去叫一辆马车吧。"

"哦,谢谢您!"玛格丽特说,"这再好不过了。就是这间屋子里的空气让我这么难受。"

她靠在沙发上,闭上眼睛。范妮示意她母亲走出房间,对她说了些什么。这些话让桑顿夫人和玛格丽特一样,也急切地希望她尽快离开。并不是说她完全听信了范妮的陈述,但是她听信的那部分已经让她在和玛格丽特告别的时候态度变得十分冷淡。

洛维医生坐着马车回来了。

"如果不介意的话,我送你回家吧,黑尔小姐。街上现在还不太平静。"

玛格丽特现在的思绪已经活跃起来了,她很希望能在到克兰普顿新月街之前就摆脱掉洛维医生和这辆马车,以免惊吓到她的父母。其他的想法她暂时抛在一边。别人说起她时那些无理的话语,那场噩梦,她永远无法忘却——但是这可以等到她身体好一些再理会——因为,唉!她现在还很虚弱,她的思绪在寻找着一件可以让她镇定下来的事情,以防自己在另一阵可怕难受的晕眩中完全昏迷过去。

第二十三章　产生误会

> 他母亲看到这一切，
> 心中烦恼万千，
> 不知所措。
>
> ——斯宾塞①

玛格丽特离开还不到五分钟，桑顿先生就走了进来，脸色通红。

"我没法早点回来，主管要……她在哪里？"他环视餐厅，几乎是怒气冲冲地看向他的母亲。桑顿夫人正在平静地归置凌乱的家具，没有立刻回答。"黑尔小姐在哪里？"他又问道。

"回家了。"她颇为简短地答道。

"回家了！"

"是的，她身体好多了。实际上，那个伤口我看不怎么严重，只不过有的人动不动就会昏过去。"

"我很遗憾，她回家了，"他说着，焦躁地走来走去，"她身体应该还没有恢复过来吧。"

"她说她没事了，而且洛维医生也这么说。我亲自去请医生的。"

"谢谢您，妈妈。"他停下来，微微地伸出手，去握母亲的手，想对她表示感谢。但是她没有留意到这个动作。

"那些爱尔兰工人你是怎么安排的？"

"我在天龙餐厅给他们订了一顿好菜，那些可怜的人。然后，我很幸运地碰到了格兰迪神父，请他去和工人们谈谈，劝告他们不要全都离开。黑尔小姐是怎么回家的？我肯定她还走不动。"

---

① 斯宾塞（Edmund Spenser, 1552—1599），英国诗人，引文出自他的重要作品《仙后》(The Faerie Queene)第4卷第12章。

"她叫了一辆马车。事情都安排得十分妥当,连车费都付好了。我们说点别的事情吧。她已经惹了够多的麻烦了。"

"如果不是因为她,我都不知道自己现在会在哪里。"

"你当时真的那么无助,得要一个姑娘来保护你吗?"桑顿夫人轻蔑地说。

他顿时脸红了。"那一下是冲着我来的,完完全全是为了打中我,但是她替我挨了那下——不是每个姑娘都会这么做的。"

"陷入爱情的姑娘会做出很多事情的。"桑顿夫人简短地说。

"妈妈!"他向前走了一步才站定,激动得直喘气。

她看到儿子明显是费了一番力气才镇定下来,有点吃惊。她还不确定由她激起的这种情绪的性质,但是很清楚的一点是它很强烈。是愤怒吗?他双眼炯炯有神,胸口起伏不定,呼吸又粗又急。那是喜悦、愤怒、自豪、惊喜和质疑交织在一起,但当时她没有理解。然而,这仍旧让她感到不安——所有强烈的情绪,如果不能理解或是认同它的起因,都会产生这样的影响。她走到餐具柜前,打开抽屉,取出一块抹布。这是她放在那里以备不时之需的。她刚刚看到沙发光洁的扶手上有一滴古龙水,所以本能地想去擦掉。但是她背对儿子的时间太长了,再开口说话的时候,她的声音显得异常拘谨。

"你对那些闹事的工人采取了什么措施吧?你不再担心有别的暴力事件了,是不是?警察在哪里?需要他们的时候总是不在近旁。"

"恰恰相反,大门被冲开的时候,我看到有三四个警察正四处殴打人群,和他们搏斗,还挺卖力的。院子里的人都散开时,又来了更多的警察。如果我那时能清醒点儿,本来可以把一些带头的家伙绳之以法的。但这也不难,很多人都能认出那些暴徒来。"

"但是他们今晚还会回来吗?"

"我会在厂房里安排足够的守卫。我已经和汉伯里巡长约好,半个小时之后在警局见。"

"你得先吃些茶点。"

"茶点!是的,我得吃点。现在六点半,我可能会出去一段时间。

您早点睡,别等我回来了,妈妈。"

"你是要我在看到你平安回来之前就去上床睡觉,是吗?"

"呃,也许不行,"他犹豫了一会儿,"但我要和警察把事情安排好,还要见汉普和克拉克森。然后如果还有时间,我想绕到克兰普顿去一趟。"他们四目相对,凝视了对方一小会儿。接着,桑顿夫人问道:

"为什么你要绕到克兰普顿去一趟?"

"去问候黑尔小姐。"

"我会派人去的。威廉姆斯会把她来借的水床垫给她送过去。他会问候她。"

"我必须得亲自去。"

"不仅仅是问问黑尔小姐吧?"

"是的,不只是这样。我还想谢谢她,为我挺身而出,站在我和暴徒之间。"

"你究竟为什么要走下楼去?那简直是把你的脑袋放在狮子口中!"他敏锐地瞥了母亲一眼,看出她并不知道自己和玛格丽特在客厅的对话,于是用另一个问题来回答:

"我离开家以后,您会不会害怕?我得叫一些警察来吧。或者最好我们现在就叫威廉姆斯去请他们吧,这样等我们喝完茶,他们就到这边了?时间挺急的,我十五分钟后就要走了。"

桑顿夫人离开了房间。用人们都莫名其妙,她的指示一向都是直接明确,现在却茫然不定。桑顿先生还待在客厅里,努力想着要去警局办的事,但心里想的其实是玛格丽特。除了她的双臂环绕在自己脖子上的感觉,一切好像都是模模糊糊的——他一想到那轻柔的拥抱,脸上就一阵阵泛红。

喝茶的时候大家本来都很安静,只有范妮喋喋不休地描述自己的感觉。她怎样大为惊恐——后来认为他们离开了——又觉得四肢都绵软无力,不停地颤抖。

"好啦,别再说了,"她哥哥从桌旁站起来说,"现在的情况对我来说，已经够糟了。"他正准备离开房间的时候，他妈妈把手搁在他的胳膊上，让他停下脚步。

"你去黑尔家之前，先回来一趟。"她低沉又焦虑地说。

"我心里有数。"

"为什么？是不是因为那个时候太晚了，会打扰他们？"范妮自言自语地说道。

"约翰，今晚就回到我身边吧。对黑尔夫人来说是太晚了，但并不是因为这个。明天，你可以……今晚回家来吧，约翰！"她很少这样恳求儿子——因为她太骄傲了，不过这样做总是会奏效。

"我办完正事就直接回来。您一定会派人去问候他们——去问候她的，是不是？"

在范妮眼里，桑顿夫人完全不是一个健谈的同伴，即使她哥哥不在，妈妈也不愿意听她说话。但是等他回来以后，她热切地倾听和观察儿子说的所有细节，譬如他采取了怎样的措施来保护自己，保护他雇的工人，不让白天的暴乱重演。他明确了自己的目标。对于那些参与暴乱的人来说，惩罚和受苦是必然的结果。因为财产应得到保护，厂主的意志力应该像刀锋一样干净利落地切中要害。

"妈妈！您知道我明天要和黑尔小姐说什么，是吗？"这个问题让她猝不及防，因为刚刚谈话中断时，她至少已经忘记了玛格丽特。

她抬头看着儿子。

"是的，我知道。你也没有别的办法。"

"别的办法？我不明白。"

"我的意思是，她已经不顾一切地向你表露感情了，那么你出于责任，不得不……"

"出于责任，"他轻蔑地说，"恐怕这和责任没有什么关系。'她不顾一切地表露感情！'您指的是什么感情？"

"唉，约翰，你没必要生气啊。她难道不是冲下楼去，抱紧你，在危险中保护你吗？"

"是的，"他说，"但是，妈妈，"他接着说，忽然在母亲的面前停下脚步,"我都不敢抱希望。我以前从没有这么优柔寡断过,但是我不敢相信这样的姑娘会喜欢我。"

"别犯傻了,约翰。这样的姑娘!唉,听你这么说,好像她是公爵的女儿似的。我说,你还要什么别的证据,来证明她喜欢你呢?我敢说,她已经和自己看待事情的贵族派头做了好一番斗争了。但是她终于明白了自己的心,这叫我喜欢她一些了。我说得太多了,"桑顿夫人慢慢地笑着,眼里有泪光闪烁,"今晚之后,我就排在第二位了。我想让你再多陪我一会儿,只属于我,所以我恳求你明天再去。"

"最亲爱的妈妈!"(然而,爱情是自私的,他立刻又想到那些希望和忧虑,这样桑顿夫人心头不知不觉笼上一层阴冷的暗影。)"但是我知道她并不喜欢我。我要拜倒在她脚下——我必须这么做。哪怕只有百分之一的机会,千万分之一的机会,我也会这么做的。"

"别怕!"他的母亲一边说,一边竭力压抑着自己的委屈,因为儿子没有注意她难得表露出的母爱,也没有注意到她因为强烈的母爱被忽视而带来苦涩的嫉妒。"别怕,"她冷冷地说,"从爱情上来说,她也许配得上你。她一定是花了大力气来战胜自己的骄傲。别担心,约翰。"她吻了他,向他道晚安,接着缓慢庄重地走出了房间。但是当她回到自己房间,反锁了门坐下之后,却一反常态地哭了起来。

玛格丽特走进房间(她的父母静静地坐着,轻声说着话),脸色看起来十分苍白。她走到他们跟前,这才勉强开口说话。

"桑顿夫人就会送水床垫来的,妈妈。"

"亲爱的,你似乎很累啊!外面很热吗,玛格丽特?"

"特别热,街上还有罢工,挺乱的。"

玛格丽特的脸色又恢复了往常的鲜艳生动,但是马上又消失了。

"这是贝茜·希金斯写来的信,请你去看看她,"黑尔夫人说,"但是我觉得你看起来太累了。"

"是的!"玛格丽特说,"我太累了,去不了。"

她泡茶的时候,一言不发,浑身一直在发颤,所以看到父亲全神贯注关心着母亲,没有注意她的脸色,她感到很庆幸。甚至妈妈都躺在床上了，他也不愿意离开，而是读书给她听，直到她入睡。所以玛格丽特独自待着。

"现在我可以想想这件事了——现在我会想起这一切，之前我不能想——我不敢想。"她静静地坐在椅子上，双手环抱膝盖，嘴唇紧紧地闭着。眼神专注，似乎看到了什么幻象。她深深地吸了一口气。"我这样一个讨厌大张旗鼓的人，一个鄙视表露感情的人，一个觉得他们缺乏自制力的人，自己却跑下楼去，像戏里的傻瓜一样投身到那场混乱中！这有什么用处呢？我敢说就算我不下楼，他们也会离开的。"但是她正确的判断力立刻就觉察到，这不是合理的结论，"不，他们大概不会离开。我做得对。但是我究竟为什么会那样守护着他，就好像他是一个无助的孩子！唉！"她说着，紧紧握着自己的双手，"在我做出这么丢脸的事情之后，也难怪那些人认为我爱上了他。我恋爱了——正是爱上了他！"她苍白的脸庞突然变得火热，她用双手遮住脸颊。等到她再拿开双手时，手心已经被滚烫的泪水沾湿了。

"她们竟然那样谈论我，我怎么会沦落到这个地步！对其他任何人我都不会这么勇敢，正是因为他对我来说完全是无关紧要的人——真的，如果我不是完全厌恶他的话。这让我更加迫切地希望双方都是公正平等的，我也明白什么是公正平等。"她激动地说，"他就站在那里——一边避难，一边等着警察来，警察会逮捕这些可怜而疯狂的人，就像从陷阱里捉取猎物——他完全没有试着让他们恢复理智。这就是不公正。而他们那边更是糟糕，威胁要攻击他，并且这么做了。所以再来一次我还是会这样做的，其他人想说什么就说吧。如果说我阻止了一次可能发生的冲突、一次残酷愤怒的行为，那我也只是做好了一位女性分内的事情。就让她们尽情侮辱我身为未婚女子的尊严吧——我走过上帝面前时仍是纯洁的！"

她抬头向上看，一种崇高的平和似乎降临到她脸上，让她的脸色显得安宁，最后她的脸"比雕琢出的大理石还要宁静"。

迪克逊走进来说："打扰您了，玛格丽特小姐，这是桑顿夫人派人送来的水床垫。现在恐怕太晚了,夫人都要睡着了,不过明天能用上就挺好的。"

"很好,"玛格丽特说,"请一定替我们好好谢谢她。"

迪克逊出去了一会儿又回来了。

"打扰您了,玛格丽特小姐,他特别问候您的身体如何。我想他肯定是指夫人,但是他说少爷嘱咐他的最后一句话是:问问黑尔小姐怎么样。"

"我!"玛格丽特说着,站起身来,"我身体很好。告诉他我很好。"但是她的脸色惨白,简直和手帕一个颜色了,而且她的头也痛得厉害。

这时黑尔先生走了进来。妻子睡着后他就离开了,玛格丽特看得出来,他想要听她说一些有趣可笑的琐事。于是她没有抱怨一个字,体贴耐心地压抑着自己的痛苦,努力找出无数的小事情来说——除了那场暴动,她对此只字不提。因为一想到这件事就让她不舒服。

"晚安,玛格丽特。我今晚会睡得很安心,可是你的脸色看上去很苍白。如果你妈妈需要什么的话,我会叫迪克逊的。你快上床去好好睡一觉吧,我知道你很需要休息,可怜的孩子!"

"晚安,爸爸。"

她任凭自己的脸色苍白,勉强挤出的微笑都消失了,眼睛因为强烈的疼痛变得迟钝。她让自己坚强的意志力放松一下,不再那么紧张。等到早晨,她可能还会觉得疲倦无力。

她躺下来,一动不动。移动一下手脚,甚至是一个手指头,对意志和身体机能来说都很费劲。她十分疲倦,头昏脑胀,所以觉得自己完全没有睡着。狂热的思绪在睡梦和清醒中间反复盘旋,痛苦的感觉却始终不变。尽管虚弱无力,却不能独自待着——一大群人仰脸看着她,她没有感觉到特别强烈的愤怒或是个人危险,她感觉到的是一种深切的耻辱感,因为自己竟然被这么多人凝视着——这种耻辱感特别强烈,似乎哪怕是挖个地洞把自己隐藏起来,她也摆脱不掉那么多人直勾勾的目光。

第二十四章　澄清误会

最初，是你的美丽占据了我的心，
灼伤我无所畏惧的心扉，
我沦为俘虏，在幽禁中日渐消瘦，
遭受无情严厉的惩罚；
但是你的奴仆此情不渝，
不顾你粗暴的拒绝和沉默的自负。

——威廉·富勒 ①

次日早晨，玛格丽特挣扎着起了床，十分庆幸那一夜已经过去了，算不上神清气爽，但是总算好好休息了一下。屋子里一切都挺好，母亲只醒了一次。炎热的空气中荡漾着一丝清风。虽然周围看不到树叶在风吹过时嬉戏摇动的样子，但玛格丽特知道，在某处，在路边，在小树丛中，或是在浓密的森林中，那里总会有一种悦耳的、喃喃的舞动声，一种冲击倾泻的声音，一想到这种声音，她的心里就回荡起久违的欣喜之情。

她坐在黑尔夫人的房间里做着针线活。等着母亲从晨睡中醒来，她就帮妈妈穿好衣服。吃过午饭，她要去看望贝茜·希金斯。她会忘掉和桑顿家有关的所有记忆——除非他们亲自站在她面前，否则没有必要去想到他们。不过，当然啦，她越是竭力不去想他们，他们的形象却越加鲜明地呈现在眼前。她苍白的脸庞上不时地泛起火热的红晕，使她脸色绯红，就像一线阳光迅速穿过乌云，掠过海面。

迪克逊轻轻推开房门，踮着脚走到坐在拉起窗帘的窗户旁的玛格

---

① 威廉·富勒（William Fowler, 1560?—1612），英国诗人，引文见《爱之狼蛛》(The Tarantula of Love) 中第九首十四行诗。

丽特身边。

"玛格丽特小姐,桑顿先生在客厅里。"

玛格丽特停下了手中的针线活。

"他要找我吗?爸爸在家吗?"

"他要找您,小姐。老爷出去了。"

"很好,我这就来。"玛格丽特平静地说。但是她拖延了一会儿才去。桑顿先生站在一扇窗前,背朝着门,看起来像是完全沉浸地观赏着街景。但实际上,他很为自己担心。一想到她要过来,他就心跳得厉害。他忘不了她的胳膊环抱着自己脖子的触感,那时他的心情是急躁不安的,但是现在一回想起她紧抱着他、保护着他,就让他浑身发抖——所有的决心、所有的自制力都化为乌有了,就像是碰到火堆后立刻融化的蜡烛。他担心自己会直接迎着她走上前去,默默地张开双臂,请求她过来偎依在自己怀里,就像她那天无意中做出的那样,但是以后再也不会是无意的了。他的心怦怦地直跳。尽管他意志坚强,但是一想到他接下来要说什么,她会做出什么反应,就浑身颤抖。她可能会垂下眼帘、满脸绯红,扑到他的怀里,仿佛那里是她自然的归宿。这一刻,这样的念头让他顿时脸红起来,但下一秒,他又担心会遭受一次激烈的拒绝。一想到这里,他对未来的憧憬就彻底萎靡了,不敢再多想了。他突然感觉到房间里多了一个人,于是吃惊地转过身来。她已经轻轻地走进来了,但是他没有听到。他漫不经心地看着窗外,所以街上的喧嚣声要比她穿着软布裙款款走动的声音清晰得多。

她站在桌子旁,没有请他坐下来。她的眼睑半垂,遮住了眼睛;牙齿微微闭着,但是没有咬紧;双唇微微张开,可以看见唇线下洁白的一排牙齿。她低沉缓慢的呼吸让她狭窄秀气的鼻孔稍稍张开,这是她面部唯一可见的动作。光洁的肌肤,圆润的脸颊,丰满的唇线,嘴角深深的酒窝,此刻看起来全都显得苍白憔悴。深色的秀发披在额角,遮住了昨天那一击的伤口,头发的暗影使她脸上更加失去了往常自然健康的颜色。虽然她眼眸低垂,但是她的头仍然像往常一样骄傲地微微昂着。长长的胳膊垂在身体两侧,一动不动。她的整个神态看上去就像一个罪人，被错误地指控犯了某项她厌恶和鄙夷的罪名，但是她又太愤怒，而不屑于辩白。

桑顿先生向前急走了一两步，稳定心神，冷静坚定地走向房门（她没有关），把门关上。然后他走回来，在她对面站了一会儿，饱览她妩媚动人的风姿。他不敢说话，生怕扰乱这样的美丽，还可能会驱散美丽的印象。

"黑尔小姐，昨天很感谢您——"

"你用不着感谢我，"她抬起眼睛说，直直地看着他，"你是想说，你就因为我做的那件事情，觉得自己应该感谢我。"她顾不上自己心情，也不顾自己的怒火，满脸通红，甚至连眼睛里也是这样的神色。然而她脸上庄重镇定的表情没有任何变化。"那只是自然的本能，任何一个女人都会那么做的。当我们看到危险时，都会觉得女性的神圣是一种高尚的特权。我倒应该向你道歉，"她急切地说，"我说的那些话太欠考虑，导致你走下楼，遇到了危险。"

"并不是你说的话，而是你话里传达的实情，虽然你话说得很尖锐。但是你不能因为这样就要赶我走，不愿意听我表示对你衷心的感谢，我的……"他就要说出来了，但他不愿意这样急匆匆地、过于热烈地说出口，他要好好地斟酌每一句话。他要这样，他的意志力胜利了。于是他停下说了一半的话。

"我没有什么不愿意，"她说，"我只是说，你不需要感谢我。我甚至可以这样说，你向我道谢反而会让我难受，因为我不觉得自己做了需要你道谢的事情。当然，如果这样可以帮你摆脱那种几乎是想象中的义务，那你继续说吧。"

"我不是为了摆脱什么想象中的义务，"他说，被她平静的态度刺痛了，"不管是不是想象中的——我不会问自己这个问题——我认为你救了我的性命。啊，你愿意的话，就笑出来吧，也可以认为这是在夸大其词。但我相信这一点，因为它给生命赋予了价值——哦，黑尔小姐！"他继续说，低沉的声音温柔而饱含热情，以致她在他面前不禁颤抖起来，"想想这样的场景吧，从今以后，我遇到任何开心的事情，我都会对自己说：'生活中所有这些快乐，我在世上工作时所有诚实的自豪、存在的强烈意识，都是因为她！'这会让我加倍开心，让自豪感焕发光彩，让生存意识更强烈，直到我不知道这是痛苦还是欢乐，想到这一切全都是因为一个人——啊，你必须听着，你一定得听着，"他说着，毅然决然地向前迈了一步，"因为这是我深爱的人，而之前我都不相信男人能这样爱着一个女人。"他紧紧地握住她的一只手，一边喘气一边等着听她的回答。当他听到她冷冰冰的语调时，他愤怒地甩开了她的手。虽然她的话说得支支吾吾，好像不知道怎么表达才好，但她的声音是冰冷的。

"你这么说真是让我大吃一惊，这是对我的亵渎。虽然我这只是我的第一感受，但我就是这么想的。如果我能理解你描述的那种感觉，我也许不会这么想。我不想惹你生气，而且，我们说话要轻一点，妈妈睡着了，但是你的整个态度冒犯我了——"

"怎么会！"他惊呼，"冒犯你！我真是太不幸了。"

"是的！"她恢复了庄重的态度，"我的确被冒犯了，而且我觉得很合理。你似乎误以为我昨天的行为是你我之间的私事，"她的脸颊又泛起了红晕，但是这次她的眼里闪射的是愤慨而不是羞愧，"所以你要来谢谢我，而不是像一位绅士——是的！一位绅士，"她重复一遍，隐射上次他们关于这个词的讨论，"绅士会想着，任何一位能配得上女人这个称号的女性，在看到身处人群暴力的危险中的男人，都会利用自己崇高的柔弱特点，站出来保护他的。"

"那么得救的绅士都不能表达一下感谢吗？"他傲慢地脱口而出，"我是一个男人，我要求表达感情的权利。"

"我也同意你的权利，只是你坚持行使这个权利让我很难受，"她骄傲地回答道，"但是你似乎认为，我这样做不仅仅是出于女人的本能，而是……"说到这里，气恼的眼泪（她努力地忍了很久）涌入眼睛，让她哽咽了，"而是出于我对你某种特殊情感的驱使——你！唉，那天在人群中的任何一个可怜绝望的男人，我对他们都会感到更加同情，我会为他们更加衷心地尽我所能尽的微薄之力。"

"你继续说吧,黑尔小姐。我已经了解你那些放错地方的同情心了。我现在相信,你之所以会做出那样高尚的行为,仅仅是因为你天生反对压迫——是的,虽然我是工厂主,也会受到压迫。我知道你看不上我;但请允许我这样说,这是因为你不了解我。"

"我也不想了解。"她回答,用力抓住桌角来稳住自己,因为她认为他太残忍了——是的,他就是这样——她却因为满心愤怒而虚弱无力。

"是的,我看出来你不想了解了。你对我既不公平也不公正。"

玛格丽特抿紧了嘴唇。她不愿回应这样的指责。但是,尽管如此——尽管他说了这些冒犯的话,他还是会拜倒在她脚下,亲吻她的裙摆。她一言不发,站着一动不动。她感到自尊受伤,热泪迅速地落下来。他等了一会儿,希望她能说些什么,哪怕是骂他一句,这样他可以回答。但是她保持沉默。他拿起自己的帽子。

"我再说一句。看起来,好像我的爱慕对你来说是一种侮辱。但你不能避开。是的,即使我愿意,我也不能帮你消除这种感觉。但是哪怕我可以,我也不愿意这么做。以前我从来没有爱过哪个女人,我的生活太忙了,心思都在关注别的事情。现在我爱上你了,之后也会爱着你。但是别害怕,我不会过多地表达自己的感情。"

"我不会害怕,"她答道,挺直了身子,"之前还没有哪个人敢对我无礼,以后也不会有。但是,桑顿先生,你一直对我的父亲很友好。"她的语调和姿态都变得极具女性的温柔,"我们就别再惹对方生气了吧。请别这样了!"他没有回应她的话,足足有半分钟,他只顾用大衣的袖子抚平帽子上的绒毛。接着,他拒绝握住她伸出的手,装作没有看见她严肃而遗憾的表情,忽然转身离开了房间。玛格丽特在他离开之前,看了一眼他的脸。

他离开之后,玛格丽特觉得自己看到了他眼中有泪光闪烁,这让她的骄傲厌恶的心情稍稍起了变化,变得柔和了一些,甚至有点心痛——她责怪自己给别人造成那么大的伤害。

"但是我有什么办法呢?"她问自己,"我从来都不喜欢他。我很有礼貌,但是我不愿意掩饰我的冷漠。事实上,我从来没有想过自己或者他,所以我的态度是真真切切的。昨天发生的一切,他都误会了。但这是他的问题,不是我的。如果有必要的话,我还会那么做的,尽管这会给我带来这么多耻辱和麻烦。"

第二十五章　弗雷德雷克

> 复仇可以随心所欲，
> 重振军纪，昭示起因，
> 受损海军呼吁健全的法律。
>
> ——拜伦①

玛格丽特开始感到疑惑，是不是所有的求婚都和她遭遇的两次一样，事先没有任何征兆，发生时都令人苦恼。她心里不自觉地把伦诺克斯先生和桑顿先生做比较。亨利·伦诺克斯在当时情形的诱惑下，向她表达了超出友谊的情感，这让她很遗憾。这种遗憾就是她面对第一次求婚时心里的主要感受。她当时并没有像现在这样，十分震惊——或是被深深打动，这种感觉和桑顿先生的声音还回荡在房间里。在伦诺克斯身上，他的求婚似乎只是一时越过了友谊和爱情的界限，而且他立即就感到遗憾，几乎和她一样，尽管是为了不同的原因。至于桑顿先生的求婚，就玛格丽特看来，之前没有友谊的成分。他们之间的交流一直就是一系列的意见对立。他们的观点完全抵触，而且，实际上她一直认为他不会在意她的想法，只觉得那是她个人的看法。只要她的观点公然挑战了他岩石一般强硬的性格和激情的力量，那他似乎就轻蔑地将她的观点抛到一边，直到她因感到疲倦而懒得再去提什么徒劳的异议。但是现在，他来找她，用一种奇怪而狂热的方式，向她表白自己的感情。尽管在一开始，她觉得他的求婚是被逼无奈，因为他极其同情她的真情流露——他和别人一样，误解了她——但是，甚至在他离开房间之前——肯定是在五分钟之内，她就确信了，也明白了，他的确爱着她；他之前就爱着她，之后也会爱着

---

① 拜伦（George Gordon Byron，1788—1824），英国诗人，引文见《海岛》（*The Island*）第一章。

她。她畏缩着，颤抖着，就像是置身于强大力量的蛊惑之下，这种力量与她之前的生活是完全不相容的。她想悄悄地逃开，躲着不去想他，但是没用。就仿写一下费尔法克斯·塔索的一句诗：

"他强壮的身影，在她的心中徘徊。"

她更加不喜欢他了，因为他控制了自己内心的意识。他怎么敢说他依然会爱着她，哪怕她已经轻蔑地拒绝了他？她真希望自己刚刚能说得多一些——态度更强硬些。她的脑子里涌出一系列尖锐果决的话，可是现在说出来已经太晚了。这次会面给她留下的深刻印象，就像是梦中的魔鬼，即便我们醒过来，揉揉眼睛，努力在唇边挤出一抹僵硬的微笑，它还在房间里，就在那儿——在那儿，在房间的角落里，瞪着可怕的眼睛，嘟嘟囔囔，听着我们敢不敢告诉别人它的存在。我们的确不敢，我们真是懦夫！

所以她颤抖着摆脱了他爱她不渝的威胁。他是什么意思？她就没有能力吓唬他吗？她倒要看看。作为一个男人，这样威胁她太过分了。他这么做是因为昨天那件悲惨的事情吗？如果需要的话，她明天还会这么做——心甘情愿，高高兴兴地去搭救一个跛乞丐——不管他的猜疑，不管女人们无礼冷酷的诽谤，她会勇敢地和乞丐站在一起。她这么做是因为在可以救人的时候搭救别人，哪怕只是试图去救，也是正确的、简单的、真心的。"无论结果如何，做应做的事情。"①

从桑顿离开她之后，她一直站在原地没有动。她的思绪完全沉浸在他最后说的那些话中，以及他深邃、专注、热情的眼神中，其中的火焰使得她在他面前垂下眼帘。她走到窗前，推开窗扉，驱散环绕着自己的压抑。接着，她走过去打开门，急切地希望能找个人陪陪自己，或者做些体力劳动，来忘却过去一个小时发生的事情。但是正午的屋子里一片寂静，什么声响都没有，因为屋里的病人昨夜没有睡好，现在要补觉。玛格丽特不愿意一个人待着。她要怎么办呢？"当然是去看看贝茜·希金斯啦。"她突然想到前夜送来的那封信，于是

---

① 原文为法语：Fais ce que dois, advienne que pourra。

出门了。

她到贝茜家的时候,看到贝茜躺在高背长靠椅上。虽然天气闷热,她还是离火炉很近。她平躺着,好像是一阵突发的疼痛结束后,正无力地休息着。玛格丽特觉得如果她能坐起来,呼吸会更顺畅些;所以,她一言不发地扶起贝茜,调整好枕头,这样贝茜虽然还是疲倦无力,总归舒服一些了。

"我以为再也见不到你了。"她终于说道,留恋地看着玛格丽特的脸庞。

"我担心你病情又加重了。但是我昨天没能来,妈妈病得很重——还有其他原因。"玛格丽特说着脸红了。

"你可能认为我叫玛丽去找你有点过分。但是那时的争吵和喊叫声简直要把我扯碎了,爸爸走了以后,我就想,哦!如果我能听听她的声音,听她给我读一些平静和充满希望的句子,我就可以安安静静地死去,长久地安息了,就好像婴儿在母亲的催眠曲中安然睡去。"

"要我给你读一章吗?就现在?"

"啊,好的!也许一开始我听不懂意思,那似乎很遥远,但是等你读到我喜欢的地方,那些安慰人的章节,就会像是在耳边诉说,仿佛要传遍我的全身。"

玛格丽特开始读书。贝茜来来回回地晃动着。如果她努力认真地听一阵子,下一刻她就会更加不安。最后,她脱口而出:"别读了,没有用。我脑子里一直不安生,一直生气地想到一些无可奈何的事情。你听说了那次暴乱吧,昨天在马尔巴勒工厂?你知道的,桑顿的工厂。"

"你爸爸不在那里吧,是不是?"玛格丽特问道,脸色更红了。

"他不在。如果能阻止那场暴乱,让他做什么都愿意。就是这件事让我觉得很烦。他也被这件事弄得焦头烂额。我告诉他,傻瓜常常会越界的,他也听不进去。从没有见过谁像他这样垂头丧气。"

"但是为什么啊?"玛格丽特问道,"我不明白。"

"你看呀,他是这次罢工的委员会成员。工会指派他是因为——

虽然我实在不该说的——他们认为他心思深沉，稳重可靠。他和其他的委员会成员一起提出计划。他们不论困难与否都会团结一致。大部分人的看法是怎样，那么剩下的人不管有什么想法，都得服从多数。首先，不能做违法的事情。如果人们看到他们忍饥挨饿，默默地抗争，就会跟随他们。但是，只要有一次争斗和斗殴的风声——哪怕是和工贼，那么一切都完了，这是他们从很多很多次罢工中总结出的经验。他们得尽力说服那些人，好言相劝，和他们讲道理，可能还警告他们不要上工。但是不管发生什么，委员会都要求会员在需要的时候做出牺牲，而不是奋起反抗。他们认为这样就可以争取到大多数民众。除此之外，委员会知道自己的要求是正确的，他们不想把对错混淆在一起，这样人们会难以分辨。就像你把果冻粉给我，要我把它和药粉混在一起，我也不能分辨两者；果冻粉明明多得多，但是尝起来都是药粉的味道。好了，我已经把事情都详细地和你说了，可累坏我了。你就想想吧，爸爸的工作都被人毁了，而且是被鲍彻这样一个傻子毁掉的，他心里肯定很不是滋味。鲍彻非要违反委员会的规定，破坏罢工，这和犹大①一样坏。唉，但是爸爸昨晚狠狠地说了他一通。他甚至说，要去告诉警察上哪里能找到领导暴乱真正的头儿，他要把他们交给工厂主，让工厂主去惩罚他们。他要告诉人们，真正的罢工领导人不是鲍彻那样的人，而是做事稳重周详的人，是有才干的好工人、好市民，拥护法律和裁决，愿意维护秩序。他们只要求得到自己应得的工资，否则，哪怕挨饿也不会上工。但是他们绝不会损害财产或者伤害生命。因为……"她压低声音说，"他们是这么说的，鲍彻冲桑顿的妹妹扔了一块石头，差点打死她了。"

"那不是真的，"玛格丽特说，"不是鲍彻扔的石头。"她先是脸红了，接着又变白了。

"你那时在场，是不是？"贝茜有气无力地问道。实际上，她刚刚说话断断续续的，好像说起来很费劲似的。

---

① 犹大（Judas），耶稣的门徒，为三十枚银币而出卖了耶稣，这里指叛徒。

"是的。别管这个了。继续说,不过扔石头的不是鲍彻。那他是怎么回答你父亲的?"

"他没有说话。他情绪特别激动,接着浑身颤抖,我都不忍心看他。我听到他呼吸急促,有一阵子我以为他在哭呢。但是当爸爸说会把他交给警察时,他大叫一声,往爸爸的脸上打了一拳,然后飞快地逃走了。爸爸起先被那一拳打蒙了,因为鲍彻情绪激动又挨着饿,所以很虚弱。他坐了一会儿,用手捂住眼睛,然后往门口走去。我不知道哪里来的力气,但我从长椅上下来,拉住了他。'爸爸!爸爸!'我说,'你千万不要去揭发这个可怜人。除非你答应我,不然我绝不放你走。''别犯傻,'他说,'对大多数人来说,说要比做容易。我从来没想过向警察告发他。虽然,老天啊,真该把他抓起来。如果别人做了这样卑鄙的事情,然后被抓起来,我可不会在意。但是现在他打了我,我反而不会告发他,因为这会把其他人牵扯进我们俩的争吵中。但是一旦鲍彻不再挨饿,身体也恢复了,我们就要好好打上一架了。那时我倒要看看能教会他什么。'然后爸爸挣开了我——说实话,我真的没有力气,他的脸上虽然没流血,但是很苍白,看得我心里难受。后来我也不知道自己是醒着还是睡着了,还是昏死过去了。一直到玛丽走进来,我才叫她去请你。现在别和我说话了,就把这一章读完吧。说出来我心里好受多了,但是我想听一点来自遥远世界的思想,这能清除我嘴里疲惫的感觉。读给我听吧——不要读布道文,要一章有故事情节的,那里有些画面,我闭着眼睛就能看到。读那些关于新天堂和新世界的文字吧,说不定我就会忘了这件事的。"

玛格丽特温柔地轻声读起来。虽然贝茜闭着眼睛,但她听了好一会儿,许多眼泪挂在睫毛上。最后她睡着了,但不时会被惊动,喃喃地乞求着。玛格丽特替她盖好被子,离开了她,因为她不安地意识到家里可能需要她。然而,离开眼前这个奄奄一息的女孩子,似乎又让她感到是很残忍的。

玛格丽特回来的时候,黑尔夫人正在客厅。她今天精神还不错,而且对水床垫赞不绝口。她睡过不少床,没有哪张比这张更像约翰·布莱斯福德爵士家的那些床。不知道怎么回事,她年轻时人们做那些床的手艺似乎都失传了。有人认为那很容易,都是同样的羽毛而已,但是在昨晚之前,她已经不记得什么时候还有过安稳舒适的睡眠了。黑尔先生说,以前的羽毛床垫之所以好,可能是因为年轻人有活力,所以容易睡得香,但他妻子并不赞同这个观点。

"真的不是,黑尔先生,是因为那是约翰爵士家的床。玛格丽特,你很年轻,白天会忙来忙去。床垫舒服吗?你说给我听听。你躺在上面的时候,会给你一种完全放松的感觉吗?还是你翻来翻去,总也找不到一个舒服的姿势,早上醒来的时候和入睡的时候一样疲惫?"

玛格丽特笑了:"说实话,妈妈,我从来没有想过我的床是怎样的。我晚上总是很困,不管在哪里躺下,我立刻就能睡着。所以我不是一个合适的证人。而且你知道,我又没机会试试约翰·布莱斯福德爵士家的那些床。我从没去过奥克森汉。"

"你没去过?哦,不是吧!对啦,我想起来是带着亲爱的弗雷德宝贝去的。我结婚之后,只去过一次——去参加你肖姨妈的婚礼:可怜的弗雷德那时还是个孩子。而且,我知道迪克逊从女主人的女仆变成保姆,心里不大情愿。我还担心,如果把她带到离她老家近的地方,和她的同乡待在一起,她可能会想要离开我。但是可怜的弗雷德在奥克森汉因为长牙齿病倒了。在安娜结婚之前,我一直都陪着她,而且自己身体也不大好,所以迪克逊陪着孩子的时间要比之前多得多。这让她特别喜欢他,尤其是他都不理别人而只黏着她的时候,她特别骄傲。我想她之后再也没有想过离开我了,尽管这和她为人处世的方式完全不一样。可怜的弗雷德!每个人都喜欢他。他天生讨人喜欢。当我得知里德船长不喜欢我的宝贝儿子时,我就讨厌他。我想这很能证明他心肠不好。唉,玛格丽特,你可怜的父亲,他离开房间了。他受不了别人说起弗雷德。"

"我很乐意听你说起他,妈妈。想和我说什么就说吧,我都愿意听的。告诉我他小时候的样子。"

"啊,玛格丽特,你可别难受,但是他比你好看多了。我还记得,第一次见你的时候，迪克逊抱着你，我说：'天哪，这个孩子真难看！'然后她说：'不是每个孩子都像弗雷德少爷的，老天保佑！'天哪！看我记得多清楚。那时候，我可以整天把弗雷德抱在怀中，他的小床就靠着我的床。但是现在，现在……玛格丽特……我不知道我的儿子在哪里，有时候我觉得我再也见不到他了。"

玛格丽特坐在沙发边的小凳子上，温柔地握着母亲的手，又是抚摸又是亲吻地安慰她。黑尔夫人号啕大哭。最后，她在沙发上僵硬地坐直了身体，转头对着女儿，流着泪，带着恳切的神情郑重其事地说："玛格丽特，如果我身体能好一点——如果上帝还能让我恢复健康，那肯定是因为又见到了我的儿子弗雷德雷克。那会激发我仅剩的一点健康的活力。"

她停顿了一下，似乎想要鼓足力气再说一些别的。当她又接着说的时候，声音有些哽咽和颤抖，好像是在想某个不合常理却迫在眉睫的念头。

"还有，玛格丽特，如果我活不久了……如果我注定活不过几个星期……我一定要先见见我的孩子。我不知道这件事应该怎么安排，但是，我还是派你去做吧，玛格丽特，就像你上次病中希望能得到安慰一样，把他带来见我，让我祝福他。只要五分钟，玛格丽特。五分钟不会有什么问题的。哦，玛格丽特，在我死之前，让我见见他吧！"

玛格丽特觉得这番话没有任何不合理的地方：对于那些生命垂危的病人，我们不会在他们热切的恳求中寻找理性和逻辑；回想起我们错过了千百次机会，没有满足快要辞世的亲人的愿望，这让我们感到痛心。哪怕他们向我们索要未来生活中的幸福，我们也会放到他们脚下，让自己远离这种幸福。但是玛格丽特觉得，无论从弗雷德雷克，还是母亲自身这两个角度看，黑尔夫人的这个愿望都是那样的自然、合理和公正。所以自己应该忽略其中可能的危险，尽一切努力实现这个愿望。那双睁得大大的、充满恳求的眼睛渴望地凝视着自己，尽管可怜惨白的嘴唇像个孩子般在颤抖。玛格丽特温柔地站起来，站到她虚弱的母亲对面，这样母亲就能从女儿平静坚定的脸上看出自己的愿望是可以满足的。

"妈妈，我今晚就写信，把你说的话告诉弗雷德雷克。我确信，他会立刻回来找我们的，我完全确定这一点。您放心，妈妈，世界上如果还有什么事情是可以确定的，那就是您一定会见到他。"

"你今晚就写信？哦，玛格丽特！邮车五点钟出发——你会在之前写好，是不是？我没有多少时间了——亲爱的，我感觉我不会再康复了，尽管你爸爸有时候过于宽慰我，让我又有点希望了。你马上就写信，是不是？别错过任何一班邮车，哪怕只是错过一班，我就可能见不到他了。"

"但是，妈妈，爸爸出去了。"

"出去了！那又怎么样？你是说他会拒绝我的最后的愿望吗，玛格丽特？啊，如果不是他带我离开赫尔斯通，到这个脏兮兮、灰蒙蒙又没有阳光的地方，我根本不会生病——不会死的。"

"哦，妈妈！"玛格丽特说。

"就是这样的，这是实话。他自己也清楚，他说过很多次了。他会为我做任何事情，他总不会拒绝我的遗愿吧——如果你愿意，说这是恳求也可以。而且说真的，玛格丽特，想见弗雷德雷克这个愿望，是把我和上帝隔开的唯一屏障。在这个愿望满足之前，我都不能祈祷，真的，我不能。别浪费时间了，亲爱的，亲爱的玛格丽特。在这一班邮车前写好信。那么他就可以在二十二天之内回来了！他一定会回来的。什么都不能阻止他。二十二天之后我就会见到我的儿子。"她向后倒下去，有好一会儿都没有注意到，玛格丽特坐着一动不动，双手遮着眼睛。

"你没在写！"妈妈最后说道，"把纸笔拿给我，我自己写。"她坐起来，因极度渴望而浑身颤抖。玛格丽特把手放下来，悲伤地看着母亲。

"就等爸爸回来吧。我们问问他怎么做最合适。"

"你答应过我的，玛格丽特。还不到一刻钟呢——你说他会回来。"

"他会回来,妈妈,别哭,亲爱的妈妈。我这就写,就现在——您看着我写,下一班邮车就发出去;如果爸爸觉得合适,他回来可以再写一封——只会耽误一天。哦,妈妈,别哭得这么伤心,这让我很难过。"

黑尔夫人哭得止不住眼泪,眼泪来得歇斯底里。实际上,她也没有费力去止住眼泪,而是回想着过去幸福的画面和可能的未来——描绘着一个场景——自己已经死去,一心想要见到的儿子对着她哭泣,而自己再也不知道儿子已经回来了——这让她哀叹自己的不幸,直到哭得精疲力竭,玛格丽特看得心疼不已。最后她安静下来了,在女儿开始写信的时候,热切地看着她。玛格丽特在信中快速写下自己急迫的恳求,担心妈妈会要求看信,就急匆匆地封好信。然后,为了更加安全稳妥,她遵照黑尔夫人的吩咐,亲自把信送到邮局。父亲在她回家的路上碰到了她。

"你去了哪里,我漂亮的姑娘?"他问道。

"去邮局寄一封信,给弗雷德雷克的信。哦,爸爸,也许我做错了,但是妈妈是那么热切地渴望想要见到他——她说这会让她身体好起来——她又说必须在死前见他一面,您都不知道她有多急!我是不是做错了?"黑尔先生一开始没有说话,接着他说:

"你应该等我回家的,玛格丽特。"

"我尽力想说服她来着……"她说完就沉默了。

"我不知道,"黑尔先生停顿一下,又说,"如果她真的这么想要见他,那就应该见他一面,我相信,这会比医生的药方好得多得多——而且可能会让她完全好起来,但是我担心,弗雷德雷克会冒很大的风险。"

"兵变都过去这些年了,会有什么事吗,爸爸?"

"是的,政府必须要采取非常严厉的措施来惩罚那些违背上级的行为,尤其是在海军中。在海军中,指挥官需要让下级清清楚楚地意识到,国内所有的权力都是支持他的,站在他一边的,并在需要的时候严惩伤害他的人。唉!他们才不管这些上级是怎么横行霸道的——

把性格急躁的人逼得发狂——换句话说，哪怕之后可以找到借口，这种事情在最开始就是不应该的。他们不惜一切代价，派出军舰，在海上搜寻罪犯，时间的流逝并没有冲刷掉对那次罪行的记忆——在海军部的档案中，这还是一项十分清晰的罪行，只能用鲜血抹掉。"

"哦，爸爸，我做了什么啊！但是在这个节骨眼上看起来又是正确的。我确定弗雷德雷克自己也会冒这个险。"

"他会这么做，也应该这么做。哈，玛格丽特，我很高兴你这么做了，虽然我自己没有这么做。这么做我也很庆幸，我可能会犹豫，等最后真的要做时也许就太晚了。亲爱的玛格丽特，你做得对，最后的结果也不是我们能控制的。"

一切都挺顺利，但是爸爸说兵变会受到这么残忍的处罚，让玛格丽特感到不寒而栗。如果她把哥哥劝回来，结果却用他的鲜血消除了他的过错！她看出来了，父亲后来安慰她的话里隐藏着深深的忧虑。她挽着他的胳膊，沉思着，疲惫地走回家了。

第二十六章　母亲和儿子

我已经发现神圣的栖息地
依然没有改变

————赫曼斯夫人 [1]

　　那天早晨，桑顿先生离开屋子的时候，因为感情受挫而觉得双目模糊。他感到头昏眼花，就好像玛格丽特的面容、谈吐举止全都不像一位温柔优雅的女士，而像个粗野的悍妇，在他头上猛击一拳。他确实感到身体疼痛——头痛剧烈，脉搏间歇性的悸动。他受不了街上的噪声、刺眼的光线、持续的喧闹和来往的人群。自己竟然会这么难受，他觉得真是傻透了。然而，此刻他居然想不起自己难受的原因，也不知道它会产生怎样的结果。有个小孩子坐在门前的台阶上，因受到了什么伤害而怒气冲冲，号啕大哭。桑顿先生觉得自己此时如果可以坐在这个孩子身边也哭一场，心里也许会好很多。他对自己说他恨玛格丽特，但是就在他想说出一些憎恶的话时，一股狂热而强烈的爱意像一道闪电劈开他阴沉忧虑的情绪。他最大的安慰就是拥抱这份痛苦。在感情上，就像他对她说的那样，尽管她会蔑视他、谴责他，用她高傲的态度冷漠地对待他，他也不会有丝毫改变。她没有办法让他改变。他过去爱着她，以后也会爱着她，不管她的态度如何，也不管自己要忍受怎样的痛苦。

　　他静静地站了一会儿，坚定了自己的决心。这时，一辆公共汽车正好驶来——开往乡村，售票员以为他要上车，就停在人行道边。道歉和解释都太麻烦了，所以他干脆坐上车走了——汽车驶过一长排房

---

[1] 赫曼斯夫人（Felicia Dorothea Hemans, 1793—1835），英国诗人，引文见《希腊岛的新娘》(The Bride of the Greek Isle)。

子，驶过带着修剪整齐的花园的独栋别墅，最后看到了真正的乡村篱笆，不久又开到了一个乡间小镇上。所有人都下车了，桑顿先生也下车了，因为别人走开了，他也跟着这么做。他走进田野，步履轻快，因为快速走动可以让他的情绪放松一点。他现在记起了一切，想到当时自己一定很可怜。他做事情有点荒唐，一旦在脑海中同意自己的某种想法，他就会不顾一切地付诸实践，这可能是世界上最愚蠢的做法了；在他神志清醒的时候，如果看到自己做了这么丢脸的事情，一定早就料到这种做法会产生的后果。他是被迷惑了吗？她那美丽的双眸，柔软的、微微张开的、叹息着的嘴，就在昨天还那么近地靠在他的肩头？他忘不了她曾经靠在那里，双臂环绕着他，就那一次——如果今后再也不会有的话。他只是瞥了她几眼，所以完全不了解她。有时她那么勇敢，有时又很羞怯；有时如此温柔，有时又非常傲慢，像女王一样高傲。然后，他把自己每次见到她的情景都仔细地回顾了一遍，想要最终忘记她。他想起她穿的每一条裙子，她的每一种情绪，不知道哪一样最适合她。甚至是今天早上，她看上去多么光彩照人啊——因为她前一天和自己共同经历了危险，就说明她肯定爱慕着自己，她听到自己的这个想法时，眼睛愤怒地看着他。

如果早上的桑顿先生是个傻瓜（这点他已经确认了至少二十遍），那他下午也没有变得聪明多少。他花六便士乘了一趟车，所得到的结论就只是：他确信再也没有、再也没有别的任何一个人能比得上玛格丽特。虽然她不爱他，以后也绝对不会爱他，但是她——不！就算是全世界——也不能阻止他去爱她。就这样，他返回那个小集市，又乘上公共汽车回到米尔顿。

他在自己的仓库边下车时已经是傍晚，熟悉的地方带回了习以为常的做法和一连串思绪。他知道自己有很多事情要做——因为前一天的暴乱，所以要做的工作比平日里还多。他要去见地方治安官；要去完成早上只做了一半的事情，就是安慰和保护新招来的爱尔兰工人；他还得确保他们不会和心怀不满的米尔顿工人有任何接触。最后，他得回家去见母亲。

桑顿夫人一整天都坐在客厅里，一直在等着听到黑尔小姐接受儿子求婚的消息。一听到房子里突然有什么动静，她就打起精神来，好多次都是这样。她把做了一半的针线活抓起来，开始细心用针缝补，虽然她的眼睛看不清楚，手也哆哆嗦嗦的。门打开了很多次，但进来的都是无关紧要的人，做着无关紧要的事情。后来，她僵硬的脸色缓和了一点，不再有那种灰暗的、似乎笼着一层严霜的表情，面容变得松弛而消沉，和她往日的严厉很不一样。她竭力不去想儿子的婚事会给自己的生活带来多少讨厌的变化，把自己的心思转到熟悉的家庭事务上去。这对即将结婚的夫妇会需要许多新的家用亚麻制品。桑顿夫人取出一个个装满桌布和餐巾的衣物篮，开始清点数量。她有点弄混了自己的和儿子的物品，自己的上面标着 G.H.T.（代表乔治和汉娜·桑顿）；儿子的物品是他自己买的，上面标着他的姓名缩写。有些标着 G.H.T. 的是极其精美细密的旧式荷兰缎，现在再也没有这样的缎子了。桑顿夫人站在那儿久久地看着它们——她当初结婚的时候，这些东西可让她很是骄傲。随后，她皱起眉头，抿紧嘴唇，小心地拆去 G.H. 字母。她甚至还去找那种红色的绣线，想把新的姓名缩写绣上去，但是线用完了——不过她也没有心情派人再去买一些。所以她定定地看着空气，一串幻象从眼前掠过，所有的主角，唯一的人物——就是她的儿子，她的骄傲，她的珍宝。但他还没有回来。他无疑是和黑尔小姐在一起。在他的心中，新鲜的爱情已经取代了她在他心中第一的位置。一种强烈的痛苦——一种无力的嫉妒攫住了她：她简直不知道这种感觉是心理上的还是身体上的，但它迫使她坐下来。没过一会儿，她又笔直地站起来——这一天她的脸上第一次挤出了笑容，等着房门打开，等着那个欢喜得意的人，她绝不能让他知道母亲因他的婚事而感到痛心难过。她想来想去，都几乎不曾把未来的儿媳当作一个独立的个体来考虑。她将成为约翰的妻子，取代桑顿夫人成为家中的女主人，这只是那份至高荣耀的一部分。家里的富足舒适、昂贵精致的亚麻制品、获得他人的尊敬爱戴、赢得家人的顺从、拥有很多的朋友，这些都像做了国王就拥有了长袍上的珠宝一样，自然而然都会拥有了，但是它们各自单独的价值却经常被忽略。既然是约翰挑中的人，哪怕她只是个厨娘，也是世界上独一无二的。何况黑尔小姐也相当不错。如果她是个米尔顿的女孩，桑顿夫人会很喜欢她的。她性格机敏，品位不俗，精神饱满又颇有情趣。的确，她怀有严重的偏见，又很是无知，这点很遗憾，但是想到她是南方人，这也是意料之中的了。桑顿夫人的心里忽然莫名地把范妮和她做了一番比较，结果颇为羞愧；仅此一次，她在心中狠狠地责骂了自己的女儿。接着，也许是为了表示悔过，她拿起亨利注释的《圣经》，竭力想读进去，而不是去做让自己开心骄傲的事情，比如继续检查亚麻桌布。

终于听到他的脚步声了！一个句子还没有读完，就听见他进来了。她的眼睛扫过那个句子，并在心中机械地逐字重复它时，她听见他从前门走了进来。她的感觉变得敏锐，可以分辨出他每个动作的声音：现在他在衣帽架旁——现在他到了门口。为什么他停下来了？让她知道最坏的情况吧。

但是她还在低头看书，没有抬头。他走近书桌，一动不动地站着等她读完明显让她沉浸其中的那一段。她努力地抬起头："怎么样，约翰？"

他知道她这句话的意思，但是克制着自己。他想要说一句玩笑话来回答，心头的苦涩本可以让他说出这样的话来，但是他不能这样对待母亲。他走到母亲身后，这样她就看不见他的表情了，然后他俯下身，亲吻了她苍白冷峻的脸庞，喃喃地说：

"没有人爱我，没有人在意我，除了您，妈妈。"

他转过身去，把头抵在壁炉上，他那男子汉的眼中情不自禁地充满了泪水。她站起来，有点踉跄。这个坚强的女人有生以来第一次步履踉跄。她把手放在儿子的肩头，因为她身材很高，所以她看着儿子的脸，使得儿子也看着她。

"母爱是上帝的恩赐，约翰，它是那样坚定持久。但是女孩子的爱情就像一阵烟——随风飘逝。她不愿意和你在一起，是不是，我的孩子？"她咬紧牙关，露出满口的牙齿。他摇摇头。

"我配不上她,妈妈,我知道我不配。"

她从紧咬的牙关中吐出几句话。他没有听清她的话,但是一看她的眼睛就知道她是在咒骂——即便措辞并不粗俗,至少也充满了恶意。但是她的心却轻快地跳跃着,因为儿子又属于她自己了。

"妈妈!"他急忙说,"我听不得听您说她的不好。原谅我——原谅我吧!我心里又难过又脆弱,我还爱着她,我比以前还要爱她。"

"我恨她,"桑顿夫人用低沉的声音恶狠狠地说,"当她挡在我们之间的时候,我努力不去恨她——因为我对自己说,她会让你幸福的,为此我愿意付出一切。但是现在,我恨她居然让你这么难过。是的,约翰,对我隐瞒你的心痛是没用的。我是你的亲生母亲,你的悲哀会让我更心痛;你不恨她,我可恨她。"

"那样的话,妈妈,您会让我更加爱她的。您那样对她是不公正的,我必须要保持平衡。但是我们为什么要谈论什么爱恨呢?她不在意我,那就够了——完全够了。我们再也别提这件事了,这是您在这件事上唯一能为我做的。我们再也不要提到她的名字了。"

"我完全同意。我只希望她和她的一切,都被赶回她原来的地方。"

他静静地站着,盯着炉火看了一两分钟之久。她看着他,干涩昏花的眼中罕见地充满了泪水;但是他再开口说话的时候,她又变得像往常一样严肃和冷静。

"警方对三个人发出了蓄谋闹事的逮捕令,妈妈。昨天的暴乱让罢工中断了。"

桑顿夫人和她儿子再也没有提到玛格丽特的名字。他们又回到以往的聊天模式——只说事实,不谈意见,更不会谈到感情。他们的声音语调平静冷淡。不认识他们的人,会觉得自己从没有在这么亲密的母子之间看到这么冷漠生硬的交流。

第二十七章 水果画作

> 因为淳朴和忠诚所呈献的礼物,总是可取的。
> ——《仲夏夜之梦》①

桑顿先生直截了当地去处理第二天的所有事务。现货还有些市场,因为这也影响到他的贸易范围,所以他利用这一点,努力地讨价还价。他准时出席了治安官会议——他卓越的辨识力和一眼就看出结果的本领,给了他们极大的帮助,所以会议很快就做出了决定。年纪比他大的人,镇上的老居民,比他富有得多的人,都向他寻求精明果断的意见——他们变卖财产,购入土地,而他所有的都是可以投入经营贸易的流动资产。大家选举他作为代表去见警察,安排事务——领着大家走完必要的流程。对于大家对他下意识的尊重,他就像对待温和的西风一样不甚在意,西风甚至都不能让那些从大烟囱里向上直冲的浓烟稍微改变一下方向。他没有意识到大家对他无言的尊重。如果他意识到了,那他反而会觉得这是他实现既定目标过程中的一大障碍。实际上,他只关注如何快速地实现目标。但是他母亲已听到了,而且越听越想听,听治安官和富人家的女人说,这位或那位先生怎么称赞桑顿先生,如果不是桑顿先生在那里,事情的发展会变得很不一样——说实话,事情会变得非常糟糕。那天,他干净利索地处理了林林总总的事务。似乎昨天深重的屈辱和之后几个小时昏昏沉沉、茫然无措的情绪,以及他才智上的迷雾,都被驱散了。他感觉到自己的才干,于是颇为欣喜,他几乎可以摆脱情绪的影响。如果他听过迪河湖畔磨坊主唱的那首歌,他会唱出来的:

---

① 引文见莎士比亚的《仲夏夜之梦》(Midsummer Night's Dream)第五幕第一场。

> 我不在意任何人——
> 别人也不在意我

　　指控鲍彻和其他暴乱首领的证据已经放在他面前，对其他三人蓄谋闹事罪名的指控却不能成立。但是他严厉地责成警方监视他们；一旦发现他们确有过错，这些法律的得力助手就应该立即予以打击。接着，他离开市区法院里那个闷热的房间，走到空气较为新鲜、但依旧闷热难耐的街上。他似乎一下子就崩溃了，他太累了，累到不能控制自己的思绪。他一直想着她，那些场景回荡在他眼前——不是他昨天遭到的驳斥和拒绝，而是之前她的神情和动作。他呆呆地沿着拥挤的街道走着，在人群中挤来挤去，却没有去瞧他们——他几乎极度地渴望那一个半小时的时间能再来一次——在那短短的时光中，她紧抱着他，她的心和他的一起跳动。

　　"怎么了，桑顿先生，我得说，您对我可真冷淡。桑顿夫人怎么样？这天可真热！我告诉您，我们医生可讨厌这种天了！"

　　"很抱歉，多纳德森医生。我真的没看见您。我母亲很好，谢谢您。天气也不错，我想，挺适合收割作物的。如果小麦收得好，那么不管你们医生怎么样，我们明年的生意会很兴隆的。"

　　"是啊，是啊。每个人都顾着自己。您说的坏天气、坏时候，对我来说就挺好。生意差的时候，人们身体会更糟糕，还可能会死人。米尔顿的居民常常遇到这种事情，比您知道的要多。"

　　"我可不是这样的，医生。我是铁打的身体。我知道自己负债最惨痛的那一次，心跳也没有加速。这次罢工对我的打击比米尔顿任何一个人都要大，我比汉普还要惨——但这一点也没有影响我的食欲。您得去别的地方找病人了，医生。"

　　"顺便说一下，您那个时候给我推荐了一个好病人呢，可怜的女士！别再说这些无情的话了，我真觉得黑尔夫人——您知道的，就是克兰普顿的那位女士——没有多少日子了。就像我和您说过的，我从来不觉得她会痊愈。但是我今天去看了看她，她情况很糟糕。"

桑顿先生没有说话。他引以为傲的稳定心跳在那一瞬间乱掉了。

"我能做点什么呢,医生?"他问的时候声音都变了,"您知道的——您看得出来,他们家不是很富裕,她是不是需要什么舒适的或者好吃的东西?"

"不用,"医生摇摇头说。"她很想吃水果,她一直在发烧,不过早熟梨对她的身体会很好,而且现在正上市。"

"如果我能帮上忙的话,您一定得告诉我,"桑顿先生答道,"拜托您了。"

"哦!不用担心!我不会替您省钱的,我知道您很有钱。真希望您能给我一张空白的支票,替我所有的病人付账。"

桑顿先生不是对所有人都慷慨仁慈的,他绝不是大慈善家,甚至很少有人觉得他感情丰富。他径直走到米尔顿的第一家水果店中,挑选出最丰硕的紫葡萄串——带着最新鲜的葡萄藤和叶子,还有色泽最鲜艳的蜜桃,把它们都盛在篮子里。店员问道:"把果篮送到哪里去,先生?"然后等着他的回答。

他没有回答。"是不是送到马尔巴勒工厂去,先生?"

"不是!"桑顿先生说,"把果篮给我吧——我来拿。"

他举起两只手托着果篮,还要穿过市里最繁忙的地段,那里都是妇女们在采购。很多认识他的年轻姑娘都转头看着他,看到他忙得像个门童或听差似的,都觉得很奇怪。

他想着:"我可不会因为想着她,就被吓着不去做自己想做的事情。我想给那位可怜的母亲带些水果,只是因为这么做是对的,我应该这么做。哪怕她嘲笑我,我也不会放弃。如果因为害怕一个高傲的姑娘,就不去善待我尊敬的黑尔先生,这可真好笑,我才不在乎她呢。"

他以不同寻常的速度走着,很快就到了克兰普顿。他一步跨两个台阶,在迪克逊通报之前就走进了客厅——满脸通红,眼睛闪烁着温和热忱。黑尔夫人躺在沙发上,发着高烧。黑尔先生正大声地读着书。玛格丽特坐在妈妈身边的矮凳上做针线活。这次见面即使没有让他心跳加速，也让她的心怦怦直跳。但是他不去在意她，甚至没有留意黑尔先生，而是直接捧着果篮走到黑尔夫人身边，低声温柔地和她说话，看到一个壮实健康的男人和虚弱的病人这样说话，真是让人感动。

"我刚刚碰到多纳德森医生了，夫人，因为他说水果对您的身体有好处，我就自作主张——冒昧地给您带了些我觉得不错的水果。"黑尔夫人非常诧异，又特别开心，激动得直发抖。黑尔先生话不多，但非常衷心地表达了感谢。

"去拿个盘子来，玛格丽特，或者篮子——都可以。"玛格丽特从桌旁站起来，有点担心自己走动或者弄出什么声响，会让桑顿先生注意到她就在房间里。她觉得如果两个人回想起此前的冲突，那会很尴尬；所以她想象着，自己一开始坐在矮凳上，现在又站在父亲的身后，他匆忙之间可能不会注意到她。而他的眼睛的确没有看向她，就好像完全不知道她在那里似的。

"我得走了，"他说，"我不能久留。如果您能原谅我这次的冒昧——这样莽撞——恐怕我来得太突然了，我下次会更加注意些的。希望我能有这个荣幸，如果我看到什么水果好，下次就再给您带点来。再见，黑尔先生。再见，夫人。"

他离开了。没有对玛格丽特说一句话，也没有看她一眼。她觉得他没有看到自己。于是，她默默地去拿来一个盘子，用纤细的指尖轻轻地拿出水果。他送来这些水果真是太好了，特别是在昨天那件事情之后。

"啊！味道太好了！"黑尔夫人有气无力地说，"他这样惦记我，心肠真好！亲爱的玛格丽特，快尝尝这些葡萄！他是不是很好？"

"是的。"玛格丽特平静地说。

"玛格丽特！"黑尔夫人抱怨道，"桑顿先生做什么你都不喜欢。我从没见过谁对人这么有偏见的。"

黑尔先生一直在为妻子切桃子，也切下一小块自己尝了尝，说道："就算我有任何偏见，他送来的这些美味的水果也消除那些偏见了。我从来没有吃过这样的水果——就是在汉普郡也没有吃过！我那时还是个孩子，我猜想，无论什么样的水果孩子都会觉得好吃的。我记得自己津津有味地品尝野李和沙果。玛格丽特，你还记得家里花园西边的墙角下，那一簇簇醋栗树丛吗？"

她怎么会不记得？她怎么会不记得旧石墙上风吹雨打的斑驳痕迹，灰色黄色的地衣装点其上，就像一幅地图，还有长在岩石缝里的小鹳草？过去两天的事情让她心绪不宁，她现在的整个生活又给她坚韧的性格带来很大的考验。不知怎么的，父亲随口说出的话让她回忆起了过去美好时光，竟不由得一怔，连针线活都掉在地上了。她急匆匆地走出房间，回到自己的小房间。她刚刚开始哽咽，就发现迪克逊站在她的抽屉前，明显是在翻找什么。

"上帝保佑，小姐！您吓我一跳！夫人出什么事情了，是吗？一切还好吗？"

"没有，没有出事。我只是犯傻，迪克逊，我想要喝杯水。你在找什么？抽屉里都是我的薄棉衣。"

迪克逊没有说话，只是继续翻找，薰衣草的香味散出来，整个房间都是馨香。迪克逊终于找到自己想要的了，玛格丽特没看到是什么。她转过脸来，对玛格丽特说：

"我现在不想告诉您我在找什么，因为您已经够烦心的了。我知道这件事也会让您不好受的，我想也许等到晚上或是其他什么时候再和您说。"

"出了什么事情？求你了，告诉我吧，迪克逊，就现在。"

"你去看望的那个年轻姑娘——我是指希金斯。"

"怎么了？"

"嗯，她今天早上过世了。她妹妹过来了——过来要一件奇怪的东西。好像那个过世的姑娘想要穿一件您的衣服下葬，所以她妹妹过来要。我在找一顶睡帽，这样送掉也不大可惜。"

"啊，让我来找吧，"玛格丽特含着眼泪说，"可怜的贝茜！我没想到以后会再也见不到她。"

"唔,还有一件事情。楼下的姑娘要我问问你,愿不愿意去看看希金斯。"

"但是她死了呀!"玛格丽特脸色发白,"我从没有见过死人的。不,我不愿意去。"

"如果您没进来的话,我根本不会问您的。我已经告诉她您不去了。"

"我下楼去和她说。"玛格丽特担心迪克逊态度严厉,会伤害那个可怜的姑娘。所以她抓起帽子,去了厨房。玛丽的脸都哭肿了,一见到玛格丽特,又放声哭起来。

"哦,小姐,她爱着您呢,她爱着您,是真的!"有好一会儿,玛格丽特都无法让她说出别的话来。最后,在她的怜悯和迪克逊的数落下,她吐出了一些实情。尼古拉斯·希金斯早上就出门了,和往常一样把贝茜好好地留在家里。但是,一个小时以后她的病情就恶化了,某个邻居跑到玛丽干活的地方去找她,可他们不知道去哪里找她的父亲。玛丽是在她去世前几分钟才赶回家的。

"一两天之前,她就说要穿着您的东西下葬。她说起您时总是说个没够。她常常说您是她见过的最漂亮的姑娘。她非常爱您,她说的最后一句话是:'把我最深切的问候带给她。别让爸爸喝酒了。'您要来看看她,小姐。她会觉得您给了她很大的面子,我知道的。"

玛格丽特迟疑着没有回答。

"是的,也许我会去的。是的,我会的。我会在下午茶之前到的。但是,你爸爸在哪里,玛丽?"

玛丽摇摇头,站起来准备走了。

"黑尔小姐,"迪克逊低声说,"您去看那个可怜的姑娘躺在那里有什么用呢?如果这会对她好的话,我肯定一个字都不说;如果这能让她心满意足,我去一趟都没有关系的。她们只是有一种信念,这些普通人家,要对去世的人致以敬意。这样吧,"她突然转身说,"我去看看你姐姐吧。黑尔小姐很忙,所以不能去,要不然她会去的。"

小姑娘眼巴巴地看着玛格丽特。迪克逊去看望也许挺给面子的了,但是这对可怜的姐姐来说是不一样的。虽然在姐姐生前,她对姐姐和这位小姐的亲密友情还稍有些嫉妒。

"不用,迪克逊!"玛格丽特下定决心,"我会去的,玛丽,我下午去见你。"她怕自己会退缩,就走开了,这样自己就没有任何反悔的机会了。

第二十八章　悲痛中的安慰

苦痛通往荣誉！——纵然你的精神生活遭遇无言的强袭，
振作起来！振作起来！苦涩的纷争即将终结，
你最终将在基督安宁中称王。

——科泽加滕 [1]

唉，实际上，我们感觉幸福强烈时，途中不需要她；但是悲伤降临，灵魂麻木时，我们甚至无法哭喊出"上帝"。

——布朗宁夫人 [2]

那天下午，她快步走到希金斯家里。玛丽正在张望着，脸上还半信半疑的。玛格丽特微笑着看着她的双眼，让她放下心来。她们快速走过房间，上楼来到安详的死者面前。这时，玛格丽特庆幸自己来了。那张脸之前是那样痛苦疲惫、烦躁不安，现在却因为永久地安息而带着淡淡的温柔的笑意。玛格丽特的眼里慢慢蓄满眼泪，但是灵魂中又感到一种深切的宁静。这就是死亡！看起来比生命还要安宁。所有美妙的经文都涌入她的心头："他们在劳作中安息了。""辛苦劳作的人安息了。""上帝给予他所爱的人长久的安眠。"

玛格丽特慢慢地、慢慢地从床边转身离开。玛丽在后面低声啜泣。她们走下楼，一句话都没有说。

尼古拉斯·希金斯站在房间正当中，一只手撑在桌上。他从巷子里一路走来时，从一些嘴快的人的口中听到了这个噩耗，吃惊地瞪大了双眼。他的双眼干涸又凶狠，好像在思量着她是否还活着。他努力

---

[1] 科泽加滕（Ludwig Gotthard Kosegarten，1758—1818），德国诗人，引文见《十字架之路即光明之路》。
[2] 引文见《褐色念珠之歌》。

让自己明白，家里再也看不到她了。她一向体弱多病，这么久又一直都是病恹恹的，所以他告诉自己她不会死的，她会"挺过来"的。

玛格丽特觉得自己在这里没什么事情了，因为她已经知道了死者的情况——虽然她的父亲刚刚知道。她刚才看见他时，在又陡又歪的楼梯上停了一会儿，但是现在，她很想从他心不在焉的目光前溜过去，把他丢在家里凄惨严肃的气氛中。

玛丽坐到离她最近的椅子上，用围裙蒙住脸，放声大哭起来。

哭声似乎惊动了他，他猛然抓住玛格丽特的手臂，一直抓到他能够挤出话来，他的嗓子发干，哽咽声沙哑模糊："你当时和她待在一起的吗？你看着她死去的吗？"

"不是！"玛格丽特答道，现在既然他已经看到她了，所以她怀着极大的耐心，一动不动地站着。他等了好一会儿才开口，但还是紧紧抓住她的胳膊。

"人都会死的。"他最后说，严肃得有点奇怪，玛格丽特开始有点怀疑他喝了酒——还不至于喝醉，但是脑袋已经有点糊涂了。"但是她比我年轻。"他还在想着这件事，虽然他紧紧抓着玛格丽特，但并没有看她。突然，他抬眼看着她，眼中有一种疯狂的探究神色。"你真的确定她死了吗？不是睡着了，或者晕过去了？——她之前常常会这样的。"

"她是死了！"玛格丽特回答道，尽管他抓得她手臂疼，愚昧的眼睛里闪出疯狂的光芒，她和他说话却并不觉得害怕，"她死了。"

他依旧以一种将信将疑的神色看着她，但随着他看得越久，那种探询的神色似乎从他的眼睛中渐渐消失了。他突然放开玛格丽特，半个身子都扑到桌上，大声抽泣起来，桌子和房间的所有家具似乎都在震动。玛丽颤抖着走近他。

"你走开！你走开！"他哭喊着，疯狂而盲目地向她打去，"我哪里还管你？"玛格丽特握住玛丽的手，轻柔地握着。他扯着自己的头发，把头撞向坚硬的木桌，然后精疲力竭地躺在那里，呆若木鸡。他的女儿和玛格丽特都没动。玛丽浑身都在发抖。

最后——大概过了一刻钟,也可能是一个小时——他撑起身体。双眼充血肿胀,似乎忘记了旁边还有别人在;看到她们时,就紧紧地皱起眉头。他重重地抖动了一下身体,又阴沉地看了她们一眼,一句话也没说,径直朝门口走去。

"啊,爸爸!爸爸!"玛丽扑过去抱着他的胳膊,"今晚别去!就今晚!哦,帮帮我吧!他又要出去喝酒了!爸爸,我不会让您走了。您可以打我,但我不让您走。姐姐最后一句话就是叫您别喝酒了!"

玛格丽特站到房门口,没有说话,但是很有威严。他不以为然地抬头看她。

"这是我自己的屋子。你走开,丫头,要不然我就揍你!"他粗暴地推开玛丽,那样子看起来是准备要揍玛格丽特了。但是她一动不动——深邃严肃的目光一直盯着他。他阴沉可怕地回瞪着她。如果她动一下手或者脚,他就会更加粗暴地推开她。他一直这样对待自己的女儿,玛丽刚刚摔在椅子上,脸上都出血了。

"你这样看着我是什么意思?"他被她严厉镇定的样子震慑住了,最后只得问她,"如果你觉得,就因为她喜欢你,你就能让我改主意,那你就错了——而且还是在我自己家,我从来没请你来过。喝酒是我唯一的安慰了,你不让我去就太过分了。"

玛格丽特觉得他认同了她的力量。她接下来怎么办?他在靠近门的一张椅子上坐下;有点屈服,但是还有点愤愤不平。他打算等她一走开就立刻出门,但是已经不愿意再用自己五分钟之前威胁要用的粗暴手段。玛格丽特把自己的一只手搁在他的手臂上。

"跟我来,"她说,"来看看她吧!"

她说话的声音低沉而严肃,但是声音里对他是否会听从自己的话,没有丝毫的胆怯或怀疑。他沉着脸站起来,有点拿不定主意,脸上半是固执半是犹豫。她就等着他,安静耐心地等着他自己行动。她的等待让他感到一种莫名的满足,最后他还是朝楼梯走了过去。

她和他站在死去的人身旁。

"她和玛丽说的最后一句话是:'别让爸爸喝酒了。'"

"现在喝酒不会再伤害到她了,"他喃喃地说,"现在什么都伤害不了她了。"接着,他的嗓音几乎提高成了一种哀号恸哭,"我们是争吵不休,还是和睦相处,成为朋友,或者饿得皮包骨头——我们所有的痛苦都不会再伤害到她了。她已经受了太多的苦。起先是辛苦的工作,后来又是生病,她过得磕磕绊绊的。她到死都没有感受到一点生活的美好!唉,姑娘,不管她之前说过什么,她现在都不知道了。所以我得去喝一杯,平复一下我的悲痛。"

"不行,"玛格丽特说,因为他态度缓和下来,自己的态度也缓和了,"你不能去。如果她真的过得和你说的一样,那她至少不像有些人那样怕死。唉,你应该听听她是怎么说来世的——和上帝一起隐藏起来,就是她现在要去过的生活。"

他一边摇头,一边抬起头斜眼看着玛格丽特。他苍白憔悴的脸让她特别难过。

"你太累了。你一整天去哪里了——没去工作吗?"

"当然没去工作,"他说着,短促地、冷冷地笑了一声,"没去做你所谓的工作。我之前一直在委员会,努力让那些傻瓜听点道理,最后我烦得不行了。今天早上还不到七点,就有人把我叫到鲍彻老婆面前。她病得起不了床,却还在发火说胡话,想要知道她那个愚蠢粗暴的丈夫在哪里,就好像我应该收留他——好像我应该好好管教他似的。那个傻瓜把我们的计划全都搅乱了。现在我们已经触犯了法律,我到处去求人,可谁也不见我,我脚都走痛了。我心也痛,比脚还痛;哪怕我真的遇到愿意请我喝酒的朋友,我也绝不知道她躺在这里就要死了。贝茜,姑娘,你会相信我的,是不是?是不是?"他转向那个可怜的、沉默的身体,疯狂地恳求着。

"我相信你,"玛格丽塔说,"我相信你不知道,因为这件事太突然了。但是现在,你看,那不一样了。你现在知道了,你看着她躺在这儿,你也听到了她临终时的恳求。你不会去了,是不是?"

没有回答。实际上,他还能去哪里寻求安慰呢?

"和我回家吧,"她最后鼓起勇气说,提出这个建议时还有点胆怯,"至少你能吃到可口的食物,我想你需要。"

"你父亲是牧师?"他问道,心里突然转了一个念头。

"他以前是。"玛格丽特简短地说。

"既然你都邀请了,那我去和他喝一次下午茶吧。我有好多话想和牧师谈谈。我并不是很在乎他现在是不是布道。"

玛格丽特觉得有点难办。他要和爸爸一起喝茶,但爸爸对接待这位客人毫无准备——她的母亲还在病中——所以这几乎是不可能的;但是如果她现在退缩,那会很糟糕——一定会把他赶到酒馆里去的。她想着只要她能把他带到自己家里,那就成功了一大步,下一步就得靠一些偶然事件了。

"再见,姑娘!我们最后还是要分别,还是要这样!但是自从你出生,你一直给老爸带来幸福。上帝保佑你苍白的嘴唇,姑娘——现在你嘴上有一丝微笑!虽然以后我会孤独凄凉,我很愿意再看一次这样的微笑。"

他弯下腰,疼爱地亲吻了女儿,再盖上她的脸庞,转身跟着玛格丽特走了。她已经急匆匆地走下楼去,把这一安排告诉玛丽,告诉她这是她能想出让他远离酒馆唯一的办法。她也极力劝说玛丽一起去,因为一想到要把这个可怜又可爱的姑娘单独留下,她心里就难过。但是玛丽说,附近的一些邻居朋友会过来陪她坐坐,她没有问题,但是爸爸——她还想说什么,但他已经站在他们旁边了。他已经摆脱了感伤的情绪,而且他似乎因为自己流露出那种情绪而感到羞愧,甚至做得过头了,挤出苦涩的笑容,就像烧锅下柴火烧爆的声音[①]。

"我这就去和她父亲喝茶,我这就去!"

但是他走到外面街上,就把帽子拉低遮住额头,两边都不看,只管跟在玛格丽特身边大步走着。他害怕邻居们同情的话语,尤其是眼神,会让他心烦意乱。所以他和玛格丽特一路无言,默默地走着。

他知道她住在哪条街上,所以在他快到的时候,低头看看自己的

[①] 出自《圣经·旧约·传道书》:"愚昧人的笑声,好像锅下烧荆棘的爆声,这也是虚空。"

衣服、手和鞋子。

"我是不是应该先把自己弄干净一点？"

这当然是再好不过了，但是玛格丽特告诉他，他可以先进院子，自己再给他拿肥皂和毛巾来；她这时可不会让他从自己眼前溜走。

他跟着用人走过过道、厨房，小心翼翼地把每一步都踩在漆布地毯的深色花纹上，来掩饰污秽的脚印。玛格丽特跑上楼，在楼梯口碰到了迪克逊。

"妈妈怎么样？爸爸在哪里？"

夫人累了，回到自己的房间去了。她本来想去床上躺着，但是迪克逊说服她躺在沙发上，在那里用茶，这比在床上躺得太久而心烦气躁要好得多。

目前来看一切都好。但是黑尔先生在哪里？在客厅里。玛格丽特气喘吁吁地走进去，急切地一定要给他讲个故事。当然，她没有和盘托出，她的父亲大吃一惊，因为知道有个醉醺醺的织工正在他安静的书房里等着他，还要和他一起喝茶，而玛格丽特正为了他焦急地恳求着。黑尔先生本性温和善良，他本来也愿意安慰一下悲痛中的织工，但不幸的是，玛格丽特极力强调的一点是，他一直在喝酒，她把他带回家，以此作为让他远离酒馆的最后的权宜之计。一件小事自然而然的让人联想到另外一件，但是玛格丽特几乎没有意识到自己做了什么，直到她看到父亲脸上稍显厌恶的神色。

"哦，爸爸！他绝不是那种你讨厌的人——如果你没有一开始就大吃一惊的话。"

"但是，玛格丽特，你把一个醉醺醺的人带回家来了啊——你妈妈还病得这么严重！"

玛格丽特的愁容满面："我很抱歉，爸爸。他非常安静——完全没有喝醉。他只是一开始会显得有点奇怪，但是这可能是因为可怜的贝茜走了，他大受打击。"玛格丽特满眼含泪。黑尔先生把她甜美恳求的脸庞捧在手里，吻了吻她的前额。

"没事的，亲爱的。我会去的，尽量让他舒服一点。你去照看一下妈妈吧。不过，如果你能进书房来，我们三个人一起喝茶的话，我会很开心。"

"哦，好的，谢谢您。"但是当黑尔先生正准备离开房间的时候，她又跟在他后面说，"爸爸——您可别对他说的话感到吃惊，他是个……我是说他对我们笃信的一切不大相信。"

"哦，天哪！一个酗酒又不信教的织工！"黑尔先生暗暗地说，心里十分诧异，但是面对玛格丽特，他只是说，"如果你妈妈睡着了，你就立刻过来。"

玛格丽特走进母亲的房间。黑尔夫人小睡了一会儿，刚刚醒来。

"你什么时候给弗雷德雷克写信的，玛格丽特？昨天，还是前天？"

"昨天，妈妈。"

"昨天，那么信寄出去了吗？"

"是的，我亲自寄的。"

"哦，玛格丽特，我好担心他真的会回来！如果他被人认出来怎么办？如果他被抓起来怎么办？他都在外面安然无恙地过了这么些年，要是现在被处决了怎么办？我总是梦见他被抓住、被审判。"

"哦，妈妈，别害怕。风险肯定会有一点的，但是我们会尽可能降低这个风险。而且这个风险很小！嗯，如果我们在赫尔斯通，风险会大上二十倍——甚至一百倍那么多。在那里，每个人都记得他，所以他们如果知道家里多了一个陌生人，肯定会猜到是弗雷德雷克；但是在这里，没有人知道也没有人关心和在意我们在做什么。如果他回家来，迪克逊会牢牢地守住大门的，是不是，迪克逊？"

"要是他们能从我身边走进来，那他们可就太聪明了！"迪克逊说，单是想到这一点就露出了牙齿，"而且除了晚上，其他时候他都别出去，可怜的孩子！"

"可怜的孩子！"黑尔夫人附和道，"但是我几乎希望你没有写过那封信。如果你再写信叫他别回来，是不是太迟了，玛格丽特？"

"恐怕是的，妈妈。"玛格丽特一边说，一边想起自己当时那样急切地恳求他，如果他还希望能见到母亲，就立刻回来。

"我一直不喜欢这么急急忙忙地做事情。"黑尔夫人说。

玛格丽特没有说话。

"别这样，夫人，"迪克逊用一种快乐而坚定的语气说，"您知道，见到弗雷德雷克少爷是您最希望的事情。所以我很高兴看到玛格丽特小姐没有任何犹豫，立刻就写了信。我自己也很想这样做。而且您放心，我们一定会让他舒舒服服的。家里只有玛莎在关键时候可能无法尽力保护他。我想，就叫她在那个时候去看望她妈妈吧。她已经说过一两次，她妈妈在她来这儿之后中风了，所以她应该要回去看望妈妈，她只是不愿意提出来。我们一旦知道了少爷什么时候回来，我就稳妥地安排她回去。上帝保佑少爷！所以喝茶吧，夫人，安下心来，相信我。"

比起玛格丽特来，黑尔夫人的确更加信任迪克逊。迪克逊的话让她暂时平静了下来。玛格丽特安静地倒着茶，努力想说一些开心的话，但是她的思绪却像丹尼尔·奥洛克那样回应着，当月亮上的人叫他放开镰刀时，他说："你越是催我，我越是不动。"所以她越是努力地去想一件事来说（除了弗雷德雷克可能遭遇到的危险），她的思绪就越是紧紧抓着面前这个不幸的想法。她的母亲和迪克逊继续唠唠叨叨的，好像忘记了弗雷德雷克可能会被审判和处决——她完全忘记了，哪怕是玛格丽特写的信，他也是因为妈妈想见他才会被置于这场危险中的。母亲就是这样的人，总是想到可能会发生一些糟糕的、可怕的、不幸的事情，就像喷射出火星的火箭，如果火星落到易燃物上，先是郁积着，最后爆发出一场可怕的火灾。玛格丽特温柔细心地履行完职责，可以下楼去书房了，她挺开心，想知道父亲和希金斯相处得怎么样。

首先，这位文雅善良又朴实的老派绅士用自己彬彬有礼的态度，不知不觉地唤起另一位身上潜藏的谦恭礼貌。

黑尔先生对所有的同胞都一视同仁，他从来没想过根据他们的社会地位来区别对待。他给尼古拉斯放好一把椅子，在他应邀坐下之前，自己一直站着；他称他为"希金斯先生"，而不是简单地叫他"尼古拉斯"或者"希金斯"，就像这个"酗酒又不信教的织工"已经习惯的那样。但是尼古拉斯既不是一个常常酗酒的人，也不是完全不信教。就像他自己说的那样，他喝酒是为了摆脱烦恼，他眼下不信教，是因为他一直没有找到任何一种可以让他全心全意依附的信仰。

当玛格丽特看到父亲和希金斯诚恳地聊着天时，既有些吃惊，也很开心——不管他们的意见怎样相左，彼此说话的时候态度都温和礼貌。尼古拉斯干净整洁（哪怕只是在水槽那里洗了一下），安安静静地说着话，她第一次看见这样的他，之前看到都是他在自己家中粗野自恃的样子。他用清水把头发抹平，整理好自己的颈巾，借了一个旧蜡烛头把木鞋擦亮。他坐在那里，正向她父亲努力阐明自己的见解，是的，他还带着浓重的达克郡口音，但是他声音很轻，脸上带着善意和真挚的平静。

父亲也对他同伴的话表现出很有兴趣。当她走进来的时候，他转头看见了，便微笑着默默地把自己的椅子让给她，然后自己尽快坐下，还因为这样的打岔向客人微微鞠了一躬。希金斯朝她点头致意，她轻轻地在桌上摆好自己的针线活，准备听他们说话。

"就像我刚刚说的，先生，如果您住在这里——如果您在这里长大，那我想您也不会有什么信仰。如果我说错了，请您原谅，但是我刚刚说的信仰，就是一些您从未见过的人，对您和别人都从未见过的事情或者生活做出评价，说些格言或做些承诺。现在，您说那些都是真实的事情、真实的话、真实的生活。我只想问，有什么证据？在我身边，有很多很多比我聪明、比我有学问的人——他们有时间去思考这些事情，而我的时间得用来挣面包。啊，我看到这些人了。他们的生活我都一清二楚。他们是真正的人。他们不相信《圣经》——不相信。他们表面上也许会说他们信，但是老天啊，先生，他们早起的第一句话是：'我要做些什么来确保永生呢？'还是'这个美好的日子，我要做点什么来装满我的钱包呢？我该去哪里？我该做什么生意呢？'钱包、黄金和钞票才是实在的，是可以感知、可以触摸到的东西，它们才是真实的，而永生只不过是说说，很适合——请原谅，先生，您是牧师，但我想，您现在没有工作吧？唉！您和我现在的处境一样糟，我绝不会嘲笑您的。但是先生，我还有一个问题，我不是叫您回答，只是希望您能考虑考虑。别认为我们是傻瓜和愚人，我们只相信自己亲眼看到的东西。如果救赎、来世还有其他的东西都是真的——不是口头说说，而是真的内心信仰——他们就会像说政治经济学那样，过来对我们大谈特谈，您不觉得是这样吗？他们会带着那些信仰急切地来和我们宣扬；但是如果这是真的，那就会引起信仰上的一次大变化了？"

"但是厂主和你们的宗教信仰毫无关系。你们之间的联系只有交易——他们也是这么想的——所以他们关心的，想要纠正你们的就是怎么做交易。"

"我很高兴，先生，"希金斯说着，不解地眨了眨眼，"您刚刚说了'他们也是这么想的'。如果您没加这句话，我会觉得您是伪君子了。您毕竟是一位牧师，或者说，因为您是一位牧师。您看，如果宗教是真实的，但是您谈起宗教时却似乎不需要迫使别人把它放到高于世界一切的地位上，我就觉得您作为一名牧师是在骗人。我宁可觉得您是傻瓜，也不想认为您是骗子。希望这没有冒犯您，先生。"

"完全没有。你认为我做错了，而我认为你错得更加严重。我不指望仅凭这一次谈话，能在一天之内说服你。但是让我们彼此熟悉，自由自在地和对方交谈，真理就会胜利的。如果我不信这一点，我就不信上帝了。希金斯先生，我相信，不管你放弃了别的什么东西。你都相信……"黑尔先生为了表示尊敬降低了声音，"你相信上帝。"

尼古拉斯·希金斯突然站起来，站得笔直。玛格丽特也吃惊地站起来——从他的脸色上看，他似乎要大笑起来。黑尔先生惊愕地看着她。最后，希金斯开口了："天哪！您这样诱导我，我可以把您揍翻在地。您有什么理由用您的怀疑来试探我？想到我的女儿在受了那么些苦之后躺在那里，而您还要剥夺我唯一的安慰——那里有位上帝，他决定了她的生死。我不信她还会复活，"他坐下来恢恢地说，就像是对着那簇冷漠的炉火说的一样,"我不信还有来世,她这辈子已经受了太多苦,有着无穷无尽的烦恼;如果说这一切都是巧合,会随着一阵微风改变,那我不能忍受。有很多次我都觉得自己不信上帝,但是我不像其他人那样,会坦白地说出来。我也许会冲那些人大笑,然后也同样说出这样的话来——但是之后我就会四处看看,看看上帝是不是听见我了——如果真有上帝的话。但是今天,我被孤零零地撇下了,我不想听您说话、听您提问、听您的怀疑。在这个闹哄哄的世间,只有一件事情是稳定的,安静的。不管有没有道理,我都要紧紧抓住它。对快乐的人来说这是很好的……"

玛格丽特十分温柔地碰了碰他的手臂。她之前没有说话,他也没有听到她站起来。

"尼古拉斯,我们不是想和你争论,你误会我爸爸了。我们不是要和你争论——我们相信,你也不想和我争论。这是当下唯一的安慰。"

他转过身,握住她的手。"唉!是这样的,是这样的(他用手背擦去眼角的泪水)。但是,您知道吗?她躺在家里,已经死了,我真是悲痛欲绝。有时候,我几乎不知道自己在说什么。就好像人们说的那些话——当时觉得这些话都非常聪明,非常有道理——而现在当我特别伤心的时候,全部都涌到我的心里。罢工也失败了,您还不知道吧,小姐?我正走回家去,就活像个乞丐,心里特别烦躁,想向她讨一点安慰;有个人告诉我她死了——就这样死了,那真是给了我当头一棒。就是这样,但对我来说已经足够了。"

黑尔先生擤了擤鼻子,起身去剪烛花来掩饰自己的感情。"他不是不信上帝,玛格丽特,你之前怎么能那么说呢?"他喃喃地责备她,"我真想给他念一下《约伯记》的第十四章。"

"我想,还是先别念吧,爸爸。也许他不需要。让我们问问他罢工的事情吧,给予他需要的本来想从可怜的贝茜那里获得的全部同情。"

所以他们提出问题并倾听他的回答。工人们的筹划是建立在错误的基础上的（就和太多的工厂主一样）。他们依靠自己的同伴，就好像他们和机器一样，拥有可靠的力量；他们完全没有想到人们的激情会战胜理性，就像鲍彻和其他暴动者那样；当他们诉说自己的苦难时，认为这种苦难会让遥远的陌生人感同身受。所以他们对那些可怜的爱尔兰工人感到惊讶和愤怒，因为后者居然由着厂主把他们运到这里，取代了自己的位置。但是这种愤怒某种程度上被消解了，因为他们鄙视这些爱尔兰工人，想到爱尔兰人工作时笨手笨脚的，也让他们很是高兴，而且他们无知又愚蠢，会让厂主百思不得其解的。关于爱尔兰工人的那些奇奇怪怪、添油加醋的故事已经在城市里四处流传开来了。但是最残酷的打击来自米尔顿自己的工人们，他们违抗了工会在任何情况下都要维持和平的命令，他们在自己的阵营中引发混乱，并且将针对他们的法律行动所造成的恐慌传播了出去。

"所以罢工结束了。"玛格丽特说。

"是的，小姐。真是千真万确的。到了明天，工厂的大门就会大开，让所有愿意工作的工人进去，但这仅仅表明他们不想再坚持罢工了。如果我们意见一致，坚持罢工，本可以把工资提高到十年来最高的水平。"

"你会找到工作的，是不是？"玛格丽特问道，"你挺有名的，不是吗？"

"汉普不会让我在他的厂里工作，除非他愿意砍断自己的右手——之前不会，之后也不会。"尼古拉斯平静地说。玛格丽特没说话，心里很难过。

"关于工资的事，"黑尔先生说，"请你不要生气，但是我觉得你犯了一些错误。我想给你念一段书里的话。"他起身走向自己的书架。

"不用麻烦了，先生，"尼古拉斯说，"书这种东西对我来说是一只耳朵进一只耳朵出的。我学不到什么。汉普和我决裂之前，监工告诉他，我煽动工人们要求更高的工资。汉普在院子里碰到我的时候，他手里拿着一本薄薄的书，说道：'希金斯，我听说，你就是个可恶的傻瓜，以为只要提要求就可以拿到更高的工资；哈，你觉得只要施压，就能让工资一直增长。现在，我给你一个机会，看看你还有没有脑子。这是我一个朋友写的书，如果你去读读，就会明白工资水平是自发形成的，无论是厂主还是工人，都不能决定。工人罢工只是自寻死路，就像榆木脑袋一样，他们就是傻瓜。'好了，先生，现在我来问问您，您是牧师，又一直在布道，总是设法让人们相信您的想法都是正确的——您是一开始就叫他们傻瓜或是别的什么，还是对他们说些好话，如果可以的话，让他们听从您、相信您？您在布道的时候，会不会常常停下来，对他们说，也对自己说：'你们只是一群傻瓜，我很明白，想让你们懂道理是没有用处的？'我承认，当时没有心情去听汉普的朋友说什么——他那样对我，我很恼火，但是我想：'算了，我倒要看看那些家伙要说什么，看看谁才是傻瓜，是我还是他们。'所以我拿了那本书，勉强去读，但是，上帝保佑啊，那里说的尽是资本劳动、劳动资本，我都要看睡着了。我完全搞不清楚，什么是什么。它说到那些好像是说善恶一样，而我想知道的只是人们的权利，无论贫富——只要他们是人就好。"

"但除了那些，"黑尔先生说，"虽然汉普先生向你推荐朋友的书时，他说话的方式愚蠢又无礼，冒犯到你了，但是正像他说的那样，那本书告诉你工资水平是自己形成的，哪怕最成功的罢工也只能短期迫使工资增长，之后工资水平会因为这次罢工更大幅度地下降，那么这本书也许告诉了你事情的真相。"

"唉，先生，"希金斯非常固执地说："这可能是真的，也可能不是。这个问题有两种回答。但是即便它是双倍有力的真理，如果我不能真的理解，那它对我来说就不是真理。我敢说在您的书架上的拉丁文书中是有真理的，但是除非我了解那些文字的意义，否则那对我来说就是胡说八道，而不是真理。先生，如果您，或是其他有学问又耐心的人来找我，说他要教给我那些文字的意思，如果我有点笨，或者忘记了一件事和另一件事之间的联系，他也不朝我发火——那么，到时候我也许会了解其中的真理，也许不会。我可不能保证自己最后的想法和任何一个人一样。我认为真理不能完全用语言简洁地表达出来，无法像铸造厂里的工人切割铁片一样干净利落。不是所有人都能吞下一样的骨头。它会卡在这个人或者那个人的喉咙里。更别说吞下去之后，可能对某个人来说太硬，对另一个人来说又太软。有人想像医生一样，用真理来医治世界，那么就得用不同的方式对待不同的人；而且应该更温和地提出来，否则那些可怜的病人就会啐他们。现在汉普先给了我一巴掌，又朝我扔大药丸，还说他觉得那也不会有什么用，我就是个傻瓜，可事实就是这样。"

"我希望那些最和善明智的厂主能和你们中的一些人见个面，就这些事情好好谈谈。这肯定是解决难题最好的方式。我觉得，这是因为你们对某些事情缺乏了解——原谅我这么说，希金斯先生——为了厂主和工人双方的利益，你们都应该很好地去理解这些事情。我想，"他同时也是对自己的女儿说，"不知道能不能劝桑顿先生来做这件事？"

"别忘了，爸爸，"她轻声说，"他那天说的话——关于政府的，您知道的。"她不愿意更明白地指出那次他们谈过管理工人的方式——给予工人足够的智力，让他们进行自我管理，或者通过厂主明智的专制来实现——因为她看出来希金斯听到了桑顿先生的名字，即使他没有听到整句话：果不其然，他谈起桑顿来了。

"桑顿！就是他立刻写信叫来那些爱尔兰人的，结果引起了那场暴乱，毁了罢工。哪怕是汉普那样横行霸道的人，本来都会等一会儿的——但是桑顿就是一句话，一次打击。现在，工会本来会感谢他追究鲍彻和其他直接违背我们命令的家伙，但是桑顿又站出来冷冷地说，既然罢工已经结束了，他作为受害方，不想再强硬地向暴动者提出控告了。我原本以为他的胆子会更大一些呢。我原本以为他会坚持自己的观点并公开进行报复的。但是他说（法庭上有人原原本本地告诉我的）：'大家都认识他们了，他们自然会因为自己的行为受到惩罚，那就是他们在找工作的时候会遇到困难。这就够严厉的了。'我只希望他们能捉住鲍彻，把他带到汉普面前。我倒要看看那个恶人会怎么对他！他会让他溜走吗？不可能的！"

"桑顿先生是对的,"玛格丽特说,"你在生鲍彻的气,尼古拉斯。要不然你肯定是第一个看出来的,对他错误的惩罚已经够严厉了,再做任何惩罚都像是在报复。"

"我女儿可不是桑顿先生的好朋友,"黑尔先生朝玛格丽特笑着说,而她的脸红得像康乃馨一样,加倍卖力地做着针线活,"但是我相信她说得对。我喜欢她这一点。"

"唉,先生,我觉得这场罢工挺让人厌烦的,但看到它失败了,我还有点丧气,您不会觉得奇怪吧?它失败只是因为有几个人不肯默默忍受苦难,他们勇敢坚决地抵抗。"

"你忘记啦!"玛格丽特说,"我不太了解鲍彻,但是我唯一看到他的那次,他说的不是自己的苦难,而是说他生病的妻子和他孩子的苦难。"

"是的,但是他毕竟不是铁做的。下一次,他就要为自己的伤心事大哭了。他可忍不住。"

"他怎么会加入工会?"玛格丽特天真地问道,"你似乎不怎么看得上他,让他加入也没有多大的好处吧?"

希金斯的表情沉下来。他沉默了一两分钟,然后简略地说:

"我不好议论工会。他们觉得应该怎么做就怎么做。同一个行业的人应该团结在一起;如果有人不愿意和其他人一起试试,工会有自己的做事方式。"

黑尔先生看出来,话题的转变让希金斯很是恼火,于是他便不说话了。尽管玛格丽特也清楚希金斯的感受,但她不愿意住口。她本能地感觉到,如果让希金斯用朴实的语言表达自己的意思,他就能得出一个明晰的观点,来为公平正义辩护。

"那么工会的做事方式是什么呢?"

他抬头看着她,似乎要固执地抗拒她想要探听内情的愿望。但是她面容平静,充满耐心和信任地盯着他的脸,迫使他不得不做出回答。

"是这样,如果某个人不加入工会,那么在他旁边的织布机上工作的工人，奉命全都不准和他说话——哪怕他觉得难过不舒服，也不会改变什么。他是外人，不是自己人。他来到我们中间，他在我们中间工作，但是他不是自己人。在有些地方，和他说话的人会被罚款。您可以试一试，小姐。试着在他们中间待个一两年，你看着他们，他们就看别处；试着在这些人旁边工作，你知道，他们的心里暗暗地恨着你——如果你对他们说你很高兴，没有人的眼神会发亮，没有人会动一下嘴唇——如果你心情沉重，你也不能对他们说什么，因为他们对你的叹息和悲伤全然不在意，而且，那些大声抱怨、想等着别人来问他们怎么了的人，也不能算是男人了。只要您试一试，小姐——每天十个小时，持续三百天，您就知道点工会是怎么回事了。"

"什么！"玛格丽特说，"这样真是太霸道了！啊，希金斯，我完全不在乎你是不是生气。我知道哪怕你要生气，也不会和我生气的。我得告诉你实话：在我所读过的所有的历史书里，我从来没有见过比这更加缓慢、更持久的折磨了。而且你还是工会里的人！你还说厂主们霸道呢！"

"唉，"希金斯说，"随便你怎么说吧！那个死去的人让我没办法对你说气话。你以为我会忘记是谁躺在那里，忘记她多么喜欢你吗？再说，如果是工会有错的话，也是厂主让我们犯错的。也许不是这一代人，是他们父亲那一辈。他们的父亲把我们的父亲碾成了粉末，现在把我们碾成了粉末！牧师先生！我想到以前听我母亲读过的一段话：'父亲们吃了酸葡萄，酸掉了儿子们的牙。'就是这样。工会就是在那些痛苦、饱受欺压的日子里发展起来的，这是必需的。在我看来，它现在也是必需的。这是对过去、现在和未来不公正行为的抵制。这也许就像战争，会伴随着一些罪行，但是我想如果任它发展，会产生更严重的罪行。我们唯一的机会就是用共同利益把大家团结在一起，哪怕有些人是懦夫，有些人是傻瓜，他们也会过来参加这项伟大的事业，因为我们唯一的力量就是人数。"

"啊！"黑尔先生叹了口气，说道，"你们工会本身是美好、光荣的——它本身会像基督教一样——如果它的目标真的是为了造福所有人，而不仅仅是一个阶级反对另一个阶级。"

"我想我该走了，先生。"希金斯说的时候，时钟敲了十下。

"回家？"玛格丽特温柔地说。

他明白她的意思，就握住了她伸过来的手："回家，小姐。你可以相信我，虽然我是工会里的人。"

"我完完全全地信任你，尼古拉斯。"

"留下来吧！"黑尔先生急忙走向书架，"希金斯先生！我肯定你会和我们家一起做祷告吧？"

希金斯疑惑地看看玛格丽特。她那美丽庄重的眼神和他的眼睛相遇，眼神里没有强迫，只有深切的关心。他没有说话，但也没有走开。

信奉国教的玛格丽特、非国教派的父亲和不信教的希金斯，一起跪在地上祷告。这对他们都没有任何坏处。

第二十九章　一缕阳光

> 心头掠过一丝盼望，几许振奋；
> 一两点惆怅伤感的快乐，
> 在苍白清凉的希望之光里，
> 染成银白的薄翼，静静飞过——
> 就像月光里的飞蛾！
>
> ——柯勒律治[①]

第二天早上，玛格丽特收到了伊迪丝写来的一封信。信的内容很亲热，但前言不搭后语，这就像伊迪丝本人的性格一样。不过玛格丽特本身就待人热情，所以这份亲热让她很开心，何况玛格丽特就是在这样的氛围中长大的，所以她也没有在意这些。信是这样写的：

　　哦，玛格丽特，这真值得你从英格兰来一趟，看看我的宝贝儿子！他真是个非常棒的小家伙，尤其是戴着帽子，特别是戴着你送的那顶的时候。你真是一位心地善良、手法精湛，又坚持不懈的小姐！这边的母亲们都已经对我羡慕不已了，现在我还想让别的人见见他，听一番新的夸奖；也许这就是全部的原因了，也许不是——不，也许其中还掺杂着对表姐妹的爱吧，但是我真的太希望你来这里了，玛格丽特！我觉得这对黑尔姨妈的健康是再好不过了；这里每个人都青春年少，身体健康，天空一直是蓝色的，阳光总是灿烂耀眼的，乐队从早到晚演奏着美妙的乐曲。再回到我的老话题上吧，我的宝贝总是在微笑。我一直想让你给他画一幅画，玛格丽特。他在做什么并不重要，他反正都是最漂

[①] 引文见《杂记》第二册的第三十四篇。

亮、最优雅、最好的。我认为我爱他远远胜过爱我的丈夫,他长胖了,脾气也变坏了——他偏说自己是"在忙"。不是!他才不忙。他刚刚进来告诉我一个消息,停在下面港湾里的冒险号上的军官,要举行一次热闹的野餐。因为他带回来这么让人愉快的消息,我把刚刚说的话全部收回。不是有人因为说了、做了什么错事,就烧伤自己的手吗?唔,我可不要,这会弄疼我的,伤疤也会很难看,但是我要尽快地收回所有的话。科斯莫就像宝贝一样可爱迷人,一点也不胖,作为丈夫从不发火;只是,有时候他很忙很忙。我说这些也许不是因为爱吧——是妻子的责任——我说到哪里了?我知道的,我特别要告诉你一件事情。嗯,就是——最亲爱的玛格丽特!——你一定要来看看我;就像我刚刚说的,这对黑尔姨妈有很大的好处,叫医生去给她下命令。告诉医生是米尔顿的浓烟损害了她的健康。我毫不怀疑就是因为这个,真的。来到怡人的气候中过三个月(你至少得待三个月)——那些明媚的阳光,和黑莓一样遍地都是的葡萄,肯定会让她好起来的。我不想邀请姨父——(从这里,语气更加严肃,而且行文更加流畅了;黑尔先生因为放弃自己的生计,像个淘气的孩子处在困境中。)——因为,我觉得他不会喜欢战争、士兵和乐队吧。至少,我知道很多不信国教的人都加入了和平组织,我担心他不愿意过来;但是只要他愿意来,亲爱的,请告诉他我和科斯莫会尽力让他开心的;我会把科斯莫的红衣和军剑藏起来,让乐队一直演奏严肃庄重的乐曲,如果他们还是演奏一些空虚浮夸的东西,就叫他们加倍放慢速度。亲爱的玛格丽特,如果他愿意陪你和黑尔姨妈来,我们会尽力让一切办得稳妥开心,虽然我挺怕那些为了良心什么事情都做的人。希望你不会这样。告诉黑尔姨妈不用带太多的厚衣服来,虽然我想你们来的时候,恐怕已经是年末了。但是你不知道这里有多热!我在野餐会的时候披了一条华丽厚重的印度披肩。然后一直用谚语说服自己,"骄傲必须收敛"——还有别的什么,但是完全没有用。我就像妈妈的小狗提妮，穿着大象的披挂；我被那些衣服包裹起来，憋得透不过气，几乎都要死了，所以我把披巾当作大地毯铺着，叫大家都坐在上面。我的儿子就在这里，玛格丽特——你收到这封信之后，如果不是立刻收拾东西，直接来看他，我就会认为你是希律王①的后代啦！"

玛格丽特确实渴望过一天伊迪丝的生活——天空艳阳普照，无忧无虑，阖家欢乐。如果听凭愿望的驱使就能把她送去，她会出发了，哪怕只去一天。她渴望生活中的一点变化可以给她力量——哪怕就是在美好的生活中度过几个小时，去再次感受青春。她还不到二十岁呢！可是她不得不承受这些重压，这让她感到自己特别的衰老，这是读完伊迪丝来信后的第一感觉。接着她又读了一遍，忘记了自己，因为信的内容和伊迪丝本人性格相像而被逗乐了，开心地大笑起来。这时黑尔夫人倚着迪克逊的手臂，正好走进客厅，她赶紧过去整理好枕头。母亲看起来似乎比平常更加虚弱。

"你在笑什么，玛格丽特？"她在沙发上坐了好一会儿，才缓过神来问道。

"在笑今天早上收到的伊迪丝的来信。我读给您听吧，妈妈。"

她大声地读信，一度让母亲觉得很有意思，她不断地猜测伊迪丝给孩子取的什么名字，提出了各种猜想，还说了取每个名字的理由。正说得起劲的时候，桑顿先生进来了，又给黑尔夫人带了一些水果。他不能——倒不如说是不愿意——放过见到玛格丽特的好机会。在这件事上他没有别的企图，只要看她一眼就满足了。对于一个通常是最理性和自制的人来说，他显得固执又坚定。他走进房间，一眼就看到玛格丽特也在场，但是在最初远远地、冷淡地鞠了一躬之后，他似乎就没再看她一眼。他送上桃子——温和关怀地问候了几句——就没有再多待了。离开房间的时候，他冷峻的目光看着玛格丽特，一脸严肃

---

① 希律王（King Herod）是犹太国王，以残害儿童而恶名昭彰，见《圣经·新约·马太福音》第2章。

地和她道别。她默不作声地坐下来,脸色苍白。

"你知道吗?玛格丽特,我真的开始喜欢桑顿先生了。"

玛格丽特开始并没有说话。然后,她冷冷地挤出一句:"是吗?"

"是啊!我觉得他的举止真是变得特别文雅了。"

玛格丽特的声音现在比较平稳了。她回答说:

"他和善又周到,这点毫无疑问。"

"真奇怪,桑顿夫人从来没来过。她一定知道我病了,因为我借了水床垫。"

"我想,她已经从儿子那里听到您的情况了。"

"哪怕是这样,我也想见见她。你在这里没有什么朋友,玛格丽特。"

玛格丽特感觉到了母亲的心思,女儿可能很快就要失去母亲了,她满怀柔情地渴望着预先请求某位夫人能亲切地关爱女儿。但是她说不出口。

"你觉得,"黑尔夫人停顿一下,然后问,"你能去请桑顿夫人来见见我吗?一次就好,我不想麻烦她。"

"只要您想要,妈妈,我都会去做的……但是如果……但是要等弗雷德雷克来了……"

"哦,当然了!我们必须把门关得紧紧的——必须不让任何人进来。我都不知道自己是否希望他来。有时候我宁可他别来。有时我还会做些关于他的噩梦。"

"哦,妈妈!我们会很小心的。哪怕他遇到一点点危险,我都会把我的手臂用作门闩①。相信我,我会照顾好他的,妈妈。我会像母狮子保护幼崽一样照看他的。"

"我们什么时候能收到他的回信?"

"肯定要超过一个星期的——可能更久。"

---

① 把我的手臂用作门闩:来自宫女凯瑟琳·道格拉斯的故事,她用自己的胳膊做门闩,想保护苏格兰国王詹姆斯一世不受伤害。

"我们得尽快把玛莎送走。如果他回来的时候玛莎还在这里,我们再匆匆打发她走,可太不像话。"

"这一点迪克逊肯定会提醒我们的。我在考虑,弗雷德雷克在这里的时候,如果家里需要帮手,我们可以找玛丽·希金斯。她手脚麻利,人又很好,我肯定她会尽力做到最好的。她睡在自己家里,完全不用上楼来,不会知道家里有些什么人。"

"随便你,随便迪克逊吧。但是,玛格丽特,不要说这些讨厌的米尔顿方言。'手脚麻利'是地方俗语。如果肖姨妈回来听见你这样说话,她会怎么说啊?"

"哦,妈妈!别拿肖姨妈吓唬我!"玛格丽特大笑着说,"伊迪丝从伦诺克斯上尉那里学了各种军队里的俚语,但肖姨妈从来就不在意。"

"但你学的是工厂里的俚语。"

"如果我是住在一个有工厂的城市里,必要的时候,就要说工厂俚语。啊,妈妈,我会说很多您听都没听过的话,您会大吃一惊。我想您不知道什么是工贼吧?"

"我不知道,孩子。我只知道这听起来很粗俗,我不想听你说这个词。"

"好的,最亲爱的妈妈,我不说啦。只是我得用很长的句子来解释代替它了。"

"我不喜欢米尔顿,"黑尔夫人说,"伊迪丝说得很对,就是这里的烟雾让我病成这样的。"

母亲的这句话让玛格丽特愣了一下。她模模糊糊地感觉到在父亲看来,也正是米尔顿的空气损害了母亲的健康,这时父亲正好走进房间,所以她很担心,不想让父亲的这种想法加深或者得到更多的证实。她不知道父亲是不是听到母亲的话,但是她开始急切地说着其他的事情,没有注意到桑顿先生就跟在父亲后面。

"妈妈责备我了,说我们来米尔顿之后,我学会了好多粗俗的话。"

虽然玛格丽特说的"粗俗",仅仅是指使用本地方言,这个词也是从自己刚才和母亲的对话中引出来的,但是桑顿先生的脸色阴沉下来了,玛格丽特忽然感觉他可能会误解自己的话。所以,出于避免给对方带来不必要痛苦的善意,她勉强走上前去向他问好,对着他继续自己的话题。

"那么,桑顿先生,尽管'工贼'听起来不大悦耳,但它是不是挺有表现力呢?在谈到它所代表的事物时,我能不去用它吗?如果使用本地俚语就是粗俗的话,我在'森林'里可是很粗俗呢——是不是,妈妈?"

玛格丽特很少把自己讲的话题扯到别人身上,但是这一次,她急于不让桑顿先生因为无意中听到自己的话而感到生气,所以一直到她说完了话,才意识到自己满脸通红。特别是看到桑顿先生似乎没有明白她说这些话的确切意思和用意,只是冷淡矜持又客套地走过她身边,去和黑尔夫人说话。

黑尔夫人一看到他就想起自己的心事来,想要见见他的母亲,请她关心一下玛格丽特。玛格丽特静静地坐着,脸上却热热的。桑顿先生在旁边的时候,她很难和平常一样泰然自若,这让她又气恼又羞愧。她听到母亲慢吞吞地恳求桑顿夫人来看看她,快点来,可以的话最好就是明天。桑顿先生答应她会来的——又聊了一会儿,他就离开了,玛格丽特的动作和声音似乎立刻从无形的枷锁中解脱出来了。他一直不看她,但是他的眼睛却小心地不去看某些方向,因为他很清楚,只要一眼就能看到她。她在说话的时候,他也显得漫不经心,但是他对别人说的下一句话,总受到她刚刚说过的话的影响。有时候,他明明是在回答她的话,却是对另一个人说的,仿佛和她没有关系。这并不是无知无觉所导致的没有礼貌,而是因为深深地遭到冒犯而成心没礼貌。当时是成心的,但过后他就后悔了。不过再周密的计划、再小心的计谋也不能在这上面对他有一点点的帮助。玛格丽特比之前更加经常地想到他,这里没有任何爱情的因素,只是对深深地伤害了他而感到后悔,而且带着一种温柔和耐心,努力想要恢复他们之前那种意见相左的友谊；她发现他在自己心中就和在家人的心中一样，只是一位朋友。面对他，她的举止总是特别谦和，似乎是在对那些过分的话默默地道歉，而那些话只是对暴动那天的行为做出的过激反应而已。

但是他特别怨恨她说的那些话。它们在他耳中嗡嗡作响，而他还能对她的父母那样和善关怀，正是出于他引以为傲的正义感。他在任何时候想起什么可以让她的父亲或者母亲开心的事情，都很得意自己居然可以直面她。他之前认为自己不会再想看见一个深深羞辱了他的人，但是他错了。和她待在一个房间里，感受到她的存在，对他来说是一种令人心痛的愉悦。但是他并不善于分析自己的动机，所以正如上文所说，他错了。

第三十章　终于回来了

最悲伤的鸟儿也能找到歌唱的季节。

——索斯维尔 ①

绝不要用长袍包裹隐痛，
绝不要再被回忆的阴云压倒，
而垂下头！你已经归来！

——赫门斯夫人 ②

第二天早上，桑顿夫人来看黑尔夫人了。她的病情恶化了。一夜之间就发生了突然的变化——她向死亡迈的那一大步显而易见。她的家人也惊呆了，仅仅十二个钟头的病痛就给她的容貌带来了灰败阴沉的神色。桑顿夫人已经几个星期没有看到她了，现在看到她立即心软了。她过来是因为儿子请求她帮自己一次，但是她心里又带着本能的傲慢和怀恨的情绪，因为她面对的是玛格丽特的家庭。她疑心黑尔夫人是否真的病倒了；她怀疑这只是这位夫人一时的幻想，却因此打乱了自己之前安排好的一天的计划。她告诉儿子，她希望他们从来没有来过黑尔家，他也从来不认识他们，希望世界上也从来没有发明过像拉丁语、希腊语那种毫无用处的语言。他一言不发地倾听着，等她终于结束了对两种废旧语言的猛烈攻击后，他平静、简洁、坚定地表达了自己的愿望，她应该在约好的时候去看看黑尔夫人，那可能是病人最方便的时候。桑顿夫人尽管十分不情愿地听从了儿子的话，却因为儿子有这样的想法而更加喜爱他，而且自己心里还过高地评价儿子，

---

① 索斯维尔（Robert Southwell, 1561—1595），英国诗人，引文出自他的《时光流转》（Times goes by Turnes）。
② 引文出自赫门斯夫人的《两种声音》（The Two Voices）。

认为儿子坚持与黑尔家往来是因为他极其善良。

他的善良近乎软弱（所有温和的美德在她看来都是如此）。她心里一直想着，她看不起黑尔先生和黑尔夫人，也十分讨厌玛格丽特，但是在直面死亡天使羽翼的暗影时，她抛开了那些杂念。黑尔夫人躺在床上——和她一样是位母亲，比她年轻得多——但她已经没有希望再恢复健康了。在这个昏暗的房间里，她感觉不到光影的变化，因为没有行动的力气而几乎动弹不得，只听到微弱的耳语和刻意保持的沉默。然而就是这种单调的生活，似乎也显得太过分了！身强体健、生气勃勃的桑顿夫人走进房间的时候，黑尔夫人静静地躺着，虽然从她脸上的表情可以看出，她很清楚谁进来了。但是有一两分钟时间她都没法睁开眼睛。在她抬头向上看之前，她的眼睫毛上凝着厚厚一层湿润的泪水，她的手在被面上虚弱地摸索着，想触到桑顿夫人坚定粗大的手指，她说话的声音比气息声大不了多少——桑顿夫人不得不弯下笔直的腰身去倾听——

"玛格丽特……您有一个女儿……我的姐姐在意大利。我的孩子就要失去母亲了……这里这么陌生的地方……如果我死了……您可不可以……"

她的眼睛蒙眬恍惚，却还是热切地凝视着桑顿夫人的脸庞。她僵硬的脸颊有那么一会儿没有任何变化，依旧是严肃冷漠的——啊，如果那位病人的眼睛没有因为缓慢集聚的泪水变得模糊不清，她也许能看到一片阴云掠过那冷冷的面容。最后打动桑顿夫人的，不是因为她想到了自己的儿子，或者尚在世间的女儿范妮，而是房间的某些摆设忽然让她想起那个小女儿——很多年之前在襁褓中就夭折了——她就像一道突然的阳光，融化了冰壳，在它后面的是一个真实温柔的女人。

"您希望我成为黑尔小姐的朋友。"桑顿夫人斟酌着说，她的声音清楚响亮，没有随着她的心一起变得柔和。

黑尔夫人的眼睛仍然紧紧盯着桑顿夫人的脸颊，紧紧按着被面上的那只手。她说不出话来。桑顿夫人叹息着说："情况需要的话，我会成为一个真正的朋友；但不是亲切的朋友，我不能那么做，"——（"对她不行"，她正准备这么说时，却看到那张可怜而焦急的脸庞，于是心生怜悯。）——"哪怕我满怀柔情，我也不会表露，我一般也不会主动提出建议，这是我的性格。但是，因为您请求我这样——如果这样能让您感到安慰的话，我就答应您。"她停了一会儿。桑顿夫人太认真了，她不愿意答应自己不打算去做的事情；而做任何事情去亲切地对待玛格丽特是很困难的，几乎办不到，因为她这个时候特别不喜欢玛格丽特。

"我答应您。"她严肃庄重地说，这至少让那个奄奄一息的女人对一件比生命更加恒久稳定的东西有了信心——转瞬即逝、反复无常的生命啊！"我保证，无论黑尔小姐遇到任何困难……"

"叫她玛格丽特！"黑尔夫人喘息着说。

"她来找我寻求帮助，我会像对待亲生女儿一样，尽全力帮助她。我还保证，只要我见到她做了我认为错误的事情。"

"但是玛格丽特从来不做错事，不是有意做错的。"黑尔夫人为她辩护。桑顿夫人就像没有听见一样，继续说道：

"万一我看到她正在做我认为不对的事情——这件错事不会影响我或者我的家人，否则别人会认为我存有私心——我会像告诉我自己的女儿一样，诚恳明白地告诉她。"

她们很久没有再说话。黑尔夫人觉得这个承诺并没有包括一切，但是答应的内容也不算少了。话中有所保留，她并不明白，但当时的她虚弱、头晕又疲惫。桑顿夫人则在揣摩自己答应去实行的种种可能性情况。她想到自己会出于履行责任，而告诉玛格丽特不快的事实，心中就涌起强烈的快意。黑尔夫人开口说话了：

"我谢谢您。希望上帝保佑您。我再也不能在这个世界上看到您了。但是我最后想对您说，谢谢您答应善待我的孩子。"

"不是善待！"桑顿夫人纠正道，到最后一刻也诚实到近乎不礼貌。但是说这些话让良心释然，她也没有因为黑尔夫人没有听见就感到惋惜。她握了握黑尔夫人软弱无力的手，站起来走出去，没有再看任何人。

当桑顿夫人和黑尔夫人说话的时候,玛格丽特和迪克逊正在一起商量,怎么避免让外人知道弗雷德雷克就要回家这个秘密。随时都可能收到他的回信,而他也肯定会紧随其后到达。必须打发玛莎去休假,迪克逊得严守前门,能进家门的那少数几位客人只允许去楼下黑尔先生的房间——黑尔夫人病得很重,这是很好的借口。如果要叫玛丽·希金斯来厨房里给迪克逊帮忙,也得要她尽量少看见弗雷德雷克或者听见他的声音。必要的话,他可以用迪金森先生的名义和她说话。但是她生性懒散冷淡,这是最大的保障。

他们决定让玛莎当天下午就离开,去看望她的母亲。玛格丽特希望前一天就已经把她打发走了,因为她认为在女主人这么需要人照顾的情况下,还让女佣去休假,实在是有点奇怪。

可怜的玛格丽特!整个下午她都得扮演一个罗马女儿①的角色,自己都快没力气了,还要给父亲鼓劲。黑尔先生在他妻子的病痛一次次发作的时候,总还是抱着希望,不肯就此绝望。每次当她的病痛得到缓和的时候,他就精神振奋,觉得妻子就要开始恢复健康了。但是当她的病痛发作得一次比一次严重的时候,就会给他带来新的痛苦和更大的失望。那天下午,他坐在客厅,因为没办法再忍受书房的孤寂,也不想做任何事。他伏在桌上,把头埋在交叠的双臂间。看到他这样,玛格丽特很心痛,但是他不开口,她也不想主动去试着安慰他。玛莎已经离开了。迪克逊在黑尔夫人入睡的时候陪着她。屋子里安静无声,天色已经黑下来了,没有人去取蜡烛。玛格丽特坐在窗边,看着外面的街灯和街道,可是什么也没留意——只听到了父亲沉重的叹息。她不想下楼去取灯,因为生怕自己如果没有沉默克制地待在他身边,没有在旁边安慰他,他会表露出更加激烈的情绪。但是她刚刚想到,自己应该去照看一下炉火,因为没有别的人去照看了。正在这时,她听到门铃被人猛地拉响的低沉声音,虽然实际声音并不

---

① 古罗马人性格诚实坚韧。

大，铃线却在整个屋子里丁零作响。她惊得站起来，但父亲听到沉闷迟钝的铃声却一动不动，她走过父亲身边，又折回来，温柔地亲了亲他。他依旧没有动，也没有注意到她温柔的拥抱。于是她轻轻地走下楼，穿过黑暗走到门边。迪克逊开门的时候总会把门链先挂上，但是玛格丽特满怀心事，一点都不害怕。一个高高的男人站在她面前，后面是灯火通明的街道。他正看向别处，但一听到门闩的声响，立刻转过身来。

"是黑尔先生家吗？"他的声音清澈饱满，十分悦耳。

玛格丽特全身颤抖，她一开始没有回答。过了一会儿，她叹息着说：

"弗雷德雷克！"她伸出双手，握住他的手把他拉进屋子。

"哦，玛格丽特！"他们先亲吻了对方，然后他扶着她的肩头把她推远一点，似乎在黑暗中也能看到她的脸，他问了她一句话，想从她脸上看出答案，这比用语言回答来得更快。

"妈妈！她还活着吗？"

"是的，她还活着，亲爱的，亲爱的哥哥！她……虽然病得特别厉害，但是活着！她还活着！"

"谢谢上帝！"他说。

"爸爸特别伤心，已经完全垮了。"

"你们在等着我，是不是？"

"不是，我们还没有收到信。"

"那么，我比信到的还早。但是妈妈知不知道我要回来？"

"哦！我们都知道你会来。但是等一会儿，你往这边走，把手给我。这是什么？哦，你的手提包。迪克逊把百叶窗都关上了，这是爸爸的书房，我领你到椅子那里休息一会儿吧，我这就去告诉他。"

她摸索着找到蜡烛和火柴。当微弱的火苗让他们看见彼此的时候，她突然觉得很害羞。她能看到哥哥脸上的皮肤特别黝黑，她还看见了那双特别细长的蓝眼睛似乎在偷偷张望，他的眼神突然闪烁了一下，因为意识到彼此都在打量对方，觉得有些滑稽。虽然兄妹俩从互相的眼神中立刻读出了同情,他们都没说一句话。只是,玛格丽特确信自己会把哥哥当作一个同伴来爱护,就像她已经把他作为至亲来爱了。上楼的时候,她的心情特别轻松喜悦,她的悲伤其实并没有减少,但是因为有个和她处于同样地位的人来分担,悲伤便显得不再那么沉重了。父亲那种消沉的态度现在也不再让她情绪低落了。他伏在桌上,和往常一样无助,但是她已经有办法让他振作起来了。不过由于自己大大地松了一口气,她用的这个方法太激烈了。

"爸爸。"她一边说着一边用手臂亲热地搂住父亲的脖子,温柔地把父亲疲倦的头抬起来,让它靠在自己的手臂上,这样她可以看到他的眼睛,让他从她的眼睛里获得力量和信心。

"爸爸!猜猜谁来了!"

他看着她,从他朦胧悲伤的眼睛里,她看到他猜到了实情,但是又否决了,觉得这只是疯狂的想象。

他向前一扑,又把自己的脸埋在伸直的手臂上,像刚才一样伏在桌子上。她听到他在喃喃自语,于是轻轻地弯腰倾听。"我不知道。别告诉我是弗雷德雷克……不是弗雷德雷克。我受不了了……我太虚弱了,而且他的妈妈就要死了!"他像个孩子一样哭闹起来。这和玛格丽特之前希望看到的大相径庭,她失望难过地转过身,有一会儿没有说话。接着她又开口了——语气很不一样——不再是兴高采烈,而是特别温柔谨慎。

"爸爸,是弗雷德雷克!想想妈妈,她会多开心啊!哦,因为她,我们该有多开心啊!也为了他——我们可怜的、可怜的小男孩!"

她父亲没有改变姿势,但是似乎在努力理解目前的情况了。

"他在哪儿?"他终于问道,仍然把脸藏在平放的手臂中。

"在您的书房里,一个人。我点亮了蜡烛,就跑上来找您了。他还是一个人呢,肯定会奇怪为什么——"

"我去看看他。"他打断她,撑起自己的身体,靠在她的手臂上,把她看作是向导一样。

玛格丽特把他领到书房门口,但是她太激动了,所以她觉得自己不忍心看着他们见面。她转身跑上楼，痛痛快快地哭起来。这么多天以来，这是她第一次允许自己这样放松。这时她才感到之前紧张的压力很可怕。但是弗雷德雷克回来了！她那亲爱的哥哥安安全全地在这里，在他们中间！她几乎不敢相信。她停止了哭泣，打开了卧室的房门。因为没有听到一点点说话的声音，她几乎担心自己是在做梦。于是她走下楼，在书房门口听着，听到了喃喃的说话声，这就足够了。她走进厨房，生起炉火，点亮房间，为这个四处飘零的孩子准备些点心。妈妈已经入睡了，这真是太好了！她知道她肯定睡着了，因为她卧室的钥匙孔里还塞着点火的纸捻。游子需要先恢复精神，等到他最初见到父亲的喜悦心情平息之后，再让母亲知道家里发生了不同寻常的事情。

一切都准备好之后，玛格丽特推开书房的门，伸直的双臂间托着一只沉重的托盘，像女仆一样走进来。她很高兴能为弗雷德雷克做点事情。但是他一看见她，就立刻跳起来，接过了沉重的托盘。这一个小细节似乎在预示着，他的归来会给她减轻不少负担。兄妹俩一起布置好桌子，并没有说什么，但是他们的手互相触碰，眼神里交流着天然的语言表情，这对于血脉亲人来说是很好理解的。炉火已经熄灭了，玛格丽特又忙着去点燃它，因为晚上开始变冷了。但是，所有的声音响动都要尽可能地避免传到黑尔夫人的房间。

"迪克逊说生火是一项天赋，不是可以学得到的技术。"

"诗人是天生的，不是学来的。"黑尔先生喃喃地说。虽然他说得有气无力，玛格丽特还是很开心听到他加了一句引语。

"亲爱的老迪克逊！我们要怎么亲吻对方啊！"弗雷德雷克说，"她之前总是亲我，然后看着我的脸，确定没有认错人，再接着亲我！但是，玛格丽特，你真是笨手笨脚的！从来没见过谁的小手这么笨拙，什么事都做不好。去洗洗吧，给我切点面包和黄油来，让我来生火吧，我会弄好的。生火可是我天生的本领啊。"

于是玛格丽特走开了，又走回来。她在房间里走进走出，心情欣喜激动，所以根本没法安安静静地坐着。弗雷德雷克需要得越多，她越开心,而他也凭直觉了解了这一切。这是此刻这个悲伤的家庭里难得的快乐,因为他们内心深处知道,一场无可挽回的悲剧即将发生,所以这时的快乐显得尤为强烈。

在此期间,他们听到迪克逊在楼梯上的脚步声。无精打采地倚在大扶手椅中的黑尔先生一下子惊醒起来。他本来坐在扶手椅上,若有所思地看着他的孩子们,好像他们正在演一出快乐的喜剧,看起来很美好,但是并不真实,自己也没有参与其中。他站起来面对着大门,突然表现出一种奇特的焦虑,想要把弗雷德雷克藏起来,不让任何进来的人看见,即使对方是忠心耿耿的迪克逊。玛格丽特的心中也突然打了个寒战:这让她想到了他们生活里新的忧虑。她抓住弗雷德雷克的手臂,紧紧地抓着他,这时一个严峻的想法让她皱紧眉头,咬紧牙关。他们都知道这只是迪克逊平稳的脚步。她们听见她走过长长的过道,走进厨房。玛格丽特站了起来。

"我去找她,去告诉她,然后看看妈妈的情况。"黑尔夫人醒来了。她起初东拉西扯地说着胡话,他们给她喝了一些茶,让她的精神恢复了一些,但她还是不想说话。最好是过了今晚再告诉她儿子回来了吧。多纳德森医生定好今晚会来诊视,这让他们感到非常紧张和激动,他也许会告诉他们怎么让她准备好去见弗雷德雷克。他已经回来了,就在屋里,随时可以来见母亲。

玛格丽特已经坐不住了。帮助迪克逊为"弗雷德雷克少爷"准备些东西,对她而言是一种情绪上的解脱,她似乎再也不会感到疲倦了。每次看向房间,都能看到哥哥和爸爸坐在一起聊天,她不知道他们在说什么,也不想知道,但这让她感到力量倍增。总会轮到她去倾听和谈话的,她很清楚这一点,所以眼下并不着急。她细细地端详了他的面容,觉得很是喜欢。他的五官精致,但黝黑的肤色和敏捷专注的神色弥补了其中的柔弱。他的眼神看起来总是快乐的,但是有时他的眼神和嘴角会突然变化,让她感觉到一种潜在的激情,几乎让她害怕。但是这种神情一闪而逝,其中既没有固执,也没有恶毒。那更像是野蛮人或者南方国家的国民脸上那种瞬间闪过的凶恶的表情——这种凶恶给一种孩子气的温柔增加魅力,而且在其中消融了这种凶恶。玛格丽特有时也许会害怕这种冲动性情自然流露出的暴力倾向,但是这并没有让她害怕或者不信任这个刚刚回来的哥哥。恰恰相反,他们的交流从一开始就让她觉得特别舒服。她在弗雷德雷克面前总是感到特别轻松,这让她明白自己之前本来承担了多大的职责。他了解父母——他们的性格和弱点,并以一种漫不经心的放任态度来和他们相处,但是又极其小心地不去伤害他们的感情。他似乎天生就知道怎么让自己说话的态度自然地流露出一点光彩,这不会加深父亲的沮丧,而且也许可以缓解母亲的痛苦。如果他做这件事情不是时候或者不大合适,他会耐心体贴地看护,做一个很好的护理员。还有,他常常提起孩提时候他们在新森林玩耍,让玛格丽特感动得几乎流下泪来;他一直在遥远国度的外国人群中漫游,但是他从来没有忘记她,也没有忘记赫尔斯通。她可以和他说起故乡,绝不用担心他会厌烦。即使在她盼着他回来而他还没回来的时候,她一直在担心;因为她感觉到,自己在七八年时间里的变化都很大,已经忘记过去的玛格丽特还剩下多少,所以她推测,自己一直待在家里,她的喜好和感情都发生了极大的变化。那么,虽然她并不知道细节,但他坎坷的生活一定会几乎让另一个弗雷德雷克取代那个高高的、穿着水手服的小伙子——她记得自己曾那样仰慕和敬畏地看着那个小伙子。但是在他们分离的时光里,他们的年龄和其他很多方面一样,更加接近了。因此在这个悲伤的时刻,那种沉重的想法在玛格丽特看来反而缓解了。除了弗雷德雷克的到来,其他的事情都很沉重。母亲看到了自己的儿子,有好几个小时精神都很兴奋。她坐着,紧握着儿子的手,哪怕睡着的时候也不愿意放开。玛格丽特不得不像喂婴儿那样喂他吃饭,这样他就不会移动手指而打扰母亲睡觉。黑尔夫人在他们正忙的时候醒过来,她在枕头上缓缓地转过头,微笑地看着自己的儿女,因为她知道他们在做什么,以及为什么要这样做。

"我真自私,"她说,"但是不会太久了。"弗雷德雷克弯下腰,吻了吻握在自己手中的那只虚弱的手。

多纳德森医生确定地告诉玛格丽特，这种平静的状态不会持续很多天，甚至不会持续几个小时了。这位好心的医生离开之后，她溜下楼去找弗雷德雷克，他在医生到访的时候，按照嘱咐静静地藏在后面的客厅里，那一直是迪克逊的卧房，但是现在给他住了。

玛格丽特将多纳德森医生说的话告诉了他。

"我不信，"他大声说，"她病得很重，也许病情很危急，很快就会有危险，但是如果说她就快要去世的话，我不信她的精神还会像现在这样。玛格丽特！她应该听听其他医生的建议——找个伦敦的医生。你从来没有这样想过吗？"

"想过，"玛格丽特说，"还不止一次，但是我相信这也不会有什么好处。你知道的，我们没那么多钱去请伦敦的名医，而且我确信多纳德森医生的医术比最好的医生也不差多少——即使他真的比不上他们的话。"

弗雷德雷克开始在房间里烦躁地走来走去。

"我在加的斯有存款，"他说，"但是很不幸，因为我改了名字，在这里取不到钱。为什么爸爸要离开赫尔斯通呢？这真是个错误。"

"这不是什么错误，"玛格丽特沉重地说，"无论如何，别让爸爸听见你刚刚说的那种话。我看得出来，他已经意识到，如果妈妈待在赫尔斯通，根本不会病得这么重，所以他非常痛苦。你都不知道爸爸是怎么痛苦地自责的！"

弗雷德雷克走开了，就好像自己是在后甲板上那样。最后，他停在玛格丽特的正对面，看了一会儿，看着她垂头丧气的样子。

"我的小玛格丽特！"他抚摸着她，"我们尽可能地抱着希望吧。可怜小姑娘！怎么啦！怎么哭得满脸都是泪水啊！我会抱着希望的。不管有多少医生说了什么。振作点，玛格丽特，勇敢一点，要有希望！"

玛格丽特哽咽着想说话，但是哭得抽抽噎噎的。等她开口说话的时候，声音也很低沉。

"我必须要变得足够温柔顺和，直到相信这些。哦，弗雷德雷克！妈妈这么疼爱我！我也开始了解她了。但现在死亡要把我们强行分开了！"

"来！来！来！我们上楼做点事情吧，不要浪费这么宝贵的时间。思考常常会让我很难过，亲爱的，但是做事情绝不会这样。我的理论就是歪说那句名言：'我的孩子，去赚钱，如果可以的话，诚实地去赚，但要去赚。'我的名言是：'我的妹妹，去做事，如果可以的话，好好地去做；但无论如何，要去做。'"

"也包括恶作剧吧。"玛格丽特微笑着，眼中还含着泪。

"当然啦，但不包括事后的悔恨。如果你特别负责，一丝不苟，那就尽快做件好事，抵消掉你做的错事。就像我们在学校的石板上做对了一道算术题，只需要擦去那一半错的地方就可以了。这总比用我们的眼泪打湿海绵好。既节省了等待泪水落下的时间，最后的效果也比较好。"

如果说玛格丽特一开始觉得弗雷德雷克的理论有点粗糙，但她看到了他怎样不断地把这个理论热切地付诸实践。在他陪着母亲度过了痛苦的一夜后（因为他也坚持值夜班），第二天早餐之前，又忙着给迪克逊设计了一个搁脚凳，因为他已经开始感觉到照顾病人后的疲惫了。吃早餐的时候，他绘声绘色地给黑尔先生讲了自己在墨西哥、南美洲和其他一些地方过的荒野生活，这让黑尔先生颇有兴趣。但如果是玛格丽特，她就会绝望地放弃努力，放弃使黑尔先生低落的心情振奋起来；因为这会影响她自己，让她根本说不出话来。但是弗雷德坚持自己的理论，一直在做事情；而在早餐时，除了吃饭，唯一能做的事情就是聊天了。

还没到晚上，多纳德森医生的诊断就被证实是正确的。黑尔夫人一直在抽搐，停止抽搐之后就陷入了昏迷。她的丈夫伏在她身边抽泣，哭得床不断地晃动。她的儿子用强壮的手臂轻柔地抱着她，让她躺得舒服一些；她的女儿用双手摩挲她的脸，但是她什么都感觉不到了。她再也认不出他们了，直到他们在天堂相遇。

不到天明，一切都结束了。

随后，玛格丽特从颤抖和沮丧中振作起来，成为父亲和哥哥坚强的安慰天使。因为弗雷德雷克现在已经完全崩溃，他自己所有的理论都不再起作用。晚上他一个人待在小房间里时，哭得撕心裂肺，玛格丽特和迪克逊吓得跑下楼去叫他声音小一点，因为房间的隔墙很薄，所以隔壁邻居很容易听见他年轻激动的哭声，那和老人缓慢颤抖的悲泣完全不同。因为老人们知道谁在主宰命运，所以已经习惯伤悲，不敢再反抗无情的命运。

玛格丽特陪着父亲坐在房间里，守着去世的母亲。如果他哭出来，她反而会松一口气。但是他只是平静地坐在床边，不时掀开覆在母亲脸上的床单，轻柔地抚摸她，就像母兽爱抚幼兽一样，发出一种温柔而模糊的声音。他没有意识到玛格丽特就在一旁。她上前吻了他一两次，他接受了。但当她吻完之后，他就轻轻地把她推开一些，好像她的感情打扰了他，让他不能全心投入在去世的妻子身上。他听到弗雷德雷克的哭声，吓了一跳，又摇头叹息："可怜的孩子！可怜的孩子！"说完，他便不再注意了。玛格丽特心里很痛苦。她想到父亲的样子，无法再沉浸在自己的悲痛中。黑夜就要过去，白天就要来了。玛格丽特的声音出乎意料地打破了房间的安静，声音那样清晰，甚至连她自己都吓了一跳：

"你们心里不要忧愁[①]。"她说。接着，她沉稳地背完了那一整章，让人感到一种无以言表的安慰。

[①] 出自《圣经·新约·约翰福音》第 14 章。

第三十一章　偶遇"故人"[①]

别露出这种态度，这些特征，
是毒蛇的狡诈，还是罪人的堕落？

——克雷布[②]

　　冷得令人战栗的十月清晨到来了，这里不是乡间的十月清晨，在乡间薄薄的银色雾气在阳光下缓缓散开，呈现出种种炫目的色彩；而是米尔顿的十月清晨，它的银色薄雾就是厚重的烟雾，哪怕阳光穿透烟层照射下来，也只能照见昏暗的长街。玛格丽特疲惫地走来走去，帮助迪克逊料理家务。她的眼睛总是被眼泪模糊了视线，但是她没有时间放纵自己常常哭泣。父亲和哥哥都依赖着她，他们沉溺在悲伤中，她就得做事情、筹划、思考，甚至是葬礼必要的准备，似乎也全都落在了她的身上。

　　炉火噼里啪啦烧得正旺，等早餐的东西都准备好、茶壶也咝咝作响时，玛格丽特最后环视了一下房间，然后去叫黑尔先生和弗雷德雷克。她希望一切看起来都尽量让人心情愉悦，虽然一切如此，但是环境和她心境之间的巨大差别让她突然哭起来。她跪倒在沙发旁，把脸埋在垫子里，以免别人听见她的哭泣声。这时，迪克逊把手搭在她的肩膀上。

　　"别这样，黑尔小姐——别这样，亲爱的！您可不能崩溃，不然我们该怎么办啊？这屋里已经没有一个适合来发指令的人了，而要做的事情又这么多。谁来安排葬礼，谁要来参加，葬礼在哪里举行？这些都得解决：弗雷德雷克少爷哭得都要发疯了，老爷从来不善于安

[①] 原文出自《友谊地久天长》（Auld Lang Syne），作者为苏格兰诗人彭斯（Robert Burns, 1759—1796）。
[②] 克雷布（George Crabbe, 1754—1832），英国诗人，引文出自《自治市》（The Borough）第十四篇《布兰奈的生活》（Life of Blaney）。

排事情；可怜的先生，他好像完全不知所措了，只是走来走去。亲爱的，我知道，这糟透了，但是我们都会死的，你到现在才失去一位亲人，已经很走运了。"

也许真是如此。但是这件事本身似乎就是一种损失，因为这世界上其他的伤心事都无法与之做比较。玛格丽特并没有从迪克逊的话中感到任何安慰，但是这个守旧的老仆人异常温柔的态度让她大为感动。她打起精神，微笑着回应迪克逊焦虑地看着她的眼神，这只是为了向老仆人表达感谢，而不是别的原因；然后她去告诉父亲和哥哥，早餐已经准备好了。

黑尔先生走过来了——似乎还在梦中，或者更像是梦游者无意识地走动，他的眼睛和思绪并没有注意眼前的人，或是别的什么东西。弗雷德雷克轻快地走进来，勉强做出开心的样子。他攥住她的手，与她四目相对，却落下泪来。整个早餐过程中，她不得不绞尽脑汁去想一些无关紧要的琐事来讲，不让两位过多地回想起他们上次一起吃饭的情景，那时他们一直紧张地倾听着病人的房里传出的声音或者信号。

吃完早饭，她决定和父亲谈谈葬礼的事情。他摇摇头，同意了她提出的所有建议，尽管她的很多提议完全是相互矛盾的。玛格丽特从他那里没有得到真正的定论，于是无精打采地离开房间，准备去和迪克逊商量一下，这时，黑尔先生示意她回到他身边。

"问问贝尔先生。"他说话的声音很空洞。

"贝尔先生！"她有点奇怪，"牛津的贝尔先生？"

"贝尔先生，"他重复道，"是的。他以前是我的伴郎。"

玛格丽特明白他们的关系。

"我今天就写信。"她说。黑尔先生的精神又变得萎靡不振了。整个早上，她都忙忙碌碌的，虽然她很希望休息，却不断地陷入悲伤的事务中。

快到晚上时，迪克逊对她说：

"我都做完了，小姐。我真的很担心老爷，我怕他会伤心到中风的。他一整天都陪着可怜的夫人,我在门边听了,我听到他一直在和她说话,一直说话,就好像她还活着。可当我走进去的时候,他又变得特别安静,失魂落魄的。所以我心里想着,得让他振作起来;虽然开始的时候会让他大吃一惊,但是之后就会变好的。所以我已经和他说了,我觉得弗雷德雷克少爷待在这里并不安全。我是这么觉得的。就在星期二,我出门的时候,碰到一个南安普顿人——来米尔顿之后我第一次碰到呢,我想他们不怎么到这边来。呃,那个人是小雷纳德,布店老板老雷纳德的儿子,是个最让人讨厌的恶棍——他几乎把他爸爸折腾死了,后来又逃到海上去。我一直都受不了他。我知道,他和弗雷德雷克少爷那时都在俄里翁号上,虽然我不记得兵变的时候他在不在那里。"

"他认识你吗?"玛格丽特急切地问。

"唉,最糟糕的就是这件事情了。我想如果不是我傻乎乎地叫出他的名字,他是不会认出我的。他以前在南安普顿,现在到这个陌生的地方来,不然我绝不会和这样一个卑鄙又恶劣的家伙攀同乡的。他说:'迪克逊小姐!谁能想到能在这里看到你啊?但也许我说错了,你不再是迪克逊小姐了?'然后我告诉他,他依旧可以像称呼未婚女士那样称呼我,虽然如果我不是那么挑剔的话,我很可能会结婚的。他还挺有礼貌的,说他不能看见我了还怀疑我。但是我不会被这样的人骗到的,我也是这么告诉他的;而且,为了和他扯平,我问候了他的父亲(我知道他把儿子赶出家门了),好像他们一直是亲密的朋友。然后,为了惹恼我——你看吧,虽然我们本来互相都挺客气,后来也变得粗鲁了——他开始询问弗雷德雷克少爷的情况,还说,他惹了一个多大的麻烦啊(就像弗雷德雷克少爷的麻烦会洗白乔治·雷纳德的名声,或者让他看起来不那么恶心似的),还说,如果少爷被抓住,就会因为叛变而被绞死,还说政府出了一百镑的悬赏来捉拿他,而且他让自己的家庭丢脸了——说这些都是为了惹怒我,你知道的,亲爱的,因为以前我在南安普顿的时候,帮着老雷纳德数落过他一顿。所以我说,有些人家,如果他们的儿子能离家远远的、正正经经地挣点钱，他们就谢天谢地了。这种人家更有理由为自己的儿子脸红吧。他听到这些话，就无礼地说——他本来就是个无礼的小子——他很受器重，如果我知道哪个年轻人很不幸地走上歧途了，想要改邪归正的话，他可不介意帮上一把。他，真是的！唉，他简直能让圣徒堕落。那天站在那里和他说话，我觉得很不痛快，很多年没有这么不痛快了。因为我没法惹他生气，我都要哭了，而他一直冲我笑，好像把我的恭维话都当成真心话了，我看不出他有一丁点在意我的话，但是他的话都要把我气疯了。"

"但是你没有和他说什么关于我们的事情吧——关于弗雷德雷克？"

"我没有，"迪克逊说，"他没有屈尊问我住哪里，就算他问了，我也不会告诉他。我也没有问他在做什么高贵的工作。他在等公交车，那时恰好有辆车开过来，他就上车了。可是，他最后为了惹我生气，上车之前还转过身说：'如果你能帮我抓住黑尔上尉，迪克逊小姐，我们就一起去领悬赏金。我知道你想和我合作，是不是？别不好意思，答应了吧。'然后他就跳上了公交车。我看到他那张丑脸斜瞥着我，邪恶地笑着，盘算着最后这句话会怎么惹恼我。"

玛格丽特听完迪克逊的这番话，觉得很不安心。

"你告诉弗雷德雷克了吗？"她问。

"没有，"迪克逊说，"一想到可恶的雷纳德就在城里，我心里就很不安；但是还有别的那么多事情要考虑，我简直没有时间去想这件事。但是当我看到老爷直挺挺地坐着，眼神呆滞而悲伤，我觉得要他稍稍考虑下弗雷德雷克少爷的安全问题，可能会使他振作一点。所以我把一切都告诉他了，虽然提到有个小伙子和我说过话，我都脸红了。这对老爷有好处。那么如果我们想把弗雷德雷克少爷藏好，他就得在贝尔先生来之前离开，可怜的孩子。"

"哦，我不担心贝尔先生，但是我担心那个雷纳德。我一定要告诉弗雷德雷克。雷纳德长什么样子？"

"长得一副坏模样，我向你保证，小姐。我要是长那样的络腮胡子都得羞愧死了——太红了。虽然他说自己在工作上很受信任,却穿着粗布衣服,像工人一样。"

弗雷德雷克显然必须得走了。他本来完全填补了自己在家里的位置,而且保证会尽量照顾好自己的父亲和妹妹,但是现在得走了。母亲在世的时候他尽力照料,她去世后他十分伤心,这些都让他显得很特别,因为对已逝去的亲人的爱让他和我们紧密相连。玛格丽特坐在客厅的火炉边思索着这一切时——父亲在这种新的恐惧而引起的压力下焦急不安,但他并没有说出口——弗雷德雷克走了进来,他的精神有些萎靡,但是强烈的悲痛已经过去了。他走向玛格丽特,吻了吻她的前额。

"你看起来多憔悴啊,玛格丽特!"他低声地说,"你为每个人着想,但是没有人为你着想。躺在沙发上吧——你现在不用做什么了。"

"这才是最糟糕的。"玛格丽特悲伤地喃喃道。但是她走过来躺下,哥哥用围巾盖住她的脚,然后坐在她身边的地板上,两人压低声音交谈起来。

玛格丽特把迪克逊告诉她和小雷纳德相遇的事情都告诉了他。弗雷德雷克惊愕地长吁了一声,闭紧了嘴唇。

"我真想和那个年轻的家伙把事情解决掉。船上从来没有过这么恶劣的水手——也没有见过比他更糟糕的人了。我想,玛格丽特——你知道整个事情的经过吧?"

"是的,妈妈告诉过我。"

"哼,所有有良心的水手都对我们的船长感到很气愤,那个家伙,却去拍马屁——呸!想想吧,他居然在这里!哦,如果他知道了我就在离他不到二十英里的地方,他一定会把我找出来,为以前的怨恨复仇的。他们觉得我值一百镑,那么随便谁拿到这笔钱都可以,除了这个恶棍。他没能说服可怜的老迪克逊放弃我,为她的晚年挣一笔养老金,真是可惜!"

"啊,弗雷德雷克,嘘!别这么说。"

黑尔先生走向他们,急得发抖。他无意中听到了他们的谈话,便握住弗雷德雷克的手：

"我的孩子，你一定要离开。这很糟糕——但是我觉得你一定得这样做。你已经做了一切能做的了——你给她带来了很大的安慰。"

"啊，爸爸，他一定得走吗？"玛格丽特说，她也知道他必须要走，却还是拒绝承认。

"我发誓，我愿意面对这一切，接受审讯。要是我能收集到证据该有多好啊！一想到我得受雷纳德那样的恶棍的摆布，我就受不了。本来——在其他情况下——我几乎是享受这次偷着回来的感觉，就像法国女人寻求被禁止的欢愉一样吸引人。"

"我能记得最早的那件事情，"玛格丽特说，"就是你做了件丢脸的事，弗雷德，你偷苹果。我们自己就有很多苹果——树上结满了果实，但是有人和你说，偷来的水果吃起来最甜，你就照着字面意思理解了，跑去偷东西。从那以后，你都没有改变过自己的想法。"

"是的——你得走了。"黑尔先生又说了一遍，回答了玛格丽特刚才的问题。他心里有牵挂，所以他得费很大力气才能跟上孩子们漫无边际的闲聊——他并不想费这个力气。

玛格丽特和弗雷德雷克面面相觑。如果他离开了，他们就再也感受不到彼此瞬间的心有灵犀了。他们通过眼神对视就能明白对方心里那些语言传达不了的意思。两人这么想着，最后都觉得很伤感。弗雷德雷克最先摆脱这种情绪：

"你知道吗？玛格丽特，今天下午我差点把迪克逊和我自己都吓坏了。我在自己的卧室里，听到前门的门铃响，但是我认为拉铃人一定办完事情，早就走了，所以正准备走到过道上，但我一打开房门，就看到迪克逊走下楼梯，她皱着眉头，催我再藏起来。我把门留着，听见她给爸爸书房里的某个人传了句话，那个人就离开了。那人会是谁？某个店员吗？"

"很可能是，"玛格丽特冷冷地说，"两点钟的时候，有个矮矮的、看起来很安静的人上来推销东西。"

"但那人不矮——他是个魁梧的家伙，而且他在这里的时候已经四点了。"

"那是桑顿先生。"黑尔先生说。他们很高兴把父亲也拉入了谈话之中。

"桑顿先生！"玛格丽特有点惊讶地说，"我以为……"

"唉，小姑娘，你以为什么啊？"弗雷德雷克说，因为她话没有说完。

"哦，只是，"她脸红了，眼睛直直地看着他，"我以为你说的是另一个阶层的人，不是一位绅士，而是来跑腿的人。"

"他看上去就像是那种人，"弗雷德雷克漫不经心地说，"我以为他是个店员，结果他是工厂主。"

玛格丽特不说话了。她记得最开始，在自己还不了解桑顿先生的性格时，也像弗雷德雷克这样看待他、谈论他。虽然这是一件很自然的事，但是她还有点不高兴。她不愿意开口说话，希望弗雷德雷克能明白桑顿先生是怎样的人——但是她又不知该怎么说。

黑尔先生接着说："我想，他过来是为了给我们提供一些力所能及的帮助。但是我不能见他。我让迪克逊去问问他，他是否愿意来见你——我想叫她去找你，让你去见他的，我不知道自己那时说了什么。"

"他是个挺讨人喜欢的朋友，是不是？"弗雷德雷克问道，把这个问题像球一样抛给愿意接住的人。

"很亲切的朋友。"父亲没有回答，于是玛格丽特说。

弗雷德雷克有一会儿没有说话。最后他说：

"玛格丽特，想到我无法感谢那些对你友善的朋友，我就很心痛。你的朋友和我的朋友必须毫无交集。除非，我冒着上军事法庭的危险，或者你和父亲都来西班牙。"他试探性地抛出最后这个建议，接着，突然果决地说，"你不知道我多希望你们能来。我有个挺好的工作职位——还可能得到个更好的，"他继续说道，像个姑娘一样涨红了脸，"我和你说过的那个多洛丽丝·巴伯，玛格丽特——真希望你能认识她；我肯定您会喜欢——不，应该是喜爱，喜欢太轻了——您会喜爱她的，爸爸，如果您认识她的话。她还不到十八岁，但是如果她一年之后还这样喜欢我的话，我就娶她做我的妻子。巴伯先生不让我们宣布这是订婚。但是如果你们能来的话，你们会发现除了多洛丽丝之外，那里到处都是朋友。考虑一下吧，爸爸。玛格丽特，替我说句话。"

"不——我不愿意再搬家了，"黑尔先生说，"一次搬家就让我失去了妻子。我这辈子都会不再搬家了。她会待在这里，我也会在这里度过我的晚年。"

"啊，弗雷德雷克，"玛格丽特说，"和我们再说些她的事情吧。我完全没有想过这一点，但是我很开心。你在外面时也有人爱你、照顾你，把所有的事情都告诉我们吧。"

"首先，她是罗马天主教徒。这是我能想到唯一的障碍。但是爸爸已经改变信仰了——不，玛格丽特，别叹气。"

在谈话结束之前，玛格丽特有理由再多叹一些气。实际上，弗雷德雷克自己已经是罗马天主教徒了，虽然他还没有明说。之前父亲脱离国教，玛格丽特非常沮丧，但他在信里只是稍微表示了一下同情，原因也许就在这里。她原以为这是士兵的粗心，但是真实情况是，在那时他就已经想要脱离自己曾经通过洗礼接受的宗教，只是他的想法和父亲的完全背道而驰。爱情与这一改变有多大的关系，连弗雷德雷克自己也说不清。玛格丽特最终放弃讨论这一话题，回到订婚这个问题上，她开始用某种新的视角去看待它：

"但是为了她，弗雷德，你一定要设法洗清对你夸大其词的指控，即便兵变的指控本身是事实。如果要上军事法庭，你能够找到一些证人，那么你无论如何可以证明一点，你之所以不服从命令，是因为上级滥用职权。"

黑尔先生振作起精神来听儿子的回答。

"首先，玛格丽特，谁能做我的证人呢？他们都是水兵，都被调派到其他船上了。其他的人证词效力都不大，因为他们不是参与了行动，就是同情我们的。而且，我得告诉你，你不了解军事法庭是什么样的,你觉得在这个组织中正义会得到伸张,但是它实际上是这样的——官方权力在法庭上占了十分之九的比重,证据只占剩下的十分之一。在这种情况下,证据本身也难逃官方权力的影响。"

"但是也应该看看能找到多少证据,并为你所用,这难道不值得试一试吗?现在,所有以前认识你的人,都觉得你是有罪的,没有无罪的可能。你从来没有试图为自己辩护,我们也一直不知道要去哪里找证据来为你申冤。现在,为了巴伯小姐,你应该尽力把你之前的行为解释清楚。她也许并不在意,我肯定,她像我们一样信任你;但是你不应该让她和一个背负这么重大指控的人结合在一起,却不向大家解释你的处境。你违背了上级命令——那很不好,但是在上级权力被滥用的时候,袖手旁观,听之任之,更是极其恶劣。人们知道你做了什么,但是并不知道其中的动机,这个动机让一次犯罪行为上升为一次保护弱者的勇者行动。为了多洛丽丝,他们应该知道这一点。"

"但是我怎么能让他们知道呢?哪怕我能找到一群实话实说的证人,把自己交给军事法庭,我也不能确信那些审判我的法官一定会廉洁公正。我总不能派一个敲钟人到街上大喊大叫,宣传你称之为英雄主义的事迹吧。那件事情过去这么久了,哪怕我写一本自我辩护的小册子,也没有人会愿意去读的。"

"你愿不愿意咨询一下律师,问问自己有没有可能脱罪?"玛格丽特抬头问道,脸变得通红。

"在我向他吐露实情之前,我得先见到他,仔细看看他,然后再考虑是否信任他。很多律师没有生意,可能会歪曲自己的良心,想着只要做件好事——把我这个罪犯绳之以法——就能轻松得到一百镑。"

"胡说,弗雷德雷克!——因为我认识一位律师,他的人品我是信得过的,人们对他在业务上的精明也是赞不绝口,而且我觉得,他会尽力帮助肖姨妈的任何一位亲人。我说的是亨利·伦诺克斯先生,爸爸。"

"我觉得这个主意不错,"黑尔先生说,"但是别提出任何让弗雷德雷克滞留在英国的建议。看在你母亲的分上,别这样。"

"你坐明晚的夜车到伦敦去,"玛格丽特接着说,对自己的计划满腔热情,"恐怕他明天就得走了,爸爸,"她轻轻地说,"我们已经说定了。因为贝尔先生,还有迪克逊那个讨厌的老熟人。"

"是的,我明天必须要走。"弗雷德雷克下定决心。

黑尔先生抱怨道:"我真不忍心再和你分开了,但是只要你留在这里,我又忧虑不安。"

"那么,"玛格丽特说,"就听我的计划吧。他周五早上就会到伦敦。我会……你可以……不!我来写一封信,你带给伦诺克斯先生,这样比较好。你会在圣堂里他的事务所找到他。"

"我会列一个名单,写上我能记得的俄里翁号上的所有船员的名字。我把名单给他,让他去找他们。他是伊迪丝丈夫的兄弟,是不是?我记得你在信中提到过他的名字。我有一笔钱在巴伯手里。如果有机会成功的话,我可以付很多钱。亲爱的爸爸,这些钱我本来准备有其他用途,所以就当是我向您和玛格丽特借的吧。"

"别这样,"玛格丽特说,"如果你这么想,就不会愿意拿钱来冒险了。这是有点冒险,但是值得一试。你从伦敦搭船和在利物浦搭船一样吧?"

"当然啦,小傻瓜。只要我感觉到甲板下有水起伏,无论在哪里我都觉得很自在。我随便都能找到一艘船离开的,别担心。我在伦敦待不到二十四个小时,一方面是远离你们了,另一方面是远离那个人了。"

玛格丽特给伦诺克斯先生写信的时候,弗雷德雷克很上心,站在她的身后看,这让玛格丽特感到宽慰。她和伦诺克斯之前因为一件事情不欢而散,现在她要主动恢复交往,感到颇为拘谨,所以在信的措辞上一再犹豫,不知道应该用哪种表达。幸好他看着她,迫使她平稳简洁地写下去。但是,她写完还没来得及检查一遍,他就把信拿走,小心地收在一只皮夹中。从皮夹中掉出一缕长长的黑发,弗雷德雷克一看到它眼睛就开心地发亮。

"现在你想看看这个吗,你想不想?"他说,"不!你得等着见到她本人。她太完美了,从这种零碎的东西上看不出来。从一块破砖上,你是看不出我华美宫殿的全貌的。"

第三十二章 祸事降临

> 什么！还要被揭发——可能还被锁起来，拖走。
>
> ——《维纳》①

第二天，他们三个人整天都在一起。黑尔先生几乎不说话，只有在孩子们问他问题时——在某种程度上逼着他回到现实中——才开口说话。弗雷德雷克不再表露或者谈及自己的伤心了，最初的感情爆发已经过去，现在他因为自己那样被感情击溃而感到羞愧。失去母亲的悲恸固然是一种深沉真实的情感，而且会持续一生，但是他不会再提及了。玛格丽特一开始并不是很激动，现在却越来越痛苦。有时候，她会大哭一场；哪怕是在谈及毫不相关的事情，她的神色也是悲伤温柔的，尤其是在看着弗雷德雷克的时候，一想到他很快就要离开，这种痛苦就更深了。不管她自己对他的离开有多伤心，可为了父亲，她很高兴他要走了。黑尔先生生怕儿子会被发现和逮捕，所以终日惊慌忧虑，这种担惊受怕的情绪要远远超过儿子在他身边所带来的快乐。这种紧张情绪在黑尔夫人去世之后与日俱增，也许因为他现在只关心这件事情。每一点不寻常的声音都让他心惊胆战，只有当弗雷德雷克待在他们一进门就能看到的地方，他才会稍微安心点。快到傍晚的时候，他说：

"玛格丽特，你会陪着弗雷德雷克一起去车站吧？我要知道他是安安全全地离开的。你无论如何都会告诉我，他已经离开米尔顿了，好不好？"

"当然了，"玛格丽特说，"我很乐意这样，只要我不在家的时候您不会觉得寂寞，爸爸。"

---

① 《维纳》(Werner) 是拜伦在1823年发表的剧本，引文见第五幕第二场。

"不会不会！除非你能告诉我亲眼看着他离开了，不然我就一直想着有人会认出他、截住他。你们到奥特伍德车站去。那里特别近，还没什么人。叫一辆马车过去。这样他被看到的危险会小一些。你的火车几点开，弗雷德？"

"六点十分，天几乎都黑了。那你怎么办呢，玛格丽特？"

"哦，我会想办法的。我现在变得很勇敢、很能干。就算天完全黑了，回来一路上的路灯还都很亮。而且上个星期，更晚的时候我都出去过。"

说完再见之后，玛格丽特觉得很欣慰——弗雷德雷克和去世的母亲、尚在世的父亲告别。儿子最后看一眼母亲的时候，父亲是陪着他的。玛格丽特看得出来，这个离别的场面让父亲特别难过，为了缩短时间，她催着弗雷德雷克上了马车。一部分是因为父亲，一部分是因为《铁路指南》上写的火车到小车站的时间常常有误，所以当他们到奥克伍德车站的时候，发现还要等待近二十分钟。售票处还没有开门，他们连车票都不能买。他们沿着一道石阶走下去，走到铁道下面的平地上。马路旁边有一片田野，那里有一条宽阔的煤屑路斜穿而过。在等车的那一段时间，他们就在那里走来走去。

玛格丽特挽着弗雷德雷克的手臂。他满怀柔情地握住它。

"玛格丽特！我会去咨询伦诺克斯先生的，看有没有机会脱罪，这样我就可以随时回英国。我主要是为了你，不是为了别人。我简直不敢想，如果父亲出了什么事，你就会孤零零的。他的样子变了好多，看上去很伤心——打击太大了。因为各方面的原因，我希望你能让他考虑一下到加的斯来的计划。如果他也走了，你怎么办啊？你身边没有什么朋友，我们又没有什么亲戚。"

玛格丽特几乎要哭出来了，因为弗雷德雷克那样温柔忧虑地向她提出的这个问题，她觉得也不是完全不可能。过去几个月的伤心事对黑尔先生的打击太大了。但是她极力平复自己的心情说：

"最近这两年，我的生活里发生了许多不寻常的、意想不到的事，所以我觉得过分思虑怎样应对未来的事情是不大值得的。我只能尽力想着眼前的事情。"她停下来，他们静静站了一会儿，就站在田野通向大路的阶梯上，夕阳照在他们脸上。弗雷德雷克握着她的手，关切忧虑地看着她的脸，脸上满是她难以言表的担忧和烦恼。她继续说道：

"我们应该常常通信，我答应你——因为我觉得这样你会放心点，我会告诉你我的每一件烦心事。爸爸是……"她稍微吃了一惊，让人几乎察觉不到——但是弗雷德雷克感觉他握着的手突然一动，所以转头面向大路。一个人骑着马慢慢地沿路走来，正好经过他们站的台阶。玛格丽特微鞠一躬，对方也生硬地还礼。

"这是谁？"那人还没走远，弗雷德雷克就问道。

玛格丽特微微垂下头，微红着脸回答说：

"桑顿先生，你之前见过他的，你知道。"

"只是看过他的背影。他的样子不大讨人喜欢。严肃成那样！"

"他遇到什么不开心的事情了，"玛格丽特抱歉地说，"如果你看过他怎么对待妈妈，就不会觉得他不讨人喜欢了。"

"我想现在该去买票了。要是知道天色会变得这么黑，我们就不应该把马车打发走，玛格丽特。"

"哦，别担心这个了。如果我愿意，就可以在这里叫一辆车，或者乘火车回去，从米尔顿车站到家里的路上都是店铺、行人和路灯。别担心我了，照顾好自己。我一想到雷纳德可能和你坐同一辆车就觉得心烦。你上车之前，先检查一下车厢里面的情况。"

他们走回车站。玛格丽特坚持要走到站里耀眼的煤气灯光下去给他买票。有些看起来无所事事的年轻人正和站长一起闲逛。玛格丽特觉得自己见过其中某个人，那人正粗鲁地盯着她，眼里有毫不掩饰的爱慕，她觉得自己的尊严被冒犯了，于是骄傲地回望了他一眼。她急匆匆地回到车站外的哥哥身边，挽住他的手臂。"你拿好你的包了吗？我们到月台上走走吧。"想到马上就要一个人了，她有点慌张。她有点不愿意承认，但是她的勇气就要用完了。她听见有个脚步声沿着旗帜跟着他们；他们停下来，沿着铁路望去，听着即将进站的火车的呼啸声,那个脚步也停下来了。他们没有说话,满腹心事。过一会儿,火车就要开过来了;再过一会儿,他就要走了。玛格丽特几乎后悔自己之前急切地恳求他去伦敦了,因为这样增加了他被人发现的可能性。如果他从利物浦乘船去西班牙,两三个小时之后他就可以离开了。

弗雷德雷克转过身,正对着路灯。煤气灯闪烁着,火车就要进站了。有个穿着铁路搬运工服装的人突然走上前来。他长得很难看,似乎因为喝了酒而态度蛮横,尽管他的意识看上去很清醒。

"让开,小姐!"他粗鲁地把玛格丽特推到一边,一把抓住弗雷德雷克的衣领。

"你叫黑尔,是不是?"

就在一瞬间——玛格丽特没有看清是怎么回事,因为一切都在她眼前舞动——弗雷德雷克使用了一个摔跤的小技巧,一下就把那个人绊倒了。那人从三四尺高的月台上跌到铁路边松软的土地上,躺着不动了。

"快跑,快跑!"玛格丽特喘息着说,"火车到了。那是雷纳德,是不是?哦,快跑!我来拿你的包。"她抓住他的手臂,用微弱的力气把他推向前。有一节车厢的门还开着——他跳上去,然后探出身说:"上帝保佑你,玛格丽特!"车从她旁边呼啸开过,她一个人被留在那里。她觉得自己很虚弱,头晕得厉害,幸好还能走进女士候车室坐下来休息一会儿。一开始她什么也做不了,只是上气不接下气地直喘。事情发生得太快了,那一刻太惊险了,真是千钧一发。如果那时火车还没到,这个人会再次跳起来,叫人帮忙来捉住他。她不知道那个人站起来了没有:她努力回想自己有没有看到他动,想着他会不会受了重伤。她鼓起勇气走出去,月台上还是灯火通明,但是几乎没什么人。她有些害怕地走到路的尽头,向四处看看,那里没有人。她很高兴自己能出来仔细查看一番,不然那个可怕的场景会一直萦绕在她的脑海中。尽管如此,她还是害怕得浑身发抖,觉得自己无法沿路走回去了,因为当她在明亮的车站看着大路时,那里似乎又黑暗又荒凉。她要等着下一趟车来的时候坐上去。但是如果雷纳德认出她是弗雷德雷克的同伴怎么办啊！她偷偷地看看四周，才敢去售票处买票。那里只有一些铁路职员站着，大声说着话。

"所以雷纳德又喝酒了！"一个似乎是主管的人说，"这次他要保住工作，得需要他常常吹嘘的那种影响力了。"

"他在哪里？"另一个人问道。玛格丽特背对着他们，手指颤抖地数着零钱。她在听到回答之前都不敢转过身去。

"我不知道。他不到五分钟之前进来的，骂骂咧咧的，说了半天他摔了一跤的事情。然后问我借了点钱，要坐下一趟车去伦敦。他醉醺醺地做了各种保证，但是我还有事情要做，没工夫听他的；我告诉他去做自己的事情，他就从前门走出去了。"

"我敢保证，他肯定是在最近的酒馆里，"第一个人说，"如果你傻乎乎地把钱借给他的话，你的钱就也去酒馆了。"

"我才不傻呢！我很清楚他说的伦敦是什么意思。还有，那五先令他一直都没有还给我……"

他们继续说着话。

现在玛格丽特关心的就只是火车能快点来。她又躲到女士候车室里去，觉得每种声音都是雷纳德的脚步声——所有大声嘈杂的说话声都是他的。但是直到火车停下来之后才有人走近她。一位行李员很有礼貌地帮助玛格丽特登上火车，但是玛格丽特都不敢看他的脸，直到火车开动了，她才看出那人并不是雷纳德。

第三十三章　重归安宁

长眠吧，亲爱的，在你冰冷的床榻，
从此不再忧愁！
最后的晚安——你将不再醒来，
直到我也去到你的身边。

——金博士[1]

在经历了这一切惊慌和喧嚣的骚动后，家里变得异常的安静。她一到家，父亲就周到地为她准备好了茶点；然后又坐在自己坐惯的椅子上，陷入一场悲伤的半梦半醒中。迪克逊把玛丽·希金斯叫到厨房，又是斥责又是指挥。由于她的斥责是愤怒地低声说出来的，所以还是很有力度的。只要死者还躺在屋子里，大声说话就是不敬的。玛格丽特决定不把最后那场最可怕的意外告诉父亲。因为告诉他一点用处也没有，它已经圆满地结束了；唯一需要担心的就是，万一雷纳德从什么渠道借到了足够的钱，就可以实现他的目的，跟着弗雷德雷克去伦敦，并在那里逮到他。但是这项计划成功的阻碍还是很多的，玛格丽特决定不再去想这些自己无力阻止的事情，不再让它们折磨自己。弗雷德雷克会留心保护自己的，用不着她去提醒；再过一两天，他就会安全地离开英国了。

"我猜想明天就能收到贝尔先生的信了。"玛格丽特说。

"是的，"她父亲答道，"我也这么想。"

"如果他能来，我觉得明天晚上就会到的。"

"如果他不能来，我就请桑顿先生陪我去安排葬礼。我不能一个人去。我会完全崩溃的。"

---

[1] 金博士（Dr. Henry King, 1592—1669），英国奇切斯特的主教，诗人，引文见《葬礼》（An Exeguy）。

"别叫桑顿先生去,爸爸。让我和你一起去吧。"玛格丽特急切地说。

"你!亲爱的,女士一般都是不能去的。"

"不,那是因为她们控制不住自己的感情。我这个年纪的女士不去,是因为她们不能约束自己的感情,但又因为表露感情而感到羞愧。而穷人家的姑娘会去,是因为不在乎别人是否看到自己悲痛欲绝。但是我答应您,爸爸,如果您让我去,我绝不会给您惹麻烦的。别去找外人,却把我丢在一边。亲爱的爸爸!如果贝尔先生不能来,我就去。如果他能来,我绝不会强行违背您的意愿。"

不过贝尔先生不能来了,他得了痛风。那封信写得特别深情,对自己不能参加葬礼表达了深切而真挚的遗憾。他希望自己能尽快来看望他们,如果他们愿意的话。他在米尔顿的产业需要打理,他的经纪人已经给他写信,说他亲自来一趟是很有必要的。本来他是尽量离米尔顿远一点,但现在唯一能让他做出妥协、一定要来一趟的原因,就是想来看望、可能再安慰一下他的老朋友。

玛格丽特费了好大的劲去说服父亲不要去请桑顿先生。她对这个安排有种说不出的厌恶。葬礼的前一天,桑顿夫人给黑尔小姐写了一张颇为正式的信笺,上面说,如果他们家觉得可以接受的话,她儿子希望能让自己的马车帮助他们送葬。玛格丽特把信笺丢给父亲。

"哦,别让我们做这些表面功夫了,"她说,"让我们自己去吧——您和我,爸爸。他们并不在乎我们,否则他就会提出亲自去,而不是提议安排一辆空马车。"

"我觉得,你对他来参加特别反感,玛格丽特。"黑尔先生有点惊讶地说。

"的确如此。我根本不想要他来,尤其想到要请他过来就觉得特别讨厌。我本来也不指望他能来,如果他能来反而是对哀悼的讽刺。"她说着居然流下泪来,这吓坏了她父亲。她一直压抑着自己的悲伤,对其他人关怀体贴,在所有事情上都温和耐心,所以他不能理解今晚她为什么这么不耐烦。她似乎又气恼又焦虑,尽管此刻父亲极其温柔地安慰她,她却哭得更厉害了。

那天晚上她睡得很不好,所以完全没有准备好应对弗雷德雷克来信引起的更多焦虑。伦诺克斯先生离开市里了,他的职员说他最迟下周二回来,也可能周一就到家。所以,弗雷德雷克考虑再三,决定在伦敦多待上一两天。他曾想再回一趟米尔顿,这种想法非常强烈,但是想到贝尔先生住在父亲家里,再加上在火车站的最后一刻受到的惊吓,他决心还是留在伦敦。他让玛格丽特放心,自己会非常小心,不让雷纳德跟踪他。玛格丽特很庆幸,她收到信的时候,爸爸不在这里,他在母亲的房间里。如果他在场,可能就会让她大声读给他听,那会让他陷入紧张惊慌的情绪中,她也无法使他安下心来。让她感到不安的不仅仅是弗雷德雷克被滞留在伦敦这件事情,他还隐晦地提到了在米尔顿的最后一刻被认出来、还可能被跟踪的事,这都让她胆战心惊。那么这些会怎样影响父亲呢?玛格丽特对自己建议并催促他去咨询伦诺克斯先生的这个计划,不止一次感到后悔。那个时候,这个计划似乎不会造成什么耽搁——本来被发现的概率就很小,这样做也多不了多少。但是之后发生的每件事情都让这个计划变得越发危险。现在做什么都改变不了现状了,所以玛格丽特努力摆脱这种后悔和自责的情绪,因为她那时说了一些自作聪明的话,但事后证明自己真的很愚蠢。父亲的身心十分消沉和沮丧,所以无法健健康康地振作起来。这些事情已经不能挽回了,但是他会因为这些而陷入病态的悔恨中。玛格丽特鼓足一切力气来支撑自己。父亲似乎忘记了他们理应在早上收到弗雷德雷克的回信,他满心想着的只有一件事——妻子在世上最后可见的形体,就要被带离他身边,从他的视野中消失了。殡仪馆的员工在他身边给他整理黑纱时,他可怜地哆嗦着,眼巴巴地看着玛格丽特。弄完之后,他跟跄地走向她,喃喃地说:"为我祈祷吧,玛格丽特。我身上一点力气都没有了。没法祷告了。我得让她走,因为我必须要这么做。我竭力在忍了:真的,我真的在忍了。我知道这是上帝的旨意。但是我不明白她为什么要死。为我祷告吧,玛格丽特,这样也许我就有信心祷告了。这真是太痛苦了,我的孩子。"

玛格丽特在马车里，坐在他身边，几乎是完全用胳膊支撑着他。她还一直背诵着能记起的所有神圣安详的崇高经文，或是表示虔诚顺从的段落。她的声音从不发颤，而且自己也从中获得了力量。因为她的背诵提醒了父亲，他的嘴唇也随着她翕动，重复着烂熟于心的文字。虽然他无力将那份顺从接纳到心里，成为自己的一部分，但是他耐心地努力挣扎着去顺从，玛格丽特看到这一点感到很难过。

当玛格丽特顺着迪克逊的手势，注意到尼古拉斯·希金斯和他的女儿站在稍远一点的地方，全神贯注地参与葬礼时，她再也无法坚强了。尼古拉斯穿着日常的粗布衣服，但是在帽子上缝了一小块黑布——这是哀悼的标志，连他女儿去世时他都没有这样做。但是黑尔先生什么也没看到。葬礼牧师读着殡葬经文，他也机械地默默重复着。葬礼结束后，他叹了两三声气，把手搁在玛格丽特的手臂上，无言地请求她领着他走，好像他眼睛看不见了，而她是他忠诚的向导。

迪克逊大声地抽泣着，她用手绢捂着脸，完全沉浸在自己的悲痛中，没有看到被吸引而来的人群渐渐散开了。直到旁边有个人和她说话，那个人是桑顿先生。他一直都在场，低着头站在一群人身后，所以实际上没有人认出他来。

"很抱歉，但是，你能告诉我，黑尔先生怎么样？还有黑尔小姐呢？我想要知道他们两个人怎么样。"

"当然了，先生。他们的情况和预想的差不多。老爷完全崩溃了。黑尔小姐的承受力比预想的表现得好些。"

桑顿先生宁可听到她像预想的那样，经受着天然的悲痛。首先，他挺自私的，一想到他博大的爱情能乘虚而入安慰她，就觉得很开心；这就好像是虚弱的孩子紧紧贴在母亲怀里，每件事都依赖母亲，而母亲心里也会有某种怪异而强烈的喜悦。尽管玛格丽特拒绝了他，但是就在几天以前，他还是沉浸于这个可能会实现的美好想象中。然而，一想到他在奥特伍德车站附近看到的那一幕，他就又痛苦又烦心，一切想象都被打乱了。"又痛苦又烦心！"这么说还不够有力。他不断回想起那个英俊的年轻人，她和他站在一起时显得那么熟悉、那么自信；这段回忆痛苦地洞穿了他的心，最后他不得不握紧双拳，来减轻这种痛苦。那么晚的时候，在离家那么远的地方！他不久前还坚定地相信她纯洁而美好的少女形象，但是现在他得在精神上付出极大的努力，才能重燃这种信任；一旦停止努力，他的信任就完全消失了，而且自己也变得软弱无力：所有这些狂乱的想法就像噩梦一样，前赴后继地掠过他的脑海。现在又听到一件让他痛苦的小事：受到这样痛苦的打击，她却"比预想的表现得好些"。这么说，她一定抱有某种光明的希望，哪怕在她充满柔情的天性中，这种希望也能照亮一个新近丧母的女儿的黑暗时刻。是的！他知道她会怎样去爱。他以前爱过她，本能地了解她具有何等爱的能力。如果一个男人值得她爱，凭借爱的力量，获得她的爱情，那么她的灵魂就会沐浴在灿烂的阳光下。哪怕在她服丧期间，她的心灵也会因为他的同情得到安宁和信心。他的同情！谁的？另一个男人的。这一点足以让桑顿先生在听完迪克逊的回答之后，脸上苍白严肃的神色变得加倍惨白和严峻。

"我想我会来拜访的，"他冷淡地说，"我是说，来看望黑尔先生。后天或者别的时候，他也许会愿意见我。"

他说得好像听的人是否回答他，都无所谓。其实并非如此，尽管他满心痛苦，他还是渴望能见见让他这么痛苦的那个人。尽管他想起那时她温柔熟稔的态度和彼时彼刻的情形，有时候会怨恨她，但是他又急切地渴望能在脑海中更新她的影像——渴望着刚好有她呼吸存在的那种氛围。他深陷在激情的旋涡中，只能一圈一圈地旋转着接近那个致命的中心。

"先生，我想老爷会见你的。他很抱歉，那天不得不拒绝你。但是当时的情形确实有点不合适。"

由于这样那样的原因，迪克逊一直没有把这次和桑顿先生的谈话告诉玛格丽特。也许，这纯粹只是碰巧，但是这样一来，玛格丽特就始终不知道他曾经来参加过可怜的母亲的葬礼。

第三十四章　真真假假

真理绝不会让你失望，绝不！
尽管你的小舟风雨兼程，
尽管每块船板四分五裂，
真相会永远伴你前行！

——佚名

  其实要做到"比预想的表现得好些"，这给玛格丽特带来了极大的压力。有时候，即使在强打起精神和父亲聊天时，她会突然强烈地意识到自己失去了母亲，顿时觉得自己肯定要崩溃了，要痛苦地大哭一场了。还有弗雷德雷克，也让她非常不安。周日邮局不送邮件，所以伦敦的来信也被耽搁了。到了周二，看到还没有信送来，玛格丽特觉得很奇怪，又感到非常沮丧。她完全不知道弗雷德雷克的计划，而父亲又因为事情的不确定性感到痛苦。他最近总喜欢静静地坐在安乐椅上，一坐就是半天，但现在的痛苦竟然改变了他的这个习惯。他在房间里不断地踱来踱去，然后又走出去。接着她听到他在楼梯口无缘无故地把卧室的房门打开又关上。她大声为他读书，想让他冷静下来，但是很明显，他做不到长时间的专心。那时她觉得很庆幸，没有把遇见雷纳德的事情告诉他，而是自己承受了这份额外的焦虑。所以当她听到桑顿先生来访时，心里非常高兴，因为他的到来会让父亲不再纠结眼前的事情。

  桑顿先生径直走到父亲面前，握住父亲的手，握了有一两分钟，一言不发，但是他的脸庞、眼睛和神色都传达出了难以言表的同情。然后他转向玛格丽特。她看起来不像是"比预想的表现得好些"。她端庄的美丽因为过多的看护母亲和过多的流泪变得暗淡。她脸上的神色是温和的、充满耐心的，但又带着忧伤——现在她心里肯定还十分沉痛。他本想用近来刻意的冷淡态度来问候她，但是因为她站在稍微靠近角落的地方，又因为不确定他最近的态度而显得怯怯的，所以他不由得走上前去，用极其温柔的语气和她说了几句必要的家常话，这让她的双眸盈满泪水，转过身去掩饰自己的感情。然后她拿起自己的针线活，安安静静地坐下来。桑顿先生的心急剧猛烈地跳动着，一时间完全忘记了奥特伍德车站上看见的那一幕。桑顿先生极力和黑尔先生说着话，他的到来总是让黑尔先生很快乐，因为他的权威和决断力为黑尔先生和他的看法提供了一个安全可靠的港湾。玛格丽特看得出来，这让父亲特别开心。

正在这时，迪克逊走到门边说："黑尔小姐，有人找您。"

迪克逊神色慌张，所以玛格丽特心里很不舒服。弗雷德出事了。她很确定这一点。好在她父亲和桑顿先生还沉浸在聊天中。

"怎么了，迪克逊？"玛格丽特一关上客厅的门就问道。

"这边走，小姐，"迪克逊说着，打开了玛格丽特卧室的门，这曾经是黑尔夫人的卧室，但是她父亲在黑尔夫人去世后就不愿再睡在这里了。"没什么事，小姐，"迪克逊有点哽咽地说，"就是有一位警官。他想见您，小姐。但我想不会有什么事。"

"他提起……"玛格丽特耳语似的问。

"没有，小姐，他什么也没提。只是问您是不是住在这里，他能不能和您谈谈。玛莎打开门让他进来，把他领到老爷的书房。我亲自去见他，看看能不能解决一下，但是不行——他要见的是您，小姐。"

玛格丽特没有再说什么，接着她把手搁在书房的门锁上。她站在那里，转过身说："看着爸爸，别让他下楼。桑顿先生现在正陪着他。"

她进门时的态度非常高傲，几乎震慑住了警官。她的脸上流露出愤怒的神色，但她竭力克制着，显出一副轻蔑的样子。她既没感到惊讶，也不觉得好奇，只是站在那里等着警官开口。她一个问题也没问。

"很抱歉打扰您，小姐，但出于我的职责所在，我想问您几个简单的问题。本月二十六日周四傍晚五点到六点之间，有个男的在奥特伍德车站那里被人推了一跤，死在医院了。被推的那一跤在当时似乎没有什么影响，但是医生说是这一跤最终导致了那个人的死亡，因为他身体本来就有毛病，而且还有酗酒的习惯。"

那双乌黑的大眼睛直视着警官的脸，微微张大了些。除此之外，经验丰富的警官没有观察到别的什么变化。因为她的肌肉在暗暗使劲，所以她的嘴唇微微鼓起，显得比平常更加弯曲，但是他并不知道她的嘴唇平常的形状，所以也没有从她弯曲坚实的嘴唇线条中，看出异常的愠怒和轻蔑。她没有退缩，也没有颤抖，双眼紧紧盯着他。因为他停了一会儿，没有往下说，所以她仿佛是催促着他把故事说完："嗯，继续说！"

"我们觉得有必要做一次死因调查。有一些轻微的证据证明有人打了他、推了他或者和他发生了扭打冲突，才导致他摔了一跤。因为这个可怜人喝得半醉，对一位年轻女士无礼，当时有位先生正陪着那位女士，他把死者从站台边推下去了。站台上某个人正巧看见了，但是他没有想太多，因为那一跤似乎没有造成什么伤害。我们因为某些原因认为您就是那位女士，如果真是这样——"

"我当时不在那儿。"玛格丽特说，冷冰冰的双眼仍旧盯着他的脸，脸上的神情好像是无知无觉的梦游者。

警官微微鞠了一躬，但是没有说话。站在他面前的这位女士没有流露出任何情绪，没有惊慌失措，没有焦虑不安，也没有想要结束谈话的意思。他得到的信息很模糊，有位搬运工冲出来准备迎接火车的时候，看到站台的另一头有两个人扭打在一起，但没有听到什么声音。这两个人，一个是雷纳德，另一个是和一位女士同行的先生。在火车开动、运行到最高速之前，搬运工还差点被雷纳德撞倒了，对方醉醺醺、怒气冲冲地冲过来，嘴里还狠狠地咒骂着。他之后就没有再去想这件事情了，直到警官来向他取证。警官又在火车站做了进一步的问询，从站长那里得知，有位年轻的女士和一位先生在那个时间来过车站——那位女士特别漂亮——有个杂货店的伙计当时也在场，他说那是住在克兰普顿的黑尔小姐,他们家来他店里买过东西。他并不确定这对女士和先生就是之前说的那两位,但有很大的可能性。雷纳德自己又是愤怒又是疼痛,疯疯癫癫地跑到最近的酒馆寻求安慰,那里的服务员都很忙,没空听他醉醺醺地抱怨,不过他们记得他突然惊醒,埋怨自己没有早点想到去拍电报,没人知道拍电报的目的是什么;而且他们猜想他离开就是为了去拍电报。在去的路上,疼痛或者醉酒击垮了他,他瘫倒在马路上;后来警察发现了他,把他送到医院。在医院里,他一直没有完全恢复清醒,也不能清楚地叙述自己摔跤的经过。有一两次他稍稍恢复了点意识,警察请来最近的治安法官,希望他能记下垂死之人叙述自己死亡原因的证词。但是等到治安法官赶到后,他一直在胡言乱语,说着出海的事情,把船长和上尉的名字与铁路上其他搬运工的名字稀里糊涂地搅在一起说;他死前最后一刻是在诅咒"康沃尔招式"①,这让他白白损失了一百镑。警官仔细地考虑了这一切,证明玛格丽特当时在车站的证词非常模糊——她坚决而镇定地否认了这样的怀疑。她站着等他说话,显得极度平静。

"那么,小姐,是那位先生打了或者推了那个可怜人,导致了他的死亡,您否认您是当时陪着他的那位小姐?"

玛格丽特的头脑中掠过一阵剧烈的疼痛。"哦,上帝啊!但愿我知道弗雷德雷克已经安全了!"能够洞察对方表情的人,也许从她大而忧郁的眼睛中看到瞬间闪现的痛苦,就像被围困的动物受到折磨。这位警官虽然很敏锐,却不善于洞察人心。尽管如此,他还是对她的回答方式感到有点奇怪,听起来似乎是对第一次回答的机械重复——在形式上没有因为他刚刚的问题做出任何改变。

"我不在那里。"她慢吞吞地、沉重地说。说这话的时候,她一直没有闭上眼睛,毫无表情、心不在焉地盯着他。她呆板地重复自己之前的回答,这立刻引起了他的怀疑。这就好像是她强迫自己撒谎,但又因为太过震惊而无力改变。

---

① 康沃尔(Cornwal)是英格兰的一个村庄,当地人以精于摔跤闻名。这里是指弗雷德雷克把他摔倒在地。

他不慌不忙地收起自己的笔记本，然后抬头看着她，她一动不动，就像一尊硕大的埃及雕像。

"如果我说我可能还会来拜访您，希望您不要觉得我无礼。如果目击证人（只有一个人指认了她）坚持说那件不幸的事情发生时，您就在现场，我可能得传唤您前去，并请您提供自己不在场的证明。"他严厉地盯着她。她仍旧十分平静——在她高傲的脸上，脸色没有改变，也没见更深的与犯罪有关的阴影。他希望看到她畏缩了；但他并不了解玛格丽特·黑尔，所以他被她高贵镇定的神情弄得有点不安。他觉得肯定是认错人了，所以继续说：

"小姐，我也不可能一定要您那么做。尽管这么做看上去很无礼，我希望您能原谅，因为这只是我的职责。"

他走向大门的时候，玛格丽特点了点头。她的嘴唇僵硬又干燥，连平常的告别她都说不出口。但是突然，她走上前去，打开书房门，又领着他走到大门，打开门让他走出去。在他完全离开屋子之前，她都双眼无神地紧盯着他。然后她关上门，走向书房，半道却又折回来，仿佛受到某种强烈的刺激，从里面锁上门。

然后，她走进书房，停了下来——跌跌撞撞地向前走了几步，又停下来——在她站着的地方摇摇晃晃的，然后跌倒在地上，完全昏迷过去了。

第三十五章　真心赎罪

再精心编造的谎言
也会暴露在阳光之下。

桑顿先生一直坐在那里。他感到自己陪着黑尔先生让对方很开心，而且这位可怜的朋友时不时忧伤地说"现在先别走"，这样含蓄又满怀希望的请求深深打动了他，让他愿意再多待一会儿。他很奇怪玛格丽特没有再回来，尽管他留下并不是为了能再看到她。在这个时候——在一个完完全全感受不到世间万物的人面前——他是理性而自制的。对于她父亲说的一切，他甚有兴趣，"关于死亡，关于沉重的平静，关于已经变得迟缓的头脑"。

这些隐秘的心思，黑尔先生连玛格丽特都不曾告诉，但是很奇怪，他在桑顿先生面前却可以吐露这一切。也许是因为她的同情心过于强烈，而且会以一种十分生动的方式表现出来，所以他担心自己的反应，或者是因为在这个时刻，各种各样的怀疑全浮现在他思考的脑海中，大声地恳求着、哭喊着要求得到解决，成为既定事实。他知道自己一旦表达出任何这样的怀疑，玛格丽特会表现出退缩的——不，她会害怕他，因为他居然会有这些想法——不管出于什么原因，他无法告诉玛格丽特，但是他在桑顿先生面前就可以更好地吐露所有的想法、幻觉和担忧，这些到现在都还封存在他的头脑中的东西。桑顿先生不怎么说话，但是他说的每一句话都增加了黑尔先生对他的依赖和尊敬。如果黑尔先生在诉说自己记忆中的苦痛时暂停下来，桑顿先生就会用两三个词补全那句话，表现出自己已经深刻地理解了他的意思。如果黑尔先生表现出有点怀疑、有点畏惧，在寻求解决某些不确定的疑惑的办法时一无所获，而且双眼因为泪水而模糊不清——桑顿先生非但不会被吓倒，反而会设身处地替他思考，提出去哪里找寻那一线光明，让黑暗的地方变得明亮。尽管他是一个很有执行力的人，日日忙于世界上的重大斗争，而且对于自己的错误非常固执，但是他心中有种深厚的对于上帝的信仰，这是黑尔先生做梦也不曾想到的。他们再也没有谈论过这些事情，但是这一次对话让他们都成为对方心中独一无二的人物，让他们变得亲密无间，这是随口谈论神圣的事物不能达成的效果。如果所有人都能轻易领会这一切，那怎么还会有"至圣之所"呢？

在此期间，玛格丽特一直昏倒在书房的地上，一动不动、脸色惨白，简直像死去了一样。她被沉重的负担压垮了。这个负担很沉重，而且她又背负了太久。她一直温柔又耐心，但现在突然失去了信心，而且她觉得自己特别无助！她漂亮的眉头可怜地、痛苦地皱起来，尽管没有其他明显的恢复意识的迹象。刚刚还愠怒生气地噘着的那张嘴，现在放松下来，颜色铁青。

"一种温柔的气息，似乎从她唇间传出，对那个灵魂说：'呼吸！'"①

玛格丽特恢复意识的最初征兆是嘴唇颤抖了一下——无声地尝试着说出话来，但是眼睛还是闭着的，那次颤抖很快归于平静。然后，她虚弱地用胳膊支起身，撑了一会儿来稳住自己，然后努力站起来。她的发梳从头发里掉了出去，由于她本能地想要消除自己身上虚弱的痕迹，让自己恢复原来的状态，所以她要寻找发梳，尽管在寻找的过程中，自己要时不时地坐下来恢复力气。她的头垂在胸前——一只手温柔地搭在另一只上——她努力去回想自己受到考验的压力，努力记起让她陷入恐惧的种种细节，但是她做不到。她只知道两个事实，一是弗雷德雷克在伦敦有被人跟踪和追查的危险，这不仅仅是因为过失杀人的罪名，还因为他是那次叛乱的首领，这是不可饶恕的；二是她为了救他而撒了谎。但有一点让她感到一些安慰，她撒的谎保护了他，哪怕只是为他争取到了一点额外的时间。如果警官明天还会

---

① 引自但丁诗集《新生》第二十六章，原文是意大利语。

来，而且是在她已经收到那封期盼已久的、证实哥哥一切平安的信之后，那么她会战胜羞耻，站在那里沉痛地忏悔——她，骄傲的玛格丽特——需要的话，她会在拥挤的法庭承认自己"像条狗一样犯了错"。但是如果他在她收到弗雷德雷克的消息之前到来，如果他就像刚刚半威胁似的说的那样，过几个小时就会回来，她要怎么办？她还得再撒一次谎，尽管经过这些可怕的反省和自责后，她不知道自己怎么才能撒谎撒得不露马脚，她也很难说出口。但是她重复一遍谎话就会争取到时间——为弗雷德雷克争取到时间。

迪克逊走进房间，这才把她惊醒，使她回过神来，迪克逊刚刚送桑顿先生出去了。

桑顿先生在街上还没走到十步，一辆路过的公共汽车就在他身旁停下。一个男人走下车，走到他身边，一边用手轻触帽檐。正是那位警官。

是桑顿先生为他在警局找到的第一份工作，而且时常听到这位门生取得的进步，但是他们并不经常见面，所以一开始桑顿先生没想起来是他。

"我叫沃森——乔治·沃森，先生，是您帮我……"

"啊，是的！我想起来了。而且我听说，你干得很好啊。"

"是的，先生。我应该要谢谢您，先生。但是现在我正在处理一个小案件，所以想冒昧地和您说几句。昨天有个可怜的人在医院里去世了，我想您就是到场记录他死前证言的那位治安法官吧。"

"是的，"桑顿先生回答，"是我去的，听了些胡言乱语，书记官说没什么用处。我猜想他就是喝醉了吧，虽然他最后明显是因暴力致死的。我母亲有位女仆好像和他订了婚，所以她今天很悲伤。他怎么了？"

"是这样，先生。我刚刚看见您从那所房子里走出来，他的死似乎就和这房子的一个人有某种奇怪的关系。我想这是黑尔先生的家吧。"

"是的！"桑顿先生说，猛地转过身，突然很感兴趣地看着警官的脸，"怎么了？"

"是这样的，先生。在我看来，我有一系列十分清楚的证据，能证明那天晚上在奥特伍德车站陪着黑尔小姐一起走的那位男士，就是打了或者推了雷纳德、把他推到台阶下并导致他死亡的那个人。但是这位年轻的女士否认她当时在场。"

"黑尔小姐否认她当时在场？"桑顿先生重复地说，声音都变了，"告诉我，是哪天晚上？大约什么时候？"

"二十六号星期四晚上，大约六点的时候。"

他们肩并肩继续走着，有好一会儿没有说话。警官打破了沉默。

"您看，先生，可能要请验尸官来验一下尸体。我找到一位年轻人，他很确定——至少一开始很确定，但是自从他知道这位年轻女士予以否认之后，就不愿意宣誓证明了——但是他还是很确定自己在火车站看见了黑尔小姐，就在搬运工看到那场争斗之前不到五分钟，看见她和一位先生走在一起。他觉得是雷纳德的无礼引发了这场争斗，但就是这次争斗让他摔了一跤，导致了他的死亡。看到您从那所房子里走出来，先生，我想我也许能冒昧地问一句——您知道，有争议的案件处理起来总来很棘手。除非有确切的反证，否则谁也不愿意去怀疑一位受到尊敬的年轻女士的话。"

"而且她否认那天晚上去了火车站！"桑顿先生又说了一遍，声音低沉而忧郁。

"是的，先生，两次都十分清楚地否认了。我告诉她我会再去拜访的。我刚刚又去问过那个说当时她在场的年轻人了。回来的路上就碰到您了，我想我可以问问您的意见，您既是在雷纳德死前见过他的治安官，又是帮我在警局推荐工作的恩人。"

"你说得对，"桑顿先生说，"在我们再见面之前，你不要采取任何措施。"

"我刚刚告诉过那位女士，让她等着我再次拜访。"

"我只是希望你能推迟一个小时。现在是三点，你四点到我仓库里来吧。"

"很好，先生！"

然后他们分开了。桑顿先生急急忙忙地回到仓库里，严厉地告诫他的工人不许进去打扰他，然后走进自己的私人房间，锁上了门。接着他沉浸在痛苦的思考中，将所有事情和细节都想得清清楚楚。不到两个钟头之前，她梨花带雨的样子还浮现在他深信不疑且十分平静的心上，让他心生怜悯，渴望帮助她，竟然忘记了那晚看到她时，自己心中被激起的愤怒、猜忌和嫉妒——她和陌生人在一起，在那么晚的时间，在那种地方。一位如此纯洁的姑娘怎么会做出那样不端庄、不得体的行为！但那是端庄的吗——是吗？但他控制不住地去想到她，哪怕只是一刹那，这让他怨恨自己。但只要他想着她，他就和以前一样被她的样子深深吸引，这让他战栗起来。还有她这次没有说实话——她一定很害怕这件丑事被人知道——因为毕竟，像雷纳德这样喝得醉醺醺的来惹事，任何人挺身而出坦率公开地说明当时的情况都是十分合理的！那种恐惧是多么致命、多么可怕啊，居然让诚实的玛格丽特都开始撒谎了。他几乎开始可怜她了。这件事会怎么结束呢？她一定没有想到过自己面临的一切——如果安排审讯，而且那位年轻人也被叫来。他猛然一惊，一定不能安排审讯，他得救玛格丽特。他会承担阻止死因调查的责任，因为医生们的证词是不确定的（前一晚，他隐约听到在场的外科医生提起），所以尸检的结果只能令人怀疑。医生在那人的体内发现了一种处于晚期而且确实会致命的隐疾，他们还说摔的那一跤或者之后的酗酒和受凉都可能会加速他的死亡。如果他那时知道这件事竟然牵涉到了玛格丽特——如果他预见到她会撒谎、玷污自己的纯洁，他肯定会说句话来拯救她；因为就在前一晚，在这个案子上是否举行事件调查还是悬而未决的。黑尔小姐也许爱着另外一个人——对他又冷淡又傲慢——但是他还是会在她一无所知的情况下，忠诚地为她服务。他可能会看轻她，但是他曾经爱慕过这个女人，不想让她陷入耻辱中。在公开审理的法庭上宣誓并且撒谎，或者站出来解释她隐瞒了事实的理由，这都是耻辱。

桑顿先生走出房间，他看起来脸色不好，而且很严肃，所以他从他的工人中走过时,他们都很不解。他离开了半个钟头,虽然他的事情办得很顺利,但他回来的时候,脸色并没有好多少。

他在一张纸条上写了两行字,装进一个信封封起来。然后递给一个工人说:

"我和沃森约好了——他之前是仓库里的包装工人,现在在警局工作——他四点会来找我。我刚刚遇见了利物浦来的一位先生,他走之前想见见我。等沃森来了,记得把这张纸条给他。"

纸条是这么写的:

不用进行死因调查。医生们的诊断不足以确认其结果。不要采取别的举措。我还没有去见验尸官,但是我会负全责。

"好吧,"沃森想,"这让我摆脱了一件棘手的工作。除了那位年轻的女士,其他证人似乎都不能确认自己的证词。她说得既清楚又明白;铁路上的搬运工看见了一场争斗;或者如果他发现自己会被作为证人而要求出庭,他就说那可能不是一次争斗,只是一次打闹,而且雷纳德可能是自己跳下站台的——他什么也不肯确认。还有詹宁斯,杂货店的店员——唔,他看起来还不坏,但是如果他一旦知道黑尔小姐直接否认了,我不知道还能不能让他站起来宣誓了。这件工作会很棘手,也不会让人满意。现在我要去告诉他们,不再需要他们了。"

于是,那天晚上他又来到了黑尔先生家里。黑尔先生和迪克逊本来都劝玛格丽特上床休息,但是他们都不知道为什么她一直轻声地拒绝去睡觉。迪克逊知道部分原因——但那只是一部分。玛格丽特不愿把自己的话告诉任何人,而且她也不曾透露雷纳德从站台上跌下以致丧命的事。所以迪克逊虽然不解,还是诚心诚意地催着玛格丽特去休息。玛格丽特躺在沙发上,脸色很清楚地表现出她很需要休息。除非他们和她说话,否则她并不开口;父亲神色焦急,温柔地询问她,她努力地想冲父亲笑笑,但是苍白的嘴唇只能吐出一声叹息。他非常不安,最后她终于同意回到自己的房间,准备睡觉。她确实打算放弃警官今晚会再次拜访的想法了,因为已经超过九点了。

她站在父亲身边,抓着他的椅背。

"你也快点去睡吧,爸爸,好不好?别一个人熬夜!"

她没有听到父亲的回答,他的回答淹没在一个特别轻微的声音中,但是那个声音在她听来十分响亮,充斥着她的脑海。门铃低低地响了一声。

她亲吻了父亲,快步走下楼,一分钟之前看到她那个样子的人,根本想不到她的速度会这么快。她把迪克逊支开了。

"你别来,我会开门的。我知道是他……我能……我必须要自己处理。"

"随你啰,小姐!"迪克逊急躁地说,但是过了一会儿,她又说,"但是你现在不适合去。你简直毫无力气。"

"是吗?"玛格丽特转过身说,眼睛里闪着异样的光芒,双颊绯红,但是嘴唇还是焦干发青的。

她为警官打开门,把他引到书房里。将蜡烛放在桌子上,仔细地剪去烛花,然后转过身来面对着他。

"你来晚了!"她说,"怎么了?"她屏住呼吸等待他的回答。

"我很抱歉给您带来了不必要的麻烦,女士;因为他们最后已经完全放弃了调查的想法。我还要去做其他的工作,要去见其他的人,否则我早就过来找您了。"

"所以就这样结束了,"玛格丽特说,"不会再有进一步的调查了吧?"

"我想我还带着桑顿先生的纸条。"警官一边说一边在他的笔记本里翻找着。

"桑顿先生!"玛格丽特说。

"是的,他是一位治安官——嗯,在这里!"她看不清,也读不出信的内容——不行,虽然她离蜡烛很近,还是看不清。那些单词在她面前浮动。但是她把纸条握在手中盯着看,好像在全神贯注地阅读。

"我得说,女士,这让我大大松了一口气。因为证据不是那么确凿，您看，那个人到底有没有被打——而且如果还有查明身份的问题，这件案子就会特别复杂，就像我和桑顿先生说的那样。"

"桑顿先生！"玛格丽特又说。

"我今天早上遇见他，他当时刚从这所房子里出来。而且，因为他是我的老朋友，又是前一晚见过雷纳德的治安官，所以我就冒昧地把这些困难都告诉他了。"

玛格丽特深深地叹了一口气。她不想再听了，对于她刚刚听到的话，和她可能将听到的话，她感到同样地害怕。她希望这个人能离开。于是强迫自己开口。

"谢谢你过来。现在很晚了，我想大概已经过了十点了。哦，纸条给你！"她继续说，突然明白了他伸手过来，是为了拿信。他正把信收起来，她说："我觉得字迹很混乱，很难认。我看不懂，你能读给我听吗？"

他大声地读给她听。

"谢谢。你告诉了桑顿先生我当时不在场吗？"

"是的，当然了，女士。我很抱歉，仅凭那些似乎是完全错误的信息，我就采取了行动。一开始，那个年轻人是很肯定的，但是他现在又一直说不确定，而且希望自己的错误不会惹您不开心，失去您这位顾客。晚安，女士。"

"晚安。"她按铃叫来迪克逊，让她送警官出去。迪克逊从过道回来的时候，玛格丽特从她身边冲过去。

"一切都好！"她说了一声，看都没看迪克逊。在对方还没来得及询问自己更多的问题之前，她就跑上楼去了，冲进自己的卧室，把门拴上。

她衣服还穿得好好的，就一下子扑到床上。她太累了，不愿意再去想了。过了半个小时或者更久，她躺下的姿势本来就不舒服，又因为极度疲劳和寒冷，才让她的感官从麻木中被唤醒。接着她开始回忆，把事情联系在一起思考，觉得有些奇怪。她的第一个念头是，所有关于弗雷德雷克的令人不安的警报都已经结束了，也不用担惊受怕了。接下来，她希望能想起警官说的每一句关于桑顿先生的话。他什么时候见到桑顿先生的？他是怎么说的？桑顿先生是怎么做的？他的纸条上具体写了什么？在她能想起这些之前，甚至想到哪里用了冠词，哪里没有，以及他在纸条中确切的用词之前，她的大脑拒绝继续想下去。但是她下一个念头十分清楚——在那个该死的周四晚上，他在奥特伍德车站附近看到她了，但是他被告知，她否认自己在那里。在他的眼中，她撒谎了。她是个骗子。但是在上帝面前，她没有后悔。什么都没有，只有混乱和黑夜围绕着一个清晰的事实，那就是在桑顿先生的眼中，她不再纯洁了。她都懒得去想，哪怕是说服自己，她能找出多少个理由。这和桑顿先生没有关系。她做梦也没有想到，他或者别的人能从自己陪在哥哥身边这么自然的事情上，找到怀疑的理由。但是他知道她在撒谎，而且这件事情是错误的，那么他就有权去批评她。"哦，弗雷德雷克！弗雷德雷克！"她喊道，"我为你简直牺牲了一切啊！"哪怕她睡着了，她的思想还是被迫围着这个念头转，只是痛苦被增加了不少。

当她醒来的时候，一个新的念头就像明亮的晨光一样照在她心里。桑顿先生在去找验尸官之前就知道她撒谎。这意味着，他这样做很可能是不想再听她一遍遍地否认了。但是她以一种孩子般的任性，把这个想法丢在一旁。哪怕这是真的，她也不会感激他，因为这只表示在他大费周章地让她避免被进一步审问是否说了真话之前，他一定已经清楚地看到了她的丑事——在此之前她已经完全失败了。她本来可以自己完成这一切的——她宁愿发假誓来拯救弗雷德雷克，也不情愿——完全不愿让桑顿先生知道，并导致他插手解救她。是什么样的厄运让他和那个警官有往来？为什么他恰恰就是那位听取雷纳德证词的治安法官呢？雷纳德当时说了什么？桑顿先生听明白了多少？说不定桑顿先生早就已经从他们共同的朋友贝尔先生那里，了解到之前对于弗雷德雷克的指控。如果真是这样，他是在努力搭救一个儿子，一个不顾法律审判来到濒死的母亲床前的儿子。想到这里，她应该对他表示感激——不，还不能，如果他插手这件事情是因为蔑视呢？那她对他也没什么感激可言。啊！还有谁能有这么正当的理由来对她表示蔑视呢？只有桑顿先生。之前她都是在虚幻的高处俯视他的。她突然发现自己倒在了他的脚下，并因为这样的落差感到异常烦恼。她不愿意去想造成这个结果的原因，因为她心里明白，自己曾多么重视他的尊敬和好感。在思考了很久之后，只要这个念头一出现，她就立刻放弃沿着这个念头想下去——她不愿意相信。

时间比她想象的要晚了一些，由于前一晚她情绪激动，所以忘记了给手表上发条了。而且黑尔先生还特别嘱咐用人，不要按以前她醒来的时间去打扰她。过了一会儿，门被一点点小心地推开了，迪克逊探头进来。看到玛格丽特已经醒了，她拿着一封信走上前来。

"这封信会让您开心的，小姐。是弗雷德雷克少爷写来的信。"

"谢谢你，迪克逊。它来得有多晚啊！"

她懒洋洋地说着，任由迪克逊把它放在她面前的床罩上，没有伸出手去接。

"您肯定想吃早饭了。我一会儿就给您端过来。我想老爷已经用完托盘了。"

玛格丽特没有回答，就让她离开了。她觉得自己一定要在没人的时候打开这封信。她终于把信打开了。第一眼看到的就是日期，是收到信的两天之前。那么，他的确按照承诺的时间写的信，所以他们不用再担惊受怕了。但是她还得读完信看看。信写得很匆忙，但是内容让人很满意。他已经见到了亨利·伦诺克斯，亨利了解了这个案件的详情。一开始亨利并不赞同，还告诉他回英格兰的做法太鲁莽了，因为他背负着这样严重的指控，而且对方的势力很强大。但是他们仔细讨论了这件事情之后，伦诺克斯认为还有机会证明他无罪，只要他能找几个可靠的证人来证实自己的陈述——在这种情况下，接受审判也许是值得的，否则那就会冒着很大的风险了。他会调查的——会不遗余力。"我都震惊了，"弗雷德雷克说，"你的介绍会这么有用，我的小妹妹。是不是？我向你保证，他问了很多问题。他看上去像是一个精明聪慧的人，而且业务忙碌、员工众多，由此可以看出，他经验也很丰富。但这也可能只是律师的障眼法。我刚刚坐上邮轮，就在开船前的一会儿——五分钟后我就要离开了。我可能还要为这件事情再回英格兰，所以我这次回来你一定要保密。我会给爸爸寄一些罕见的陈雪莉酒，是你在英格兰买不到的——就是我面前瓶子里装的那个！他需要这样的东西——代我向他问好——上帝保佑他。我肯定——我的马车到了。另外——那次逃脱好惊险！小心点别泄露我曾经回来过的事——连对肖家也别提。"

玛格丽特转脸看向信封，那里写着"迟发"。这封信很可能被托给了一位粗心的侍者去寄，但是他忘记了。啊，人是多么禁不住试探啊！弗雷德雷克已经安全了，在二十个，不，三十个小时之前就离开英格兰；而她撒谎来阻止追捕只是在十七个小时之前，所以哪怕是那时去追捕他，也没有危险了。她多不诚实啊！她自以为傲的座右铭"尽心做事，不问后果"，现在在哪里啊？如果她有勇气说出与自己有关的真相，阻止他们发现自己拒绝吐露的关于另一个人的事情，那么她现在的心情该多么轻松啊！不用因为失信于上帝而在他面前感到卑微，在桑顿先生眼里她也没有变得堕落和卑贱。想到这里，她发觉自己痛苦地颤抖了一下，在这件事上，她把桑顿先生看轻自己和上帝的不快相提并论了。为什么他不断地出现在自己的思绪中呢？这是怎么了？既然她那么骄傲，为什么她要在乎他的看法？她相信自己可以忍受上帝的不快，因为他知道一切，以后会听到她的忏悔和求助声。但是桑顿先生——为什么她要发抖，将脸藏在枕头里？究竟是怎样强烈的感觉淹没了她？

她从床上跳起来，诚心诚意地祷告了很长时间。祷告安抚了她，让她可以敞开心扉。但是她只要回顾自己的状况，就发现刺痛依然存在；她没有那么好，也没有那么纯洁，可以不在乎一位同胞对自己的蔑视；一想到他一定会用轻蔑的眼光看待她，她就不确定自己是不是真的做错了。她一穿好衣服，就把信拿给了父亲。信中对火车站事件说得很隐晦，所以黑尔先生没怎么注意就看过去了。实际上，除了弗雷德雷克没有被人发现和怀疑、已经启航这些事实外，他没有从信中看出更多的信息,他对玛格丽特苍白的脸色感到十分不安。她似乎总是一副要哭出来的样子。

"你劳累过度了,玛格丽特。这并不奇怪,但是现在得让我来照顾你了。"

他让她躺在沙发上,然后去拿了一条大围巾披在她身上。他如此温柔,让玛格丽特哭了出来,她哭得很伤心。

"可怜的孩子!可怜的孩子!"他说着,慈爱地看着她。她面朝墙壁躺着,抽泣得全身发颤。过了一会儿,她停止哭泣,开始想着是否要把所有的烦恼告诉父亲,让自己轻松一些。但是脑海中反对的声音多过赞同的声音。这么做唯一的好处就是能让自己获得一些安慰,但是让她顾虑的是,如果弗雷德雷克真的有必要再回英格兰,父亲一定会更加紧张和不安。父亲还会不断想着自己的儿子造成了另一个人的死亡,无论他是多么无意和不情愿;这个想法甚至会背离原本简单的真相,以各种夸张和扭曲的形式,一直折磨着他。至于说到她犯的大错——因为她缺乏勇气和信心,所以他会极度痛苦,但是又会一直操心地为她找借口。以前玛格丽特会既把他看作父亲,也把他看作牧师,会将自己受到的诱惑和犯的错都告诉他,但是最近他们不怎么谈论这类问题了。父亲改变了自己对宗教的见解,她不知道他会怎么回应自己灵魂深处对他的呼唤。不,她要保守这个秘密,独自承受这个重负。她要独自走到上帝面前去,请求他宽恕。她要独自忍受在桑顿先生眼中被玷污的形象。父亲极力温柔地想出一些愉快的话题来说,好让她别总想着最近发生的事情,这让她有种说不出的感动。他已经有好几个月没有像今天那么健谈了。他不让她坐起来,坚持自己照顾她,这深深地伤害了迪克逊。

最后她微笑了,可怜、微弱地笑着,但这让他真真切切地高兴起来了。

"想来很怪啊,让我们对未来充满希望的姑娘竟然叫多洛丽丝。"玛格丽特说。这句话很像父亲那种性格说的,而不是她自己,但是今天他们似乎互换了性格。

"我想她的母亲是西班牙人吧,所以她信仰天主教。我认识她父亲的时候,他是个顽固的长老会教徒。不过,这个名字真的温柔好听。"

"她年纪多轻啊!比我还小十四个月呢。正好是伊迪丝和伦诺克斯上尉订婚的那个年纪。爸爸,我们要去西班牙看他们。"

他摇摇头。但是他说:"你想去就去吧,玛格丽特。只是我们都得回到这里来。你妈妈一直那么不喜欢米尔顿,现在却长眠在这里,不能和我们一起走,如果我们离开了,对她似乎是不公平的,不好的。不,亲爱的,你去看看他们吧,回来和我报告一下我的西班牙儿媳。"

"不,爸爸。我不会撇下你自己去的。我走了谁来照顾你呢?"

"我倒是想知道,我们两个是谁在照顾谁。但是如果你走了,我就说服桑顿先生,让我给他上两倍的课程。我们可以仔细研读古典作品。那一直是很有趣的。你愿意的话,还可以再走得远一些,去科孚看伊迪丝。"

玛格丽特没有立刻接话,然后,她很严肃地说:

"谢谢您,爸爸。但是我不想去。我们应该希望伦诺克斯先生会把一切处理好,那么弗雷德雷克和多洛丽丝结婚的时候,就能把她带回来看我们。至于伊迪丝,军队不会在科孚驻扎很久。也许在明年结束之前,我们就能在这里看到他们两个呢。"

黑尔先生愉快的话题都结束了。某些痛苦的回忆悄悄掠过他的心头,使他沉默下来了。玛格丽特缓缓地说:

"爸爸,你在葬礼上看到尼古拉斯·希金斯了吗?他就在那儿,还有玛丽。可怜的人!这是他表达同情的方式。在他粗暴直率的态度下,却有一副这么善良的热心肠。"

"我敢肯定,"黑尔先生回答,"我从一开始就看得出来,哪怕是你在想要说服我他怎么不好的时候。如果你有力气走那么远的路,我们明天去看看他吧。"

"哦,好的。我想去看看他们。我们没有付钱给玛丽——或者不如说她不肯拿钱,迪克逊说的。我们趁他吃完饭还没有去上班的时候去找他吧。"

快到晚上的时候,黑尔先生说:

"我感觉桑顿先生会来拜访。他昨天提到他有一本书,我想看看。他说今天会尽量带过来。"

玛格丽特叹了口气。她知道他不会来。他很慎重,而且还清楚地记着她的丑事,所以不会冒着遇见她的危险前来。一提到桑顿先生的名字,她的烦心事又回来了,而且又回到沮丧、恍惚乏力的状态中了。她变得无精打采。突然,她想到这是一种表现自己耐心或者回报父亲照顾她一整天的特别方式。于是她坐起来,提出大声为父亲朗读。他的视力没有以前好了,所以欣然接受了她的建议。她读得不错,在应该重读的地方重读,但她读完之后,如果有人问她所读的内容是什么意思,她却说不上来。她心中饱受折磨,觉得自己对桑顿先生忘恩负义。他对她表达了善意,通过对医生们的进一步询问撤销了即将举行的死因审理,而她却拒绝接受这一善意。啊!她其实很感激。她以前懦弱虚伪,而且在无可挽回的行动中表现出了自己的懦弱虚伪,但是她不是忘恩负义的人。她知道自己对这个有理由蔑视自己的人有怎样的感情,心中顿时觉得一亮。他轻视她的理由是那样正当,如果她认为他不会轻视自己,那自己反而不会那么尊敬他。想到自己是怎么全心全意地尊敬他,这让她觉得安慰。他不能阻止她这么做,这是全部痛苦中唯一的安慰了。

晚上迟一些的时候,黑尔先生等的那本书送来了:"桑顿先生向您问好,希望知道您的身体怎么样。"

"就说我好多了,迪克逊,但是黑尔小姐……"

"不,爸爸,"玛格丽特急切地说,"别提到我的状况。他并没有问。"

"我亲爱的孩子,你怎么颤抖得这样厉害!"父亲几分钟后问道,"你得立刻上床去睡觉。你脸色变得好苍白!"

玛格丽特没有拒绝去睡觉,尽管她不愿意把父亲单独留下来。经过一天忙碌的思考和更忙碌的忏悔，她需要独自放松一下。

但是第二天，她又显得和平时一样了。长时间的压抑伤心、偶然的心神恍惚，在最初悲伤的日子里都是正常的状态。她的健康逐步恢复了，几乎就在同时，她的父亲又陷入对亡妻和一去不复返的往昔时光的沉思中。

第三十六章　工会也脆弱

抬棺人的脚步，沉重而缓慢
哀悼者的啜泣，低沉又凄厉

——雪莱①

到了前一天约定的时间，玛格丽特和黑尔先生步行去看望尼古拉斯·希金斯和他女儿。他们的新衣服透着一股奇怪的令人羞怯的气息。这也是好几个星期以来，他们第一次一起悠闲地出去。此情此景让两人想到近来失去的亲人。同情之心无以言表，他们紧紧地挨在一起。

尼古拉斯正坐在炉边他习惯坐的角落里，但没有像往常一样叼着烟斗。他的一只手托着脸，胳膊放在膝盖上。看到他们来了，他也没有站起来，不过玛格丽特还是从他眼神里看出了欢迎之意。

"坐吧坐吧，火都快熄灭了。"尼古拉斯边说边用力地捅了一下，好像要把他们的注意力从他身上引开。不得不说，他看上去相当邋遢，胡子已经好几天没刮了，让本来就苍白的脸显得愈加苍白，身上的夹克显然需要好好地补一补。

"我们想饭后这段时间应该能找得到你。"玛格丽特说。

"上次见到你之后，我们也遇到了伤心事。"黑尔先生说。

"是啊，是啊，眼下伤心事这么多，我整天都待在家里，随时都是吃饭时间。"

"你失业了吗？"玛格丽特问。

"是啊。"尼古拉斯简短地回答。沉默了一会儿，他自玛格丽特进门后第一次抬起头来，补充道："我不缺钱，你们可千万别这么想。

---

① 引文出自英国诗人雪莱 1820 年所作抒情诗《含羞草》(The Sensitive Plant)。

贝茜那可怜的小姑娘，辛辛苦苦在枕头下存了点钱，准备在最后时刻悄悄地交给我。玛丽又在剪裁粗布了。不过不管怎么样，我还是失业了。"

"我们还欠玛丽钱呢。"黑尔先生说。玛丽使劲捏了他手臂一下，可还是慢了半拍。

"她要是敢拿，我就把她赶出家门。我就住在这四面光秃秃的墙内，让她露宿在外，就这样。"

"可我们还是要好好感谢她帮了这么多忙。"黑尔先生又开口说。

"您的女儿也帮了我去世的丫头不少，我从来没感谢过她，也一直找不到恰当的词。如果你们非要为小玛丽做的那点事感谢这感谢那，我也要开始学你们这样做了。"

"你失业是因为那场罢工吗？"玛格丽特轻轻地问。

"罢工已经结束了。这回全完了。我失业是因为我从不求别人给我工作。我不去求别人给我工作，是因为现在好话很少，坏话太多。"

他当时的心情让他很喜欢给出谜语一样的回答。不过玛格丽特看得出来，他喜欢别人请他解释。

"好话是……"

"求他们给你工作。我想这大概是人类能说的最动听的话了。'给我工作'的意思是'我会像个人一样来工作'，这些就是好话。"

"那坏话就是你求他们给你工作，他们不给。"

"是啊，坏话就是说：'唉，好伙计！你一向遵守自己的规则，我也是这样。你对那些需要帮助的人已经仁至义尽了，这是你对你们这帮人表忠心的方式。那我也要对我们这帮人忠心。你一直以来都是个可怜的大傻瓜，比一个忠心的傻子好不到哪儿去。走吧走吧，这里没活给你干。'这些就是坏话。我不是个傻子，就算我是，他们也应该教我怎样学习他们，变得聪明点。如果有人教我，我可能早就学会了。"

"难道不能够去问问你原先的雇主，看他想不想让你回去工作？"黑尔先生说，"这样做是不是值得？成功的概率虽然不大，但至少是个机会。"

希金斯又抬起头，目光犀利地看了黑尔先生一眼，然后淡淡地苦涩一笑。

"先生！我无意冒犯，可我能问您一两个问题吗？"

"非常乐意。"黑尔先生说。

"我想您也在挣钱养家。如果人们可以生活在其他地方，他们绝不会只是为了玩乐而住到米尔顿来的。"

"你说得很对。我有一些其他产业足够维持生活，不过我搬来米尔顿的目的是想做一名家庭教师。"

"教书！我想他们都是付钱来听课的，对吗？"

"对，"黑尔先生笑笑说，"我教书是为了赚钱。"

"您辛苦教书，然后他们付给你钱——这可以说是一笔公平的交易——那他们有没有告诉您该拿这些钱做什么，或是不该做什么？"

"没有，当然没有！"

"他们不会说：'你也许有个兄弟，或是情同手足的朋友，想把这笔钱用于一件你们俩都认为正当的事情上。可你又不想给他，因为你可能看到了一个更好的用途。不过我们都觉得不好。如果你一意孤行，我们就不再与你来往了。'他们不会这么说，是吧？"

"不会，当然不会！"

"如果他们这样做，您能忍受得了吗？"

"单是让我想想去顺从他们的意思，就是一种很大的压力。"

"世界上能让我这样屈服的人还没出生呢！"希金斯说，"现在你明白了吧，你说到了点子上。汉普家，也就是我工作的地方，让员工发誓，绝不给工会一分钱，或是为罢工的人提供帮助。他们还得让员工再三发誓。"他很轻蔑地继续说下去，"可他们只不过是在培养骗子和伪君子。在我看来，相比于让人们变得铁石心肠，不去帮助有需要的人，或是不畏强暴替正义事业出力，他们这样做更坏。可我绝不会为了让工厂主给我一份工作而屈服。我是工会的成员，我觉得只有工会才会真正帮助我们。我以前也失业过，知道饥饿是什么滋味。所以如果我有一先令,只要他们需要,我就拿出六便士。结果是,我不知道去哪儿赚这一先令。"

"不能向工会捐款这条规定适用于所有工厂吗?"玛格丽特问。

"这不好说,这是我们这边的新规定。我想他们以后会发现很难遵守。不过现在相当有效。慢慢地他们就会知道,残暴的工厂主让他们变成了骗子。"

大家都沉默了一会儿。玛格丽特正在犹豫该不该把心里的话说出来,因为她不想再刺激一个已经抑郁沮丧的人了。最后她还是说了,不过语调委婉,态度勉强,这样一来就显得她不愿意说出惹人不快的话。这些话似乎没让希金斯恼火,反而使他感到迷惑。

"你还记不记得可怜的鲍彻说过工会是一个暴君?而且是最坏的暴君。我记得那时候我很认同他说的话。"

希金斯过了好一会儿才开口说话。他的两手抱着头,眼睛看着火苗,玛格丽特看不到他脸上的神情。

"我不否认,可工会有时候需要强迫一个人去做有利于他的事。我实话实说,如果不是工会的一分子,他的生活会过得很凄苦。但加入工会以后,他的利益就能得到更好的维护,在这一点上,他自己是做不到的。加入工会,团结起来,这是工人获得权利的唯一方法。成员越多,每个人受到公平对待的机会越大。政府照顾傻子和疯子。如果有人要伤害自己或是邻居,不管他愿不愿意,政府都会对他加以限制。我们在工会中就是这么做的。我们不能把人关进监狱,但可以让他的生活不堪重负,这样他必须加入工会,慢慢变得聪明和有益他人。鲍彻一直是个傻瓜,到最后还是那么傻!"

"他伤害你了?"玛格丽特问。

"是啊,他给我们带来了伤害。在他和那群傻子开始发动骚乱、破坏法律之前,我们已经赢得了公众的支持。他们那样一搞,罢工也完了。"

"那么,不去管他,而不是强迫他加入工会,这样会不会更好呢?现在他没有给你们带来好处,你们也把他逼疯了。"

"玛格丽特。"黑尔先生轻轻地提醒她注意言辞,因为他看到希金斯的脸色越来越难看。

"我挺喜欢她的,"希金斯突然说,"尽管她还是不理解工会为什么这样做,可她把内心的想法都说了出来。工会是一股强大的力量,是我们唯一的力量。我读过一首诗,内容是犁头压过一朵雏菊[1]。这首诗让我泪流满面,在这之前没什么能让我掉眼泪。尽管同情那朵雏菊,可那家伙从没停止推犁。他生来就知道不能那样做。工会就是犁头,为了收获得先把地松好。鲍彻——说他是朵雏菊就太抬举他了,顶多是地上的一根杂草——需要别人下定决心把他清除。现在我对他很恼火,所以说的话可能对他不是很公平。虽然我热爱生命,但我还是会亲手去把他除掉。"

"为什么?他做了什么事?有新情况?"

"当然有。他一直以来都在捣乱。最初,他像发疯的傻子一样暴跳如雷,闹出乱子来。然后,他又不得不躲起来。如果桑顿像我希望的那样紧追他不放,那他现在还是会躲在那儿。不过桑顿达到自己的目的后,不太想继续追究下去了。于是鲍彻又偷偷地溜回了家,一两天之内绝不会露面。他脸皮就是这么厚。你猜他后来去哪儿了?去汉普的工厂!真该死!他知道那条新规定,就是要发誓不给工会一分钱,不准帮助快饿死的人,可他还是一脸谄媚地去求工作,我都不想看到那张恶心的脸!要不是工会在他最困难的时候帮助了他,他老早饿死了!然后他就什么活都干,什么誓都发——还把我们罢工的所有行动都说了。这个没出息的犹大!不过我就是临死时也要感谢汉普,因为他把鲍彻赶走了,压根儿没听他说话——一个字都没听。据在旁边的人说,这个叛徒哭得像个婴儿一样!"

"啊!太令人震惊了!多可怜啊!"玛格丽特大声说,"希金斯,我今天真是搞不懂你。你难道没有意识到是你把他变成了今天这样吗?不管鲍彻愿不愿意,是你逼着他加入工会,可他的心不在工会!

---

[1] 指英国诗人罗伯特·彭斯(Robert Burns)所写的《致山中雏菊》(To a Mountain Daisy)。

是你让他变成了现在这样!"

让他变成这样?那他原来是怎么样的呢?

一阵空洞、缓慢而有节奏的声音沿着狭窄的街道从远处传来,引起了他们的注意。可以听见许多人悄悄说话的声音,许多脚步声,但不是在往前走,至少不像平时的脚步声那样急促或是平稳,而像是绕着一个点在打转。是的,有一阵清楚又缓慢的脚步声从空中传来,传到了他们耳边。那是一群抬着重物的人沉重的脚步声。他们都不由自主地朝门口望去——不是出于可怜的好奇心,而仿佛是受到一股阴沉气流的驱使。

六个人走在路中间,其中有三个是警察。他们在肩上扛着一块脱了铰链的门板,上面放着一具尸体,门板两边不时有水滴下来。整条街上的人都出来看热闹,看到了以后都跟着这个队列。每个人都对抬门板的人问东问西。他们最后几乎都不情愿回答了,因为这件事被讲过很多遍了。"我们在那边田野里的一条小溪里找到了他。"

"小溪!小溪里的那点水怎么会把他淹死!"

"他一心想死,脸朝下趴在水里。他已经活得不耐烦了,不管怎么样都想死了。"

希金斯慢慢地走到玛格丽特旁边,声音尖细又微弱:"不会是约翰·鲍彻吧?他没有寻死的勇气。肯定没有!这肯定不是约翰·鲍彻!他们为什么都往这边看!我脑子里嗡嗡作响,可听不到他们在讲什么。"

他们把门板小心翼翼地放在石头上,这样一来所有人都可以看到这个淹死的可怜人了——他呆滞的双眼有一只半睁着,直愣愣地盯着天上。由于他被发现时是脸朝下趴在水中,他的脸变得浮肿变色;而且他的皮肤被小溪中的水弄脏了,那里的水本来是用来染色的。他的前额稀秃,但后面的头发又长又细,每一缕都带着水珠。尽管有些面目模糊,可玛格丽特还是认出他就是约翰·鲍彻。玛格丽特觉得就这么盯着一个可怜人那痛苦扭曲的脸看是不敬的,出于本能,她走上前用自己的手帕轻轻地盖住了那张脸。在她做完这一系列值得称赞的动作，转身走开时，围观的目光也随着她转动，落到了尼古拉斯·希金斯站着的地方，他就像在地上生了根似的，一动不动。那些人谈了一会儿之后，其中一个走到希金斯面前。希金斯恨不得马上回到自己屋子里去。

"希金斯，你认识他吧？你去把这个消息告诉他老婆吧。尽量说得委婉一点，不过要快，我们不能把他放在这里太久。"

"我去不了，"希金斯说，"不要叫我去，我无法面对她。"

"这里就你和她最熟了，"那个人说，"我们已经花了大力气把他抬到这里——你也该替我们分担一点。"

"我做不到，"希金斯说，"我看到他就已经受不了了。我们以前就不是朋友，现在他死了，就更不是了。"

"好吧，你不想去就不去。可你们当中总得有人去。这是件苦差事。最好还是现在告诉她。这样一来，她以后不用很残酷地听到这个消息，也不会有人一点点地告诉她。"

"爸爸，你去吧。"玛格丽特低声说。

"如果我能去——如果我有时间想想该怎么说，那我可以去。可是事情来得那么突然……"玛格丽特看出她父亲是真的去不了——他全身都在颤抖。

"我去。"玛格丽特说。

"上帝保佑你，小姐，你这么做真是太善良了。我听说她身体不太好，这里的人也都和她不熟。"

玛格丽特敲了敲紧闭的门。但是里面很吵闹，就像是许多顽皮的小孩，所以她根本没听到回应。她甚至怀疑里面的人是否听到了她的敲门，而且随着时间一分一秒地过去，她越来越不敢去完成这个任务了。最后，她推开门走了进去，趁那女人还没注意，就闩上了门。

快要熄灭的炉子旁边放着一把摇椅，鲍彻夫人就坐在上面。房子看起来已经好几天没有打扫了。

玛格丽特说了几句话，她的嗓子和嘴巴都非常干，连自己都不知道说了什么。孩子们的吵闹声盖过了她说话的声音。于是她重新说了一遍。

"你身体怎么样，鲍彻夫人？是不是感觉不太好？"

"好不了了，"鲍彻夫人抱怨道，"我一个人在家里照看孩子，又没什么东西给他们吃，无法让他们安静下来。约翰不该把我一个人留在这里，我身体又不好。"

"他走了多久了？"

"已经四天了。这里没人会给他工作，他不得不走着去格林菲尔德。可是他应该在走之前回来一次，要是找到了工作的话，托人捎个口信给我。他也该……"

"哦，不要怪他，"玛格丽特说，"我相信他也不好受……"

"你们给我安静点，我听不到这位女士讲话了！"鲍彻夫人气冲冲地对着一个大概一岁的孩子吼道，接着她很不好意思地继续和玛格丽特说，"他一直向我要'爸爸'和'面包'，弄得我很心烦。可我哪来的面包，他爸爸也走了，他大概把我们都忘了吧。他可是他爸爸的心头肉啊。"她突然语气一变，把那个孩子抱到腿上，开始心疼地亲吻起来。

玛格丽特把手搭在这个女人的手臂上，试图引起她的注意。她们四目交会。

"可怜的孩子，"玛格丽特缓慢地说，"他曾经是他爸爸的心头肉。"

"他现在也是。"话音刚落，这个女人突然起身，和玛格丽特面对面站着。她们两人沉默了好一会儿。然后鲍彻夫人开始低沉愤怒地咆哮着继续说："他现在还是他爸爸的心头肉。穷人也可以像富人一样爱孩子。你为什么不说话了？你为什么用怜悯的眼神看着我？约翰在哪里？"虽然她很虚弱，可她摇着玛格丽特，希望得到一个答复，"啊，我的天哪！"她明白了那种眼神里的意思。她一屁股坐在椅子上。玛格丽特抱起孩子放到她怀里。

"他曾经很爱孩子。"她说。

"是的，"那个女人摇摇头说，"他爱我们所有人。曾经也有人爱着我们。那是很久以前的事了，可他活着的时候，和我们在一起的时候，他的确爱着我们。他最喜欢这个孩子了。尽管五分钟前我还骂过他，可他爱我，我也爱他。你确定他已经死了吗？"她边说边试着站起来，"如果他只是病了，可能会死，他们还是会把他医好的。我自己也病得很严重——已经好长一段时间了。"

"可他已经死了——是淹死的！"

"有人淹死后还是被救活了。这时候我该打起精神做点什么，我怎么还在这儿坐着？来，孩子们——别吵！拿着这个，随便拿什么，你们自己去玩，不要吵了，吵得我心都碎了！啊，我怎么没力气了！啊，约翰——我的男人啊！"

玛格丽特用手臂扶着她，免得她摔下去。她在摇椅上坐了下来，把这个女人抱在膝上，头靠在她的肩上。其他的孩子受到了惊吓，都靠在一起，好像开始明白这种不寻常的气氛意味着什么。可他们反应比较迟钝，不能一下子理解。等他们猜到真相后，开始绝望地号啕大哭，玛格丽特都不知道怎么应付。小约翰的哭声最大，尽管他不知道自己为什么哭，可怜的孩子。

他们的妈妈在玛格丽特的怀抱中啜泣着。这时，玛格丽特听到门外有一阵嘈杂声。

"开门，快去开门。"玛格丽特对年纪最大的孩子说，"门拴上了。不要发出声音——轻点。哦，爸爸，让他们轻轻地上楼，或许这样她就听不到了。她可能是晕过去了——就是这样的。"

"这样对她也好，可怜的人啊，"一个紧跟在抬门板的人后面的妇女说，"你这样一直抱着她也不是个事。等一下，我去拿个枕头来，然后让她躺在地上。"

看到这么一位能干的邻居，玛格丽特松了口气。显然她对这间屋子，甚至是整条街而言都是一个陌生人。这位善良的邻居非常体贴周到，玛格丽特觉得自己的任务完成了。屋里站满了心怀同情却无能为力的人，玛格丽特觉得这时候自己离开，或许可以带个好头。

她看看四周，想找尼古拉斯·希金斯，但他不在。所以玛格丽特就对刚才带头安置鲍彻夫人的那个妇人说:"你能不能给这些人一点暗示,让他们都安静地离开?这样等她醒来时,她就会发现只有一两个熟悉的人在身旁。爸爸,你可以和那些男人说说,让他们离开吗?这么大一群人围在这里,她都要透不过气了,可怜的人。"

玛格丽特跪在鲍彻夫人身旁,用醋擦着她的脸。几分钟之后,她突然感到空气变清新了,很吃惊。她环顾四周,看到她父亲和那个妇人正相视而笑。

"怎么回事?"她问。

"我们这位好朋友,"她的父亲答道,"想到了一个让大家离开的好办法。"

"我请他们都回去,每个人带走一个孩子,记住他们是孤儿,他们的妈妈是寡妇了。孩子们今天可以填饱肚子了,会得到妥善的照料。她知道他是怎么死的了吗?"

"还不知道,"玛格丽特说,"我不能一下子都告诉她。"

"总得写验尸报告,她一定会知道实情。看!她醒过来了。你和我谁来告诉她,或者你父亲来说比较好?"

"不,你来,还是你来吧。"玛格丽特说。

他们静静地等着她完全清醒来。然后那个邻居坐在地上,让鲍彻夫人的头和肩膀靠在她的膝上。

"邻居啊,"她说,"你男人已经死了。你知道他是怎么死的吗?"

"他是淹死的。"鲍彻夫人虚弱地说。这还是别人第一次直接提及她的伤心事,她哭出声来。

"他被发现时已经淹死了。他对这个世界已经万分绝望了。想着上帝总不会比人残酷,也许不会这么残酷。也许会像妈妈一样温柔,或许更温柔。我不是说他做得对,也不是说不对。我的意思是,希望我和我的亲人不要感到这么绝望,不然也可能像他一样做出这种事来。"

"他丢下了我一个人来照顾这些孩子。"寡妇哭泣着,并没有玛格丽特所想的那样伤心。不过鲍彻夫人主要是从丈夫去世对她自己和孩子所产生的影响来考虑的，这符合她没有主见的性格。

"你不是一个人，"黑尔先生严肃地说，"谁会和你一起？谁来维护你的权益？"寡妇睁大了眼睛看着讲话的这个人。直到刚才，她都没注意到有这个人。

"谁答应做没有父亲的孩子的父亲？"他继续说。

"可是我有六个孩子，先生，最大的那个还不到八岁。我不是在质疑上帝的权威，先生……只是这需要极大的信心。"说到这儿，她又开始哭了起来。

"她明天说不定可以好好说话了，先生，"那位邻居说，"现在最好的安慰就是心里想着孩子。我很抱歉，他们把他抱走了。"

"我去把他抱回来。"玛格丽特说。几分钟后，玛格丽特抱着小约翰回来了。他的脸上满是吃东西留下的渣渍，两手抓满了贝壳、小块水晶和一个石膏模型的头，当作宝贝似的。玛格丽特把他放到母亲的怀里。

"行！"那个妇人说，"你们先走吧。他们一起哭，一起互相安慰，这会儿孩子比谁都强。只要他们需要我，我就留在这里。如果你们明天过来，就可以和她好好谈一谈了，她今天状态不行了。"

玛格丽特和她父亲慢慢地沿着那条街走回去，路过希金斯家时，在紧闭的门外停住了。

"我们要进去吗？"她父亲问，"我也不放心他。"

他们敲了敲门，没人应。所以他们推了下门，门从里面被拴上了。但他们觉得可以听到希金斯在里面走动。

"尼古拉斯！"玛格丽特叫道。还是没人应。如果不是屋子里某件东西，好像是一本书，恰巧掉在了地上，他们就会以为屋子里没人而离开了。

"尼古拉斯！"玛格丽特又叫了一次，"只有我们俩，让我们进来吧，好吗？"

"不行，"他说，"我把门闩上，就已经说明得很清楚了。今天就让我一个人静一静吧。"

黑尔先生本来想再劝说一番,但玛格丽特把手指放在他嘴边,示意不要再出声了。

"我并不觉得奇怪,"她说,"有时候我也会渴望一个人待着。今天发生了这种事情,这样做好像是最好的办法。"

第三十七章　向往南方

> 铁锹！土耙！锄头！
> 　　鹤嘴锄或镰钩！
> 铁锹来收割，镰刀来除草！
> 　　连枷也好，其他也罢——
> 这里的人已准备好
> 　　拿起需要的工具，
> 在那艰辛的学校中，
> 接受训练，学习技能！
>
> ——胡德[①]

第二天，当玛格丽特和她父亲去看望刚刚丧夫的鲍彻夫人时，路过希金斯家，发现大门还是锁着的。不过这次，一个殷勤的邻居告诉他们，他是真的出门了。但是他在开始忙其他事之前——不管是什么事——已经去过鲍彻夫人那儿了。这次玛格丽特他们去探望鲍彻夫人，除了失望还是失望。她觉得可怜的丈夫自杀了，自己就变成了一个被无情利用的女人。这种想法相当真实，让人无法反驳。尽管如此，可看到她完全只想到自己和自身的处境，还是让人很不舒服，这种自私心理甚至延伸到了她和孩子们的关系上。尽管她对孩子们的感情有着动物般的天然性，她还是觉得他们成了她的负担。玛格丽特试着去亲近一两个孩子，她父亲则努力让寡妇的想法变得高尚一点，而不仅仅是这样无用地发牢骚抱怨。玛格丽特发现和这个寡妇相比，孩子们对鲍彻的哀悼之情来得更真实、更单纯。爸爸就是爸爸，每个人都可以争先恐后、结结巴巴地说出已经去世的父亲以前对他们是如何

[①] 引文出自英国诗人胡德（Thomas Hood）所作《劳动者之歌》(The Lay of the Labourer)。

温柔与宠爱。

"楼上那个人真的是爸爸吗？他不像。我害怕看到他，可我一点都不怕爸爸。"

鲍彻夫人出于某种自私，已经带孩子们上楼看了他们那个已经面目全非的爸爸，想让孩子们也感同身受，但这也是出于原始的恐惧，自然而然地流露出的深切的悲痛，玛格丽特听到这里感到十分痛心，试着把孩子们的注意力转移到其他方面，比如可以帮妈妈做点什么。换个更为有效的说法就是——如果爸爸还在，他会希望他们怎么做？玛格丽特安慰孩子的效果远比黑尔先生安慰鲍彻夫人的来得好。孩子们看到自己小小的责任可以从身边做起，就各自开始忙活起来，玛格丽特建议他们打扫一下凌乱的房间。但是面对这个懒散的病人，她父亲提出的要求太高，说的话也太显得抽象。鲍彻夫人无法在迟钝的脑子中形象地想出，她丈夫走到这可怕的最后一步之前是多么痛苦，她只想到自己会受什么影响。她不能领会上帝永恒的慈悲，只知道上帝没有特地去阻止那些水，好让她卧躺的丈夫不被淹死。尽管她暗地里责怪丈夫让自己陷入这么伤心欲绝的境地，也否认他有任何借口采取最后这个鲁莽的行径，鲍彻夫人还是会习惯性地谩骂任何有可能把她的丈夫逼往这条绝路上的人。工厂主们——特别是桑顿先生，他的工厂受到了鲍彻的破坏，在警方签发逮捕令、要以暴乱罪逮捕鲍彻后，桑顿又让他们撤回了逮捕令；还有工会，这个可悲的女人觉得希金斯是工会的代表；这么多饥饿的孩子们又吵又闹——所有这一切都成了她个人的"敌军"，而她现在成了一个无依无靠的寡妇，都是这些人的错。

玛格丽特已经听够了这些无理取闹的话，内心满是沮丧。等他们走的时候，她发现自己根本不能让父亲高兴起来。

"这就是城市生活，"她说，"忙碌喧嚣和周围的一切都能让他们的神经变得紧张，更不要说整天像关禁闭一样待在压抑的房子里面，这本身就足够让人抑郁、神经紧张了。如今在乡下，就算是冬天，人们也会更多地待在屋外，哪怕孩子也不例外。"

"可是人们必须住在城市里。在乡下,有些人的思维习惯停滞不前,几乎都相信宿命了。"

"是的,这一点我承认。我想每种生活方式都有其自身的难处和令人向往的地方。住在城镇里的人肯定会发现,要让自己保持耐心和冷静很困难,就像住在乡下的人一定会觉得,要让自己变得活跃、能应付罕见的紧急情况也很难一样。双方必然觉得要去实现任何一种未来都是很困难的。一方面是因为当下自身周围的生活是如此匆促、忙碌和切近;另一方面则是目前的生活引诱着他们沉溺在纯粹的动物般无知无觉的意识中,不知道——进而也不关心任何成就所激发的快乐,尽管他可以通过计划、克制和期盼来获得。

"正因如此,不管是觉得有必要全身心投入,还是浑浑噩噩地满足于当下,其实结果都是一样的。但是可怜的鲍彻夫人!我们能为她做的实在太少了!"

"尽管做的都是无用功,但我们也不能什么都不做就撇下她。啊,爸爸!我们生活在一个多么艰难的世界上啊!"

"的确是这样,孩子。至少我们刚刚就感受到了。可即使是在悲伤的时候,我们也一直是快乐的。你看弗雷德雷克回来了,让人多么高兴啊!"

"是啊,他回来让人挺高兴的,"玛格丽特欢快地说,"这件美好又被禁止的事情,让人心生侥幸。"可是她突然不说下去了。因为自己的胆小怕事而破坏了弗雷德雷克这次回来留下记忆。在所有缺点中,她最看不起别人缺乏勇气,以致撒谎的卑劣心理。现在,她竟然自己要为此感到内疚!接着,她想到了桑顿先生已经识破她在撒谎。她怀疑如果是别人知道了,她在意的程度会不会有现在的一半。她试着去想象肖姨妈和伊迪丝,想象她父亲,想象伦诺克斯上尉先生,想象弗雷德雷克。一想到最后的这个人知道自己做了什么——即使是为了弗雷德雷克——她就感到非常痛苦,因为这是兄妹俩第一次有了互相关心爱护之情。可就算是弗雷德雷克再怎么忽视她,都不及她想到再次见到桑顿先生时的那份羞愧,那份令人畏缩的羞愧。然而,玛格丽特又渴望见到他,渴望克服羞愧之心,好明白自己究竟在桑顿心目中处于什么样的位置。她想起在他们刚认识的时候,自己曾高傲地暗示过一条反对做生意的理由,脸上就感到火辣辣的,因为她觉得生意一方面会导致以低劣商品充当高级货的欺诈行为,另一方面会用商业信贷来冒充并不存在的财富。她依然记得桑顿先生脸上镇定、鄙夷的表情,他的几句话就让玛格丽特明白,在这庞大的商业体系中,从长远来看,所有不光彩的做法到最后都会被证明是有害的,而且单纯以成功这个低劣的标准来衡量,这些行为和其他每一种形形色色的商业欺骗行径一样,都是愚蠢的、不明智的。她记得——那时自己的诚实尚未受到考验,坚韧无比——自己曾问桑顿先生,他是不是觉得按最低的价格买进,然后以最高的价格卖出不是一种光明正大的公道行为,而公道的行为是和诚实密切相关的。她甚至还用了"骑士精神"这个词——他父亲纠正了她,用了"基督徒品质"这个更为高尚的词,从而把争论转到自己身上,而玛格丽特却带着一丝轻蔑的神气,安静地坐在一旁。

现在,她不再感到轻蔑了!——也不再谈论什么骑士精神了!从此之后,在桑顿先生面前,她一定会感到羞愧和耻辱。可是什么时候能见到他呢?每回门铃一响,她的心总是不安地快速跳动起来,等心跳平静下来后,又总是对一次次的失望感到莫名的伤心和厌倦。很明显,他父亲希望见到他,而且对他没来感到很奇怪。实际情况是,那天晚上他们谈话中有一些问题还未来得及展开,两人都觉得,如果可能的话,第二天晚上——再不行至少是桑顿先生有空的第一个晚上——他们会聚在一起做进一步讨论。自上次他们分手后,黑尔先生就一直很期待这次碰面。在妻子病重的那段时间,他暂停了教书,现在还没有恢复教学,所以比平日更加空闲。过去几天发生的事(鲍彻自杀)促使他更为热切地回到自己思考的问题上。他整个晚上都坐立不安,不停地说:"我本来很期待见到桑顿先生。我想昨晚上送书来的那个人肯定带着一张便条,忘记给我了。你觉得今天会不会有人留下什么口信?"

"我去问问，爸爸，"在父亲用不同声调重复一两遍这句话后，玛格丽特说，"等等，有人在敲门！"她立刻坐了下来，聚心会神地低头忙针线活。她听到有人上楼的脚步声，不过只有一个人。她知道是迪克逊，于是抬起头，叹了口气，自认为很高兴。

"老爷，是希金斯。他想要见见您，或者黑尔小姐也成。或者先是小姐，然后见您。他的样子很奇怪。"

"迪克逊，最好请他上来。这样我们两个都在，他随便找谁都行。"

"哦！好的，老爷。我实在是不想听他说什么话。只是如果您看到他的鞋子，我敢肯定您会觉得在厨房见面更合适。"

"可以让他擦一擦。"黑尔先生说。迪克逊气冲冲地下楼去叫他上来。不过，当他踌躇地看着自己的鞋子时，迪克逊的情绪稍微平和了点。接着他坐在楼梯的第一级上，把那双令人嫌弃的鞋子脱掉，一声不吭地走上楼去。

"牧师，是我！"走进房时，他边说边把头发往后捋了捋，"请原谅（看着玛格丽特），只穿着袜子就进来了。我整天都在外面忙活，您也知道街道最脏了。"

玛格丽特觉得或许是劳累所致，他的态度才会变成这样，显得异常安静和克制。很显然，他有些话想说又不知如何开口，挺为难的。

黑尔先生总是对任何羞怯、犹疑或者手足无措的人都报以同情，并愿意立刻帮他解围。

"我们正准备喝茶点，你也一起来吧，希金斯先生。今天这样一个潮湿的阴天你要是都在外面忙，我相信你肯定也累了。亲爱的玛格丽特，你可不可以让迪克逊快些把茶点准备好？"

要想快点把茶点准备好，玛格丽特就得自己动手，那样就会惹恼迪克逊。由于仍然沉浸在女主人故去的悲痛中，迪克逊近来变得十分敏感和易怒。可是像所有和玛格丽特接触的人一样，玛莎——从长远来看，迪克逊本人也是如此——觉得能满足她的愿望是十分荣幸和快乐的事。她爽快的态度和玛格丽特和蔼的作风，不久就让迪克逊感到惭愧了。

"我真不明白,为什么来到米尔顿之后,老爷和你就非得叫一些卑贱的人上楼去。赫尔斯通的人从来都只是让他们在厨房待着。以前,我也跟一两个人说过,他们甚至觉得上楼是一种莫大的荣耀。"

希金斯发现向一个人袒露心声要比两个人容易。玛格丽特离开房间后,他走到房门边,看看门是否关上了。然后走回来,站在黑尔先生旁边。

"先生,"他说,"您可能不太明白我今天是为什么在奔波,尤其是如果您还记得我昨天说话的态度。我今天一直在找工作,一直在找,"他说,"我提醒自己,不管别人说什么,自己说话一定要有礼貌。我要咬紧牙关,不能急着说话。是为了那个人——您知道的。"说着用大拇指向后指了指某个让人费解的方向。

"不,我不知道。"看到希金斯在等着他的某种赞同,黑尔先生说道,他已经完全被"那个人"可能是谁搞糊涂了。

"就是躺在那里的人,"他边说边又指了一下,"跑去淹死自己的那个人,可怜的家伙!我真没想到他居然会一动不动地躺着,让河水淹没他,直到没了呼吸。是鲍彻,您知道的。"

"是的,我现在知道了,"黑尔先生说,"回到你刚才说的话上去,你说话不必这么着急……"

"是为了他,但也不能这么说。不管他现在在哪里、在做什么,他再也不会感觉到饥饿和寒冷了。我都是为了他的妻子和那几个孩子。"

"愿主保佑你!"黑尔先生站起来激动地说,接着平静了下来,赶紧问道,"你说这话是什么意思?和我详细说说。"

"我已经告诉过您了,"希金斯说,他对黑尔先生突然的激动感到有些吃惊,"我是不会为自己去找什么工作的。可是鲍彻撇下他们,那就是撂给我的担子。我想,我本应该把他引向一个更好的归宿,最后却让他走上了那条路,所以我必须对他的死负责。"

黑尔先生抓住希金斯的手,一句话也没说,热诚地握着。希金斯显得有点尴尬和羞愧。

"不，不，先生！我们中的任何一个男子汉，姑且叫男子汉吧，都会这样做。当然，可能做得比我更好。因为，老实说吧，我没有找到工作，甚至连一点希望都没有。我是这样告诉汉普的，撇开他所要的保证不谈——我是不会在这上面签字的——就算为了我的那份责任，我也不能签字——如果他肯要我，我会比谁都卖力地干活，可他还是不肯要我，其他人也都不要。我真是个害群之马——不管我再怎么做，那些孩子还是要挨饿，除非，牧师您愿意帮我？"

"帮你！怎么帮？我什么都愿意做——可我能做什么呢？"

"小姐——"玛格丽特已经回到了房间里，安静地站在那里听他们说话，"您经常说南方如何如何好，说起那里的情况。虽然我现在不知道南方到底有多远，可我一直在想是不是可以把他们送到那里去，那里食物便宜，工资又高，而且所有人，不管是穷人还是富人，厂主还是工人，都很友好。您或许可以帮我找份工作。我还不到四十五岁，力气大得很，先生。"

"可是你能做什么样的工作呢，我的朋友？"

"呃，我想能铲铲地……"

"不要说铲铲地，"玛格丽特走上前说，"就是任何你能干的活，希金斯，只要你卖力地去干，每星期就能挣到九先令，说不定还能挣到十先令呢。食物的价格和这里差不多，不过你在那可以有一个小花园……"

"孩子们可以在花园里干活，"他说，"我已经厌倦米尔顿了，米尔顿对我也好不到哪里去。"

"尽管如此，你还是不能去南方，"玛格丽特说，"你会受不了的。不管什么样的天气你都得待在外面，你会患风湿的，这会要了你的命。你这样的年纪，单单重活就可以把你压垮，而且那里的食物和你以前在这里吃习惯的大不一样。"

"我对吃的不讲究。"他说，好像被冒犯了似的。

"可你要是有了工作，就会想着每天吃顿肉了。从你赚的十先令里扣除这点钱,看看是不是还能养活这些可怜的孩子。我有必要向你说明——既然是我说的话让你产生了这种想法——我要把这一切都跟你说清楚。你会受不了那种单调的生活,你不了解那是一种什么状态,它会像生锈一样慢慢把你腐蚀掉。一辈子都生活在那里的人已经习惯了浸泡在死水里一样生活。他们日复一日地在热气蒸腾的田地里孤独地干活——从来不闲聊,也从不抬起他们可怜的、沮丧的头。艰辛的铲地劳动麻木了他们的大脑;重复辛苦的工作剥夺了他们的想象力;干完活后,他们也不喜欢聚在一起谈谈各自哪怕是最无用、最荒诞的想法和疑惑,他们总是像牲口那样疲惫地回家,可怜的人!除了吃饭和休息,什么都不在乎。你不可能与他们有任何来往,在城里这样的来往非常多——好坏我暂且不知道——频率就像呼吸新鲜空气一样。但我最清楚不过,在所有人当中,你是最受不了这种劳苦人生活的。这样的生活对他们来说是一种平静安稳,但对你会是一辈子的烦躁不安。不要再去想这件事了,尼古拉斯,就当我求你了。而且,你也没钱把鲍彻夫人和孩子们都弄到那儿去——这倒是件好事。"

"这个我想过。我们到那里住一间屋子就够了,另一间屋子里的家具能卖个好价钱。那儿的人也得养活一家子——说不准有六七个孩子。上帝保佑他们!"他说,与其说是玛格丽特的话说服了他,倒不如是他自己对实际情况的认识让他放弃了在这个疲惫和焦虑的脑子里新近才有的想法,"上帝保佑他们!南方有南方的愁,北方有北方的忧。如果那里有稳定的工作,那么工人的待遇只够糊口;这里有大量的金钱涌了进来,而我们却连一个法辛①都没有。可以肯定的是,世界太乱了,我和其他人都理解不了,需要有人来理一理,可如果我们看到的是这样,他们看到的是那样,谁来理顺它呢?"

黑尔先生正忙着切面包、涂黄油。玛格丽特很高兴,她看出来了,现在还是不要和希金斯先生讲话、让他静一静更好。如果他父亲非常平和地与希金斯谈论他的想法,希金斯就会认为自己受到了挑

---

① 法辛(farthing),英国古代货币,约四分之一便士。

战,从而会觉得有必要坚守自己的立场。于是她和她父亲讲了一些无关紧要的话,直到希金斯都没注意自己有没有吃,就已经吃饱了。然后,他把椅子从桌边挪开,竭力想对他们的谈话产生兴趣;但这样做没用,他还是陷入了自己如梦般的忧伤中。突然,玛格丽特说(她已经想了一段时间了,可这些话就是卡在喉咙里说不出来):"希金斯,你上马尔巴勒工厂区找过工作了吗?"

"桑顿的厂?"他问,"是的,我已经去过了。"

"那他怎么说?"

"像我这样的人是见不到厂主的。监工叫我走开,有多远走多远。"

"我真希望你见到了桑顿先生,"黑尔先生说,"他可能不给你工作,但绝不会说出这种话。"

"那些话,我已经习惯了。对我没什么影响。我被赶出去的时候,我也没少说。让我在意的是,和其他地方一样,那儿也不要我。"

"可我还是希望你能见一下桑顿先生,"玛格丽特又说了一遍,"你愿意再去一次吗?我知道这个要求有点过分了——可你愿意明天再去他那儿试试吗?你去的话我会很开心的。"

"恐怕结果还是一样,"黑尔先生低声说,"最好还是让我和他谈谈比较好。"玛格丽特还是看着希金斯,在等他的答复。她那严肃而温柔的目光让人无法抗拒。他长长地叹了口气。

"这样多少有损我的自尊心。如果是为了我自己,我宁愿挨饿也不去。就算去了,还没开口求他之前,就一拳把他打倒了。我情愿自己挨鞭子。可你也不是一般的姑娘,原谅我这么说,你的举动也不平常。我这张老脸就豁出去了,明天再去一次。你不要觉得他会这么做。你就算拿火烧他,他也不会让步,他性格就是这样。我是为了你才去的,黑尔小姐,这是我人生中第一次向一个女人让步。我老婆和贝茜都没能让我这样。"

"这样我更加要感谢你了,"玛格丽特笑着说,"虽然我不太相信你刚才的话。我觉得你和绝大多数男人一样,对妻子和女儿总会做出让步。"

"至于桑顿先生那边,"黑尔先生说,"你帮我带封信给他。我想我可以冒昧地说,这封信可以让你见到他。"

"我非常感谢您,先生,不过我还是愿意自己去找他。一想到让不明这场争吵缘由的人来帮我说话,我就受不了。干涉厂主和工人之间的事就像干涉别人家夫妻之间那点事一样,要处理好需要费不少脑筋。我明天早上六点就去门卫那里守着,直到和他说上话为止。不过要是穷人没有占着扫大街这个活,我宁愿去做那个。你别抱多大希望,小姐。可能从燧石里挤出牛奶的机会比这要还大点呢。祝你睡个好觉,非常谢谢你们。"

"你的鞋子在厨房的炉火旁,我放到那儿想把它们烘干。"玛格丽特说。

他转过身,定睛望着她,然后用枯瘦的手臂擦了擦眼睛就走了。

"这人自尊心多强啊!"她父亲说,对于希金斯拒绝了他和桑顿先生打声招呼的请求,他有点懊恼。

"他就是这样的,"玛格丽特说,"但他具有很多男子汉的品质,包括尊严。"

"桑顿先生和他有种相似的品质,看到希金斯这么尊重这种品质倒挺有趣的。"

"这些北方人的性格都很倔强,是不是,爸爸?"

"恐怕可怜的鲍彻身上就没有一点这种品质,他妻子也是。"

"从他们说话的口音来看,他们像是有爱尔兰血统。我不知道他明天会有什么样结果。如果他和桑顿先生可以像男人对男人一样把话说清楚——要是希金斯忘记桑顿先生是厂主,对他像对咱们一样说话——要是桑顿先生可以耐着性子听他说,收起厂主的样子……"

"你终于开始公正地看待桑顿先生了,玛格丽特。"父亲拧了下她的耳朵。

玛格丽特心里有种莫名其妙的窒息感,让她没办法回答。"啊!"她想,"真希望我是个男人,这样我就能强迫他把那种不以为然的感情表达出来,并且老老实实地告诉他,自己理应知道这种感情。在我刚刚开始认识到他的价值时就失去他的友谊,这让人很不好受。他对妈妈是多么温柔啊!就算是为了妈妈,我也希望他会来,这样我至少可以知道自己在他眼里被贬低到什么程度。"

第三十八章　兑现诺言

> 接着她骄傲地站起来，
> 　　两眼含着泪水；
> "你说什么，想什么
> 　　我一个字都不会告诉你！"
>
> ——苏格兰民谣

桑顿先生不仅知道玛格丽特说了谎话——尽管她自认为就是因为这个原因，他对她的看法才大大改变——而且还肯定地认为，她这样做显然是和某个情人有关。他无法忘记她和另一个男人对视时彼此之间那种亲昵、真挚的眼神——即使不是亲密无间，至少也是一种熟悉的信任。这个想法不断地刺痛着他，无论他走到哪里，不管他在做什么，这幅画面总是浮现在他眼前。除此之外（每每想到这个，他总是咬牙切齿），还有时间和地点，那个昏暗的黄昏时分，在离她家那么远的一个人们不常去的地方。起初他那高尚的内心曾说，后面这一切可能只是偶然发生的，情有可原；但既然承认她有权去恋爱、被别人所爱（他有没有任何理由去否认她有这种权利？——当她拒绝接受他的爱时，她的话难道不是说得直白而决绝吗？），那么她就很容易被人约出去散步，一直到比她原先预料的更晚的时间。但她撒谎了！那表明她知道有什么事做错了，非要隐瞒起来不可，这不像她平常的为人。他还是得对她保持公正的评价，尽管这时候要是可以大方地承认她完全不配得到他的尊重，对他会是个莫大的安慰。正是这一点使他感到痛苦——他在心里热烈地爱着她，尽管她有种种缺点，他还是认为她比其他女人更可爱、更出众；然而她又爱慕着另一个男人，被爱所迷惑，甚至不惜违背她诚实的本性。玷污她人格的那个谎言，本身就证明了她是多么盲目地爱着另外一个男人——那个肤色黝黑、身形瘦长、优雅帅气的男人——而他自己却是为人严肃、外表粗犷、身强体壮。他好像自寻烦恼一样陷入痛苦不堪、嫉妒万分的状态中。他一想到那个眼神、那种态度!——如果能得到她温柔的目光和亲昵的挽留,他甚至愿意把自己的生命交付给她。想到她曾出于本能保护他不受暴徒的攻击,而他却这么在意,实在好笑。现在,他看到了她和心爱的男人在一起的时候是多么温柔和迷人!他一点一点地回想起她说的那句尖刻的话——"为他所做的一切,她愿意为其他任何一个人去做,而且要更加欣然乐意"。其实当她在想着避免他和那群暴徒发生流血冲突时,是把他和那群暴徒同等看待的。但是那个男人,那个神秘的爱人,却和别人的地位不一样。他一个人独自享有她美丽的容貌和动听的言语,手挽手依依不舍地惜别,她还为他撒了谎。

桑顿先生意识到,他一生中从未像现在这样暴躁过。对于每一个来问话的人,他总想给一个简短、粗暴的回答,与其说是在和对方讲话,不如说是在吼叫。想到这里,他的自尊很是受挫,因为他一向对自己的自控能力非常自负,觉得他可以控制住自己。因此他缓和了情绪,让自己冷静下来,可是心里更烦躁,更不好受。他在家里变得比平常更加沉默,每天晚上,总是不停地来回踱步。要是别人这么做,他母亲肯定非常恼火,就连对这个疼爱有加的儿子,她也不能再容忍半分。

"你能不能停下来?你就不能坐一会儿?要是你别那么一直走来走去,我有话和你说。"

他立刻在靠墙的一把椅子上坐了下来。

"我要和你说说贝特西的事。她说她必须离开我们了;她爱人的死已经严重影响到了她的精神状态,所以她没办法专心干活了。"

"那好。我想我们还可以找到另一个厨娘。"

"这真像一个男人说的话。这不单单是烧饭的问题,她对家里所有的事都一清二楚,了如指掌。另外,她还和我说了一点有关于你朋友黑尔小姐的事。"

"黑尔小姐不是我的朋友。黑尔先生才是。"

"我很高兴你这么说,如果她是你朋友的话,贝特西说的话会让你恼火的。"

"说给我听听。"他极其平静地说,这几天他都保持着这样一种态度。

"贝特西说,那天晚上她的爱人——我记不起来名字了——她总是说'他'……"

"雷纳德。"

"雷纳德最后一次在车站的那晚——事实上也就是他最后一次去值班的那天——黑尔小姐也在那里,和一个年轻男子走来走去。贝特西觉得,就是他突然打了或是推了雷纳德,才导致他丧命的。"

"雷纳德不是被人打或者是推了丧命的。"

"你怎么知道?"

"因为我清楚地对外科大夫提出过这个问题。他说,雷纳德酗酒的习惯导致他身体长期以来就有毛病,而他的酗酒会导致病情恶化,这也解答了压垮他的最后一根稻草是过度饮酒还是摔了一跤这个问题。"

"摔倒?什么摔倒?"

"就是贝特西说的击打或是推搡造成的。"

"这么说是有击打或者推搡这回事?"

"应该是的。"

"谁干的?"

"因为听从医生的建议,没有做验尸调查,所以我也没办法告诉您。"

"可黑尔小姐在那里吧?"

没有回答。

"还跟一个年轻男子在一起?"

还是没有回答。最后他说:"妈妈,我跟您说吧,没有验尸调查——没有查问。我是说司法部门没有查问。"

"贝特西说伍尔默(她认识的一个人,在克兰普顿的一家杂货店工作）可以发誓，黑尔小姐那天是在火车站，和一个年轻男子走来走去。"

"我不知道我们和这件事有什么关系。黑尔小姐乐意做什么就做什么。"

"你能这么说我很高兴，"桑顿夫人急切地说，"这事当然和我们没多大关系——那件事之后，和你更是没有一点关系。但我答应过黑尔夫人，一定会规劝告诫她女儿，不让她走上歪路。我当然得让她知道我对于这件事的看法。"

"我倒不觉得她那天晚上做的事有什么不对。"桑顿先生站了起来，走到母亲身边。此时他站在壁炉旁边，脸转过去对着外面。

"要是范妮天黑后跑出去，在一个非常僻静的地方和一年轻男子走来走去，结果被人看见了，你总不会赞同她这么做吧？她母亲还未下葬，选择在这样的时候去散步，我对她的这种做法还没说什么呢。你乐意自己的妹妹被杂货店的伙计看到这么做吗？"

"首先，我之前也在布店当过伙计，这还没过去多少年，我觉得仅仅是杂货店伙计看到这一情况，在我眼里不会改变这一事件的性质。其次，我发现黑尔小姐和范妮之间有很大的差别。我可以想象那个姑娘可能有重要的理由，即使她的行为表面上有不得体的地方，也足以让她可以忽略不计。我从来不知道范妮有什么重大理由去做任何事，必须由其他人来保护她。而我相信黑尔小姐可以自己保护自己。"

"这可真是对你妹妹品格的极高评价啊！说真的，约翰，人家还以为黑尔小姐做的事已经足够让你看清楚一切呢。她假装很尊敬你、看重你，诱使你去向她求婚——我毫不怀疑她是想利用你去对付那个年轻人。她整个为人我是看清楚了。你大概也看得出他是她的情人吧，这你总同意吧？"

他转过身来对着母亲，脸色阴沉可怕。"是的，妈妈。我也觉得他是她的情人。"说完这句话后，他又回过身去，像一个身体疼痛的人烦躁地扭动着。他一手托着脸。他的母亲还没来得及说话，他又突然转过来说："妈妈，不管他是谁，他是她的情人；不管怎么样，她还是需要女性的帮助和建议——也许有些我不知道的困难或是诱惑。我想恐怕是有。我并不想知道是什么，可既然您一向是我的好妈妈——啊！还很体贴。去她那儿，让她信任你，告诉她怎么做最好。我知道肯定出了什么事，某种让她担心害怕的事。"

"看在上帝的分上，约翰！"现在他母亲非常吃惊地说，"你这话什么意思？你这话什么意思？你知道了什么？"

他没有回答。

"约翰！除非你说出来，不然我不知道是不是不该这么想。你没有权利用你所说的这些话去指责她。"

"不是指责她，妈妈！我不能指责她。"

"那好。你不可以说你做了什么，除非你多说一点。这些说了一半的话会毁了一个女人的名声。"

"她的名声！妈妈，您可不要……"他转过来，用炽热的眼神盯着她的脸，接着他镇定下来，严肃地挺直身子，说道，"我不会再说什么，这些都是实情。我知道您肯定相信我——我有充分的理由相信黑尔小姐遇到了困难，而且这个困难和感情有关。根据我对黑尔小姐品行的了解，这种情感本身是纯洁的、正当的。至于理由，我不会说出来。不过绝对不要让我再听到有谁在指责她，话里带着严重的诋毁。她现在需要的是一位善良温柔的女性给她忠告。你答应过黑尔夫人要这样做的。"

"不！"桑顿夫人说，"说来很幸运，我并没有答应要对黑尔小姐施以善良与温柔，因为我当时觉得，像黑尔小姐这种脾气和性格的人，这样对她我是做不到的。我答应过会给她建议和忠告，就像给我自己的女儿一样。如果她曾经在黄昏时分和一个年轻男子闲逛的话，我要对她说的话就会和对范妮说的一样。我将根据我所知道的情况去和她谈谈，而不会被你不肯告诉我的这样或那样的'充分的理由'所影响。那样我就履行了自己的诺言，尽了我的责任。"

"她绝不会容忍你说这样的话！"他激动地说。

"如果我是以她去世的母亲的名义讲那些话，她不容忍也得容忍。"

"那好！"他走开时说，"别再和我说这事了。一想到这事，我就受不了。你和她去讲，总比没有人讲好——啊！那种爱慕的眼神！"他走进自己的房间，闩上门，喃喃自语道，"还有那个可恨的谎言，说明背后有一些非常可耻的事必须隐藏起来，不能暴露在我以为她一直生活的那片光明之中。玛格丽特啊，玛格丽特！唉，你折磨得我够呛啊！唉！玛格丽特，你难道就真的没爱过我吗？我虽然粗鲁严厉，可我绝不会让你为了我去说谎的啊。"

对于儿子因为玛格丽特行为不检点而请求她宽容体谅时说的那番话，桑顿夫人越细想，就越对玛格丽特感到厌恶。她一想到要打着尽责任的幌子把"自己的心里话"向玛格丽特说出来，就感到非常高兴。她很清楚玛格丽特让许多人为之倾倒，而她一想到自己要去表明不受这种"魅力"的影响，也感到很满意。她对这位受害者的美丽形象嗤之以鼻。玛格丽特那乌黑的头发、光滑润泽的皮肤、清澈的眼睛，都不能让她少说一句。桑顿夫人花了大半夜琢磨着自己要说的那番严厉而公正的规劝。

"黑尔小姐在吗？"她知道她在家，因为她在窗外已经看到她了。玛莎刚回答了一半，她的脚已经跨进了那个小门厅。

玛格丽特正独自坐在那里给伊迪丝写信，告诉她母亲临终前的种种细节。这是一件令人感伤的事，所以当有人通报说桑顿夫人来访的时候，她不得不擦去眼角情不自禁流下的泪水。

她温文尔雅地接待了客人，所以客人感到有点气馁。那番话如果只是想想而不说出口还挺容易，要真说出口倒是有点难办了。玛格丽特圆润、低沉的嗓音比平时还要柔和，态度也更加亲切，因为她发自内心地感谢桑顿夫人这么关切地来看望她。她尽量找一些有趣的话题来讲，夸奖桑顿夫人帮忙找来的用人玛莎，又说自己已经写信去向伊迪丝要一支希腊小歌曲——她曾经对桑顿小姐提到过这个。桑顿夫人相当窘迫。她那锋利的大马士革刀在玫瑰花瓣中似乎不合适，不起作用。桑顿夫人默不作声，竭力想尽自己的责任。最后，她还是听凭一种怀疑掠过心头，尽管不太可能，她仍然强迫自己采取行动。她怀疑黑尔小姐的这种亲切都是装出来的，是为了讨好桑顿先生。那一场恋爱失败了，所以就要重新得到曾被她拒绝的情人，这一切合乎黑尔小姐的心意。可怜的玛格丽特！桑顿夫人的猜疑里最多有一点真实性，那就是玛格丽特很看重一个人的尊敬，生怕失去，而桑顿夫人正好是那个人的母亲。这个想法让她不知不觉产生了一种很自然的愿望，就是想要取悦这位来看望自己并表示友好的女人。桑顿夫人起身准备走了，但似乎又有什么话想说。她清了清嗓子，开始说："黑尔小姐，我有一个责任要履行。我答应过你去世的母亲，根据我粗略的判断，绝不会让你做任何错事或者是粗心大意的事（讲到这儿时，她的话语变得稍微婉转了一点）。如果你这样做了，我就要劝告你，至少提出意见，不管你接不接受。"

玛格丽特站在她面前，脸红得像个犯错的人，两只眼睛睁得大大的，凝视着桑顿夫人。她以为桑顿夫人是来和她谈谈她撒谎那件事——桑顿先生请他母亲来告诉自己可能会在坐满人的法庭上遭遇驳斥的危险。尽管她想到他没有选择亲自来责备她、接受她的忏悔，使她重新获得他的好感，心情不免有些失落，但她还是非常耐心，谦卑而顺从地忍受别人在这个问题上对她的任何责备。

桑顿夫人继续说："起初，当我从我家的一个用人那里听说，有人看见你和一位年轻男子在奥特伍德车站闲逛，在离家那么远的地方，而且还是那么晚的时候，我几乎不敢相信。但很遗憾，我的儿子证实了她的话。说得好听点，那样做也太轻率了。以前，许多年轻的女人就是这样毁了她们的声誉——"

玛格丽特的双眼蕴藏着怒火。她感觉到这又是一个新的想法——这太侮辱人了。如果桑顿夫人和她谈的是她之前撒的谎，自然很好，她会承认这件事，并感到羞愧。可是如果是要来干涉她的行为——谈到她的名声！她桑顿夫人这么一个局外人——也未免太失礼了！她不会回答，一个字也不会说。桑顿夫人看到玛格丽特的眼睛里扬起了斗志，这也激起了她好斗的脾气。

"看在你母亲的分上，我觉得告诫你不要做出有失检点的事情是应该的；就算实际上没有给你造成什么伤害，这种行为最终会让世人减少对你的尊重。"

"看在我母亲的分上，"玛格丽特哽咽着说，"我愿意去忍受很多事情，可并不意味着我能容忍一切。我敢肯定，她绝不会让我受到侮辱。"

"侮辱？黑尔小姐！"

"没错，夫人，"玛格丽特更加坚定地说，"这就是侮辱。您对我究竟了解多少？竟然让您来怀疑我——天哪！"她说到这里停顿了一下，用手捂着脸，"我现在明白了，桑顿先生告诉您……"

"不，黑尔小姐，"桑顿夫人说，她诚实的个性让她止住了玛格丽特即将说出口的辩解，尽管她很好奇地想听一下，"打住。桑顿先生什么都没告诉我。你不了解我儿子。你也不配去了解。他说的是这些，听着，小姐，如果你能理解的话，你就会知道，你拒绝了一个什么样的人。这个米尔顿的厂主，他宽厚而温柔，却遭到了藐视，可就在昨天晚上，他对我说：'到她那儿去，我有充分的理由相信，由于某种与感情有关的原因，她遇到了困难，需要女人的忠告。'我想这些就是他说的原话。除此之外——除了承认二十六号晚上别人看到你和一位先生在奥特伍德车站之外——他什么都没说，没说一句不利于你的话。如果他真知道什么事情会让你哭成这样，他也没告诉我。"

玛格丽特仍然用手捂着脸，手指被泪水沾湿了。桑顿夫人稍微平和了一些。

"来吧，黑尔小姐。我承认，在某些情况下，如果能解释清楚的话，是可以让自己摆脱这种表面上看起来不检点的行为的。"

仍旧没有回答。玛格丽特在考虑该说些什么。她希望能取得桑顿夫人的好感，可她做不到，也不可能给出任何解释。桑顿夫人开始不耐烦了。

"要你和一位朋友断绝来往，我感到很抱歉；可是为了范妮——就像我对儿子说的那样，如果范妮这么做了，我们就会认为是奇耻大辱——范妮也许会被带着走上……"

"我没法向您解释，"玛格丽特低声说，"我做错了事，但绝不是您想象的或您认为的那样。我觉得桑顿先生对我的判断要比您宽厚得多。"她费了很大劲才没让泪水哽咽住，"但我相信，夫人，您的本意是想做一件正确的事。"

"谢谢，"桑顿夫人边说边起身，"我没想到自己的用意还会受到怀疑。这是我最后一次来干涉了。你母亲要我这样做的时候，我不是很愿意答应她。在我还只是怀疑我儿子爱上你的时候，我就不太赞同。在我看来，你配不上他。可是你在那次骚乱时做出的那些举动，让自己受到伤害，还听凭自己遭到用人和工人的议论，我觉得如果我再反对儿子想向你求婚，就太不近人情了。顺便说一句，他以前一直不承认有这个心愿，直到骚乱那天。"玛格丽特心头刺痛了一下，用一种嘶嘶的声音长吸了一口气，但桑顿夫人并没有注意到，"他来了，你显然又改变了主意。我昨天对我儿子说，虽然间隔的时间很短，我却认为你可能听说或是知道了另一个情人的某些情况……"

"您把我看成什么人了，夫人？"玛格丽特问道，她把头高傲地往后一扬，轻蔑地问道，直到脖子像天鹅一样朝外弯曲着，"您不要再说了，桑顿夫人。我拒绝做任何解释来证明自己的清白。请您一定要准许我离开这个房间。"

说完，她就像一位被冒犯了的公主，带着一种优雅的风度，无声地走出了房间。桑顿夫人生来就有一种幽默感，让她感觉到自己被一个人撇下时所处的境地是滑稽可笑的。她除了自己离开外，别无选择。她对玛格丽特的行为没有特别生气，因为她本来也不是很喜欢玛格丽特。而玛格丽特则对桑顿夫人的规劝很揪心，这正是那位太太所希望的。她的恼怒立刻让客人的态度平和了下来，这是任何沉默或是克制都远远办不到的。这表明她的话起了作用。"我年轻的小姐，"桑顿夫人暗自想着，"你的脾气可真不错。如果约翰和你在一起，他可得对你严加管教，让你知道自己的身份。不过我想现在你不会再急匆匆地和你心上人在那样一个时间出去闲逛了。你生性高傲，性格倔强，是不会那样做的。我喜欢看到一个姑娘一想到别人在议论自己就感到恼火的样子。这说明她们生性既不轻浮，也不放肆。至于玛格丽特这个姑娘，她也许放肆，但绝不轻浮。这我还是要说句公道话的。至于范妮，她倒是容易轻浮，但不会放肆。她缺少勇气，可怜的人哪！"

那天上午桑顿先生并没有过得像他母亲那样愉快。不管怎么说，她至少办完了自己一心想做的事。而他则很想知道自己的处境，那次罢工给他造成了多大的损失。他的大量资金已经被投资到昂贵的新机器上了，他还买了大量的棉花，来应对手头的一笔数目巨大的订单。这次罢工使他大大地延误了订单完成的日期。即使让那些熟练的工人来干，要按期交货恐怕也还是会有些困难。事实上，在这个需要加紧干活的时候，他却不得不去训练那些不熟练的爱尔兰工人，这让他每天都烦恼不已。

对希金斯来说，这会儿去提出请求，并不是一个好时机。但他向玛格丽特保证过，无论如何都会去做。所以，尽管他的厌恶每时每刻都在增加，他的自尊心和郁闷的心情在作祟，他还是靠在那堵阴冷的墙上，时间过了一个又一个小时，他一会儿用这条腿、一会儿用那条腿支着身体站在那儿。终于，门突然打开了，桑顿先生走了出来。

"我有些话对您说，先生。"

"现在不行，我的朋友。实际上我已经晚了。"

"好吧，先生，我可以等到您回来。"

桑顿先生朝街上走了一半路，希金斯叹了口气，但这毫无用处。在街上碰见桑顿先生，是他见到"厂主"唯一的机会。如果他去按传达室的门铃，或者甚至是去他家找他，人家就会让他去找监工。所以他还是站在那里，午餐时间大群工人跑出工厂院子时，他只朝几个认识他、和他讲话的人点了点头，打个招呼，除此之外一言不发。他还朝刚招来的那些爱尔兰"工贼"[①]使劲地皱眉瞪眼。桑顿终于回来了。

[①] 原文为"knobsticks"，指罢工期间上工的人。

"什么！你还在这儿！"

"是啊，先生，我得和您谈谈。"

"那么，到里面来吧。等等，我们从院子里穿过去，工人们还没回来，这里也没别人。我看到那些人都在吃饭。"他边说边把传达室的门关上。

他停下来对监工说了几句话。监工低声说道："厂主，您大概知道吧，这个人就是希金斯，是工会的一个头儿。就是他在赫斯特菲尔德发表讲话的。"

"不，我不知道。"桑顿先生说，转过去用锐利的眼神看着跟进来的这个人。他知道希金斯蛮横，是个有名的闹事者。

"来吧。"他说，口气比先前严肃了点。"就是这种人，"他想，"扰乱了商业，破坏了自己居住的城市：就是一些蛊惑民心的家伙，爱好权力、不考虑别人的家伙。"

"嗯，朋友，你想要我做什么？"他们一走进工厂的账房，桑顿先生就转过来问他。

"我叫希金斯——"

"我知道，"桑顿先生打断了他，"希金斯先生，你想要我做什么？我问的是这个。"

"我要工作。"

"工作！你真是个有趣的人，来找我要工作。你倒是一点也不鲁莽冒失，这很清楚。"

"我和那些比我强的人一样，也有不少敌人和背后中伤我的人，不过我从没听见他们哪个说过我谦虚。"桑顿先生的态度，而不是他说的话，让希金斯激动起来。

桑顿先生看到桌上有一封写给他本人的信，于是拿起来读了一遍。读完后，他抬起头说："你还在等什么？"

"等您给我一个答复。"

"我已经说过了。不要再浪费时间了。"

"您只是对我的鲁莽批评了几句，先生。可我受的教育是，当别人很有礼貌地问我一个问题时，我要回答'是'或'不是'，这样才合乎规矩。如果您能给我工作的话，我会很感激。汉普会说明我是一个好工人。"

"你最好别让我去找汉普要一份你的推荐书，我的朋友。我可能会听到更多你不大乐意我听到的话。"

"我愿意冒这个险。他们对我最糟糕的评价也不过就是，我做了我认为最好的事情，即使自己受到了伤害。"

"那你最好自己去试试，看看他们会不会给你工作。我解雇了一百多个最好的工人，不为别的，就因为他们跟随了你，以及像你这样的人。你觉得我还会用你吗？那我还不如在废棉堆里放把火呢！"

希金斯转身离开。这时他想起了鲍彻，于是尽力说服自己做出的最大让步，回过头来："我向您保证，厂主，我绝不会说一句会造成伤害的话，只要您正正当当地对待我们。我还可以保证，如果我看到您做错了什么，表现出不公正时，我会先私下和您谈一谈，给出一个很合理的事先警告。要是您和我的意见不一致，您可以提早一小时告诉我，把我解雇。"

"哈，你可真是自命不凡啊！汉普解雇了你，是多大的一个损失啊！让你和你的聪明才智一起离开，他是怎么做到的啊！"

"嗯，我们互不满意，就散伙了。我不肯做出他们要求的保证，他们无论如何也不会再要我了。所以我就要另谋出路了。就像我先前说的那样，虽然我不该那样说，但我是个好工人，厂主，而且忠实可靠——尤其是我不喝酒的时候。即使以前没做到过，现在一定要做到。"

"我想，这样你可以积攒更多的钱，准备再来一次罢工？"

"不！要是我可以那样做，我倒真的是感激不尽了！我是为了要养活一个工人留下的寡妇和孩子。他被你们那些取代罢工工人的工贼给逼疯了。一个什么也不懂的帕迪①让他丢了工作。"

---

① 帕迪（Paddy），爱尔兰人的绰号，因为爱尔兰人的守护神是圣帕特里克，帕特里克的昵称即"帕迪"。

"嗯，要是你有这么好的想法，你最好去做别的工作。我不建议你留在米尔顿，你在这里太出名了。"

"如果是夏天，"希金斯说，"我就去干帕迪的活儿，去当个挖土工，割晒干草或是别的什么，绝不在米尔顿了。可现在是冬天，那些孩子会挨饿的。"

"你还真以为自己能成为很好的挖土工啊！你要是挖起土来，还抵不上一个爱尔兰工人半天的活。"

"我可以做十二个小时，要是在那段时间我只能干半天的活，那我就只拿半天的工资。如果我真是个惹祸精，那么除了工厂之外，您还知不知道有什么地方可以让我试试呢？为了那些孩子，他们认为我应该拿多少工资，我就拿多少。"

"你难道不知道那样一来你会变成什么样吗？你就变成了工贼。你拿的工资比其他人都少——就是为了另一个男人留下的孩子。想想看，要是一个可怜人为了养活自己的孩子，愿意接下所有他能做的工作的话，你会怎样责骂他呢？你和你的工会就会马上向他扑去。不！这样不行！想到你过去是怎么对付那些提前结束罢工而回来的可怜人，就算是为了他们，我也要对你说'不！'，我不会给你工作。我不是说，我不相信你来找工作的理由，我对此一无所知。你的话可能是真的，也可能不是。不管怎么，反正不太让人信服。让我过去，我不给你工作，这就是你要的答复。"

"我知道了，先生。要不是有人吩咐我来，我是不会来麻烦您的。那个人似乎认为你的心地比较善良。她错了，我错信了她的话。不过我也不是第一个错信女人的人。"

"叫她下次别多管闲事，别浪费你的时间，还有我的。我相信女人是世界上所有祸患的根源。你走吧。"

"谢谢您的好意，先生，特别是您能这么客气地和我说再会。"

桑顿先生不屑回答。但一分钟后，他朝窗外望去，竟然被那个走出院子的瘦弱、佝偻的身影打动了：沉重的步伐，和跟他讲话时坚决、明了、果断的态度形成了奇怪的对比。他走到传达室去。

"希金斯那家伙为了要和我谈话,在这里等了多久?"

"八点钟以前就等在大门外了,先生。我想他后来一直待在那里。"

"现在是——"

"刚一点,先生。"

"等了五个小时,"桑顿先生想,"一个人先是抱着希望,然后是心怀担忧,这么长时间等在这里什么都不做,可真够他受的。"

第三十九章　成为朋友

不，我已经下定决心；我们彼此两清
我很高兴，发自内心的高兴，
因为我可以自由地离去

——得雷顿 ①

和桑顿夫人的谈话不欢而散后，玛格丽特把自己关在房间里。就像往常激动时习惯做的那样，她开始来回踱步；然后，她突然想到，在这所简易的房子里，每走一步，声音都会从一个房间传到另一个房间，于是，她又坐了下来，直到听见桑顿夫人稳稳地走出屋子。她强迫自己回忆了一遍她们之间的全部对话，一句一句地回忆。最后，她站起身，怏怏不乐地对自己说："不管怎样，她的话对我不起作用，伤不到我；她指责我有这样那样的动机，可我是清白的。不过，真是难以想象会有人——任何一个女人——竟然会这么轻易相信另外一个人的话，这真让人难过。我真的做错的地方，她倒是没有指责我——她还不知道。他没告诉她：我本该知道他是不会说的！"

她抬起头，好像对桑顿先生表现出来的体贴之情而感到骄傲。接着，一个新的想法掠过心头，她把两只手紧紧地握在一起。

"他也一定把可怜的弗雷德雷克当成我的爱人了。"（想到"爱人"这个词时，她一下子脸红了。）"我现在明白了。他不仅知道我说了谎，而且相信有个人喜欢我，我——哎呀！哎呀！我该怎么做？我这话什么意思？除了我在说不说实话这一点上会让他对我失去好感外，我为什么要在意他的想法？我说不清楚，但是我很痛苦。唉，过去

---

① 迈克尔·得雷顿（Michael Drayton, 1563—1631），英国诗人，引文出自他的十四行诗《既然缘分已尽，让我们接个吻，分别吧》(Since There's No Help, Come Let Us Kiss and Part)。

这一年是多么不幸啊！我从童年一下子进入了老年，我没有青春——没有少女时代，少女们的希冀已经离我远去——因为我永远不会结婚，我就期待着烦恼与忧伤，就好像我是个老女人，有着老女人一样的胆怯。我已经厌倦了命运不断要求我坚强起来。为了爸爸，我可以坚强起来，这是做女儿生来应尽的义务。我觉得我还可以坚强起来抵抗——至少我还有力量对桑顿夫人不公正、不中肯的怀疑感到愤恨。但是一想到他一定对我误解很深，还是让人不好受。今天到底发生了什么事，让我显得如此不正常？我不知道。我只知道我控制不住自己，好像随时会垮掉。不，我绝不可以，"她一下子跳起来，"我绝不——我绝不去想自己和自身的处境。我不该去探究自己的感情，现在已经于事无补了。将来某个时候，如果我能活到变成一个老妇人的话，我可能会坐在火炉旁，看着灰烬，看到我本来可能会拥有的那种生活。"

这时，她匆匆忙忙地穿上衣服，准备出门，尽管她很勇敢，眼泪还是在不停地掉，她会时不时停下来匆匆把眼泪抹掉。

"我敢说，有许多女人会像我这样犯下一个可悲的错误，但等发现时已经太晚了。我那天和他说话是多么高傲、多么无礼啊！可我那时竟然没有察觉。我也是之后渐渐意识到的，也不知道是从什么时候开始的。现在，我绝不后退。在痛苦地意识到这一切后，我可能很难再像以前那样对待他，不过我一定要冷静、沉默寡言。当然了，我可能也不会再见到他了，他显然想避开我们，没什么比这更糟糕的了。不过，当他相信了我的那件事之后，也难怪要避开我了。"

她出了门，疾步匆匆朝乡野走去，试着想用快速的步伐把这些想法抛在脑后。

等她回来时，刚走上台阶，她的父亲就迎了上来。

"好孩子！"他说，"你一定去了鲍彻夫人那里吧？我刚才也想去那里的，只是午餐前实在没时间。"

"不，爸爸，我没去，"玛格丽特涨红了脸说，"我想都没想到她。不过我吃完饭会直接过去，等你餐后小憩的时候我会过去。"

于是，吃完饭玛格丽特去了。鲍彻夫人病得很重，真的病了——不单单是有些不舒服。前几天来过的那位善良体贴的邻居似乎帮她承担了一些家务。有几个孩子去邻居家了，剩下的三个最小的孩子，玛丽·希金斯已经在吃午饭时把他们领回自己家去照顾了。那之后，尼古拉斯就去请医生了，但还没回来。鲍彻夫人奄奄一息，可他们除了等待，没其他办法。玛格丽特想，她倒是很想知道尼古拉斯的意见，而且眼前去找尼古拉斯父女是最好的办法。她或许还能打听到尼古拉斯是否在桑顿先生那里要到了工作。

她发现三个小孩子一点也不怕生，都缠着尼古拉斯，他正忙着把一枚硬币放在食具柜上旋转，逗他们开心。这时，他和小孩子一样，笑嘻嘻地看着硬币旋转了很长一段时间。玛格丽特觉得，他对眼前的事能这么感兴趣，而且乐此不疲，这是个好兆头。当那枚硬币停止旋转时，小约翰哭了起来。

"到这儿来。"玛格丽特说着把他从食具柜上抱下来，搂在怀里。她一边把自己的怀表放在他耳朵旁，一边问尼古拉斯是否见到了桑顿先生。

他的脸色马上变了。

"唉！"他说，"我见到他了，还听他说了不少。"

"那么，他拒绝你了？"玛格丽特伤心地说。

"当然了。我早就知道他会这么做。指望厂主们会放你一马，怎么可能？你对这里不是很了解，不太可能明白他们的行事作风，可我知道。"

"很抱歉我叫你去了。他很生气吗？他没有像汉普那样和你讲话吧，是不是？"

"他也没客气到哪去！"尼古拉斯说，他为了孩子们，也为了自己有个消遣，又转动了硬币，"你不要担心，我只是老样子罢了。明天我会继续出去溜达溜达。不过当时我也同样回敬了他。我告诉他：'我对他没什么好印象，不会再去第二次。'不过你劝我去，我还是很感激。"

"你说了是我叫你去的?"

"我不记得有没有提到你名字。我想应该没有。我说,有位非常明白事理的女士建议我来看看,他的心地是否还有善良的地方。"

"那么他……?"玛格丽特问。

"他说让我告诉你,别多管闲事——看!孩子们,这是到现在为止转的最长的一次——和他对我说的话相比,已经很客气了。不过没关系,我们还是和原来一样。我就算去路上砸石头,也不会让这些小家伙挨饿。"

玛格丽特把在怀里挣扎的小约翰放到他先前待的食具柜上。

"实在很抱歉,叫你到桑顿先生那里去。我对他真的很失望。"

这时,她身后传来轻微的声响。她和尼古拉斯同时转过身去,看到桑顿先生站在那里,一脸的惊讶和不快。顺着最快的反应,玛格丽特一句话也没说,就从他面前走出屋子去,只是深深鞠了一躬,以掩饰她突然泛白的脸色。他也深深鞠了一躬还礼,然后在她身后顺手关上了门。在她匆匆赶往鲍彻夫人那里去时,她听到了关门声,这声音让她感觉受到了莫大的伤害。发现她也在这里,让他觉得很烦恼。他内心也有温柔的一面——像希金斯所说的"宽厚的地方",但他自尊心太强,不肯轻易流露,总是郑重而妥善地把它隐藏起来,对于想要打动它的任何情形都加以提防。不过,如果他害怕把自己的温柔展现出来,那么他同时也希望所有人能认识到,他为人公正。他觉得一个人谦卑而耐心地等了他五小时,要和他谈话,而他竟然那么轻蔑地听他讲话,这很不公平。如果说这个人曾经抓住机会对他说过一些很无礼的话,桑顿先生觉得这不算什么。他反而因为这点更欣赏尼古拉斯,而且他知道自己当时脾气很暴躁,所以他们各不相让。让桑顿先生大为感动的是那五个小时的等待。他自己就抽不出五小时来,不过他倒是花了一两个小时——凭着敏锐的思维和辛苦的行动去收集证据,来证实希金斯所说的话是否可靠,他的性格怎样,以及生活状况如何。他竭力不去相信,但还是被希金斯的话给说服了。接着,这种信念仿佛通过某种符咒,打动了他内心潜在的温柔。这个人的耐心、单纯和慷慨的动机（因为他已经听说了鲍彻和希金斯之间争吵的事），让他完全把纯粹的主持公正的思维抛在脑后，一种更高尚的本能超越了它们。他是来告诉希金斯，他愿意给他工作；玛格丽特最后的那番话比她本身在这儿更让他恼火，因为这时他才明白，她就是敦促希金斯去找自己的那个女人。他很担心别人会觉得自己这么做的动机是因为她，可他这么做完全因为这是正当的。

"你之前说的就是那位小姐？"他气冲冲地对希金斯说，"你本来可以告诉我她是谁。"

"那样一来，您可能会把话说得客气一点。您有位母亲，当您说到女人是一切祸害的根源时，您的母亲也许会让您闭嘴。"

"这话你当然也告诉黑尔小姐了吧？"

"我当然告诉她了。至少，我记得我说过的。我还和她说不要再去干涉任何与你有关的事情。"

"这些孩子是谁的……你的？"根据桑顿先生之前的调查，他当然清楚这些孩子是谁的，不过他觉得直接把话从这个毫无希望的话题扯开有点尴尬。

"他们不是我的，但又是我的。"

"他们就是你早上对我说起的那些孩子吧？"

"您当时说，"希金斯回过身回答道，语气里带着明显的愤慨，"我说的话也许是真的，也许不是，但不怎么叫人相信。先生，我并没有忘记。"

桑顿先生沉默了一会儿，然后说："我也没忘记。我记得我说过的话。我用一种与我无关的口气讲到孩子，我当时不相信你说的话。要是有个人对我就像鲍彻对你那样，我是不可能去照顾那个人的孩子的。可现在，我知道你说的都是实话，我希望你能原谅我。"

希金斯并没有回过身去，也没马上给出回应。不过当他再次开口时，语气已经比较温和，尽管说的话还是相当难听。"您没必要去打听鲍彻和我之间的事。他已经死了，我很抱歉。就这样了。"

"的确是这样。你愿意到我那儿工作吗？我来就是为了问你这件事。"

希金斯固执的脾气动摇了,但又马上恢复了力量,变得很坚定。他不想回答,桑顿先生也不会再问。希金斯的目光落在孩子们身上。"您之前说我鲁莽无礼,说我是个骗子、是个挑拨是非的人。您说得也许有点对,因为我偶尔喜欢喝喝酒。我曾经叫您暴君,说您是一条老斗牛狗,是个冷酷无情的厂主,事实就是这样。但为了孩子们,先生,您认为我们可以相处下去吗?"

"那好!"桑顿先生带着笑容说,"我们要相处下去,这可不是我的提议。但根据你说的,至少有件事可以让人欣慰。咱俩谁都不会把对方想得比现在更糟糕了。"

"没错,"希金斯沉思着说,"自从我见到您以后,我就在想,我没有被您雇用是件多么幸运的事情,因为我从没见过一个比您更让我受不了的人。不过这也许是一个草率的判断,对我来说,工作就是工作。所以,先生,我会来的。而且,我要感谢你。这是我提出的第一笔交易。"他突然转过身去,第一次完全面对着桑顿先生,很坦率地说。

"这也是我提出的一笔交易。"桑顿先生说着用力地握了一下希金斯的手,"现在,你听好了,要准时来上班,"他用一种厂主的口吻继续说,"我绝不容许我的厂里有人偷懒。我们严格执行罚款制度,如果我一旦发现你在煽动闹事,那你就得马上走人。所以,你现在大概能明白你的处境了吧?"

"您今天早上说过我挺聪明。我想我可以把自己的聪明也带去工作,或者是您宁愿我没头没脑?"

"如果你用它来干预厂里的事,我宁愿你没脑子。如果你能管理好自己,那就带来。"

"那我可要花好大力气去思考,我自己的事何时结束,您的事从何开始。"

"你的事还没开始,我的事也停滞不前。所以就这样,再见吧。"

就在桑顿先生快走到鲍彻夫人的门前时,玛格丽特正好从里面出来。她没看到他，所以他跟在她身后走了一小段路，欣赏着她轻快从容的步伐和高挑优雅的身姿。可是，突然间，这种朴实快乐的情绪就被嫉妒的心理破坏了。他希望赶上她，和她说说话，看看她对他的反应如何，因为现在她一定知道，他已经得知了她另外有一个情人的事。他还希望（不过他对这个希望相当羞愧）她知道，她敦促希金斯去找他要工作的做法是明智的，他已经为自己先前做出的决定而感到后悔。他快步走到她身边，她吃了一惊。

"请允许我这么说，黑尔小姐，您刚才表达失望之情还为时过早，我已经要希金斯来工作了。"

"您能这样做，我很开心。"她冷冷地说。

"他告诉我，他已经把我今天早上说的话全部都和你说了，就是关于……"桑顿先生犹豫了。

玛格丽特接口道："就是让女人不要多管闲事。您完全有权利说出您的想法，而且正确得很，我一点都不怀疑。不过，"她稍微有点急切地说了下去，"希金斯并没有把所有的实话都告诉您。"她说到"实话"这个词的时候，便想到了自己说的谎话，于是突然打住了，感到非常不自在。

桑顿先生一开始对她的沉默感到迷惑不解。随后，他想起来她说过的那个谎以及之前发生的一切。"实话！"他说，"没有几个人能一直讲实话。我已经放弃一直听到实话的愿望了。黑尔小姐，您就没有什么事需要向我解释的吗？您肯定看出了我也会情不自禁地有想法。"

玛格丽特默不作声。她在思考是否有一种解释，能不和自己对弗雷德雷克的忠诚相矛盾。

"算了，"他说，"我不再问了。我可能是在诱使您做不想做的事。现在，请相信我，我会替您保守秘密。但请允许我说，您是在冒很大的风险，这样不够谨慎。我现在是以您父亲朋友的身份在和您讲话。哪怕我之前有过任何其他的想法或者希望，现在也都结束了。我现在已经完全释怀了。"

"这我知道，"玛格丽特说，她迫使自己用一种冷漠、不以为然的态度说话,"我知道您肯定对我有看法,但这秘密不是关于我自己的。我做不到既向你解释、又不伤害他。"

"我一点也不想去打听那位先生的秘密,"他越说越愤怒,"我对您的关心——只是出于一种朋友的关心。您可能不相信我,黑尔小姐,但事实就是这样——虽然有一段时间,我恐怕让您很为难——可那已经完完全全地过去了,都结束了。您相信我的话吗,黑尔小姐?"

"相信。"玛格丽特平静而感伤地说。

"那么,说真的。我们没有理由再一起走下去了。我本来以为您也许会有什么话要说,可现在我觉得我们对彼此来说都不算什么。请您相信,我那盲目的热情已经完全消退了,希望您下午过得愉快。"说完他就匆匆地走了。

"他这话什么意思?"玛格丽特想,"他这么说是什么意思?好像我明知他不会喜欢我,却一直在想他喜欢着我。他母亲一定对他说了不少关于我的坏话。不过我不会在意他。我完全能够管住自己,控制住这种莫名其妙的、痛苦热烈的感情。这种感情甚至诱使我背叛亲爱的弗雷德雷克,只是为了重新获得他的好感。这个人特地来告诉我,我对他不算什么,而我却想得到他的好感。来吧,可怜的内心!振作一点,勇敢一点。如果别人把我们抛弃,让我们变得孤单,我们两个至少可以相互依赖。"

这天下午,他的父亲差点被她的欢快情绪给吓了一跳。她不停地说话,兴致前所未有地高涨。虽然她说的话里带着一丝尖酸刻薄的意味,而且她讲起从前哈利街的那伙人时用了挖苦的口气,他父亲也不忍心像往常那样制止她——因为他很高兴看到她摆脱了烦恼。那天晚上,她下楼去和玛丽·希金斯说话。等她上楼来时,黑尔先生仿佛看到她脸上有些泪痕。但这是不可能的,因为她带来了好消息——希金斯在桑顿先生的工厂里找到工作了。她的情绪变得萎靡不振,她发现已经很难再继续那样说话,尤其是用先前那种热切的方式。有好几天,她的情绪莫名其妙地变幻不定,她父亲开始为她担心。就在这时,传来了一两个好消息,他父亲希望这会改变她的生活状态。黑尔先生收到了贝尔先生的一封来信,他在信中主动提出要来看望他们。黑尔先生想到他的牛津老友来访,会给玛格丽特的思想——就如同给自己的思想一样——带来一种转变。玛格丽特竭力想对父亲感到高兴的事感兴趣,可她一点都打不起精神,根本不在意什么贝尔先生,哪怕他为她当过二十次教父。更使她振奋的倒是伊迪丝的一封信,信里满是对姨妈去世的同情。她在信中还详细地描绘了她自己、丈夫和孩子的情况,最后又说,由于婴儿不太适应那里的气候,而且肖夫人一直想要要回英国,她觉得伦诺克斯上尉很有可能会退役[1],那样他们就可以重新住在哈利街的老房子了。不过,如果玛格丽特不在的话,就会显得不太美满。玛格丽特很怀念那所老房子,以及过去那种井井有条、平静单调的生活。她知道那种生活有时也会让人感到厌倦,但开始新生活后,她一再遭受打击,最近的这次内心斗争更是让她精疲力竭,所以她觉得就算是在那里待着不动,也是一种休息和恢复精力的方法。因此,她开始期待等伦诺克斯夫妇回国后,就去拜访他们一次,待的时间长一点,把这点当作希望——不,而是当作消遣,她可以在这种期待中重新获得控制自己的力量。在她看来,眼下所有问题似乎都会牵扯到桑顿先生身上,好像她怎么努力也忘不掉他。如果她去希金斯家,就会在那儿听到他们谈论他。她的父亲又开始和他一起阅读作品,所以不断地引用他的意见和想法。就连贝尔先生的来访也跟他分不开——他是贝尔先生的租户。贝尔先生写信来说,自己肯定要和桑顿先生在一起度过大部分时间,因为他们正在草拟一份新的租约,必须商定其中的条款。

---

[1] 原文为"sell out",指售出自己的军职而退伍。

第四十章　不和谐的音调

> 我无过错，也无权利，
> 于我无所取，于我无所有，
> 悲伤竟及，不能所已：
> 他人也许喜乐
> 让我更显悲伤
>
> ——怀特[①]

玛格丽特并没指望贝尔先生的到访会给她带来多少乐趣——她只是为了她父亲才表现出很期待的样子，可等她的教父到来之后，她马上就像是对待世界上最亲密的朋友一样极为自然地热情款待了他。他说她是他心目中的完美姑娘，可是她能这样也不是单靠她自己，是她身上那种遗传的力量，让她一进来就赢得了他的好感。她则赞美他虽然穿戴着大学评议员的帽子和衣服，却显得格外年轻和精神，以此来回应他的夸奖。

"我是说像朝气蓬勃的年轻人一样亲切、热情。可我恐怕不得不说，您的观点是这么长时间以来我所遇到的最保守、最古板的了。"

"听听你女儿怎么说的，黑尔。她在米尔顿学坏了。她现在成了一个民主主义者、红色的共和党人、和平协会成员、社会主义者……"

"爸爸，这完全是因为我支持商业的发展。贝尔先生大概希望它停滞不前，宁愿用野兽皮去换橡子。"

"不不。我会挖地去种土豆。我还要修剪野兽皮，用羊毛织成宽

[①] 托马斯·怀特（Thomas Wyatt, 1503—1542），英国诗人，引文出自他的诗歌《亲爱的，你给予我的答复》(Th'answere that yemadeto me, my dere)。

大的布料呢。不要太夸张了，女士。不过我已经厌倦了这种忙乱。每个人都争先恐后，一心只想快点发财致富。"

"并不是每个人都能舒舒服服地坐在一套大学的房子里，自己不用出力就可以增加财富。如果这儿的人不用怎么操心生活，他们的财产就可以像你这样增长的话，他们肯定会感激不尽的，这点毫无疑问。"黑尔先生说。

"我可不相信他们会感激。他们喜欢的就是忙碌和挣扎的生活。至于坐在椅子上，研究过去，以史为鉴，或者是以一种预言家的精神忠实地工作，描绘未来——哈！我就不相信米尔顿能有一个人知道怎么安静地坐着，这可是一门了不起的艺术。"

"我猜想，米尔顿的人可能会觉得牛津人不知道怎么行动。要是这两种人能结合一下，倒是件很好的事。"

"那可能对米尔顿人有帮助。许多事情对他们来说可能是很好的，对其他地方的人来说则可能是很不愉快的。"

"您自己难道不是米尔顿人吗？"玛格丽特问，"我本来还以为您会为自己的家乡感到骄傲。"

"我得承认，我看不出这地方有什么可骄傲的。如果你到牛津来，玛格丽特，我可以领你去看看一个真正值得夸耀的地方。"

"好了！"黑尔先生说，"桑顿先生今天晚上要来和我们一起喝茶。他对米尔顿很自豪，就像你对牛津那样。你们俩都得想办法试着让彼此的思想更开放一点。"

"谢谢，我可不想让自己的思想变得更开放了。"贝尔先生说。

"桑顿先生要来喝茶吗，爸爸？"玛格丽特低声地问道。

"可能来喝茶，也可能稍微晚点来。他说不确定，叫我们不用等他。"

桑顿先生决定不去问她母亲，她去和玛格丽特交流关于行为不检点的谈话究竟到了什么地步。他相当肯定，如果他去问了，他母亲对事情的说法只会让他感到心烦意乱、懊悔不已，尽管他始终清楚这件事从她的嘴里说出来肯定会带有夸大的成分。他有点逃避，害怕听别人提到玛格丽特这个名字。尽管他责怪她,尽管他嫉妒她,尽管他断绝了与她的关系——但他还是情不自禁地深爱着她。他曾梦见过她,梦到她张开双臂,蹦蹦跳跳地向他走来,步调优雅,神情欢快,尽管梦境诱人,他还是厌恶她。然而对玛格丽特这种形象的感觉——已经彻底抽去了玛格丽特的性格特点,就像被某种邪恶的灵魂支配着她的身体——深深地烙在了他的脑海里,因此当他醒来时,他觉得自己无法分辨尤纳和杜萨①了。他对后者的厌恶,已经蒙蔽和损害了前者的形象。但是,他自尊心太强,不肯承认故意避而不见是因为自己的弱点。他既不会创造一个和她待在一起的机会,也不会因为机会来了而避开。为了让他自己相信自己的自控能力,那天下午他慢吞吞地处理着每一件生意上的事务,每一个动作都变得缓慢而审慎,显得极不自然,因此当他到黑尔先生家时,已经八点多了。接着,他还要在书房里和贝尔先生商议一些生意上的事,贝尔先生就一直坐在火炉旁,谈完之后还懒散地闲聊了好久,其实那会儿他们本可以上楼去。可是桑顿先生不愿意再向贝尔先生提出挪一下地方。他越来越烦躁,觉得贝尔先生非常啰唆无趣;同时,贝尔先生也暗暗地回敬了一下,他认为桑顿先生是他见过的最粗俗无礼的家伙,无论是智力水平还是行为举止,都很糟糕。后来,楼上的房间里传来了一阵轻微的声音,暗示他们上楼再合适不过了。他们看到玛格丽特的面前摊开放着一封信,她正和父亲热烈地讨论信中的内容。他们进来时,那封信就马上被收到了一边。不过桑顿先生灵敏的耳朵还是听到了黑尔先生对贝尔先生说的几句话。

"亨利·伦诺克斯来了一封信,这让玛格丽特充满了希望。"

贝尔先生点点头。当桑顿先生看着玛格丽特时,她的脸红得像朵玫瑰。那一瞬间,他真想站起身,走出房去,从此再也不踏进这个房子。

---

① 尤纳是英国诗人埃德蒙·斯宾塞的《仙后》(The Faerie Queene)第一卷中一个纯洁的少女,代表真正的宗教,而杜萨则是一个女巫,是谎言的女儿,代表罗马天主教教会。有一次,杜萨变成了尤纳的模样,欺骗了红十字骑士,让他不再相信心爱的尤纳,不过最后杜萨的谎言被揭穿。

"我们刚刚在想,"黑尔先生说,"你和桑顿先生大概都接受了玛格丽特的建议,所以你们才会在书房待了那么久,彼此都想让对方改变看法。"

"你以为我们俩之间会像基尔肯尼猫的尾巴①那样,只剩下一种意见,其他什么都不剩?那么请问,你觉得谁的意见更经得起考验?"

桑顿先生不知道他们在说什么,也不屑去问。黑尔先生很有礼貌地告诉了他。

"桑顿先生,今天上午我们还在指责贝尔先生,说他和中古时代的牛津人一样,对自己的家乡有一些固执的看法。我们——我想玛格丽特也是这样想的——建议他多和米尔顿的厂主们来往,这或许对他有好处。"

"恕我失礼。玛格丽特是觉得,和牛津人多些来往会对米尔顿的厂主们有好处。是不是,玛格丽特?"

"我想我是认为,稍微多了解一下对方,对双方都会有好处——这不只是我的想法,也是爸爸的想法。"

"所以,你看,桑顿先生,我们在楼下的时候就应该互相调和一下观点,而不是一直谈论史密斯和哈里森这类已经不存在的家族。但现在,我还是要尽自己的本分。我很好奇你们米尔顿人什么时候打算开始真正生活?你们的一生似乎都在为生活奔波。"

"我想你说的生活,是指享受吧?"

"是的,就是享受——我并不具体说是什么,是因为我深信,我们俩都会认同单纯的玩乐是很低劣的享受。"

"我倒是宁愿定义一下享受的本质。"

"哈!享受闲暇——享受金钱给予的权力和其他影响。你们都在为赚钱而奋斗。那么你们要钱干什么呢?"

桑顿先生沉默了一下,然后说道:"其实我也不知道。不过我所

---

① 基尔肯尼猫的尾巴(The Kilkenny cat's tail),出自爱尔兰童话,讲述两只基尔肯尼猫互相打斗,结果只剩下了尾巴和爪子。基尔肯尼是爱尔兰东南部的一处城市。

追求的不是金钱。"

"那是什么？"

"这真是个要命的问题。我倒是真的应该接受这样严格的盘问，不过我不确定自己是否已经做好了准备。"

"不要这么讲！"黑尔先生说，"在提问的时候我们不能针对个人。在你们的阶层中，你们两个都不具有代表性，你们都太独特了。"

"我不知道是不是应该把你的话当作赞扬。牛津有着优美的风景、深厚的学问，还有而令人骄傲的古老历史，我倒乐意成为它的代表。你觉得如何，玛格丽特，我应该感到荣幸吗？"

"我不了解牛津。不过作为一个城市的代表和作为其居民的代表，这两者之间是有区别的。"

"你说得很对，玛格丽特小姐。现在我想起来了，你今天早上不是站在我这边的，你比较喜欢米尔顿人和制造业。"玛格丽特看到桑顿先生用非常惊讶的目光快速地向她这里瞥了一眼，而且对于他听到贝尔先生这番话后会有什么反应，感到很烦恼。贝尔先生接着往下说："啊！我希望能带你们去看看我们的大街——我们的拉德克利夫广场。我就不提我们的大学了，就像我允许桑顿先生讲到米尔顿的魅力时，不提他的工厂一样。我有权对我的出生地说些不好听的话。请记住，我是米尔顿人。"

对贝尔先生说的话，桑顿先生本不会感到这么生气。只是他当时没心情开玩笑。若在其他时候，他可能会很欣赏贝尔先生对一座与自己养成的种种习惯格格不入的城市做出某些急躁的批评。但现在，他相当气愤，试图对贝尔先生并没有打算认真谴责的东西进行辩护。

"我并不把米尔顿看成是一座模范城市。"

"在建筑方面也不是吧？"贝尔先生狡黠地问道。

"不是！我们都太忙了，无暇单单顾及外表。"

"别说单单顾及外表，"黑尔先生平和地说，"从童年起——在我们生活的每一天——外表都给我们留下了深刻的印象。"

"等一下，"桑顿先生说，"请记住，我们和希腊人不是同一个种族，对他们来说，美就是一切，或许贝尔先生可以理解他们悠闲、宁静地享受生活，这种生活绝大部分是通过他们外在的感官进入的。我并没有看不起他们的意思，就像我不想模仿他们一样。但我们是日耳曼后裔，英格兰这一带不大和其他种族混在一起。我们保留了他们大部分的语言，传承了更多的精神。我们并不把生活看作享乐，而是看作行动和努力。我们的荣耀和美丽都源自内在的坚强品质，这种力量曾让我们克服了物质上的阻力，还战胜了更大的困难。我们是以另一种生活方式生活在达克郡的日耳曼人。我们讨厌别人从远处为我们制定法律。我们希望别人可以让我们自己治理自己，而不是不停地用他们不完善的法律来干涉我们。我们坚持自治，反对中央集权。"

"简而言之，你是希望回到七国时代①。不管怎样，我收回早上说的话——说你们米尔顿人不尊重过去。其实你们是雷神②真正的崇拜者。"

"如果我们不像你们牛津人那样尊重历史，那是因为我们想要关注那些可以更直接地运用于当下的东西。研究过去要是能预言未来，这很好。可对于在新环境中摸索的人来说，如果经验之谈可以指引我们在处理与自己关系最密切、最直接的事情上该如何行动，那就更好了。这类事情中充满了无法避开的困难，而我们的未来也就取决于我们如何面对、克服那些困难——而不仅仅是把困难暂时摆在一旁。从过去的智慧中得到帮助，使我们能战胜困难直到现在。但是绝非如此！人们在说到乌托邦时，要比谈到第二天的任务容易得多，然而等到别人完成了那项任务时，他们又会马上说：'唉，真丢脸！'"

"我一直听不懂你们在说些什么。你们米尔顿人肯屈尊把现在的困难交给牛津人解决吗？你们还没让我们试过呢。"

听到这话，桑顿先生大笑起来。"感觉我刚刚是在谈一宗好交易，

---

① 七国时代（Heptarchy），又称七大王国，指从5世纪到9世纪，居住在英格兰的盎格鲁-撒克逊部落的非正式联盟，由肯特、萨塞克斯（南撒克逊）、威塞克斯（西撒克逊）、埃塞克斯（东撒克逊）、诺森布里亚、东盎格利亚和麦西亚七个小王国组成。

② 雷神（Thor），雷神索尔，北欧神话中负责掌管战争与农业的神，其职责是保护诸神国度的安全与在人间巡视农作，力量巨大。

它最近一直困扰着我们。我想到了我们经历过的那几次罢工,这是非常麻烦的事,还让我们蒙受了损失。不过最近的这次罢工,虽然让我吃了苦头,却还是很体面。"

"一场体面的罢工?"贝尔先生说,"这话听起来就好像你对雷神已经崇拜至极了。"

玛格丽特感觉到(并非看到),桑顿先生对于这样一再把他认为是严肃认真的事变成笑谈的行为,感到十分恼火。眼下这个话题,一方心不在焉,一方却深感兴趣,因为这和个人密切相关。玛格丽特想改变下这个局面,于是勉强说了句:"伊迪丝说,她发现科孚的印花布比伦敦的更好看,而且更便宜。"

"她是这么说的吗?"她父亲说,"我想伊迪丝肯定又夸张了。你肯定她是这么说的吗,玛格丽特?"

"我肯定她是这么说的,爸爸。"

"我相信这就是事实,"贝尔先生说,"玛格丽特,我非常相信你是个诚实的人,你的诚实甚至可以延伸到你表妹的性格上。所以我不相信你的这位表妹会夸大其词。"

"黑尔小姐这么诚实可信?"桑顿先生尖刻地说。话一出口,他就恨不得把自己的舌头咬掉。他是怎么了?他为什么要用她的耻辱去刺痛她呢?今天晚上他是表现得多么恶劣啊!他心情不好,一是因为耽搁了那么久而没能见到她,二是因别人提到了一个名字而恼怒,他以为就是那个胜利的情人的名字。现在,他又恼羞成怒,因为他没能放松地去应对一个想通过轻松随意的谈话让这一晚变得快乐的人——这位是在场所有人亲切的老朋友。桑顿先生和他认识这么多年,本应早已知道他的为人了。最糟糕的是,他竟然还和玛格丽特这样讲话!以往当他的粗鲁无礼或者坏脾气惹恼她时,她就会起身离开房间,但是这次她并没有这么做。在最初一瞬间,她眼睛里流露出了悲伤和惊讶,接下去她便一动不动地坐着,让她的眼神看上去像是一个遭受了意外挫折的孩子:她的两只眼睛慢慢张大,显露出伤感、责备、黯淡的神色,随后双眼低垂了下去,全神贯注于自己的针线活,再也没有说话。但他情不自禁要去看她。他看到一声叹息震颤着掠过她的身体,仿佛她在异常寒冷的情况下哆嗦了一下。他此刻的心情就好像那位母亲在"摇晃和责骂孩子"时,还没等看到她孩子用缓慢又信赖的微笑(那微笑表示对母爱的绝对信任)表明孩子还爱她之前,她就被叫走了似的。他简短而迅速地回答着别人的话,内心焦躁,甚至分辨不出对方是玩笑还是真话,只是一心急着想得到她的一次顾盼、一句回应,然后他可以谦恭懊悔地上前表示歉意。可是她既不看他也不说话,圆润、纤细的手指在缝纫活上快速而平稳地一下一下,好像那就是她生活中的最重要的事似的。他暗想,她肯定没把他放在心上,要不然他那热烈的愿望一定会迫使她抬起双眼来——哪怕只是片刻——看到他眼里流露出的后悔神情。在离开以前,他本来可以借着一个明显是粗鲁的举动去博得她的注意,把折磨着他内心的这份悔恨告诉她。但一次长时间的户外散步结束了这个夜晚,这倒也好,这让他清醒了过来,做出了郑重的决定:从今往后,他要尽可能少见她——因为他一看到她那张脸和那个模样,一听到那个嗓音(像清亮的曲调低声吟唱),就会十分激动,失去了往日的镇静。唉!他可算是知道恋爱是怎么一回事了——一阵剧烈的痛苦,一段强烈的煎熬,而他是在烈火中拼命挣扎!不过他将从这个熔炉中挣脱出来,步入冷静的中年时期——因为经历过了这种猛烈的激情而变得更加成熟、更加明事理。

等他有点唐突地离开那个房间以后,玛格丽特才从座位上站起来,悄悄地收起针线活。那些缝了又缝的地方很重,对她疲乏无力的胳膊来说更有一种不同寻常的重量。她脸上匀称的轮廓线条被拉长拉直,看上去像一个辛苦了一天的人。在这三个人准备睡觉以前,贝尔先生咕哝着稍微说了几句责备桑顿先生的话。"我从来没见过这么一个被成功宠坏了的人。他一句话也受不了,一句玩笑话也受不起。好像一切都触痛了他高贵的尊严。以前的他,和白天一样朴实、高尚,你似乎没法让他恼怒,因为他并不自负。"

"他现在也不自负,"玛格丽特从桌旁转过身来,用一种平静而确信的口吻说,"今天晚上他有点失常。肯定是来之前有什么事惹恼了他。"

贝尔先生透过眼镜尖锐地瞥了她一眼,她十分冷静地站着。不过在她离开房间后,贝尔先生突然问道:"黑尔!你有没有想过,桑顿先生和你女儿之间有一种法国人所谓的'温情'①呢?"

"怎么会有!"黑尔先生说,他起先是吃了一惊,后来又被这个新想法弄得很慌乱,"不,我想你肯定错了。我几乎可以确定是你搞错了。如果真有什么,也全是桑顿先生一厢情愿。可怜的人哪!我希望并深信他不会对她有意思的,因为我敢肯定我的女儿不会接受他。"

"唉!我是个单身汉,一生都和恋爱没有关系,所以我在这方面的意见也许不值一提,要不然的话我会说她有不少微妙的征兆。"

"那我想一定是你弄错了,"黑尔先生说,"他可能喜欢她,虽然有时候她对他比较无礼。可是我女儿,怎么可能!玛格丽特绝不会对他有意思!她脑子里从来没有这方面想法!"

"只要心里有就成了。不过我也只是想说一种可能的情况,恐怕是我错了。不管我是对是错,我现在想睡觉了。这么说来,我用这些自己不合时宜的猜想打搅了你今晚的休息(这一点我看得出)之后,我自己倒是要安安稳稳地去睡觉啦。"

可黑尔先生不会让这样一个荒谬的念头打乱自己的休息,于是他清醒地躺在床上,决定不去想这件事。

第二天,贝尔先生就告辞了,告诉玛格丽特把他当作一个在自己遇到困难——不管是什么困难——的时候可以帮助和保护她的人。他还对黑尔先生说:"我实在是太喜欢你这个玛格丽特了。好好照顾她,她可是个宝贝——实在是太好了,不适合待在米尔顿——事实上,只适合牛津,我是说牛津城,而不是牛津人。我找不出可以配得上她的人,等我哪天找到了,我就把那个年轻的男子领到这里来,就像《一千零一夜》里那个精灵把卡拉尔梅攒王子带到白都伦公主那里让

---

① 原文为 tendresse,有温柔的情感、爱情之意。

他们结为夫妻一样。"

"我请你别这么做,记住接下来发生的那些不幸。况且,我也少不了玛格丽特。"

"对,仔细一想,等我们俩成了难伺候的老病人的时候,她还得照顾我们十年呢。说正经的,黑尔!我希望你们能离开米尔顿,这是最不适合你的地方,尽管当初是我推荐给你的。如果你愿意,我就打消我那些疑虑,接下大学里的一个圣职。你和玛格丽特就过来,住在牧师公馆里——你就当一个在俗的副牧师,接收我手中的下层教徒。她白天就做我们的女管家——乡村中慷慨的女施主①,晚上就读书给我们听。这样一种生活我肯定过得很快乐。你觉得怎么样?"

"决不!"黑尔先生斩钉截铁地说,"我已经做了一次重大改变,并且付出了惨痛的代价。我就待在这里了却余生吧。我将来就埋葬于此,湮没在大众之间。"

"我还没有放弃我的打算,只不过眼下我不再用它来和你开玩笑了。'珍珠'②在哪里?来,玛格丽特,亲我一下,就此告别。好孩子,记住,你到哪里都可以找到一位竭尽全力帮助你的朋友。你也是我的孩子,玛格丽特。记住这一点,愿上帝保佑你。"

就这样,他们又回到了往后要过的那种单调平静的生活,不再有病人需要他们怀抱希望或担心害怕,就连希金斯家——这么长时间来一直深切关注的对象——似乎也退到了一边,似乎没有立即考虑的需要了。鲍彻的孩子们成了失去父亲的孤儿后,玛格丽特力所能及地去照料他们,她不时去看看负责照看他们的玛丽·希金斯。这两家现在住在一个房子里:大一点的孩子们在一所简陋的学校里上学,小一点的孩子们在玛丽出去工作的时候,就由那位好心的邻居照看。鲍彻去世的时候,这位好心的邻居曾给玛格丽特留下了好印象。当然,这位邻居的辛苦是有报酬的。说真的,在为这些失去父母的孩子制定小

---

① 慷慨的女施主(Lady Bountiful),意味乐善好施的女慈善家,出自英国剧作家乔治·法夸尔(George Farquhar, 1678—1707)的喜剧《完美计谋》(The Beaux' Stratagem)中一人物名。
② 指玛格丽特。Maragret 这个名字来源于希腊文中的"珍珠"一词,所以这么说。

计划和做出安排时，尼古拉斯表现出了清晰的判断力和理性的思维方式，这和他先前古怪过激的行为大相径庭。他朝九晚五认真地工作着，所以玛格丽特在这个冬天的几个月里不常见到他；可当她见到他时，他不太愿意提起自己这么热心而全面地照顾这些孩子。他也不大肯讲桑顿先生的好话。"说实在的，"他说，"他真的让我捉摸不透。他是双重人格。一个是我早有耳闻的实实在在的厂主；另一个是没有一点厂主味的人。这两种人格怎么会结合在一个身体里，我想不明白。不过这也难不倒我。眼下，他常常到这儿来，正是这样我才认出他的另一面，而不是厂主的那一面。我想他对我的吃惊程度并不亚于我对他的吃惊，因为他总是坐下来细细听着，眼睛盯着我看，仿佛我是在某个地方被刚刚逮到的怪兽似的。但我并没有被他吓倒。他知道在我家里要想吓倒我，可不是件容易事。我还告诉了他我的某些想法，我觉得他要是年纪再轻点，也许会更容易听得进去。"

"他没有回答你的话吗？"黑尔先生问。

"那我可不会光说他的好话，尽管我挺荣幸改变了他不少。有时候，他说一两句粗鲁的话，一开始觉得不太中听，可你细细一嚼，却会奇怪地发现竟有点道理。我想，为了这些孩子的教育问题，他今天晚上要来一趟。他对现在的状况很不满意，想要来检查下。"

"他们在哪方面……"黑尔先生刚要开口说话，玛格丽特就碰碰他的手臂，给他看了看她的手表。

"已经快七点了，"她说，"现在夜晚越来越长了。走吧，爸爸。"等他们走出那个屋子一段距离后，她才松了一口气。当她渐渐地平静了一些之后，她真希望方才没有走的那么急；因为不知怎么的，他们现在很难和桑顿先生碰一面，现在他可能要来希金斯家，出于从前的情谊，她倒是愿意见见他。

是啊！他难得到这里来，即使是为了那些单调、冷冰冰的课程。黑尔先生因为他这个学生对希腊文学失去热忱而感到很失望。就在前不久，他还兴趣浓厚。现在，常常是到了最后一刻，桑顿先生会派人送来一张便条，说他抽不开身，晚上不能和黑尔先生一起读书了。尽管其他的学生让黑尔先生花的时间更多，但在他心目中，没人可以和他的这第一位的学生相比。他们曾经的交流对黑尔先生来说很宝贵，现在这种中断的状态让他感到沮丧和伤心。他常常坐在那儿，默默地思考着造成这一变化可能的原因。

有天晚上，玛格丽特正坐在那儿做针线活。他突然抛出的问题把玛格丽特吓了一跳："玛格丽特，你有没有觉得桑顿先生曾经喜欢过你？"

他问这句话时，几乎满脸通红，不过贝尔先生那个遭到他嘲笑的想法又浮现在他脑海中，所以在不清楚自己要说什么之前，就已经问出口了。

玛格丽特没有马上回答，但从她低着头的样子，他能猜出来回答是什么。

"是的，我想……啊，爸爸，其实我早该告诉您了。"说完，她放下针线活，两手捂住了脸。

"不用这样，亲爱的，不要觉得我这是不礼貌的好奇心。我相信，如果你觉得可以回应他这种感情，你肯定会告诉我。他向你提起过这件事吗？"

一开始玛格丽特没有回答，过了一会儿，她才轻轻地、不情愿地说了一个"是"。

"你拒绝他了吗？"

玛格丽特长叹一声，用一种更加无可奈何、无助的语调说了声"是"。他父亲还没来得及说什么，玛格丽特就抬起了因羞涩而通红的脸庞，双眼凝视着父亲说："爸爸，现在我已经告诉你了，不能再多说什么了。整件事情让我感到很痛苦，关于它的每一句话、每一个动作都是一种难以言喻的痛苦，我不忍心再去回想。啊，爸爸，我很抱歉让你失去了这个朋友，可我也没办法——但是，我真的很抱歉。"她坐在地上，把头伏在他的膝盖上。

"我也很抱歉，亲爱的孩子。贝尔先生说出这个想法的时候，我也很吃惊……"

"贝尔先生！啊！贝尔先生看出来了吗？"

"看出来了一点，不过他竟然想到了你——我该怎么说呢？想到你对桑顿先生也不是一点好感都没有。我当时就知道这绝不可能。我希望整件事只是一个想象。我太了解你的真实感受了，觉得你不会那么喜欢桑顿先生。我感到挺可惜。"

他们沉默了几分钟。随后，当他爱抚她的脸颊时，惊奇地发现她的脸上都是泪水。他一碰到她，她就站了起来，故作坚强地笑了笑，谈起了伦诺克斯夫妇，非常热切地想改变一下话题。就这样，心肠太软的黑尔先生也无法强迫她继续讨论原先那个话题了。

"明天——不错，明天他们就要回到哈利街去了。唉，那里会是多么陌生啊！我不知道他们会把哪间房子改作婴儿房，肖姨妈看到孩子肯定会很开心。想想看，伊迪丝竟然当妈妈了！还有伦诺克斯上尉——他退役后，我不知道他有什么打算！"

"我来告诉你该怎么办！"父亲说，他急切地想让女儿对这个新话题感兴趣，"我想我一定要让你放两星期的假，好去城里看看那些刚回来的人。你可以和亨利·伦诺克斯先生聊上半小时，多了解一下弗雷德雷克胜诉的机会，这可比他写十几封信强得多。因此，其实这是办正经事和玩乐两不误。"

"不，爸爸，我不能离开你。再说，我也不愿意让你离开我。"她停了一会儿，又接着说道，"我对弗雷德雷克的事一天比一天失望，他是在慢慢地让我们不抱希望。不过我看得出来，连伦诺克斯先生本人也没希望把那些时隔多年的证人找出来，根本就没有，"她说，"这个气泡很美好，我们心里也非常珍爱它，可它像其他气泡一样，已经爆裂了。我们一定要安慰自己，弗雷德雷克眼下过得很幸福，我们彼此都牢牢地记挂着对方。所以不要伤我的心，说你可以离开我。爸爸，我告诉你，这绝不成！"

不过，改变环境的想法却在玛格丽特的心里生了根，发了芽，尽管不是他父亲最初提出来的那样。她开始考虑，如果这样做，对父亲来说是多么有利，因为他本来就多愁善感，现在常常感到沮丧，尽管他从不曾抱怨，妻子的生病和离世已严重影响了他的健康。他每天经常花几小时和学生们一块儿读书，但只有输出，没有吸收，不再像以前和桑顿先生读书时那样，把他们称作伙伴了。玛格丽特知道缺少这种伙伴关系给他带来了多少痛苦，但他自己没有意识到。他缺少与别人之间的交往。在赫尔斯通，他常常有机会和临近地方的牧师互相拜访。穷雇工们在地里干完活，悠闲地溜达回家或者在树林里照看牲口时，他可以和他们自由地聊聊天，或是听他们讲话。可是在米尔顿，所有人都很忙，没人有时间静下心来谈谈，或者交流一下自己成熟的想法。他们满嘴说的都是眼前实际的生意。等这些日常事务忙完以后，他们便开始休息，直到第二天。工人们干完一天的活后，也是互不相见，都按照自己的性格去听一次演讲、去一家俱乐部消遣，或是去酒馆喝杯啤酒。黑尔先生想去某个学校、机构里做一个演讲课程，不过他考虑到这么做，完全是出于自己的本分，对这项工作和工作的目的其实没有多少好感和动力。因此玛格丽特肯定，除非他对这件事真的产生兴趣，否则是没法做好的。

第四十一章 旅程的终点

> 我看到了自己的路,如同鸟儿见到了它们无迹的飞程,
> 我将到达,不问何时,不问何路,
> 除非上帝降下冰雪雨雹,
> 耀眼的流星或是令人窒息的大雪,
> 终有某时——在上帝的吉时——我将到达。
> 他指引着我,还有飞鸟。在他的吉时!
> ——布朗宁《帕拉塞尔苏斯》[①]

冬天就这样过去了,白昼开始变长,但并未像往常一样伴随着二月的阳光带来光明和希望。桑顿夫人自然已经完全不到玛格丽特家来了,只有桑顿先生偶尔会来拜访她父亲,不过他们只待在书房里。黑尔先生还是像以前一样提到他,实际上,正是因为他们现在很少来往,这让黑尔先生更看重这件事了。玛格丽特根据零零碎碎听到的桑顿先生的话中可以推测出,他很少来拜访,和他之前生气烦恼没有什么关系。在那场罢工中,他生意上的事务变得很复杂,需要比去年冬天投入更多的精力。不仅如此,玛格丽特甚至发现,他还时常提到她,而且据她所知,他总是平静、友好地提到她,从不会刻意去避免或者故意讲到她。

她的心情并不能让她父亲提高兴致。在现在这阵沉闷的平静到来之前,曾经有那么长的一段忧郁焦躁的时期,甚至夹杂着一些风暴,以至于她的头脑变得不那么灵活了。她设法让自己忙于鲍彻家两个较年幼的孩子的教育工作,并且乐善好施、辛苦工作。我说辛苦是发自

[①] 布朗宁(Robert Browning, 1812—1889),英国诗人,选文出自其所写诗剧《帕拉塞尔苏斯》(*Paracelsus*, 1835)。

内心的，因为她的心似乎已经对自己努力的意义毫不在意了。尽管她按部就班、勤奋努力，却和之前一样，一点也不开心，她的生活似乎仍然暗淡和沉闷。出于孝心，她默默地安慰着父亲，这是她唯一做得不错的事情。他的每一种心情总能获得玛格丽特的共鸣，他的每一个愿望玛格丽特总是提前想到、竭力实现。当然，那些都是藏在心里的愿望，几乎不会毫不犹豫、不加解释地就说出来。因此，她温柔服从的精神就显得格外完美无瑕。三月的时候，传来了弗雷德雷克结婚的消息。他和多洛丽丝一起写信来的，她写的是西班牙式英语，这再自然不过了。他的遣词造句也有些不是很明显的倒装式，这说明他在很大程度上受到了新娘家乡语言习惯的影响。

弗雷德雷克收到了亨利·伦诺克斯的一封信，信上说在缺少那些失踪的证人的情况下，想在一个军事法庭洗清他的罪名希望渺茫。他立刻写了一封措辞相当激烈的信给玛格丽特，说宣布放弃他的英国国籍；他希望自己可以取消英国公民的身份，并宣称就算将来他被赦免，也不会再接受，就算获得许可，也不会回来定居。这封信让玛格丽特痛哭一场，因为她刚打开信看时，这一切好像都不是那么自然，但仔细思量之后，她发现字里行间都是他希望破灭后的那种辛酸、强烈的沮丧情绪。她觉得对待这种情绪只能报以耐心，没什么其他办法。在接下来的一封信里，弗雷德雷克兴高采烈地描绘着自己的未来，对过去的事完全不在意。因此，玛格丽特发现自己希望他能拥有的耐心，正是她所需要的。她本就应该有耐心。不过多洛丽丝写来的那些亲昵、羞怯、少女般的信，已经开始对玛格丽特和她父亲产生了吸引力。那个年轻的西班牙姑娘显然想给她爱人的英国家属留下一个好印象，所以从她擦去的每一处都可以看出年轻女性的缜密心思。告知结婚消息的信中还捎来了一条精美的黑色蕾丝披巾，这是多洛丽丝亲自为不曾谋面的小姑挑选的。弗雷德雷克好几次向多洛丽丝说起，自己的妹妹美丽聪慧、端庄优雅，简直是淑女的典范。这桩婚事把弗雷德雷克的社会地位提到了他们所能期望的最高水平。巴伯公司是西班牙业务最广的商行，他作为初级合伙人之一进入了这家商行。玛格丽特淡淡地笑了，她想起自己早先反对商业的激烈言辞，叹了口气。现在，她自己"英勇骑士般"①的哥哥竟然成了一个商人，一个买卖人！但接着她又否定了自己的想法，因为她不该把一位西班牙商人和一个米尔顿厂主混淆在一起。算了！不管什么商业不商业，弗雷德雷克反正非常快乐。多洛丽丝一定很迷人，那条披巾的确非常精致！然后她又回到眼前的生活中。

今年春天，她父亲偶尔会感觉到呼吸困难，这让他一时间非常苦恼。玛格丽特倒是不太惊慌，因为这种呼吸困难在不发作时一点症状都没有，不过她还是非常希望父亲能摆脱这种病因，所以迫切地希望父亲接受贝尔先生的邀请，今年四月去牛津拜访他。贝尔先生邀请玛格丽特也一块儿过去。不仅如此，他还特意写了封信来让玛格丽特一定要去，可她觉得要是自己安安静静地待在家里，不用承担任何责任，就能让自己的头脑和心灵都好好地休息一下，这是她两年多来一直想做而没能做到的。

等父亲乘车去火车站后，玛格丽特才感到自己之前所承受的压力有多么大，持续的时间有多么长。而现在自己又那么空闲，这让她感到惊讶，甚至震惊！现在，若不是为了主动寻求快乐，没人需要她的悉心照料，也没有不速之客需要她考虑安排了。她可以懒散，可以沉默，也可以忘却一切——而且比其他特权更有价值的是——她要是乐意，甚至可以闷闷不乐。过去的好几个月，她不得不收起所有的忧愁烦恼，藏在一只暗柜里；现在，她可以从容地把它们取出来，为它们默哀，探寻它们的本质，找出真实的方法来消化它们、安顿它们。这几个星期以来，尽管她把它们藏得很隐秘，却一直用一种麻木的方式隐约意识到它们的存在。现在，她要用一种一劳永逸的方式来考虑它们，让它们各自在她生活中发挥适当的作用。就这样，她常常在客厅里一动不动地坐着，一坐就是好几个小时，用一种勇往直前的决心回顾着每一件沉痛的往事。只有一次，她大声地哭了出来，就是因为想

---

① 原文为法语：preux chevalier。

到了那次背弃虔诚的信仰而可耻地撒了谎的那件事。

她现在都不愿意承认诱使她这么做的那个力量有多么强大。她为弗雷德雷克所做的计划全都泡汤了，那次诱惑变成了一次毫无生气的愚弄——是一次始终没有生命力的愚弄。因为从后来发生的事情来看，那句谎话是多么愚蠢和卑鄙。而相信诚实的力量才是非常明智的。

她在紧张和不安中不知不觉地翻开了父亲放在桌上的那本书——映入她眼帘的这些话，似乎正是针对着她目前这种强烈的自责心情的——

我不愿这样去告诫我的内心，说什么诸如"带着羞愧死去，盲目愚昧的人对上帝不忠不义"之类的话。可是，我愿意用怜悯来纠正，来吧，我可怜的心，我们掉进了深渊，决心逃脱出去。啊！让我们重新站立起来，永远离开这里，让我们祈求上帝的宽恕，希望他从今往后帮助我们，让我们变得更加坚定，再次回到谦恭的路上。从今以后，鼓起勇气，我们在上帝的帮助下，时刻保持警惕。

"谦恭之路啊，"玛格丽特想，"这正是我所欠缺的！但是，鼓起勇气吧，我那脆弱的心。我们将回过头去，在上帝的帮助下找到那条错过的路。"

于是她站起身，立刻决定去做一些能让她放松下来的工作。首先，在玛莎经过客厅门要上楼去时，她把玛莎叫了进来，想要知道在那种严肃、恭敬有礼、服侍人的态度后面到底蕴藏着什么。因为那种态度几乎以一种机械般的服从精神，把她的个性包裹在一个硬壳之内。她发现很难能引导玛莎说出一些个人兴趣来，但后来，她提到了桑顿夫人，到底是触动了她的心弦。玛莎面露喜色，接着受到玛格丽特的稍许鼓励，她说出了很长一串故事。原来早些年她的父亲和桑顿夫人的先生有些关系——不，甚至有机会对他表示过一些友好，究竟是怎样一种情形，玛莎也不太知道，因为那时候她还很小。后来，出了些情况，他们两个家庭不得不分开，这样一直持续到玛莎快成年的时候。当时，她父亲在原来担任的货栈职员位置上一天天消沉下去，她母亲也已经去世了，她和妹妹，用玛莎自己的话来说，要不是桑顿夫人，早就"沦落到不知什么地步"。她把她们找来，照顾她们，并替她们做了安排。

"我当时发烧，身体非常虚弱。桑顿夫人，还有桑顿先生忙得连喘气的工夫都没有，我在他们家被照顾得很好，还把我送到海边和其他地方休养。大夫说我的发烧会传染，可他们一点也不介意——只有范妮小姐有点害怕，她跑到要嫁过去的那户人家里做客去了。虽然她当时害怕，可最后结果很好。"

"范妮小姐要结婚了！"玛格丽特喊道。

"对。是一位很有钱的先生，只是比她年纪大很多。他姓沃特森，他的木材厂在海雷那边的什么地方；尽管他头发都花白了，但是这桩婚姻还是很美满的。"

玛格丽特听到这个消息后，沉默了很长时间。于是玛莎又回到了她那种彬彬有礼的态度，回答也恢复到以往那么简短。她把炉子边打扫了一下，问玛格丽特什么时候需要沏茶，接着和走进房间来时一样，面无表情地离开了。玛格丽特努力让自己振作起来，不许与自己沉迷在最近陷入的一种坏习惯里。近来她总要去想，自己听到的关于桑顿先生的事会给他造成什么影响：不管他喜不喜欢这些事。

第二天，她先给鲍彻家的孩子们上课，随后散了很久的步，最后又去看望了一下玛丽·希金斯。让玛格丽特有点吃惊的是，尼古拉斯已经下班回来了。白昼时间变长，已经让她产生了错觉，不知道早就已经到傍晚了。从尼古拉斯的举止态度上看，他似乎也变得谦恭了一些。他变得比从前安静，没那么自以为是了。

"你父亲出去旅行了，是吗？"他说，"孩子们告诉我的。嗯，这些小家伙机灵着呢。我觉得他们比我闺女都机灵得多，虽然这么说可能不对，何况有一个都已经去世了。我想这天气就是要让人出去走走。我的厂主,就是那个工厂里的那位,也跑到这世界上某个地方去转悠了。"

"这就是你今天这么早回家的原因吗?"玛格丽特天真地问。

"你什么都不了解,就是这么回事,"他傲慢地说,"我可不会人前一套人后一套——厂主面前这样,背后那样。我数着镇上的钟都敲完了以后才下班。不!那个桑顿,你和他斗斗倒是很不错。不过他人太好了,你不能去欺骗他。是你给我找到这份工作的,我很感激你。从这段时间来看,桑顿的厂不是一个坏厂。歇一歇吧,孩子,把你念得好听的赞美诗念给玛格丽特小姐听。对,两脚站稳,右胳膊伸直,像烤肉叉那样。一停住,二站稳,三准备,四开始!"

那个小家伙背诵了一遍卫理公会的一首赞美歌,从语言方面来说,他是理解不了的,可轻快的节奏让他觉得很好听,所以他模仿议会议员那种抑扬顿挫的声调,背诵了一遍。玛格丽特夸奖了他,尼古拉斯又叫过来一个,再叫一个,这让她非常吃惊,因为她发现他已不自觉地对这些神圣的事有了兴趣,而这些以前都遭到他的嘲笑。

她回到家时,已经过了通常喝茶的时间,但一想到没人在特意等她,便感到很欣慰。她一边休息,一边想着自己的事,而不用焦虑地观察着另一个人,好知道她应该表现得严肃还是快乐。喝完茶以后,她决定去看看一大包信件,把需要销毁的都挑出来。

在这些信中,她看到了四五封亨利·伦诺克斯为了弗雷德雷克的事写来的信。她把这些信仔细读了一遍,最初只抱着一个目的,就是想弄清楚证明哥哥无罪的机会究竟有多大。可是等她看完最后一封,衡量了利弊之后,她不免注意到信里流露出来的那一点个性。显而易见,从严谨的措辞来看,尽管伦诺克斯对她在信里谈到的问题可能有一定的兴趣,但他始终没有忘记自己和她的关系。信写得很巧妙,玛格丽特一眼就看出来了,但她并没有从文字中看到那种亲切和热情的语气。不过,她应该把这些信作为很有价值的东西保存着,所以她很仔细地把它们放到了一边。等做完这件小事后,她陷入了遐想之中。那天晚上,她脑海里莫名其妙浮现的都是她不在家的父亲。她甚至责怪自己把寂寞（因而把他的离开）看作是一种安慰。但这两天她已经重新振作了起来，有了新的力量和光明的希望。那些近来在她眼里像是一些苦差事的计划，如今反而像是乐事了。那些病态的翳障已经在她眼前全部掉落，她更加真实地看清了自己的处境和工作。要是桑顿先生能重新恢复和她那失去的友谊——不，他只要像以前一样时不时来安慰一下她的父亲——哪怕她不应再见他——她觉得自己未来生活的前景虽然说不上光明，却也清晰可见。她叹了声气，起身去睡觉，想到那句"我只要一步就够了"——尽管孝敬父亲是自己唯一明确的义务——心里还是有一种忧虑和痛苦的感觉。

四月的那天晚上，黑尔先生也想到了玛格丽特，就像她那次奇怪且持续不断地想到他一样。他在会见一些老朋友，重新走了一些熟悉的地方后，感到很疲倦。过去他常会夸大自己思想的转变，以为这件事可能会使他的朋友改变对待他的态度；但虽然他们中有些人会对他在理论方面的离经叛道感到震惊、伤心，甚至愤怒，可是当他们一看到这个以前他们很爱护的人的面孔时，便立刻忘掉他所有的见解，或是记得那些见解，反而能让他们的态度变得亲切而庄重。认识黑尔先生的人并不是很多，他曾经就读于一所较小的学院，而且为人一向腼腆内敛。但是那些在年轻的时候喜欢去弄清楚在他的沉默和犹豫之下所藏的微妙思想和细腻情感的人，却真心喜欢他，带着一种只有对待女性时才有的宽厚爱护之心。经过了这么多年，中间又有诸多变迁，这些人重新显露的善意让他吃不消，这比任何粗暴的行为和不以为然的表情更让他受不了。

"恐怕我们做得有点过分了，"贝尔先生说，"你在米尔顿那种空气中待了这么久，现在在这里反而吃不消了。"

"我累了，"黑尔先生说，"但这不是米尔顿的空气问题。我已经五十五岁了，就这点说明我体力已经不行了。"

"胡说八道！我都快六十了，身体和精神上一点也没感到体力跟不上。不要让我再听到你这么说了。五十五岁！那有什么，你还年轻着呢！"

黑尔先生摇摇头。"就是最近几年特别显老！"他说。他原本斜躺在贝尔先生的一张豪华的安乐椅上，停顿了一下后，站起身来带着一种诚恳的神情微颤地说："贝尔！你总不会觉得，我要是能预见到我的想法会改变，我会辞去牧师这个职位——不！哪怕是知道她会因为这样而受苦——我就不会这么做？——坦白说吧，我不再和我以前供职的教堂持相同的信仰。我现在觉得，哪怕是我能预见到我将面临的那场最残酷的灾难，我心爱的人会受苦，我还是会这么做，至少是走到脱离教会这一步。最多在之后为我家庭所做的选择上面，我可能会采取不同的做法，做得更加明智一点。不过我想上帝并没有赋予我那么多的智慧或精力。"他补充道，随后又向后靠下，保持着原来姿势。

贝尔先生在回答之前，假装擤了擤鼻子，然后说："上帝赋予你力量，是让你做良心上过得去的事，我不觉得我们还需要比这更高尚、更强大的力量或智慧。我知道我的智慧和力量并不算多，不过人家却把我在他们愚蠢的书中写成一个聪明、独立、意志坚强的人。一个信奉并遵守着自己朴实的是非观的人，就算是出门也要在门垫上擦擦鞋的大傻瓜也比我聪明、坚强。但这些容易上当受骗的人算什么！"

他们沉默了一会儿。黑尔先生顺着自己的思路，先接着说："关于玛格丽特。"

"嗯！关于玛格丽特。怎么了？"

"如果我死了——"

"胡说八道！"

"我经常在想，如果我死了的话，玛格丽特会变得怎么样？我想伦诺克斯夫妇应该会让她过去和他们一块儿生活。我已经尽量往这方面想了。她的肖姨妈以自己的方式很疼她，不过她总是忘记去疼爱不在眼前的人。"

"这是个常犯的错误。伦诺克斯夫妇人怎么样？"

"他英俊潇洒、能说会道、性情温和。伊迪丝是个讨人喜欢又有点被宠坏的小美人。玛格丽特衷心地喜欢她，伊迪丝也尽她所能，同样喜欢玛格丽特。"

"唉，黑尔。你也知道你那个闺女我是喜欢得不得了。我之前也和你说过。当然，作为你的女儿、我的教女，我在上次见到她之前就已经非常喜欢她了。可我去米尔顿看你的那次，简直让我成了她的'奴隶'。我这个老头愿意真诚地追随在她征服者的战车后面。说真的，因为她看起来端庄、纯洁，就和一个奋斗过、可能还在奋斗，但已稳操胜券的人一样。是的，尽管她现在脸上写着种种烦心事，可是如果她需要我，我会尽全力帮助她，而且等我去世之后，不管她接不接受，所有一切都是她的。再说，尽管我已经六十了，还患有痛风，我自己就是她的御用骑士。说正经的，老朋友，你的女儿就是我生活中最重要的责任，我的智慧、学识和全部心意所能给出的一切帮助，都会给她。我可不会把她挑出来算作烦心事的理由。我以前就明白，一个人总得有什么东西要烦心，不然就不会快乐。不过你会比我活得久得多。你们这些瘦弱的人总是在引诱死神、欺骗死神。只有我这样身材矮胖、面色红润的人才总是会先走一步。"

如果贝尔先生有先见之明，他也许会看到火炬已经颠倒了，那位严肃、平静的天使已经近在咫尺①，朝他朋友招手了。那天晚上，黑尔先生把头枕在枕头上，从此再也不会因为生活的波澜而翻来覆去了。第二天早晨仆人走进他的房间，问了他一句话，没得到答复。她朝床走近一点，看到了那张安详、完美的脸，苍白而冰凉地仰着，脸上带有死亡不可抹灭的印记。他的姿态安详、没有痛苦、没有挣扎。他的心脏活动肯定是在躺下时就停止了。

贝尔先生被这个场景惊得目瞪口呆，说不出话来，一直到他对仆人提出的建议感到愤怒时，才缓过神来。

"验尸？呸！你难道觉得是我毒死了他吗？福布斯医生说这只是心脏病造成的自然死亡而已。可怜的老黑尔啊！你过早就把你那颗柔弱的心耗尽了。可怜的老朋友啊！他是怎么说到他的——沃利斯，五分钟之内给我收拾好旅行袋！我光这儿说废话。快去收拾。我一定要

---

① 火炬指生命的火炬，颠倒是死亡的象征，天使指死亡天使。

赶下一班火车去米尔顿。"

在他做出决定的二十分钟以后,包裹收拾好,马车叫来了,火车也赶上了。从伦敦来的那列火车呼啸而至,在几码之外停住,那个不耐烦的列车员催促贝尔先生快点上车。他一屁股瘫坐在位子上,双眼紧闭,竭力想弄明白昨天还好端端的一个人怎么今天就死了呢。不一会儿,泪水从花白的眼睫毛里流了出来,他感觉到后,就睁开了那双锐利的眼睛,竭力显出一副严肃有神的样子。他不会在一群陌生人前面掉眼泪,这不是他!

车上并没有多少乘客,只有一个人坐在离他很远的同一侧。贝尔先生看了他好一会儿,想知道也许瞥见他动了感情的是什么样的人。他在打开的那大张《泰晤士报》后面,认出了桑顿先生。

"啊,桑顿先生!真的是你吗?"他边说边着急地挪到离桑顿比较近的地方。他和桑顿先生热切地握手,然后突然松开,因为他要用手把眼泪擦掉。他上次见到桑顿先生,就是和他的朋友黑尔在一起的时候。

"我到米尔顿去是为了一件让人伤心的事。去把黑尔先生突然去世的消息告诉他女儿。"

"去世?黑尔先生去世了?"

"是的。我不停地对自己说:'黑尔已经死了!'但这看起来还是那么不真实。尽管这样,却改变不了他已经去世的事实。昨天晚上,他去睡觉的时候看起来还好好的。今天早上,我的仆人去喊他的时候,人已经冰凉了。"

"在哪里?我怎么一点都听不懂!"

"在牛津。他来我这儿住几天。他已经十七年没来牛津了——没想到竟是最后一次。"

大约有一刻钟,他们谁都没再讲一句话。接着,桑顿先生说:"那她呢?"然后突然停住了。

"你是说玛格丽特。是啊,我就是要去告诉她。可怜的孩子啊!昨天晚上他还一门心思记挂着她。老天啊,就是在昨晚上。可现在,他和我们已经天人两隔了！不过为了他，我会把玛格丽特当作自己的孩子。昨天晚上我还说，为了他，我愿意照顾她。唉，我应该说为了他们夫妻俩照顾她。"

桑顿先生试了好几次才把话说出来："那她会怎么样呢？"

"我想在将来会有两个人来照顾她：我是其中一个。我情愿接纳一个恶老太婆住在我家里，假如能找到这样一个监护人，和她建立起我自己的家庭，如此一来就可以有玛格丽特这样一个女儿，陪我安度晚年了。只不过还有伦诺克斯家！"

"他们是谁？"桑顿先生颇有兴趣地问道。

"哦，他们是一些聪明的伦敦人。他们会觉得自己最有权利照看她。伦诺克斯上尉娶了她表妹——就是和她一块儿长大的姑娘。他们都是很好人的，我可以这么说。还有她的姨妈，肖夫人。也许有办法，就是我提出和那位尊敬的夫人结婚。不过那是没办法的办法。再说，还有那个哥哥！"

"什么哥哥？她姨妈的哥哥？"

"不是不是，是伦诺克斯家的一个聪明人（你得知道，上尉是个傻瓜），是个年轻的律师，他会追求玛格丽特。我知道他这五年多来心里一直想着玛格丽特，他的一个好朋友也这么对我说过。只是因为他担心她没有财产，所以才有点犹豫。现在这些都不是问题了。"

"怎么解决的？"桑顿先生问。他太好奇了，没有觉察到他问的话有多么不合适。

"怎么解决的？我死后我所有的财产都是她的了。如果这个亨利·伦诺克斯配得上她的一半，而她也喜欢——那么我也许可以找到另一种方法，通过结婚来安顿这个家。我特别害怕一时疏忽，被那位姨妈给骗去了。"

贝尔先生和桑顿先生当时都没有心情说笑，所以贝尔先生说的奇怪可笑的地方，两人都没注意到。贝尔先生吹了声口哨，但除了一阵长长的嘘气之外，并没有发出什么声音。他换了下座位，也没有感觉更舒服一些。桑顿先生一动不动地坐着，两眼直盯着报纸上某处。他把报纸又拿起来，为的是给自己时间去思考。

"你到哪里去？"贝尔先生后来问道。

"到勒阿弗尔去。我想去打探棉花价格大涨的原因。"

"哦！棉花，投机，黑烟、擦抹干净、维护保养很好的机器，无人过问、被忽视的工人。可怜的黑尔啊！可怜的黑尔啊！你要是能知道从赫尔斯通搬来会有这么大的变化，那就好了！你对新森林的情况了解吗？"

"嗯。"桑顿漫不经心地回答道。

"那你就可以想象得出它和米尔顿的不同了。你过去住在哪一带？你以前去过赫尔斯通吗？一个风景如画的小村庄，像是奥登瓦尔德的村庄那样。你知道赫尔斯通吗？"

"我看到过。离开赫尔斯通到米尔顿，的确是一个非常大的变化。"

他又把报纸拿了起来，神情坚定，好像下定决心不再继续谈话。贝尔先生也不得不像之前那样，去想着怎样以最恰当的方式把这个消息告诉玛格丽特。

玛格丽特站在楼上的一扇窗前，看到贝尔先生从车上走了下来。一个念头从脑中闪过，她本能地猜到了真相。她站在客厅中央，仿佛一下子抑制住了最初想奔下楼去的冲动，仿佛又是一个念头，她已经变成了顽石，那么苍白，一动不动。

"啊，别告诉我！我从您神情里就知道了。要是他还活着的话，您会派人……您是不会离开他的！哦不，爸爸，爸爸！"

第四十二章　孤身一人！

当一个甜美柔和的声音，
在你耳边突然消失，
一片沉寂，你都不敢哭泣，
就像重病带来的疼痛反反复复——
怎样的希望？怎样的帮助？怎样的音乐
能打消周围的那片寂静？

——布朗宁夫人[①]

这是一个巨大的打击。玛格丽特陷入了虚脱状态，既没有哭泣也没有眼泪，甚至不能从言语上得到安慰。她瘫倒在沙发上，双眼紧闭，只有在别人和她说话时，她才开口，轻声地回答。贝尔先生不知所措。他不敢离开她，也不敢让她跟着自己一起回牛津去，这本来是他来米尔顿的路上制定的计划之一，可是现在她濒临崩溃的身体根本经不住这样的奔波——让她去看看父亲的遗体也根本不可能。贝尔先生坐在火炉旁，思考着最好能做些什么。玛格丽特一动不动，毫无声息地躺在他旁边。他不肯离开她，甚至不肯去楼下吃迪克逊为他准备好的晚饭。迪克逊抽噎着盛情邀请，很乐意引他去吃饭。他吃了一盘迪克逊端上楼来的食物。一般来说，他对饮食很讲究，对食物的每一种味道了如指掌，但现在辣味烤鸡肉吃起来就像木屑。他给玛格丽特切了一些鸡肉，还撒了些胡椒粉和食盐。但当迪克逊按照他的吩咐，想喂玛格丽特吃时，玛格丽特没精打采地摇了摇头，说明在那样一种状态下，食物除了只会让她哽咽，不会有什么其他作用。

贝尔先生长长叹了一口气，从先前舒适的姿势中抬起了粗壮的老

[①] 引文出自布朗宁夫人所写十四行诗《代替》(Substitution)。

胳膊老腿（因为旅途而感到僵硬），跟着迪克逊离开了房间。

"我不能离开她。我一定要给牛津的人写封信，告诉他们在我回去之前可以开始准备起来了。伦诺克斯太太就不能到这里来吗？我会写信告诉她非来一趟不可。这个姑娘一定要有一个女性朋友在身边，就算只是哄着她让她好好哭一场也行。"

迪克逊泪眼汪汪——都快抵得上两个人的泪水了。不过等她擦干泪水，稳住自己的嗓音之后，她告诉贝尔先生，伦诺克斯夫人快生孩子了，现在没法安排任何行程。

"唉！那我们就不得不请肖夫人来了。她已经回到英国了，是不是？"

"是的，先生，她已经回来了。不过我想她在女儿怀孕的时候，是不会愿意离开她的。"迪克逊说。她不大赞同让一个陌生人到家里来，分担她对玛格丽特一贯的照顾。

"怀孕到了这个时候……"贝尔先生话说到一半，咳嗽了几声，把这句话的后半部分吞了下去，"怀孕到了这个时候，她可以很安心地待在威尼斯、那不勒斯或是天主教管辖的某个地方，我想她是在科孚岛的时候怀孕的吧？而且对这个福气好的小女人来说，现在正是幸福的时期，和这个可怜的孩子——这个孤苦无依、无家可归、缺少朋友的玛格丽特相比，又算得了什么呢？她现在一动不动地躺在沙发上，就好像沙发是祭坛式墓室，而她是上面的石像一样。我跟你说，肖夫人必须来。明天晚上之前，你负责收拾出一个房间，把她需要的所有东西都准备好。我负责请她过来。"

于是，贝尔先生写了封信。肖夫人老泪纵横地说，这信简直就是出自痛风即将发作的亲爱的将军①之手，她要一直珍藏它。如果他让她做选择，请求她或是竭力劝她来，好像拒绝也没关系的话，她可能就不会来了——尽管她是真心实意地同情玛格丽特。她正是需要这种强烈、直接的命令，才能使她克服惰性，让女佣收拾好行李后准备动

---

① 指肖夫人过世的丈夫。

身。就在伦诺克斯上尉扶着她下楼去坐马车时，伊迪丝戴着帽子，围着围巾，泪眼汪汪地走到楼梯口说："妈妈，别忘了一定要让玛格丽特来和我们一起住。肖尔托星期三去牛津，你一定要让贝尔先生给他捎个口信，告诉我们你什么时候回来。还有，如果你需要肖尔托，他可以从牛津到米尔顿去。妈妈，别忘了，一定要带玛格丽特回来。"

伊迪丝说完后转身进了客厅。亨利·伦诺克斯正在那里把新一期《爱丁堡评论》的几页裁开。他头也不抬地说道："如果你不想让肖尔托离开你这么久，伊迪丝，希望你允许让我去米尔顿，尽我所能提供帮助。"

"哦，谢谢你，"伊迪丝说，"我敢保证贝尔先生一定会把一切安排妥当，可能不需要什么其他帮助。只不过，不能指望一位驻校大学评议员有多大能力。亲爱的玛格丽特！她又要住到这里来了，这可真好。几年前，你们可是很好的盟友啊。"

"是吗？"他若无其事地问道，装作对《爱丁堡评论》里的一段文章很感兴趣。

"嗯，可能不是——我不太记得了。我那时满脑子想的都是肖尔托。如果我姨夫一定要去世，就应该是现在这个时候。你看结局不是很好吗？我们正好回国了，住在老家里，完全可以让玛格丽特来。可怜的人啊！对她来说，离开米尔顿又是多么大的一个改变啊！我要用些新的印花布把她的卧室再布置下，让它看起来崭新明亮，让她能稍微高兴些。"

肖夫人怀着同样的善良之心赶到米尔顿去，她偶尔会对初次见面感到害怕，不知怎么样才能应付过去。不过更多的时候，她是在盘算着自己多久才能让玛格丽特离开那个"可怕的地方"，把她带回舒适愉快的哈利街。

"啊，亲爱的！"她对她的女佣说，"看看那些烟囱！我可怜的姐姐啊！要是我知道是这种情形，我在那不勒斯肯定住不安心。我一定会来把她和玛格丽特带走。"她心里也暗暗承认，她一直觉得姐夫是个懦弱的男人，当她看到他放弃了赫尔斯通那个家而搬到这个鬼地方来的时候，觉得他从来没有像现在这么软弱。

玛格丽特还是老样子，脸色苍白，一动不动，话也不说，泪也不流。他们已经告诉她，肖姨妈这几天就要来了，但她对这个消息既不感到惊讶，也没表示高兴，也没表示不喜欢这个做法。贝尔先生的胃口已经恢复了，他很感激迪克逊为了满足他的口味所做的一切，但费尽口舌还是不能说服玛格丽特让她尝点牡蛎。她和前一天一样，平静而固执地摇了摇头。他只好自己全部吃完，以此来安慰被玛格丽特拒绝的心情。不过玛格丽特是第一个听见那辆从火车站把姨妈接回来的马车停下的声音的。她的眼皮颤抖着，红润的嘴唇微微动了一下。贝尔先生下楼去迎接肖夫人。当他们上来的时候，玛格丽特正站着，努力想让头晕目眩的自己站稳。看见姨妈时，玛格丽特一把扑进了她张开的怀抱里，伏在她肩上，自父亲去世以来第一次痛痛快快地哭了一场。那些一贯内敛的爱、多年的体贴温柔，以及和死者的关系——似乎所有同属一家人的神态、语调和手势等难以解释的相似之处，在这时使玛格丽特非常强烈地想到了母亲——这种想法涌上心头，让她麻木的内心融化柔软，变成了流不尽的温柔的泪水。

贝尔先生悄悄地退出了房间，来到下面的书房，叫人生了炉火，把不同的书从架子上拿下来翻翻，努力转移一下自己的注意力。每一本书都引起了他对故友的怀念或是联想。他这两天一直守着玛格丽特，现在或许可以改变一下了，但心思还是没法转变。这时，他很高兴听到了桑顿先生在门口询问的声音。迪克逊正用一种非常傲慢的态度打发他离开，因为随着肖夫人的女佣的出现，她的眼前也浮现出许多幻象：昔日的豪华生活，贝雷斯福德家族的血统，以及她年轻的出局了的小姐。如果运气好的话，她也这样在求上帝，她又能获得以前那种"身份"（她喜欢这么称呼它）。她和肖夫人的女佣讲话时，一直扬扬得意地谈论着这些幻象（同时非常老到地引导对方描述哈利街房子气派的景象，好让一旁听着的玛莎长长见识）。这些幻象使得迪克逊在对待米尔顿的所有居民时多少有点傲慢自大，尽管她一直对桑顿先生心怀敬畏，但她还是直截了当地告诉桑顿先生，那天晚上他不能见家里的任何一个人。贝尔先生打开门，驳回了她说的话，这让她难堪不已："桑顿！是你吗？进来坐一会儿吧，我有话和你说。"于是桑顿先生走进了书房，而迪克逊不得不回到厨房，滔滔不绝讲起约翰·贝雷斯福德爵士当高级治安官时拥有的六匹马拉的大马车情形，好让自己的自尊心恢复一下。

"说到底，我也不知道想对你说点什么。只是坐在这么一个房间里，每样东西都让我想起故去的老友，真是郁闷难当。可是玛格丽特和她的姨妈需要在客厅单独待会儿。"

"她的……她的姨妈来了？"桑顿先生问。

"来了？是啊，女佣什么的都来了。别人可能会认为在这种时候她会一个人来！现在，我不得不出去，到克拉伦顿住了。"

"你不用去克拉伦顿。我家还有五六个空房间呢。"

"空气流通吗？"

"这一点你完全可以相信我的母亲。"

"那么我只要到楼上去，和那个虚弱的姑娘道声晚安，再向她姨妈鞠个躬，就可以直接和你走了。"

贝尔先生在楼上待了好一会儿。桑顿先生觉得有点久了，因为他有许多生意上的事要处理，好不容易抽出点时间跑到克兰普顿来看看黑尔小姐怎么样了。

最后，当他们出发去桑顿家的时候，贝尔先生说："那两个女人让我在客厅里不能抽身。肖夫人急着回家，她说是为了她女儿，她希望玛格丽特能马上和她一起回去。玛格丽特现在不适合上路旅行，就像我的身体不适合飞行！更何况她还说——而且讲得很有道理——她有几个朋友一定要去看，她得和其中几个说再见。然后，她的姨妈又搬出了那老套的说辞，问她难道忘记老朋友了吗？玛格丽特放声大哭，说她很乐意离开这个让她痛苦不堪的地方。这样的话我明天就得回牛津去了，我真不知道要帮着哪一边说话。"

他停下不说话了，好像是问了个问题，但他没从桑顿先生那里听到回答，因为这个同伴的脑海里一直在回响着这个声音："这个让她痛苦不堪的地方。"唉，那就是她对这十八个月来在米尔顿的评价——可是对他来说，即使是最苦涩的时候，也是难以言喻的珍贵，就算用余生的甜蜜来换也值得。即使是失去父亲母亲——尽管桑顿先生的爱对他们和对她一样——桑顿先生都不会忘却那多少个星期、多少日子、多少时刻留下的回忆，那时他每次步行两英里，每一步都是轻松愉悦的，因为每一步都让他离她越来越近，把他带到可爱的她的眼前；每一步都有着丰富的意义，因为当他回味着从她身边走开时，总会想起她行为举止中清新优雅的气度，或是她爽快锋利的脾气。是啊！不管发生了什么，撇开他对她的关系不谈，他也绝不会把那段日子看成痛苦的时光，因为那时候他每天都能见到她——好像她在他的掌控之中。尽管有种种刺痛的记忆和傲慢的争执，可对他来说那仍是一段很奢侈的珍贵时光，而现在，周围一片惨淡，未来的希望也变成了暗淡的现实，生活中没有一点希望或令人担心的氛围。

桑顿夫人和范妮都在餐厅里，女佣正把一块块光鲜夺目的绸缎布料拿起来，借着烛光，看看哪一块做结婚礼服最合适，所以范妮喜形于色。她母亲很想和她一起分享这份喜悦，可就是做不到。品位和衣着都不是她喜欢的话题，她真心希望范妮能够接受她哥哥的建议，让伦敦一位一流的裁缝去制作结婚礼服，而不是这样没完没了、令人厌烦地讨论来讨论去，一直犹豫不决。这种情况完全是范妮样样事要自己操办引起的。只要任何通情达理的人被范妮二流的气度和风姿吸引，给她足够的钱让她买各种漂亮的衣服，那么桑顿先生是再赞同和感激不过了。在范妮的眼里，那些华丽的衣服和爱人相比，即便不是更重要，至少也是同等重要。她哥哥和贝尔先生走进来时，范妮涨红了脸，傻傻地笑着，赶紧去拾掇刚才留下的摊子。那种样子肯定只会更加引起别人的注意，除了贝尔先生。如果贝尔先生注意到她和那些绸缎的话，那也是拿她和那些绸缎与他身后那个脸色苍白、悲痛不已的姑娘做比较。她正低着头，双手合拢，一动不动地坐在寂静的房间里，静得你几乎可以想象自己细听耳边死者的亡灵发出的嗡嗡声，他们还在所爱之人身边徘徊。因为贝尔先生第一次上楼去查看的时候，肖夫人已经躺在沙发上睡着了，没有其他声音打破这片寂静。

桑顿夫人对贝尔先生表示了热烈的欢迎。在她儿子的家里接待儿子的朋友，她总是非常亲切好客，因为客人越是出乎意料，就越能显示出她那高超的、准备周全的待人接物之道。

"黑尔小姐怎么样了？"她问。

"这个打击已经让她的心支离破碎了。"

"我相信她有你这样的朋友真的是太幸运了。"

"夫人。我真希望我是她唯一的朋友。我敢说这虽然听起来很残酷，但现在一位好心的姨妈已经取代了我的位置，去完成我原先安慰她、照料她的任务。再说伦敦还有她的表妹等着她，就好像她是他们的宠物似的。她现在太虚弱、太痛苦了，自己做不了决定。"

"她肯定很虚弱，"桑顿夫人说，她话里有话，这点她儿子非常明白，"但是黑尔小姐好像一直没朋友，"桑顿夫人继续说，"而且确实得容忍不少烦心事，那时候这些亲戚都上哪儿去了？"不过她对自己这个问题的答案并不感兴趣，所以就走出房间安排家务去了。

"他们一直住在国外。我说句公道话，她们有理由接她过去。这位姨妈把她抚养长大，她和她表妹就像亲姐妹一样。你知道，让我苦恼的是，我想把她当作自己的孩子一样，我很嫉妒那些似乎并不珍视自己的特殊权力所带来好处的人。现在，要是弗雷德雷克来接她，那可就不一样了。"

"弗雷德雷克！"桑顿先生大叫道，"他是谁？他有什么……权利？"他激动地问道，突然停了一小会儿。

"弗雷德雷克，"贝尔先生吃惊地说，"你怎么会不知道？他是她哥哥。你难道没有听说过……"

"我以前从来没听过这个名字。他在哪儿？他是谁？"

"他家初来米尔顿的时候，我肯定和你说过——就是和那场兵变有牵连的儿子。"

"我一直到现在才知道他。他现在住在哪儿？"

"西班牙。他一踏上英国这片土地，就有可能遭到逮捕。可怜的孩子啊！不能参加他父亲的葬礼，他肯定会伤心极了。我们只好找伦诺克斯上尉了，因为我实在不知道还有哪个别的亲戚可以叫来。"

"我希望您可以让我也去？"

"当然。那是再好不过了。桑顿，说到底，你人很好。黑尔挺喜欢你。前几天在牛津时，他还和我提起过你。他很遗憾最近和你来往很少。我很感激你能向他致敬。"

"可是弗雷德雷克，他后来一直没有来过英国吗？"

"没有。"

"黑尔夫人去世的时候他也没回来吗？"

"不在。为什么这么问？我当时也在这里。我已经好多年没见黑尔了，如果你还记得的话，我来的时候——不是，我是在黑尔夫人去世后一段时间才来这里的，但可怜的弗雷德雷克那时候不在这里。你怎么会觉得他回来过呢？"

"有一天我看到一个年轻男子和黑尔小姐走在一起，"桑顿先生回答道，"我想就是那个时候。"

"哦，那大概就是年轻的伦诺克斯，上尉的兄弟。他是个律师，他们经常和他有书信来往。我记得黑尔先生和我说过，他觉得伦诺克斯会来这里。"贝尔先生边说边转过来，闭上一只眼睛，以便另一只能更好地观察桑顿先生的表情。"你知道吗？我曾经以为你对玛格丽特可能有点好感。"

桑顿先生没有回答，脸色也没变化。

"可怜的黑尔也这么想。最初他并没有这个想法，直到我提醒了他以后。"

"我仰慕黑尔小姐。每个人都应该这样。她很漂亮。"桑顿先生被贝尔先生执拗的追问弄得没办法，只好这么说。

"仅仅是这样？你可以用那种慎重的方式形容她，说她仅仅'漂亮'——只不过是个引人注目的人。我原本还希望你能有那么点高尚的品德，能够从内心向她表示好感。尽管我相信——事实上我也知道，她肯定会拒绝你，不过如果你能够依旧爱着她而不求回报，这会让你比那些可能从来都不知道爱她的人要高出许多——不管他们是谁。'漂亮',的确如此,可你说到她时,会觉得像说到一匹马或是一条狗那样吗?"

桑顿先生的眼睛像两团燃烧的红色火焰。

"贝尔先生,"他说,"在你这样讲之前,你应该记住,不是所有人都可以像你这样表达自己最真实的感情。让我们谈谈别的吧。"尽管他听到贝尔先生说的每一个字,他的心就会像听到号角一样跳动起来;尽管他知道自己刚才说的话会把牛津这个老学者的想法和自己内心最宝贵的东西紧密联系在一起,但他还是不愿意被迫表达对玛格丽特的感情。他不人云亦云,不会因为另一个称赞了他敬重和热烈喜爱的人,便想在这方面胜过他。所以,他把话题转向了他和贝尔先生之间一些单纯生意上涉及的租赁事宜。

"我们进来时,院子里那一堆砖和泥是怎么回事?有什么需要修理的吗?"

"没有,谢谢关心。"

"你是自己出钱在造什么吗?如果是那样的话,我会非常感激你。"

"我在造一个食堂,我的意思是给那些人——工厂的工人们。"

"作为单身汉,我还以为你是个很挑剔的人,如果嫌这间房不够好的话。"

"我认识了一个很奇怪的家伙,还把他关心的一两个小孩子送到了学校。所以,有一天我恰巧从他家经过时,有一点小钱要付,就上那里去了。我看到了那么粗劣、乌黑的一顿午餐——一小坨油腻的肉渣,这让我有了最初的想法。不过直到这个冬天粮食价格变得那么高,我才想到把粮食批发过来,然后一次性做很多食物,这样就能节省不少钱,也方便许多。于是我就和我的朋友——或者说是我的敌人,就是我刚才提到的那个人——谈了谈,他给我计划的每一个细节都找出了点问题;结果,我就把它搁置在一边了,因为一方面是不切实际,另一方面,我要是强制实施的话,就会干扰到工人们独立的生活。后来，这个希金斯突然找到我，很亲切地向我表示了一项他赞同的计划，几乎和我的一样，这样我就能名正言顺地实施了。而且，他也征得了其他几个同事的同意。实话实说，当时他的态度真的有点让我'恼火'，本想着对这个计划撒手不管，任其自生自灭。但是，如果仅仅因为我本人没有得到倡议者应有的所有荣耀和重要地位，就放弃一项我原先认为很明智和周密的计划，这未免太幼稚了。所以，我冷静地接下了分配给我的那份职责，多多少少有点像俱乐部里的管家。我要批发粮食，然后再提供一个合适的女管家或厨师。"

"我希望你对这个新职务感到很满意。你能分辨洋葱和土豆吗？不过我想桑顿夫人在采购方面给了你不少帮助。"

"一点都没有，"桑顿先生说，"她反对这整个计划，所以现在我们互相都不提这件事。不过我还算是应付得不错，从利物浦批发大量的牲畜过来，由我家自己的屠夫进行加工。这点我可以保证，女管家做的热腾腾的午餐绝不会让人看不上眼。"

"由于职务的关系，每道菜在出售以前，你会不会亲自尝一下？我真希望你有根白色的权杖。"

"一开始我很谨慎，只负责采购。甚至在这件事上，我也是尽量按照工人们从女管家那里拿来的订单来做，而不是自作主张。有一回，牛肉太多了，另一回，羊肉又不够肥。我想他们也看出来了，我是多么小心地留下空间让他们自由发挥，没有把自己的想法强加给他们。所以，有一天，他们中的两三个人——其中有我的朋友希金斯——来问我，是不是愿意进去吃上一点。那天我很忙，不过我看出来了，如果我答应了却又不去，会伤害他们的感情，于是我就去了，那是我一生中吃过最好吃的饭。我告诉他们（我是指坐我身边的人，我可不擅长当众演讲），我非常享受这一餐。有好一阵子，只要他们伙食中有那些特色菜的时候，他们一定会对我说：'厂主，今天有炖羊肉，您来吃吗？'如果他们没有邀请我，我是不会去打扰他们的，就好像没有邀请的话，我也不会去食堂吃一样。"

"我觉得你多多少少妨碍了你那些东道主的谈话。你要是在那里，他们就不能对你评头论足了。我猜他们在没有炖羊肉的日子里会好好发泄一下。"

"唉！到目前为止。我们一直回避着一些让人恼火的问题。不过如果有什么以前的争端再次发生的话，那么在下一个有炖羊肉的日子，我会把我的想法说出来。尽管你是达克郡人，你自己却不了解达克郡人。他们有一种幽默感，以及活泼大胆的表达方式！现在我开始了解他们中的一些人了，他们在我面前说话相当随意。"

"没什么比吃饭这个行为更能让人感受到平等的了。死亡简直没办法和它比。哲学家简简单单地死去，伪君子炫耀地死去，心地善良的人谦卑地死去，可怜的傻瓜盲目地死去，就像麻雀坠落到地面一样。哲学家和傻瓜，征税员和伪善者，都以同样的方式吃——如果他们的胃口都不错的话。你这道理可一套套的！"

"真的，我没什么道理可言。我讨厌理论。"

"请你原谅。为了表示我的歉意，你可不可以接受我一张十英镑的钱作为采购费用，让那些可怜人吃顿好的？"

"谢谢你的好意，还是不用了。他们对工厂后面放炉灶和煮饭的地方都付租金给我，那个新食堂还要多付一些。我不想让这变成一种施舍，我不要捐赠。一旦放弃了原则，别人就会出去议论，把很单纯的事给破坏了。"

"别人总是会议论新的计划。这你也没办法。"

"我的敌人——如果我有敌人的话——会对我的食堂计划从慈善的角度大肆谈论；但你是我的朋友，我希望你能用沉默来表示对这个做法的尊重。现在，它只不过是一把新扫帚，打扫得还挺干净。但是毫无疑问，以后我们肯定会碰到许多麻烦。"

第四十三章　移居伦敦

> 最低劣的东西，在告别时，
> 不再显得低劣。
>
> ——艾略特①

肖夫人生来性情温和，但她对米尔顿还是厌恶至极。这里嘈杂哄闹、烟雾弥漫，她在街上看到的穷人都穿得很邋遢，而有钱人家的太太小姐们打扮得得花里胡哨；她碰见过的男人中，不管富有还是贫穷的，没有一个人的衣服是合身的。她确信玛格丽特只要待在米尔顿，是绝对无法恢复到以前精力充沛的样子的；她自己也害怕以前神经疼痛的老毛病再次发作。玛格丽特必须和她一起回去，而且越快越好。这些就算不是她原话的力度，至少也是她不断灌输给玛格丽特的想法，直到虚弱无力、伤心欲绝的玛格丽特最后不情愿地答应姨妈，等星期三一过，她就陪她回到城里去，留下迪克逊来负责付清账单、变卖家具、关窗锁门等一切事务。那个星期三之前——在那个悲伤的星期三，黑尔先生就要下葬了，和他生前居住过的两处房子，和他孤寂地躺在陌生人中间的妻子都相隔甚远（后面这件事让玛格丽特非常懊恼，因为她想到，要是自己在最初那段悲伤的日子里没有被伤心所压倒，那么她本来可以安排好下葬这些事的）——在那个星期三之前，玛格丽特收到了贝尔先生写来的一封信。

我亲爱的玛格丽特：我本来打算星期四回到米尔顿来，但那天偏偏很不巧，我们普利茅斯的评议员有任务要完成，我必须到场。伦诺克斯上尉和桑顿先生会在这里。上尉看上去是个聪明、

---

① 引文出自艾略特所作长诗《村长》(The Village Patriarch)。

心地善良的人；他主动提出到米尔顿来帮你寻找一下遗嘱；当然并没有什么遗嘱，不然这个时候你遵照我的指示的话，早就找到了。上尉还说，要把你和他的岳母接回家去。从他妻子现在的情况来看，我看你只能指望他最晚待到星期五。不过，你们家的迪克逊值得信赖，能替你等到我来的那个时候。如果没有遗嘱，我就把事情委托我在米尔顿的律师来处理，因为我不相信这个上尉是个处理事情的好手。不过，他的胡子倒是修得一丝不苟。东西不久就要卖掉，所以你把想要留下来的东西挑出来。要不然你随后给我列一张单子也行。还有两件事情我也已经做了。你可能知道，就算你不知道，你那可怜的父亲是知道的：等我死后，我的钱和财产就全部归你。这不是说我马上就要死了，说到这个愿望只是为了解释接下来要说的事。伦诺克斯一家子现在好像挺喜欢你的，他们可能会继续喜欢你，也可能不会。所以，最好一开始就和他们达成一个正式协议，就是说，只要你和他们都觉得住在一起很快乐，你就每年付给他们二百五十英镑（这当然包括迪克逊的工资在内，所以小心不要再受骗付给她什么钱）。这样，要是哪天上尉不想让你继续住在家里，你也不至于无依无靠，你可以带着这二百五十英镑去别的地方，前提是我没有要求你来我家给我管理家务。至于衣服、迪克逊、你的个人开支和甜食（所有年轻的女孩子在长大懂事之前都爱吃糖），我会咨询一下我认识的某位女士，看看你究竟可以从你父亲那里继承多少再确定。玛格丽特，现在读到这里，你是不是怒气冲冲地想知道，这个老头有什么权利如此傲慢地为你安排一切？我知道你肯定会这样。不过，这个老头确实有权利这么做。他和你父亲交好了整整三十五年；你父亲结婚那天他站在他身边；你父亲去世的时候，他帮你父亲合上了眼。更何况他还是你的教父；既然他不能在精神方面给你多大的帮助——他觉得在这方面你已有绝对的优越感，他就想着在物质方面给你一点资助。这个老头在这个世上已经没有一个亲人了，"谁会对亚当·贝尔悲哀表示哀悼呢？"他已经在这件事上全身心投入，打定主意了，而且玛格丽特·黑尔也不会拒绝他的请求。立即回信告诉我你的答复，哪怕只有一两行字也成。但不许表示感谢。

玛格丽特拿起一支笔，颤抖的手写下一行潦草的字："玛格丽特·黑尔不是一个会拒绝他的请求的姑娘。"在目前这个虚弱的状态下，玛格丽特想不出其他的话来，可用这几个字又觉得不好意思。她实在是太疲惫了，就算是这样稍稍用力，如果她能想出另一种表示接受的答复，她也没力气坐着再写一个字了。她不得不重新躺下，竭力不去想这些事。

"亲爱的孩子！是不是那封信让你心烦意乱呢？"

"不是，"玛格丽特有气无力地说，"明天过后，我会好起来的。"

"宝贝。我肯定，只要你待在这个空气污浊的地方，你是无法恢复过来的。真的难以想象这两年你是怎么熬过来的。"

"我又能去哪里呢？我不能离开爸爸和妈妈。"

"好了！亲爱的，不要再难受了。我感觉这样都是为了你们好，只是我想不明白你们是怎么在这里生活的。我们管家的妻子住的房子都比这个好。"

"有时候它是非常美的——比如在夏天。你不能凭它现在的样子来下结论。我在这里过得很开心。"玛格丽特闭上了眼睛，不想再谈下去。

和以前相比，房子现在变得舒服多了。晚上寒气袭人，按照肖夫人的吩咐，每个卧室都生起了火。她无微不至地照顾着玛格丽特，凡是她自己花心思找到能给她安慰的美食或是精美的布料，她都会买下来。但是玛格丽特对这一切漠不关心。即使它们能勉强引起她的注意，那也只是出于对姨妈的感激，因为她正竭尽全力为她着想。尽管很虚弱，她还是无心休息。她整天从这个房间走到另一个房间，有气无力地把要留下来的东西放到一边，竭力不去想要在牛津举行的那场葬礼。迪克逊按照肖夫人的意思跟着玛格丽特，表面上是听从她的吩咐，暗地里却是要让她情绪稳定下来。

"迪克逊，这些书我要留下。其余的你都给贝尔先生送去好吗？这些书都是爸爸的遗物，看在爸爸的分上和这些书的价值上，他会珍惜它们的。这一本——我想让你在我走后交给桑顿先生。等下，我要写张便条夹在里面。"她急忙坐下来，好像不敢多想似的，写道：

亲爱的先生：我相信，为了我父亲的缘故，你会珍视这本他遗留的书的。

——玛格丽特·黑尔

她又开始在屋子里走来走去，翻看着那些从孩提时代就熟悉的东西；虽然它们可能早就过时、破旧不堪，但依然不舍得扔掉它们。她几乎不再说话，然后迪克逊向肖夫人汇报时说：尽管她一直在说话来转移黑尔小姐的注意力，但她怀疑小姐一个字也没听进去。玛格丽特站了一天，到晚上时身体已疲惫不堪，自从听到黑尔先生去世这个消息以来，她从未睡得这么安稳。

第二天吃早餐的时候，她说想出去和几位朋友辞行。肖夫人不太同意："亲爱的，我想你在这儿不会有什么特别亲密的朋友，可以让你这么早去拜访。你还没去过教堂呢。"

"但我只有今天了，如果伦诺克斯上尉今天下午来的话，如果我们非得……我非得明天走的话……"

"嗯，是的，我们明天就走。我越来越深信，这儿的空气对你不好，让你脸色苍白、身体虚弱；而且，伊迪丝在盼着我们，她可能在等着我呢。亲爱的，在你这个年龄，我们不能独个抛下你。要不然这样，如果你一定要去拜访他们的话，我陪你去。我想迪克逊还能给我们叫辆马车来。"

于是，肖夫人便为玛格丽特去准备衣帽，她还带着用人去准备围巾和气枕。以前，玛格丽特经常独自一人去拜访朋友，现在看到为了这两次拜访所做的准备，玛格丽特的神色黯淡，没有一丝笑容。她要拜访的其中一处是尼古拉斯·希金斯家，她真的有点害怕。她所能做的就只是希望姨妈到时候会不愿意下马车，走进那条小巷，让晾在房屋之间的绳子上的湿衣服拂到脸上来。

是要安逸地坐着呢，还是保持一位主妇的礼节去拜访，肖夫人内心也进行了一番小斗争，结果是前者占了上风。于是她一再叮嘱玛格丽特，要她小心不要染上热病（热病总是潜伏在这种地方），然后才放她下车到那家人的家里去。玛格丽特以前经常到那儿去，既不用小心预防疾病，也不用得到谁的允许。

尼古拉斯出去了，家里只有玛丽和鲍彻家的两个孩子。玛格丽特为自己没有掌握好拜访时间而感到懊恼。玛丽头脑很迟钝，尽管她感情真挚、心地善良。但她在明白了玛格丽特来看望他们的目的的那一瞬间，就忍不住哭了起来，抽噎不停，以至于玛格丽特觉得自己在来时的马车上一路想起的许多琐事，在现在这种情况下根本没机会说出口。她只能尝试着安慰玛丽，含糊地说以后在某个时间和某个地点还是有可能碰面的，然后请求玛丽转告她父亲，如果可以的话，她希望希金斯在晚上下工以后能去看看她。

当她准备离开这个地方的时候，她停了下来，朝四处看看，迟疑了一会儿才说："我想要件贝茜的小东西留作纪念。"

话一说完，玛丽立刻显露出慷慨大方的天性。他们可以拿什么送人呢？玛格丽特挑了一个小酒杯，她记得以前一直是放在贝茜身边的，她发烧的时候就用它来喝水。玛丽说："哦，挑件好点的吧，那个才值四便士！"

"这个就可以了，谢谢你。"玛格丽特说完就急匆匆地走了，玛丽因为送给了别人一样东西，脸上还洋溢着喜悦之情。

"现在该去桑顿夫人家里了，"她心里想着，"那里非去不可。"但一想到桑顿先生家，她就浑身不自然，脸色苍白。她费了好大劲才想到该怎么向她姨妈解释桑顿夫人是谁，为什么要去向她辞行。

她们（肖夫人在这儿下了车）被领进了客厅，那里刚刚生起了炉火。肖夫人裹着围巾缩成一团，冻得瑟瑟发抖。

"这个房间真冷!"她说。

她们等了好一会儿,桑顿夫人才走进来。既然玛格丽特要离开淡出她的视线了,她内心对玛格丽特的态度也稍微缓和了一些。玛格丽特多次在不同时间和地点显露出来的毅力,甚至比她长期所忍受的痛苦程度更甚,她对玛格丽特的这种精神牢记在心。她和玛格丽特打招呼时,脸上的表情比平时更加温和。当她注意到玛格丽特那张苍白的、饱含泪水的脸和极力想保持镇定的、颤抖的声音后,她甚至流露出了几分同情。

"请允许我介绍一下我姨妈,肖夫人。我明天就要离开米尔顿了,不知道您是否听说了。但我还是想再见您一面,桑顿夫人,想……想为我上次见到你时的那种态度道歉,还想说我相信您是出于一片好意——不管我们以前彼此之间有怎样的误解。"

肖夫人对玛格丽特说的这番话非常疑惑。多谢她的好意!为上次的失礼道歉!但桑顿夫人回答说:"黑尔小姐,我很高兴你能公正地看待我。我在规劝你时,只不过做了我觉得应该做的事。我一直想成为你的朋友。我很高兴你能这么公正。"

"那么,"玛格丽特满脸通红地说,"你可以公正地对我做出评价吗?请您相信,尽管我不能……我也没办法……为我的行为做出解释,但我并没有像您担心的那样,做了不体面的事!"

玛格丽特说话的声音温柔,声音恳切,以至于桑顿夫人被她的态度打动了;在此之前,她一直对玛格丽特美丽动人的态度无动于衷。

"当然,我相信你。让我们别再提这件事了。你要住在哪里,黑尔小姐?我从贝尔先生那里听说你要离开米尔顿了。你自始至终都不喜欢米尔顿,对吧?"桑顿夫人严肃地笑了笑,"尽管这样,你还是不要指望我会祝贺你要离开这里了。你要住到哪里去呢?"

"和我姨妈一起住。"玛格丽特说着看了看肖夫人。

"我外甥女要和我一起住到哈利街去。她就像我的女儿一样亲,"肖夫人怜爱地看着玛格丽特,"凡是对她好的人,我都要向他们表示感谢。要是您和您的丈夫到伦敦来,那我的女婿和女儿——伦诺克斯上尉和夫人,肯定很乐意和我一起尽力来款待你们。"

桑顿夫人心里清楚,玛格丽特并没有把桑顿先生和桑顿夫人之间的关系详细地告诉她的姨妈。现在这位善良的姨妈竟然邀请他们去伦敦,于是她就简短地回答道:"我丈夫已经去世了。桑顿先生是我的儿子。我从来没去过伦敦,所以我也不太可能有机会接受您这番好意。"

就在这时,桑顿先生走进了房间,他刚从牛津回来。他身上的丧服说明了他去那里的原因。

"约翰,"她母亲说,"这位夫人是黑尔小姐的姨妈。说来可惜,黑尔小姐是来向我们辞行的。"

"那么,你要走了?"他低声说。

"是的,"玛格丽特说,"我们明天就走。"

"我女婿今天晚上来接我们。"肖夫人说。

桑顿先生转过身去。他依旧站着,现在似乎在观察桌上的某样东西,就好像是发现了一封没有拆开的信,让他忘记了眼前的客人。甚至当她们站起来要告辞时,他都好像没有察觉到。但是,他还是走上前,把肖夫人送下楼,扶到马车上。马车过来时,他和玛格丽特肩并肩站在门阶上,让他们俩不由得想起发生暴乱那天的事。他还随之联想到了次日的谈话,她激愤地说她对那群绝望的暴徒中的随便哪一位都和对他一样关心。一想到她说的那些狠话,他的脸就沉下来了,尽管他的心因渴望她的爱而怦怦乱跳。"不!"他心想,"我已经试过一次了,一败涂地。就这样吧——让她带着她的铁石心肠和美丽走吧——现在她那张美丽脸庞上的神情是多么坚定和可怕啊!她怕我会说出什么需要她严加制止的话吧。就让她走吧。不管她多么美艳动人,她会发现要遇上一个比我更加真心实意的人是很难的。就让她走吧!"

道别时,他声音里既没有惋惜的意思,也没有包含一丝情感。他坚定而平静地握住了那只伸出的手,随后自然地放下,就好像那是朵枯萎凋谢的花朵一样。但那天谁都没有在家里再看到桑顿先生。他正忙着生意上的事，至少他自己是这样说的。

拜访了这两个地方后，玛格丽特精疲力竭，她只好听凭姨妈的照看、安抚，叹着气说："我早就和你说过会这样吧。"迪克逊说她安静得就像刚听说父亲去世的消息那天一样糟糕，所以她和肖夫人商量是否应该推迟明天的行程。但是当肖姨妈不情愿地向玛格丽特提出晚几天再走的时候，玛格丽特却像饱受痛苦似的说："不要！我们走吧。我受不了这里，我的身体在这儿也不会好。我想要忘记这里的一切。"

于是她们为第二天的行程继续做准备。伦诺克斯上尉来了，带来了伊迪丝和新生小男孩的消息。玛格丽特发现，和一个人漫不经心地说些无关紧要的话倒是挺有好处——只要那个善良的人不对她表现出过分强烈的同情。她打起精神，到她觉得希金斯差不多该来的时候，她已经能安静地离开那个房间，到自己的卧室里等别人来叫了。

"嗨！"他进来时说，"没想到先生已经去世了，他们告诉我的时候，我简直傻掉了。'黑尔先生？'我问，'是那位牧师吗？''是啊。'他们回答说。我说：'那么，不管别人怎样，这个世界上又少了一位好心人了。'我来看你了，想告诉你我有多么悲痛，但厨房里的那些女人不肯告诉你我来了，她们说你身体不好——不是我说，你真不像以前的那位姑娘了。你是不是就要去伦敦当一位富家小姐了？"

"不是什么富家小姐。"玛格丽特笑笑说。

"哦！桑顿先生说——他一两天前说：'希金斯，你去看过黑尔小姐了吗？''没有，'我说，'那些女人不让我见她。但如果她生病了，我可以等合适的时候去。我们很熟，我对先生的去世真的感到很抱歉，因为见不到她，所以没办法告诉她，这一点她肯定相信我。'他说：'你还是趁早想办法去看看她吧，伙计。她很快就要离开我们了，她也没办法啊。她有一些阔亲戚，要带她走，我们再也见不到她了。''厂主，'我说，'如果她走之前我见不到她，那等到下一个降灵节的时候，我就想办法去趟伦敦，我一定要去。不管是什么亲戚，都不能阻止我和她告别。'上帝保佑你，我知道你会来的。我只是遵照厂主的意思，才假装相信你也许会不来看我就离开米尔顿。"

"你说得没错,"玛格丽特说,"只有你公正地看待我。我相信你不会忘记我。如果米尔顿没人记得我了,我相信你一定不会忘记我,当然也不会忘记爸爸。你知道他是多么厚道、善良。你看,希金斯!这是他的《圣经》。我把它留下来给你。我舍不得把它给别人,但我知道你拿了爸爸会很开心的。我相信为了他,你会好好保管并学习里面的教义。"

"你说得对。就算是魔鬼写的乱七八糟的东西,为了你,为了先生,我也会去读的。小姐,这是什么?我不是为了拿你的钱才来的,请不要这样。我们一直是好朋友,彼此之间不需要有钱财的来往。"

"这是给孩子们的——鲍彻的孩子们,"玛格丽特急忙说,"他们可能需要钱。你没有权利替他们拒绝。我一个便士也不给你,"她笑着说,"别以为这里面有给你的钱。"

"那么,姑娘,我只好说,让上帝保佑你!祝福你!——阿门。"

第四十四章　安逸，但不安宁

> 沉闷重复，永不停歇，
> 昨日面貌，今日依旧
> 　　　　　　　　——考柏①

> 在人人应该如此的行为之中，他看到了礼节与规矩，
> 只有他自己做到了那样，他内心才会充满欢乐。
> 　　　　　　　　——吕克特②

　　在伊迪丝产后静休的那段时间里，哈利街的房子非常安静，这对需要充分休息的玛格丽特来说再好不过。她有时间去好好消化一下这两个月来，她生活环境中突然发生的变化。她发现自己一下子住进了一幢非常舒适的房子里，这儿似乎没有外面的烦恼和纷扰。生活这架机器上足了油，平稳顺利地运转前行。肖夫人和伊迪丝对玛格丽特疼爱有加，坚持要把回来的这个地方称作她的家。所以她感到自己内心这种私密的想法几乎是忘恩负义的：赫尔斯通的牧师公馆——不，甚至是米尔顿的那幢破房子，住着他忧心的父亲和病重的母亲，以及由于家境相当贫寒需要在日常家务上做出的种种考虑，才是构成她心目中的家这个概念的地方。伊迪丝急着想要玛格丽特快点好起来，所以把她的卧室安置得和自己的一样柔软舒适，放满了小摆设。肖夫人和她的女佣花了很多心思，让玛格丽特的衣橱重新摆满了款式多样、优雅大方的衣服。伦诺克斯上尉非常绅士，性格随和善良，每天会和他妻子在梳妆室待上一两个小时，和他的小男孩再玩上一小时，之后如

---

① 引文出自英国诗人威廉姆·考珀（William Cowper）的长诗《希望》（Hope）。
② 引文出自德国诗人弗雷德里希·吕克特（Friedrich Ruckert）的长诗《万神殿》（Pantheon）。

果没有约会，不出去吃饭，就在俱乐部里消磨时光。玛格丽特休息了一段时间后身体已经恢复过来了——她还没开始感到空虚和无聊。伊迪丝已经起床下楼，担负起平时在家里的那份担子。玛格丽特又像以前一样习惯在一旁观看、夸奖和帮助她的表妹，她欣然地从伊迪丝手里接过了那些看起来是伊迪丝分内的事：为她写回信，提醒她的约会，没有娱乐时去照顾她，因此玛格丽特觉得自己倒像是生病了。但此时正值伦敦的社交时节，其他人都忙着社交，所以玛格丽特经常独自一人在家。然而她又想起了米尔顿，很奇怪地对比起这里和那里的生活，两者之间产生巨大反差。她厌倦了这种平静的、不需要奋斗和努力的生活，很担心自己会变得懒散、麻木不仁，忘记所有的事情，只知道沉溺在这种奢华的生活。在伦敦，可能也有辛苦工作的劳动人民，不过她从来没见过他们；就连那些仆人也生活在自己的世界里，她不了解他们的希望和忧虑；只有在男主人和女主人心血来潮需要他们的时候，他们才能显现出存在感。在玛格丽特的心中和生活中，有一大块奇怪的、无法填补的空白。有一次，当玛格丽特委婉地向伊迪丝提示这一点时，伊迪丝由于前天晚上跳舞后非常疲倦，就像以前一样躺在玛格丽特常躺的沙发上，懒洋洋地用手抚摸她表姐的脸。

"可怜的人啊！"伊迪丝说，"在整个世界如此热闹的时候，每天晚上把你一个人留在家是有点可怜。不过我们马上要在家举办舞会了——等亨利游玩回来马上就办——那时你就开心了。也难怪你现在闷闷不乐，可怜的宝贝！"

玛格丽特并不觉得晚宴能像灵丹妙药一样，但伊迪丝对自己的晚会感到很得意。"一定要与众不同，"她说，"不同于妈妈以将军遗孀身份举办的那些老式舞会。"肖夫人自己对于这些完全不同、但合乎伦诺克斯上尉和他们朋友圈子口味的安排非常开心，就如同对自己以前常常举办的那些更正式和沉闷的晚宴一样。伦诺克斯上尉对玛格丽特非常友善亲切。玛格丽特也确实很喜欢他，只是有点嫌弃他过分注意伊迪丝的穿着与外表，就好像是为了让她的美给世人留下深刻的印象。往往这时候，玛格丽特身上的倔脾气就上来了，她总是忍不住把内心的想法说出来。

玛格丽特的一天的安排是这样的：早餐吃得很迟，餐前还要消磨一两个钟头；这一餐没有固定的时间，虽然持续时间较长，但他们还是希望她在座，因为餐后马上要讨论各种计划。虽然这些都和她毫无关系，即使她无法提出一些建议，他们也希望她能表达下同情或赞同。之后就有数不清的回信要写，伊迪丝总是把回信的任务交给她，说了许多赞扬她的话。等肖尔托午前散步回来后，她就和他玩上一会儿，在仆人们吃饭的时候，还要照顾孩子。然后她的姨妈和表妹夫妇要么乘车出去参加宴会，要么就是接待来访的客人。这时玛格丽特倒也清闲，不过经过一天的闲散之后，随之而来的是感到疲乏，沉重袭上心头。

她虽然没有说出口，但对迪克逊回来这件普通的小事充满了期待。直到现在，这个老仆人还在忙着打理和清算黑尔一家的事务。一阵空虚感突然袭来，玛格丽特在米尔顿生活了那么久，现在却没有他们中间任何人的一点音信。诚然，迪克逊在写来的信中会不时引述桑顿先生的意见，比如最好如何处理家具，或是如何应付克兰普顿街那所房子的房东。不过，这个名字，或是米尔顿其他人的名字，也只是偶尔出现在信中。有天晚上，玛格丽特独自一人坐在伦诺克斯家的客厅里，手上握着迪克逊来的信，却没有读，只是在凝神思考，回忆过去的日子，想象自己曾投身其中的忙碌生活，同时不知道那里的一切人事是否还在纷乱地继续进行着，仿佛她和她父亲从未到过那里一样。她暗自想，那么大一群人中是否有一个人在想念她（不是希金斯，她没有想到他）。这时，仆人们突然进来通报说贝尔先生来了，玛格丽特慌忙把信放进针线篮，站了起来，脸红得就好像做了亏心事一样。

"啊！贝尔先生，真没想到会见到您。"

"我希望就像你感到惊奇那样，你也能这样地欢迎我。"

"您吃饭了吗？您是怎么来的？我让仆人们给您准备些饭吧。"

"如果你吃，我也吃一点。不然，你也知道我对吃真不在乎。其他人在哪里？都去赴宴了？把你一个人留在家里？"

"是的，我刚好可以休息一下。我只是在想——但是您肯在这吃晚饭吗？我不知道家里有没有其他东西。"

"哈！老实告诉你，我在俱乐部里吃过了。只是那里的厨师没以前的好，所以我想，如果你要吃的话，我就陪你吃一点。不过没关系，没关系。在英国，能准备一顿晚餐的值得信赖的厨师连十个都不到。即便他们厨艺不错，火候到位，可他们的脾气不行。你给我泡杯茶吧，玛格丽特。你刚才在想什么？你是不是打算告诉我呢？我的教女，那些是谁写来的信，你这么急着藏起来？"

"只是迪克逊的。"玛格丽特说，她的脸涨得通红。

"什么！只是她写的信？你猜猜谁和我一起坐火车来了？"

"我不知道。"玛格丽特说，不愿去猜测。

"是你的……你该管他叫什么呢？表妹夫的哥哥应该怎么叫？"

"亨利·伦诺克斯先生？"玛格丽特问。

"是的，"贝尔先生回答道，"你以前就认识他，是吗？他是个什么样的人，玛格丽特？"

"很久之前我喜欢过他，"玛格丽特说，眼睛向下看了一会儿，接着抬起头，望着贝尔先生，十分自然地说，"你知道，后来我们为了弗雷德雷克的事一直有书信来往；可我已经快三年没见过他了，他可能已经变了。你觉得他怎么样？"

"我说不上来，他一开始急着打听我是谁，接着又想知道我是干什么的。可他一点都没透露自己是干什么的。他拐弯抹角地想知道和他谈话的是个什么人。这不太好，这很容易表现出他的性格。真的，除此之外，别的什么都没看出来。你觉得他长得英俊吗，玛格丽特？"

"不！当然不。你觉得呢？"

"我也是这么想的。不过我还以为你可能会觉得他长得不错。他常来这里吗？"

"我想他在伦敦的时候应该常来。我到这里后，他为了巡回审判一直到处跑。不过，贝尔先生，你是从牛津还是米尔顿来的？"

"米尔顿。你没看出我给熏得很黑吗？"

"当然看出来了。我还以为这是牛津古迹的影响呢。"

"哈哈，别傻了！在牛津，我可以让所有的房东按照我的意思安排，不至于像你们在米尔顿的房东那样给我添这么多麻烦，最终我还输给他们了。他们一定要等到明年六月才肯把房子收回去。幸亏桑顿先生找到了一个肯租房子的人。你为什么不问问桑顿先生呢，玛格丽特？他真是你们家的得力好友，给我帮了不少忙。"

"他怎么样？桑顿先生近况如何？"玛格丽特急忙问道，声音很低，尽管她竭力想大声问出来。

"我想他们都很好。我一直待在他们家，后来他们一直喋喋不休地讲桑顿小姐的婚事，我不得不搬出来。尽管她是他的妹妹，可桑顿先生实在是受不了了，就一直躲在自己的办公室里。无论是为了自己还是为了别人，这种事情都不应该让他这个年纪的人操心。我发现老夫人全身心投入到这件事上，被她女儿喜欢的橘黄色花边和蕾丝弄得晕头转向，这倒让我有些意外。我本来以为桑顿太太是个铁石心肠的人呢。"

"她会装出一副很关心的样子来掩饰女儿的短处。"玛格丽特小声地说。

"可能是这样。你仔细观察过她，是吗？她好像不太喜欢你，玛格丽特。"

"我知道，"玛格丽特说，"哦，茶终于来了！"她大声喊道，仿佛松了一口气。这时，亨利·伦诺克斯先生端着茶进来了，他很晚才吃晚饭，吃好便到哈利街来了，显然以为他弟弟和弟媳妇在家。自从那个难忘的日子——他在赫尔斯通向玛格丽特求婚被拒后，这还是他们第一次见面，玛格丽特可能和他的感觉一样，因为有另外一个人在场而感到欣慰。一开始，她简直不知道说什么好，幸亏她要忙着安放茶桌，可以借此保持沉默，也给亨利一个机会镇定下来。说实话，今天晚上他来哈利街是相当勉强的事，只想快点把这次尴尬的会面应付过去。本来即使是伦诺克斯上尉和伊迪丝在场的话，也会很尴尬，况且现在只有玛格丽特一个人在家，自己免不了和她说许多话，所以更加尴尬了。玛格丽特首先恢复了镇静。她等最初的那阵尴尬过去后，便开始谈起脑子里首先想到的话题。

"伦诺克斯先生，我非常感谢你为弗雷德雷克所做的一切。"

"我很抱歉事情没有办成。"他一边回答，一边快速地看了贝尔先生一眼，似乎想试探下在他面前可以把话说到什么程度。玛格丽特就好像看出了他的心思，于是就主动向贝尔先生说起来，这样既没有把贝尔先生排除在谈话之外，也可以向伦诺克斯先生表明，贝尔先生心里清楚他为洗清弗雷德雷克的罪名所做的各种努力。

"那个霍洛克斯——最后一个证人，他也和其他证人一样毫无用处。伦诺克斯先生发现，他在去年八月份已经乘船去澳大利亚了，而弗雷德雷克两个月后才回到英国，告诉我们那些名字——"

"弗雷德雷克在英国！你从没告诉过我！"贝尔先生大吃一惊。

"我以为您知道。我一直相信有人已经告诉过您了。当然，这是件绝密的事，或许现在我也不应该说出来。"玛格丽特有点沮丧地说。

"我从来没有对我弟弟或是你表妹说过。"伦诺克斯先生用职业上惯用的冷冰冰的口气说，有几分责怪的意思。

"不要介意，玛格丽特。我没有生活在一个喜欢说长道短的圈子里，周围也不是都想探听我事情的人。你不用这么紧张，因为你是向我这样一个忠诚老实的隐士透露了秘密。我绝不会说出他来过英国这件事。所以自然也没什么诱惑可言，因为没有人会问我。慢着！（他突然打住了）是不是在你母亲举行葬礼的时候？"

"妈妈去世的时候他就陪在身边。"玛格丽特轻声地说。

"那就是了！那就是了！有个人问我他当时有没有回来，我坚决否认了——就在几个星期之前——那是谁来着？哦，我想起来了！"

不过他没有说那个名字，尽管玛格丽特非常想知道她的猜测是否正确——那个问的人是桑顿先生——但她不能向贝尔先生提出这个问题。

他们沉默了一会儿。接着伦诺克斯先生问玛格丽特说："既然贝尔先生已经对你哥哥不幸的遭遇一清二楚,我想我最好把我们对证人的调查一五一十地告诉他。如果他明天早上能赏脸和我一起共进早餐的话,我们就可以一起研究一下这些下落不明的证人。"

"要是方便,我倒很乐意听听所有的细节。你们不可以到这里来吗?我不敢贸然邀请你们两位过来共进早餐,尽管我相信他们肯定很欢迎你们。虽然现在看起来毫无希望,至少让我知道所有关于弗雷德雷克的情况吧。"

"我明天十一点半有约,不过,既然你想听,我肯定会来的。"伦诺克斯先生欣喜地说。这让玛格丽特又沉默了,几乎希望自己刚才没有提出这个其实再自然不过的请求。贝尔先生站起身来,四处寻找他的帽子,为了喝茶,那顶帽子放到了别的地方。

"好了!"他说,"我不知道伦诺克斯先生接下来还有什么打算,可我要回家了。今天一整天我都在路上,感到累了,毕竟六十多了。"

"我想我还是留下来看看我弟弟和弟媳妇。"伦诺克斯先生说,没有一点要离开的意思。玛格丽特既害羞又窘迫,生怕自己一个人留下来和他独处。在赫尔斯通花园里那片小山坡上的那一幕此刻浮现在她的脑海中,如此真切,以至于她不禁觉得对他而言也是如此。

"请不要走,贝尔先生,"她急忙说,"我想让你见见伊迪丝,想让你们认识下,求你了!"她说着,轻轻地拉住他的胳膊,又显得那么坚决。他看着她,看出了她脸上慌乱的神情;于是他又坐了下来,好像她那轻轻一碰有着不可抗拒的力量。

"你也看到了她是怎么把我制服的,伦诺克斯先生,"他说,"我想你注意到了她精妙的用词,她想让我'见见'伊迪丝,我听说她是个非常漂亮的人啊。但说到我,就换了个词——伦诺克斯夫人想'认识'我。我想我没什么好给人'见见'的,是吗?玛格丽特?"

他要走时发现玛格丽特脸上稍稍有些不安的神情,于是他就开了这个玩笑,好让她有时间镇静下来;玛格丽特听出了他的用意,也回应了几句。伦诺克斯先生感到很不解,他弟弟怎么会说出玛格丽特已经失去了过去的美貌这种话的。毫无疑问,她穿着黑色丧礼服,伊迪丝穿着白纱丧服,两人形成了鲜明的对比。伊迪丝步履轻盈,金发飘飘,浑身上下显得温柔而光彩照人。当玛格丽特把伊迪丝介绍给贝尔先生时,伊迪丝娇羞的脸上适时地显露出两个酒窝,她知道自己得保持美人的样子,不应该拒绝一个末底改[①]的崇拜与赞美,即使他只是一个谁也没听说过的学院的老评议员。肖夫人和伦诺克斯上尉都以自己的方式向贝尔先生表达了真诚而友好的欢迎,这使得他不由自主地喜欢上了他们,特别是当他看到玛格丽特多么自然地融入到了这个家庭里面。

"我们没在家接待您,真不好意思,"伊迪丝说,"还有你,亨利!尽管我们原先不知道要在家里等你来。当然还有贝尔先生!玛格丽特的贝尔先生……"

"真不知道还有什么是你愿意牺牲的,"她的大伯哥说道,"甚至是牺牲一场宴会!还有穿上这么一件合身裙子的喜悦!"

伊迪丝不知道是该皱起眉头,还是要露出笑容。但伦诺克斯先生并不想逼她做选择,所以接着说:"明天早上,不知你是否乐意做出点牺牲?第一,请我来吃早饭,让我见见贝尔先生;第二,把吃饭时间从十点钟改到九点半,我有一些信和文件想让贝尔先生看看。"

"我希望贝尔先生在伦敦逗留期间,能把这里当作自己的家,"伦诺克斯上尉说,"只是很抱歉,我们无法给他提供一间睡房。"

"谢谢,我很感谢你们。如果有睡房,你们会发现我是一个脾气古怪的人,虽然我很想和你们这些令人愉快的朋友相处,但我还是会谢绝的。"贝尔先生说完,就向周围的人欠身致歉,并为他能把话说得如此干净利索而暗自得意。这句话如果用大白话说出来,意思大概就是:"我可受不了说话这么斯文,举止这么得体。那就像一块没放盐的肉,食之无味。谢天谢地,他们没有睡房!我的话说得多么婉转啊!我完全掌握了如何显得温文尔雅的诀窍。"

[①] 末底改(Mordecai),出自《圣经·旧约·以斯帖记》,末底改把父母双亡的以斯帖收为养女,后来以斯帖被选召入宫,成为亚哈随鲁的王后。

直到和亨利·伦诺克斯一起走到了外面的街上，他还在为此感到得意。这时，他突然想起了玛格丽特请求他多待一会儿时脸上那种恳切的神情，又想起很久以前伦诺克斯先生的一个熟人曾经提示过他，伦诺克斯喜欢她。他恍然大悟，似乎明白了什么。"你应该很早就认识黑尔小姐了吧，你觉得她今天脸色怎么样？我觉得她看起来脸色挺苍白的，好像病了。"

"我倒觉得气色非常不错。我刚进来的时候，可能还不是这样——现在我觉得是。不过当然，她高兴起来的样子，和以前并没什么不同。"

"她近来遇到了太多的不幸。"贝尔先生说。

"是的！听说她遭受的那些事，我也感到很难过。不仅仅是亲人过世带来的伤痛，还有她父亲的行为，肯定让她很苦恼，还有……"

"她父亲的行为！"贝尔先生吃惊地说，"你肯定是听到了什么流言。他做事光明磊落，比我以前所想的要坚强得多。"

"也许我听到的传闻是错误的。但是接替他的那个牧师——一个精明理智、工作积极的人——告诉我，黑尔先生没必要那么做，并没有人让他放弃牧师职位，把一家人带到一个工业城市，靠做家庭教师来维持生活。主教提议给他另一个圣职。但是，就算他心里有什么疑虑，也可以留在南方，不必辞职。可事实是，这些乡村牧师都过着与世隔绝的生活——我的意思是，他们与那些具有同等教养的人毫无交际，本来他们可以借助对方的思想来调节一下自己的思想，从而发现自己什么时候步调太快，什么时候太慢——所以他们往往会对某些教义产生一些并无根据的怀疑，对自己造成烦扰，并为自己的某些不切实际的空想而放弃做好事的机会。"

"我不赞同你的说法。我觉得他们并不会像我这位可怜的老朋友黑尔那样做。"贝尔先生心里一阵恼怒。

"可能我说'往往'是太笼统了。不过他们孤寂的生活的确让他们不是对自己过于自负，就是良心上脆弱敏感。"伦诺克斯先生镇静地说。

"那打个比方，你在律师中就没碰到过傲慢自负的吗？"贝尔先生问，"我想，良心上脆弱敏感的就更少了。"他越来越恼火，把刚学到的那套温文尔雅的把戏全忘了。伦诺克斯先生此刻看出他惹恼了自己的同伴。他之所以说这些话，是为了在同行的这段路上有话可讲，以此消磨时间，他对自己在这个问题上的立场并不是很在意，所以平静地调转话头："当然，在黑尔先生这个年纪，为了一种可能是错误的——但这无关紧要——一种虚无缥缈的想法，离开居住了二十多年的家乡，放弃了所有的习惯，这是很了不起的。我们不得不钦佩他，也许还带着几分怜悯，就像我们同情堂吉诃德一样。再说了，他还是一位有教养的绅士，我永远不会忘记他在赫尔斯通最后那段日子里对我朴实热情的款待。"

贝尔先生的情绪稍稍平息了一些，不过为了打消自己心头的疑虑，相信黑尔先生的行为的确带有一点堂吉诃德的色彩，他粗声粗气地说："当然了！你不了解米尔顿。那里和赫尔斯通完全不一样。我已经有好些年没去过赫尔斯通了——但我敢担保，它还是老样子——一砖一瓦都和上个世纪一样。不过米尔顿，我每隔四五年就去那里一次，我就是在那儿出生的，但我不得不承认，我还是常常会在以前是我父亲果园的地方造起来的一排排货栈那里迷路。我们是要在这里告别了吗？那么，晚安，先生。我想明天上午我们还可以在哈利街见面。"

第四十五章　似梦非梦

> 我年轻时，在轻柔的空气中
> 飘扬的声音，如今在哪儿？
> 最后的颤音已经消失，
> 听过的人也已不在；
> 啊！让我闭上眼睛遐想吧。
>
> ——兰德[1]

贝尔先生和伦诺克斯先生交谈时，脑海中清晰地浮现出了赫尔斯通的景象，结果，当天晚上，这个念头反复出现在他的梦里。在那所他现在已经成为评议员的学校里，他又成了一名导师，又有了一个很长的假期，住在赫尔斯通那位幸福的牧师家里，牧师新婚不久，正是一位意气风发的丈夫。他们经常会跳过潺潺而流的小溪，到处散步，这使得他们每天的生活似乎都显得那么不真实。其他所有的一切都是真实的——除了时间和空间。每一件事都是根据人的情感来衡量，而不是根据实际情况，因为并没有什么实际情况。但是枝繁叶茂的树木的确秋色斑斓——花草的芳香袭人，使人的感官上带着一丝甜腻气息——那位年轻的妻子在家里忙来忙去，心头百感交集，一方面是为家里的经济状况而烦恼，另一方面又为自己有这么个英俊、忠诚的丈夫而感到骄傲，这就是贝尔先生二十五年前在现实生活中所看到的一切。梦境过于真实，所以他醒来的时候，反而感觉眼前的生活像一场梦。他在哪里？在伦敦一家门窗紧闭、装修华丽的旅馆里！刚才还和他说话、在他身边走来走去、触碰他的人都在哪里？死了！埋了！永远消失了，直至世界的尽头。不久之前他还精力充沛，神采奕奕，现

---

[1] 该诗为英国诗人兰德（W.S. Landor）所作。

在却已经是个老人了。那种只有孤寂相伴的生活连想象都让人难以忍受。他赶忙起床，匆匆穿好衣服，准备到哈利街去吃早饭，想以此来忘记那永远不可能再回去的日子。

他不能全神贯注地听律师去说那些细节，因为他看到，玛格丽特听到那些可以表明弗雷德雷克无罪的证据像命中注定一般一件件掉到她脚下消失时，眼睛张得很大，嘴唇变得毫无血色。就算是伦诺克斯先生那种出于职业习惯的一板一眼的声调，在玛格丽特的最后一线希望即将破灭时，也忍不住变得温柔、亲切。玛格丽特以前并不是一点都没想过这个结局。只是因为那些接连使她失望的细节，无情地击碎了她所有的希望，所以她终于忍不住流下了眼泪。伦诺克斯停下来，不再继续读了。

"我还是不读了，"他用一种关切的语气说，"我这个提议太愚蠢了。黑尔上尉……"虽然弗雷德雷克被海军残忍地驱逐了，但听到有人这么称呼他，玛格丽特宽慰了许多，"黑尔上尉现在过得很幸福，比在海军服役时赚得更多，前途更加广阔。毫无疑问，他已经把妻子的国家当作自己的祖国了。"

"就是，"玛格丽特说，"我多么自私啊，竟然还为这个感到惋惜。"她努力笑了笑，"不过我终究还是失去了他，现在我很孤单。"伦诺克斯先生翻了翻文件，希望自己有一天能像他所认为的那样富有、前程似锦。贝尔先生擤了擤鼻子，也保持了沉默。一两分钟后，玛格丽特恢复了往常的镇静。她非常有礼貌地向伦诺克斯先生这番辛苦表示了感谢。因为她意识到，自己的举动很可能会使伦诺克斯误以为他带给了她不必要的痛苦，所以她表现得格外谦和有礼。其实这些痛苦本来就在。

贝尔先生走过来向她告别。

"玛格丽特，"他一边说，一边摸索着戴上手套，"我明天要到赫尔斯通去，看看那个老地方。你愿意和我一起去吗？还是说这样会让你太痛苦？大胆地说出来吧，不要害怕。"

"哦，贝尔先生。"她说道——再也说不下去了。不过她拿起那只因为患有痛风而肿胀的手，吻了吻。

"好了好了，到此为止，"他涨红了脸尴尬地说，"我想你肖姨妈应该能放心把你交给我。我们明天早晨出发，大概两点到那里。我想着，我们可以吃点东西，在一家叫'兰纳德阿姆'的小旅馆里订好晚餐，像以前一样去树林里散散步，让胃口好点。你可以接受吗，玛格丽特？我知道，这对我们俩来说都是考验，不过至少我会很开心。我们在那儿吃晚餐——如果我们能吃到的话，也只是鹿肉——然后我打个盹，你就去看看老朋友。只要铁路不发生事故，我就会把你平安无事地送回来。走之前，我会拿出一千英镑来为你做人身保险，这样你的亲戚也放心一些。没什么意外的话，我会在星期五吃中饭的时候把你领到肖夫人这里。所以，如果你同意，我就上楼去和肖夫人提出来。"

"我都不知道该怎么形容自己多么想去！"玛格丽特眼泪汪汪地说。

"那好，要表示感谢，接下来两天就收起你的眼泪。如果你不这样，我的泪腺也会觉得不舒服，我可不喜欢那样。"

"我一滴眼泪也不会掉的。"玛格丽特说，她眨了眨眼，想把睫毛上的泪水甩掉，挤出一副笑容来。

"那才是我的好姑娘。那我们就上楼去把这件事定下来。"贝尔先生和肖姨妈商量这件事的时候，玛格丽特一直忐忑不安地等着。肖夫人先是吓了一跳，然后迟疑不决，不知怎么办才好，最后才被贝尔先生强有力的说辞说服。因为到了后来，不管这么做对不对、合适不合适，在玛格丽特回来之前，她一直都放心不下。最后到整个行程顺利结束后，她才明确表示，她早就觉得贝尔先生这个想法很好，她自己也希望在这段焦虑不安的日子后玛格丽特能出去散散心，给她带来所需要的改变。

第四十六章　曾经与现在

> 每当我大胆地想起，
> 你那些快乐的时光，
> 我心里仍然思念那些朋友，
> 即使死神已经把我们分离。
>
> 一旦结下真诚的友谊，
> 应在精神上相辅相依；
> 在精神上我们互相祝福，
> 在精神上我们相辅相依。
>
> ——乌兰德①

玛格丽特早在约定的时间之前就准备好了，所以她可以从容不迫地在别人不注意的时候悄悄地哭上一会儿，当别人看她时，又露出灿烂的笑容。她最担心的是他们去得晚了，赶不上火车。不过并没有这样！他们到得很及时，她终于长舒了一口气，高高兴兴地登上了车厢，坐在贝尔先生对面，看着列车飞速地驶过那些熟悉的车站。她看到一座座古老的南方城镇和村庄沐浴在温暖洁净的阳光下，屋顶呈现出了一种更为鲜红的颜色，这和北方那种阴冷的石板建筑截然不同。一群群鸽子盘旋在那些尖尖的、古色古香的山形墙周围，不时停落在这里那里，抖动着柔软光亮的羽毛，仿佛想让整个身子都暴露在温暖的阳光下。沿途车站上几乎没什么人，好像他们都比较慵懒，容易满足，懒得出门旅行了。玛格丽特曾经两次坐从伦敦到西北的火车，看

---

① 该诗引自德国浪漫主义诗人路德维希·乌兰德（Johann Ludwig Uhland, 1787—1862）所作诗篇《渡过溪流》(*Ueber diesen Storm vor Jahren*)。

到的是繁忙热闹的景象，这里却一点也没有。要到新年的时候，这条铁路线才会热闹起来，到处是寻欢作乐的有钱人。但对那些经常忙碌穿梭往来的商人而言，这条线路和北方的线路还是有很大差别的。这儿的每个车站上，总有那么一两个闲人懒洋洋地站在那儿，他们把手插在口袋里，呆呆地看着，以至于旅客见了不禁会纳闷，等火车驶过后，除了空空的铁轨、几间小屋，以及远处的一两处农田外，他们还有什么可看？闷热的空气在那片金黄色的田野上回荡，农田一片接一片，处处让玛格丽特想起德国的田园诗歌——《赫尔曼·多萝西》——《伊万杰琳》。等她从这般梦境中醒过来之后，他们已经到站了，要改乘轻便的马车去赫尔斯通了。这时，她心头突然涌起一阵强烈的感觉，说不上来是痛苦还是欢乐。每一步路都是回忆，她永不会忘记，可每一点回忆都带着难以言表的冲动，为那些"一去不复返的时光"而流泪。上次经过这条路，是她和父母一起离开这里的时候——那一天，那个季节，阴沉沉的，她自己感到沮丧，但他们和她在一起。现在她孤身一人，无父无母，他们都莫名其妙地离开了她，从这个世界消失了。赫尔斯通全然沐浴在阳光下，每一个转角，每一棵熟悉的树，都和它们从前在盛夏的日子里一模一样，看到这些，她很伤感。大自然不会感受到什么变化，永远青春如初。

贝尔先生多多少少知道玛格丽特脑海中在想什么，所以很体贴地保持着善意的沉默。他们乘着马车来到"兰纳德阿姆"旅馆，这是一幢半农场半旅馆的房子，离大路有点距离，好像在说房主并没有采取什么炫耀的方式来招揽过路旅客的青睐。相反，旅客得自己找到它。房子面朝一片绿地，门前有一棵古老的酸橙树，周围放着一圈板凳，茂密的树叶深处挂着兰纳德家族那个难看的饰有纹章的盾牌。店门大开，可并没有人殷勤地跑出来迎接客人。等女店主出来的时候——那时间长得足够他们顺手拿走好些东西——她热情地欢迎他们，好像他们是应邀前来，嘴里还为慢待他们这么久而道歉，说现在正是收割甘草的季节，庄稼人吃的东西得送到田里去，她忙着往篮子里收拾东西，没听到路上的马车声。因为离开大路后，他们的马车就一直在柔软的草地上行驶。

"哎呀,我的天哪!"她大呼,因为她表示完歉意后,一道阳光正好照在玛格丽特脸上,让她看清了玛格丽特那张脸,之前由于光线阴暗,她没注意到。"珍妮,是黑尔小姐,"她边说边跑到门口去叫她女儿,"到这儿来,快来,黑尔小姐来了!"随后,她走到玛格丽特面前,像母亲般慈祥地和她握握手,"你们一家子都好吗?牧师和迪克逊小姐好吗?特别是牧师!愿上帝保佑他!他的离开一直让我们很难过。"

伯吉斯太太显然已经知道她母亲不在了,这从她没提黑尔夫人的名字就可以看出来。玛格丽特想开口把父亲的死讯告诉她,但喉咙哽咽,只能深情地摸了摸身上的丧服,说出"爸爸"两字。

"天哪,先生,这不是真的吧!"伯吉斯太太边说边把脸转向贝尔先生,想要证实心中刚刚闪现的悲哀的疑虑,"春天的时候,有位先生来这里——也可能是去年冬天——告诉我许多关于黑尔先生和玛格丽特小姐的事。他说可怜的黑尔夫人已经去世了。可他一点都没提到牧师身体不好。"

"不过,这是真的,"贝尔先生说,"他是到牛津去看我时去世的,相当突然。他是个好人,伯吉斯太太,要是能像他那样平静地死去,我们中有好多人会感到十分欣慰的。亲爱的玛格丽特,来!她父亲是我最要好的朋友,她又是我的教女,所以我想我们可以一起来看看这个老地方。我知道你能为我们提供舒适的房间和可口的晚餐。我看得出来,你不记得我了,不过我叫贝尔,以前有过那么一两次,牧师公馆住不下,我就在你这里休息的,喝过味道相当好的淡啤酒。"

"那是当然。真对不起,我光顾着和黑尔小姐讲话了。我领你到房间去,玛格丽特小姐,你可以摘下帽子,在那里洗把脸。今天早上我还采了些玫瑰花苞浸在水罐里,心想着说不定有人会来。没有什么比浸过花瓣的山泉水更香甜的了。真没想到牧师竟然去世了!好吧,毫无疑问,我们终有一死。只不过当时那位先生说,牧师先生在他夫人去世以后,又重新振作起来了。"

"伯吉斯太太，你安顿好玛格丽特小姐后，就到我这里来。我想和你商量一下我们今天吃什么。"

玛格丽特入住房间的小窗户外爬满了蔷薇和葡萄藤，她把藤蔓拨到旁边，稍微向外探出身子，就可以看到牧师公馆的烟囱顶，透过树叶还是可以辨别出不少熟悉的轮廓。

"唉！"伯吉斯太太整理着床铺，还打发珍妮去取一叠用薰衣草熏过的毛巾来，"世道变了，小姐。我们新的牧师已经有了七个孩子，正在造一间新的育儿室，打算要更多的孩子，就造在以前的凉亭和工具房外面。他还装了新的炉篦，在客厅里装了一扇新的厚玻璃窗。他和他妻子都是闲不住的人，做了很多好事，至少是他们口中的好事。不然，要我说就是瞎折腾，把事情弄得乱七八糟的。新牧师主张戒酒，小姐，他还是地方上的治安官。他妻子有许多节俭的烹饪方法，主张不用酵母做面包。他们俩讲起话来滔滔不绝，而且是同时开口，好像要把一个人说倒。等他们走后，你才能稍微安静一会儿，想着有些话你本来可以站在自己的立场上说。牧师总是偷偷去干草场看庄稼人的水杯，然后会为里面不是姜汁啤酒而大吃一惊，可我也没办法。我妈妈和我外婆以前总是给他们送去上好的麦芽啤酒，她们要是哪里不舒服，就吃些盐和番泻叶。我必须按照她们的方法来，尽管赫普沃斯夫人常给我送些糖果来代替药。她说那比药好吃得多，可我还是不信。我得走了，小姐，虽然我还有很多话想听，我一会儿再来找你。"

贝尔先生为玛格丽特准备了草莓和奶油、一条黑面包和一壶牛奶（还为自己要了一份斯提尔顿奶酪和一瓶葡萄酒），等着她下楼来用餐。吃完这顿乡村风味的午餐后，他们出去散步，也不知道该往哪里走，因为处处都是以前熟悉的事物在吸引他们前去。

"我们从牧师公馆门前经过好吗？"贝尔先生问。

"不，暂时不往那儿走。我们走这条路，这样兜一圈回来时正好从那儿经过。"玛格丽特说。

地上到处都是去年秋天被砍下来的老树，一间占用公地的简陋小屋已经不在了。玛格丽特想念这里的一草一木，像失去了老朋友那样感到悲伤。他们经过了以前她和伦诺克斯先生写生的地方。那棵遭受雷劈、发白的老山毛榉树的树干已经不见了,他们曾经坐在它的树根上。那个住在破败村舍里的老人也早已去世,房子也拆掉了,取而代之的是一幢整洁漂亮的新房子。那棵山毛榉树以前生长的地方,现在是个小花园。

"没想到我已经这么大了。"玛格丽特沉默了一会儿后,转过脸去叹息道。

"是啊!"贝尔先生说,"正是从熟悉的事物中第一次感受到这种变化,才让年轻人觉得时光是如此神秘,年岁渐长之后,我们就感受不到这种神秘了。我看到所有的变化都觉得是理所当然的事。我见惯了人世沧桑,可对你而言,这些却是新鲜和让人苦恼的。"

"让我们去看看小苏珊吧。"玛格丽特说着,拉着她的同伴走上一条通往林中长满青草的路上。

"我很乐意,尽管我不知道小苏珊是谁。由于苏珊这个淳朴的名字,我对所有叫苏珊的人都有好感。"

"我离开这里的时候,没和小苏珊道别,她可失望了。自那以后,我一直很内疚,因为我给她带来了痛苦。当时我只要稍微辛苦一下,就不会这样了。走过去还有很长一段路,你确定不会累着?"

"当然没问题,只要你稍微走得慢点就好。你看,这里可没有让我有借口停下来欣赏的风景。我要是丹麦王子哈姆雷特,你会觉得和一个'体形肥胖、气喘吁吁'的人一起走是件浪漫的事。看在他的分上,同情一下我老弱的身子吧。"

"为了你,我会走得慢些。我喜欢你远远超过哈姆雷特。"

"活驴总比死狮强,是这样想的吧?"

"可能吧。我不会去分析自己的情感。"

"你喜欢我,我就已经很满足啦,没必要过分好奇地深究其中的原因。只是我们也没必要走得像蜗牛一样慢吧。"

"那好。你按你的步调走,我跟着。要是我走得太快了,你就像自封的哈姆雷特那样,停下来思考。"

"谢谢。不过我母亲没有谋杀我父亲，后来也没有嫁给我叔叔，我可不知道该思考些什么，要么就是想想我们能吃到一顿可口的晚餐的可能性有多大吧，你觉得呢？"

"我抱有很大的期望。她以前在赫尔斯通人的心目中可是一个好厨娘。"

"但你有没有考虑过，收晒干草分散了她的注意力？"

贝尔先生一路上谈着那些鸡毛蒜皮的事，努力想让玛格丽特不再专注地想过去的事，玛格丽特感受到了他的这番好意。但是，如果此刻更愿一个人待着的想法算不上是忘恩负义的话，玛格丽特倒想独自静静地走过这些可爱的小路。

他们走到了苏珊的寡母所住的农舍。苏珊不在，她到教区学校上学去了。玛格丽特流露出了失望的神情，那个可怜的女人看到后，就开始友好地表示歉意。

"哦！真没关系，"玛格丽特说，"听到她去上学我很开心。我本来就应该想到的，不过她过去常和你一起待在家里。"

"是的，我很想念她。过去我常常在晚上把自己所知道的仅有的那点东西教给她。当然，其实没什么好教的。不过她慢慢变成了一个得力助手，我很想念她。现在她的学问可比我大多了。"苏珊的母亲叹了口气说。

"我完全错了，"贝尔先生抱怨说，"不要在意我的话。我都快被这个世界淘汰了。不过我得说，那孩子要是待在家里给母亲做助手，然后每天晚上在她旁边学着读一章《新约》，这样的教育比所有的学校教育都要来得好、来得纯洁自然。"

玛格丽特没有回答，她不想鼓励他继续说下去，和这位母亲过多地讨论。于是她转身问道："老贝蒂·巴恩斯还好吗？"

"我不清楚，"那个女人简略地回答，"我们不是朋友。"

"为什么不是？"玛格丽特问，她以前是村里的和事佬。

"她偷了我的猫。"

"她知道猫是你的吗？"

"不清楚。我想她不知道吧。"

"那就是了!你告诉她那是你的猫,这不就能要回来了?"

"不能。她已经把猫烧死了。"

"烧死了!"玛格丽特和贝尔先生都惊呼起来。

"烤了!"那女人解释说。

这并不能说明什么。经过仔细询问,玛格丽特才从她那里得知了可怕的事实。一个吉普赛的算命先生引诱贝蒂·巴恩斯把她丈夫星期天做礼拜的衣服借给他,并保证在星期六晚上古德曼·巴恩斯发现之前完好无损地还回来。结果那个算命先生没有准时出现,贝蒂·巴恩斯很惊慌,怕丈夫大发雷霆。根据某种残忍的乡村迷信,一只猫活活烫死或烤死时发出的惨叫声,能迫使(据说是这样)黑暗的力量满足杀猫人的愿望。于是,她就求助于这种方法。

这个可怜的女人显然也相信这个迷信很灵验,只是她唯一气不过的是贝蒂偏偏挑中了她的猫。玛格丽特毛骨悚然地听着,想要开导和宽慰这个女人是徒劳的,最终不得不绝望地放弃了。一开始,她还一步一步地使那个女人承认了一些事实,在玛格丽特看来逻辑和因果关系清清楚楚。可到最后,那个头脑糊涂的女人只是重复了一遍开头的话:"这么做的确很残忍,她也不想。不过要实现一个人的愿望,没有什么比这更灵验的了。她早就听说了这种方法。可终究还是很残忍。"玛格丽特感到很绝望,放弃了想要说服她的念头,沮丧地离开了。

"你真是个好姑娘,没有冷嘲热讽地奚落我。"贝尔先生说。

"怎么会?你是指什么?"

"我说我自己,我对学校教育的看法是错误的。不管怎么样,总比让孩子在这种异教实用的环境中长大好。"

"哦!我记起来了。可怜的苏珊!我一定要去看看她。你介意到学校去一趟吗?"

"一点都不介意。我很想看看她在学校接受什么样的教育。"

他们没有再多说什么,继续穿过一片矮林丛生的小谷地。尽管沿路绿意盎然，但还是没能平复玛格丽特听完那件残忍的事之后震惊和悲痛的心情。那个女人讲故事的态度也说明她的想象力极度匮乏，因此对那只遭受折磨的猫也没有任何同情心。

他们刚走出树林，来到学校所在的那片开阔的草地上时，就听到闹哄哄的说话声，就像一群忙碌的蜜蜂发出的嗡嗡声。大门敞开着，他们走了进去。一个穿着黑衣服的女人上下打量着他们，随后就带着几分女主人的姿态向他们表示欢迎。玛格丽特想到，以前要是偶尔有人来学校参观，她的母亲也经常这样，只是更加温和从容而已。她立刻意识到这是现任牧师的妻子，接替她母亲的人。要是有可能，她本想避开这次谈话。但她立即克服了这种心理，迎着许多熟识的目光，在孩子们低声议论"她是黑尔小姐"的窃窃私语中，端庄地走上前去。牧师的妻子听到这个名字，马上变得和蔼起来。玛格丽特真希望自己没有察觉到她更加做作了。那位夫人向贝尔先生伸出了一只手，说道："黑尔小姐，我想这是你父亲吧。我从外貌看出来。见到您可真开心，先生，牧师也会很高兴。"

玛格丽特解释说这不是她父亲，结结巴巴地说父亲已经去世了。想着要是真像牧师夫人想的那样，黑尔先生怎么能经受得住再来赫尔斯通。她没听清赫普沃斯夫人在讲什么，只是让贝尔先生来回答，她朝四周望望，想寻找熟悉的面孔。

"啊！黑尔小姐，我想你很乐意上一课。我看得出来。一年级站起来，随黑尔小姐上一节语法分析课。"

可怜的玛格丽特，她原本是出于个人情感来学校看看，根本不是来视察的，这下觉得自己上当了。不过这样多多少少可以和这些一脸热切的孩子们接触——他们都是熟悉的面孔，她父亲为他们举行过庄严的洗礼。于是她坐了下来，仔细地想辨认出这些容貌有所变化的孩子们以前是谁，趁其他人不注意，她握着苏珊的手，有一两分钟。这时，一年级的学生纷纷在找他们的书，牧师夫人端庄优雅地拉着贝尔先生讲话，向他解释语音学体系，把自己和督学的对话又原模原样地讲了一遍。

玛格丽特低头看着书，什么都没看进去，不时听到孩子们嗡嗡的读书声，从前的时光浮现在她眼前，想到那些往事，她眼里充满了泪水。突然声音静了下来——有个小女孩结巴着问一个看起来简简单单的"a"是什么词。

"a 是一个不定冠词。"玛格丽特温柔地说。

"打断一下，"在一旁聚精会神听着的牧师夫人说，"不过米尔索先生叫我们把'a'叫作——有谁记得？"

"一个绝对形容词。"五六个声音马上同时答道。玛格丽特感到很难为情，孩子们知道的比她多。贝尔先生转过身，微笑着。

那节课玛格丽特没有再讲话。不过课结束后，她悄悄地走到一两个她以前最喜欢的孩子旁边，和她们说了会儿话。她们正从小孩子蜕变为少女，成长得那么快，都让她有点记不起来了，就像她在外面待了三年，也从她们的记忆中渐渐消失了一样。尽管喜悦中带着几分惆怅，她还是很高兴再次见到她们。因为是夏天，那天放学后天色还很早。赫普沃斯夫人邀请玛格丽特和贝尔先生到牧师公馆去，看看牧师做的一些——她刚要说出"改进"这词，立马慎重地换成了"改变"，玛格丽特并不太愿意，因为这会破坏她对之前家的种种美好的回忆。可她又很想再去看看那座老房子，尽管她知道自己会颤抖着避开那些她将要感受到的痛苦。

牧师公馆的里里外外都发生了很大的变化，以至于她的痛苦远比预想的要轻。这里和以前的房子已完全不同。以前干净精致、连一片蔷薇花瓣都会被看作瑕疵的花园和草地，现在丢满了孩子们的玩具，这边一袋弹珠，那边一个铁环。一顶草帽挂在蔷薇枝上，好像把树当墙钉用，把一条开满花的长枝条压坏了。要是在以前，这样一条嫩枝总会被当作心爱的之物悉心修剪一番。那个铺满草垫的四方形小门厅里，也到处是欢快、健康成长的孩子们活动的痕迹。

"啊！"赫普沃斯夫人说，"黑尔小姐，请你原谅这里乱七八糟的样子。等育儿室建好以后，我一定要好好整理一番。我们把你原来的房间改成了一间育儿室。你们没育儿室是怎么过的，黑尔小姐？"

"我们就两个孩子,"玛格丽特说,"我想,你有不少孩子吧?"

"有七个。看这里,我们正在这边开一扇朝着路的窗户。赫普沃斯在这房子上可是花了一大笔钱。不过说实话,我们刚来的时候这里简直不能住人,当然,我是说对我们这一大家子而言。"除了赫普沃斯夫人提到的那个房间——那里以前是黑尔先生的书房,屋子里的每个房间都变了样。那间房里绿意盎然、气氛静谧,用黑尔先生的话说,可以让人养成沉思的习惯,但在某种程度上,也会使人变得思维活跃,但不善于行动。新开的窗户能看到大路的风景,就像赫普沃斯夫人说的那样,好处多多。通过那扇窗户可以看到她丈夫的那群迷途的羔羊,他们散漫地走到酒馆里去,满心以为不会被发现,实际上却并非如此。牧师时刻注视着那条路上的情况,即使在最正经讲道布经的时候也是如此。他把帽子和手杖挂在伸手可及的地方,随时准备抓起来去追赶他教区内的居民。要是想赶在这位主张戒酒的牧师抓住他们之前躲进"快活的护林人"①里去,那非得有一双飞毛腿不可。这一家人都非常敏捷、活泼,心地善良,说话喜欢扯着大嗓门,内心不会过于敏感。玛格丽特有点担心赫普沃斯夫人会发现贝尔先生是在捉弄她,因为凡是贝尔先生觉得俗气的东西,他都故意夸上几句。不过并没有!她完全是当成字面意思来理解,并欣然接受了。所以当他们从牧师公馆慢慢走回旅馆的时候,玛格丽特不禁向贝尔先生抱怨了几句。

"不要怪我,玛格丽特。这还不都是因为你。如果她不是在指出这里那里的变化时,带着一种居高临下的优越感,我也许会表现得礼貌些。不过,如果你非要跟我讲大道理,那就等晚饭之后再说吧,那时我就当催眠曲,也顺便消化消化。"

他们俩都很累,尤其是玛格丽特,她都不愿意像原来计划好的那样出门,去离她童年的家不远的树林和田野里散步。不知怎么的,这次回赫尔斯通并不是完全是她预想的那样。到处都发生了变化,虽然

---

① 原文为"Jolly Forester",是当地酒馆的名字。

很小，但无处不在。很多家庭都变了，有人搬走了，有人去世了，有人结婚了，岁月变迁留下了痕迹，让我们不知不觉从童年进入青年，从壮年进入老年，最后就像熟透的果子，落入大地母亲的怀抱。处处都发生了变化——这里少了一棵树，那里缺了一根枝，使得从前不透光的地方透进了一束长长的光——一条被修整过的大路变窄了，两旁绿色的岔路被圈起来改做耕地了。这就是所谓的巨大的变化。过去秀丽的景色，幽暗的角落和青葱的道路都已不再，玛格丽特为此嗟叹不已。她坐在窗前的小长椅上，伤感地凝望着外面，夜色越来越深，越发让她感到惆怅。贝尔先生在走了那么多路后，很快就睡着了，睡得很香。直到一个面色红润的乡下姑娘端着茶盘走进来，才把他吵醒。这个姑娘平时一直在这里做侍女，今天去帮忙收干草，显然是想换个活干干。

"哈！谁在那儿？我们这是在哪儿？那是谁——玛格丽特吗？哦，我现在想起来了。我无法想象什么样的女人会忧郁地坐在那里，双手紧紧地抱着膝盖，专注地望着前方。你在看什么？"贝尔先生走到窗边，站在玛格丽特身后问道。

"没什么。"她一听到这话，马上站起来，高兴地说。

"的确没什么！一片萧瑟的树林，蔷薇树篱上挂着几条白床单，还有一阵阵潮湿的空气。关上窗户，进来沏杯茶喝吧。"

玛格丽特沉默了一段时间。她玩弄着茶匙，没有专心去听贝尔先生讲话。即使贝尔先生刚才反驳了她，她也同样面带微笑听着他的意见，就好像同意他的说法似的。接着她叹了口气，放下茶匙，毫无预兆地提高声音开始说话，这种声音通常表明说话的人对将要讲述的话题已经考虑了一段时间："贝尔先生，你还记得我们昨天晚上谈论弗雷德雷克的那些话吗？"

"昨晚，我在哪里？哦，我记起来了！为什么看起来已经像一星期前了呢。我当然记得我们的谈话内容，可怜的孩子。"

"对……你还记不记得伦诺克斯说过，在妈妈去世的那段时间，他回过英国？"玛格丽特问道，嗓音比平时压低了不少。

"我记得。我之前不知道这事。"

"我以为……我一直认为爸爸已经告诉你了。"

"不！他没有。不过这又怎么了呢，玛格丽特？"

"我要告诉你，那时候我做了一件非常错误的事，"玛格丽特说完，猛地抬起头，用最真挚、诚实的眼神看着他，"我撒了个谎。"她的脸变得通红。

"我承认，那样是很不好。可我一生中也讲过不少谎话——不仅是直接说，还有行动，我想你也是这样；或者用一种不体面的、委婉的方式，让别人怀疑了事实，或是相信了谎言。你知道是谁最先撒谎的吗，玛格丽特？是很多自我感觉良好的人，他们或多或少都撒过谎，要么骗来了门不当户不对的婚姻，要么谎称自己沾亲带故。我们都沾染上了撒谎的坏习惯。不过我原以为你和大多数人一样会拒绝撒谎。怎么了！你怎么哭了，孩子？不，你要是这样，我们就不再说这个了。我相信你肯定已经为此感到内疚，你不会再这么做了。都过去那么久了，不管怎样，今天晚上我希望你能高高兴兴的，不要哭哭啼啼。"

玛格丽特擦了擦眼泪，试着想要说点别的，可突然又哭了起来。

"贝尔先生，请让我告诉你吧——也许你能帮我一点忙。不，不是帮我，但如果你知道了真相，也许可以告诉我怎么做是对的——可话也不能这么说……"她因为无法把自己的意思清楚地表达出来而感到绝望。

贝尔先生的态度全然大变，他说："把一切都告诉我，孩子。"

"这说来话长。弗雷德雷克回来的时候，妈妈病得厉害，我心急如焚，又担心是我让他置身危险之中；妈妈去世后，我们受到了惊吓，因为迪克逊在米尔顿遇到了一个人——一个叫雷纳德的男人，他认识弗雷德雷克，而且对他怀恨在心，或者至少是对逮捕弗雷德雷克的悬赏金动了心。因为这次惊吓，我想着赶快把弗雷德雷克送到伦敦去，你从我们那天晚上的谈话中可以明白，他去伦敦是想向伦诺克斯先生咨询一下他出庭受审的胜算。所以我们——就是他和我——

去了火车站。那是个傍晚，天色渐渐暗下来，不过还是看得清别人的面孔。我们到早了，就去附近的田野散了会儿步。我一直对那个雷纳德提心吊胆，我知道他可能就在附近。那时，我们在田边，晚霞的光线正好照在我脸上，有人骑着马从路上过来，正好到了我们站着的石阶下面。我看到他看着我，可我一开始没认出他，光线照花了我的眼睛。一刹那后，我认出他是桑顿先生，我们互相打了招呼——"

"他当然也看到弗雷德雷克了。"贝尔先生按照他想的那样帮她把故事接下去。

"是的。后来在车站上，有个人走过来——酩酊大醉，摇摇晃晃——想抓住弗雷德雷克的领口。弗雷德雷克挣扎的时候，他失去了平衡，从月台上掉了下去。摔得不远也不深，不会超过三英尺。但是，贝尔先生，不知怎么的，他居然摔了一跤就死了！"

"真糟糕。我想就是那个雷纳德吧？那弗雷德雷克是怎么脱身的？"

"哦！他摔倒后爬起来就走了，我们怎么也没想到这一跤会给他造成那么大伤害，看上去就是点皮肉之伤。"

"他没有当场死亡？"

"没有。过了两三天才死的。接着——哦，黑尔先生，现在才是最坏的部分，"她紧张地把手指缠绕在一起，"一个警官来找我问话，说事发时我正陪着一个年轻男子，就是那个男子推了或者是打了雷纳德一下，才导致他没命的；您也知道，这个指控子虚乌有，可我们还没收到弗雷德雷克的消息，不知道他是否已坐船离开，他有可能还在伦敦，有可能会因为这个不真实的指控而被逮捕，这样他的身份就会暴露，如果知道他就是引起那场兵变的黑尔上尉，他可能会被判处死刑。这些念头都从我脑子里一闪而过。所以我就跟警官说那不是我。那晚我没在火车站，什么都不知道。除了要拯救弗雷德雷克，我脑子里什么想法或是主意都没有。"

"我得说，你做得对。换作是我，我也会这么做。你考虑他人，忘了自己。我想我也会这么做。"

"不，你不会。这么做不对，是错误的、违心的。那个时候弗雷德雷克已经安全离开英国了，由于一时糊涂，我竟然忘了还有一个人可以证明我当时在场。"

"谁？"

"桑顿先生。他在火车站附近见过我，我刚才说了。我们还互相打了招呼。"

"嗯，他对那个醉汉的死引发的这场混乱一无所知。我想也没调查出什么东西吧？"

"没有。他们在调查开始时说到的审讯后来也停了。桑顿先生知道这一切。他是地方治安法官，发现雷纳德并不是因为摔跤而致死的。不过那是在他知道了我说的那些话之后。啊，贝尔先生！"她突然用双手捂住了脸，仿佛想躲开这些回忆似的。

"你向他解释过吗？有没有把那个出于本能的强烈动机告诉他？"

"告诉他那是缺乏信仰的本能反应，正纠结于不让自己堕落的那个撒谎罪过，"她痛苦地说，"不！我怎么能那么做？他对弗雷德雷克的事一无所知。为了让他改变对我的错误看法，我就要把我们家的秘密告诉他吗？表面来看，这些秘密都关系到弗雷德雷克能不能彻底昭雪。弗雷德雷克最后和我说不要把他回来过的事情告诉任何人。您也看到了，爸爸从没说过，连对您也没提起过。不！我可以忍受耻辱——至少我觉得我可以。我的确忍受住了。从那以后，桑顿先生就看不起我了。"

"他还是尊重你的，这点我可以保证，"贝尔先生说，"当然，你说的事多多少少……可他每次提起你的时候，都是敬重有加，尽管我现在明白了为什么他的态度总是有所保留。"

玛格丽特没有说话，也没有留心去听贝尔先生接下去说的话。她什么都听不进去，过了好一会儿，她说："您可不可以告诉我，您说他谈起我时的态度'有所保留'，是指什么？"

"哦！只是他对我赞扬你的话不置可否，这让我有点恼火，仅此而已。我当时就像个老傻瓜一样，以为每个人都会和我想的一样。他显然不同意我的想法，当时我还很困惑。不过要是没人给他解释一下那件事，他肯定很纳闷。首先是你和一个年轻男子在天黑的时候外出散步——"

"可那是我哥哥！"玛格丽特激动地说。

"话是没错。可他怎么会知道呢？"

"我不清楚。我从来没想过那些事。"玛格丽特红着脸说，一副既受了委屈，又不开心的样子。

"可能他一直都不知道，不过在那种情况下，我还是觉得说谎是有必要的。"

"不是，我现在明白了。我非常懊悔。"

沉默了很长一段时间后，还是玛格丽特先开口说话。

"我可能再也见不到桑顿先生了……"说到这里，她停住不说了。

"我得说还有很多事比这更不可能。"贝尔先生答道。

"我觉得我是永远见不到了。可没人会希望自己在一个朋友眼中会像我在他心里这么堕落低微。"她的双眼充满了泪水，不过声音还是很平静，贝尔先生并没有看她。"既然现在弗雷德雷克已经放弃了洗清罪名、回到英国的希望，现在解释这一切只是给我自己正名而已。如果您乐意，要是有机会（不要特地向他解释），你能告诉他所有的事情吗？告诉他是我让您这么做的，因为我觉得为了爸爸，我还是不想失去他的尊重，尽管我们可能再也不会见面了。"

"当然。我想他应该知道。我不希望你蒙受行为不检点的阴影，不声不响就算了。他看到你和一个小伙子单独待在一起，不知道该怎么想。"

"至于那个，"玛格丽特非常高傲地说，"我觉得'凡是喜欢把别人的行为想得最坏的人，是可耻的'①，不过要是有一个非常合适的解释机会，我还是乐意去解释清楚。但并不是说，我希望他知道这件事，是为了洗清我身上不检点的嫌疑——要是我觉得他怀疑过我，我

---

① 原文为法语：Honi soit qui maly pense，意为"心怀邪念者可耻"。

就不会在乎他对我的看法是好是坏了——不会！总之我要让他知道我是出于什么动机才出现那种情况，我为什么撒那个谎。"

"我一点也不因为那个责备你。你放心，这不是我偏袒。"

"我深知并且相信那么做是不对的。可和我自己的想法比起来，别人说的对错根本不算什么。不过如果您愿意，我们不要再谈这件事了。这件事到此为止——错都错了。我现在必须把它抛到脑后，如果可以的话，以后永远都不再说谎。"

"很好。你要是喜欢不舒服、不自在，那就这样吧。我总是像把一个玩偶紧紧关在盒子里一样关住自己的良心，因为当它跳出来的时候，它的体积会让我吓一跳。所以我把它再次哄骗进去，就像那个渔夫哄骗精灵一样。我说：'真想不到你在这个小瓶子里藏了这么长时间，我竟然不知道你的存在。请不要再越变越大，用你模糊的轮廓吓唬我，你可不可以把你自己缩小到原来的尺寸呢？'等我把它骗进去之后，就赶快在瓶口加上封印，生怕像原来那样再次不小心打开瓶子，违背所罗门的意愿，就是这个最聪明的人把妖怪关在那里面的。"

但这对玛格丽特来说并不是件容易的事，她几乎没注意听贝尔先生在讲什么。她的思绪又回到了之前那个一直存在的想法，现在更加深信不疑，那就是桑顿先生对她的看法再也不会像之前那么好了——他对她很失望。她也不觉得通过一番解释能重新让她得到——不是他的爱，因为对于他的爱以及自己是否会去回应，她已经下定决心再也不去想了，并且一直坚持着自己这份决心——而是得到他的尊重和关怀，她曾希望这种尊重和关怀会让他愿意用杰拉德·格里夫的诗句来描述她们的相遇：

> 听到有人喊我的名字，
> 回头，相见。

一直以来，她都把这件事压抑在心里，没有说出来。她试着安慰自己，桑顿先生怎么看她并不能改变她究竟是什么人的真相。但这只是她的一厢情愿，像一个幻影，在悔恨的重压下慢慢消解了。她有许多问题就在嘴边，想问问贝尔先生，可一个都没说出来。贝尔先生以为她累了，就早早地打发她回房去休息。她在房里敞开的窗边坐了很久，凝视着外边紫红色的天空，星星在天空渐次出现，在一大片浓密的树林后闪耀着，等她上床睡觉时，它们又渐渐消失了。整个晚上，大地上只有一抹灯火：她从前的卧室里点着一支蜡烛，在新的育儿室造好前，那里就是牧师公馆里现任住户的育儿室。玛格丽特心里充满了一种世事无常的感觉，一种虚无缥缈、惆怅不已的感觉。一切都和以前不一样了。这种微小却无处不在的变化所带给她的痛苦，甚至比一切都变得她认不出来所引起的痛苦还要大。

"我现在开始明白天堂是什么样的了——啊！那是一句多么庄严宁静的话——'昨天，今天，明天，亘古不变！''从亘古到永远，上帝啊。'我头顶的天空看上去好像永远不变，可它其实已经变了。我已经厌倦——十分厌倦被回旋着穿过我人生中这些所有的阶段：一无所有，无依无靠，孤苦伶仃。就像人世间情欲的受害者置身的那个圈子，永不停歇地旋转着。我的心情就和那些信奉另一个宗教去当修女的妇女一样。我在单调的人世间寻求天国的永恒。如果我是一个天主教徒，如此沉重的打击也许就能让我心如死灰，去当一个修女。但我渴望见到我的同类人。不，不是我的同类人，因为我这样的人永不可能为了满足对人类的爱，而把我个人的爱完全排除在外。这或许是应该的，或许是不该的，我今晚没法下结论。"

她疲倦地上床睡觉，四五个小时后又疲倦地起来。不过，随着早晨的到来，她又有了希望，对事物的看法也变得乐观光明。

"不管怎么样，这毕竟是对的，"她穿衣服时听到孩子们玩耍的声音，不禁喃喃自语，"如果世界停滞不前，那就会变得落后和腐朽，但愿这种想法不算鲁莽。撇开我自己和那种世事无常的痛苦感觉来看，周围所有的发展都是必要的。如果我要做出正确的判断，或是拥有一颗满怀希望、信任他人的心，我就不能老想着环境带给我的影响，而应该考虑环境带给别人的影响。"她走到客厅向贝尔先生问安，眼里带着一丝几乎要让嘴角扬起来的笑意。

"哎呀，大小姐！你昨天很晚才睡吧？所以今天起迟了。我有一个消息要告诉你。你觉得我们去赴宴怎么样？就中午，应该说是露水还没干的时候。牧师去学校的时候路过这儿，我看到了他。他为了那些在地里干活的人，给我们的女店主说了一大通戒酒的话。我都不知道他的这种愿望和这么早来店里有什么关系。我下楼的时候还不到九点，他已经在了，想今天邀请我们去他家吃饭。"

"可伊迪丝还在等着我回去——恐怕去不了了。"玛格丽特说，很庆幸还有一个充分的借口。

"是！我知道。所以我和他说了，我想你也不高兴去。不过如果你想去的话，还是可以去的。"

"不，不想去！"玛格丽特说，"我们还是照着我们的计划来吧。我们十二点动身。他们实在太好了，太热情了，可我真的不想去。"

"好的，不要感到内疚。我都会安排好的。"

在他们离开之前，玛格丽特悄悄绕到牧师公馆的花园后面，采了一些金银花。前一天，她一朵花都没摘，生怕被别人看见，议论她这么做的动机和情感。在她回去穿过公地的时候，那地方又让她感受到了往日那种迷人的气氛。实际上，任何地方都没有这里日常生活的声音这么悦耳。阳光更加灿烂，生活更加宁静，充满了梦幻般的欢乐。玛格丽特想起昨天的感伤，自言自语说道："我也在不断变化——时而这样，时而那样——一会儿因为这里不完全像我期望的那样而失落、烦躁，一会儿又突然发现它比我想象得要美得多。啊，赫尔斯通！没有一个地方会让我更爱它了。"

几天之后，她发现自己很高兴去了一趟赫尔斯通，她又看到了那个地方，对她而言世界上最美丽的地方。但那儿的一切和过去密切相连，尤其会勾起对父亲和母亲的思念，所以如果有机会像这次一样和贝尔先生再去一趟，她还是会犹豫不决的。

第四十七章　若有所失

经验，像一个虚弱的乐师，
手里握着一把坚韧的竖琴；
当凡人无法理解上帝的意愿时，
用凄凉、繁复的小音阶，
弹奏着乐曲。

——布朗宁夫人[①]

大约也就是这时候，迪克逊从米尔顿回来了，担负起照顾玛格丽特的职责。她滔滔不绝地讲着米尔顿的八卦：

桑顿小姐结婚后，玛莎是如何与她生活在一起的；描述了那场有趣的婚礼上的女傧相、礼服和宴会情况；考虑到桑顿先生在罢工中遭受了不小的损失——因为没有履行合同，又得付出一大笔赔偿费——大家如何觉得他把这场婚事办得过于隆重；那些一直被迪克逊珍视的家具是如何廉价卖出，鉴于米尔顿人的经济情况，这真是个耻辱；有一天桑顿夫人来了，她是怎么低价买了两三样东西，后来有一天，桑顿先生也来买了几件，他连连提价，逗乐了旁观者。照迪克逊的说法，如果桑顿夫人买得便宜了，桑顿先生付得多了，这样一来一去才扯平。贝尔先生对于那些书都给出了各种指示，不过他太挑剔了，让人费解，要是他亲自前来处理就好了，信总归只是张纸，有些内容说不清楚。迪克逊没怎么谈起希金斯父女。她脑袋里有一种贵族式的偏见，每当她回忆起生活中地位比她低的人的情况时，她总是记不太清。她相信尼古拉斯肯定过得很好。他曾几次到那幢房子里来问黑尔

[①] 引文出自布朗宁夫人的十四行诗《繁复的乐曲：诚献 E.J.》(*Perplexed Music: Affectionately Inscribed to E.J.*)。

小姐的情况了——除了桑顿先生问过一次，他是唯一这么做的。那玛丽呢？她当然很好，是个高大结实、蓬头垢面的姑娘了！她的确听说，或者可能就是一个梦——不过很奇怪她竟然梦到了希金斯那样的人——玛丽已经去桑顿先生的工厂里工作了，因为她父亲希望她能学会烧菜做饭，不过迪克逊竟然梦到这么奇怪的事。玛格丽特也同意她的说法，这个故事颠三倒四断断续续，就像一个梦。但现在能和一个人谈谈米尔顿与米尔顿的人，玛格丽特还是很高兴的。迪克逊并不喜欢这个话题，她宁愿把这段生活隐藏起来。她更喜欢谈谈贝尔先生讲的话。这让她明白他真正的意图是什么——让玛格丽特成为他的女继承人。可是不管她是装成怀疑还是肯定的样子，不管她怎么打听，她年轻的小姐却不给任何鼓励，也不满足她的好奇心。

这段时间，玛格丽特一直都希望听到贝尔先生去米尔顿处理生意的消息。因为他们在赫尔斯通谈话时，已经说得很明白了，她想要对桑顿先生做出的解释只是口头上的，而且绝不是刻意为之。贝尔先生不喜欢写信，但他在心情好的时候，还是会时不时写一些长长短短的信，尽管玛格丽特收到他的信时没有抱着什么确切的希望，但她还是带着一点失望的心情把信收了起来。他不打算去米尔顿，他也没说任何关于米尔顿的消息。好吧！她一定要有耐心。雾霭迟早会消散的。贝尔先生写的信和他平常写的不一样，只言片语的信老是抱怨，而且时不时带着一点不寻常的辛酸。他不期待未来，似乎对过去感到懊悔，对现在也感到厌倦。玛格丽特猜想他身体可能不太好。但是每次当玛格丽特问他健康时，他就给她回复一封短笺，说很久以前就有一种叫忧郁症的毛病，他患的就是这种病，至于是精神上还是身体上引起的，这就看她怎么想了。可他倒情愿痛快地发一顿牢骚，而不是每次都要写一张病情说明。

看过这封短笺之后，玛格丽特就再也不打听他的身体状况了。有一天，伊迪丝无意中说起了她上次在伦敦时和贝尔先生谈话的一些片段。玛格丽特这才知道他在打算秋天的时候带她到加的斯去拜访她新婚的哥哥和嫂子。她一直问东问西，问到伊迪丝都厌烦了，说再也没有什么可以透露的了。贝尔先生也只是说他想去那里，亲耳听听弗雷德雷克讲述那次兵变的经过。这对玛格丽特来说也是认识新嫂子的一次绝佳机会。每逢长假他都要出去，那为什么就不能去西班牙呢？仅此而已。伊迪丝对这一切都很焦虑，她希望玛格丽特不要离开他们。然后，她想不出什么具体办法，就哭了起来，并说自己对玛格丽特的喜欢多于玛格丽特对她的感情。玛格丽特只能尽力安慰她，但她无法向伊迪丝解释，去西班牙这个主意，尽管可能只是说说而已，却足以让她感到兴奋和喜悦。伊迪丝则认为，任何把她排除在外的快乐，对她而言都是一种无声的羞辱，或者至少是一种漠不关心。所以玛格丽特只好把这份喜悦藏在心里，直到要换衣服去吃晚饭的时候，才问迪克逊愿不愿意去看弗雷德雷克少爷和他的新婚妻子，这才流露了一丝自己内心的喜悦。

"他是一个天主教徒，是吗，小姐？"

"我相信是——是的，当然是！"玛格丽特说，她想到这个，感到有点沮丧。

"他们生活在一个信奉天主教的国家？"

"是的。"

"那我恐怕不得不说，我的灵魂比弗雷德雷克少爷和他的灵魂更宝贵。我会一直恐慌不已，很怕自己的信仰都会被改变，小姐。"

"哦，"玛格丽特说，"我不知道自己是不是能去。要是去的话，我也不是一个少了你就不能出门的娇贵小姐。不！亲爱的老迪克逊，如果我们去的话，你就能放一个长假了。不过这个'如果'可能非常渺茫。"

此刻迪克逊不喜欢这种说法。首先，她不喜欢玛格丽特非常高兴的时候很调皮地叫她'亲爱的老迪克逊'。她知道黑尔小姐习惯把自己喜欢的人叫"老某某"，把它看作一种亲昵的称呼；可是迪克逊刚五十出头，身强体壮，不喜欢别人将这个叫法用在她身上。其次，她不喜欢别人这么轻易就把她的话当真。她一方面内心非常害怕，可另一方面，她又对西班牙、宗教法庭和天主教仪式暗自好奇。所以，她清了清嗓子，好像表示愿意克服一切困难似的。她问黑尔小姐，如果她非常小心，不去见神父，也不去他们的教堂，那她的信仰被改变的危险性是不是就不会有那么大了？当然，弗雷德雷克少爷的信仰已经改变了。

"我相信，首先是爱情让他改变了信仰。"玛格丽特叹着气说。

"是啊，小姐！"迪克逊说，"好！我能够保护自己，不去见神父，不去教堂，可是爱会不知不觉地抓住人的心。我想我还是不去的好。"

玛格丽特生怕自己把过多的心思放到去西班牙的计划上。但这也让她不至于急切地要将一切去向桑顿先生解释清楚。贝尔先生暂时似乎不打算离开牛津，眼下似乎也没有去米尔顿的打算。玛格丽特仿佛受到一种隐秘的约束，甚至让她不能去问，或者委婉地向贝尔先生提到他是否要去那里。同样，她也觉得不能把伊迪丝已经透露给她关于贝尔先生打算去西班牙的这件事——可能只是在脑海中逗留了五分钟的想法——说出来。他在赫尔斯通那段阳光灿烂的假期里一句也没提起过；这可能是他一时的幻想而已——但如果这是真的，那倒真的能改变她目前沉闷单调的生活，她已经开始对这样的生活感到厌烦了。

目前玛格丽特生活中最大的乐趣就是伊迪丝的孩子。这孩子有时候非常乖巧，他爸爸妈妈就会感到很骄傲，但当他犟得很、开始大哭大闹的时候，伊迪丝就会绝望而无助地往后退缩，叹着气说："啊，亲爱的，我该拿他怎么办才好！玛格丽特，你快打铃叫汉利来！"

相比于他安静乖巧时候的样子，玛格丽特更喜欢他这样表现自己性格的样子。她会把他带到楼下的一个房间里，两个人单独较量一番。她凭着自己坚定的力量让他安静下来，还要把她所拥有的各种让孩子听话的魅力和手段都施展出来，最终，那孩子把热乎乎、满是泪痕的整张小脸贴到她的脸上，于是她会亲亲他、摸摸他，直到他像往常一样在她的肩上或是怀里睡着。这些是玛格丽特最甜蜜的时刻，她体会到了一种她觉得自己永远都不会拥有的感情滋味。

亨利·伦诺克斯先生经常过来走动，给这个家庭的日常生活带来一种全新的、令人愉快的气氛。玛格丽特觉得他比以前更加聪明了，也比以前更冷峻了。不过他渊博的知识和不凡的品位，给原本平淡的谈话增添了几分乐趣。玛格丽特隐约看出，他有点看不起他弟弟和弟媳妇以及他们的生活方式，他好像觉得这种生活是轻浮而没有意义的。他有两次直接当着玛格丽特的面，用一种相当尖锐的语气质问他弟弟是否打算彻底放弃他的职业；当伦诺克斯上尉回答说他们现在的生活挺富足时，她看到伦诺克斯先生撇了撇嘴角，说道："你活着就是为了这个？"

不过两兄弟还是非常亲密的，就和任何其他感情深厚的两个人一样，聪明的那个领导着另一个，另一个也心甘情愿地被引领着。伦诺克斯在自己的职业上力求上进，精心谋划着和那些将来与他有利益来往的人建立起关系。他精明自负、深谋远虑、聪明刻薄。自从上次贝尔先生来的那天晚上，玛格丽特和他长谈了关于弗雷德雷克的事后，就没有再进一步的交往了，除非是因为他与这个家庭的亲戚关系而必须接触。不过这足以让她不再害羞，也足以让伦诺克斯消除任何自尊心和虚荣心受损的迹象。当然，他们不时相遇，可她感觉到他总是避免和她单独待在一起。她认为他也像她一样，看到他们在许多意见和所有的爱好上，已从原来共同停泊的锚地渐行渐远了。

不过，每次他说出什么妙趣横生或者见解独到的话来时，她感到他的目光总是会先注意她脸上的神情，就算只是一瞬间的事。还有，每次家庭聚会，两人不可避免地相遇，只有当她发表意见时，他才会仔细聆听。他越是想竭力隐藏，这种恭敬之情越是显露无遗。

第四十八章　斯人已逝

> 我自己，我父亲的老友；
> 我不忍心和你再见！
> 我从未表示，你也向来不知，
> 你对我是多么珍贵。
>
> ——佚名

伦诺克斯夫人举办的宴会主要有以下这些内容：她的朋友们盛装出席，伦诺克斯上尉轻松地讲述时下的各种新闻；亨利·伦诺克斯先生和他带来的那些前程似锦的朋友都机智聪明、博学多识，深知如何不让自己看起来显得迂腐，也不会让原来愉快的谈话变得沉闷。

这些宴会让人心情愉悦，但即使是置身其中，玛格丽特也感到一丝不满意。每一种才能，每一种感情，每一种学识，不，甚至是每一种可能具有的美德，都被用作了烟花的材料，而那隐秘神圣的余火在一阵噼里啪啦的闪耀之后，消失殆尽了。他们只是凭自己的感觉去谈论艺术，对外在效果念念不忘，而不是让自己去学习艺术所呈现的内在。大家在一起时，都慷慨激昂地谈论各种重大话题，但当他们独处时，从不去思考这些问题；他们只把自己鉴赏赞美的能力挥霍在滔滔不绝地说一些好话上。有一天，那些绅士们上楼去客厅后，伦诺克斯先生走到玛格丽特身旁和她说话，这差不多是她回哈利街住以来，他第一次主动找她。

"晚餐时，你对雪莱说的内容好像不太高兴。"

"是吗？那我的面部表情肯定是太丰富了。"玛格丽特回答道。

"你向来都是这样，面部表情丰富。"

"我不喜欢他这样，"玛格丽特飞快地说，"明明知道是错误的——错得显而易见——他还要强行辩解，即使是说着玩的。"

"但那些话很贴切。字字珠玑！你还记得他用的那些形容词吗？"

"记得。"

"而且你是不是还想说，你对此表示不屑。说吧，尽管他是我的朋友，你也不要有所顾忌。"

"啊！你说话一直都是这种口气，就是……"她突然停了下来。

他等了一会儿，想听听她是不是会把话说完，但她只是涨红了脸，转过身去。不过在她转身之前，她听到他用非常低沉、清晰的声音说："如果你不喜欢我的语气或思维方式，你可不可以直白地告诉我，让我有机会能学着博得你的欢心？"

这几个星期一直没有听到贝尔先生是否要去米尔顿的消息。先前在赫尔斯通的时候谈到这次旅行，他说得就像马上要去一样。但玛格丽特觉得他肯定已经通过写信的方式把生意都处理好了。她知道，如果做得到的话，他会避免去一个自己不喜欢的地方，而且他也不会明白为什么她会对这件只能通过口头解释的事这么上心。她知道他感到有必要给桑顿先生一个清楚的解释，但究竟是在春天、夏天、秋天还是冬天，这都无关紧要。现在是八月份，他来信中并没有提到他向伊迪丝透露过的去西班牙旅行的事，玛格丽特也尽力用平常的心态去看这件事。

不过有天早上，她收到一封来信，贝尔先生在信上说他打算下星期来镇上一趟，想和她谈谈自己的一个计划。而且，他打算去看医生，因为他已经开始接受她的观点了：当他发现自己脾气暴躁易发怒的时候，不要怪自己，而要怪自己身体没好，这样还能让心情愉悦些。正如玛格丽特后来注意到的那样，这封信完全是强颜欢笑的语气。不过那时候她的注意力都被伊迪丝的一声惊叫吸引了过去。

"到城里来！哦天哪！天气这么热，我一点力气也没有，我怎么有力气再去准备一场晚宴。而且大家都离开了，只有我们这群傻瓜无法决定该去哪里。就算他来了，也见不到什么人。"

"我敢肯定他更愿意和我们单独吃饭，而不是和那些你邀请的讨人喜欢的陌生人一起吃饭。再说了，他要是身体不好，就不会想要别人邀请他。我很高兴他最后总算承认了。从他写信的语气可以看出来,他肯定生病了,可当我问他的时候,他保管不会回答我,我又没有别的人可以帮我去打听一点他的消息。"

"哦!他的病肯定不是很严重,不然也不会想到要去西班牙。"

"他从来没有提过西班牙。"

"不错!但他要提的那个计划肯定和西班牙有关。但你真的想在这种天气去西班牙吗?"

"嗯!天气会一天天凉快起来的。是的!我想去!我只是担心我一心想着这件事,到最后是一厢情愿,等到的是失望,或者也只是字面上得到满足,内心并不愉快。"

"这完全是迷信,玛格丽特。"

"不,我不觉得是迷信。不过它只是给了我一个提醒,不要被狂热的愿望占据内心。这就好像是'给我孩子,不然我就死'[①],恐怕我的情况就是'让我去加的斯,不然我就死'。"

"亲爱的玛格丽特!他们会说服你留在那边的,到那时候,我该怎么办呢?啊!我真想在这儿给你找到一个想嫁的人,这样你肯定会回来的!"

"我不会结婚的。"

"胡说八道!就像肖尔托说的那样,你在这所房子里是那么有魅力,他知道有很多人明年会为了你而来这里拜访我们。"

玛格丽特昂然地挺起身:"你知道吗?伊迪丝,我有时候觉得你在科孚的生活让你……"

"什么!"

"稍微有点粗俗。"

伊迪丝开始伤心地啜泣起来,激动地说玛格丽特一点也不爱她了,再也不把她当成朋友了,以至于玛格丽特不禁觉得由于自己的自尊心受到伤害,她把话说得太尖锐了,所以在这一天接下来的时

[①] 出自《圣经·旧约·创世记》。

间里，她尽力迎合伊迪丝的意思；而这位年轻的少妇呢，因为感情受伤，像个受害者一样躺在沙发上，不时地长吁一口气，直到她睡着了。

等到第二次推迟来访的那个日子，贝尔先生还是没有来。第二天早上，他的仆人沃利斯写了封信来，说他的主人最近身体一直不舒服，这是他推迟行程的真正原因；正当他打算启程去伦敦的时候，却突然中风了；沃利斯还说，医生们认为他撑不过今晚了。而且很有可能，当黑尔小姐收到这封信时，他可怜的主人可能已经不在人世了。

玛格丽特在用早餐时收到了这封信，读着读着，脸色变得煞白；然后她一言不发地把信递到了伊迪丝手里，离开了房间。

伊迪丝读了信后非常震惊，像个受惊吓的孩子一样抽泣起来，让她丈夫很烦恼。肖夫人在自己的房间里吃早餐，因此安慰妻子平静地看待这件事的重任就落到了上尉的身上，伊迪丝似乎有生以来第一次和死亡有了这么近距离的接触。这个人本来今天是要和他们一起坐在这里吃饭的，现在却躺在床上死了，或者说快要死了！过了一会儿，她才想到玛格丽特。然后她赶紧起身，在玛格丽特之后上楼去了。迪克逊正在收拾一些梳妆用具，玛格丽特在匆匆忙忙地戴帽子，眼泪不停往下掉，她的手一直在颤抖，连帽带都系不上了。

"哦，亲爱的玛格丽特！太令人震惊了！你这是在做什么？你是要出去吗？肖尔托会去打电报的，或者做任何你想做的事。"

"我要去牛津，半小时后有趟火车。我本来可以一个人去，迪克逊说要和我一起去。我一定要再见他一面。而且，他也可能已经有所好转，需要人照顾。他对我来说就像父亲一样。不要拦着我，伊迪丝。"

"但我必须这么做，妈妈不会同意你去的。不信你就去问问她吧，玛格丽特。你不知道自己要去的是什么地方。如果他自己有房子，我就不反对了。但你是去他评议员的宿舍里！先到妈妈那里去，走之前一定要问她一声，花不了几分钟的。"

玛格丽特听从了伊迪丝的建议，结果没赶上那班火车。事情发生得太突然，肖夫人听到这个消息后变得手足无措，歇斯底里地喊起来，宝贵的时间就这么悄悄地溜走了。不过几小时后还有一班火车；他们对玛格丽特去牛津究竟合不合适讨论了一番后，决定让伦诺克斯上尉陪着玛格丽特一起去。因为她已经下定决心，不管是一个人去还是有人陪着，也不管别人说这样做是否得当，她都要搭乘下一班火车到牛津去。他父亲的挚友，也是她的朋友，现在躺在床上就快要死了。这一想法清晰地呈现在她的脑海中，以至于她对自己这么坚决的意志力也感到惊奇。就是凭着这种意志力，她维护了自己独立行动的一点权利；离发车还有五分钟时，她发现自己坐在车厢里，对面是伦诺克斯上尉。

尽管他们到那里后听到贝尔先生已经在当晚去世的消息，但她想到自己来了，还是感到一丝欣慰。她看到了贝尔先生住过的那些房间，便在脑海中把这些房间和他父亲，以及他父亲的这位挚友亲切地联系在一起。

在动身之前，他们已经答应过伊迪丝，要是一切像他们担心的那样，贝尔先生已经去世了，那么他们就在晚饭之前赶回来。所以玛格丽特不好意思再恋恋不舍、久久地看着那个房间，她父亲也是在这里去世的。于是她默默地在心里和那个喜欢经常说一些出人意料、幽默风趣的话的慈祥老人告别。

在回去的路上，伦诺克斯上尉睡着了。这样，玛格丽特就可以尽情地哭泣了，回想这不幸的一年以及现实带给她的所有苦痛。她刚意识到自己失去了一位亲人，就又少了一位朋友——这并没有取代她失去父亲的痛苦，而是重新揭开了尚未愈合的情感创伤。不过，当她到家时，一听到姨妈和伊迪丝温柔的声音，以及小肖尔托看到她回来时欢呼雀跃的样子，看到灯火通明的房间，以及伊迪丝这位看起来面色苍白、戴着一副关切神情的女主人，玛格丽特才让自己振作起来，不再沉浸在有点带着迷信色彩的绝望之中了，她感到自己的周围仍然围绕着欢乐与喜悦。她靠在伊迪丝常坐的沙发上。肖尔托按照主人的吩咐，给她端来了一杯茶。到她换衣服准备用餐时，她已经能够为她那位亲爱的老朋友免于长期饱受病痛的折磨而感谢上帝了。

然而，当夜幕降临时，整个屋子寂静无声，玛格丽特依旧坐在那里，在夏天夜晚的这样一个时候，望着伦敦美丽的夜空。从天际边那片燠热和黑暗中升起的万家灯火，照射到白色月光中悄然飘过的薄云上，映出粉红色的光芒。玛格丽特现在住的房间是她小时候白天待的育儿室，那时候她正从孩童步入少女时期，各种情绪和感知第一次苏醒，变得活跃。记得曾经也是在这样的一个夜晚，她暗暗下定决心，一定要像她读过或者听过的小说女主人公一样，去过一种高贵、勇敢的生活。那是一种正直无畏的生活，那时候她觉得只要自己意志坚定，这样的生活就一定可以实现。现在她才明白，仅仅有意志是不够的，还要祈祷，这是过真正勇敢生活的一个重要条件。她因为自负而失败了，这都是自己犯下的过错而导致的，让她在那个人心目中的形象一落千丈，一切的一切都无需让他知道了。她终于正视自己犯下的过错。她知道这些错误是什么，为什么犯，尽管贝尔先生出于善意地诡辩说，是人都会做一些模棱两可的行为，高尚的动机能减轻罪恶，但她从不把这个说法当真。起初她想到，如果自己能早点知道当时的情况，肯定会毫不犹豫地说出实情的，但后来她又觉得这种想法既卑微又可怜。是啊，即便是现在，当死亡教会了她重新认识生命的真谛后，她就急着想让自己真诚的本性展现在桑顿先生面前，并得到他的一些谅解——而贝尔先生也曾答应为她去做这件事——这种想法是多么渺小啊。即使全世界的人说话、做事或者保持沉默都是为了欺骗，即使自己的切身利益受到了威胁、至亲的性命危在旦夕，即使永远没有人了解她是虚伪还是真诚，并从而来决定该尊敬她还是鄙视她，她还是真心祈祷自己能有力量独自坦然地面对上帝，从此只说真话、做真事。

第四十九章　平静小憩

> 沿着洒满阳光的沙滩，她缓缓走来，
> 一路走走停停，若有所思；
> 悲伤对她的影响，如此隐秘，如此神圣。
> ——胡德①

伦诺克斯上尉陪着悲伤的玛格丽特从牛津回来后，晚上伊迪丝在卧室的时候，轻声地问她的丈夫："玛格丽特是不是变成继承人了？"在问这句话之前，她踮起脚尖，把他高高昂着的头拉低，好让他不要感到吃惊。然而，伦诺克斯上尉什么也不知道，即使他听到过什么，也已经忘记了。一所学院的小评议员留下的财产能有多少？不过他也从来没想过要玛格丽特付食宿费。两百五十镑一年也有点荒唐了，她又不喝酒。伊迪丝放下脚跟，有点失望，她美妙的幻想破灭了。

一星期后，她神气十足地朝她丈夫走去，行了一个深深的屈膝礼，说道："上尉阁下，我说的是对的，你错了。玛格丽特收到了一封律师的信函，她是剩余遗产的继承人——大概有两千英镑，还有那些不动产，按照米尔顿目前的市场价，估计有四万英镑。"

"是吗？她对这个天上掉下的馅饼怎么看？"

"哦，看起来她早就知道了要继承这笔财产，只是没想到会有这么大一笔数目。她看起来脸色苍白，说感到不安。不过你也知道，那都是无稽之谈，这种想法马上就会消失了。我趁着妈妈喋喋不休祝贺她时，悄悄地溜出来告诉你。"

大家好像都默认了，今后由伦诺克斯先生来当玛格丽特的法律顾问是再自然不过了。她对各式各样的生意事务一无所知，只好都委托

---

① 引文出自托马斯·胡德的长诗《英雄与兜帽》(Hero and Hood)。

他去办理。他为她挑选了代理人，带着待签署的文件来找她。当他为她讲解法律上的这些符号和标志代表着哪些神秘事物时，显得从未这样快乐过。

"亨利，"有一天伊迪丝狡黠地说，"你知道我希望和期待着你与玛格丽特的长谈会有什么样的结果吗？"

"不，我不知道，"他红着脸说，"我希望你不要告诉我。"

"哦，很好，那我就用不着告诉肖尔托，不要老是请蒙塔古先生到家里来了。"

"那随你的便，"他强装镇静地说，"你在想的事情，可能会发生，也可能不会发生。但这次，在我表态之前，我一定要弄清楚是否有这种可能性。你喜欢请谁来就请谁。可能这么说不太礼貌，但伊迪丝，你掺和进来的话，肯定会把事情弄糟的。很长一段时间以来，她对我一直很疏远；现在刚开始摆脱了点季诺比亚①之风。要是她不那么笃信宗教的话，她可以成为一个像克利奥佩特拉②一样的人。"

"就我而言，"伊迪丝有点恶作剧似的说，"我倒是很高兴她是一个虔诚的基督徒。我认识的基督徒太少了。"

那年秋天，玛格丽特没能去成西班牙；尽管到了最后一刻，她仍希望有一个好机会能让弗雷德雷克到巴黎来，这样一来她就能由别人护送着轻松地见他一面。没有去加的斯，如果能去克罗默，她也感到满足了。她肖姨妈和伦诺克斯一家都很想去那个地方。他们一直希望她和他们一起去，所以按照他们的性格，不太会满足她个人的愿望。从某种意义来说，也许克罗默对她而言是最合适的了。她的身体需要休息，还要重新振作精神。

在其他已经破灭的愿望中，有一种希望，也是一种信任，她希望贝尔先生会把导致雷纳德死亡的那件事发生之前她家里的情况简单

---

① 季诺比亚（Zenobia，约240—？），公元3世纪叙利亚帕尔米拉王国女王，她因反抗罗马帝国而著称于世。
② 克里奥佩特拉（Cleopatra，约B.C 70—B.C 30），托勒密王朝末代女王，妖艳、机智，即通常所说的"埃及艳后"。

地告诉桑顿先生。不管桑顿先生对此会有什么看法，也不管他的看法和以前的有什么不同，她只希望他的看法是建立在一种理解的基础之上，理解她为什么会这么做。这会给她带来一些安慰，让她稍感安心。否则她就会对这件事念念不忘，除非她强迫自己不去想它。那件事情已经过去那么久了，她没办法再向桑顿先生解释清楚这一切，唯一的方法也随着贝尔先生的去世而行不通了。她只能像许多人那样，忍受别人的误解；不过，尽管她说服自己相信她的情况并没有什么与众不同，但她仍渴望将来有一天——年复一年之后——在他去世之前，他能明白她是怎么迫不得已才撒了那个谎的，可这样想也并没有减轻她内心的痛苦。她想着只要自己确信他有一天会知道这一切，就用不着向他解释了。但和其他的愿望一样，这种希望只是徒劳的。当她说服自己相信这一切后，就全身心地投入当前的生活中，决心努力过好它。

她常常在海滩边坐上几个小时，目不转睛地看着海浪不断地冲刷卵石砌成的海岸——或是望着远处奔腾的波涛在天空之下闪耀着光芒，不自觉地听到远方时不时传来永恒的赞美之歌。不知为什么，她的内心会这么平静下来。当肖姨妈去买些小东西、伊迪丝和伦诺克斯上尉骑着马在海边和陆地上闲逛的时候，她就双手抱膝，悠闲地坐在那里。那些领着孩子闲逛的保姆一次次从她身旁经过，窃窃私语，好奇她这样日复一日地长时间坐在那里到底能看到什么。全家聚在一起吃晚饭时，玛格丽特神情游离、一声不吭，以至于伊迪丝觉得她很烦闷，所以当她的丈夫建议等亨利·伦诺克斯先生十月份从苏格兰回来后，就请他到克罗默来玩一星期，她立刻表示赞同。

但经过这段时间的思考，玛格丽特已把生活中的事情按照起因，以及在她过去和未来生活中的意义，梳理清楚，分别归类。她在海边闲坐的那些时间并没有白白虚度，任何有辨识力的人或是有心人都能从玛格丽特脸上渐渐变化的神情中看出这一点。亨利·伦诺克斯对玛格丽特的这种变化感到非常震惊。

"我猜想大海给黑尔小姐带来了许多好处，"当他回来后第一次看见黑尔小姐离开房间时，对家人说道，"她比在哈利街的时候看起来年轻十岁。"

"那是我给她买的帽子的效果！"伊迪丝兴高采烈地说，"我第一眼看到它，就觉得玛格丽特戴上准合适。"

"瞧你说的，"伦诺克斯先生还是像平常那样用轻蔑中带着宽容的语气对伊迪丝说，"我想我还是能够分辨出一条裙子的魅力和一个女人的魅力之间的区别的。没有一顶帽子可以让黑尔小姐的眼睛那么明亮、那么柔和，或者让她的嘴唇那么丰满红润——她的脸上流露着恬静祥和的气质。她就像，甚至可以说更像……"他压低了声音，"赫尔斯通那时候的玛格丽特·黑尔了。"

从这个时候开始，这个头脑灵活、雄心勃勃的男人就想尽一切办法要得到玛格丽特的垂青。他爱她甜美的容貌。他爱她潜在的思想，他认为这可以让她很容易理解他内心所设的目标。他只把她的财产看作她完美无缺的品格和她地位的一部分，但他也充分意识到，这份财产能够立刻提升他这个穷苦的律师的社会地位。最后，他会取得巨大的成功和荣誉，可以让他连本带息地偿还一开始在钱财上欠她的人情。他从苏格兰回来的时候去了一趟米尔顿，处理与她的财产有关的生意事务。作为一个老练的律师所具有的敏锐目光和随时衡量处理一切紧急情况的能力，他看到玛格丽特在那个逐渐兴旺发达的城市里所拥有的土地和房屋正在不断增值。他很高兴现在玛格丽特和他的关系——作为委托人和法律顾问的关系——正在慢慢取代他们俩对赫尔斯通那段扫兴日子的回忆。因此，除了家人般普通的来往之外，他还能和她有许多亲密接触的机会。

玛格丽特非常乐意听他讲米尔顿，尽管她特别熟悉的那些人他一个也没见过。姨妈和表妹说起米尔顿时总是带着一种厌恶、鄙视的语气，这正是玛格丽特初到那里时也有过且表达过的感受，现在想起来，她都觉得不好意思。可伦诺克斯先生比玛格丽特还要欣赏米尔顿及当地居民的个性。他们精力充沛、充满活力，他们斗争时表现出百折不挠的勇气，那种生动活泼的生活，把他完全吸引住了。他不厌其烦地说起他们，也没觉得他们提出的要求是多么自私、多么讲求实利，他们把这些都当作他们孜孜不倦、奋斗追求的结果。尽管玛格丽特很高兴听到这些，但她还是坦率地向他指出了这点，认为这是他们许多崇高、令人敬仰的品质中的一个缺点。然而，当她对其他话题感到厌烦、对相关问题只是简单地应答几声的时候，亨利·伦诺克斯发现只要将话题转到达克郡人的某些性格特点，玛格丽特的眼睛里就会放光，脸色也变得好起来。

他们回到伦敦后，玛格丽特实现了她在海边做的一个决定，她要自己来安排生活。在他们去克罗默之前，她对姨妈的要求言听计从，就好像她还是那个在初到哈利街育儿室的那晚哭到睡着的受惊的孩子。然而，在海边独自严肃思考的那些时刻，她已经想明白了，终有一天她需得对自己的生活负责，包括安排生活中的各种事情。她试图解决那个对于女性来说最困难的问题，即在多大程度上需要完全顺从，又在多大程度上可以自由行事。肖姨妈的脾气特别好，伊迪丝继承了她这种贤惠居家的好性格；玛格丽特的脾气可能是三个人之中最差的，因为她敏锐的洞察力和过于丰富的想象力常使她行事草率，从小养成的拒绝别人的同情，又让她很骄傲；但她有一颗难以言表的孩童般可爱的心，以前即使是偶尔使性子的时候，也让人无法抗拒，现在再加上世人所谓的那种好运气的考验，更加动人了。因此，她的姨妈尽管不太情愿，也还是让她哄得答应了她的愿望。就这样，玛格丽特可以根据自己内心对职责的判断来行使她的权利了。

"只是不要太固执己见，"伊迪丝恳求道，"妈妈希望你有一个自己的男仆。当然，家里的仆人你随便挑，只是他们都很讨厌。就当是为了让我开心，亲爱的，不要太逞强，我只有这点要求。不管要不要男仆，都不要太逞强。"

"不要怕，伊迪丝。等仆人们去吃晚饭时，我就瞅准这机会，晕倒在你怀里；然后，当肖尔托在玩火，小娃娃又在大哭时，那时你就会希望有个要强的女人能应对任何紧急情况了。"

"你会不会变得正经起来，不再开玩笑？别那么开心好不好？"

"不会,我会比以往更开心了,因为现在我可以想做什么就做什么了。"

"那你会不会开始端着,不让我给你买衣服了?"

"说真的,我的确打算自己去买。你要是乐意,可以和我一起去;但我只买自己中意的。"

"哦!我是担心你会选那些棕色或褐色的衣服穿,来掩饰到处乱跑后沾上衣服的灰尘。我很高兴你还保留着一点虚荣心,这是人类固有的本性。"

"要是你和姨妈愿意这么想的话,伊迪丝,我还是会和以前一样。只是我既没有丈夫,也没有孩子,没有什么应尽的职责,除了定做衣服之外,我必须给自己的生活尽点义务。"

当伊迪丝与她的母亲、她的丈夫一起私下讨论的时候,大家一致认定玛格丽特的这些计划只会让她更有可能和亨利·伦诺克斯结婚。因此,只要到他们家来拜访的朋友中有与她合适的男性,他们就不让玛格丽特和对方见面;而且,他们都确信玛格丽特只有在和亨利交往时才会很愉快。其他的仰慕者,有些被她的外貌所吸引,有些觊觎她的财产,都被她不经意间流露的蔑视之情吓跑了,去和其他不那么挑剔的漂亮姑娘或是拥有更多继承财产的姑娘交往了。亨利和玛格丽特渐渐变得亲密起来,但他们俩都不愿忍受别人对他们关系进展的丝毫关注。

第五十章　米尔顿的变化

在这里，我们前进前进前进；
在这里，我们沉沦沉沦沉沦。

——儿歌

　　此时此刻的米尔顿，烟囱冒着烟，轰鸣声不断，还夹杂重重的击打声。机器飞速地旋转，永远在挣扎着、奋斗着。木材、钢铁和蒸汽永不停歇的工作并没有意义，也没有目的；但是它们在枯燥工作中的坚持不懈，可以与那些强壮的工人们永不疲倦的耐力相媲美。工人们有知觉、有目的，他们忙碌着、焦虑地寻求——寻求什么呢？ 街上几乎没有人闲逛——没有人仅仅是为了消遣而在路上散步。每个人的脸上都流露着渴望或者焦虑的神色；人们极度贪婪地搜寻着各种信息，在市场和证券交易所里推推搡搡，就像他们在日常生活中那样，十分自私地相互竞争。城市里笼罩着一片愁云惨雾。几乎没有人出门买东西，即便出门购物的人，也会被小贩们用怀疑的眼光盯着。因为信用不再有保障，连信誉最稳定的顾客，他们的财产也可能受到临近大港口那些航运公司接连倒闭的影响。到目前为止，米尔顿还没有企业破产，但是美国一些大型投机项目的下场很糟，而且它们和英国比较接近，所以大家都明白，米尔顿的一些商业公司一定也会遭受重创。因此，每个人的脸上都仿佛在问（如果他们没有说出口）："有什么消息？谁又遭殃了？那对我有什么影响？"如果三三两两的人在一起说话，他们更愿意谈论那些安然无恙的名字，而不敢去讨论他们认为要破产的人。在这样艰难的时代，一句没有根据的话可能会使某个本可以熬过难关的人垮掉，而一个人倒下，就会拖倒一批人。"桑顿先生安然无恙，"他们说，"他的生意做得很大——而且每年都在扩大；他非常有见识，大胆的同时又那么谨慎！"接着，一个人把另一个人拽到一边，走开两步，把头凑在那人的耳边说："桑顿的生意虽然做得很大，但是他把利润都用在扩大产业上了，没有留存多余的资本。他的机器都是近两年新买的，开销不小——我们什么也不会说！——聪明人一句话就够了！"那位哈里森先生却是个说不出什么好话的人——他继承了父亲经商积攒的一笔财富，害怕自己会因为改变了经营方式、扩大经营范围而失去了这一切，然而，对于那些更大胆、更有远见的人赚到的每一分钱，他又分外嫉妒。

　　事实上，桑顿先生的处境举步维艰。他敏锐地感受到自己的艰难处境，是因为他的弱点——他对自己建立的商业品格十分骄傲。他徒手挣得这一份家业，并没有将其归功于自己特殊的能力或者品格，而是认为商业会赋予每个诚实、勇敢、坚韧不拔的人以力量。这种力量将他带到一个更高的平台上，让他可以看清怎样在这个伟大的游戏中取得世俗的成功。说实话，他凭着这种高瞻远瞩，在商业上取得的权力和影响力要比在其他的生活方式中更大。即使在遥远的地方，不论是东方还是西方，人们不认识他这个人，但是很敬重他的名字，愿意满足他的愿望，他的话和黄金一样贵重。桑顿先生最开始经商时所设想的商人的生活就是这样的。"她的商家就像王子……"①他的母亲大声读着《圣经》，就像吹着号角鼓励儿子去奋斗。他就像许多其他人一样——不论男女老少——对未来踌躇满志，却对当下毫无感觉。他想要在异国他乡和遥远的海外也声名远播，成为一家世代闻名的企业的创始人。但是，经过漫长的沉寂岁月，直到今天，他也只是在自己的城市、自己的工厂和自己的工人之间获得了一点名望。他和他们的生活原本是平行的——非常接近，但是从无交集——直到他偶然（或者看似偶然）认识了希金斯。一旦面对面交流，一个一个地和身边的工人接触，而且（注意）放下厂主和工人的身份差别，他们才第一次开始意识到，"我们大家都有一颗人的心灵"。这打开了一个很好的缺口。直到现在，当他担心和最近认识的两三个工人失去联系时——担

---

① 出自《圣经·旧约·以赛亚书》。

心自己特别在意的一两个试验计划还没有测试就被否决时——他觉得那种隐忧随着时间的推移变得越来越强烈了。直到现在他才意识到，他最近对自己厂主的职位产生多么浓厚的兴趣。这仅仅是因为这个职位让他接触到了一群这么陌生、精明、无知，但又充满个性和强烈情感的人们，而且他对他们很有影响力。

他重新审视了自己身为一位米尔顿厂主的地位。一年半之前的那次罢工——或者更早一点，因为那时正是暮春时分不合时宜的寒冷天气——那时他还年轻，现在却已经老了——那次罢工让他没有完成手头的几个大订单。他把很大一部分资金都花在昂贵的新机器上，还收购了大量的棉花，就是为了完成这批订单。但是他还是没有完成合约，在某种程度上是因为他聘请的爱尔兰工人缺乏技术，很多产品都被损坏了，像他这样一家以产品质量一流为荣的企业是不能送出这样的次品的。几个月以来，罢工造成的窘境始终是桑顿先生道路中的阻碍，所以他常常一看到希金斯，就会毫无缘由地冲他发火，只是因为想到希金斯牵头的那件事情给他带来了多严重的损害。但是当他意识到自己突然发作的愤恨时，还是决定抑制住这种情绪。避开希金斯并不能让他满意，他必须控制自己的愤怒，只要在企业规定允许的情况下，或者他有空时，他总是很小心地让希金斯接近自己。他的愤怒渐渐地消失了，而且让他感到很惊奇的是，像他和希金斯这样的两个人，怎么会以完全不同的方式来看待彼此的地位和职责，虽然他们从事着同一个行业，以不同的方式为了同一个目标而工作。于是就有了那段接触交往，虽然这不能防止他们在未来所有意见和行动上针锋相对，但在矛盾产生的时候，至少可以让厂主和工人都以更加宽容和更富同情心的态度来看待彼此，让双方变得更加耐心和友善。除了这种感情上的改善之外，桑顿先生和工人发现，对于过去发生的某些事情，他们是全然无知的，因为只有一方知道，而另一方不知道。

但是现在正处在商业萧条时期，市场下跌导致所有大型股票的价格都一蹶不振。桑顿先生的股票价格跌了将近一半。没有订单，他失去了自己花在机器上的那笔资金收益。实际上，完成的订单也很难收到款项，可是经营企业还得不断地花钱。后来，购买棉花的账单就要到期了，由于资金匮乏，又无法变卖自己的产业折现，他只能去借高利贷。不过他没有绝望，夜以继日地辛苦工作，想要尽可能地预见并解决一切紧急状况。对待家中的女性，他仍像以前一样平静和温柔。对他工厂中的工人，他的话并不多，但是他们这时候已经很理解他了。他们看出他背负重压，所以都用同情和宽容的态度回应桑顿先生唐突、专断的回答，而不是像以前那样，积压满腹的怨言，随时准备用尖刻的批评和斥责来回答他。有一天，希金斯听到桑顿先生简短严厉地质问，为什么他的一道命令没有被执行；而且在他穿过工人们工作的房间时，听到桑顿先生压抑的轻声叹息。于是希金斯说："厂主要操心的事情太多啦。"那天晚上，希金斯和另一个工人悄悄地加了班，把那件事情做好了。桑顿先生不知道，还以为是他最初对着下达命令的那位监工自己把事情做完了。

"唉！我想，不管谁看到我们厂主那样脸色发灰地坐着，心里都会难过的！如果那个老牧师看到厂主脸上悲哀的神情，他那女性一样柔软的心一定要急坏了。"那天在马尔巴勒街上，希金斯向桑顿先生走去时这样想着。

"厂主。"他喊道，使得桑顿先生停下了快速而坚定的步伐，恼怒地抬起头，仿佛片刻前的思绪已经飘得很远了。

"您最近有没有玛格丽特小姐的消息？"

"哪位小姐？"桑顿先生反问道。

"玛格丽特小姐——黑尔小姐，那位老牧师的女儿，您很清楚我在说谁，只要你再想一想。"他说话的语气中没有任何不尊敬的意思。

"哦，是的！"突然，桑顿先生的脸上那种冷若冰霜的忧郁神情消失了，就好像一阵温和夏日微风将他脑海中的烦恼全都吹走了。尽管他的嘴角还是和之前一样抿得紧紧的，他的眼睛却对希金斯温和地微笑着。

"她现在是我的房东了，你知道的，希金斯。我不时地从她在这里的代理人那儿听说她的事情。她挺好的，和朋友们在一起——谢谢你,希金斯。"那句"谢谢你"是最后迟疑着说出口的,但还是带着十分温柔的感情,这让感觉敏锐的希金斯对他有了一个新的认识。这可能只是一个闪念,但是他觉得自己还是想跟着这个念头,看看它最后会将他引向何处。

"她还没结婚吗,厂主?"

"还没,"他的脸色又沉下来了,"据我所知,是有些传言,说要和他姨妈家的一个亲戚结婚。"

"那么我想她不会再来米尔顿了。"

"是的。"

"等一下,厂主,"他好像要说什么秘密似的,凑上前问道,"那个年轻人的罪名洗清了吗?"他眨了眨眼睛,表示自己知道更多内情,可这只会让桑顿先生更加迷惑。

"那位年轻的先生,我说的是——弗雷德雷克,他们是这么叫他的,就是她哥哥,曾经来过这里。"

"来过这里?"

"是的,确切地说,是夫人去世的时候。您不必对我说的话感到担心,我和玛丽一直都知道,只是没说出来,因为玛丽那时在她家干活,所以会知道。"

"他来过这里。是她的哥哥!"

"当然了,我还以为您知道,要不然我绝不会说出来。您知道她有个哥哥吗?"

"知道,我很了解他。黑尔夫人去世的时候,他在这里?"

"不!我不能再多说了。我可能已经伤害他们了,他们对这件事瞒得很紧。我现在只是想知道他们有没有给他洗清罪名。"

"据我所知没有。这件事我不太了解。我只从黑尔小姐的律师那里听说她现在是我的房东了。"

他突然不再和希金斯讲话,重新回到希金斯过来和他搭讪时的沉思状态。只留下想弄清一切的希金斯在一旁,一无所获。

"那是他哥哥,"桑顿先生暗暗思忖,"我很开心。我可能再也见不到她了，不过知道这个真相，也总算是有了点安慰。我就知道她不会做不检点的事，但我还是希望得到证实。现在我开心了！"

当前那一张黑黝黝的厄运之网正变得越来越阴暗，而这个消息就是穿过这张网的一条金丝。他的代理商把美国的业务委托给了一家银行，那家银行正好在这个时候和其他几家一起倒闭了。那情况就像多米诺骨牌一样，一家倒闭，其他几家也跟着倒闭。那桑顿先生的债务怎么办呢？他能挺过去吗？

一晚接着一晚，他把账本和票据拿到自己的房间里，在家里人都睡觉后还在熬夜。他以为谁也不知道他这样度过本应该用来睡觉的时间。有天早上，阳光透过百叶窗的缝隙照射进来，他一宿未眠，怀着绝望、冰冷的心情，想着休息一两个小时也罢，在繁忙的日常工作开始前，他只有这么点时间。这时，房门开了，他母亲依旧穿着前一天的衣服站在门口。她和他一样也没有睡觉，他们的目光相遇，久久地相互对望。他们的脸色苍白，都是一副冷峻的神情。

"妈妈！您为什么不睡觉？"

"约翰，"她说，"你整天忧愁满面，每晚不睡，我怎么能安心去睡觉呢？你还没告诉我你的烦恼是什么，可是过去这些天你一直烦恼不断。"

"生意不好。"

"你怕……"

"我什么也不怕，"他边说边抬起头，脖子伸得笔直，"现在我知道，没人会因为我而蒙受损失。这就是我为之烦恼的事。"

"可你怎么维持下去呢？你会……工厂会倒闭吗？"她镇定的声音反常地颤抖起来。

"不是倒闭。我要理清买卖，付完每一个人的工资。我本来可以补救一下自己……我很想……"

"怎么样？哦，约翰！保住你的名声——要不惜一切代价。怎么补救？"

"通过别人向我介绍的一笔风险投资买卖。如果成功，我就能保住自己的地位，那样一来，谁也会不知道我目前的困境了。可是，要是失败的话——"

"如果失败了会怎么样？"她边说边朝前走，抓住他的胳膊，满眼期待。她屏住了呼吸，想听他把话说完。

"很多正直的人会被一个流氓毁了的，"他很沮丧地说，"我现在还没倒下，所以我的债权人的钱是安全的——一分都不少。但我不知道从哪里去弄到我自己的钱——我的钱可能全没了，我现在身无分文。所以，我得拿我债权人的钱去冒险。"

"可如果成功了，就没必要让他们知道。难道这是一笔孤注一掷的投机买卖吗？我相信不是，不然你绝不会想到的。如果成功了……"

"我就会变得很有钱，而我的良心也会不安。"

"为什么？你没有伤害任何人。"

"是的，但我竟然为了给自己增加一点可鄙的财富，就要拿那么多人的钱去冒险。妈妈，我已经决定了！我们要搬离这座房子，您不会因此而太难过吧，亲爱的妈妈？"

"不会。不过如果我看到你变成了和现在身份完全不一样的人，我会很难过。你要怎么办呢？"

"无论在什么情况下，约翰·桑顿还是那个约翰·桑顿，想把一切做得正当，可结果犯了个大错误，所以想要勇敢地重新开始。但这太难了，妈妈。我一直在努力工作，竭尽筹划，最近我在我的处境里发现了一些新的力量，但已经太晚了——现在一切都结束了。我年纪已经大了，不可能再有以前那种勇气重新开始。这很不好受，妈妈。"

他转过身去，用双手捂住脸。

"我想不明白这一切是怎么发生的，"她说道，声音里有一种郁郁不平的意味，"这是我的孩子——孝顺、正直、善良——他一心一意做的事都失败了：他找到了一个爱慕的女人，可那个女人就像对待普通人一样，毫不在意他的爱；他埋头苦干，可到头来所有努力付诸东流。别人飞黄腾达，越来越富，他们微不足道的姓氏也变得不再受到侮辱。"

"我也从来没蒙受过耻辱。"他低声说。

可她继续说道:"有时候我在想,正义究竟到哪里去了?现在我再也不相信世上有正义这回事了——你沦落到这个地步,可你还是我的约翰,尽管我和你可能已经变成乞丐了——亲爱的孩子!"

她伏到他的脖子上,含着泪亲吻他。

"妈妈!"他温柔地抱住了她,"我一生中的好运气和坏运气都是谁带给我的?"

她摇了摇头。那个时刻,她不愿谈论与宗教有关的话题。

"妈妈,"看到她不愿意说,他继续道,"我曾经也叛逆过,但现在我尽力改变,不去那样做了。帮帮我,就像在我小时候你帮助我的那样。那时候,您说了许多好话——父亲死后,我们缺少安慰——现在不会那样了。那时候,您说了许多鼓舞人心、高尚、充满信心的话。妈妈,这些话尽管藏在我心里,但我从来没忘记。妈妈,像以前那样再说一次吧,不要让我们觉得世事已经使我们心灰意冷了。要是您能说一些从前那样的让人宽慰话,我就能感受到童年时的纯真质朴。我自己说出来和您说出来的效果不一样,因为您曾经承受了那么多的烦恼与痛苦。"

"我曾经忍受过很多烦恼和痛苦,"她啜泣着说,"但没有一次像现在这样让我痛心。看着你从本来属于你的地方跌下去!我可以对自己说些宽慰的话,约翰,但绝不能对你说。不能对你说!上帝认为应该对你非常严厉。"

她像老年人哭泣时那样,啜泣得非常厉害,身子抖个不停。后来,她感到周围一片寂静,连忙止住了哭声去听,没有一点声音,她抬头看到儿子垂着头坐在桌子旁边,胳膊伸到了桌子中央。

"啊!约翰!"她说着捧起了他的脸。脸上带着一种奇怪的、苍白的、忧郁的神情,让她有那么一刹那感到这是死亡的前兆,可等到那僵滞的神情消失后,他的脸上又恢复了血色,她看到了儿子原来的样子。这个时候,她意识到儿子活着就是上帝赐予她的最大的幸福,其他一切世俗的耻辱都在这个想法下化为乌有。她为了这种幸福——单纯为了这种幸福,热烈地感谢上帝,这种热情把心中所有负面的情绪都赶跑了。

他不愿意说话,走过去把百叶窗打开,让黎明的晨光洒进房里。可外面刮着东风。天气寒冷刺骨,已经一连好几个星期这样了。今年做夏季服装的浅色布料肯定行情不好。重振生意的希望要破灭了。

和母亲的这次谈话给他带来了很大的安慰,因为他现在确信,尽管他们以后对所有烦心事都会保持沉默,他们始终能够理解彼此的感情,而且尽管他们看待问题的方式不完全一致,但也没什么不协调的地方。范妮的丈夫对于桑顿拒绝参加他提出来的那笔投机买卖火冒三丈,撤回了他原本觉得能用来帮助桑顿先生的现金。实际上,他自己做那笔投机买卖也需要这笔现金。

最后,终于到了山穷水尽的那一步,桑顿先生已经为这个局面担心好几星期了。他不得不放弃自己成功经营多年、信誉满满的工厂,去找一个次要的职位干。马尔巴勒工厂和邻近的寓所都是长期租赁的,所以如果可以,它们必须被转租出去。这时候,桑顿先生要对人家提供给他的职位立刻做出答复。汉普先生在邻近的一个镇上花了一大笔钱,为他儿子办了一家工厂,如果能有桑顿先生这样一个稳重、经验丰富的人和他儿子做合伙人,他一定很高兴。但那个年轻人阅历尚浅,只知道赚钱,对于其他的事一概不负责,开心也好,不开心也罢,都蛮横得很。桑顿先生破产后,心里还有几项计划。所以他没有答应做汉普先生儿子的合伙人,因为那样一来可能会破坏他的计划。他宁愿只当一名经理,那样除了赚钱之外,还能有相当的权力,也不想有一个专横跋扈的合伙人,他相信不出个把月,自己肯定会和对方发生争吵。

所以他等着,谦恭地待在一旁,听着这时候传遍交易所的那个消息,说他妹夫靠着那次投机买卖,发了一大笔财。这事轰动一时,随之而来是一片赞扬和崇拜之声。大家都把沃森先生看作是最聪明、最有远见的人。

第五十一章 再次相逢

打起精神来,勇敢的人!我们沉着坚强;
当然,我们能管住自己的眼睛、面庞和舌头,
不让内心流露出一点感情。
不论过去还是现在,她可爱依旧。

——诗剧

在夏天一个闷热的晚上,伊迪丝再次走进玛格丽特的卧室,第一次来时穿着居家的衣服,第二次穿着晚礼服,准备去进餐了。她第一次进来时没有人,第二次时伊迪丝发现迪克逊把玛格丽特的晚礼服摊在床上,但玛格丽特不在。伊迪丝坐立不安地待在一边。

"哦,迪克逊!不要把这些难看的蓝花配这个暗金黄色的裙子。这是什么品位!等等,我给你拿些石榴花来。"

"这不是暗黄色的裙子,小姐。这是金黄。蓝色和金黄一直很相配的。"但没等迪克逊说完,伊迪丝就把鲜艳夺目的石榴花拿来了。

"黑尔小姐在哪儿?"伊迪丝试了试衣服的效果之后就问道,"我简直无法想象,"她愤愤不平地接着说,"姨妈怎么会让她在米尔顿养成四处闲逛的习惯!我一直觉得会听到她在闯过的那些破烂肮脏的地方碰到什么可怕的事情。没有用人跟着,我是绝对不敢去那些地方的。女士是不应该去那里的。"

迪克逊还在为伊迪丝看不起她的审美品位而生气,因此她不客气地答道:"当我听到小姐们高谈阔论怎么让自己优雅——同时她们又是这么胆小挑剔、弱不禁风——我就知道,难怪这世界上再没有圣人了。"

"啊,玛格丽特,你总算回来了!你不知道我有多想你。可你的脸怎么热得红成这样,可怜的姐姐。想想那个讨厌的亨利做了什

么。真的，他没有一点小叔子的样子。就在舞会安排得这么完美的时候——完全合科尔瑟斯特先生的意思——亨利来了，他倒确实向我表示歉意，还拿你当作借口，问我是否可以把米尔顿的桑顿先生带来，你知道的，就是你的租户，他现在在伦敦处理一些法律事务。这样一来人就多了，我不好安排。"

"我不在意舞会怎么样。我也不想吃什么，"玛格丽特轻声说，"迪克逊可以给我拿杯茶上来，你们上楼的时候我再到客厅去。我很想躺一会儿。"

"不，不行！那样绝对不可以。你的脸色的确十分苍白，但那只是热的缘故，我们不能没有你。（这些花放低点，迪克逊。戴在你黑色的头发上就像灿烂的火焰。）你知道我们打算让你和科尔瑟斯特先生谈谈米尔顿的情况！哦！当然，那个人也是从米尔顿来的。这样可能更好。科尔瑟斯特先生可以从他那里得到他感兴趣的答案。等下次科尔瑟斯特先生在众议院发表演说时，我们可以从他那里听到你的经历和桑顿先生精明的言论，这肯定很有趣。我想有一句话亨利说得很对。我问他，桑顿先生是不是一个会让别人难堪的人，他回答说：'你要是还有点理智的话，就不会，我亲爱的妹妹。'所以我想他能发出'h'这个音，达克郡的大多数人都做不到这一点，对吗，玛格丽特？"

"伦诺克斯先生没说桑顿先生为什么来伦敦吗？是不是和财产有关的法律事务？"玛格丽特用一种不自然的声音问道。

"哦！他破产了，或者差不多是那样了。亨利告诉过你，就在你头疼得厉害那天——是什么来着？（这样好极了，迪克逊，黑尔小姐为我们增光添彩了，对不？）我希望自己可以和女王一样高，和吉普赛人的皮肤一样黝黑，玛格丽特。"

"但桑顿先生怎么了？"

"啊，我对法律事务一窍不通。亨利会很乐意把这件事告诉你的。我记得他告诉我的是，桑顿先生的情况很不好，但值得让人尊敬，我会十分友善地接待他。不过我不知道怎么办，所以我来寻求你的帮助。你现在跟我一起下楼吧，在沙发上休息一刻钟。"

那个受到特别优待的小叔子很早就来了，玛格丽特很想知道关于桑顿先生的情况，所以红着脸问他了。

"他来伦敦是为了把那些产业——我的意思是，马尔巴勒街的厂房，以及附属的一些房屋——转租出去。他没能力再租下去了。有一些租约和契约需要过目，还有协议要签。我希望伊迪丝可以好好接待他。不过我看得出来，我冒昧地请桑顿先生来舞会，她很不开心。不过我想你可能会乐意接待他：对于一个即将落魄的人应该尽礼数招待他，一点也不能马虎。"他放低了声音，对坐在旁边的玛格丽特说。他说完刚起身，桑顿先生正好进来了，他就把他介绍给了伊迪丝和伦诺克斯上尉。

桑顿先生忙着和伦诺克斯夫妇寒暄的时候，玛格丽特热切地望着他。她已经有一年多没见到他了。这段时间发生的事让他变了许多。他健壮的身材依然让他看起来比一般人高大些，从容优雅的举止处处衬托着他出众的外表。可是他的脸看上去因为憔悴而老了不少，但仍显现出一副高贵的镇静，给那些刚听说他变化了处境的人留下深刻印象，感觉到他有一种与生俱来的高贵和男子气概。他一进门就环顾了一下房间，发现玛格丽特在那里，也看到了她听亨利·伦诺克斯先生说话时专注的神情。于是他就像一位老朋友一样，以得体的姿态走到了她面前。他刚开始不慌不忙地说话，她的脸上就泛起了一圈红晕，那天晚上一直没有消退。她看起来并没有太多话要和他说。他有点感到失望，因为她只是很平静地问了她在米尔顿的几个老朋友的情况，这在他看来，只是免不了的客套话。其他人渐渐来了——对这里都比他更熟悉——他退到一旁，时不时和伦诺克斯先生说上两句。

"你觉得黑尔小姐看起来气色不错，是吧？"伦诺克斯先生说，"我想她不太适应米尔顿的气候，她刚回伦敦的时候，我从未见过一个人会有那么大的改变。今天晚上她看起来容光焕发。她的身体强健很多了。去年秋天，她走个两三英里路就感到很累。上星期五晚上，我们散步到汉普斯特德又走了回来，但第二天她看起来就和现在一样精神。"

"我们！"谁？就他们俩？

科尔瑟斯特先生是个聪明绝顶的人，议会中的明日之星。他眼光敏锐，善于识人，桑顿先生在餐桌上的一句话引起了他的注意。他向伊迪丝打听这位先生是谁。让伊迪丝感到惊讶的是，他竟然说"原来是他！"，和她原先所想不一样，原来桑顿先生并不是一个无名之辈。她的晚宴进行得非常顺利，亨利兴致很高，说了些机智幽默的冷笑话。桑顿先生和科尔瑟斯特先生找到了一两个共同感兴趣的话题，他们只能稍微闲谈几句，留到餐后私下里再好好谈论。玛格丽特戴着石榴花，非常漂亮。即使她靠在椅子上不怎么说话，伊迪丝也不会烦恼，因为不用她开口，接下来的谈话也进行得非常顺利。玛格丽特注视着桑顿先生的脸，他始终没有看她，因此她可以悄悄地端详他，看他脸上这短短的时间内发生的变化。只有当伦诺克斯先生说到几句出其不意的俏皮话时，他的脸上才会像以前一样浮现赞赏的神情，眼中露出快乐的光彩，张开的双唇让人想起往日那种开朗的笑容。有那么一瞬间，他的目光本能地去寻找她的眼睛，就好像要得到她的同情似的。但当他们目光相遇时，他的脸色一下子全变了。他再一次变得严肃、焦虑，他狠下心，吃饭时没有再看她一眼。

除了他们自己，舞会上只有两位女士，所以当她们上楼走进客厅后，伊迪丝和肖姨妈就陪着她们说话。玛格丽特慢吞吞地做起自己的事情来。不久，先生们也上楼来了，科尔瑟斯特先生和桑顿先生谈得很投机。伦诺克斯先生走到玛格丽特旁，低声说："伊迪丝真的应该好好谢谢我为她的舞会做出的贡献。你绝对想不到你这个租户是多么讨人喜欢、见识深远的人。他真是那个能给科尔瑟斯特所有想讨教的问题提供答案的人。我真想不通他怎么会搞砸自己的生意。"

"要是有他那样的能力和机会，你早就成功了。"玛格丽特说。尽管这句话说中了当时掠过他心头的想法，但他不是很喜欢她说话的语气。他没有再说话，因此他们听到壁炉边的科尔瑟斯特先生和桑顿先生的谈话声越来越响。

"我听到人家谈到这件事时很感兴趣，这点我敢保证——或者说，我对它的结果很好奇。我在这里短暂停留期间,经常听到人们提起你的名字。"之后两个人沉默了一会儿。接着他们听到了桑顿先生的声音:"我还没这么受欢迎吧——如果他们那样谈到我,那他们搞错了。我最近才慢慢想到一些新的项目,不过我发现很难让别人理解我,即使是那些我很想认识、愿意对他们毫无保留的人,也不理解我。不过,即便有这样那样的不利,我觉得我还是在正确的道路上,而且曾经通过和一个人结为朋友,我认识了许多人。我们都从中受益匪浅:我们自觉或不自觉地在互相教导对方。"

"你说的是'曾经',我想你是打算继续走这条路?"

"我必须阻止科尔瑟斯特先生了。"亨利·伦诺克斯焦急地说。接着,他突然提出了一个适当的问题,把谈话转向了另一个话题,免得桑顿先生因承认自己在生意上的失败和地位发生的变化而感到难堪。不过,等到新话题谈论结束后,桑顿先生又立刻回到了刚才被打断的话题上,对科尔瑟斯特先生的询问做出了回答。

"在生意上我不太顺,不得不放弃厂主的职位。我在米尔顿寻求一个合适的职位,可以在一个能让我按照自己的方法处理事务的人手下工作。我并没有什么超前的理论,所以不会轻率地付诸实践。我只希望除了那种'现金交易'之外,还可以和工人建立某种关系。可从大多数厂主对这件事的重视程度来看,它可能正是阿基米德撬动地球的那个支点。只要我提出一两个我想尝试的实验,他们就神色凝重地摇摇头。"

"我注意到你管它们叫'实验'。"科尔瑟斯特先生说,态度里又增添了几分敬意。

"因为我相信它们只是实验。对于产生的结果会怎样,我没什么把握。不过我觉得他们应该去试一下。我坚信,没有一种体制——不管如何周密,不管要花多少时间和心思去组织安排——能够让两个阶级相互依存,除非这种体制运作后可以让不同阶级的个体在现实中得到接触。这种交流是必不可少的。我们不可能强迫一个工人去感受他的雇主为了工人的利益是如何在书房费尽心思拟定策略的。一个完整的计划产生，就像一台机器，显然是为了应对各种的紧急情况。但是要让工人接受计划，就像让他们接受机器一样，他们一点都不知道要让计划这么完美，得付出多少精力和想法。但我有一个想法，要实现计划，就需要有人与人之间的接触交流；刚开始可能不会那么顺利，不过每遇到一次障碍，对它感兴趣的人就会增多，最后大家都会期待它的成功，因为人人都为实现计划出了一份力。即使这样，我相信只要大家不再对这个计划感兴趣，它立刻就会失去生命力，不复存在。那种共同兴趣可以使人们找到互相观察的方法和途径，了解彼此的性格和为人，甚至是脾气和说话的方式。我们应该更好地了解对方。冒昧地说一句，我们应该更融洽一些。"

"你觉得这样罢工就不会发生了？"

"完全不是。我最终只希望达到这一点——希望罢工不再像以前一样，成为彼此痛苦、互相仇恨的源泉。一个更乐观的人可能会认为不同阶级间更加亲密、友好的接触可以消除罢工。不过我没这么乐观。"

突然，他好像有了一个新想法，走到玛格丽特身旁，仿佛知道她一直在听着他们说话似的，直截了当地对她说："黑尔小姐，我收到一封工人们联名写给我的信——我怀疑是希金斯的笔迹——说他们愿意为我工作，假如我要自己雇用工人的话。这样很好，对不对？"

"是的，很好，我很高兴是这样。"玛格丽特说，抬起头用那双会说话的眼睛看着他的脸，然后在他意味深长的目光下又垂下了眼睛。他也盯着她看一会儿，仿佛不知道自己到底想干吗，然后叹了口气说："我知道你会很高兴的。"他转过身，在临走说"晚安"之前，没有再和她说过话。

伦诺克斯先生告辞的时候，玛格丽特羞红着脸，有些犹豫地说："明天我可以和你谈谈吗？我有点事需要请你帮个忙。"

"当然可以。我随叫随到。只要能够为你效劳，我再开心不过了。十一点？很好。"

他高兴得眼睛放光。她是多么需要依赖他啊！现在他似乎有把握了，他之前下定了决心，如果没有这种感觉，他是不会向她求婚的。

第五十二章　云开雾散

欢乐还是悲伤，希望或是恐惧，
今生这样，来世如此，
无论平和还是争吵，
无论风雨或是阳光。

——佚名

第二天早上，伊迪丝轻手轻脚地走来走去，不许肖尔托大声说话，好像任何突然的声响都会打扰在客厅里的谈话。两点钟到了，他们依旧坐在里面，房门紧闭。接着传来一个男人下楼的脚步声，伊迪丝向客厅外看了一眼。

"嘿，亨利？"她带着询问的目光问道。

"嗯。"他漫不经心地应了一声。

"进来吃午饭吧！"

"不了，谢谢，我没工夫。我在这儿耽搁的时间太久了。"

"那么事情并没有解决啰？"伊迪丝失望地说。

"对！一点都没有。如果你说的'事情'就是我猜想的那样的话，它永远不会解决。永远也不会发生了，伊迪丝，不要再去想它了。"

"可那样对我们大家都有好处，"伊迪丝辩解说，"要是能让玛格丽特在我身边安个家，那样我对孩子也会放心很多。和之前一样，我一直很担心她要到加的斯去。"

"我结婚的时候，一定要找一个知道如何照顾孩子的女人。我能做到的只有这一点。黑尔小姐不想和我结婚，我不会向她求婚的。"

"那么，你们刚才一直在谈些什么？"

"许多你不会明白的事：投资、租约和地价。"

"哦，如果只是这些话，你可以走了。如果你们一直在谈论这些无聊的事，你们真是太蠢了。"

"很好，我明天还会再来，把桑顿先生带过来和黑尔小姐再谈谈。"

"桑顿先生！这和他有什么关系？"

"他是黑尔小姐的租户，"伦诺克斯说完转过身，"他希望不再继续租下去了。"

"哦！很好，我理解不了这些细节，不要再和我说了。"

"我唯一想让你知道的细节是，让我们像今天一样，待在后面那个客厅里不受打扰。平时，孩子们和仆人进进出出，这样我就没法好好把事情解释清楚了。明天我们所做的安排非常重要。"

谁也不知道伦诺克斯先生为什么第二天没有赴约。桑顿先生准时到达，他在客厅里将近等了一小时后，玛格丽特急匆匆地走了进来，脸色苍白。

她赶忙说："我很抱歉，伦诺克斯先生没来——他可以把事情办得比我好得多。他在这方面是我的法律顾问……"

"如果我的到来打扰你了，很抱歉。要不我还是到伦诺克斯的事务所去找他？"

"不用了，谢谢你。我想告诉你，当发现要失去你这样一个租户时，我感到很难过。不过，伦诺克斯先生说，事情会好起来的……"

"伦诺克斯先生对我的事不怎么了解，"桑顿先生平静地说，"作为一个事事都很顺利、很幸运的人，他不会理解一个人发现自己不再年轻时是什么感觉——而且还被抛回到一个需要年轻人那种活力的起点上——生命的一半时间已经流逝，一事无成——除了曾经拥有过的痛苦回忆，已经错过的机会没留下任何痕迹。黑尔小姐，我可不想听到伦诺克斯先生对我的业务发表评论。那些幸福和成功的人往往会把别人的不幸看得微不足道。"

"你这样不公平，"玛格丽特温和地说，"伦诺克斯先生只是说，你很有可能收回——不只是收回——你失去的一切财产，等我说完你再说，请不要打断我！"她又镇定下来，继续忙乱地翻着一些法律文件和账目清单。"哦！在这里！他替我起草了一份协议——我真希望他能在这里替我解释，如果你愿意接受从我的一万八千零五十七英镑中取出一笔钱——此刻在银行里没动用过，每年只有百分之二点五的利息——那样的话你既可以付给我更高的利息，又可以继续经营马尔巴勒的工厂。"她说话的声音非常清晰，而且变得更加平静。桑顿先生没有说话，她继续寻找上面写着贷款提议的那份文件，因为她非常希望把这一切表现得像一种生意上的安排来看待，主要是对她这方面有利。她在寻找文件的时候，桑顿先生说话的音调让她的心一下子紧张了。他的声音沙哑、颤抖、充满了爱意："玛格丽特！"

有那么一瞬间，她抬起头来，之后便把脸埋在手里，想要遮住自己明亮的眼睛。他走近了一点，再次用热切、颤抖的声音呼唤着她的名字："玛格丽特！"

她的头更低了，脸藏得更深了，几乎埋在桌子里了。他走得更近，跪在她身边，把脸凑近她的耳朵，气喘吁吁地低声说出了这些话："听好了，你要是不说话，我就要用一种特别的、霸道的方式认为你已经同意了，立刻让我走，如果我非走不可的话……玛格丽特……"

听到他第三次叫自己名字的时候，她将依然用白嫩的小手遮着的脸转向他，把头靠在他的肩上，深藏在那里。他感到她温柔的脸蛋贴着自己的脸，心里感到十分甜蜜，也没想去看她绯红的脸蛋或是含情脉脉的眼睛了。他紧紧地搂住她。但他们都没有开口说话。最后，她用低沉的声音说："哦，桑顿先生，我还不够好！"

"不够好！我才觉得不配呢，不要开玩笑了！"

过了一两分钟，他轻轻地把她的手从脸上拿开，把她的胳膊放下来，就像先前那次保护他不受暴徒攻击时那样。

"你记得吗，亲爱的？"他小声地说，"我第二天是怎么无理地回答你的？"

"我记得我对你说的话是多么不公平——就是这样。"

"看这里！抬起你的头。我要给你看样东西！"她慢慢地看向他，满脸羞涩。

"你认识这些玫瑰花吗?"他边说边拿出皮夹子,里面有一些枯萎的花瓣。

"不认识,"她好奇而天真地回答道,"是我给你的吗?"

"不是,这些东西毫无价值,你没有给过我。你倒是可能戴过其他类似的玫瑰花。"

她看着它们,思忖了一会儿,然后微微一笑说:"它们是赫尔斯通的玫瑰花,是吗?我是从这些锯齿形的叶子上认出来的。啊!你去过那里?你什么时候去的?"

"即使是在我最落魄的时候,即使我对把你称作我妻子已经不抱希望的时候,我还是想去看看玛格丽特长大的地方。我是从阿尔弗回来的时候到那里去的。"

"你一定要把它们送给我。"她说用一种带着温柔的粗鲁把花从他手里拿过去。

"好的,你得付我钱啊!"

"那我要怎么对肖姨妈说呢?"玛格丽特沉浸在喜悦中,小声说道。

"让我去和她谈谈。"

"不,应该由我去告诉她——但她会说什么呢?"

"我能猜到,她准会大吃一惊地说:'那个男人!'"

"嘘!"玛格丽特说,"那我也可以给你学学你母亲说话时那种愤怒的腔调:'那个女人!'"